CW00684130

Fees van die ongenooides

✥

P.G. DU PLESSIS

Tafelberg

Tafelberg,
'n druknaam van NB-Uitgewers,
'n afdeling van Media24 Boeke (Edms) Bpk
Heerengracht 40, Kaapstad 8001

Bandontwerp deur Laura Foley
Skrywersfoto: Koos Roets
Tipografiese versorging deur Etienne van Duyker
Geset in 11 op 13 pt Berkeley Book
Gedruk in Suid-Afrika deur
Interpak Books, Pietermaritzburg

Eerste uitgawe, derde druk 2009
Tweede uitgawe, eerste druk 2009
Sesde druk 2012
Agste druk 2013

ISBN: 978-0-6240-4837-4
EPUB: 978-0-624-05261-6

Produkgroep afkomstig van goed bestuurde bebossing
en ander beheerde bronne.

Dié boek is vir Marita.

Een

In die somer van 1944 staan 'n gewese offisier van die British Expeditionary Force, soos dit in 1899 soms geheet het, weer voor 'n plaashek in Suid-Afrika. Hy's natuurlik al 'n ou man, en wanneer hy sy naam teken, sit hy altyd baie noukeurig die (*Rtd*) agter sy naam. Dis *Major* Philip Brooks (*Rtd*) by die hek. In die Anglo-Boereoorlog was hy *Captain* Brooks en jonk. Hy het toe nog die volle gebruik van albei hande gehad, maar dis 'n geskende linkerhand wat saam met die gesonde op een van die soliede dwars-ysters van die hek rus.

Agter hom sit twee jong mense in 'n 1936 Plymouth-sedan en wag vir die majoor om te besluit. Dis die bestuurder van die gehuurde motor en Joey Wessels van die oorlogsmuseum in Bloemfontein. Die majoor het gevra om alleen af te klim en gesê hy sal by die hek besluit of hy wil oopmaak en opry na die huis en sy mense toe. Maar hy staan net daar. Blykbaar is dit vir hom 'n moeilike besluit.

Dit is. Want alles rondom hom is tegelyk bekend en vreemd.

Toentertyd was die hek 'n gewone swaai-hek; nou's dit dubbel, ornamenteel en tussen netjiese klipmure. Die oprit was smal en boomloos; die pad na die huis toe is nou breed en het 'n ry dennebome weerskant. Groot bome. Veertig jaar is genoeg vir bome om so hoog te word. Dis net herinnering wat krimp, dink die majoor. Die pad na die huis toe is reguit en gegruis, die huis is bepaald groter, die stoep en sy trappe hoër, en die, waarskynlik gegote, witgeverfde kantwerk van die stoeprelings en die veranda-rand was nie daar nie. Van die buitegeboue steek net 'n onbekende skuur se gewel tussen die bome uit. Die ringmuur wat naby die huis was, is weg; die tuin is vergroot en met nuwe smaak uitgelê. Daar blom kannas, rose, malvas.

Op die stoep is daar twee mense: die man sit, die vrou staan skuins voor die voordeur – albei so roerloos soos hy. Die majoor se ou oë kan nie meer oor die driehonderd treë van die oprit te veel besonderhede uitmaak nie, maar hy meen haar tog te herken. Aan die houding, al lyk dit vir hom die hare is nou spierwit. Moet sy wees.

Wie wás die mense tog wat hy hier kom raakloop het? Joey Drew, die fotograaf, byvoorbeeld. Die begaafde oujongnooi. Die beneukte vrou wat so amper 'n gifmoordenares geword het. Die Van Wyks. Die tragiese Minters waarop die noodlot, volgens Joey Drew, so gepik het. Sy.

En wie was hý, die jong kaptein Brooks, toe?

Sy oumensgedagtes en knaende onthouery leer hom deesdae net een ding: hy't almal half geken. Homself, soos nou, seker ook maar nie. Dalk het hy niémand ooit geken nie. Dalk is niemand te ken nie. Maar waar het die oujongnooi van die klavier en die byl in dié afgeleë wêreld haar klavieronderrig ontvang? Hy weet nie. Hy't nie eens vir Joey Drew geken nie, want hy weet nie behoorlik hoe die eienaardige vent fotograaf geword het nie.

Die majoor kan in 1944 nie weet nie, want hy't in 1900, 1901, 1902, 1927 en 1934 nie vir Joey behoorlik uitgevra nie, en in Februarie 1938 het die moontlikheid van uitvra opgehou, want Joey Drew se verharde myntering-longe het 'n end aan hom gemaak.

En as Joey op só 'n vraag sou antwoord, dit weet die ou majoor darem, sou hy in elk geval net 'n reggeliegde storie en aanmekaargerygde halwe waarhede moes aanhoor.

Want:

⊣⊢

Joey Drew het die transaksie vir die kamera met 'n besopene beklink.

Nou nie dat Joey self heeltemal nugter was tydens die eensydige onderhandelinge nie. Hy was al op sy tweede stasie, maar daar was nog 'n hele halwe bottel hardehout tussen hom en die vergetelheid van 'n behoorlike dronkmansfloute. "Nog heeltemal by my volle positiewe," het Joey gewoonlik die toestand beskryf waarin hy was toe die noodlot so uit die bloute en so goedgunstig in sy lewe kom ingryp het.

Maar eintlik was dit nie die drank in sy lyf wat hom die kamera laat koop het nie. Dit was Hans Bester se hoes.

Saterdagmiddae was maar so in Johannesburg. Dit was 1899 en omtrent elke mynrot in die dorp was besig om op die een of ander manier 'n stukkie vergeet na te jaag – in die kortstondige arms van 'n gehuurde vrou, of in die kroeë wat naweke gedreun het van geesdriftige ondersteuning. Want die meeste wat die strate deurdrentel en uiteindelik tog maar in die oë beland het, is nie verniet uitlanders genoem nie. Hulle wás ver van huis, in 'n vreemde land, en – buite die kringetjies waar hulle saamgekoek het vir geselskap – omring deur vreemdelinge en vreemdhede. Die meeste het dus bevreemd deur hulle dae en veral deur alleen nagte en ledige ure moes draal, en die eensaamheid het hulle vatbaar gemaak vir gedagtes en dade waarvan hulle in 'n knusse tuiswees nooit sou droom nie.

Joey Drew was duisende myle van wat eens sy huis was. Hy het dié oggend sy middag oorweeg terwyl hy oor die blouseep en slop-emmer buk en die was van sy hemp tot die loodbruin skiwwe aan die kraag en mou-omslae beperk. Die res van die hemp het nog aanvaarbaar geruik. Die gedagte aan 'n vrou se lyf het sy lende toe inderdaad vir 'n oomblik verontrus, maar hy het geweet die geselskap sal vlietend van aard wees, die daad oorhaastig, en die gesindheid gerig op klaarkry en so vinnig moontlik ontslae raak. Die prysklas waarin Joey die geldelike vermoë gehad het om te onderhandel, het nie tyd gehad vir kletspraatjies, belydenisse of klaagliedere nie. Dié dames was meer op omset as op gehalte ingestel, want die meeste was afdraand-gevalle

9

van kwynende aantreklikheid en stygende ouderdom. En so 'n oomblik van onvoldoende ontlading sou Joey 'n hele goue Krugerpond kos en hom waarskynlik op die vierde dag ná datum met die doringdraadwater en 'n gewetensdrup laat opstaan. Pryse, wit of swart, was op op Saterdae, want die aanvraag het die aanbod oorskry – in veral die boonste sektor van die mark, aangesien die sakke van die klandisie gebrand het van 'n weekloon en nog 'n week se kleinkampie.

En dit was nie net die ver-van-huis-eensaamheid wat Joey met sy mede-uitlanders gedeel het nie. Diep in elke hart het die leed van teleurstelling geroer. Die skatte waarvan hulle gedroom het met die optimistiese vertrek van huis en haard, dié het nou die teleurstelling geword van 'n ondergrondse hel van stof en klip en stof en erts en stof en hitte, hitte, hitte, hitte. En 'n weekloon. Die geel goudstof het – amper presies soos hulle eie strome sweet in die holtes van die myn – in die sakke gevloei van 'n klomp sagtehandjie-vetgatte wat oor naweke sit en sigaarsuig en whiskey-teug in hulle splinternuwe kastele teen die hange van die hoogtes, of waar hulle hulle renperde laat hardloop – elkers met jong, welgeklede en -gevormde, tydspanderende, welriekende, duur, heelnag-dames aan hulle sy. Of in die klub, natuurlik, as hulle die geselskap van hulle eie soort verkies. Hulle kon onder die skaars vroue in die dorp selfs amateurs, en die gemoedsrus wat daarmee saamgaan, bekostig.

Dit was dié bitter gedagtes wat besig was om Joey, ten spyte van die gewone opbeurende effek van sy tweede stasie, die neerslagtigheid in te druk, toe hy – in Eloffstraat en op pad na lafenis in The Frenchman's Eye – oor die man met die kamera struikel.

"En dit was nie die drank in my binneste wat my daar laat struikel het nie, vriend, dit was die noodlot," sal Joey sê. "Noodlot! Niks anders nie. Noodlot maak so." En dan sal Joey jou 'n ellelange uiteensetting gee van die sin en wil van die LOT en hoe dit in sy lewe ingegryp het. Soms ten goede, dikwels ten kwade, maar altyd onverwags en meedoënloos.

Toe Joey opstaan van die seer knie waarop hy geland het,

10

het hy eers oorweeg om sy struikelblok 'n skop in die ribbes te gee, maar hy bedink hom, want die man wat met sy uitgestrekte bene in almal se pad en met sy rug teen die muur sit, was kennelik alreeds deur vele stasies. Nie dat Joey hom nie gesê het nie. Hy't hom duidelik laat verstaan dat hy vir hom 'n meer geskikte plek moet soek om te loop dronklê, want waar hy nou sit, is sy paar pote oor almal se pad en gaan hy die verbygangers die een na die ander pootjie – en nie almal gaan so gaaf opstaan en sy dronkenskap so respekteer soos hy, Joey Drew, nie.

Maar die man het nie geluister nie, want wat sy oë nog aan fokus oorgehad het, was, ietwat swewend maar tog redelik stip, gerig op Joey se baadjiesak. 'n Brandewynbottel het daar gebult en aan die boonste deel wat uitgesteek het, kon jy sien hy was nog nie behoorlik half nie.

"Net 'n lekkie, seblief-seblief," het die man in nog verstaanbare maar slepende Engels gepleit. Vir Joey was elke mens wat in dié land 'n woordjie Engels kon praat 'n gewaardeerde aanklank, en sy berisping van die dronke was dus sonder angel: "Jou paar pote het amper gemaak dat hierdie bottel nou aan skerwe lê op die sypaadjie, my vriend! Nie 'n druppel meer vir jou nie."

Dit was tóé dat die man sy stewels aangebied het vir wat ook al in die bottel oor was.

"En dit was goeie skoene, my maat! Oprygers en blinkgepoets. Jy't nie baie blink skoene in Johannesburg gesien nie – nie eens op Saterdae nie."

Maar niemand by sy volle verstand neem op 'n Saterdag afskeid van 'n driekwart-bottel nie, en Joey was besig om dié waarheid aan die verstand van die dronkie te bring toe die man die kamera aanbied vir die bottel en sy inhoud.

Die instrument het langs sy desperate eienaar op 'n driepoot gestaan. Daar was 'n doek oor hom. 'n Swarte. En toe die man nou so voortpleit en in die rigting van 'n ruiling praat, het Joey die doek afgehaal. Die kamera was 'n pragtige ding om te aanskou. Die bruin mahonie-kissie het gegloei van in- en opgevryfde skellak en in die lig van die middag het sy lens-ogie swart en goud geglinster. Dit was iets om te sien, dié meesterstuk van Victoriaanse tegnologie, en die ding was vir Joey mooier as 'n gewillige vrou, selfs op 'n leë Saterdag in die vreemde. Uit pure waardering het hy die bottel vir die man aangegee, maar hy moes sy drank vinnig van die dors lippe af wegskeur, want die adamsappel het gewip soos hy pomp.

Joey het vir die man gesê hy's 'n gulsige vark, sy bottel weer gekurk, sorgvuldig in sy baadjiesak gesteek, en geloop.

By die swaaideure van The Frenchman's Eye was die bottel in sy baadjiesak 'n verdere belemmering. Die uitsmyter voor die kroegdeur het Joey aangesê om hom uit die voete te maak. Wat ook al in die betrokke onderneming gedrink word, het die man gesê, moet in die onderneming gekoop word en in die onderneming gedrink word. Die onderneming kan nie toelaat dat mense soos Joey hulle eie drank in die onderneming indra en daar sit en uitsuip nie, want die onderneming is juis opgerig om dusdanige drank te voorsien.

Joey het die man verseker dat hy die woord "onderneming" en enige ander stukkie hoogpraat so goed ken soos die beste onder die hoogste stand, want hy, Joey Drew, is 'n geleerde man van Somerset, Engeland, maar sy hartmedisyne wat hy altyd by hom moet hou, net vir geval, bevat 'n bietjie alkohol en hoe sal die uitsmyter voel as hy wat Joey Drew is in die onderneming moet omkeer en sterf, en . . . Joey het sy betoog nog 'n rukkie volgehou terwyl hy en die man mekaar verbete in die oog kyk.

Vir omstanders sou dié wedersydse gestaar na 'n ongelyke stryd lyk. Die uitsmyter het van ses voet hoog uit die twee-eenheid van 'n dik nek-en-kop op Joey neergekyk, en Joey moes van vyf voet vyf af uit sy skraalte opkyk in die man se oë. En tog het niemand ooit vir Joey kon staar totdat hy eerste wegkyk of 'n oog knip nie.

Want Joey was skeel. Sy bestaring van 'n teenstander was dus ongewoon. Sy linkeroog – klein, swart en blink soos die lensie van die begeerde kamera – het op sy teenstander se linkeroog gefokus, maar die geheim het in die regteroog gelê, want dié se blik was onwrikbaar vasgenael op die teenstander se regteroor. Toe die uitsmyter dus aan die kriewel in sy regteroor begin vryf, het Joey besef dat die stryd soos gewoonlik gewonne is en het hy die kroeg binnegegaan. Al wat die uitsmyter vir die kroegdeure wat al agter Joey toegeswaai het, kon sê, was: "Ek hou jou dop! Een suig aan daardie bottel en jy's uit!"

Die kroeg, het Joey met die binnestap aangevoel, was nog in sy luidrugtige bui. Joey het vas geglo dat kroeë dronk word soos mense. Hulle begin in die middag deur uitbundig te lag vir elke flou grappie, en dan het hulle die tyd van grootpraat en spog net ná die oorgeslane aandete-tyd. 'n Bietjie later begin die geredekawel. Dis die tyd wanneer verskille oorgaan in beledigings en die beledigings handtastelik raak in stampe en stote – tot die eerste van die aand se rusies oopbars in 'n behoorlike geveg. So 'n uur of wat later kom die tyd van weemoed, wanneer elke deeglik beskonke man sal begin praat oor die leed in sy lewe. Dan sal sy self-bejammering en sy spytgoed uit die diepste putte van sy siel opwel boontoe en soms by sy oë oorloop. Dis net voor toemaaktyd dat daardie selfde kroeg wat hom die middag simpel gelag het vir omtrent enigiets en gedreun het van broederskap, sy stem sal laat sak en begin fluister dat die tyd vir trane gekom het. Dis dan wanneer jy jou kroegstoel omskop en probeer huis toe struikel . . . en die pad daarheen sal aflê so ver as wat jy nog kapabel blyk te wees, en dalk daar sal uitkom. Maar meestal sal jy die volgende oggend eers die diepte van jou toestand die vorige nag kan meet aan jou wakkerwordplek, want aan hom sal jy kan sien hoe ver jy in staat was om te vorder.

"Het jy al ooit," het Joey dikwels gevra, "iets treurigers gesien as 'n man wat gevou en bly lê het? . . . of 'n oog wat met donker vensters blind in die nag probeer inkyk – toegetralie soos 'n bandiet?" Wat Joey probeer sê het, was dat kroeë nie toemaak nie, hulle kry net die floute. Soos mense.

Maar 'n kroeg was geselskap. Joey het vir hom 'n kroegstoel uitgesteel onder die bas van een van die aanwesiges wat hom 'n oomblik van sy stoel gelig het om 'n debatspunt te onderskraag, en by sy vriende aangesluit:

13

Hans Bester was lank, maer tot byna in sy gebeente, en 'n Boer. Hy't nie baie Engels geken nie en dit was normaalweg vir Joey 'n tekortkoming wat enige moontlikheid van vriendskap sou uitsluit. Maar Hans Bester was die eienaar van 'n kar en perde en Joey het besef dat daar tye kom wanneer 'n man vervoer van node het. 'n Mens weet nooit. En waarvoor is vriende in elk geval daar?

Corky, die Engelsman wat links van Joey gesit het, was nuut by die myne, maar dit was maklik om Corky te bevriend, want hy het met alles saamgestem wat jy sê. Joey kon dus sonder teenstand sy sê sê: "Nou is dit so, of is dit nie so nie? Sê my. Sê my, sê my nóú!"

Joey het beurte gemaak om sy gespreksgenote met sy ogies vas te pen. Sy blik het hulle uitgedaag om hom te weerspreek. Hy het gewag vir instemming tot Corky hom tegemoet kom: "Dis nes jy sê, Joey. Nes jy sê."

Joey het omgedraai na Hans Bester toe en sy oorkruis blik het ingeboor in Hans se linkeroog en regteroor: "Is dit nou so, Hans? Moenie net daar sit nie, sê my."

Hans het nie mooi kon volg wat die Engelsman van hom wou hê nie, maar die aard van die kyk wat Joey uitgemeet het, het duidelik beteken dat een of ander reaksie van hom verwag word.

"Jis," het Hans gesê en sy regteroor so onopsigtelik moontlik gevrywe.

Joey het omgedraai en die onskuldige beskuldig: "Hóór jy nou, Corky? Tot hierdie Boer stem saam! Geen belediging bedoel nie, Hans, maar jy is tog 'n soort Boer, is jy nie? Ek bedoel, jy praat tog hulle taal, praat jy nie?"

Selfs as Hans behoorlik kon verstaan wat die Engelsman in sy kop gehad het, sou hy dit nie as 'n belediging beskou het om 'n Boer genoem te word nie, maar aangesien hy nie agter die kap van die byl kon kom nie, het hy maar gesê: "Jis."

"Hóór jy nou, Corky? Tot dié Boer stem saam ou Paul Kruger is 'n dom donner. Maar het ék regte? Het ék wat Joey Drew is – 'n geleerde man van Somerset, Engeland – het ek regte? Het ek, die man wat ure der ure in daardie stof-hel onder die grond vir hulle swoeg, regte? Vir wat werk ek? vra ek jou. Vir wat werk ek?"

Die gekruiste blik pen hulle weer om die beurt vas, tot Corky probeer: "'n Man moet eet . . ."

Joey help hom heftig reg: "Ek werk sodat die ryk bliksems teen die bulte mudsakke vol goudbelasting aan daardie selfde ou Kruger kan betaal. Maar het ék regte? Kan ék, Joey Drew, 'n geleerde man van Somerset, Engeland . . . al sê ek dit vandag self . . . . Kan ék, Joey Drew, wat hulle goud vir hulle uitgrou en hulle swart tjommies se gatte vir hulle warm skop, iemand kies om my te verteenwoordig? Nee, sê daardie ou dom donner van 'n Boer, Paul Kruger . . . Verskoon my, Hans, geen belediging bedoel nie, niks snaaks teen jou bedoel nie . . . maar die waarheid is die waarheid . . . En elke dom Boer wat skaars 'n letter kan lees en daardie skraperige taal praat soos Hans hier langs my, dié kan stem tot oormôre toe! Ek bedoel nie om jou te beledig nie, Hans, my vriend, glad nie, want jy's my vriend, my beste vriend, as Corky nie omgee dat ek dit sê nie. Ek weet 'n man kan nie help in watter nasie jy gebore word nie."

Die stroom woorde was te vinnig vir Hans Bester. "Jis," bevestig hy dus maar.

"Daar's hy, my vriend! Daar's hy!"

In daardie oomblik van kameraadskap het Joey uiting gegee aan sy diepgevoelde toegeneëntheid en Hans met die plat hand op die rug geslaan.

Die klop op die rug was hartlik en net te veel vir Hans Bester se dun ribbekas en half-versteende longe. 'n Hoes het uit hom geskeur – droog, en luid, en onkontroleerbaar. Sy hoes het bo die gesellige dreun van die kroeg uitgekrys. Dit was asof die geluid uit 'n leë blik, 'n trommel, 'n hol konka kom; asof dit 'n soort amper-laaste protes van sy verhardende longe was wat uit die papierdun blikkerigheid van sy ribbekas eggo. Die eerste hoes het die dreun van die kroeg se roesemoes stilgemaak. Die vertrek het 'n holte vol asem-ophou geword. Hans het voortgehoes in 'n swye van onderdrukte klank, van gestolde beweging, van aangeraakte siele. Dit was 'n stilte van simpatie en gedoofde blymoedigheid waarin Hans Bester se hoes resoneer. Want almal het geweet Hans hoes die hoes van die kwaal met die baie name: tering, galop-tering, myntering, silikose, kliplong, en in ander veraf myne "die swart-long". Almal in die kroeg het geweet Hans hoes nie net vir homself nie, hy hoes ook namens hulle, en hy maak die stiltes van hulle ontkende vrese hoorbaar. Die blik van elke oog het gefokus op die lang maer man wat oor die onbeheerbare stuipings van sy hoesbui buk – terwyl hy die hoes probeer stilsmoor met 'n vuil sakdoek wat reeds bruin gevlek is deur die bloed van vroeëre hoesbuie.

Toe die aanval verby was, het Hans nog amper 'n volle minuut geboë bly staan. Hy moes wag dat sy longe klaar hyg na die suurstof wat so min geword het, en totdat die laaste stuipinge wat kort-kort weer deur sy lyf wou sidder, bedaar het. Hy het na die vloer gekyk, verleë en roerloos, en hy het eers orent gekom nadat hy half skuldig met sy skoen oor die twee druppels bloed op die vloer, dié wat die sakdoek nie gekeer het nie, kon vee.

Joey het begin loop terwyl Hans wag dat sy lyf tot bedaring kom, maar by die deur het hy omgedraai en in Hans se stilte ingeskree: "Ons kry myntering vir hulle! Ons longe word klip vir die bliksems, en wat kry ons? Nie eens 'n stem om dié plek reg te kry nie. Ons vrék vir hulle, verdomp!"

Joey het deur die swaaideure gestruikel. Buite het hy tot stilstand gekom en na die uitsmyter gestaar asof die arme man verantwoordelik was vir die kraaines woede-en-vrees op die krop van sy maag. Toe het hy die kamera onthou en aangestap.

Binne die kroeg het Hans Bester die bietjie asem wat die tering hom nog gun, teruggekry. Corky was bly om te sien die oë rondom hulle begin wegdraai van Hans en sy toestand af. Die stemme agter die oë het weer begin klink. Vyf minute later het die kroeg sy verligting uitgedreun dat die geluid wat so onverwags stem gegee het aan hulle onderdrukte bekommernis, stilgeraak het.

Corky het salwend, en stadig sodat Hans kon verstaan, gelieg: "Dis nog nie te sleg nie, maar jy moet onder die grond uitkom."

Hy het in die Boer se oë gekyk. Hulle was effens bloedbelope van die aanval, maar agter die grys kykers het 'n redelose verwagting geroer. Hans Bester se lang dun vingers het gemaak asof hulle sy hol wange onder die volbaard vryf, maar eintlik was die handpalms besig om seker te maak dat daar nie weer bloed aan sy mond agtergebly het nie. Hy het rondgesoek tussen die hopies Engelse woorde wat hy in die myn bymekaargeskraap het, en aan Corky probeer verduidelik: "Ek werk dubbelskof. Ek wil goed koop. Vir 'n plaas."

"Joey het gesê hy sal jou help om by jou mense uit te kom," het Corky stadig, en weer baie nadruklik, probeer troos.

En Hans moes verstaan het.

"My mense . . ." het hy herhaal.

Hans het nie 'n Engelsman nodig gehad om hom by sy mense te kry nie. Sy kar en perde en sy grootword in die land was genoeg. Dit was sy wil en een of ander strewe wat hom by sy dubbelskofte laat hou het. Miskien kon hy nie genoeg uitlandse woorde bymekaarmaak om iets te sê oor die twee woorde wat hy té goed verstaan nie. Want hy't by Corky verbygekyk na die rye bottels op die rak, en dalk ver by hulle verby na iets ánderkant – en dus ook bínnekant. Corky het gedink die Boer se oë is seker nog maar nat van die hoesbui. Bester het niks bygesê nie, nie eens "Jis" nie.

Elke keer wanneer Joey Drew iemand vertel van hoe hy teruggegaan en die halwe bottel vir die kamera verruil het, het die storie 'n ander kinkel gehad. Partykeer was die eienaar van die kamera nog heeltemal by sy positiewe toe die transaksie beklink is. In daardie weergawe het die man sy goedkeuring duidelik met 'n hoofknik te kenne gegee toe Joey hom "volgens die vroeëre ooreenkoms" die brandewyn in die hand stop en die kamera vat. Ander kere het Joey beweer dat hy "volgens die vroeëre ooreenkoms" wat hy met die man aangegaan het toe dié nog helder van verstand was, die ruiling uitgevoer het. In albei gevalle het Joey kort-kort daarop gewys dat alles wettig en ordentlik daaraan toegegaan het. Want in albei weergawes van die storie het hy beklemtoon hoe hy die man vir sy eie beswil uit die pad gesleep en netjies teen die muur lêgemaak het. Verder het hy die besopene tegemoet gekom deur die bottel, behoorlik gekurk, tussen die liggaam en die muur weg te steek, want almal weet tog dat daar 'n oneerlike soort mens is wat 'n ander se dronkenskap sal uitbuit in plaas daarvan om dit na behore te respekteer. Sou iemand waag om te skimp dat Joey dalk 'n afskeidsteugie uit die bottel gesuig het, het Joey hom bestaar totdat sy oor behoorlik kriewel, want dit sou steel wees. Steel! Hy steel nie. Vat nou byvoorbeeld die trommel wat by die kamera gestaan het. Dit was tog duidelik dat dit deel van die kamera was, want dit kon tog niks anders bevat het as die chemikalieë en die ander goed wat by die kamera hoort nie. "Sê jy my," het Joey betoog, "wat maak jy met die chemiese stowwe en goeters as jy nie 'n kamera het nie? Of met die kamera sonder daardie goed? Nee, toe sê my!" En daar wás kamera-toebehore in die trommel toe hy die slot die aand by die huis oopbreek. Hoe moes hy weet die man het ook 'n goeie skeermes en ander toiletware saamgedra in 'n ding waarin hulle nie hoort nie? En as hy, Joey Drew van Somerset, Engeland, ooit weer die man raakloop, sal hy sy skeergoed vir hom teruggee. Hulle nooit gebruik nie. Nooit! Dit sou steel wees. En jy kan sê van Joey Drew wat jy wil, maar sy eerlikheid is verhewe bo enige suspisie.

"Nog nooit in my hele lewe het ek 'n onderduimse transaksie aangegaan nie. Ek is nie grootgemaak om te steel, te lieg, of te verneuk nie."

So is Joey Drew se longe dan gered deur Hans Bester se hoes en deur 'n slim jong apteker wat 'n apteek kom oopmaak het naby die hoek van Commissioner- en Eloffstraat. Die apteker was vars uit Europa en het alles geweet van die kamera en die duistere chemiese prosesse wat die beelde na vore bring. Hy het Joey geleer hoe die pragtige bruin kissie met sy swart ogie werk en waarvoor al daardie pannetjies en plate en chemiese stowwe daar is. Hy wou selfs die kamera by Joey koop, maar elke keer wanneer Joey na die kamera kyk, het daar 'n gevoel van vryheid deur sy are geskiet en in sy hart begin bons. Dit was dan asof sy longe skielik makliker asemhaal. Die kamera, selfs teen die hoë profyt wat aangebied is, en bereken teen hoeveel bottels met so 'n wins gekoop sou kon word, was nie te koop nie. Joey en die apteker het saam geëksperimenteer en sommer gou het die man van Somerset, Engeland, nie meer koppe en voete afgesny nie. 'n Geleerde man leer vinnig, al moes Joey dit self sê.

Skaars twee weke later het Hans Bester se kar en perde vir hom en Joey die skoon lug van die Vrystaat ingedra. Die fotograaf van Somerset, Engeland, se nuwe loopbaan het begin, en so ook dié van sy tolk, drywer, gids, en moontlik later selfs aandeelhouer in sy fotografiese onderneming. Vir eers sou Hans Bester die kuur en kos as 'n soort betaling beskou. Die kar en perde en die versorging van die diere is voorlopig nie in berekening gebring nie.

Maar Hans Bester se longe wou nie regkom nie.

"Daardie Boer Bester het hom dood gehóés! Het jy dít al gesien? Morsdood gehoes. Dis nie mooi om 'n man te sien doodgaan aan uitasem nie, sê ek jou. Ek dink hy het al die asem wat hy in hom gehad het, uitgehoes, en toe gesterwe weens gebrek daaraan – want hy't eers rooi geword en toe wit en toe blou. Ek het hom behoorlik begrawe. Langs die pad Harrismith toe. Self die gat gegrawe. Ek moes eers byna die hele dag soek na 'n stukkie groubare grond in daardie droogte. My gewete pla my partykeer oor daardie Boer. Miskien was sy longe so gewoond aan die stof wat hulle ingekry het met al daardie dubbelskofte wat hy vir sy plaasgoed gewerk het en aan die mis- en kolerook van Johannesburg dat hulle nie die vars lug kon staan nie. Maar hoe moes ek nou weet? En hoe op aarde moes ek die kar en perde by sy naasbestaandes kry? Hy't my nooit vertel waar hulle bly nie, en al het hy, sou ek hom nie kon verstaan nie, want hy kon net daardie skraperige taal van die Boere praat. Maar as énigiemand, en ek bedoel énigiemand, aan my kan bewys dat hy nabyfamilie van Hans Bester is, kan hy die kar en perde met my komplimente vat en ry. En die Bybel ook, dis in elk geval in Hollands. Die geld wat hy by hom gehad het, het ek saam met hom begrawe. Dit moes seker heelwat gewees het, want met die dub-belskofte het hy baie meer verdien as wat hy kon uitdrink. Maar ek is nie iemand wat 'n lyk se sakke sal omkeer of deurvoel nie. Ek aas nie. Ek het nie eens 'n eerlike loon by die lyk gevat vir die gat wat ek vir hom gegrawe en die begrafniswoord wat ek voor die toegooi oor die graf uitgespreek het nie. Ek dink hy't sy geld en sy papiere in die voering van sy baadjie rondgedra. Sy spaargeld, dié belowe ek jou, is saam met hom sy graf in – en ek sê dit in alle eerlikheid."

En terwyl hy dan in alle eerlikheid die dood, begrafnis en erflating van oorlede Hans Bester beskryf, het Joey die gewoonte gehad om met tussenposes aan sy baadjiemoue te rem. Die baadjie moes oorspronklik vir 'n veel langer man gemaak ge-wees het. Joey het die moue self korter gemaak, maar die lyf van die baadjie was bo sy naaldwerkkundige vuurmaakplek en het toe maar lank gebly. Die baadjie het aan hom gehang soos aan 'n vreemdeling – 'n half-jas gedrapeer oor 'n veel te smal klere-hanger. Maar die baadjie was gemaak van uitnemende Holland-se materiaal en duidelik te waardevol om onsinnighede mee aan te vang. Soos om dit te begrawe, byvoorbeeld.

By die vlak graf van Hans Bester het Joey besef dat hy ver-dwaald, indien nie verlore is nie. Die landskap rondom hom het bestaan uit kaal heuwels tot aan byna elke gesigseinder. Die bulte was boomloos en net met vaal wintersgras bedek. Die sagte glooiings het in alle rigtings weggegolf en in die verte verdwyn. Behalwe in die ooste, waar daar 'n paar plat koppe met sand-steenkruine in die middel van die niet gestaan het en heel in die verte 'n bergreeks te sien was. Die effens dieper blou van die berge het aan die ligblou van die wolklose hemel geraak en op plekke daarmee versmelt. Daar was sneeu sigbaar op daardie berge en dit was waar die wind vandaan gekom het – 'n droë, koue wind wat hom afgevee het aan enige bedekking waarmee Joey sy bewende siel en rittelende liggaam probeer bedek het. Dit was dié wind wat sy baard witgeryp en sy komberse styf-geys het gedurende die twee nagte dat oorlede Hans Bester nie die warmte van 'n plaashuis gehaal het nie en hulle in die oopte moes slaap.

Dit was gedurende daardie tweede nag onder sterre en wind dat die Boer se laaste hoesbui begin het. Hy is later die oggend dood terwyl hy desperaat gespook het om vir Joey iets belangriks aan die verstand te bring. Sy oë was oopgerek, verwilderd en gretig, en hy't gesukkel met die laaste, byna asemlose woorde wat sy mond van die té min lug uit sy oorgeblewe stukkies long wou vorm. Te min het uit sy bebloede mond gekom – te min en te vreemd voor Joey se onbegrip. Sy sterwende longe het nòg bloederig probeer om woorde uit te pers toe sy mond skielik net wyd oopgaan in die oopgesperde gaap van die dood. Net sy oë het nog vir 'n oomblik gretig en blink gebly voor hulle breek en verdof.

Joey het niks verstaan van wat die Boer probeer sê nie. Hy't afgekyk op die gestorwene en al wat hy kon dink, was: Hy't seker iemand liefgehad.

Joey het hom in sy vuilste kombers begrawe en, denkende aan die koue wat nog voorlê, die ander een vir homself gehou.

"Dis erg ongeleë om my nou net so te los, bliksem," het Joey vir die hopie grond op die graf gesê, want hy't geweet dat hy op daardie moment verlore staan in 'n ongenaakbare landskap, en dat hy van daardie eiland af sal moet wegdryf op 'n see van onbegrip. Want net daardie skraperige taal is gepraat in die plaashuise waarheen Hans Bester hom begelei het. Joey was die hele tyd uitgelewer aan sy gids om die doel van hulle omwandelinge aan die plaasmense te verduidelik en om oor hulle eerlikheid te getuig wanneer die vooruitbetalings vir dienste wat gelewer sou word, in ontvangs geneem is – gedeeltelike betalings vir foto's wat êrens in die verre toekoms afgelewer sou word. Joey het groot genoegdoening geput uit die indruk wat die voorbeelde van sy fotografiese vermoë op die plaasmense gemaak het. Hy en die apteker het voor sy vertrek uit Johannesburg twee aanvallige ligtekooie na die apteek toe gevlei en daar foto's van hulle geneem. Joey self het een van die apteker bygeneem. Dit was dié drie foto's waaruit sy "portfolio" bestaan het, en dit was altyd vir Joey jammer dat hy dié imposante woord nooit behoorlik vir Hans Bester geleer kon kry nie.

Hans het gesorg dat hulle aan tafels eet, in beddens slaap en in warm water was. Die plaashuise was soms baie myle van mekaar af en die tweespoor-paadjies het van onbruik net so hier en daar 'n middelmannetjie gehad. Soms het die drooggeworde, klipharde en diep kar- en waspore van die vorige reënseisoen Hans se karwiele gevang en moes hy twee nuwe rye spore langsaan aanlê, omdat hy vrees die perde sal skeeftrap. Maar die Boer het elke dag daarin geslaag om die volgende opstal te haal, behalwe by daardie twee geleenthede toe hulle maar moes buite slaap.

Joey het besluit om wes te hou – weg van die koue wat die wind uit die berge gebring het. Hy't maar aangegaan en die oorlede Boer se optrede so goed moontlik nageboots. Hy het, soos oorlede Hans, probeer seker maak dat die perde water en rustyd kry. Die tuie het hy ná 'n gesukkel onder die knie gehad, en die kuns om 'n karige maaltyd in die veld aan mekaar te slaan, het die nood hom geleer. Die landskap self het hom gou laat insien dat dit 'n doodsonde is om by 'n stukkie vuurmaakgoed verby te ry sonder om dit op te tel – al was dit net 'n verdwaalde bossietak of 'n stukkie mis. Die kosbare vlammetjies wat dié stukkies vuurmaakgoed kon voortbring wanneer hy hulle, suinig soos 'n vrek, aan sy aandvuurtjie voer, het die nagte effens sagter gemaak, die koffie sterker, die pap minder klonterig en die sop minder waterig. Joey het geleer om vir sy eie perde se mis te stop, dit op te laai en agter op die kar op 'n sak te droog.

Toe Joey, meer as 'n maand ná sy metgesel se dood, met Hans Bester se kar en teen daardie tyd brandmaer winterhaar-perde deur Danie van Wyk se plaashek ry, was hy al na liggaam en gees 'n gebroke man. Hy het toe reeds te veel smartlike dae en weke lank deur die taalbelemmering moes worstel, en hy was verplig om in stalle, skure, hokke, buitegeboue en soms onder die onvriendelike ope hemel te slaap. Hy is nooit 'n huis binnegenooi nie. Nie eens een keer nie. Hy het in daardie tyd net een foto geneem en so ver as wat hy kon uitmaak, sou die familie eers betaal as hulle die foto in die hand het en goedkeur. Joey het gevoel hy word nie vertrou nie en dat die Boere die man van Somerset, Engeland, as 'n soort nikswerd landloper beskou.

Hy't die woning van die Van Wyks met mismoed en bitter voorspooksels benader.

Die huise waarby hy op sy tog aangedoen het, was almal teen hoogtes gebou, en waar Joey ook al opgedaag het, het die mense lank voor sy aankoms al van hom geweet. Maar by die Van Wyks het die pad 'n ent van die huis af eers om 'n koppietjie gekom voordat jy en die huismense mekaar kon sien. Hy moes maar mik-mik deur die honde voordeur toe.

Hy't geklop en Magrieta van Wyk het die deur oopgemaak.

Vir Joey was Magrieta van Wyk die mooiste vrou wat hy in sy ganse lewe gesien het, en, so het hy die res van sy lewe geglo, wat hy ooit sou sien.

Sy was skraal vir 'n Boervrou. Joey het teen daardie tyd al bietjie gewoond geraak aan die vollerige posture van die Boere-vroue op die plase en die lang, lenige lyf van Magrieta het hom onkant gevang. Die selfversekerdheid van haar skoonheid het soos 'n waas om haar gehang. Sy het die trotse houding gehad van 'n jong vrou wat diep bewus is van haar blink, blonde hare wat sy in 'n rol op haar kop dra, van haar fynbesnede neus, haar sagte, welgevormde lippe, haar wye oë . . . en haar vel so smette-loos en glad soos dié van 'n baba.

Sy het hom in die skraperige taal aangespreek: "Ek is Mevrou van Wyk, wie is u, Meneer?"

Joey, teen daardie tyd maar alte deeglik bewus van die uit-puttende hindernisse wat taal tussen mense kan oprig, het die onmoontlike probeer: "I'm English . . ."

Magrieta het hom in Engels geantwoord: "Sê dan wie u is, Meneer. Ek is Mevrou van Wyk."

Joey kon later nooit aan homself verduidelik waarom hy toe gesê het wat hy gesê het nie. Dit was seker maar oor haar manji-fieke uiterlike, of miskien was dit sy verligting en dankbaarheid om 'n druppel Engels aan die lippe te voel in die dorre woestyn van die skraperige taal. Dit was asof sy woorde uit iemand anders se mond kom.

"God is goed," het hy gesê.

Dis wat hy gesê het, en die spotlaggie wat na die hoeke van

haar mooi oë gekom het, het die onsinnigheid van sy stelling by hom tuisgebring.

"Is dit 'n manier van groet waar u vandaan kom, Meneer? Of wil u kom preek?"

'n Verleentheid het oor hom gekom en hy't hom toe maar vinnig voorgestel en die "Somerset, Engeland" bygesit vir 'n tikkie waardigheid.

"O," het sy gesê en hom stadig van bo tot onder bekyk.

Joey het geweet hy's nie veel om na te kyk nie en gedurende die meer as 'n maand wat hy voortgesukkel het van misverstand tot nie-verstaan was hy só ingedagte en probleembeset dat hy nie eens daaraan gedink het om in die pakkaas op die perdekar rond te krap agter die spieël aan nie. Voor Magrieta van Wyk het dus 'n baie vuil mannetjie gestaan. Hy't vir meer as 'n maand in sy klere op die grond geslaap; die onverskillige drade uit sy lepel wanneer hy sy half-gekookte gortsop slurp en wat net 'n ingedagte man in sy alleenheid sal toelaat om in sy baard af te drup en daar te bly sit, het in droë brokkies aan die yl groeisel gekleef; die verfrommelde strooihoed wat hy senuagtig in sy hande ronddraai, het saam met sy skoene as kopkussing moes dien gedurende sy nagte in die oopte. Die hoed se kreukels het die onrus van daardie nagte vertoon. Sy en oorlede Hans se kussings was daardie tye op sy voete wat seker nooit in sy lewe weer sou warm word nie. Sy wit hemp was 'n egalige bruin en hy het twee baadjies oor mekaar aangehad: die binneste het gepas, maar die buitenste was heeltemal te groot vir hom, alhoewel die moue die regte lengte gehad het.

Vir Magrieta van Wyk was Joey Drew van Somerset, Engeland, dus net 'n vuil, bakbeen, onwelriekende kolommetjie mens. Die indruk wat hy maak, was duidelik te sien in die afkeer wat in haar goddelike oë gegroei het. Sy andersins so deurdringende blik het onder sy gekoekte hare soos dié van 'n hond geword wat op 'n klein bietjie goedkeuring hoop.

Soos sy vir hom, het Joey ook die mooie Magrieta geruik. Dit was nie die reuk van laventel of seep nie, maar iets anders. Hy het dit later aan homself, maar nooit aan iemand anders nie, verklaar: 'n mens kan só vuil word en so gewoond raak aan die reuk wat daarmee saamgaan, dat jy naderhand skoon aan iemand anders kan ruik. Veral as dit 'n vrou is, en veral as die vrou so mooi is soos nog net Magrieta van Wyk ooit was.

"Ek gaan jou nie binnenooi nie, meneer Drew, jy's te vuil."

"Ja, Mevrou," het Joey saamgestem.

"En hoekom kyk jy nie na jou perde nie?"

Joey se altyd so deurvorsende blik van staal het verkrummel tot brokkies nederigheid en grond toe geval. Hy het Magrieta van Wyk maar pas ontmoet, maar sy het hom al klaar ondergedompel in die kuil van skuld anderkant verskonings.

"Ek is jammer, Mevrou . . ."

"Jammerte voer nie jou perde nie. Vat hulle agtertoe en kry vir hulle hooi by die mied. Dan kan jy agterdeur toe kom."

Sy't die deur in sy gesig toegemaak, en dit toe soos 'n nagedagte weer oopgemaak. "Daar's 'n trog. Gee die arme diere eers water."

Joey Drew het skielik, vinnig en gedienstig beweeg om te doen wat sy hom beveel het. In sy dieperggeroerde gemoed het hy geweet dat hy altyd sal doen wat Magrieta van Wyk van hom vra. Sonder argument of teenvraag.

Toe hy, ná die perde se versorging, by die agterdeur opdaag, het sy vir hom oor die onderdeur 'n opgehoopte bord boere beskuit en 'n beker koffie aangegee.

"Ek waardeer u vriendelikheid ten seerste, Mevrou," het Joey haar bedank en bygevoeg: "Ek is eintlik fotograaf van beroep. Ek neem foto's."

"Jy kan my dit vertel as jy skoon is. Kry jou vuil klere van die kar af en trek daardie uit. Ons sal die goed moet kook. Gee alles vir Sarah. Jy kan dáár uittrek."

Sy het na 'n buitegebou beduie en die bo-deur toegemaak. Sarah, 'n swart vrou, het saam met hom kar toe gestap. Joey kon nie anders as om op te merk dat sy bokant die wind hou nie, maar dit was maar die begin van sy vernedering.

Sarah het met moeite op die kar gekom, maar toe sy eers bo-op was, het sy die ene bekwaamheid geword. Sy het dadelik die

25

hopie perdemis wat Joey met soveel moeite agter sy trekdiere opgetel het om te droog, raakgesien, die sak waarop hy die droging gedoen het aan die vier hoeke bymekaargevat, vir hom aangegee, haar kop meewarig geskud en met 'n stom vinger gewys waar hy die goed moet wegsmyt. Toe Joey van sy sending af terugkeer, het sy klaar in een van die komberse 'n bondel gemaak van die klere in die trommels. Joey het gesien dat die swart doek wat hy oor sy kop gooi wanneer hy so belangrik agter die kamera inbuk, ook tussen die wasgoed gekom het en hy het dit probeer terugvat, maar sy het dit uit sy hand geruk, hom aangekyk asof hy 'n lastige kind is, en die bondel van die kar af gelaai.

By die buitegebou waar Magrieta gesê het hy moet uittrek, het Sarah hom by die deur ingedruk en beduie hy moet sy klere vir haar deur die deur aangee.

Binne het hy sy koffie en beskuit eenkant gesit. Toe hy sy onderste lang onderbroek begin uittrek, het die verleentheid hom verder oorweldig. Hy't twee onderbroeke oormekaar gedra: sy eie onder, met oorlede Hans Bester s'n bo-oor. Dié se te lang bene was binne sy kouse in Joey se uitgetrapte skoene om sy voete gevou. Enigiets teen die koue. Maar die binneste onderbroek, so het Joey gesien in die lig wat deur die opening in die een muur val, het met veelvuldige strepies en blertse daarvan getuig dat bondeltjies hooglandgras nie skoon afvee nie. Hy was vuil, en die vrou gaan dit sien aan sy klere, maar die vernedering van die onderste onderbroek sou te veel wees. Hy het dus twee kledingstukke teruggehou: die boonste baadjie en die onderste onderbroek.

Buite, so kon hy deur die vensteropening sien, was Sarah en 'n bruin man besig om 'n stronkevuur onder 'n seeppot aan die gang te kry. Hy sou moes wag. Daar was 'n hoop mieliestronke in die vertrek en, geklee in net sy oorgroot bo-baadjie en sy beskamende onderbroek, het hy teen die stronkehoop gaan sit met sy koffie en beskuit.

Tot die vrouens begin lag het. Hulle uitbundigheid het Joey se ore bereik waar hy op die stronke sit en hy't by die venster-

26

opening gaan loer. Voor die kombuisdeur het Sarah met een van sy kouse gestaan. Sy't die kous vieserig tussen net die verste puntjies van duim en wysvinger vasgeknyp en met 'n uitgestrekte arm uitgehou vir Magrieta om te bekyk. Joey het daardie kous self en dikwels gestop en hy't nie juis ag geslaan op die kleure stopwol wat ter hand kom wanneer 'n ertappel in die kous ongerieflik groot word nie. Die resultaat was 'n veelkleurige kous wat só gestop was dat daar van die oorspronklike nie veel meer oor was nie. Joey het gesien hoe die mooi Magrieta oor sy kous jil en hoe die vroue kommentaar lewer en dan skree van die lag. Hulle woorde het by sy ore uitgekom in 'n taal wat hy nie kon verstaan nie, maar hulle houding en gesigsuitdrukkings het vir Joey se verslae oë gelyk of dit wissel tussen pret, hoon en veragting. Hy word bespot, het Joey geweet, en een van die spotters was die een vrou op die ganse aarde wat hy bitter graag sou wou beïndruk. Hy het gekwets weer gaan sit, wetende dat hy nou buite hoop op enige respek van Magrieta van Wyk se kant af was. Hy sou nooit ooit iets, net iets, in haar oë kon word nie. Die neerslagtigheid het op hom toegesak.

Joey het afgekyk op sy kaal voete. Hulle was smal en wit en blou-geaar, en sy toonnaels was swart-blou van die vuil en heeltemal te lank. Op sy een groottoon het die groeisel al buitekant toe geswaai. "Dié land het 'n boemelaar van jou gemaak, Joey Drew. 'n Verdomde bóémelaar."

Ná 'n uur is 'n sinkbad die stronkekamer ingedra, gevolg deur emmers stomende water. Die swart man wat die water bring, het Joey se groet net aangekyk en aangegaan met sy werk. Met sy laaste binnekoms het die man 'n skinkbord neergesit. Netjies gerangskik, was daar 'n handspieël, seep, 'n waslap, 'n opgevoude handdoek, 'n metaalkam, 'n skêr, en, amper soos 'n stukkie versweë kommentaar, 'n skropborsel.

Net toe Joey in sy bad wou klim, was daar die geluid van 'n perdekar buite en hy het hom na die vensteropening gehaas om te sien wat aangaan. Danie van Wyk en paar lede van sy familie het stilgehou en afgeklim. Die kapkar was blink en skoon, die tuie gepoets, die swart perde blink van versorging. Danie van

Wyk het eerste afgeklim. Hy het die swart manel en die wit strikdas en beffie van 'n kerkraadslid gedra en twee welgeklede vroue van die kar af gehelp. Vir die ou man wat saam was, is 'n kassie nader gedra vir die afklim.

Joey het verlig, maar met 'n verkeerde afleiding in sy kop, van die venster af na sy bad toe gegaan: "Dankie tog, dis Engelse mense. Hulle praat seker net die skraperige taal met bediendes en vreemdelinge."

Nog 'n kar het stilgehou, maar hy was al in die bad.

Die deur het oopgegaan en Danie van Wyk het in die opening verskyn: 'n man van knap oor die vyftig, met grys in sy netjiese baard en breë snor. Hy was fors van postuur en het bo Joey in die bad uitgetroon. Joey, klein, kaal en wit – en verleë omdat die badwater waarin hy sit al klaar die vaal-bruin kleur van oorgebruikte skottelgoedwater het – het oorkruis en nederig opgekyk na die formeelgeklede man.

"Ek hoor jou van is Drew," het Danie van Wyk in goeie Engels gesê. "Myne is Van Wyk."

"Asseblief, Meneer," het Joey amper gepleit, "ek is nie wat Meneer sien nie."

"Dis seker moontlik. Ek wil net vir jou sê, meneer Drew, dit is nie ons gewoonte om vreemdelinge se wasgoed op Sondae te laat was nie, maar ek kan sien my skoondogter het gelyk: u is 'n noodgeval. Ek sal vir hulle sê om nog skoon water te bring. As jy uit daardie sop moet klim . . ."

Joey het nie gehoor wat hy verder sê nie, want Danie van Wyk het vooroorgebuk en met die silwerbeslaande steel van die perdepeits in sy hand die besmeerde lang onderbroek van die grond af opgetel en daarmee deur die deuropening verdwyn.

Joey het uit die bad gespring om te sien wat hy met sy onderbroek gaan maak. Tog net nie wys nie! Maar Danie van Wyk het net, al was dit ten aanskoue van almal op die werf, die onderbroek oor die punt van die peitsstok gedra soos 'n dooie slang en dit in die vuur onder die seeppot ingeskiet. By die wasgoeddraad was Sarah besig om die wasgoed op te hang: Joey s'n kort; Hans Bester s'n lank. En by die komberse het die swart vierkant van sy kamera-doek gehang – 'n paspoort na respek, het Joey gehoop.

Danie van Wyk het vir hom 'n nuwe lang onderbroek met die eerste emmer skoon water saamgestuur.

Maar ten spyte van die swart doek het die Van Wyks nooit enige agting vir Joey Drew ontwikkel nie.

Dit was hulle christelike plig om gasvry te wees teenoor die vreemdelinge in hulle poorte, maar verder as dit het hulle nie gegaan nie. Joey het sy kos teen etenstyd gekry en 'n kamer om in te slaap, maar die familie het hulle formeel en eenkant gehou en selfs in Joey se teenwoordigheid daardie skraperige taal met mekaar gepraat. By hom het die oortuiging gegroei dat hy in sy teenwoordigheid bespreek word. Net as hulle direk met hom praat, het hulle Engels gebruik. Sy perde is versorg, sy wasgoed gewas en gestryk, en sy direkte vrae is beantwoord. Dit was al.

Die een vraag wat hulle hom wel gereeld begin vra het toe sy verblyf by hulle oor weke en maande begin strek, was wanneer hy van plan was om te gaan. Die vraag het mettertyd toegeneem en 'n skimp geword. Hy't geweet dat hy nie meer welkom was nie, maar hoe kon hy hulle vertel dat hy die oop ruimtes waarin hy so verlore was, vrees? Dat hy bang was om weer die pad te vat in 'n oopte waar selfs die son nie kon besluit waar om op te kom of onder te gaan nie? Waar, nadat hy besluit het wes is soontoe, die son môreoggend gaan opkom, en as hy besluit oos is dáár gaan die son net links van die plek ondergaan? Weg van die plaas af gaan niemand hom weer verstaan nie en die koue eensaamheid gaan op hom neersif soos die ysies van die kil nagte onder die sterre en die witgerypte oggende. Hy het baie verskonings aangevoer om nie te gaan nie – die perde, sy gesondheid, die weer. Totdat hulle opgeraak het. Sy ure het hy verwyl in sonkolletjies wat hy ontdek het. Hy kon later sien die seisoen begin verander, maar hy het gebly. Hy't 'n gemors van die hele ding gemaak, en hy het goed genoeg geweet hoekom. Dit was alles oor daardie eerste en enigste maaltyd wat hy saam met die familie aan hulle tafel genuttig het.

Hy het daardie Sondag van sy aankoms amper die velle van

sy lyf af geskrop om skoon te kom. Die skoon klere wat Sarah vir hom gebring het, het nog na die strykyster geruik, en hy het so méns begin voel dat hy die res van die familie met selfvertroue kon ontmoet.

Almal kon en het, tóé, Engels in sy teenwoordigheid gepraat.

Danie van Wyk was die gesinshoof en sy vrou, Dorothea, die onbetwiste heerser in die huis.

Gertruida van Wyk, Danie se suster, was 'n oujongnooi van reeds diep in die vyftig. Sy het by die familie gebly en Joey het afgelei haar jare van maagdelike onthouding aan plesier en liggaamlike vervulling het haar gestywe met dieselfde deeglikheid as dié waarmee sy die wit omslae van die moue om haar polse gestysel, gestryk en uitgelê het. Haar bewegings, haar gaan sit en opstaan en loop, en bes moontlik ook haar gaan lê, was so presies en beheersd soos die afgemete woorde uit haar mond. Dit was asof die Arabiese gom in die kant-boordjies wat sy hoog teen haar nek op dra, mettertyd ook in haar ingeweek en haar tot diep binne-in verstyf het.

Die enigste lid van die gesin wat sy afkeer in Joey se aanwesigheid nie weggesteek het nie, was Magrieta se man, Daantjie van Wyk. Hy was jonk, nie onaansienlik nie, en spoggerig, en alhoewel hy ná daardie eerste ete nooit weer 'n woord met die Engelsman gepraat het nie, kon hy nie help om in Joey se teenwoordigheid spelerig te raak met sy mooi vrou nie. Joey het gesien hoe geskok Gertruida was wanneer die twee jonggetroudes se suggestiewe spel te duidelik begin sinspeel op wat kennelik daardie aand sou volg. Sy het dan uit die geselskap verdwyn, en die twee het daaroor gelag. Met daardie spelery was daar amper iets vermakerigs in Magrieta houding. So asof sy vir Joey en Gertruida sê: Ons het dit, julle nie. Wanneer die ouers nie naby was nie, het hulle iets van die geilheid van hulle jong liefde gewys. Van die oomblik van hulle eerste ontmoeting af, toe Joey so verslons voor haar gestaan en die goedheid van God so uitgeblaker het, het Magrieta altyd 'n glimlag vir hom gehad – so effens spottend asof hy steeds vuil is en verward raak voor haar skoonheid. "Ek is sommer net 'n ding in haar oë," het Joey vir homself gesê, en dis nie hoe hy dit wou gehad het nie.

Daar was nog twee dogters. Nellie, sestien en blosend voor die geringste, en Sussie, die jongste, stil en eenkant.

Die grootvader in die huis, oupa Daniël, het al swaar opgestaan en met oumenstreetjies geloop, in die verlede geleef, betigtend met die jongeres omgegaan, en by die geringste aanleiding lank en smekend gebid.

So het Joey die familie leer ken. Maar dit was altyd oppervlakkig, omdat dit van 'n afstand af moes geskied. Hy moes hulle leer ken soos 'n vreemdeling wat 'n vreemdeling bly, en só agterkom wat aangaan: meer uit afleidings as uit mededelings. Daardie eerste middag het hy nog nie geweet hoe die vurk in die hef steek nie, en het hy nog geglo: 'n Gegoede familie, 'n Engelse familie, goddank.

Dorothea het hom, toe hy skoongewas en ordentlik aangetrek uit die stronkekamer verskyn, gevra om te kom aansit vir hulle Sondagmiddagete in die eetkamer. Almal het net Engels gepraat, het Joey tot sy sterfdag geglo. En as dit nie so was nie, hoekom het hy dit so gehóór? Wat het jou makeer? het die selfverwyt wat met die herinnering op sy skouer kom sit, altyd gevra. Hy moes tog kon hóór die ou man sê sy tafelgebed in Nederlands. Waar was sy gedagtes? Dis van ordentlikheid dat hulle in sy teenwoordigheid net Engels gepraat het. Dit kon sy smartlike reis, of sy smagting na 'n bietjie verstaan, of die vernedering van sy vuilwees, of die skok van Magrieta se verdomde skoonheid gewees het, of so iets, maar wat ook al die rede, wat gebeur het, was onomkeerbaar gedaan.

Dalk was dit die noodlot wat gemaak het dat sy oog die kraffie op die tafel die eerste raaksien toe hy die eetkamer binnegaan. 'n Geel vloeistof het in die kraffie gegloei. En daar was belowende wynglase voor die borde. Joey het drie weke vantevore op 'n bitter koue nag met 'n seer hart van die laaste druppels uit oorlede Hans se brandewynfles afskeid geneem. Drie weke is lank.

Rondom hom was die eetkamer van 'n gegoede familie. By

31

die swaar stinkhouttafel kon veertien aansit, die reuse-buffet was bypassend – met 'n spieël en kerfpatrone op die vlakke en rande. Die leunings van die eetkamerstoele het hoog gestaan. Die harmonium was een van die grotes. Op die tafel was die borde en skottels Delft, die eetgerei silwer. Teen die gebosseleerde muurpapier het daar, in waardige rame, die vergrotings van streng familielede gehang. Dit het Joey darem raakgesien. Hy was nie die eerste fotograaf wat hierdie ver plek besoek nie. Maar, het hy hom voorgeneem, hy sou 'n klomp gratis vergrotings aanbied om te wys hoe hy die mense se gasvryheid waardeer. Ja, hy sal dit doen.

Die kos wat aangedra en op die Sondagtafel voorgesit is, was oorvloedig. Oupa Daniël het die tafelgebed gedoen. Daar is in ruim porsies opgeskep. Maar Joey het opgelet dat niemand die kraffie nader trek nie. Hulle het gevra wie hy is en waar hy vandaan kom. Niemand het geskink nie. Hy het die geslypte glas van die kraffie hardop bewonder. Niemand skink nie. Joey het die gesprek gestuur in die rigting van die gebruik van wyn aan tafel. Geen reaksie nie. Uiteindelik het hy maar gewaag en gesê dat 'n slukkie van die wyn uit die kraffie dalk goed met sy maaltyd sal deug. Danie het verduidelik dat daar hanepoot uit die Kaap in die kraffie is. Dis baie soet, het hy bygesê – hulle gebruik dit net ná ete as dessertwyn. Joey het deurgedruk en bely dat hy 'n swakheid het vir iets soets saam met sy soutkosse.

Danie het die kraffie vir hom aangegee en Joey het sy glas volgeskink en uitgedrink. Die gloed het van sy maag af uitgebrei tot in die verste puntjies van sy ledemate. Hy het die wyn geprys en gewonder of hy verkwalik sou word as hy dalk nog 'n glas saam met sy ete geniet.

Dis waar alles verkeerd geloop het, want Joey het die kraffie nie weer op sy plek in die middel van die tafel teruggesit nie, maar sommer voor sy bord. Hy het nie weer permissie gevra nie, net geskink. Sy tong het los geraak en hy het aangebied om, gesien die wonderlike gasvryheid wat hy by sulke uitnemende mense kan geniet, vir hulle 'n klompie gratis vergrotings van die hele familie te laat maak. Sy aanbod is aanvaar. Dit was toe dat Dorothea vra of meneer Drew sal omgee om dalk die week by hulle oor te staan, want haar man se broer en dié se gesin het laat weet dat hulle die eerskomende Saterdag oorkom. Sal meneer Drew omgee om dan 'n foto van die hele familie te neem?

Natuurlik was meneer Drew maar alte gretig om 'n dame met soveel gulhartige gasvryheid te akkommodeer.

"Met die oorlog nou dreigend," het Dorothea van Wyk voortgegaan, "weet niemand wanneer ons dalk ooit weer bymekaar sal wees nie."

Joey het die onderwerp aangegryp en daarop uitgebrei met hanepoot-gedrewe nadruk.

Hy het begin deur te vertel hoe vrot die sogenaamde republiek in Transvaal regeer word deur daardie ou dik sot met die leep-oë, Paul Kruger, en hoe die ou man wat dink hy's 'n soort president net na homself en sy vriendjies kyk, terwyl goeie Britte in die modder vertrap word en nie eens 'n stem het om die ou in die bek te ruk nie. Dit was 'n skande soos dinge oorkant die Vaalrivier aangaan. Hy, Joey Drew, dink dis hoog tyd dat die Britse Ryk 'n klomp soldate oorstuur om die spul ongeletterde en onbeskaafde Boere eens en vir altyd op hulle plek te sit.

"Die spul Boere walg my al van ek hier aangekom het," het Joey gesê. "Sulke agteraf mense het net nie die kennis of die eerlikheid om 'n land ordentlik te regeer nie."

Joey het meer gesê. Baie meer.

Hy was so weggevoer deur die onderwerp en die weldadige gloed van die hanepoot in sy lyf en kop dat hy nie agtergekom het hoe sy tafelgenote verstyf nie. Hy het nie eens opgelet dat Daantjie van Wyk sy stoel agtertoe skuif en op sy voete kom nie, of dat die seun die vader in die skraperige taal aanspreek nie. Want Daantjie het sy pa gevra of hy sal omgee as hy die bliksemse skeel Engelsmannetjie aan sy broek se gat vat en hom deur die agterdeur vir die honde gooi.

"Nee wat, ou seun," het Danie gesê, "laat die klein vloek maar praat. Ek het altyd gewonder hoe hulle koppe werk."

Joey is toegelaat om voort te borduur en die algemene mening

33

van die Johannesburgse mynwerker te lug totdat Danie van Wyk se plat hand op die tafel neergedawer het.

"Genoeg!" het hy gesê, en in die stilte ná die slag het hy koud en afgemete gepraat soos 'n man wat onmiddellik verstaan wil word deur selfs die domste.

"Ons is Boere, meneer Drew. Ons sal jou Britse Ryk beveg tot die einde. Jou koningin en haar trawante het ander mense se lande die een na die ander gevat asof die wêreld aan julle behoort omdat julle Engelse is. Wat julle voorwendsels nou ook al hierdie keer sal wees, die enigste waarheid is dat julle agter die goud van die Witwatersrand aan is en dat julle dit wil steel soos julle ons diamantvelde gesteel het. Jou Empire het weer geld geruik en julle sal agter die reuk van rykdom aandraf soos 'n reun agter 'n bronstige teef – soos julle nog altyd gemaak het, sonder om om te gee waar julle jul le groot pote neersit of wie se bloed julle vergiet. Julle wil ons vryheid saam met ons goud van ons vat. Maar jy en ou Victoria sal nog agterkom hoe hoog ons ons vryheid ag en dat ons daarvoor sal sterf as ons moet. Dis ons land dié. Niemand het julle hierheen genooi nie. Julle was nou al 'n klomp ongenooide rowers oor omtrent die hele wêreld en julle is dit hier ook. Niemand het julle genooi nie! Julle het goud geruik en sélf al kwylend aangedraf gekom. Kry dit in jou kop . . . Dorothea, wys vir die man waar hy vanaand kan slaap en sê hom hy moet onder my voete uitbly."

Al die stoele het gelyk oor die plankvloer geskuur en die Van Wyks het opgestaan. Oupa Daniël is opgehelp voor hulle almal die vertrek uit is. Hulle het net die skraperige taal met mekaar gepraat.

Joey het alleen aan tafel agtergebly en toe maar die kraffie leeggemaak. Hy het 'n doodsonde gepleeg. Soveel het hy geweet.

Dorothea het hom die kamer gaan wys waar hy die aand kon slaap. Dis waar sy hom voor die keuse gestel het: Sy sou nog graag 'n familiefoto wou hê, en daarom kan hy maar bly as hy so voel, maar hy moet net nie verwag om weer saam met die familie te eet nie. Die huismense weier om saam met hom aan dieselfde tafel te sit ná wat hy gesê het.

Joey het gebly. Hy't die plaas bewandel soos 'n melaatse en moes die werf op sy eentjie leer ken: die imposante sandsteenhuis met sy rooi sinkdak, die ommuurde voortuin, die groot stoep. Soos die dae verbygegaan het, het hy wat daar te sien was oor en oor bekyk – die waenhuis en stal, die hoenderhokke, die klompie bloekoms agter die huis, die winterkaal vrugteboord, die groentetuin met net die winteruie en kool, die hooimiedens, die windpomp met sy dam. Dit was nie 'n aangename plek vir 'n stadsman om te wees nie, veral nie as hy niks te doen het en niemand het om mee te praat nie. Twee sonkolletjies teen die bult agter die huis was maar sy boerplekke. Daar kon hy probeer om die koue wat die nagte buite in sy gebeente nagelaat het uit hom te bak, en van daar af kon hy uitkyk oor die vlakte voor hom. Want soos hy ná oorlede Hans se dood wes en suid geswerf het, het die bulte al platter geword en het die landskap verander in 'n gelykte. Die uitsig was goed van sy sonkolletjies af, en die vlaktes het onmeetlik gelyk. Hy het die eensaamheid gevrees wat oor daardie ruimtes hang. Joey was bang vir die tweespoorpaadjie in die verte oor hy kon sien hoe die ding vergeefs probeer om oor daardie vlakte te kom. Sommer so, terwyl jou oog hom nog probeer volg, het die strepie pad in die niet verdwyn. Die paadjie het nie êrens aangekom nie, dit het nêrens gestop of stasie gemaak nie, dit het net verdwyn in 'n soort eindeloosheid. Dis daardie wegraak die onbekende in wat Joey gevrees het, want hy het toe nog met die oog van 'n verstoteling gekyk. Dis eers later dat hy sou leer sien.

Wat Joey Drew dus van dié gegoede Boere geweet het, kon hy net waarneem wanneer dit etenstyd word en hy dus sy omswerwinge só moes konstrueer dat hy binne roepafstand van die agterdeur af was. En dan, nadat hy sy aandete alleen aan die kombuistafel moes nuttig, het hy die familie probeer uitluister. Hy het dan oor die kraakgeluide van die plankvloer heen, en so stil moontlik, na sy kamer toe gesluip – by die eetkamerdeur verby waar Danie teen daardie tyd sou besig wees om uit die Familiebybel voor te lees, of oupa Daniël sy uitgebreide aandgebed sou doen.

35

Joey kon nie weet dat hy elke aand deel was van die ou man se gebed nie. Want oupa Daniël, gedagtig aan die opdrag dat 'n mens ook vir jou vyande moet bid, het elke aand by sy Here gepleit om in te gryp en in sy groot genade en almag die Engelse weg te keer van hulle grypsug en hulle op die pad van regverdigheid te lei. En, meer spesifiek, dat die Here nie sy aangesig moet wegkeer van die onaansienlike en aanstootlike klein Engelsman in hulle poorte nie, maar hom moet bekeer van sy dwalinge. En as dit moontlik is, het oupa Daniël gepleit, leer tog hierdie familie om hulle vyande lief te hê, al weet die Almagtige in sy alwetendheid hoe moeilik dit met 'n Engelsman is. En as die astrante klein vloek gestuur is om hulle te herinner aan hulle christelike plig, en om hulle te beproef, bid hy dat die genade aan hulle gegee sal word om die kruis met deemoed te dra.

Ná die veraf dreun van die gebed, het Joey se eensame ore gehoor hoe die harmonium begin om 'n psalm of gesang uit te teem en hoe die familie, elkeen na sy of haar gawes, inval en effens trekkerig al die versies saamsing. Dan het die stoelpote oor die plankvloer van die tafel af weggeskraap en het die gaan-slaap-voetstappe deur die ruimtes van die huis begin doef en kraak. Uit die kombuis het daar nog 'n pot, of 'n stukkie skottelgoed, geklink. Die voetstappe het deur die huis gedwaal en twee-twee hulle slaapplekke gevind. Die kamers het dan hulle dowwe woorde deur toe deure die gang in gemompel en Danie se skoene het op die vloer geval. Net uit die mooi Magrieta en haar spelerige man se kamer was daar giggels en soms die half-gesmoorde geluide van 'n geil jong liefde. Uit Gertruida se kamer het daar net 'n presiese stilte, soos dié van 'n afwesigheid, gekom. Oupa Daniël het sy keel- en neuskanale ronkend probeer oopkry vir 'n nag se ononderbroke snork. Joey het die kraak van elke bed leer ken van waar hy soos 'n rot in 'n kas die bewegings in die huis rondom hom probeer ontsyfer. Hy het oop-oog in die donker gelê met die na-reuk van 'n pas gebluste vetkers in sy neus. Doodstil. Asof iets hom uit die donker sou bespring as hy self 'n geluid durf maak, of as hy dalk 'n verkeerde afleiding maak uit die klanke van dié huis van vreemdheid.

Maar ten spyte van oupa Daniël se gebede dat hulle hul christelike plig moet nakom, selfs teenoor 'n ondenkbare naaste soos 'n skeel, afstootlike Engelsman, het hulle tog dik geraak vir Joey Drew se aanwesigheid. Alleen in hulle intieme kamer, het Daantjie vir sy Magrieta gesê: "Ek weet ook nie hoekom Pa nie wil hê ek moet die bliksem van die plaas af skop nie. Hy sit nou al weke hier by ons soos 'n bosluis in 'n hond se hol. Hy't die vel van 'n renoster of hy's te klipdom om 'n skimp te verstaan. As ons hom nie behoorlik wegjaag nie, gaan hy vir ewig op ons nekke lê."

⚐⚐

Gedurende die maande van Joey Drew se verblyf by die Van Wyks het daar 'n paar ingrypende dinge gebeur: Gertruida van Wyk se Duitse klavier het op die plaas aangekom, Joey Drew het die familiefoto geneem, veldkornet Willemse het berig gebring dat dit oorlog is en dat die mansmense opgekommandeer word en Joey Drew het Fienatjie ontmoet. Fienatjie Minter.

Maar dié ontmoeting was nie eintlik 'n gebeurtenis nie, meer die noodlot, het Joey geglo.

"Dit kón net die noodlot wees," het Joey altyd gesê wanneer hy mense probeer vertel van die wonder in Fienatjie Minter se oë

Twee

Op die stoep het sy gaan sit. Drie stoele weg van die man af.
Apart. Die son vang nou haar hare en dit ís wit.

Die majoor probeer uitmaak waar hý effens meer as veertig
jaar gelede gestaan het. Dit wás hier. Presies. Die hek is nie ver-
skuif toe dié een tussen sy nuwe mure gehang is nie. Dit wás
hier waar hulle verraaier by hom aangekom het; dit wás hier
waar hy daardie nag die Van Wyks se beskawing wat hy vroeër
die aand oor die ongehoorde eettafel ontdek het, verder moes
aanhoor – in die suiwer note uit die oujongnooi se klavier. Hy
móét sy staanplek duidelik kry, want dis waar hy op daardie nag
gestaan en verander het. Dis nogal ver van die huis af, sien hy.
Hoe goed moes sy jong ore tog nie gewees het om so duidelik te
kon hoor nie. Elke noot, of verbeel hy hom? Die nag moes ander-
sins baie-baie stil rondom hom gewees het.

Oor daardie oujongnooi het Joey Drew bepaald 'n skewe sto-
rie vertel. Dit weet majoor Brooks, want hy onthou haar presiese
spel en die woede in haar oë toe sy die byl deur die lanternlig in
sy tent swaai. En dit terwyl hy met 'n geweerloop teen sy bors
moes staan en toekyk.

Joey Drew het seker nooit agtergekom hoe skeef sy gestyfde
beeld van die oujongnooi was nie:

֎

38

Dit was 'n hele paar jaar voor Joey Drew se aankoms op die plaas dat Gertruida van Wyk al begin besef het dat sy nooit sou trou nie. Sy was baie stil in daardie dae, omdat sy afskeid geneem het van iets waarvan sy tog altyd gedroom het: 'n man en kinders. Maar die warm gloede van haar oorgangsjare het al meer geword, en haar maand het eers wisselvallig begin kom en toe verdwyn. Sy het geweet dat die tyd verbygegaan het.

In dié dae het sy baie getob oor die redes hoekom sy nooit getrou het nie, want sy was 'n Van Wyk en die Van Wyks is aantreklike mense, al is hulle effens trots en eenkant in baie se oë. En daar was nooit 'n tekort aan mans wat wou kom kuier nie – eers jongkêrels en later oujongkêrels en wewenaars. Hulle het haar probeer benader met deursigtige woordkeuses en aanrakings, maar al wat dit by haar ontlok het, was afsydigheid, en as hulle opdringerig raak, flitse van walging. Gertruida wou dit anders hê. Sy wou wees soos Dorothea was toe Danie haar huis toe gebring het: uitgelate van opwinding en verwagting. Of blosend soos Magrieta, wanneer Daantjie begin spelerig raak. Gertruida het geweet daardie ding sit êrens in haar, maar sy het dit nooit vir 'n man gevoel nie. Miskien was die regte mans skrikkerig vir haar geleerdheid wat sy in die Seminarie in die Kaap ontvang het. Die tyd het rondom haar afsydigheid verbygegaan en sy het middeljarig geword.

Sy het later gedink dat dit amper soos 'n voorbode was dat sy in dié tyd so baie deur die bladsye van haar herinnerings begin blaai en die klavier so dikwels in haar gedagtes opgekom het.

By die Seminarie, toe sy sewentien was, was sy voor die klavier loshande die beste van almal. Die musiekjuffrou, Miss Pearson, het gesê sy het 'n pragtige aanslag en die beste oor vir musiek van almal. Om Miss Pearson nie teleur te stel nie, het sy elke ledige oomblik wanneer een van die Seminarie se klaviere nie in gebruik was nie, geoefen en geoefen. Miss Pearson het haar, wanneer sy 'n nuwe stuk musiek bemeester het, altyd na die vleuelklavier in die saal geneem om daar daarna te luister. Gertruida se hart het van vreugde gebons wanneer sy, ná sy gespeel het, haar hande van die klawers af oplig en Miss Pearson sê: "Jy speel pragtig, Gertie, en jy ís pragtig."

Die middag voor Gertruida vir die laaste keer die lang trein-tog huis toe sou aanpak, het Miss Pearson al die dogters wat klavier neem in die saal laat bymekaarkom om te hoor hoe Ger-truida speel. Hulle moes kom luister na wat ware talent en harde werk kan bereik. Ná 'n halfuur was dit etenstyd, maar toe die ander loop, het Miss Pearson Gertruida gevra om agter te bly. Sy moes nog iets speel – net vir Miss Pearson, as 'n soort spesiale afskeid. Miss Pearson het opgestaan van haar gewone stoel en tussen die bladmusiek rondgesoek. Gertruida het gedink dat sy een van hulle gunstelinge sou moes voorspel, soos 'n Bach-prelude of een van Chopin se nokturnes, maar Miss Pearson het die eenvoudige "Love's Old Sweet Song" uit die pak getrek en voor Gertruida neergesit. Sy het die solo-stoel voor die klavier weggetrek, die duet-stoel nader gebring, langs Gertruida gaan sit en haar gevra om so naby aan haar te speel, want sy wil vir oulaas vir haar omblaai. Hulle heupe en dye en arms het aan mekaar geraak, en Gertruida het gewens die musiek raak nooit op nie.

Maar die note op die blad en onder haar vingers het opge-raak en haar hande het in die na-stilte oor die klawers gehang. Miss Pearson het Gertruida se hande opgetel en hulle gesoen, en toe sy opstaan, was haar lippe 'n oomblik lank vogtig op Ger-truida s'n. Miss Pearson het haar uit die saal gehaas – struike-lend, soos iemand wat nie deur trane kan sien nie. Gertruida het na die nattigheid op haar hande gekyk en die souterige strepe saggies afgesoen. 'n Golf van blydskap wat sy nie geken het nie, het deur haar heupe en bors gespoel.

Sy't self ook gehuil toe sy die volgende dag afskeid neem. Al-mal het gedink sy huil maar oor die afskeid van haar vriendinne, en oor haar Seminarie-jare verby was. Maar dit was nie so nie. Sy't gehuil oor Miss Pearson en oor daardie oomblik toe die ver-bysterende golf vreugde oor haar gespoel het. En oor wat die klavier gesê het.

Miss Pearson het nie na die aandete in die groot eetsaal ge-kom op die aand voor Gertruida se vertrek nie, en sy was ook

40

nie by ontbyt op die vertrekdag nie. Gertruida se oë het verniet gesoek. Maar toe sy op die Seminarie se spaaider klim wat haar stasie toe sou vat, het die huismoeder 'n pakkie van Miss Pearson aan haar oorhandig. Sy het dit eers die aand op die trein oopgemaak. Daar was 'n koevert met 'n nota onder die buitenste laag toedraaipapier:

Dearest Gertie – Forgive me. I do not have the heart to say goodbye to you. Go well, my little one, and may life be kinder to you than it had been to me. I weep for another talent swallowed up by the maleness of our world and the darkness of this continent, but, mostly, I cry for you. I'll say your name in the night. – Anne Pearson.

Daar was vir haar nie 'n naam vir wat sy toe gevoel het nie, want die pyn en die blydskap was oorweldigend en ineengestrengel. Sy het die nota aanhou lees en gewonder hoekom Miss Pearson eintlik niks oor die klavier sê nie, maar toe sy die pakkie verder oopmaak, was daar twee rooi spiraalkerse in – klavierkerse.

In die amper dertig jaar wat verbygegaan het, het Gertruida nooit weer van Miss Pearson gehoor nie, en haar opvoeding het haar verhoed om so voorbarig te wees om 'n korrespondensie aan die gang te probeer kry. Sy het die dankie-sê-briefie vir die kerse en die opleiding gepos en verniet op reaksie gewag.

Maar, soveel jare later, en 'n maand voor Joey Drew se aankoms op die plaas, het daar 'n brief van die Seminarie af gekom. Die skryfster van die brief het verskoning aangebied omdat sy noodgedwonge die brief aan Gertruida se nooiensvan moes adresseer, maar haar getroude van was ongelukkig nie aan die Seminarie bekend nie. Miss Pearson, so het die brief verder gelui, het afgetree en besluit om haar laaste jare in Engeland deur te bring. Sy wou die dae wat sy nog oor het, toewy aan die God wat sy so getrou dien. Sy het reeds vertrek, maar het gevra dat haar klavier geskenk word aan Gertruida van Wyk – die beste student wat sy ooit onderrig het. Sy het voor haar vertrek persoonlik toesig gehou oor die verpakking van die instrument. Sal die eertydse mejuffrou Van Wyk asseblief reëlings tref dat die klavier afgehaal of met die trein aangestuur kan word?

Gertruida het Danie vertel van die eer wat haar te beurt geval het, en vooraf vir Dorothea gevra of die klavier met sy rug teen die binnemuur van die eetkamer mag staan, anders raak klaviere maklik uit stem uit. Dorothea het nie beswaar gehad nie en Gertruida het gereël en gewag.

'n Maand later het die stasiemeester laat weet dat daar 'n swaar kas aangekom het vir Gertruida. Sy wou saam stasie toe toe Daantjie en Soldaat gestuur is om die klavier te gaan haal, maar Danie het voet neergesit: dis te onwaardig vir 'n Van Wyk-dame om met die muilwa af te sit stasie toe agter 'n klavier aan. Gertruida sou maar moes wag.

Sy en Magrieta het op die middag toe die muilwa terugver-wag is, op die stoep gaan sit en wag. Joey Drew het dit opge-merk en probeer om die stilte wat tussen hom en die familie hang, effens te verbreek. Hy het na die twee toe gegaan en, ná vele verskonings oor sy voorbarigheid, aangebied om, aangesien die jongste dogtertjie, Sussie, kennelik sukkel met Engels, haar bietjie met die taal te help.

Vir Magrieta was dit altyd 'n merkwaardige gesig om haar tant Gertruida te sien verkil. Haar rug het dan – die laaste moont-like aks – nog meer regop getrek, en haar stem was ysig: "Dan-kie vir die aanbod, meneer Drew," het Gertruida gesê, "maar ek dink nie ons moet die kind blootstel aan u aksent nie."

Die glimlag in Magrieta se oë het Joey, soos altyd, laat ver-wurm, en hy is druipstert daar weg. Hoeveel verder moet jy die snotterigheid van stand dan nóg gaan soek? Hoe ver strék die ding dan oor die wêreld?

Magrieta het die muilwa amper tegemoet gehardloop en Ger-truida was al 'n hele ent op pad na die plaashek voor sy besef haar haas pas nie haar waardigheid nie. En die manier waarop die uitgelate Magrieta op die wa spring en sommer voor die hele plaas aan Daantjie gaan hang, was nie vanpas nie. Heeltemal nie vanpas nie.

"Hy's in een stuk, tante Gertruida!" het Daantjie in haar rig-ting geroep met die verbygaan. "Maar swaar is hy wragtag swaar!"

Dis wat Miss Pearson altyd gesê het. Hoe swaarder 'n klavier is, al is dit maar 'n regop-model en nie 'n vleuel nie, hoe dikker is die gietyster-rug agter die snare en hoe beter hou hy stem. Gertruida het daardie veraf woorde só goed onthou dat sy hulle amper weer kon hoor.

"Ons het hulp nodig met dié blok lood," het Daantjie by die voorhekkie gesê en Sussie gestuur om die Minter-mans te gaan roep.

Die Minters het 'n goeie half-myl van die Van Wyk-opstal af in 'n platdakhuisie gewoon. Jakop Minter was 'n bywoner. Hy het amper tien jaar vroeër met sy gesin op die plaas opgedaag, genade gevind, en gebly.

Jakop was 'n groot man met 'n ruigheid in sy ooghare, snor en weerbarstige baard waarin die grys, soos in dié van sy landheer, reeds geskimmel het. Die jare van bywonerskap en die nederige onderdanigheid wat dit vereis, het 'n hebbelikheid in Jakop Minter se oë gesit: hy het niemand meer in die oë gekyk nie, nie eens sy eie vrou en kinders nie. Met wie hy ook al praat, sy blik het stip gerig gebly op die linkerbors en -oksel van sy gespreksgenoot. Jakop het nooit opgekyk na die gesig of oë nie. Mense met wie hy praat, het kort-kort gevoel of daar nie dalk iets verkeerds aan hulle klere is en of daar nie dalk 'n gogga oor hulle linkerbors loop nie. Vroue wat met Jakop praat, het soms gesteurd weggedraai van wat hulle dink voorbarige en vuige bewondering was. Jong dogters het gebloos.

Jakop se enigste seun, Petrus Minter, was twintig, lank, lenig en gladgeskeer. Hy wou nie wees soos sy pa nie. Hy het geweet dat mense agteraf spot oor sy pa niemand in die oog kan kyk nie, en sy pa se manier van praat namaak en daaroor lag. Want Jakop Minter het met 'n donderende stem gepraat en omtrent nooit meer as een woord op 'n slag gebulder nie. Dit was asof 'n woord eers in hom opdam voordat dit kliphard uit sy mond breek. Petrus Minter het gesweer dat hy mense in die oog sal kyk en dat hy met 'n sagte, presiese stem in volsinne sal praat. Die mense, soos Daantjie van Wyk, wat gedink het dis 'n soort vermetelheid of voorbarigheid, moes maar so dink. Hy sou nie sy pa se onderdanigheid aanleer nie. Hy sou nie, al vrek hy.

43

Gertruida was lastig-besorgd met die aflaai van haar klavier. Want swaar was hy. Bo-op die muilwa het Daantjie, Soldaat, Greeff en Petrus Minter die krat tot by die randjie van die muilwa se agterste buikplanke geskuif. Onder het Jakop Minter gewag om te hou tot iemand kon afspring om te help. Maar toe die krat begin oorkantel, het die muile die skuifgeluid gehoor en vorentoe begin beweeg. Jakop Minter het voortgesteier met sy swaar hande onder die krat wat al meer begin oorhel het. Gertruida het gebewe van vrees en desperaat probeer om Jakop te help: "Moet hom nie laat val nie. 'Seblief, Here, moenie laat hy val nie!"

"Kom weg daar, Tante! Hy sal Tante doodval!" het Daantjie geskree en toe gesien dat Joey Drew net daar rondstaan.

"Stop die muile, magtag, Engelsman, is jou gat lam?" het hy vir Joey geskree.

Maar dit was Nellie wat die muile voorgevat en tot staan gebring het.

Soldaat het afgespring en onder begin help.

"Net stadig, asseblief. Net stadig, dis 'n instrument."

"Ons weet dis 'n instrument, tant Gertruida! Staan tog net uit die pad uit dat ons die ding kan afkry."

Die laaste drie duim het die krat gegly en Soldaat se toon die grond in geboor.

"Hy's op my toon, baas Daantjie!"

"Kan jy nie jou donnerse toon uit die pad hou nie!" Daantjie se lont was nou al kort.

"Moenie so vloek nie, Daantjie!" het Gertruida gemaan.

Daantjie het weggestaan van die toon en die klavier af: "Loop staan dáár, Tante, of kom laai die ding self af!"

"My toon, baas Daantjie!"

"Dit sal jou leer om jou goeters onder goed uit te hou," was al wat Daantjie vir Soldaat gesê het toe hulle die krat van die toon af lig. Die bloed van binne was klaar besig om die punt van Soldaat se velskoen te verdonker.

Hulle het die klavier afgelaai gekry en met rou-rieme onder hom deur na die stoep toe gedra. Daar het hulle die krat om hom weggebreek.

44

Miss Pearson se verpakking was oordadig en noukeurig. Net onder die planke was daar regte komberse, dan 'n dik katoen-opstopsel teen die stampe en stote, en teen die blink oppervlak-te van die klavier self, groen vilt.

"Hierdie ding is so toegewoel van die wolle dat ons hom maar van die wa kon afgesmyt het," het Daantjie gesê.

Gertruida het self tussen alles rondgesoek vir 'n brief of 'n nota van Miss Pearson af, maar daar was nie een nie, ook nie tussen die pakke bladmusiek wat apart verpak was nie.

Terwyl die vernedering voor die versoek uit sy bolip sweet, het Petrus Minter Gertruida gevra of hy dalk die planke en spy-kers kan kry om vir hom 'n bed te maak . . . en van die op-stopsels vir 'n matras. Gertruida het dit vir hom gegee en som-mer bygesê dat Jakop die komberse en groen vilt ook maar kan vat. Jakop het haar linkerbors aangespreek en "dankie!" gebulder.

Hulle moes eers die harmonium skuif en die stof en dons wat onder hom vergaar het, bymekaarvee, voor die klavier op sy plek teen die binnemuur van Dorothea se eetkamer vir Gertruida kon gaan staan en glim.

Dorothea was ontsteld. Nie oor die klavier nie, maar oor sy gesien het hoe haar dogter Nellie die lenige Petrus Minter agter-nakyk toe hy die eerste bondel planke op sy skouers afdra na die bywonershuisie toe om daar vir hom 'n behoorlike bed aan me-kaar te slaan.

Gertruida kon haar hande nie afhou van die blinkbruin oppervlaktes van die klavier nie. Sy wou nie speel nie, al het klein Sussie hóé aangedring. Sy het net gehoor of die klavier in stem gebly het, maar daarvoor was 'n paar toonlere genoeg – toonlere wat sy toe al meer as 'n maand vooraf geoefen het op die harmonium. Sy het nie die blaasbalk se pedale gepomp nie, nie 'n stopper oopgetrek nie en in stilte geoefen wanneer nie-mand by was nie. Daar was niks verkeerd met die klavier se klank nie, en sy het gewonder hoeveel dae Miss Pearson – net vir haar, net vir haar! – moes bestee het om oor die pakkery toe-sig te hou. Gertruida wou haar klavier later, as sy heeltemal alleen is, ontmoet – met 'n eenvoudige liedjie waarvan die bladmusiek, so het sy met die oopmaak gesien, bo-op die ander bladmusiek verpak was. Sy het vir Sussie gesê sy wil eers bietjie op die harmonium oefen voor sy die klavier speel, maar sy't geweet wat sy wou doen. Sy sou wag tot sy alleen is, en dan sal sy die twee spiraalkerse in die maagdelike brons van die klavierblakers druk en hulle aansteek, en die nota uit haar Bybel haal en weer lees, en dan sal sy "Love's Old Sweet Song" speel en 'n bietjie huil, sodat daar trane op haar hande kan wees. Want daar sou trane wees . . . oor wat sy al hoe meer begin weet het – van hoe leeg haar jare was en waarom sy nooit getrou het nie. En wanneer sy op daardie aand sal gaan lê, sal sy die kers doodblaas en in die donker 'n rukkie net onthou – en dan sal sy, sonder skuld, daardie verbode naam wat nog net die klavier kon sê, die nag in fluister.

Dit was eers later, en dit kon dalk net 'n vermoede wees, dat Gertruida begin verstaan het waarom Miss Pearson nooit van haar laat hoor het nie. Tussen al die notatjies wat die musiekjuffrou met 'n potlood op die bladmusiek gemaak het, het daar agter op een, skeef en klein en kennelik net vir haarself, 'n verkapte sin in haar handskrif geskryf gestaan: . . . *can something as beautiful – be so sinful? . . .*

Gertruida het gedink dat sy begin begryp – en geweet dat niks ooit vir haar meer kosbaar kan wees as die klavier wat die onnoembare moes sê nie.

Daardie aand in die kombuis het Dorothea haar sestienjarige Nellie aangesê om by die tafel te gaan sit. Sy het vir haarself 'n stoel nader getrek en gewigtig teenoor haar dogter plaasgeneem. Dit was tyd dat sy Nellie betig: "Daardie Petrus-seun is 'n Minter. Hy is nie ons soort nie. Ek sien hoe kyk jy vir hom. Moenie maak dat ek Pa van jou kykery sê nie."

"Maar, Ma . . ."

"Ek het klaar gepraat, Nellie! En jou gedurige gepratery met hom hou nou dadelik op."

Nellie het kamer toe gestorm.

Op daardie middag van die klavier het Joey Drew sy jongste flater agter die hoenderhokke gaan bedink. Hoekom moes die verdomde muile dit nou juis in hulle dik koppe kry om te begin loop waar hy by was? Dankie tog, Magrieta was nie daar toe Daantjie so op hom geskree het nie. Wanneer sal hy wat Joey Drew is, in elk geval iets reg doen op hierdie plek? Joey het op 'n bloekom-stomp gaan sit met sy kop tussen sy hande.

'n Skraal dogtertjie wat sy omwandelinge al dae lank van 'n afstand af dophou, het voor hom kom staan en wag tot hy op-kyk. Joey het gesien dat sy besoekertjie omtrent sewe of agt jaar oud moet wees. Haar lang swart hare was ongekam, haar kaal voete het die swart van ongewaste winterskurfte aan die skene en tussen die tone gehad en die barste van kaalvoetloop in die ryp was aan haar hakskene. Haar hande, bene en gesig was vuil. Sy het 'n soort jurk gedra met die kleur van die kaal winters-grond rondom hulle. Net so hier en daar kon hy sien dat die rokkie oorspronklik blou was. Maar die blou het lankal wegver-bleik en net in die nate agtergebly. Die rok het tot by haar maer kuite gereik en was op plekke amper deurgeskif. Verwaarlosing het, soos die stof aan haar rok, aan haar gekleef. Joey het al ge-sien dat daar kinders by die platdakhuisie rondspeel. Die ma het seker maar voor die knaende armoede opgegee, want die kind was onversorg.

Maar haar oë! Haar oë!

Joey Drew was nie 'n man wat maklik hoë gedagtes probeer dink nie, maar met hierdie kind se oë was dit vir hom of God hulle spesiaal en vir Homself gemaak het. Hy moes hulle met buitengewone sorg gepoleer en saggies bevogtig het voor Hy hulle – dalk met ontroering, selfs verbasing, oor soveel skoon-heid uit Sy hand – versigtig in hulle holtes gedruk het. Eers ná Hy met die res van haar klaar was.

Haar oë was blouselblou en blinkskoon in haar vuil gesiggie. En hulle was groot en wyd soos oë wat pas wonderlike dinge gesien het.

Sy het met hom gepraat en aanhou praat in daardie skrape-rige taal al het hy nie 'n woord verstaan wat sy sê nie. Hy het aan sy ore gevat en sy kop geskud om te laat blyk dat hy nie verstaan nie. Maar sy't aangehou en later begin beduie en uiteindelik het sy met haar duim na haar bors gewys en hom haar naam geleer. Hy het die naam begin nasê: Dit was Fienatjie. Fienatjie Minter.

So het dit dan gekom dat die eerste woord wat Joey Drew op die wyse van die skraperige taal kon sê, die vir hom byna onuitspreekbare naam van Fienatjie was. Van Fienatjie Minter. Toe dit sy beurt was, het hy haar die naam *Joey* geleer, nie *Mr Drew* nie. En Fienatjie kon dit gou reg sê: Joey, Joey, Joey. Sy het die woord kort-kort herhaal, want sy wou aanhou sien hoe die treurige plooie om sy mond by die aanhoor van sy naam 'n glimlag word onder sy yl baard – 'n glimlag wat tot in sy ooghoeke getrek en sy skeel ogies amper toegemaak het van plesier.

Toe hulle van die agterdeur af roep dat hy moes kom eet, het Joey met spyt van sy klein gespreksgenoot afskeid geneem. Hy was byna aangedaan toe hy sien hoe Fienatjie na die bywonershuisie van die Minters huppel – en hoor hoe sy Joey-Joey-Joey soos 'n rympie opsê. Sy het die naam presies gesê soos hy haar dit geleer het – en dus in 'n aksent wat Gertruida sou bevries.

By die platdakhuisie het Fienatjie vir haar sussies gesê sy kan nou Engels praat.

⊰⊱

Danie se broer, Wynand, en dié se vrou, Martie, het die Saterdag aangekom. By hulle was hulle enigste kind, Driena, 'n dogtertjie van omtrent dieselfde ouderdom as Sussie.

Die vroue van Danie se huis was altyd verbaas oor die manier waarop Martie Driena grootgemaak het. So het Dorothea dan ook weer die dag vir Gertruida in die kombuis gesê: "Die liefde van 'n moeder is darem maar 'n wonder. Kyk net vir Martie met Driena. Met Martie sou ek kon sweer sy sal van die kind 'n baksteen na haar eie vorm probeer bak, maar sy bederf Driena in die afgrond in. Ek sou nooit kon dink Martie kan so sag met 'n ander mens werk nie. En die kind lyk tog nie oorbederf nie."

"Sy's meer Wynand se kind as Martie s'n. Sy aard baie meer na haar pa. Wynand het ook maar die sagte kant van die Van Wyks." Dis wat Gertruida gesê het – denkende daaraan hoe die

48

klavier haar eie sagte kant al meer begin oopkrap. Want teen daardie tyd het sy al die klavier ontmoet op die middag toe sy haar kopseer gehou en al die ander sonder haar na Fanie van den Berg se begrafnis toe is. Sy het gedoen soos sy wou, en ge-huil en die bevryding was so groot dat sy, toe sy opstaan om die kerse weer te gaan bêre voor die mense van die begrafnis af terugkom, besluit het om die klawerflap nie meer te sluit nie. Daardie aand het sy vir byna 'n uur vir Sussie gespeel.

"Kan jy jou voorstel," het Dorothea in die kombuis voortge-gaan, "as Driena haar ma se humeur moes hê en sy kom in haar arige jare? Die weë van die Here is darem maar wonderlik. Maar sy verafgood die kind en dis 'n sonde."

"As mens net een van 'n ding het, is hy vir jou baie kosbaar," het Gertruida effens nadenkend bygevoeg, want sy't gedink aan die enkelheid van haar een groot vreugde en aan die onvervang-bare klavier. Dorothea het maar half verstaan en haar eie gedagte gehad: "Ek dink dis seker maar omdat sy al daardie miskrame gehad het voor Driena se geboorte."

Daar was vyf miskrame. Terwyl sy Driena verwag het, het Martie byna vergaan van vrees. Sy het die Here alles belowe as die kind net behoue in die wêreld kom: sy sou Hom getrou en noulet-tend dien, sy sou haar humeur en haar tong in bedwang hou, sy sou die sonde beveg waar sy hom ook al raakloop, of dit nou in haarself of in iemand anders is. Maar laat die baba tog net nie weer te vroeg kom nie, Here! Asseblief tog nie weer nie, Here!

Driena het haar nege maande presies uitgedien en 'n wel-geskape bondeltjie mens het opgedaag. En op daardie seer en wonderlike oomblik het Martie met baie trane belowe dat sy die kind vir die Here sal grootmaak en haar elke stukkie liefde sal laat toekom waartoe 'n moederhart in staat is. Martie se ysere wil en haar presiese opvattings oor wat reg en van Bo, of verkeerd, en dus van die Duiwel was, het haar sonder twyfel of afwyking by die letter van haar morele alfabet laat hou.

Wynand en Martie het, klaar aangetrek, op die oggend van die Saterdag opgedaag, maar Joey Drew het gesê hulle moet wag dat dit middag word, want dan is die lig voor die huis op sy beste.

49

Twaalfuur se kant het hy hulle reggeskuif na lengte, breedte en geslag, maar die familie wou hulle verbande anders lê en het elkeen na sy of haar geskikte familieplek geplaas. Toe het Joey onder die swart doek ingebuk, reggeskuif wie reggeskuif moes word, hulle tot beweginglossheid gemaan, die knip van oë verbied, en gesê: ". . . *hold it, hold it, ho-o-o-ld* . . ." terwyl hulle met streng, droë oë strak na die kamera kyk.

Dit was die laaste foto waarop hulle almal saam was – die enigste een waarin al die Van Wyks, die lewendes en die dodes, swaar geraam en met 'n sterk koperdraad aan die prentelys gehang, na verbygangers sou staar soos hulle na die skeel Engelsmannetjie se kamera gestaar het.

Met die foto geneem, het die familie teen die stoeptrappies begin opbeweeg na die voordeur toe om in te gaan vir die middagmaal. Dorothea het hulle eerste gesien: "Ag nee, nie nog dit ook nie!"

Want met die paadjie na die huis toe het die hele Minterfamilie, oorwegend groen soos 'n Ierse fees, aangestap gekom. Die Van Wyk-familie het omgekyk en dit was Martie wat eerste gegiggel het. Die Minters het byna in enkel gelid aangestap gekom. Voor het Jakop geloop, dan sy vrou, Sannie, en daarna die dogtertjies. Net Fienatjie het agter langs Petrus geloop. Die familie, uitgedos in wat ter hand was, het selfs van 'n afstand af skoner gelyk as gewoonlik, maar dit was die groen vilt waarin die klavier toegedraai was wat die aandag getrek het. Sannie Minter het die materiaal wat haar toegeval het, ten beste gebruik, en sy en haar dogters het nie net elkeen 'n soort groen manteltjie aangehad nie, maar ook groen kappies gedra.

"Ek het hulle nou al hoeveel keer gesê hulle moet ons uitlos as ons mense het, maar hulle het elke keer 'n verskoning. Gaan in, hulle weet hulle moet agterdeur toe."

"Hulle wil seker 'n foto laat neem, kyk hoe uitgevat is hulle," het Daantjie gejil.

"En jou pa sal weer daarvoor moet betaal . . ."

Danie het geglimlag oor sy vrou se ontsteltenis: "Sy sal darem seker eers weer haar vyf hoenders aanbied."

Maar terwyl die ander oupa Daniël deur die voordeur help, het Dorothea vir Danie eenkant getrek: "Jy wil my nie glo nie, my man, kyk self!"

Almal se aandag was by die ou man, behalwe Nellie s'n. Sy het in die rigting van die Minters bly kyk en daar kon geen vergissing wees dat dit na Petrus was na wie sy gestaar het nie, want haar jong tepels het styf teen haar rok gedruk.

"Vandag! Jy stop dit vandag, anders gaan ons nog lang trane huil."

Danie het geweet dat hy sal moet intree, al het hy gehou van die seun wat so duidelik anders as sy pa wou wees. Danie het Daantjie op die skouer getik: "Sê vir Petrus ek wil agter by die stal met hom praat."

Voor die twee ingaan, het Martie vir Gertruida gefluister: "Het Fienatjie al iets oor die oorlog gedroom?"

"Nie wat ek gehoor het nie."

Dorothea het die bo-deur van die kombuis oopgemaak voor die Minters kon klop.

Jakop het sy enkele woord aan sy familie gebulder: "Maniere!"

Die familie het eendragtig gegroet en Dorothea het met verligting opgemerk dat Petrus nie meer by hulle is nie, want sy was bewus daarvan dat Nellie by haar probeer verbyloer.

"Ja?" Haar vraag was meer bevel as versoek.

Jakop het nader gestaan en vir haar linkerbors gesê: "Portret."

Dorothea het Sannie se aanbod van die hoenders van die hand gewys en vir Jakop gesê Danie sal vir die foto betaal, maar hulle moet dit by hulle eie huis laat neem, sy sal die fotograaf stuur.

'n Enkele woord van Jakop het hulle laat omdraai en huis toe gaan. Dorothea het Joey Drew agterna gestuur.

Op daardie foto sou Petrus Minter nie wees nie. Hy het eers baie laat daardie nag huis toe gekom.

Want by die stal het Danie vir Petrus aangesê om weg te bly van sy dogter af of die plaas te verlaat. Petrus het toe al lankal opgemerk dat Nellie hom dikwels opsoek waar hy werk en dan bietjie gesels, maar hy het die gevoelens onderdruk wat by hom wou-wou opkom. Hy't geweet hy's 'n Minter en Nellie is 'n Van Wyk.

Hy't ontken dat daar 'n verhouding is en Danie het dit aanvaar, maar Daantjie het gedink sy pa is te sag met die bywoner.

"Dink jy ons is blind, Minter?" het hy begin beskuldig. "Dink jy ons kan nie sien hoe jy altyd probeer om na-aan haar te kom nie? Wat van gister? . . . toe jy ure met haar by die krip gestaan en praat het? Wat dáárvan?"

Petrus het hom rustig in sy oë gekyk en sag en kalm gepraat: "Ek kan haar nie wegjaag nie en dit was nie ure nie, sy't my kom vra om haar te help met die waenhuis se deur. Dis al."

"En jy's saam met haar die waenhuis in, nè!"

"Jy's mal, Daantjie van Wyk," het Petrus in sy sagte stemtoon gesê, omgedraai en weggeloop.

"Wie's mal, Minter? Kom hier!"

Maar Petrus het aangeloop. Danie het gesien dinge begin handuit ruk.

"Moenie dinge te ver laat gaan nie, Daantjie, ou seun. Laat my maar met hom praat." En vir Petrus het hy hard, sodat die jong man hom kan hoor, agterna gepraat: "Oom Wynand het die goewermentsmausers saamgebring, Petrus! Jy moet jou en jou pa se gewere kom haal."

Petrus het aanhou loop.

"My pa praat met jou, Minter!" het Daantjie agter hom aan geskree.

Petrus Minter het omgedraai en teruggestap. Eers toe hy binne die hoorafstand van 'n sagte stem was, het hy gepraat: "Ek sal die gewere kom haal as oom Danie sê ek moet." Hy het weer in sy spore omgedraai en begin om weg te loop. Daantjie se irritasie met die bywoner se beheersdheid het uit hom gebars: "Maar jy los my suster uit, gehoor? Jy's 'n bywoner en 'n Minter! Op hierdie plaas onthou jy dit!"

Danie kon nie sy jammerte vir die jong man uit sy stem hou toe hy weer sy aandag probeer trek nie.

"Petrus . . . ?" het hy gesê, want hy het geweet dat dit nie maklik moet wees om te hoor jy is nie goed genoeg nie.

"Is jy doof, Minter?" het Daantjie geskel. "Kan jy nie hoor my pa praat met jou nie? Is jy doof?"

Petrus het vir die laaste keer omgedraai en teruggestap tot waar sy sagte stem sou hoorbaar wees. Hy het tot stilstand gekom en Daantjie en Danie om die beurt vol in die oog gekyk voordat hy, gelykweg en oënskynlik sonder enige bitterheid, amper soos in 'n terloopse mededeling, vir hulle sê: "Ek kan hoor dat ek goed genoeg is om te skiet. Dis al wat ek hoor."

Hy het die veld in geloop, nie in die rigting van die huise of die buitegeboue nie. Daantjie sou nie sy woede, sy vernedering, of die trane wat in sy oë brand, sien nie. As die oorlog waarvan Fienatjie begin droom en waarvan sy net vir hom vertel het, net wil kom, as hy net vir Daantjie van Wyk 'n slag alleen kan kry, as hy net die kans kan kry om iets te dóén wat nie sy pa-hulle dieper die ontreddering sou insleep nie.

Danie het Daantjie stilgemaak en hulle het saam huis toe geloop. Hy het nie gehou van wat hy pas moes doen nie, maar oor die noodsaak van die saak het hy nie getwyfel nie.

⚔

Oorlog was 'n gerug – 'n opgeefsel vol verwronge en waterige beelde êrens voor in die pad. 'n Moontlikheid in die toekoms. Maar in die Van Wyks en Minters se daaglikse bedrywighede was almal se gedagtes nog gedrenk in meer realistiese waters – in die klein bemoeienisse van vrede. Al is daar in die Van Wyks se huise dikwels oor oorlog gepraat, en by die Minters soms daarvan gedroom deur Fienatjie. Fienatjie Minter.

Die middag aan die etenstafel het Wynand vir oupa Daniël gevra: "Dink Pa daar gaan oorlog kom?"

"As die Engelse hom wil hê, gaan hy kom, my kind. Hulle sal net naderhand so onredelik raak dat ons nie meer sal anders kan nie. Vertrou kan ons hulle nie, en net die Here kan ons help. Ons moet op Hom vertrou."

"Sal die Here ons help as die oorlog kom, Pa?"

"Nie as jy daardie vraag vra nie, Wynand. God is getrou, maar jy moet sekerheid in jou hart hê. Dan sal die mosterdsaad vir jou leer: Moenie bevrees wees nie, want jy kan berge versit met jou geloof en die hulp van jou God."

"Ek dink nie ons mense het 'n gedagte van hoe groot die berge is wat versit sal moet word nie, Pa," het Gertruida tussenin gesê.

"Ons moet volhard in die gebed, Gertruida. God is 'n God van geregtigheid, Hy sal ons nie in ons regverdige saak alleen laat nie."

"Die Engelse gaan net so hard bid soos ons, Pa. 'n Oorlog is nie 'n stryd oor wie die hardste kan bid nie."

Martie se stem was skerp: "Dis godslastering! Wat jy daar sê, is laster, Gertruida!"

"Al wat ek sê, is dat die Engelse net so oortuig is van die regverdigheid van hulle saak as ons. Jy moes nou die aand daardie skeel Engelsmantjie gehoor het! En die Empire maak al meer as die helfte van die aarde toe. Daar's niks wat ons teen daardie oormag kan doen nie."

"Dis dié dat ek sê ons moet alles doen om die oorlog te vermy." Dit was Wynand, en hy't dit sag gesê.

Daantjie het met mening by die gesprek ingeval: "En alles sommer so vir hulle op 'n skinkbord aandra? Daar's te veel mense tussen ons wat met daardie evangelie volgens Judas tussen ons boer. Hierdie klomp vredepraters is niks meer as papbroeke nie. Ons moet die Engelse die see in boender en klaarkry."

"Sê jy ek is 'n lafaard, Daantjie?" Wynand was op sy voete.

"Ek sê nie oom Wyand is nie . . ."

"Nou sê ek vandag vir jou, Daantjie van Wyk, ek sal veg as ek moet, maar ek gaan nie my eie en my mense se bloed laat verspil vir 'n hopelose saak nie."

"Ek sal myne gee, oom Wynand! Ek sal veg tot ek nie meer 'n druppel bloed in my are het nie!"

Daantjie het maklik gepraat en makliker gespog. Sy besittings, sy perd, die mooiste vrou – alles was die beste en moes sigbaar die beste wees. Agter sy rug het hulle hom Blink-Daantjie genoem. En oor die familietafel daardie middag kon hy sy blink patriotisme uitstal. Hy het, soos 'n volksredenaar, met die diepste moontlike stem gepraat en die gesegdes van die politieke sprekers nageboots. Sy tirade was vol van "vryheid kosbaarder as die lewe self" en "dié land so duur gekoop met . . . . ja, geheilig, deur die bloed van ons vaders en benat met die smartlike trane van ons moeders". Met al dié geykte woorde het Daantjie tog gesê waarin hy geglo het, want die woorde het in hom ingegroei totdat daar rondom hom uiteindelik 'n geheiligde volk in 'n heilige vaderland was – met hom in die middelpunt. Teen die einde van sy belydenis het hy met 'n sagter, gepynigde stem die swakheid van sommige volksgenote betreur – dié wat so máklik, só maklik, dit wat heilig is kan weggee, sonder om bereid te wees om die offer te bring. Die óffer te bring.

"Ek is nie een van hulle nie, jy kan maar ophou," het Wynand, wit om die mond, tussenin gesê.

Martie van Wynand was nie 'n imposante vrou nie. Sy was kort en geset, maar wat sy nie besit het aan gestalte nie, het sy voor opgemaak in opvlieëndheid. Sy't alles wat Daantjie aan die sê was van harte geglo, en sy en Wynand het al dikwels woorde gehad oor sy vredeliewendheid, maar wat Daantjie in die rigting van haar man geskimp het, was te erg. In haar oë was weifeling al klaar ontrouheid, en ontrouheid die eie-broer van die grootste doodsonde denkbaar: verraad. Sy moes iets sê: "Dorothea, sê vir hierdie seuntjie van jou hy moet sy groot bek van Wynand af hou."

"Daantjie wys nie vinger nie, Martie . . ."

"Ek het dit nie só bedoel nie, oom Wynand . . ." het Daantjie begin terugkrabbel, want sy pa se blik was swaar op hom.

'n Stilte het oor die familietafel kom broei. Oupa Daniël het 'n enkele keer in die rigting van vergewensgesindheid en broederlike liefde geskimp. Dit het nie gehelp nie. Net die messegoed het op borde geklik.

Dit was in dié stilte dat die klavier sy enkele noot laat val het. 'n Vuurhoutjie van 'n noot.

55

Die twee dogtertjies, Sussie en Driena, het gevra of hulle, terwyl die grootmense in die eetkamer eet, buite op die stoep hulle eie speelmaaltyd kon hê. Maar die kos was gou op en hulle het moeg geraak vir die speletjie. Sussie wou vir Driena tante Gertruida se klavier gaan wys en hulle het stil by die eettafel verbygeskuif tot voor die klavier. Sussie het die flap saggies oopgemaak, die vilt-bedekking oor die klawers weggetrek, en al wat sy wou maak, was om een noot stadig en dus sonder 'n geluid af te druk. Maar daar was 'n geluid en die noot het die gelade stilte ingevaar.

Gertruida het hulle sag vermaan: "Kom weg van die klavier af, kinders."

"Driena, kom weg van daardie ding af!" het Martie skerper as wat sy gewoonlik met haar dogter praat, gesê.

Sussie het agtergekom dat daar iets groots verkeerd was tussen die grootmense en sy het flap saggies probeer toemaak. Maar haar hand het die klawers geraak en 'n vals akkoord het deur die vertrek geklink.

Martie het haar na haar skoonvader gedraai en hard, sodat die hardhorende ou man kan hoor, vir hom gesê: "My arme oorlede skoonmoeder draai vandag in haar graf om, Pa. Hoor Pa my? Ek sê, my arme oorlede skoonmoeder draai vandag in haar graf om, Pa."

"Nou hoekom sal sy nou só 'n ding doen?"

"Nooit-nooit-ooit sou sy dit toegelaat het nie. Nóóit!"

Oupa Daniël was uit die veld geslaan: "Die-wat-nou sou sy nie wou toelaat nie?"

Wynand het Martie geken en probeer keer wat daar te kere was: "Martie, los die mense uit . . ."

"Nee, Wynand, ek het my sê en ek gaan hom sê." Daar was 'n verbetenheid in haar stem en sy wou voortgaan, maar Gertruida het haar voorgespring: "Nou sê dan jou sê, maar ek kan nou al vir jou sê wat jy gaan sê: die klavier is Satan se instrument, dis wat jy wil sê. En hy's hier omdat ek in die Kaap loop skoolgaan het tussen die Engelse, is dit nie? En dis hoekom ek nooit 'n man gekry het nie – soos jy agter my rug vir die Bothas gaan loop en vertel het, en oor my aanstellerigheid oor ek dink niemand hier is goed genoeg vir my nie! Dis wat jy wil sê!"

"Al wat ek vandag vir jou kan sê, Gertruida van Wyk, is dat my oorlede skoonmoeder nooit daardie wêreldlike ding in hierdie huis sou toegelaat het nie!"

"Gertruida speel net stigtelike musiek op die klavier, Martie," het oupa Daniël sake probeer kalmeer.

"Moenie dit vir my probeer vertel nie . . . Vader. En om te dink sy't die kosbare liefdesgeld wat haar moeder vir haar nagelaat het op hierdie duiwelsding verspil! Net sonde en versoeking kan uit daardie ding uit kom! Ek gaan hoed opsit."

Daarmee is Martie die kamer uit. Wynand het sy kop geskud: "Sy word deesdae so. Dis seker maar oor die oorlog in almal se binnewerke rondkarring. Ek het die Here al so baie keer gevra dat Hy Martie moet verlos van dié godsdienstige ding . . . Wat lag jy, Gertruida?"

Gertruida wou nie verduidelik oor die Liewenheer se penarie met so 'n teenstrydige gebed nie, en het ná 'n "ag, sommer" stilgebly.

Wynand-hulle het dus nie oorgeslaap soos die plan was nie, maar dadelik begin aanstaltes maak. Hulle wou nie te diepdonker by die huis kom nie, was Wynand se verskoning.

Buite, waar Greeff besig was om Wynand se perde in te span, het Danie op sy beurt verskonend na die middag se woorde verwys: "As 'n vader is ek trots op Daantjie se warm gevoelens vir ons volk, Wynand. Hy is nog jonk en voortvarend . . ."

"Grootbekkigheid gaan ons nêrens bring nie." Met dié woorde het Wynand heel onnodig om die kar na die ander kant van die perde gestap en daar aan 'n gespe gaan trek. Danie het geweet hoeveel dinge sy broer gelyk sê en toe maar eenkant bly staan tot die kar gereed was.

Voor hulle ry, wou Martie gou gaan verneem wat Fienatjie Minter oor die oorlog gedroom het. Sy het die kind agter die hoenderhok gekry waar sy en die skeel fotograaf besig was met 'n soort speletjie.

Maar die kind kon haar niks vertel nie, want toe sy Fienatjie vra wat sy deesdae droom, het die kind gesê sy droom van miere, baie-baie miere, en sy droom dat die miere die kinders laat sing. Sy huil altyd as sy van die miere droom, het Fienatjie bygesê, want sy droom sy sing saam met die ander kinders.

Aan sulke onsinnighede kon 'n grootmens haar tog nie steur nie. Dit het gelyk of die kind die talent wat sy met haar helmgeboorte gekry het, aan die verloor was. Martie het Fienatjie agter die hoenderhok by die vyand se verteenwoordiger gelos en op die kar gaan klim om te wag dat Wynand klaar groet sodat hulle kon ry.

䶂 䶂

Joey Drew het goed genoeg geweet dat die speletjies waarmee hy en Fienatjie agter die hoenderhok besig was vir ander mense vreemd sou lyk.

Partykeer het hy en Fienatjie ooreengekom dat hulle sal maak of hulle mekaar verstaan. Nie dat dit juis 'n ooreenkoms genoem kan word nie, want hulle het nog nie genoeg woorde tussen hulle gehad om iets so abstrak soos 'n ooreenkoms bymekaar te praat nie. Dit was sommer 'n saamstem dat hulle sal speel hulle verstaan mekaar.

In daardie tye kon Joey Drew haar vertel van al sy wedervaringe, waar hy al orals was, die plekke waar hy grootgeword het, die mense wat hy geken het, die myn, en hoe hy met Hans Bester saam die Vrystaat in is. En Fienatjie kon hom vertel hoe sy nog altyd elke keer die waarheid gedroom het, en wat sy deesdae droom en hoekom sy wakker word met 'n skreeu, en hoekom sy huil oor die kinders so sing. Op 'n keer het sy vir hom die lied van die kinders probeer voorsing, maar sy het net halfpad gekom. Toe sy so sing, het daar trane in haar oë gekom en Joey Drew kon nie trane in die wonder van haar oë verduur nie. Hy het haar gestop en getroos en vir die eerste keer in jare 'n mens vasgehou. Al was dit maar 'n klein bietjie mens.

Soms het hulle gesit en gesels soos twee ou mense – al te doof om mekaar te verstaan – wat maar elkeen op sy eie met die gesprek voortgaan en sommer praat vir die pret daarvan. Kamaliel, met gebare, lag en vrae.

Ander kere het hulle vir mekaar woorde geleer. Hulle was aangewese op die voorwerpe in hulle onmiddellike omgewing en het tweetalig geraak oor dinge soos klip, stok, muur, boom en hoendermis. Dit was al, tot Fienatjie agtergekom het jy kan die werkwoorde voorspel. Dit was lekker.

Joey het vir haar 'n staalkam vir haar hare gebring, maar toe hy sien dat al die Minters skielik netjieser lyk, het hy, effens jaloers, 'n bliktrommeltjie uit Hans Bester se nalatenskap vir haar gegee. Hulle het die trommeltjie onder 'n klip teen die rantjie weggesteek. Al die skatte wat hy vir haar gebring het, is daarin bewaar: knope, 'n naald, 'n sakdoek, 'n kopergespe, twee muntstukke en ander waardevolle dinge. Dit was Fienatjie se rykste tyd, en Joey Drew se gelukkigste.

Net een keer het sy nie alleen hoenderhok toe gekom nie. Sy het 'n tolk nodig gehad en by Gertruida gaan soebat dat sy asseblief vir die Engelsman moet kom sê wat sy besig is om oor hom te droom. Gertruida het maar uit nuuskierigheid saamgestap en tolk gespeel.

Fienatjie, moes Joey hoor, het gedroom dat hy tannie Magrieta baie keer gaan afneem en vir haar, Fienatjie, twee keer, en nog een keer ampertjies.

Joey het vir Magrieta weer en weer afgeneem oor sy so mooi was, en vir Fienatjie wou hy afneem oor sy die wonder in haar oë gehad het. Joey het die volgende dag al vir Magrieta gevra of hy haar asseblief mag afneem – gratis, oor haar skoonheid. Sy het met Daantjie oor die voorstel gepraat en hy het dadelik gemaak of die afnemery eintlik sy idee was en aangedring om daarvoor te betaal. Joey het Magrieta na die beste moontlike lig geneem en vyf foto's geneem.

Maar vir Fienatjie kon hy net een keer afneem, omdat hy nog net een plaat oorgehad het. Dit was toe hy daardie foto's neem dat Joey Drew begin verander het en 'n fotograaf van die ongewone geword het. Dit moes die noodlot gewees het, het hy altyd gesê, want hy het met nuwe oë leer kyk en gesien dat net die ongewone en nie-alledaagse eintlik die moeite werd is om te fotografeer – dit was veel veel beter as om die een familie na die ander in starende groepe te laat versteen.

Gertruida van Wyk het gehoor dat Joey Fienatjie net een keer afgeneem het, en sy was daarom seker dat hulle Joey weer sou sien, want Fienatjie het gedroom dat hy haar twee keer sal afneem en daarna nog een keer ampertjies. Hulle sou hom dus bepaald weer sien.

Want Fienatjie Minter het nooit verkeerd gedroom nie. Nooit.

Drie

Die oorlog het in Oktober gekom.

In die verre Brittanje het die aankondiging van nog 'n geringe oorloggie nie veel gevoelens gaande gemaak in onbetrokke kringe nie. Dié wat wel geïnteresseerd was in die dinge van die Britse Ryk kon natuurlik goed genoeg sien hoe die pers die vyand swartsmeer en die gemoedere opsweep, en hoe die politici met welgekose halwe waarhede – met die een oog op 'n loopbaan en die ander een op rede-soek – die geregtigheid buig en knak tot dit hulle pas. Uit die geringste kan 'n magtige ideaal opgetower word, en omtowering was hulle nering. Terwyl hulle agter hulle parades en blink knope skuil, het die leër-owerstes wat die tekens geken het, met wis-sekerheid beplan en gewoel rondom die senior aanstellings. Die geldmag het die invloed van die oorlog op die mark en die beurs bedink en so hier en daar 'n handjie bygesit om dinge bietjie aan te help. Gelukkig was daar genoeg aanstigters in Suid-Afrika.

Alles was dus normaal, soos alles normaal was met die baie oorloggies teen die inboorlinge, die minderes, die kultuurloses, die onbeskaafdes, die barbare. Die Boere was nie meer as daardie stamme en volkies nie, kyk maar in die pers, en alles was deel van die groot opmars van die beskawing en die lig wat versprei moes word: van die leer van christelike liefde, goeie administrasie, Victoriaanse maniere en moraliteit, en die behoorlik-winsgewende selfverryking uit ander mense se grondstowwe. Ná 200 oorloggies raak 'n mens gewoond daaraan, alhoewel die lokaas

61

hierdie keer die grootste goudveld in die wêreld was – dié dinge kos geld – en nie net nog 'n stuk rooi aarde wat moes help keer dat die son nêrens oor die Empire ondergaan nie.

Die vallende blare van die Britse laatherfs het wel getoon dat die jaar besig was om te sterf, maar dit was nie waarna die mense gekyk het nie – dit was die kalender met sy syfers wat aangekondig het dat 'n ou eeu maak plek vir 'n nuwe.

In die ooptes van die Vrystaat en Transvaal het die ploeë al reggestaan om die grond te skeur vir die eerste oes van die nuwe eeu. Die vroeë donderbuie van 'n vars seisoen het begin om hulle seëninge oor die veld en lande te giet. In die boorde om die huise was bloeiseltyd amper verby en het die vruggies aan die dra-takkies begin bult. Die winterlammers het al die smaak van nuwe groen leer ken, en die beeste het uit hulle skraal winter gesteier na die vettigheid van 'n nuwe somer.

Daardie lente was gemaak vir vrede en vir boer, nie vir afwesighede oorlog toe nie. Die Boere het geboer, die seisoene was hulle bestaan, hulle leeftog en hulle bemoeienis, hulle gewoonte en hulle bekommernis. Dit was 'n ongeleë tyd om te gaan oorlog maak.

Veldkornet Willemse het met die boodskap gekom dat dit oorlog is en dat elke weerbare man by sy kommando moet aansluit – gewapen en berede, met mondprovisie vir agt dae.

Danie het onmiddellik vir Joey aangesê om die volgende oggend, en nie 'n oomblik later nie, te gaan.

Voor aandete daardie aand het Gertruida hom na die eetkamer toe gevat en 'n kaart uit die groot buffet gehaal. Sy het aan hom verduidelik hoe hy by Bloemfontein of Kimberley kon uitkom. Joey was verbaas oor hoe ver wes en suid hy na Hans Bester se dood op sy swerftog gevorder het. Hans se graf moet honderde myle van daar af wees.

Vroegoggend was sy kar al ingespan en sy goed opgepak. In die kombuis het Dorothea hom 'n laaste ontbyt laat toekom, hom soutvleis en beskuit vir padkos saamgegee, hom stram gegroet en in die huis verdwyn.

Joey Drew het gegaan. 'n Klein figuurtjie het vir hom van die bywonershuisie af gewaai. 'n Entjie van die plaashek af het hy die perde ingehou, opgestaan op die kar, en met al twee arms teruggewuif. Die afskeid was vir hom swaar. Hy het gewens hy het 'n manier gehad om Fienatjie so te fotografeer – só, waar sy, oorgegee aan die afskeid, met albei arms en 'n jubelende lyfie net vir hom waai.

Hy't die pad Kimberley toe gevat, want Bloemfontein het te veel na daardie skraperige taal geklink.

Later, soos Gertruida voorspel het, het hy die grootpad gekry en daarmee saam groepe Boere wat op pad was na die front in die suide. Elke groep het hom gestop, sy goed deurgesoek, hom ondervra deur tolke van wisselende vermoëns en hom dan laat gaan.

Dit het mettertyd vir Joey duidelik geword dat hy met 'n soort paspoort sit: die kamera en 'n baie besige professionele houding. Die meeste groepe wou, wanneer hulle verneem wat sy nering is, hulle historiese oomblik laat verewig op Joey se geheimsinnige swart plaatjies, en wanneer hulle nie gevra het nie, het hy aangebied om hulle te fotografeer. Die bestellings vir afdrukke is geneem, die geringe vooraf-geldjie is betaal en aflewering sou ná die oorlog geskied by die apteek in Kimberley. Joey het die groepe met groot sorg gerangskik, baie te sê gehad oor die beskikbare lig, en dan sy "hold it, hold it, hold it, h-o-o-o-old" met oortuiging laat hoor voor hy sy onderwerpe met 'n leë kamera fotografeer. As daar te veel versoeke vir foto's was, het Joey begin weier – omdat die koste daaraan verbonde so hoog is, het hy verduidelik, en omdat daar met die koms van die oorlog onsekerheid is oor die verdere beskikbaarheid van fotografiese materiaal. Dit mag dalk die laaste reeks portrette wees wat hy neem. Die man van Somerset, Engeland, het 'n sin vir die realistiese gehad. Dit was terwyl hy die mense dié guns doen, dat hy begin skimp het oor honger en wanneer hy laas 'n drankie oor sy lippe gehad het. Met goeie gevolg.

"'n Kamera is 'n geheime ding," het Joey altyd gesê. "Hy's soos onthou en lieg. Daardie goed kruip in jou kop weg en niemand sien iets van hulle as jy nie self uithaal en wys nie. Maar 'n kamera is nog beter. As jy onder daardie swart doek inbuk, weet niemand wat jy sien nie, en van wat daar gaan uitkom weet hulle nog minder. En met die oorlog was dit só dat niemand geweet het of hulle die goed ooit weer gaan raakloop nie."

Maar die grootste bate van die kamera het in die menslike ydelheid gelê: as die mense se beelde eers êrens in die binnewerk van jou instrument sit, is hulle van jou goeie trou afhanklik, want jy's al een wat kan sorg dat hulle hul begeerde beelde later in die hande kry. Sulke mense sal nooit jou kamera van jou af wegvat, of jou lot vir jou beswaar nie.

'n Kamera was 'n paspoort en, in die hande van die meester, 'n voorsiener van kos en drank.

Tog was dit nie juis die kamera wat Joey deur die beleëraars van Kimberley gekry het nie. Hy is die dorp in op die wieke van iets wat dalk 'n militêre glimlag genoem sou kon word. Ten spyte van die skoongewaste uiterlike waarna Joey sedert sy ontmoeting met Magrieta van Wyk so noulettend omsien, het 'n Boer by die blokkade Joey herken as die vuil Engelsmantjie wat op hulle plaas aangekom het en net in Engels kon brabbel. Hulle het hom destyds sommer maar weggejaag. Die veldkornet het Joey deurgekyk: Die mannetjie lyk nie of hy die draer kan wees van veel inligting nie. Arme Engelsman, met daardie ogies sal hy in elk geval nie gevaarlik kan skiet nie; hy lyk onskuldig genoeg; hy neem portrette vir 'n lewe; hy's skytbang, want sy broek bewe elke keer as 'n kanon lostrek. Dis te veel moeite om met die mannetjie opgeskeep te sit, so, gee maar die mense van die dorp nog iemand om kos te gee. Laat hom maar deur.

Joey het van die besetters af weggery en die dorp genader. Hy kon al die De Beers-toring duidelik sien en die geboue en mynhope het al uit die plat verte begin oprys, toe die klank van die kanonladings wat in die dorp bars, Joey begin bekommer het. Agter hom bulder die grofgeskut en voor hom dreun in die dorp die ontploffings van hulle koeëls se ladings. Joey het hom verbeel hy kan al die plofstowwe ruik. Een keer kon hy sweer hy sien hoe 'n gebou se bakstene en balke die lug in geblaas word – met sinkplate wat soos stukkies karton rondvlie.

Daar was 'n dag by die myn toe Joey gesien het wat plofstof aan 'n mens en omgewing kan doen. Hy is daardie dag in die myn afgestuur om 'n klomp stukke mens te gaan optel ná 'n ontydige ontploffing. Daar was glo nog lewende dinamietkerse in die wand toe 'n span al tonnelstutte wou insit. Iemand het seker met die blaasgat gepeuter en die ontploffing moes amper in hulle gesigte afgegaan het. Joey moes help bymekaarsoek wat daar van drie man oorgebly het – die ander dooies was heel genoeg om in een stuk uitgehaal te word. Hulle moes soek na oorblyfsels – tussen klippe en rotse en versplinterde dakstutte – en hulle moes dit doen in 'n dik wolk stof, stof, stof, wat net nie wou gaan lê nie en met elke beweging weer van voor af opgestuif het. In die geel lig van hulle lampe het die tonnel soos die hel gelyk. Die herinnering het in Joey se keel kom sit – die stukke vleis, die lyntjies pees, die verpletterde skerwe been, 'n halwe kop, afgeskeurde ledemate . . . alles in die lig van 'n lamp en omwaas van stof, stof, stof. Die reuk het soos 'n naarheid weer by Joey teruggekom. Dit was die reuk van dinamiet, stof, 'n slaghuis en 'n kakhuis – alles inmekaargedraai en in jou neus opgeprop. Dit was die reuk van dinamietverpoeierde rots, van dood, en van al die safte organe en stowwe wat in die nog lewendes borrel en dein.

Joey het begin om sy vrees vir die oop ruimtes te heroorweeg. Dáár was dit ten minste stil en veilig. Hy het geweifel. Agter hom het die grofgeskut gebulder en voor hom het die ontploffings uit die dorp teruggedreun. Dit kon net beter wees buite die beleg.

Hy het omgedraai en teruggery na waar hy vandaan gekom het. Die Boere het sy dilemma van ver af dopgehou. Toe hy by hulle aankom, het hulle gevra waar dink hy gaan hy nóú heen? Weet hy dan nie daar's oorlog en die dorp is onder beleg nie?

Soos 'n rot in 'n val, het Joey gedink.

Daaroor het Joey en die Boere saamgestem.

⚐⚐

65

Hulle het op die eerste dag nadat hulle berig ontvang het op kommando gegaan.

Oupa Daniël het die afskeidsgebed gedoen waar hulle voor die tuinhekkie bymekaar was. Die vroue het trane afgevee, en die mans het met toe oë en met hulle hoede in hulle hande gestaan. Alhoewel hulle "sidderend voor die troon van die Almagtige God", soos oupa Daniël dit genoem het, bymekaar was, was hulle nie een groep nie, maar drie, want elkeen het volgens sy stand gestaan. Hulle het vergader volgens die regte, voorregte, vooroordele en verbande wat op daardie voor-oorlogse oomblik nog gegeld het. Dit kon nie anders wees nie. Hulle het nie eens geweet dat hulle dit doen nie, en hulle het nie besef hoe hulle toekoms van daardie saamwees af sou uitwaaier in ondenkbare rigtings nie. Op daardie oomblik het die voorskrifte van vredestyd nog gegeld.

Hulle kon ook nie weet dat, soos op Joey Drew se familiefoto, hulle bymekaarwees só, 'n laaste is nie, want hulle het nog nie die versteurings van geweld geken nie. Miskien het Fienatjie so iets gedroom, maar wie sou nou wou luister na so 'n donker en ingewikkelde droom oor hoe ver en hoe naby mense op gedeelde oomblikke aan mekaar is. Sy't dalk net gedroom hoe hulle onder daardie gebed sou staan: Die Van Wyks eenkant, Dorothea langs Danie, Gertruida naby die twee, Sussie aan haar pa se hand, Daantjie en Magrieta naby, maar op hulle eie, want Daantjie het 'n handholte, 'n onthou-hand, op Magrieta se stywe, ronde boud gehou; Nellie alleen, haar oë oop en op Petrus Minter gerig. Die Minters het hulle eie groep op respekafstand gevorm en, drie treë respek verder, was daar twee swart mans: Soldaat wat sou saamgaan en Greeff wat sou bly en maar net daar was om die perde vas te hou.

En so het hulle gegroet en weggery. Met hulle perde en pakperde. Net Petrus Minter was bloots op 'n muil, want Soldaat het sy eie perd gehad en die ander perde was nodig vir plaaswerk.

Tot hulle klere het iets van die wydtes tussen hulle vertel. Daantjie het die vorige aand sy nuwe breërandhoed van die hangkas af gehaal en Magrieta het die een rand vir hom opge-

66

speld met 'n patriotiese borsspeld wat hy haar nog gegee het. Om sy nek was 'n rooi nekdoek, sy hemp, baadjie en wye ry- broek het by mekaar gepas, sy kamas-laarse was blink, gebosse- leer en het tot by sy knieë gekom. Sy spore was blink en geket- ting, sy perd geroskam en afgevryf, sy saal en toom ingesmeer en gepoets. Daantjie van Wyk wou lyk soos 'n vermoënde man wat oorlog toe gaan, en hy het. Nadat die prosessie deur die onderste plaashek is, het Daantjie sy perd op 'n galop getrek, tot bo-op die koppietjie gery en daar dwars gedraai, in die stie- beuels opgestaan en, hoed in die hand, met een wye, dramatiese wuif afskeid geneem van die groepie wat hulle nog van die voor- stoep af agternagekyk het.

Agter op sy muil het Petrus Minter die papiertjie wat Nellie hom met die groet in die hand gedruk het, oopgevou en gelees. Sy wou nie voorbarig wees nie, het sy geskryf, maar haar liefde gaan saam met hom. Hy kon nie die gehamer in sy bors stilkry nie. Hy het homself toegelaat om anders aan Nellie te dink: aan haar oë, haar jong mond, haar stem, haar lyf.

Soldaat het die toon wat hom so pynig sedert die klavier daarop geval het, probeer vergeet, maar die kloppende verswe- ring het dit nie toegelaat nie.

Danie het gewonder wat hy vergeet het om vir die agterge- blewenes te sê oor hoe die boerdery tydens die mans se afwesig- heid behartig moes word.

Jakop Minter, gewoond om wat ook al voorval die hoof te bied soos dit verbykom, en niks meer nie, het maar sy oë op die perd se ore en nek gehou en voortgery.

⚌⚎

Hulle het later wat met Daantjie gebeur het by die slag van Tweeriviere "daardie ding" genoem. Selfs onder mekaar het hulle dit nie 'n naam wou gee nie. Toe hulle daardie aand ná die slag by die kamp aankom, het Danie vir Petrus, Jakop en Daantjie bymekaargeroep en vir hulle gesê hy wil nie hê "daardie ding" wat met Daantjie gebeur het, moet rugbaar raak nie.

67

Die drie wat om hom gestaan het – die Minters verleë, Daantjie kop-onderstebo – het Danie in stilte aangehoor en nie weer daarvan gepraat nie, behalwe wanneer dit nodig was. En net onder mekaar.

"Daardie ding" het met Daantjie gebeur net onder die samevloeiing van die Riet- en Modderrivier. Dit is jong riviere. Die magtige erosie van miljoene jare het die leegtes van die Karoo opgevul. Wat hoër op losgespoel en weggevat is deur ondenkbare waters en soms die winde, het afgedreun en afgesyfer en afgespoel en neergesif in die laer dele en vloedvlaktes gemaak, toe groter vloedvlaktes, totdat die gelykte van die Karoo en die Suid-Vrystaat aanmekaar gelê het. En toe die seisoene stadig verander soos die kontinente skuif, het die reëns begin minder word, die stowwe meer, die plante minder, totdat daar omtrent net bossies en steekgras oorgebly het tussen die yl-verspreide bosse en bome. Van hulle het net die gehardstes oorleef – die diepgeworteldes, die smalblariges, die doringdraers. Behalwe langs die riviere.

Teen die gesigseinders van dié landskap, soos die geskubde rûe van prehistoriese monsters, lê die rantjies in snoere. Blou, mooigemaak deur afstand, omkring hulle elke vlakte. Van naby af is die rantjies rof, en net die vaagste herinnering van eilandwees kleef nog aan hulle, maar hul weerstand teen erosie staan in hardkoppige klip geskryf: in die barre, skoongespoelde, swartgebakte rotse van hulle rûe.

Dít was die riwwe rant wat tussen die Britse magte en Kimberley gelê het.

En die riviere. Hulle was laatkommers, dié riviere, want hulle moes van voor af aan hulle weg deur die vlaktes vreet soos hulle eers die panne en mere help gelykslik het en hulle toe aanmekaargeryg het van uitloop tot inloop tot uitloop. Totdat hulle strome geword en hulle pad tot in die Oranje skoongemaak het. En dit is ook al 'n rukkie dat hulle hul kronkelpaaie deur die gelyktes aan 't uitvreet is. Maar daarmee sal hulle nooit klaarky nie, want hulle waters is nog steeds bruin van dié inspanning.

Die spoorlyn van die Kaap af na die skatte van die binneland het sy brug gekry net onder die samevloeiing van die twee riviere. Die Britte se logistiek het die treinspoor nodig gehad – vir manskappe, waens, proviand, trek- en rydiere, kanonne, ammunisie en alles wat 'n leër wat beweeg nodig het. Die seshonderd myl Kaap toe was 'n lang ent. Hulle is oor die heel brug oor die Oranje, al het hulle hulle eerste teenstand gekry by Belmont en Graspan. Die volgende voorlêplek vir die Boeremagte was die Modderrivier.

Die Van Wyks en Minters se kommando het eers die dag voor daardie slag by die Boeremagte aangesluit, want hulle moes 'n rukkie na die ooste toe oorlê en wag vir 'n aanval wat nooit gekom het nie. In die kamp agter die linies het hulle die middag by dié wat die eerste twee veldslae meegemaak het, gehoor van die dooies en die gewondes, van dié wat te vroeg gehardloop het, van hoe die lood van die lee-enfields en leemetfords smaak – en van die meksims en skeepskanonne. Die lewe was hel op die klipperige rantjies, het die burgers wat daar was, vertel, want dit was waarop die Engelse hulle grofgeskut gerig het. Die liddietontploffings het die oorlewendes half doof gelaat, die skerwe van klip en bom het gevaarlik tussen al daardie hardheid rondgespat en die poeier van die liddiet het geel aan die rotse gesit. Ná die slag van 'n ontploffing het dit skerwe gereën en die geel poeier het teruggesif oor die kraters. Amper iets soos 'n buitjie meelgemaalde bobbejaanstront, het een verduidelik. En die ding het jou 'n kopseer gegee soos jy nie gedink het jy kan hê nie.

Daantjie van Wyk het geweet dat hy nou aangeland het by die plek waar hy moes wees. By die front; by die aksie. Die aangename gevoel van 'n held te wees, het soos in sy lugkastele deur hom gespoel. Dáár het hy groot dade verrig, groot erkennings ontvang en kon hy baai in die bewondering van sy pragtige Magrieta.

In die kamp was hy dadelik vol vrye menings. Hoekom, het hy gevra, vat ons nie 'n kommando en sny die spoorlyn agter die Engelse af nie? En die weghardlopery en terugvallery moes dadelik stop, want dis die papbroekigheid van mense wat nie bereid is om hulle offers te bring nie. Niks anders nie.

Die moeë groep voor wie hy gesit en opgee het, het hom in stilte aangehoor, tot een van hulle gedink het dis genoeg: "Dit lyk my ons het 'n nuwe generaal hier, manne! Loop vreet jy eers lood en spoeg dit uit voor jy hier kom voorsê, Van Wyk. Jy met jou blink gewaad lyk hoeka nie gemaak vir oorlog nie."

"Wat bedoel jy? Dat ek saam met julle sal weghardloop?"

Danie het sy seun uit die geselskap uit weggeneem.

"Jy't heeltemal gelyk," het hy vir die man gesê, "ons was nog nie daar nie."

Later daardie aand, ná 'n goeie maaltyd en die aandgodsdiens, het Danie vir Daantjie aangespreek: "Jy moenie so met mense praat nie, ou seun. Laat jou dade eers vir jou praat. Jy is 'n leier, maar dit help nie om jou ongewild te maak voor die verkiesing van die volgende veldkornet nie. Wees maar jouself, maar sorg dat jy die respek van mense verdien. Respek kom nie van harde woorde nie."

Danie van Wyk het baie van sy seun verwag en hy was trots op hom. Hy het geglo dat Daantjie 'n sterk persoonlikheid het, dat hy baie goed in die openbaar praat, en dat hy daarby 'n aantreklike man is. Aan sy effens blosende gelaat, sy netjiese uiterlike en sy trots houding, kon die vadersoog sommer sien dat sy seun uitgeknip is vir groter dinge. Danie het die Here baie gedank dat Hy vir die Van Wyks 'n draer van die stamnaam gestuur het wat soveel mooi moontlikhede in hom het. Die enigste bekommernis wat Daantjie ooit vir Danie gebring het, was toe sy seun in sy jongkêreldae te veel by die nooiens rondgekuier het. Al praat vaders en seuns nie eintlik oor dié soort ding nie, het hy tog vir Daantjie gewaarsku dat hy moet sorg dat dit nie met hom gebeur wat met Dirk de Jager gebeur het nie.

"As jy te ver gaan met 'n meisie word jy klei in haar hande, my seun. As 'n ongetroude vrou by een man slaap, slaap sy dalk by meer as een, en as daar iets gebeur kan sy die vinger na enigeen wys. En sy sal haar vinger wys na die hubaarste. Kyk wat het met Dirk gebeur. Hy sit vandag met die dogter van 'n bywoner en hy's te skaam om haar voor mense te bring, want in hom sit die verleentheid van 'n leuen. Daardie kleintjie het rooi hare. In die hele distrik is jy die hubaarste man, Daantjie. Moenie jou laat vang nie, trou jou stand."

Dis wat Danie gesê het, alhoewel hy sy seun se rondkuiery nie heeltemal afgekeur het nie. 'n Seun is 'n man, en 'n os vir 'n seun wil 'n pa tog ook nie hê nie. Maar Daantjie was 'n Van Wyk en die Van Wyks was tot dusver sonder daardie skande. Daantjie moes hom net nie deur die mindere en die maklikes laat vang nie. Vir die koms van die pragtige Magrieta was Danie baie dankbaar, want hy't geweet dat met so 'n vrou geen man weer na iemand anders sal kyk nie.

Hulle is in die voornag afgeneem rivier toe. Hulle perde kon hulle buite gevaar hou agter die steil walle en van die afsaalplek af kon hulle gou na hulle aangewese plek loop. Hulle kon die kissies ammunisie en die grawe maklik aandra na die plek waar hulle sou lê – aan die suideroewer van die rivier.

Die grawe van die loopgrafie was maklik, want die sandgrond was nog klam van die vorige week se reën. Hulle was gou klaar en het maar gelê en wag vir die oggend en die vyand.

Hulle was ses by die stukkie loopgraaf wat met 'n kinkel by die burgers aan hulle regterkant se sloot aangesluit het. Na links was daar 'n ooptetjie voor die loopgraaf van die res van hulle kommando weer begin het. Hulle was ses: die Van Wyks, die Minters en 'n buurman, Gerhardus van As. Agter, onder die wal en tussen die riete, het Soldaat gesit. Hy het met moeite saamgekom, die grootste deel van die sloot saam met Petrus Minter gegrawe en die ammunisie aangedra. Soldaat het gesukkel, want sy toon wat nie wou regkom nie, was seer. Daantjie was al ongeduldig met sy gehink en het gesê die ding moet nou afvrot en klaarkry. Maar onder die wal kon hy rus en sy pyn verduur, al was hy onrustig, omdat hy al meer begin agterkom dat die gesweer in sy toon in sy kop begin werk. Sy gedagtes was deurmekaar, hy het gesweet en koud en warm gekry, en by tye was dit of hy nie mooi weet wat om hom aangaan nie. Maar hulle het hom gelukkig weggewys van die loopgraaf af, want, het Daantjie gesê, dit is 'n witmansoorlog hierdie en Soldaat het niks daarbo tussen die lood verloor nie.

71

Danie sou daardie nag altyd presies onthou, omdat dit die laaste keer was wat hy rus in sy gemoed gehad het. Amper elke oomblik kon hy onthou:

Agter hulle het die rivier in sy donker bedding tussen die steil walle sy geruislose gang gegaan. Aan hulle linkerkant, meer as 'n halfmyl ver, het 'n lig deur die donker geflikker. Dit was die lig van Modderrivierstasie naby die opgeblaasde brug oor die rivier en 'n baken vir vriend en vyand.

Hulle het meestal stil gesit-lê in die loopgraaf en soms geluister vir geluide uit die suide waarvandaan die vyand sou kom. Daar was nie 'n oggendbries om die riete agter hulle te laat roer en ritsel nie. Dit het vir Danie gevoel asof die riete en die oop veld rondom hulle daardie nanag saam met hom asem ophou voor die onbekende wat kom. Dit was die 28ste November en somer. Die dag wat kom, sou sy lig gooi oor die vars jong sprie- te en stengels van die somergras wat al deur die geel winterstop- pels gegroei het. Daar was nuwe blare en bloeisels aan die bos- sies en bosse. Die doringbome het al vars volblaartjies aan blink, nuwe twyge. Die landskap sou al somer-sag wees, en agter hulle in die riete het die skerp nuwe groei al deur die droë stele van die vorige jaar begin breek asof hulle haastig was, want hulle moes al hulle groei in een seisoen klaarkry. Van die vinke wat hulle vroegaand so versteur het, het tog in die riete geslaap en hulle sou wel aan die stele hang, so naby moontlik aan hul half- voltooide meesterstukke. Op die vlakte voor hulle sou daar ander voëls slaap: die luidrugtige dikkopkorhane, die kwartels en koestertjies in hulle knus holtes. In die doringbome en taai- bosse sal daar tortelduiwe wees en naby hulle sal 'n laksman slaap. Daar sal 'n jakkals êrens draf en 'n rooikat, 'n muishond en 'n vlakhaas. Pofadders en kapelle en akkedisse, geitjies en koggelmanders sal stram wag vir die son om hulle reptielbloed weer op te warm vir beweging, en daar sal bokkies wees op dun stelte − duikers, steenbokkies, springbokke. Diere wéét goed, wag hulle ook?

Nooit sou Danie weer so naby aan die land voel as in die stilte van daardie wag nie.

'n Land, was wat hy gedink het.

Hy het later onthou hoe 'n angstigheid, amper so redeloos en raak soos 'n dier s'n, daardie nag in hom kom sit het. In dié terugdink van later af het hy altyd gewonder of hy daardie nag 'n soort voorgevoel, 'n gesig, kon gehad het van die verlies, die verliese, wat na hom toe sou kom – al kon hy geen benul hê uit watter rigting syne orals sou kom nie.

Die swaar dreun van 'n trein het deur die grond onder hulle begin bewe. En veraf het die ritme van stoom deur die oggend gepols. In die ooste was die skynsel van die oggend in die vlieswolkies te lese.

"Dit gaan 'n warm dag wees," het Danie voorspel.

"Nie so warm soos vir die Engelse nie, Pa."

"Onthou dat ons die visiere stel vir die opgeefsel, Jakop," het Danie almal herinner.

Daar was niks anders om te doen as om te wag nie. Die vyand sou dan daardie dag kom. Daar sal 'n gepantserde trein met grofgeskut op wees; die infanterie sal in 'n lang dwarsstreep kom; die ligter artillerie sal net buite kleingeweer-afstand staangemaak word; daar sal 'n masjiengeweer wees wat dinge kan warm maak. So is hulle vertel. En onthou, julle het almal al op die vlaktes gejag, julle weet wat maak die hitte en die opgeefsel met julle visiere en die manier waarop julle koeëls trek. Dis soos om 'n vis deur water te skiet. En onthou verder julle sal net 'n stukkie van die geveg sien, die generaal sal weet wat aangaan oor die hele linie. Luister tog na bevele en moenie probeer slim en braaf raak op julle eie nie. Gehoorsaam bevele.

Op die plat horison, nog platter as jy lê, het 'n strepie in die vroegste lig verskyn. En was dit rook of stoom daar regs? Sien jy die taaibos daar, net links van hom. Moet die trein wees. Hulle kom soos ons gesê is – net soos op Graspan en Belmont.

Die streep op die horison het uitmekaargerafel en kolletjies gemaak, die kolletjies het uitroeptekens geword, en die uitroeptekens soldate. Hulle mog nie skiet voor die sein nie. Met die vyand op duisend treë het daar 'n skoot geklap. Bietjie gou, dalk het iemand se uithou padgegee, maar die skietery het begin.

73

Hulle het oor die gelyk grond geskiet en elke staande man was 'n goeie teiken. Baie beter as om van die hoogtes af te skiet, want van daar af was dié wat lê amper beter teikens. Hoeveel ammunisie het hulle daar op dooies gemors?

Die mausers het sonder ophou langs die linie af geknetter, die pom-pom se dowwe hik het by hulle aangesluit en die antwoord het gekom. Aan die begin, toe die lig nog donker-vals was, kon jy 'n strepie flikkertjies uitmaak – vonkies uit die bekke van leemetfords. Die meksims het begin afstand soek, en die skeepskanon. Die diepdreun-golwe van ontploffings het deur die grond begin bewe. Die hel was los en al wat jy kon doen, was om so goed moontlik te korrel en die skoot af te knyp. Hou die rumoer uit jou ore uit, vergeet die koeëls wat deur die riete zirts, die gesing van die opslagkoeëls, die stof wat opgeskop word deur 'n stukkie warm lood wat hierdie keer goddank nie deur jou gegaan het nie.

Hulle het later so min te vertelle gehad oor daardie ure. Hulle kon net dinge vertel wat dié wat nie daar was nie sou begryp. Soos die hitte van daardie dag, dít kan ander tog verstaan. Van hoe die son op hulle rûe en die agterkant van hulle bene neergebrand het vir elke uur wat hy op daardie 28ste November geskyn het. Maar die taal van 'n veldslag soos die gewere en grofgeskut hom praat, laat hom nie vir vreemde ore vertaal nie. Net soos die nabyheid van die dood nie vertel kan word nie, of die spanning wat in jou sit totdat die afgematheid oorneem en jou nie meer laat omgee nie. Hou dit vir jouself, want tot die goed wat op daardie dag uitgestaan het bo ander, klink klein en onbelangrik. Wie stel belang in hoe warm 'n geweer kan word? Of hoe groot die doppiehoop langs jou kan groei? Of 'n dors tien tree van 'n rivier af? 'n Mens kan dalk nie eers tien ure son vertel nie, want dis net die storie van die oggendstilte wat verpletter is, van 'n hele dag son waarin die blou waters van die opgeefsels in jou visier bewe totdat die genadige laatmiddag kom. Die hitteverwronge gedaantes wat voor jou visier soos gode op die waters van die lugspieëling geloop, en soms geval het . . . wéét jy sélf nog van hulle? En selfs die stilte, die goddelike, moeë stilte ná die tyd, is te groot om te vertel, selfs vir jouself, want jy kan dit nooit weer regtig hoor nie – nie as jy nie eers 'n dag in die dreun van mensgemaakte dood gelê het nie.

Die een ding wat die Van Wyks en Minters sou kon vertel, het hulle gesweer hulle sou nie. Want dit was "daardie ding" wat met Daantjie gebeur het.

Daantjie en Gerhard van As was langs mekaar in die sloot. Die hele oggend het hulle skoot vir skoot saamgeskiet. Dit het met Daantjie gebeur toe die windjie gaan lê en die ergste hitte oor hulle begin toesak. Die lyne van die landskap was toe al onseker en het in golwe begin bewe. Die vlakte het 'n stoofplaat geword. Voorwerpe op 'n afstand het begin verwater. Op agthonderd treë het die opgeefsel sy eerste blou strepies getrek. 'n Paar van die vyand het tot in 'n duikie op drie-, vierhonderd treë gevorder. Daantjie en Gerhard het geweet hulle was daar, maar kon hulle nie van so laag af sien nie en het nie geweet hoeveel nader hulle buite sig deur die leegtetjie sou kon kruip nie.

Gerhard van As het half orent gekom om te sien of hy hulle nie kan gewaar nie.

"Sien jy hulle?" was Daantjie besig om te vra.

Die leemetford-koeël het Van As in die linkerkakebeen getref, sy wang oopgekloof en sy tande verbrysel. Sy neksening was af en sy slagaar geskeur.

Daantjie het na Van As gekyk toe die koeël tref. Die klank, selfs in daardie lawaai, het Daantjie van 'n afstand af geken – wanneer 'n koeël op die blad van 'n bok klap, of wanneer 'n slag-os se bene onder hom invou en hy neerslaan. Maar Gerhard van As se kop het oorgeruk na die kant van die nog gespanne en onbeskadigde regter-neksening en die beweging het die wond in sy vergruisde linkerkaak oopgesper. Daar was skielik nog 'n mond met stukkies tand en kakebeen en 'n tong. En toe het die bloed na albei monde gekom en die slagaar het 'n straaltjie rooi gespuit op die maat van 'n hartslag. Van As se oë was verwilderd en het hulle wit gewys soos dié van iemand wat verwurg word. Miskien wou hy skreeu, maar hy het te veel mondopeninge gehad vir sy tong om te beheer en sy keel het net 'n rooi sproei uitgeblaas. Hy kon nie meer skreeu met die laaste lug uit sy longe nie – sy bloedverdronke stembande kon net 'n gorrelgeluid uitkry. Hy het vir amper twee sekondes probeer regop kom, asof hy wou opstaan, en toe het hy geval, gesneuwel.

In daardie twee sekondes is 'n stempel van wat die dood is, êrens in Daantjie van Wyk se binneste harsings afgedruk. Soos 'n bok wat die spartel opgee en verslap onder die tande en kloue van 'n onafwendbare dood, het Daantjie in die koel, pynloos-neutrale kuil van bewusteloosheid weggesink. Die sagte waters het oor hom toegemaak en sy sinne oorspoel. Hy't nie meer die dreun van die veldslag gehoor nie, hy't nie meer die hitte gevoel nie, hy't nie meer die vrees met bravade probeer besweer nie, hy't nie meer met beklemming gewonder hoe dit moes voel nie.

Danie het eers agtergekom dat daar iets met Daantjie skeel toe Petrus Minter agter hom verbykruip na die gevalle Van As toe. Petrus het die bloeding met sy hand probeer keer, maar dit het uit te veel plekke geborrel en gespuit. Dit was maar 'n paar oomblikke voor die polsinge begin hort, verflou en heeltemal opgehou het.

Maar Danie was meer bekommerd oor sy seun wat tussen die doppies en bloed op die bodem van die sloot lê. Hy't na Daantjie toe gekruip en aanhoudend vir Petrus gevra: "Waar's hy geskiet? Waar is Daantjie geskiet?"

Hy het Daantjie op sy rug gedraai en gesoek na 'n wond, na bloed. Daar was nie 'n wond nie en die bloed was Van As s'n. Maar Daantjie se spiere was slap – sy lyf en ledemate willoos. Danie het sy oor teen sy seun se bors gedruk en hy kon dofweg 'n hartklop onderskei – meer op gevoel as wat hy dit in die gedonder kon hoor. Hy't sy hand natgelek en voor Daantjie se mond gehou en die koel van asemhaling gevoel. Daantjie se ribbes het beweeg.

En toe het Danie dit gesien. Tussen Daantjie se bene het daar 'n nat kol gekom wat teen die een been van sy rybroek af beweeg en begin uitsprei het. Danie het na die steeds groter wordende donker kol gestaar met oë wat nie wou glo nie.

76

"Hy pis hom nat," het Danie gesê. "Hy's besig om hom nat te pis!" het hy herhaal toe die waarheid tot hom deurdring.

Danie van Wyk het op sy voete gekom, hy het oop en bloot in die vlak loopgraaf gestaan en hom nie gesteur aan die koeëls wat soos bye om die maklike teiken toesak nie.

"My seun pis hom nat!" het hy geskree. Nie vir iemand nie, sommer om sy teleurstelling vir God te sê. En toe het hy vir die eerste keer in sy lewe sy seun geskop. Hy het afgekyk op die willose liggaam deur oë wat half blind was van trane. Hy het die lyf wat daar lê, geskop, en geskreeu: "Word wakker en veg, bliksem. Jy's 'n Van Wyk, veg!" Dit was of hy Daantjie wou terugskop tot die man wat hy wou gehad het hy moet wees, tot die seun wat hy gedink het hy het, tot die man wat hy begeer het hy moes word. Hy het regop gebly en aanhou skop, asof hy wens die stroom lood om hom wil hom saamsleur, déúr hom gaan en sy teleurstelling en die verlies van sy seun uitwis. Maar geen koeël was so genadig nie. Die bebloede hande van Petrus Minter het opgereik en Danie in die loopgraaf teruggerem.

"Buk af, oom Danie, hulle gaan Oom raakskiet. Hulle is besig om hier links te wil deurbreek waar die bom die sloot getref het. Ons moet hulle nóú keer."

Die bywonerseun het Danie sonder seremonie teruggedruk na sy plek toe en hom sy geweer in die hand gedruk. "Ons het elke geweer nodig, Oom. Kan Soldaat skiet?"

Danie het nie geweet of Soldaat kon skiet nie, hy het net 'n vol magasyn met bewende vingers ingesit, die slot oor die boonste patroon toegedruk en die loop oor die dooierus-walletjie gestoot. Sy oë was nou droog genoeg vir korrel.

Petrus Minter het Van As se hoed oor die lyk se verwonde gesig gesit, want hy was aaklig om na te kyk en die eerste veldvlieë was van god-weet-waar-af al daar. Hy het Soldaat byna opgesleep teen die wal uit, hom in Daantjie se plek laat kniel en eers die afstand van die visier ingestel. Hy het opgemerk dat Daantjie die laaste tweehonderd treë wat die vyand nader gekom het, nie die visier aangepas het nie. Daantjie was 'n lafaard. Die ontdekking het 'n oomblik by hom gebly. Daar was 'n soort genoegdoening aan die gedagte: Blink-Daantjie van Wyk, Groot-bek-Daantjie, Baasspeel-Daantjie, Spog-Daantjie van Wyk wat hom soveel geskel en verbie en ge-Minter het, was 'n papgat.

Soldaat het in die sloot gekniel en sy voet só gehou dat sy toon minder pyn. Daarna het hy by die witmansoorlog aangesluit. Dit was Daantjie wat hom skelm leer skiet het en dit was vir Soldaat gepas dat hy Daantjie se werk vir hom moes doen.

Hy't geweet wat met Daantjie gebeur het, want hy kon sien Daantjie is nie dood nie en sy broek is nat. Soldaat het geweet Daantjie van Wyk het homself daardie dag ontmoet, en dat hy die vreemdeling wat hy raakgeloop het, sal haat met alles wat hy gedink het hy is.

Laat daardie middag het die slag sommer begin uitloop. Die vyand is die grootste deel van die dag in die hitte vasgepen en hoeveel ammunisie kan 'n voetsoldaat dra? Die Boere het nie geweet dat dit nie ammunisie is waaraan die Kakies dink nie, maar aan die waterkarre wat dit nie te naby wou waag nie. Hulle het stadig begin terugval van die punte waar hulle die verste gevorder het. Die geweer- en kanonvuur het hortend begin kom, minder geword, en uiteindelik opgehou. Die slag het verbygegaan. Die klanke van 'n beuel moet iets vir hulle beteken. Die son was al laag, en die hitte het met die wegsak van die bron versag. Daardie vreemde gesamentlike besef dat die slag verby is, het in vriend en vyand opgekom. Die Boere-linie het gehou, behalwe op een plek, en daar was die deurbraak kortstondig. Die aanvallers het teruggekeer na waar hulle vandaan gekom het, die bedreiging was verby. Hulle sou nie daardie dag weer probeer nie. Die gepantserde trein het begin stoom opbou.

Hulle moes die loopgrawe verlaat en terugkeer kamp toe, het die bevel langs die linie af gekom, en hulle moes alles van nut saam terugbring. Daar sal gereël word oor die lyke. Almal moes met die gewondes help.

Daantjie was nie meer flou nie, maar hy't opgekrul gelê soos 'n krimpvarkie. Hy't gebewe. Hoekom so bewe in dié hitte? Petrus Minter het maar geraai toe hy en Soldaat oor Daantjie buk. Miskien was dit omdat hy bang was vir sy pa. Dalk het hy geweet

78

hoe sy pa hom geskop het. Maar dit was nie daardie vrees nie. Net Soldaat het aangevoel dat dié verlam-angs niks met jou kop of hart se wil te doen het nie, maar dat hy sommer in 'n mens kan kom sit sonder dat jy hom geroep het – in mens en dier. Want Soldaat het al gesien hoe gevange steenbokkies onbeskadigd oorgee en vrek, en hoe 'n swartslang hom uit sy vasgekeerdheid probeer lieg met doodspeel: met sy bek skeef van sy kamalieldood en sy weerlose pens boontoe, óóp voor sy bedreiger – sy ontwapening 'n verdere bewys van sy vrekte. Dalk is 'n rinkhals régtig flou, het Soldaat se koorsbenewelde kop gewonder.

"Ek sal hom terughelp," het hy aangebied, want Danie het óór die liggame van sy seun en Van As getrap en aangegaan asof hulle nie bestaan nie. Jakop Minter wou weet wat aangaan, maar Danie het hom kortaf saamgeroep.

"Staan op, dis verby," het Petrus vir Daantjie gesê. Daar was geen reaksie nie. Petrus het Daantjie opgetel, die drie treë rivierwal toe gedra en hom teen die steil helling afgegooi. Daantjie het afgerol tot in die vlak water tussen die naaste riete.

"Dalk lawe dít hom!"

Daantjie het nat en skaam uit die modderwater opgestaan en sommer met die riete langs begin aansukkel na die afsaalplek toe. Hy't niks probeer saamvat nie. Soldaat het sy geweer en die hoed met die opslaanrand waarop Magrieta se patriotiese borsspeld blink, opgetel, en saam met die grawe, kos- en drinkgoed agternagedra. Petrus was besig om die ongebruikte patrone bymekaar te maak.

By die perde het hulle gesien dat Danie en Jakop al opgesaal en gery het.

"Gaan jy saam met hom, Soldaat, ek wil kyk waar ek met die gewondes kan help."

Soldaat het klaar die ander stem in Petrus Minter begin hoor. Hy het hulle perde opgesaal en Daantjie het opgeklim. Hulle het nie gepraat met die terugry nie. Soldaat se koorsigheid het begin om sy sinne heeltemal te benewel. Hy het met moeite op die perd gebly. Die toon was amper nie meer seer nie, behalwe wanneer die stiebeuel of die perd se sy aan hom raak en die hel deur die toon, sy been en sy heup skiet. Maar tog was hy nog helder genoeg om agter te kom dat Daantjie saggies aan die huil was. Soos 'n man wat 'n gehate vreemdeling in homself raakgeloop het, sou Soldaat gedink het as hy nog kon.

In die kamp het Danie sy skoene uitgetrek en sy pyp opgesteek. "Daardie ding" het hom seerder gemaak as enigiets wat hy al ervaar het. Hy't sy seun verloor. Die brawe dood van 'n gesneuwelde sou vir hom verkieslik gewees het bo "daardie ding". En hy, Danie van Wyk, is reggehelp deur 'n bywoner se seun wat nie eens 'n oorlogsperd het nie. 'n Swart man, sy gedienstige kneg oor soveel jare, het sy-aan-sy met hom geveg in die plek waar sy seun moes wees. Danie het geweet dat iets tydens die geveg begin meegee het. Die verhoudings was klaar anders en sou nooit weer dieselfde wees nie.

Later, dit was al aand, het Danie Petrus Minter sonder sy hemp oor 'n skottel water sien staan. Hy was besig om die droë bloed van Van As en die varser rooi van die gewondes waarmee hy gehelp het, van sy hande, arms en bors af te was. En uit sy hemp.

"Petrus . . ." Danie het gehuiwer en Petrus het gesien die oom weet nie mooi wat om te sê nie, en albei het geweet hoekom. Dit was "daardie ding".

Petrus het, soos altyd, presies en met 'n sagte stem gepraat. Hy het nie begin voor hy Danie nie in die oë kon kyk nie: "Oom Danie, ek het Soldaat vroegaand half deurmekaar in sy kombers gekry. Toe vra ek sommer die hospitaalmense wat ek met die gewondes gehelp het, om na Soldaat se toon te kyk – na die een waarop tante Gertruida se klavier daardie tyd geval het . . ."

"Is dit só erg?"

"Hulle sê hy't nou die kouevuur in die toon en as die toon nie dadelik afgesit word nie, gaan die vuur al hoër klim en hom doodmaak. Of hy gaan sy voet verloor. Maar hulle kan hom nie help nie, want daar's te veel gewondes om na om te sien."

"Is jy seker?"

"Oom Danie kan maar na die toon gaan kyk. Soldaat lê daar anderkant. Die toon is pikswart en besig om te vrot. Mens ruik dit. Ek dink ek het wit been by die swelsel sien uitsteek. Die hospitaalmense het gesê ons moet maar bokant die agterste lid sny en kyk of dit help . . . en ons moet, as daar nog gesonde vel is wat rooi bloei, bietjie daarvan losmaak, sodat ons dit oor die stompie kan rek en vaswerk."

Danie het na die tent gegaan wat hy met Daantjie deel en teruggekom met 'n bottel brandewyn.

"Maak hom so dronk as jy kan, Petrus, maar los 'n bietjie brandewyn om die stompie mee af te was. Ek sal die sout en die salf kry . . . en nog 'n lantern." Danie het met die wegloop 'n paar woorde bygesê – en Petrus het geweet dié woorde praat nie net van Soldaat nie, maar ook oor Daantjie, selfs dalk ook oor hom: "Daardie man het vandag saam met ons geveg."

Petrus het Soldaat die brandewyn eers vrywillig laat drink en later amper met geweld ingegee sonder om hom te vertel hulle gaan sy toon afsny. Die reeds half-bewustelose man het gedrink tot hy nie meer kon nie.

"Drink, Soldaat, dit sal help vir die pyn. Drink!"

Soldaat, al deurmekaarder van die koorsigheid en die brandewyn, het gedrink totdat die hik van naarheid in hom begin stik en Petrus skrikkerig geword het dat hy dalk van die kosbare vog sou begin uitbraak.

Danie het Daantjie saam met hom gebring. Hy het langs Soldaat gekniel, die kombers oopgevou en sy knipmes oopgemaak. Hy het die mes na Daantjie toe uitgehou: "Ek het hom behoorlik geslyp. Sny daardie toon af."

Daantjie het die mes gevat. Gedienstig, maar amper soos iemand wat daar was, maar eintlik afwesig is. Danie het meer vir Daantjie as vir die toon gekyk: "By die boonste lid!"

Daantjie het weer begin bewe. Hy het die mes laat afsak na die toon toe, maar nie gesny nie.

"Sny!" het sy pa beveel. "Dis die begin van gangreen. Nat gangreen. As jy nie sny nie, sal hy sy toon en later sy voet en dan sy been verloor, en as dit in die lies op is, is hy dood! Sny!"

Daantjie het die lem op die toon gedruk en weggekyk.

"Kyk waar jy sny!" het Danie met sy oë strak op sy seun gerig, aangedring.

81

Daantjie het 'n laaste poging aangewend om uit die ding te kom: "Dis sommer 'n swarte, Pa!"

Woede het Danie oorweldig en hy het sy seun met die vuis op die mond geslaan – met al sy teleurstelling en gramskap agter die hou. Daantjie se kop het teruggeruk. Hy't van sy hurke af agteroorgeval en bly lê. Danie het sy toorn uitgetier: "Dis 'n mán hierdie, hoor jy! Hy't geveg toe jy jou natgepis en vol-gekak het. Hy's 'n mán en jy sal hom verdomp respekteer!"

Danie het die mes opgetel en Petrus aangesê om Soldaat se bolyf plat te hou. Hy't op Soldaat se bene gaan sit, sodat hulle vas lê onder sy gewig, en die lanterns nader getrek. Hy het die toon by die boonste lid afgesit, die oop wond met brandewyn gewas, dit gesout en gesalf, en toe't hy van die vel wat gesond genoeg lyk en nog behoorlik rooi bloei, oor die stomp plek getrek en met naald en gare oorhands toegewerk. Soldaat het net een keer geskreeu, maar daarna was hy stil.

Toe hy klaar was, het Danie opgestaan en sonder seremonie 'n reep van Daantjie se hemp afgeskeur.

"Dis al wat my seun in 'n oorlog werd is – 'n wandelende verbande-paal!"

Daar was volslae veragting in sy stemtoon. En die bitterheid van teleurstelling.

Met die strook hemp het hy Soldaat se voet verbind.

Daantjie het opgestaan en weggestrompel. Op die grond waar hy gelê het, het die voortand wat sy pa uitgeslaan het, agtergebly. Van daardie oomblik af het die gaping in sy voortande elke dag vir sy spieël, sy tong, sy hap en sy kou vertel van sy vernedering en verwerping.

Danie het hulle, nadat Petrus die toon gaan begrawe en hulle die reuk van hulle hande probeer afwas het, bymekaargeroep: vir Petrus en Jakop Minter, én vir Daantjie, en vir hulle gesê dat "daardie ding" wat dié dag met Daantjie gebeur het, nie rugbaar gemaak moet word nie.

Daarna het hy Petrus Minter gevra om te kyk of hy die kneukel aan sy regterhand kan regdruk, sodat hy die ding met sy linkerhand kan verbind.

Vier

Joey Drew het die beleg van Kimberley oorleef. En al was dit nie juis 'n plesier nie, kon hy tog terugkyk op 'n tydperk van groot professionele vordering. Daar was wel bekommernisse, en die grootste vrees wat Joey aanvanklik gekoester het, was dat die hongeres van die beleg die perde wat hy so eerlik by oorlede Hans Bester geërf het, sou slag en opeet.

Niks verbreed die smaak soos 'n beleg nie, het Joey bevind. Die vermoë om die eetbaarheid van die roerende en onroerende te bepaal verskerp, en fiemies is gou by die agterdeur uit. Honger bring 'n verdraagsaamheid oor wat jy deur jou mond sit en eetgoed wat uiteindelik heel gaaf met jou ingewande akkordeer, sou jy in tye van oorvloed nie aankyk nie. Joey het self gesien hoe gou die dorpsbewoners begin saamstem dat die perd en donkie, trek- en rydiere wat hulle eintlik is, tog onderverdeel kan word in eetbare stukke kookvleis. Hy het gesien hoe roofvoël-stip, en met nuwe oë, mense byvoorbeeld na rotte begin kyk, en hy was seker dat dié wat orals wippe en strikke stel vir Kimberley se mak- en bosduiwe, binne 'n maand al begin het om hulle vanggoed aan te pas om ook die gediertetjies van die nag vas te trek. 'n Koggelmander was sy lewe nie meer seker nie; Kimberley was vir jare ná die beleg sonder slange; troeteldiergetalle het skerp gedaal. Niks is aangekyk sonder om sy eetbaarheid te oorweeg nie.

Joey was vasberade om nie sy perde af te staan aan die rammelende ingewande van vreemdelinge nie. Die ware geluid van

83

'n beleg was, ná Kimberley, vir Joey nie die gedonder en geskel van kanonne en kartetse nie, maar die gegor van duisende mae. Hy het later, wanneer hy oor die vier maande van die beleg vertel, altyd gesê dat hongerly nie net die vet van jou liggaam verteer nie. Honger verteer ook jou besware teen goeters wat in jou mond mog in en jou gewete oor ander mense se eetbare besittings. Soos sy perde. Joey het hulle met groot sorg bewaak.

Daar was 'n tweede bedreiging vir sy perde, en Joey het homself altyd stilweg geprys oor die wyse waarop hy dié gevaar hanteer het.

Deur die toeval, indien nie die noodlot nie, het 'n Bester-weduwee twee huise van hom af gebly. Gelukkig was sy nie verwant aan oorlede Hans nie. Sy kon nie familie wees van daardie Hans Bester wat so goedgunstig – alhoewel slegs in woorde, maar tog as 'n sterfbedbegeerte – sy aardse besittings aan sy vriend en kollega, Joey Drew, nagelaat het nie. Want Joey kon teen dié tyd baie mooi vertel hoe daardie oorlede kollega en vennoot – geroer deur die feit dat sy vriend, Joey, onderneem het om sy graf persoonlik en gratis te grawe en die begrafnisdiens sonder enige vergoeding waar te neem – as afskeidsgebaar, en terwyl hy in stille vrede sy laaste asem saggies uitblaas, sy besittings aan genoemde Joey toevertrou het. Mevrou Bester, het Joey mettertyd verstaan, se oorlede man was 'n baie lang, skraal man, net soos al sy broers. Om sy erflating te beveilig, het Joey Mevrou Bester laat verstaan dat die Hans Bester (mag hy in vrede rus) wat saam met hóm was, 'n man van gewone lengte was, en bepaald nie skraal nie, selfs dalk effens geset. Joey het gevoel dit was noodsaaklik om oorlede Hans (mag hy die rus vind wat hy so verdien het) enkele duime te verkort, en 'n paar pond aan sy oorlede lyf te sit, om eerbare redes: hy was nie lus vir argumente oor sy kar en perde nie, en hoe kon hy, in geval van dispuut, die weduwee se stellings verifieer terwyl hulle saam van die honger vrek in 'n tóé dorp omsingel deur Boere? Vir wat sou sy in elk geval wou rondrits?

Maar nadat Joey dinge soos verifikasie en ander wetlike aspekte van sy erfporsie bedink het, het hy dié aand sy enigste stuk klerasie wat by die Van Wyks Sarah se wassende hande vrygespring het, uit die trommel gehaal – die lang baadjie met die verkorte moue. Die roeping van die dode is om te rus, nie om regstwiste aan die gang te sit nie, het hy vir homself gesê. Hy het die dokumente en papiere uit die voering van die baadjie gehaal, geen benul kon vorm van die inhoud, woorde of rooi lakseëls op hulle nie, en hulle aan die vergetelheid van die vlamme in sy stoof toevertrou.

Maar origens het dit goed gegaan. Hy het die kamera en die bevolking se ego's gehad om mee te werk – en die apteker by Kimberley Apothecary kon nie net sy fotografiese plate baie goed ontwikkel nie, maar het ook die kuns van vergroting en die inkleur van foto's verstaan. Toe Fienatjie Minter se gesig uit die chemikalieë verskyn, kon Joey nie wag om die beste blou in haar oë te verf nie. Met die rooi van Magrieta van Wyk se lippe en die rosigheid van haar wange kon Joey na hartelus speel. Met sy eerste poging het hy die lippe en wange bietjie té rooi gehad en Magrieta het na 'n besonder mooi hoer gelyk. Dit kon tog nie, want dit het nie gestrook met Joey se bewondering vir, en verering van dié pragtige vrou nie. Dit was Magrieta se aanvallige gelaat wat Joey geleer het om sagter met kleure om te gaan, want met sy derde poging was sy amper so mooi soos wat sy in lewende lywe was, en Joey kon die afbeelding vir ure bewonder – ure waarin die glimlag in haar oë hom nie kon verwurm nie. Salige ure.

Begelei deur die klank van die beuel wat met sy luide G telkens aangekondig het dat daar weer 'n wolkie rook uit 'n Boerekanon gepof het en dat die ontploffing van die koeël oor nege sekondes in die dorp verwag moet word, en ander soortgelyke steurings, het daar 'n kunstenaar uit die dieptes van Joey Drew se gees opgestaan.

Hy't 'n huis gehuur in 'n deel van die dorp waarheen die Boere blykbaar nie mik nie. Wanneer hy wel moes binnedorp toe, het hy, aan almal wat wou luister, vertel dat 'n "man van geluk" eintlik maar min te vrese het. Daardie bomme kom, inderwaarheid, in die dorp aan soos die noodlot, en nes die noodlot, skop hulle 'n helse kabaal en 'n groot klomp stof op waar hulle val, maar eintlik is hulle 'n noodlot wat ylerig oor 'n groot gebied versprei word. 'n Man moet maar sy geluk beproef, dis al. As die dood nou só moet kom, is dit maar reg, want jy skuld die ewigheid in elk geval een lewe en die lot besluit sélf wanneer jou skuldjie ingevorder moet word. En as die ewigheid jou nou só wil vat, is dit eintlik goed, want jou stukkies wat oral rondvlie sal nie eens weet hulle was deel van 'n siel wat so pas die pad boontoe moes vat nie. Dis wat Joey gesê het, al het hy ook maar koes-koes geloop en sy gang deur die dorp só beplan dat hy binne inspring-afstand van die skuilings bly – altyd met een oor oop vir die beul se G wat moes aankondig wanneer nog 'n dosis noodlot op pad is. Die dag in die myn wou Joey se gedagtes en verbeelding maar net nie los nie. In die nag, wanneer die nagkar met sy klinkende en skrapende emmers die reuk van sy vuil deur Joey se slaapkamervenster adem, het hy van die dag in die tonnel van die myn begin droom en natgesweet wakker geword. Sterk reuke het maar 'n enkele herinnering by Joey opgeroep.

Joey het nooit geweet of hy vrywillig by die "Town Guard" aangesluit het, of hy tot militêre diens opgeroep is, en of die hele ding net sommer 'n misverstand was nie.

Daar't 'n man by sy woonplek aangekom. Hy was omtrent sestig jaar oud en geklee in 'n uniform wat Joey nie kon eien nie. Hy't hom voorgestel as sersant Jackson en 'n pak papiere by hom gehad. Toe Joey hom innooi, het hy eers die pak op die tafel neergesit voor hy gaan sit het. Hy was op 'n soort veeldoelige missie waarvan hy alles nie behoorlik verduidelik het nie.

Joey het wel mettertyd agtergekom dat die man 'n sersant in die "Town Guard" is en dat dit 'n burgerlik-militêre organisasie is wat dit ten doel het om die dorp met groot opoffering en heldhaftigheid straat-vir-straat te verdedig as die Boere sou inval . . . ensovoorts, ensovoorts, ensovoorts. Joey het na die beste van sy vermoë probeer volg wat die sersant sê. Elke man was nodig vir die verdediging van die dorp: die oues, soos die sersant self, die jonges, die siekes, die mankes, en selfs dié met baie ooglopende en ernstige tekortkominge en skete. Ná sy laaste woorde het hy lank na Joey gekyk. Daar is 'n plekkie vir almal, het hy uiteindelik voortgegaan asof hy die uiterste toegewing aan die maak is. Dit was elke patriot se heilige plig om sy deel te doen. Dis waarop dit neergekom het.

Tot daar was dit gaaf, maar toe begin die man praat van opofferings en hy stoot die eerste papier oor die tafel tot reg voor Joey. Dit was 'n ontstellende dokument, want dit was 'n soort belofte wat geteken kon word deur mense wat genoeg burgerlike pligsbesef in hulle het om hulle perde te verkoop om geslag te word ter voeding van die hongeres en behoeftiges – in daardie stadium so ongeveer driekwart van die dorp. Aflewering van die diere geskied op Dinsdae en Vrydae by die Washington-mark. Vergoeding teen heersende pryse.

So, dis wat hulle wil maak, het Joey gedink. Eers gaan hulle maak of hulle jou diere wil koop, maar uiteindelik gaan hulle die goed sommer vat en opvreet. Kan die man die stal agter in die erf ruik? Hy't probeer tyd wen: "Wat is daar nog om te teken?"

Hy het met groot aandag deur die pak papier geblaai en die dokument oor die perde onder in die pak ingewerk.

Die sersant het oorgeleun, die pak papier na hóm toe oorgetrek en vinnig deurgeblaai.

Hy het sy dokument gevind, sy inkflessie uit sy sak gehaal en ontkurk, die pen wat hy by hom het van 'n punt voorsien, die dokument tot voor Joey geskuif, die pen in die ink gedoop, vir Joey aangegee, en gesê: "Teken hier. Ek moet bewys hê dat die 'Town Guard' hier was."

Dis wat die bliksem gesê het. Dis wat die noodlot gesê het, sou Joey vir die res van sy lewe glo. Bewys dat hy daar was! Mense kan so lieg!

Joey het geteken. Die sersant het die ander papiere net so op die tafel gelos sodat Joey later daarop kon reageer soos hy goeddink. Maar hy't met die een wat Joey geteken het en die bleddie inkfles en die bleddie pen in sy hand gestaan en vir Joey gesê: "Rapporteer om agtuur!"

Net so. Nie 'n "asseblief" of "as dit jou pas" in sig nie. Net so: "Rapporteer om agtuur."

Joey het gegaan, die hoofkwartier van die Town Guard gekry,

en daar aangemeld. Daar het hulle hom 'n geweer, uniform, te groot stewels, ammunisie en sy eerste bevele gegee. Maak die geweer skoon, maak die skoene en gordel baie blink, poets alle knope en gespes, sorg dat die uniform môre pas, hier's die gare, meld môreoggend sewe-uur ge-uniform en gewapen by die paradegrond aan. Sewe-uur is sewe-uur! Alle nuwe rekrute sal agtuur aantree vir wapenoefening. Agtuur!

Joey het die nag met skoenborsel en vryflap en met naald en gare deurgebring. Hy't betyds by die paradegrond aangemeld. Ná sy besige nag, was Joey verbaas om te sien dat hy een van die min in uniform is. Hy moes later verneem dat daar net uniforms oor was vir die heel-heel grotes en die baie-baie kleintjies. Die gemiddeldes se uniforms was op.

Op die paradegrond het hy nie heeltemal na die sersant-majoor se smaak met die dril-oefening presteer nie. Maar hy's daardeur deur die man voor hom – so nougeset as wat die tyd toegelaat het – in alles na te doen, en al het dit hom bietjie laat gemaak met sy bewegings nadat die bevele geblaf is, het dit gaandeweg beter gegaan. Hy het agtuur by die skietbaan opgedaag met 'n blinkskoon, nuwe leemetford.

Wie menere Lee en Metford ook al was – so het Joey later baie gewonder – en waarom meneer Enfield die fabriek moes verlaat om plek te maak vir meneer Metford (of andersom) het Joey nie geweet nie en het hy nie voor omgegee nie, maar oor hulle verpakkingsdepartement sou hy heelwat te sê gehad het. Toe hy die vorige nag sy nuwe leemetford uit die windsels van sy verpakking losdraai, het hy gevind dat die hele ding in ghries verpak is. Geel ghries. Toegebeplak van die goed. Die geweer sou ná 'n leeftyd op see nie roes nie. Maar dié geweer moes al, sedert Rhodes hom seker ingevoer het vir die Jameson-debakel, in sy ghries en in die hitte van die De Beers-stoor gelê het, en daardie ghries het nou verhard totdat dit 'n soort geel seepklip geword het. Joey het gevee en gevryf en geskraap vir meer as drie lang ure. Uiteindelik kon hy darem met sy laaste bietjie paraffien voldoende beweging in die slot-aksie kry. Hier teen twee-uur die nag was nog net die loop oor, maar die ding was verstop soos 'n snotneus wat versteen het. Die loopstaaf het net gebuig wanneer Joey hom van agter of van voor af probeer in- en deurdruk. Dit was laat, en Joey het toe al baie ure aan gordels, knope, skoene en gespes gepoets, en 'n hele uniform met naald en gare kleiner gemaak. Hy't toe maar 'n drie-duim-spyker gevat en die voorste ghries uit die bek van die loop gegrawe, só dat niemand dit van buite af sou agterkom nie, en agter by die slot het hy met dieselfde spyker genoeg ghries uitgegrou om darem 'n patroon te kan inkry. Na die ghries binne-in, moes die noodlot nou maar omsien.

Die korporaal by die skietbaan het die nuwe troep Drew deurgekyk. Hy was veral bekommerd oor waar en hoe die man kyk.

"Is jy regs?" het hy gevra.

Joey het instemmend geknik.

"Hoe skiet jy?"

"Geen belediging bedoel nie, maar wat bedoel Korporaal?"

"Links of regs?"

"Ek weet nie . . ."

"Kom ons probeer links . . . dis die oog waarmee jy kyk, is dit nie?"

"Ek weet nie . . ."

Die korporaal het Joey laat lê en oor hom gebuig. Hy het 'n patroon in die loop gedruk en die slot versigtig toegemaak, die kolf teen Joey se skouer gesit, vir hom beduie hoe om aan te lê en te korrel, verduidelik hoe die veiligheidsmeganisme werk, en hom aangesê om te korrel na die teiken en die sneller te trek soos hy hom gewys het.

Joey het die skoot afgetrek.

Menere Lee en Metford sou hulle hande saamgeslaan het.

Die geweer het op 'n vreemde wyse gebars – halfpad langs die loop af. Die slag sou die beste vuurwerkvervaardiger in China jaloers maak. Die korporaal het met duim en wysvinger 'n skerfie metaal en verskeie stukkies hout uit sy goedgeghriesde uniformbaadjie losgewoel en gelyk of hy self gaan ontplof. Hy het doodsbleek begin mompel van 'n krygshof, van oë wat verloor kon word, en hom na die luitenant toe gehaas. Die luitenant het aan die kaptein gerapporteer en dié het persoonlik saam met die bevelstruktuur onder hom kom kyk wat aangaan.

"Wat gaan hier aan, Soldaat?" het hy vir Joey gevra.

Joey het self gewonder wat verkeerd geloop het. Hy't tog presies gedoen soos die man gesê het! En hy't geweet hy moes opstaan voor soveel hoëre aandag wat rondom hom – soos om 'n graf – vergader, maar hy kon nie. Sy knieë sou nie. Die slag het hom doof gelaat en hy kon nie behoorlik hoor wat hulle sê nie. Hy het, so met die lê en opkyk, sy hand agter sy oor gehou – om darem te wys hy sou hulle graag wou aanhoor.

"Wat het gebeur?" het die kaptein vir die dowe geskree.

"'n Fabrieksfout . . . ?" het Joey probeer.

Die kotseltjie ghries voor die loop en die smeersel op die korporaal se uniform het teen Joey getuig. Die kaptein het afgekyk na Joey. Die klein, skeel figuurtjie het bewend van vrees na hom toe opgekyk en terselfdertyd by hom verbygekyk. Die kaptein se harde militêre uiterlike het versag.

"Wat kán jy doen?" het hy soos vir 'n hardhorende gevra.

"Foto's neem . . ."

Die kaptein het ontspan. Die mannetjie het dalk tog nut.

"Ons het ons regimentsfotograaf hier, Luitenant." En alhoewel dit effens oordrewe was om van die Kimberley Town Guard as 'n regiment te praat, was die res van die kaptein se bevele – hy was 'n boekhouer in die burgerlike lewe – uitvoerig en presies: "Registreer hom as sodanig en hou hom weg van die wapentuig en die paradegrond. Ons moet aan ons goeie militêre naam dink. Gee hom 'n vrywilliger se dokumente en rantsoenkaart, maar vat sy uniform en wat oor is van sy wapen terug. Maak 'n lys van alle foto's wat geneem moet word en die koste daaraan verbonde en sit dit voor parade môreoggend op my lessenaar. Maak die rekwisisies uit vir enige materiale wat benodig mag word, en heg aan vir my magtiging. Hy rapporteer aan jou, so kyk eers na die gehalte van sy werk. Rapporteer daaroor op skrif. En, Luitenant, verander die skietoefening-prosedure sodat alle lope vry van obstruksie verklaar word voor die aanvang van die oefening. Sit dit voor parade môreoggend op my lessenaar.

Alle lope eers geïnspekteer voor hierdie oefening voortgaan. Nou!"

Joey se bydrae tot militêre prosedure is dus onmiddellik in werking gestel: eers as 'n bevel langs die bevelstruktuur van die offisiere af, en toe al langs die linie af – van die vrywilligers wat nog gewag het om hulle eerste skoot te skiet. Uiteindelik het dit 'n standaard-instruksie vir die opleiding van junior offisiere geword.

"Alle lope!" was die blaf wat tot die keffery toegevoeg is, en die verlangde antwoord was: "Alle lope geïnspekteer en vry van obstruksie!"

En almal is gewaarsku dat as dié prosedure nié gevolg word nie, jy die slag van 'n "Troep Drew" kan verwag, en daarvoor was die straf erg.

So het die noodlot dan bygedra tot militêre prosedure en tot Joey se lewensgehalte gedurende die beleg van Kimberley.

In die oggende het Joey volgens "regimentêre opdrag" gewerk. Vir die luitenant het dit beteken dat hy die militêre mense moes afneem. Snorre, snorretjies, moestasse en moestassies. Joey het almal gefotografeer: offisiere styf op 'n ry; troepe verstyf tussen die sandsakke, in die loopgrawe en langs kanonne; styf-beveelde manne op parade; die beredenes styf op hulle perde – wat hulle koppe en sterte nie wou stil hou vir die kamera nie. Wasige perdekoppe en -sterte het op die foto's verskyn en dit het tot die kavalerie-bevel "Alle sterte gevleg!" gelei. Met die koppe was selfs die militêre mense aangehaal, want die diere was lewend meer werd. Die Kimberley Town Guard moes leer dat 'n perd hom net só ver laat militariseer.

Later-aan, nadat die militêre almal gedokumenteer is, moes Joey die baie belangrike persone van die De Beers-maatskappy afneem. Weer snorre en snorretjies en moestassies en moestasse. Daarna is hy aangesê om die dames van die vrouebewegings te fotografeer. Dit was vir Joey interessanter, want hulle was darem nie so eenvormig aangetrek nie en hulle was meer subtiel gesnor. Toe die sportmanne, en so voort.

Maar smiddae moes Joey die "effek van beleg en burgerlike

weerstand" verewig. Dis in die middae dat die kunstenaar in Joey gebot, geblom en begin vrugte dra het.

Hy't so hard gewerk as wat die beskikbare lig en die energie van sy aptekersvriend toelaat. Met die nuwe bron van fotografiese materiaal uit sowel die leër se magasyn as De Beers se stoor, het dinge goed gegaan. Joey het vriende gemaak met 'n ene Mr Owen wat soms as deeltydse fotograaf by De Beers werk. Dié man was gelukkig meestal beskonke en nie 'n goeie toesighouer oor fotografiese materiaal nie. Dit was Mr Owen wat Joeyhulle tydens een van sy skaars deurbrake na soberheid aan die jongste tegnieke en materiale voorgestel het. Joey het besef dat sy mahoniekassie met die blink ogie erg verouderd is, en daar was 'n kamera by De Beers wat 'n perd se stert tot ewige stilstand kon ruk, om nie eens van die kop te praat nie. Joey het, vir alle praktiese doeleindes, vrye gebruik van De Beers se materiaal gehad, veral omdat hy en sy aptekersvriend op die "gebruik een, vat twee" -stelsel gewerk het. Soos werknemers nou maar maak om die voorradeboek te omseil.

Joey het elke middag benut, maar veral Sondae – wanneer die Boere-kanonne die Sabbatsbevel stip nagekom en ná ses dae se gedonder die sewende dag hulle bekke gehou en in stilte gerus het. Dan het hoor en sien vergaan soos al die Kimberliete aan hulle reparasies en skuilings timmer en werskaf. Eintlik het die mense van die dorp ses dae gekoes en die sewende gewerk. Maar ook gedurende die week was Joey en sy kamera orals. Selfs toe die Boere se groot Long Tom met sy geweldige ontploffings en skreeuende skerwe op die dorp begin skiet en sy noodlot hou vir hou oor 'n wyer gebied saai, het Joey gewerk. En deur die genade was Mr Owen die hele week dronk toe die groot De Beers-vervaardigde kanon sy eerste skote begin terugskiet. Joey was daar, met kamera.

Daar het in dié dae 'n idee in Joey Drew se kop kom vassteek: hy was die boekhouer, die bewaarder van beelde, die verewiger van mense en hulle dinge, en van hulle dade, en van die gevolge van daardie dade. Wat 'n manier was om van die myn af weg te kom en 'n ander lewe te maak, het gegroei tot 'n obsessie. 'n Lastige, neulende vraag het in Joey ontstaan en dit was die belangrikste vraag wat ooit by hom sou opkom.

"Hoekom?" het hy begin vra wanneer hy sien hoe die dorpsmense bomverskrik maar honger-gedrewe voor die "Food Supply Department" toustaan vir 'n porsie meel of perd – met hulle angsbeswete permitte styf in die hand. En dit terwyl die beuel enige oomblik kan gil "G!" en die lot na jou toe aangesuis kan kom. Of wanneer hy hulle in 'n ander tou sien staan met alles wat hol is in die hande, om die sop te ontvang wat meneer Rhodes se mense met soveel liefde en so gratis uitdeel as jy die regte permit het.

"Hoekom," het Joey gevra, "lyk party nog so half uitgevreet en ander brand van die maerte?"

Hy het die antwoord raakgeloop en met daardie ontmoeting het sy obsessie 'n roeping geword. Nadat die antwoord op daardie vraag by hom gedaag het, het hy skielik besef dat hy meer is as net 'n skeel wurm met die rits bakbeentjies van 'n oorkruiper. Want dit was waarin die glimlag in Magrieta van Wyk se goddelike oë hom verander het. Hy was meer as net Joey Drew, die man wat altyd "Somerset, Engeland" moes bysê om na iets te voel; hy was 'n man op 'n hoëre sending – 'n man wat bestem is vir iets meer as om net die gemors te oorleef. Hy was nie die hande of die voete van die gemeenskap nie, hy was hulle geheue, en hulle het maar één geheue gehad – Joey Drew. En sy soort geheue was wáár, want dit sou uiteindelik wys hoe dinge régtig was. En al die verdraaide vertel waarmee mense hulleself ná die gebeure gaan probeer mooilieg, reglieg en onskuldig lieg, sal gekorrigeer word deur die waarheid van sy prente. Want Joey het geglo dat, anders as hyself en almal wat hy geken het, sy kamera nie lieg nie. Om te keer dat die ding nie selektief begin onthou soos mense nie, het Joey net harder gewerk. Hy het begin agterkom: dit was nie die grootste mensgemaakte gat in die wêreld in die agterplaas van die dorp wat afgeneem moes word nie, maar die ander kant van die spoor en die honger van dié wat altyd minder het as ander – tot in 'n beleg.

Om sy nuutgevonde eiewaarde te vier en te bevestig, het Joey diep in die baadjie met die lang lyfpante en kort moue se voering gedelf en vir hom 'n pak klere by die snyer laat maak. Hy het die Duitsvervaardigde skeermes gevat wat in die kis was wat hy saam met die kamera gekry het, dit op die strop wat ook in die kis was, geslyp, lekker dik skuim met die skeerkwas uit die kis opgeklits in die skeerbeker wat ook maar oorspronklik in die kis was, en sy baard afgeskeer. Maar die snor het hy, nadat hy sy moontlikhede 'n rukkie ondersoek het, belowend genoeg gevind om te hou. Die volgende dag het hy die blikkie welriekende stywewaks vir die draai van die punte van die snor gekoop. Toe is hy na die barbier toe om sy hare behoorlik te laat kap. Hy het só gewens Magrieta kon hom sien in sy blink nuwe skoene en in sy sokkies wat nog nie eens één keer gestop is nie. Of Fienatjie moes hom sien! Fienatjie Minter! Sy sou soos 'n bly jong hondjie met haar hele lyfie jubel vir haar vriend, en "Joey, Joey!" sê, en haar oë sou nog méér wonder in hulle hê.

Joey Drew het sy verlede en die oorsprong van sy besittings tot rus gebring. Jy moet eers vergeet voor jy 'n behoorlike geheue kan word, het hy gereken.

Van daardie dag af het hy hom altyd voorgestel as Mr Drew, fotograaf, en sy produkte het hy geteken "J.F. Drew, Esq." En net wanneer hy direk gevra is, het hy mense in alle eerlikheid vertel dat daar vir sy besittings betaal is met bloedgeld wat verdien is deur 'n hardwerkende Johannesburgse mynwerker wat baie dubbelskofte vir soveel besittings moes werk. As mense dan dink *hy* is daardie mynwerker, was dit maar goed so. En oor De Beers se kamera wat in 'n ontploffing verpletter is toe dit toevallig in Joey se besit was, en vreemd genoeg dieselfde model is as die een wat Joey tans gebruik, het hy net verduidelik as hy direk gevra is. Daardie soort toeval moet maar aan die noodlot toegeskryf word, het hy dan gesê. En, soos almal weet, moet jy nie met hoekoms en waaroms by die noodlot aangesit kom nie – veral nie as hy deur 'n Boer-kanon uitgespoeg word en deur die lug aangesuis kom soos nou nie.

Dit was skaars 'n week nadat die "hoekom" by Joey aangekom het dat hy vir die eerste keer na die kostoue vir swart mense is.

Dit was 'n ander tou, in 'n ander dorp, 'n ander beleg, 'n ander wêreld. Die oë van die mense wat daar gewag het, was dof van 'n ander honger. Hulle het tale gepraat wat Joey nog nooit gehoor het nie. Hulle het klere gedra wat Joey baie gesien en nooit raakgesien het nie. Die ander foto's wat hy geneem het, het na Joey toe teruggekom: van welgeklede, gladgestrykte, besnorde mans wat net bekommerd was oor hoe hulle poseer, oor die kam van hulle kuiwe, oor 'n verdwaalde kreukel in hulle klere, oor wat hulle beste kant vir die kamera is; van dames wat aanstaan gesetheid toe en hulle klere en ydelhede rangskik om presies só verewig te word. Hulle het almal vol, gladde wange gehad. G'n wonder die mense het gespot dat die enigste persoon wat gedurende die beleg aan gewig vermeerder en bietjie vervet het, meneer Rhodes was nie.

Joey het die ry permitte in die swart hande gesien en gaan vra of hy na een mag kyk. Die dogter wat hy genader het, het nie 'n woord van sy vreemde taal verstaan nie, maar het nie geprotesteer toe hy die dokument wat al slap-oor was van daaglikse hantering by haar vat nie. Van wat die krabbels op die stukkie papier beteken het, kon sy geen benul gehad het nie, maar Joey kon dadelik sien hoeveel anders haar permit as sy eie daar uitsien. Dit was 'n permit vir die helfte van wat hy kry, net vir mieliemeel, en vir drie mense. Hy het geweet dat dít is wat mense wat later van die beleg vertel, sal verkies om te vergeet. Hy sou dit vir hulle onthou, het hy hom voorgeneem, want terwyl hy langs die honger ry mense afkyk, het hy geweet dié mense sal vergeet word in die vertellings, as hulle nie al klaar, met of sonder skuldgevoel, bewustelik vergeet word nie.

Hy was besig om sy kamera op die driepoot vas te skroef toe die vrywilliger-offisier van die uitdeeltafel af na hom toe aangedraf kom: "Waarmee is jy besig?"

"Ek wil die tou afneem."

"Hoekom? Het jy nodig om die permitte te lees daarvoor?"

"Ek het opdrag om die gevolge van die beleg . . . om die mense van die dorp af te neem."

"Ons is gewaarsku teen mense soos jy. As jy die kostoue wil

afneem, kan jy dit by die wit tou gaan doen. Dit wil sê as jy nie jou kamera gekonfiskeer wil hê nie."

Die offisier het omgedraai en omkyk-omkyk teruggegaan na die tafel toe.

Joey was besig om sy kamera weer op die kar te laai toe die vrou by hom aankom. Haar ouderdom kon hy nie skat nie, maar sy kon nie veel ouer as twintig wees nie. Sy was skraal, moontlik van gemengde herkoms, maar die hoë wangbene en hartvormige gesig van die mense van die streek was onmiskenbaar.

"Ek het gehoor wat julle praat," het sy in verstaanbare Engels gesê. "As jy regtig wil sien wat aangaan, kan jy saam met my kom."

Sy het weggeloop en hom agternagewink. Hy het met die kar agter haar aangery. Ná 'n straatblok het sy gaan staan en hom ingewag om met hom te praat: "Dit is Barkly Road hierdie. Volg hom totdat jy 'n groot bloekomboom links van die pad sien staan. Jy sal die lokasie daar sien. Ek sal vir jou daar wag."

Toe sy omdraai en begin aanstap, het Joey haar gevra hoekom sy nie sommer saam met hom ry nie?

"Jy wil nie helder oordag saam met 'n swart vrou gesien word nie, Engelsman. Wit mans laai ons net in die donker op. Wag 'n halfuur voor jy kom, dan kry ek jou daar."

Joey het die halfuur omgedraal en toe gery. Sy het vir hom gewag waar die tweespoor-paadjie lokasie toe afdraai. Toe hy stilhou, het sy sonder meer opgeklim en vir hom beduie hy moet aanry.

Terwyl hulle stadig oor die hobbels en gate na die krotbuurt toe ry, het hy haar gevra wie sy is en hoe dit kom dat sy kan Engels praat.

Sy het hom onbevange vertel, soos 'n kind.

Die wit mense, het sy vertel, noem haar Elizabeth, maar dis nie haar regte naam nie. Sy was iets van 'n verworpeling. Sy het, van sy amper nog 'n kind was, gewerk by een van die min vroeë delwers wat sy vrou en kinders saamgebring het na die delwerye by Colesberg-koppie wat nou Kimberley se oop myn is. Sy was 'n hele paar jaar by hulle, maar sy's daar weg toe sy met 'n wit delwer deurmekaargeraak en by hom gaan bly het. Die ander delwers wou nie die ding wat hulle in die nag doen, in die dag sien nie, en het begin om partykeer klippe na haar en haar vryer se sinkkaia te gooi – veral op Saterdagaande as hulle alleen en jaloers van die lus was. Toe wil haar delwer hê sy moet 'n vriend van hom ook op daardie manier help en toe hardloop sy weg van hom af.

"Ek maak my bene net vir een man op 'n slag oop." Daar was so 'n onskuld aan die manier waarop sy die onnoembare sê, dat Joey meer geïnteresseerd as geskok was, al het hy sulke woorde nooit eens by die wildste dames van Johannesburg gehoor nie.

Haar eie familie wou haar nie terughê nie, omdat sy so aan-stellerig was die tyd toe sy by die wit mense gebly en hulle taal gepraat en hulle klere gedra het. "Loop vreet jy jou maar dik aan jou wit vleis," het hulle vir haar gesê toe hulle haar wegjaag. En die wit familie waar sy eers gewerk het, wou haar ook nie terug-hê nie, want hulle het gesê hulle twee seuns was nou aan die grootword en hulle soek nie Koranna-meid wat wit vleis lus in hulle huis nie.

"Ek het twee keer soontoe teruggegaan en elke keer een van die seuns bossies toe gevat. So't ek hulle teruggekry. Ek het nooit weer gegaan nie. Daardie twee seuns sal nog vir jare na my soek, want as hulle aan daardie ding dink, sal hulle aan my dink, want ek het hulle gelekker tot hulle krom was."

Sy't gelag. Haar tande was gelyk, en wit.

Hulle het deur 'n stank gery.

"Hulle het weer 'n dooie donkie aangesleep," het Elizabeth verduidelik.

Die perde moes stadig stap op die paadjie tussen die hutte en krotte. Daar was nie eintlik 'n pad nie. Die voortjies en slote van vorige reënseisoene het padlangs gesny en diep geword waar daar karspore loop. Op plekke was daar slaggate wat in die win-ter stof en in die somer modder vergader. Voetpaadjies het paral-lel en oor-dwars hulle eie gang gegaan.

Die perdekar met die wit man op het geen indruk gemaak op die mense by die sinkkrotte en kleistrooise nie. Dié wat gehurk

97

of plat gesit het op die blinkgetrapte grond, teen die mure ge-
leun, of in die skaduwees gelê het, het hulle nie aan die verby-
sukkelende perdekar gesteur nie. Die belangeloosheid van ver-
hongering het in die mense se houdings gesit en was te sien in
die lusteloosheid van elke beweging. Wanneer een wel beweeg
het, was dit stadig, met 'n amper spookse ekonomie in die be-
weging. Dit was asof elke klein roering eers noodsaaklik moes
wees voordat dit spaarsaam uitgevoer is – om die laaste energie
nie te gou op te gebruik nie. Só spaarsaam, dat elke beweging
soos 'n laaste gelyk het.

"Ek het gedink hulle sou bedel . . . soos dié in die dorp," was
al wat Joey kon wonder.

"Hulle weet dit sal nie help nie."

Maar dit was meer as net dit, het hy besef. Hierdie mense
was by omgee verby, hulle was al óór die stadium waar hulle
nog sou wou probeer om hulle lewens van die afgrond af terug
te sleep.

"Dié wat nog kan, soek kos in die dorp," het Elizabeth ver-
duidelik. "Dit is die ergstes hierdie."

Die reuk van die misvure, van vrot donkievleis wat kook, van
die waterdun skytsels uit verhongerdes, het by tye oor hulle ge-
waai, maar Joey het nie aan die mynontploffing gedink nie, want
dit was erger hierdie, want dit was stadiger.

Elizabeth het hom aangesê om voor 'n krot te stop.

"Hierdie mense het nou al vir twee dae nie uitgekom nie. Die
ma sal seker in die dorp wees om te probeer hoer vir kos, maar
sy sal niks regkry nie – sy's te maer. Niemand sal betaal om 'n
geraamte by te kom nie. Kom."

Joey het afgeklim en agter Elizabeth aan by die strooise inge-
buk. Hy't in 'n stink holte orent gekom. Een kamer. Drie mense,
'n pa en twee kinders. Die man en een kind het gelê – opgefrom-
melde hopies onder vuil komberse. Die ander kind het in 'n hoek
gehurk. Net hulle oë het beweeg om Joey en Elizabeth se binne-
koms te volg. Hulle het niks gesê nie. Hulle het geen ledemaat
verroer nie.

Elizabeth moes aan Joey se arm raak om sy aandag weg te kry

98

van die ellende rondom hom: "Neem hulle af. Dis wat jy gesê het jy wil doen."

"Daar's nie genoeg lig hier binne nie . . ."

"Kry jou kamera op sy pote, ek sal hulle uitbring son toe. Hulle is so lig soos veertjies."

Joey het die kamera opgestel en Elizabeth het die man en kinders half gedra, half gesleep, maar buitentoe gebring. Die mense van die lokasie het nie 'n nuuskierige skare rondom die vreemde verskynsel in hulle midde gevorm nie. Nie een het kom kyk nie. Nuuskierigheid en belangstelling was al dood in hulle. Dit was asof Joey en Elizabeth nie daar was nie – of op 'n plek waar net afwesiges bymekaarkom. Hulle twee was gewoon nie aanwesig in die mense teen die mure se sinne en lewens nie. Hulle was nie teenwoordig nie, want dié mense was klaar in 'n ander werklikheid, op 'n ander plek – onbereikbaar en eenkant.

Terwyl hy besig was om met die hulp van Elizabeth die drie mense – met 'n gesleep, gerem en gestut – voor sy kamera te rangskik, terwyl hy hulle woordeloosheid verduur en die leegheid van hulle oë probeer miskyk, het Joey die jammerte in hom probeer stilkry. Dit was nie die regte tyd vir die hart om te wil saamkyk nie.

Maar deur die kamera kon hy nie anders nie:

Die man het vodde oor sy lyf gehad; die kinders was nakend. Hulle velle het al lankal teruggekrimp tot op hulle gebeentes. Elke stukkie agtergeblewe vel en vleis wat nie deur been gestut is nie, het 'n holte geword: hulle wange, hulle slape, hulle oogholtes, hulle nekke, bo die sleutelbene, tussen die ribbes en heupe. Hulle dun bene het bultend langs mesdun heupbene begin en langs velvoue waar daar eens dye was, aangegaan, by die oordrewe knoppe van hulle knieë geknak, en by knokkige, stowwerige voete geëindig. Hulle lippe was weggeteer en hulle monde was vertrek in 'n stywe, dun, vreugdelose glimlag – die gryns van honger. Die tande van die kinders het byna onbehoorlik wit tussen hulle half-oop lippe gesit; die man se mond was hol, met bloederige tandvleis, só asof sy tande onlangs uitgeval het.

Joey het gevoel hy fotografeer hopies beendere met net 'n los sak swart vel bo-oor – weggeteerde hopies mens met nuttelose monde waarvan die gryns net vir die vlieë 'n toegang was. En bo-aan die hopies het die bruin oë gesit wat onsiende die niks in staar – soos stukkies agtergeblewe siel wat nog vir oulaas klou aan 'n lyf wat was.

Om die mond van die jongste kind was daar wit smeersels wat by die mond begin en teen die lyf afgeloop of afgedrup het. Dit was nie braaksel nie, maar iets soos slap mieliepap. Die smeersel het getoon dat iemand haar probeer voer maar opgegee het, en nie die moeite gedoen het om die tekens van die poging af te vee nie.

"Net die vlieë is hier vet," het Elizabeth gesê. Die vlieë, lui van voldoening, het oral geswerm, oral gesit. Op die gesigte van die drie voor Joey se kamera het hulle gekoek om die oë, monde en neusgate. Nie een het probeer om hulle te verjaag nie. Dalk was beweging nog te kosbaar.

'n Vreemde gevoel het deur Joey gegaan. Daar was nie woorde vir wat in hom opkom nie. Maar dit was vir hom asof hy méér afneem as net drie mense wat besig is om dood te gaan van die honger. Hy was besig om 'n foto te neem van die weemoed sélf – van die weemoed van drie swart sterwendes, van die weemoed van die beleg, van die weemoed van alle beleëringe, van die weemoed van 'n kontinent, en van die hartseer van weerloosheid.

Elizabeth het met hom saamgery tot waar die lokasiepaadjie by Barkly Road aansluit. Hulle het min gepraat. Toe sy van die kar af klim, het sy gesê-vra: "Het jy hulle jammer gekry?"

"Ja."

"Hoekom wou jy die foto's neem?"

"Om die mense te laat onthou. Om te keer dat hulle nie vergeet nie. Sodat hulle nie kan lieg oor wat hulle aangevang het nie."

"Lieg jy partykeer?"

"Ja."

"Dan sal ek jou weer sien. Jy's alleen."

Wat sy gesê het moes vir haar op die een of ander manier sin

100

gemaak het, want sy't dit soos 'n feit gekonstateer en sonder enige verdere verduideliking omgedraai en teruggestap lokasie toe.

Joey het haar agternagekyk en al was hy nog oorweldig deur wat hy pas deurgemaak het, kon hy nie anders as om die swaai van haar lyf raak te sien nie.

Daardie aand teen tienuur het Joey nog op die donker stoep gestaan. Die stilte van die aandklokreël en sy verbiedinge was al lankal oor die besette dorp. Die kanonne was stil en Kimberley se soekligte het oor die landskap, die mynhope en die huise geswiep. Veraf, in die suide, kon Joey sien hoe ander soekligte teen die nagwolke speel om iets deur te sein aan die besette dorp. Dit was die ligte van die bevrydingsmag is hy vertel, maar wat hulle skynery teen die wolke dalk kon beteken, sou net die kolonel en sy offisiere verstaan. Die ding was al weke aan die gang en niks het gebeur nie. In die stal agter die huis, kon Joey sy perde hoor roer en rondtrap. Dankie vader, húlle het hy darem nog. Joey het gedink aan die vele gerugte wat hulle in die dorp gehoor het: van ander besettings en van veldslae wat gewen en verloor is. Hy't nie geweet hoe die stories die dorp bereik nie, nog minder hoeveel waarheid hulle in hulle het. Een ding het hy dié aand geweet: daardie oggend het die beleg hom gevang. Hy kon die aand nie eet nie. Die gedagte aan die grynsende hongeres, die vlieë, die stank, was nog te sterk. En toe hy daardie dag met die terugry op sy kar sit – 'n kar wat deur soveel pond eetbare perdevleis getrek is – het die vol wange van sommige verbygangers hom meer gewalg as die stank van die dag.

"Maak oop die agterdeur en moenie lig maak nie," het Elizabeth uit die donker gefluister.

Hy het die agterdeur in die donker gaan oopmaak.

"Hoe't jy my gekry?"

"Iemand ken jou altyd."

"Hoe't jy deur die aandklok-verbod gekom?"

Elizabeth het nie gedink dis nodig om simpel vrae te beantwoord nie. Sy het by hom verbygedruk en deur die gangetjie na die lig gestap wat in die voorkamer agter verdonkeringskomberse

brand. Hy het die agterdeur gesluit en haar gevolg. In die voor-
huisie het sy die lamp van die tafel af gevat en met die lig slaap-
kamer toe gegaan. Daar was nie 'n bedkassie nie en sy het die
lamp op die enigste stoel in die kamer neergesit. Sonder 'n woord
het sy begin om haar klere uit te trek totdat sy kaal was. Haar lyf
se rondings het brons gegloei in die lig van die lamp. Sy het die
hoë boude en tuitborsies van haar mense gedra. Elizabeth het
langs die lig bly staan en stadig na hom toe gedraai. Sy wou hê hy
moes haar só sien.

"Jy sal my moet leer," het Joey gesê, " . . . ek weet nie hóé
nie."

"Maar jy's seker amper veertig!"

"Ek was nog nooit by 'n vrou nie . . . nog net by hoere."

Sy het 'n oomblik nagedink oor wat hy gesê het, skielik ge-
glimlag en toe na hom toe gekom.

"Dan sal ek maar vannag vir jou 'n vrou wees," het sy saggies
gesê, terwyl haar vingers langs die knope van sy hemp afbeweeg.

Sy's voor die eerste lig weg. Hulle het omtrent die hele nag
deur gepraat. Omdat hy van haar hou, het Elizabeth gesê. Mans
en vrouens praat net ná die tyd, het sy geglo. Vóór dit, is dit net
'n hoop kakpraat om by mekaar se lywe uit te kom. Maar as 'n
man ná die tyd met jou gesels, hóú hy van jou.

Joey het van haar gehou.

Die volgende dag het die ontsettingsmag opgedaag. Hulle het
die dorp ingery op 'n berg stowwerige perdevleis.

Dié met die gladde wange het skielik diep in hulle geheime
spense gedelf en vir die bevrydingsmag 'n feesmaal voorberei
wat hulle vinnig kon verswelg voor hulle verder gaan. Joey het
sommige van hulle afgeneem – met weersin, maar dít moes die
kamera ook sien. En onthou.

Die dorp is dus ontset, en ook Joey Drew is bevry. Dit het
altyd vir Joey half reg gelyk dat dit so 'n groot honger gekos het
om hom te ontwurm.

Vyf

Magersfontein
12 Deetzember 1899

Mijn Zeer Geliefde Vrouw,
Ach, hoe dierbaar is Uw mij! Denken aan Uw lief gelaat is al dat mij
noch staande houw in deze uur van zwaar Beproeving. Uwe tegen-
woordigheid Beminde is al wat ik van God mog vra. O donkere uur
der Eenzaamheid! O bittere Lot! Welke verlange maakt sig van mij
meester op deze stond! Een wederzien mijn Dierbare Dierbare Ma-
grieta! Een wederziens! roep en smag mijn overstelpte hart. Verwerp
Uw mij tog nooit Beminde Vrouw . . .

En so het Daantjie vir drie bladsye voortgegaan, totdat hy
uiteindelik afsluit het met *Uwe van Smarten en Verlangen over-*
stelpte Eggenoot, Daniël van Wyk. Dit was sy tweede brief, en dit
was baie anders as die eerste een. Die eerste een het hy geskryf
die dag voor die slag van Tweeriviere en daarin het hy baie te
vertelle gehad oor hoe verkeerd die Boere hulle stryd aanpak,
watter lamsakkigheid daar by sommige burgers voorkom, en
wat gedoen behoort te word om dinge reg te stel. Magrieta het
die tweede brief deur trane gelees, want sy kon sien dat haar
man, al had hy die skryftaal nie goed onder die knie nie, oor-
stelp was en uit sy hart uit skryf. Maar die verskil tussen die
briewe het haar opgeval. Dalk het die verlange rêgtig sy hart só
oorweldig toe hy gaan sit en vir haar skryf, dat selfs die oorlog
vergete geraak het. Dít sou haar hart wou glo. Die enigste nuus

103

wat die tweede brief bevat het, was dat hy van sy perd af geval en 'n voortand verloor het. Miskien het dít hom so neerslagtig gemaak, het sy gedink, want sy weet hoe danig Daantjie oor sy uiterlike is.

Ook Dorothea het die verskil tussen die eerste en tweede brief van háár man raakgesien. Waar die eerste brief vol opdragte was oor wat betyds op die plaas gedoen moes word en wat tog nie nagelaat of uitgestel moes word soos die lente verbygaan en die somer opdaag nie, was die tweede byna onbehoorlik saaklik. Hy't laat weet dat hulle onder God se beskermende hand deur twee veldslae behoue gebly het, maar dat Gerhardus van As by Modderrivier gesneuwel het en dat sy sy familie moet laat weet as hulle nog nie gehoor het nie. Verder het hy gehoop dit gaan goed op die plaas. Geen opdrag oor die plaaswerk nie; geen bekommernis oor die diere nie?

Van Daantjie se voortand moes sy van Magrieta verneem.

Daar was elke keer 'n brief vir Nellie. Die handskrif op die koevert was buitengewoon presies en Dorothea het dit nie geken nie. Dit kon net van Petrus Minter af wees. Sou hy dan behoorlik skoolgegaan het voor die Minters by hulle opgedaag het? Maar as voorsorg teen juis so 'n moontlike voorbarigheid van die Minter-seun, en ook omdat sy die eerste sou wou wees om te weet as daar dalk slegte nuus van die oorlogsfront af kom, het sy Greeff opdrag gegee om al die pos wat hy van die dorp af bring, altyd eerste vir haar te gee. Nellie het elke keer gevra of daar nie dalk vir haar ook pos was nie, maar Dorothea het net gesê: "Ek sal jou sê wat in Pa se briewe staan en van Daantjie kan jy by Magrieta verneem." Nellie was teleurgesteld, maar het stilgebly. Dorothea het darem te aardig gevoel om Petrus se briewe sommer net te verbrand en sy het hulle maar gehou sodat sy dit later onoopgemaak aan die Minter-seun kon teruggee – sodat hy kan endkry met sy aanmatiging.

Gertruida het Dorothea soos 'n skaduwee gevolg wanneer Greeff die briewe bring. Daar was geen manier om haar te ontwyk sonder om haar te beledig nie, en Dorothea het maar die briewe gelees waar Gertruida kon bysit – soos aan die eetkamertafel. Met die lees van die eerste brief het sy soms opgekyk en vir haar skoonsuster dinge gesê soos: "Dit gaan goed, en hy sê ons moet tog nie vergeet om die skilderbont koei veld toe te jaag vir die maand voor sy kalf nie – dis dié maand! – want voer sal haar te groot laat kalf en sy sukkel juis."

Maar met die tweede brief was daar byna niks om op te som nie, behalwe dat Gerhardus van As gesneuwel het, en Dorothea het sommer die brief vir Gertruida gegee om self te lees: "Lees jy dit ook maar, Suster, en dan sê jy my of jy nie ook dink daar's iets aan die gang wat hy nie wil sê nie . . ."

Gertruida het gelees. "Dit klink nie soos my broer nie. Sou jy dink die oorlogmakery is besig om hom te vang? Die Van Wyks hét 'n sagte kant."

"Ek is onrustig, Suster. Jy moet gaan hoor of Fienatjie Minter nie dalk iets gedroom het nie. Mens weet nooit."

"Dit lyk my die kind begin haar helm-geboorte nou ontgroei, Suster. Ek het haar gister nog gevra wat sy deesdae droom, maar sy't net van miere gepraat. Sannie sê sy skree partykeer vreeslik met die wakkerword en sy is elke keer papnat gesweet van pure angs. Maar ek sal gaan vra."

Maar Fienatjie, die een wat nooit verkeerd gedroom het nie, was in haar drome só besig met die miere en die kinders wat so sing, dat sy nie nog nuus van die front af ook kon bydroom nie. Dalk begin die helm haar kind uiteindelik los, het Sannie Minter stilweg gehoop toe Fienatjie al minder van mense begin droom. Dit sou só 'n genade wees, want mens weet nooit of al die waarheid wat sy altyd droom, nie dalk van die duiwel kon wees nie. Sannie het selfs die verfrommelde stuk verdroogde vlies – die een wat Fienatjie oor die kop gehad het met haar geboorte – uit sy bêreblik gaan haal. Dalk is dit sonde om so iets só te bewaar. En dalk is dit oor sy dié stukkie van haarself teruggehou het toe die res van die nageboorte begrawe is, dat die kind so onder haar drome ly. Die ouvrou wat haar met Fiena se geboorte gehelp het, het gesê sy't die helm nog nooit só groot en dik gesien nie, en dat Sannie dit moet sout en bêre, want die mense sê dit bring geluk. Sannie Minter het die karigheid rondom haar be-

105

kyk – en geen geluk gesien nie. Toe roep sy maar vir Fienatjie en wys haar die vlies.

"Dis die helm wat jy oor jou kop gehad het toe jy aangekom het, Fiena. Dalk is dit hy wat jou so laat droom. Loop begrawe die ding."

Fienatjie het die stuk vlies net so in die wit-uitgeslaande pekel-lap waarin haar ma dit ná die geboorte toegedraai het, gevat, en dit in haar eie bliktrommeltjie gaan sit – by die skatte wat Joey Drew vir haar aangedra het. Sy het alles weer mooi gebêre vir die dag as haar vriend Joey met die nuwe klere waarvan sy gedroom het, sal opdaag – teen die koppie, by hulle geheime plek.

Maar in die nagte het sy voortgedroom – van miere, en oor die kinders wat so sing.

❧

Van die burgers wat by was toe Petrus Minter en Pollie Sevenster die tweede aand ná Magersfontein woorde gehad het, het gedink dit was in elk geval sommer stuitigheid van Sevenster om Jakop Minter na te aap. Dalk was dit maar die lawwigheid wat soms ná 'n veldslag onder die jong manne se nerwe inkom. Seker verligting oor dit verby was, en oor hulle darem dié keer nog heelhuids daarvan afgekom het. Want as die koeëls vlieg, kan niemand vir jou kom sê hy's nie bang nie, of dat hy nie ten minste 'n hol kol op die krop van sy maag het nie. Party het hulle probeer braaf lieg en gemaak of dit niks is nie, maar niemand het hulle regtig geglo nie. Ná 'n slag, of 'n skermutseling, het omtrent almal makliker gelag, want die uitgelatenheid van verligting was in hulle. Veral in die jonges.

Jakop het sy kos kom haal waar dit uitgeskep word. Hy het die vrou wat die bredie en aartappels met 'n groot soplepel uit die seeppot in die blikborde skep se linkerbors aangespreek en sy "dankie!" gebulder. Sevenster het langs Jakop gestaan, begin grinnik en vir sy maters geknipoog. Toe sy beurt kom, het hy presies gemaak soos Jakop gemaak het. Sevenster het eers die vrou se linkerbors met oordrewe aandag bekyk, en ná sy vir hom ingeskep het, 'n "dankie!" gebulder. Die jong mans om hom het geskater. Petrus het tussen hulle gestaan. Hy was baie bleek toe hy Sevenster aan die skouer vat en hom omruk sodat hy hom in die gesig kan kyk wanneer hy praat. Daar was skielik stilte, en almal kon Petrus se sagte stem hoor sê: "Dis my pa. Ek weet nie wie jou opgevoed het nie, maar as jy hóm nie wil respekteer nie, kan jy ten minste sy ouderdom respekteer. Skei uit of ek bliksem jou."

Sevenster kon nie sommer só voor almal stert tussen die bene steek nie: "Dit vat twéé om te bliksem, Minter, en los jy my opvoeding uit of ek bliksem jóú!"

Dit was een woord oor die ander, en die mense het kom keer. Hulle het die twee uitmekaar gehou en Sevenster kon dit waag om Petrus grof te beledig: "Wie dink jy is jy, Minter? Jy's 'n bloots-ryer op 'n muil – sonder ordentlike skoene aan jou paar by-wonerspote en 'n broek wat jy tien jaar terug al uitgegroei het! Jy en jou ou pa is knegte by die ryk Van Wyks! Knegte, dis wat julle is! Van wanneer af moet ek dít respekteer? Kyk hoe lyk jóú opvoeding voor jy van ander mense s'n praat. Los my, dat ek hom sommer nóú op sy plek sit!"

Hy't meer gesê en kort-kort halfhartig probeer losbreek van dié wat hom teëgehou het. Maar sy woorde het in Petrus vasge-sit, want sulke woorde het al jare lank in hom gesweer. Dit was maar net die rowe wat Pollie Sevenster afgekrap het. En die woor-de het maar net weer van vooraf ge-etter, gebloei en gebrand.

Petrus het sonder 'n woord by die kos verbygeloop, sy ge-weer gevat, sy muil tussen die perde gaan haal, toom aangesit, die knelter-riem losgemaak, opgeklim en gery. Danie het na die oproerigheid by die kos kom kyk en saam met Petrus geloop.

"Wat het gebeur, Petrus?"

"Niks wat ek nie kan regmaak nie, oom Danie."

"Jy kan nie sommer van die oorlog af wegry nie, Petrus . . ."

"Ek sal oor 'n paar dae terug wees. Ek hoor die Engelse ry patrollie hier bo teen die rivier op. As ek nie terugkom nie, moet oom Danie asseblief na my pa-hulle omsien."

So het Petrus Minter dan nag-in gery en eers ná twee dae teruggekom. In die aand. Hy het twee Engelse perde met saal en toom by hom gehad, twee grondseiltjies, vier goeie waterbottels, twee leemetfords – en 'n yslike Britse diensrewolwer het in sy toeklap-holster aan 'n blink gordel gehang. Hy het 'n nuwe kakiebroek gedra – en Engelse leërstewels. Die leemetfords het hy vir Danie gegee: "Ek dag Oom-hulle sal darem wil sien waarmee hulle skiet. Die ander het ek in die rivier gegooi."

"Het jy hulle doodgemaak, Petrus?"

Petrus het geglimlag, en Danie het probeer onthou of dit die eerste glimlag is wat hy by die jong man sien: "Sommer beroof, oom Danie. Sê maar dis oorlogsbuit. Ek sien daardie Sevenster is alleen daar bo. Hulle sê my hy vertel hier rond ek het van hom af weggehardloop. Ek gaan bietjie met hom praat."

"Nie baklei nie, Petrus . . ."

"Sal nie nodig wees nie, oom Danie. As hy op sy eie is, gaan hy sy broek vuilmaak voor ek 'n woord sê."

Oor hoe hy die perde en al die ander dinge bekom het, het Petrus Minter nie gepraat nie, behalwe om eenkeer vir sy pa te sê dat hy ses probeer het, maar nie een se stewels sou groot genoeg wees vir Jakop Minter se voete nie. Net Nellie sou later weet wat daardie twee nagte gebeur het, maar dit was eers nadat sy Petrus se briewe wat haar ma so weggesteek het, in die hande gekry het.

Wat Petrus vir Sevenster gaan sê het op die aand toe hy teruggekom het, weet niemand nie, maar dit was vir almal opmerklik dat Sevenster die volgende aand Jakop Minter se bord gevat en sy kos vir hom by die potte gaan haal het.

Met Jakop Minter se manier van kyk en praat, is nooit weer gespot nie. Nie vóór Petrus Minter nie, en ook nie agter sy rug nie

Hulle het "daardie ding" wat die eerste keer op die wal van die Modderrivier met Daantjie gebeur het, met hulle saamgedra. In die loopgraaf van Magersfontein het dit weer met Daantjie gebeur, en toe hulle in die laer by Paardeberg vasgekeer was, 'n hele paar keer. "Daardie ding" het gebly, en wanneer dit gebeur, het Soldaat maar ingespring en geskiet. Want Soldaat was 'n ander mens. Daar was wel 'n hol plek in sy skoen waar sy groot-toon vroeër gelê het, maar die stompie het vinnig genees sonder dat daar verder kwaad in gekom het.

Met Daantjie was dit andersom gesteld. Hy't baie min gepraat en dan sy hand voor sy mond gehou om die gaping tussen sy voortande te verberg. Gelag het hy nie meer nie. Wanneer daar niks te doen was nie, het hy hom eenkant gehou en iewers gaan sit en tob. Dié wat met hom wou gaan gesels, is na 'n paar minute van lang stiltes en kortaf antwoorde daar weg. "Hy broei," het van hulle gesê, "en geselskap is hy wragtag nie." Een wat Magrieta al by die kerk gesien het, het gedink hy verstaan die rede: "Om weg te wees van die mooiste vrou in die land af moet seker maar aan 'n man vat, al is jy Blink-Daantjie van Wyk!" Daantjie is ná 'n dag of twee met rus gelaat om sy eie gang te gaan en om maar eenkant te pieker soos hy lekker kry. Net Soldaat het toegang tot hom gehad.

Nadat hy ná twee dae uit die diep dronkenskap van sy ope-rasie ontwaak het, het Soldaat sommer gou eenbeentjie gespring tot waar Daantjie sit. Met Soldaat het Daantjie dan wel gepraat en vir hom het Daantjie die eerste keer gelieg. Miskien was dit die begin van die groot leuen wat Daantjie sou word; die eerste van die string onwaarhede wat hy sou aanmekaarryg om weer respektabel in ander se oë – en in sy eie – te probeer word. Dalk het dit dáár in hom begin groei.

"Jy moet skeer," het Soldaat al op die eerste dag vir hom gesê.

"Hoekom?"

"Jy wil nie hê die mense moet dink daar skeel iets met jou nie. Voor die mense moet jy maar Blink-Daantjie bly."

"Hoeveel mense weet van 'daardie ding', Soldaat?"

"Net ons. Met dié dat ek ook skiet, het jou pa gesorg dat ons eenkant lê – waar die veldkornet nie verbykom nie."

"Weet Petrus Minter?"

"Hy was dan elke keer by, hoe sal hy nie weet nie? Hy't vir hom twee mooi perde by die Engelse gaan afneem. Skoene ook."

"My pa dink nou baie van hom."

"Ja."

Daantjie het stil geword. Dit was al heelwat later toe Soldaat vra: "Was dit Petrus Minter wat my toon afgesny het?"

Die leuen het sommer vanself deur Daantjie se verwarde gedagtes opgeborrel – soos 'n ingewing, soos die eerste afskynsel van 'n bietjie eiewaarde, soos 'n redding: "Nee, ék het dit gedoen. Jy sou doodgaan as ek dit nie gedoen het nie. Pa en Petrus Minter het gesê dis tydmors op 'n swart man, maar ek het gesien jy gaan vrek as ek dit nie maar gou self doen nie. Ek moes tot 'n stuk van my hemp afskeur om die ding te verbind, want die plek wou skielik kwaai begin bloei."

"Ek kan onthou Pétrus het my die brandewyn ingegee."

"Ek het hom aangesê, want ek wou jou spaar. As ek nie inge-spring het nie, was jy nou dood."

En omdat Soldaat nie verder hoef uit te gevra het nie, het die leuen tussen hulle gebly. Dit was, vir 'n leuen, besonder stand-houdend, want hy sou veertig jaar hou, en sy bindsels sou baie dinge tussen Soldaat en Daantjie – en selfs die pragtige Magrieta – saambind, toebind en op sy manier hulle verhoudings vir 'n leef-tyd lank knel. Dit was Daantjie se eerste donker leuen – 'n swarte, sonder die kleurtjie van skadeloosheid wat aan 'n wit leuentjie sit. Hierdie een was donker van berekendheid, nie 'n witvaal kluitjie soos die een oor die uit voortand nie. Want met die tand het hy van die perd af geval, met sy mond op 'n klip. Hoekom sou Soldaat hom nie glo nie?

Maar in 'n loopgraaf lieg die lyf nie. 'n Opgekrulde man wat sy kop met albei hande tussen sy opgetrekte knieë probeer in-beur, sê net een ding. 'n Nat broek praat sy eie waarheid en bevestig sy eie vernedering – net soos sy pa se oë, en sy pa se stemtoon wanneer hy met hom praat, nie lieg nie, glad nie lieg nie. Veragting en verwerping lieg nie in 'n pa se oë nie.

In die nagte dat hulle by Magersfontein moes oorbly voor hulle Paardeberg toe versit, het Soldaat baie ure by Daantjie om-gesit. Agter by die perde. Dan het die diere geproes en geroer en hulle hoewe geskuif, of swaar gaan lê gedurende die woordlose

110

stiltes tussen die twee mans. Soms kon hulle 'n veraf vlaktege-
luid hoor, soos 'n jakkals wat iewers huil, of die verskrikte ont-
steltenis van 'n kiewiet oor wie se nes 'n nagdier dalk gestruikel
het. Selfs in die swarte van die nag was Daantjie bewus van
Petrus Minter se twee blink Engelse perde met hulle gevlegte
sterte en kort maanhare. Dié het soos 'n beskuldiging tussen die
Boereperde gestaan. Die muil ook. Dan het Soldaat, wanneer
Daantjie sy eie derms begin uitryg, probeer om te verduidelik
wat met 'n swartslang gebeur as hy doodspeel en hoe die swart-
slang sy skyndood sweerlik nie kan help nie. Maar Daantjie het
net gesê: "Ek kan dit nie hélp nie! Dis óp my voor ek wéét dit
kom. Gód wil my nie eers help nie! Ek het my blóú gebid voor
hierdie slag . . . net om régop te bly. Dis beter dat hulle my dood-
skiet . . ."

En dan, tussenin, sommer tussenin – soos 'n vrees wat heeltyd
aan sy gedagtes knaag en nie wil gaan lê nie – het hy kort-kort
dieselfde ding gesê: "Magrieta mag dit nooit weet nie! Hoor jy
my, Soldaat? My vrou mag van 'daardie ding' níks weet nie!
Nóóit nie!"

Dan het Soldaat oor en oor verduidelik dat Magrieta net sal
weet as een van hulle haar sê. En nie een sal nie, want Danie het
hulle al 'n paar keer verbied om oor die ding te praat. Enkele
kere het Soldaat 'n vermaning bygevoeg: dit sal beter wees as
Daantjie Petrus Minter soos 'n mens begin behandel. Want almal
het nou al agtergekom dat Petrus bang is vir niks en niemand
nie. Solank as Petrus net nie so kwaad gemaak word dat hy
na'and praat nie. Op 'n ander manier sal die ding nie by Ma-
grieta kan uitkom nie. Soldaat het geweet dat net om jou bek
oor "daardie ding" te hou, al klaar die begin van 'n geliëg is, en
dat saamlieg jou uitlewer aan almal wat die waarheid ken. Daan-
tjie moet dus begin besef dat hy nou in die holte van Petrus
Minter se hand sit. Soldaat het hom voorgestel dat die gesig wat
Daantjie van homself in sy binnekant ronddra, oortrek moet
wees van iets etterigs en opgehewe soos pokke: die arme man
het hom vasgeloop in 'n spieël wat weier om vir hom te lieg; hy's
jaloers oor die kneg wat hy altyd kon rondneuk so koen is; hy's

111

domgeslaan deur sy pa se afsku; hy vrees dat hy dalk sal moet klein word in die oë van sy godsmooie vrou, en háár veragting sou hy nie kon verduur nie. Daar's te veel goed wat besig is om saam-saam aan sy harslag te vreet, en as Daantjie dáárdie goed op Petrus Minter gaan probeer uithaal, gaan hy dalk meer waarheid vir sy moeite kry as wat goed is vir hom.

Hulle het ná wat soos weke der weke gevoel het, by Magersfontein rondgelê. Wat in die hoës se koppe aangegaan het, het hulle nie geweet nie, maar dit was duidelik dat die Engelse besig was om die treinbrug oor die Modderriver reg te maak, en dat hulle steeds besig was om hulle mag te versterk. Oor die oop vlakte sou hulle nie hier weer probeer nie, want die Boere het hulle uit die lekker loopgrawe 'n behoorlike opneuker gegee. Maar mettertyd het daar gerugte begin kom dat die Engelse die spoorlyn gaan los en óm hulle trek Kimberley toe.

Hulle is in die nag van Magersfontein af weg – 'n swaar, logge kolom van honderde waens en karre en by-diere en vrouens en kinders.

Die nag met die trek het Petrus 'n ruk langs Danie gery en hier teen die laatnag 'n vreemde opmerking gemaak: "Dit lyk meer soos 'n volksverhuising as na 'n leër . . ."

Waar sou iemand soos Petrus Minter aan só 'n woord kom? het Danie gedink.

Maar die woord het hom laat wonder oor waar die jong man dalk skoolgegaan het. Hy het Petrus begin uitvra oor dinge waarna hy lankal moes verneem het – soos waar die Minters 'n bestaan gemaak het vóór hulle sonder 'n nael om hulle mee te krap by hom opgedaag het. Want Jakop se enkel-woorde het met hulle aankoms op die plaas nie veel verduidelik nie – so asof Jakop nie wóú vertel presies waar hulle vandaan kom nie. Danie het dit toentertyd toe maar daar gelaat en nooit eintlik weer daaraan gedink nie, want Jakop het gewerk soos 'n bees en was sy sout in alle opsigte werd.

Uit die donker het Petrus se sagte stem hom vertel dat Jakop Minter vir skuld vlug, want hy't borg geteken vir sy broer en dié het alles uitgesuip wat hy ooit aangepak het. Hulle het hulle plaas en alles wat daarop was aan die bank verloor, maar sy pa het voor die laaste vendusie die muilwaentjie, trekdiere en 'n paar van die nodigste goed gevat en noord gevlug – en die goed wat hy gevat het, was toe al in die bankrotboedel opgeskryf. Dit was nie meer syne nie. En Petrus het byvertel hoe sy pa ná daardie haastige tog en die blyplek-vraery met die hoed in die hand, én die gesoebat om hulp, én die gedurige afverkoop van hulle besittings om kos in die hande te kry, nooit weer dieselfde was nie. Dit was of die omgee in hom doodgegaan het, want hy was 'n netjiese en trotse man in die dae toe hy nog geboer het en mense in die oë kon kyk, maar toe sy trots breek, het alles in hom gebreek. En terwyl hy dit vertel, het Petrus Minter vir 'n vlietende oomblik Daantjie se verpletterde trots verstaan, maar omdat Daantjie hom soveel keer in sy grootword verneder het, het hy die simpatieke gedagte uit die pad gedruk en met effense bitterheid bygesê: "Toe't ek nooit weer die binnekant van 'n skool gesien nie. Ek was nie dom nie, oom Danie. Ek was een van die slimstes in die skool."

Hy't 'n rukkie stilgebly asof hy hom bedink oor jakkals dalk sy eie stert prys.

"Ek wil bietjie gaan kyk of ek anderkant met die aanjaag kan help," het hy verskoning gesoek en sy perd vorentoe gedruk.

Hulle moes die osse met die swiep van die voorslag en nie met sweepslae nie, aanja; hulle mog nie op die diere skreeu nie. Die swart kolom het met 'n vreemde geruis oor die nagvlakte getrek: die gegrint van die ysterbande en die kraak van die disselbome, die langwaens en buikplanke het met die skuifeltrap van dierepote saamgesmelt in 'n enkele ononderbroke geluid – soos 'n gesuis amper, soos 'n wind. Selfs die snork of kug van 'n os wat êrens te styf gestrop was, of 'n wawiel wat oor 'n klip hik, het uit hulle plekke geklink. Onder hom kon Danie sy saal hoor kraak. Ons trek nie, ons sluip, het hy gedink. Dit was 'n vreemde tog, 'n weerlose tog, want hulle was een lang flank aan weerskante en as die Engelse sou agterkom hoe hulle beweeg, sou hulle vroeg-vroeg uitmekaargeskiet word. Daar was te veel bagasie saam. Petrus Minter het gelyk gehad. Met soveel bagasie kan jy nie wegsluip nie – en veral nie weghardloop nie. Só was wegkom onmoontlik.

Maar van oorlog het Danie al klaar begin leer: dat dit alles omkrap, en wat in vredestyd waarde het, was hier van minder belang. Dink maar aan Daantjie en Soldaat en Petrus Minter. Die oorlog maak nóg 'n oog in jou oop en ná jy met hóm gekyk het, gaan jy alles en almal vir altyd anders sien. Hy het aan die huis gedink waar alles seker nog dieselfde is, en gewonder hoe dit sal wees as hulle terugkom, en Petrus Minter is weer net 'n bywoner en Daantjie die erfgenaam van die plaas. Kan hy Daantjie die oorlog verkwalik, of Petrus die eer ontsê wat hy al klaar verwerf het? En dit is nog net die begin hierdie, God weet waar dié soort ding gaan eindig. So, Jakop Minter was op sy dag 'n plaasbesitter . . . Het hy Jakop dan heeltyd net voor die kop gekyk en nie in die krop nie? Het vrede dan tóé oë? Maak die van-dag-tot-dag jou blind vir wat om jou aangaan?

Hulle het aangestoot so vinnig as wat hulle kon, maar die Engelse het hulle ingehaal en soos 'n swaar weer om hulle toegetrek. Hulle wou deur Vendusiedrif, naby Paardeberg, maar die Modderrivier was besig om af te kom. Die rivier het sy walle begin volmaak en sy naam gestand gedoen – sy water was donker en versadig van slik, die golwe op die stroom lui van al die modder wat hulle saamdra. Teen die kante, waar die fluitjiesriet diep gebuig het onder die swaar vloei van die modderwater, het visse kop uitgesteek om nie te versmoor nie. Die volgende oggend was die water effens laer en hulle was besig om reg te maak om die water in die drif maar te trotseer toe die eerste bomme tussen hulle val. Die los diere het verbouereerd geraak en begin maal en weghardloop. Alles was skielik 'n deurmekaarspul. Meer as 'n uur het die hel se eie chaos deur hulle getrek. Almal het diere probeer keer en gekoes. Hulle het die diere wat nie weggekom het nie, tot bedaring gekry, laer getrek en begin om verdedigingsgate en -slote langs die rivier af te grawe, en die hele tyd het die bombardement nie gestop nie, net erger geword. Later het die Engelse wel een of twee keer soos gekke oor die vlakte aangeval, maar die burgers het hulle maklik teruggeskiet.

114

Maar die laer het in die oopte gesit, in 'n val, en hulle moes soos die dae vorder, toekyk hoe die Engelse ook die ander kant van die rivier begin toemaak. Die gelykte waarop hulle gestaan het, was oop vir die kanonne wat net meer geword en hulle elke dag hewiger bestook het. Hulle laer, hulle trekdiere, hulle ammunisiewaens, hulle rydiere, hulleself, is stelselmatig stukkend geskiet en hulle kon niks daaraan doen nie. En die brug wat hulle in hulle desperaatheid probeer bou het, het self in die lug opgegaan.

Soldaat het Daantjie al die eerste dag onder by die rivier gekry met 'daardie ding' oor hom. Hy het Daantjie in die nag gaan haal en hom in die skietgat wat hy vir hulle twee gegrawe het, neergesit.

Dit was die sewende nag dat Petrus by Danie en Jakop Minter aangekom het waar hulle in hulle skietsloot probeer slaap.

"Ek gaan probeer uitkom, oom Danie," het hy gesê.

"G'n mens kan hier uitkom nie, ou seun. Ons sit."

"Ons kan nie hier bly nie. Ek was nou laer toe, daar's omtrent niks oor nie en dit stink daar erger as hier. Hulle sit met 'n klomp gewondes en lyke en dooie diere en hulle kos en medisyne en ammunisie is omtrent alles weggeblaas. Al wat hulle doen, is stry oor oorgee. Ek het maar net vir Oom-hulle kom sê ek gaan my nie nou al laat vang nie. Dis beter dat hulle my vang terwyl ek iets probeer doen, as om my soos 'n skaap in 'n kraal te laat vaskeer. Ek gaan vannag. Ek was by ons perde, almal is nog heel in die sloot. Ek gaan ry, want hier gaan ons óf dapper vrek, óf gevang word."

Danie het hom in stilte aangehoor.

"Hoe dink jy gaan jy uitkom?"

"Verkeerde kant toe, stroomaf. Die water kom weer op. Hulle sal nie verwag iemand gaan deur die leeu se bek probeer wegloop nie. Die water loop nou sterk genoeg dat 'n perd vinnig kan afdryf as hy moet."

Hulle het alles gelos en agter Petrus Minter aan gegaan.

"Daantjie moet maar agterbly – laat hulle hom hier vang en klaarkry. Ek is moeg om hom te moet wegsteek elke keer as daar 'n skoot klap," het Danie gesê ná die besluit geneem is. Hy het voor Daantjie gepraat of dié nie daar was nie, en ook Petrus het hom nie gesteur aan wat Daantjie hoor nie: "Ons gee hom die keuse, Oom, maar as ons onder vuur kom en 'daardie ding' vang hom, los ons hom vir die Engelse. En as dit in die rivier gebeur, sal hy maar moet versuip."

Daantjie het saamgekom. Hulle het in die sloot gaan opsaal en die nodigste op die muil gepak. Toe het hulle die diere laat deurswem en teen die oorkantste wal af beweeg na die Engelse se kant toe.

Dit was 'n vreemde, stil tog die halfmyl langs die rivier af. Die diere het gesukkel in die modder, die riete was lastig. Op plekke was die wal van die oewer steil en tot teen die water, en dan moes hulle vir entjies stroom-in. Die stukkies swem was vinniger en vir die rydiere makliker as die geploeter deur die modder en riete. Waar dooie perde en osse al 'n week lank vasgespoel en opgeblaas lê en stink het soos die rivier hulle met die sak en styg half-hoog en half-droog gelos het, was die stank van dood en verrotting oorweldigend, en jy kon die babers slymerig om hulle aas voel swerm. Tussen al die afgespoelde karkasse het Petrus wat voor geloop het, twee keer gesê: "Pas op, hier's 'n lyk!" Ook om die lyke was die babers besig. Die een het opgeblaas in 'n sloep gedobber en Petrus het hom stroom-in gestoot sodat hy kon afdryf om êrens dalk begrawe te word, maar die ander een was half teen die wal op en daar was nie tyd om met hom te sukkel nie. Hulle het by mekaar gebly en saggies gepraat. By die sloep van 'n dwarssloot waar daar byna 'n dam dooie diere bymekaargespoel het, het Petrus teen die wal opgedraai.

"G'n brandwag gaan te lank in so 'n reuk sit nie," het hy vir Danie gefluister ná hy bo gaan kyk en hulle kom haal het.

Hulle het die hele nanag hulle perde gelei, want die diere was gedaan van die modder – eers, volgens die sterre, suid, en toe weer oos. Die son het hulle in die tweede ry rante suid van die rivier af gekry en hulle kon die dag daar skuil en uitrus – en van baie ver af kyk hoe die ontploffings die gevange laer stelselmatig

116

vernietig, en hoe die Engelse al digter swerm en op hulle tyd die strop al nouer trek. Die hele dag het veraf gedreun van die kanonvuur, soos 'n swaar weer wat 'n hele ent van jou af aanhou om verby te trek.

Vier dae daarna het hulle weer by die Boeremag aangesluit en daar gehoor hoe die laer met sy duisende weerbare man oorgegee het.

⚜

In Maart van daardie jaar het "daardie ding" die laaste keer met Daantjie van Wyk gebeur.

Die oorlog was op pad Bloemfontein toe en dit was ná die slag van Poplar Grove al verby was en terwyl die gevegte rondom Abrahamskraal en Driefontein aan die gang was – net voor Bloemfontein sou val.

Hulle was teen 'n skotige koppietjie aan die een flank van die ylgeworde Boereleër wat die oormag van tienduisende probeer teëhou. Regs van hulle het die slag van Driefontein in al sy felheid gewoed. Die Kakies het eers die middag twee-uur die koppie waar hulle lê, bestorm. Dit was 'n oormag, en die vlakte voor hulle het gewemel. Waar Danie-hulle teen die rantjie agter hul haastig gepakte skansies lê en skiet, was die vuur hewig, maar die Engelse het min skuiling gehad op die vlakte en hulle verliese was groot. Die Boere het geweet dat hulle nie te lank sou kon uithou nie, want tussen die klippe het die burgers die een na die ander begin val. Gelukkig het hulle net die aandag van twee kanonne gehad wat in elk geval meer te make wou hê met die pom-pom skuins agter hulle stellings as met die koppie self. Die res van die grofgeskut het hulle aandag uitgedreun na Abrahamskraal se kant toe, Driefontein se rigting. Teen die middag was die son in hulle oë en het die Engelse vinnig begin veld wen.

Danie het die skoot hier teen vyfuur die middag gekry en dit was sy eie skuld, het hy altyd geglo, want hy wou hom regdraai in die alte klein skuiling agter die rots waar hy gelê het. Die skoot was deur die heup en die koeël is aan die bokant van sy regterboud uit.

Hy kon nog skiet, maar die wond het gebloei en veel beweeg sou hy nie kon nie.

Die burgers het reeds begin terugval oor die kruin van die koppietjie. Dit was Petrus Minter wat teen die koppie af gekoes en langs Danie kom lê het.

"Ons val terug. Kom, Oom."

"Julle moet maar gaan, ek sal nie kan nie. My een kant is lam."

"Ek sal Oom oorhelp perde toe."

"Hulle sal ons te maklik teen die skuinste raakskiet. Gaan jy maar, jy kan hardloop."

"Hier's nou baie leë skansies. Kom, Oom. Ek help Oom een-een op."

En so is hulle teen die rantjie op, van skansie tot skansie, onder die koeëls, terwyl Danie aan die een kant swaar op Petrus leun. By een van die skansies was Soldaat nog desperaat besig om Daantjie te probeer wakker kry vir die vlug.

"Los hom, Soldaat, bring sy geweer en patrone. Laat hulle hom vang en klaarkry."

Danie het moeilik gepraat, want die pyn het in die wond begin kom en die bloedverlies het hom verswak.

Soldaat het gehoorsaam en hulle het Daantjie daar gelaat.

Agter die koppie by die perde moes Petrus Danie skuins oor die perd laat lê, want sit was onmoontlik.

Hulle was haastig om weg te kom, maar Danie wou opsluit eers iets helder en duidelik en dadelik sê. Dit was dan uit daardie ongemaklike posisie, waar hy op sy maag dwars oor die perd lê en meer gesteun het as wat hy kon praat, dat Danie Soldaat en Petrus by hom laat staan het: "Jy's getuie, Soldaat. Ek weet nie hoe die wond lyk nie, en hy bloei. As ek dit nie haal nie, sê ek nóú vir julle: as Nellie vir Petrus wil hê, het ek geen beswaar nie. Sê dit vir hulle as ek dalk nie meer daar is nie, Soldaat. Gehoor?"

"Ek hoor."

"Dis seer, Petrus, hou tog net die perd van 'n skuddraffie af en kyk dat ek bo bly. Bring Daantjie se perd."

Agter hulle het die laaste burgers oor die kruin van die koppietjie gekom, die pom-pom was besig om die aftog te blaas, en hulle het met die stroom saamgegaan.

Die verbysterde Petrus Minter (Nellie! Nellie!) het van die aftog min geweet, maar goed genoeg kop gehou om die perd so goed moontlik van 'n skuddraf af te hou. Eers toe hy sien dat Danie bewusteloos is, het hy aangestoot – sodat die mense wat beter weet, kan kyk of hulle die bloeding kan keer.

Die Kakies het die rantjie sonder weerstand kon oorneem. Hulle het stadig geklim, want hulle het ver oor die vlakte gekom in die hitte, en hulle was versigtig, want hulle het al stories gehoor van die Boere wat sommer op die skielikste plekke kan linie maak.

Hulle was te moeg en te versigtig om hulle aan die opgekrulde lyk agter die klippe van een skans te steur en hulle het óór Daantjie gegaan sonder dat die een van die ander geweet het.

⚶

Dit was een van die laaste kere dat so iets gebeur het, want die oorlog het teen daardie tyd reeds begin om, soos 'n egskeiding, die pretensie van 'n beskaafde stryd af te skud en oor te slaan na die ongevoeligheid van redelose vyandigheid. Waar hulle tot by Magersfontein die gesneuweldes behoorlik kon begrawe en soms die Engelse gehelp het om ná 'n veldslag ook húlle dooies onder die grond te kry, het dié onderhandelde ooreenkomste by Paardeberg opgehou. Daar was nie meer daardie besondere verstandhouding oor 'n wit vlag waaronder elke kant sy eie dooies kon bymekaarmaak en bêre nie.

Maar aan daardie ver linkerflank van die slag van Driefontein het dit tog nog een keer gebeur. By die ander gevegsterreine van dié slag wat oor soveel myle gestrek het, is slegs die Engelse met groot seremonie begrawe. Die Boerelyke is net bymekaargedra en in vlak grafte met klippe toegepak om eers agtien jaar later ordentlik begrawe te word.

Wie met die Kakies oor die saak onderhandel het, het Petrus-

119

hulle nie geweet nie, maar hy is die oggend vroeg in sy kombers wakker gemaak en gevra of hy een van die vrywilligers sal wees om die Boerelyke te gaan begrawe.

Daar is met die Engelse ooreengekom dat tien man mag gaan en dat daardie tien man alles moet doen en gou maak. As daar meer mense vir die begrafnis opdaag, sal die bevelvoerder dit as 'n daad van aggressie beskou en optree. Die tien man moes onder 'n groot wit vlag daar aankom met net een wa en sodra alles afgehandel is, sal die wapenstilstand verby wees en vyandelikhede weer 'n aanvang neem.

Petrus en Soldaat het van die grawe en pikke gevat en met die muilwa saamgery na die koppie van die vorige dag.

Die gewondes was al weg en daar was veertien Boere-lyke teen die koppie. Hulle is een-een afgedra na die gelykte waar die muilwa met sy wit vlag staan. Agter die koppie het die vrywilligers sagte grond gekry en 'n paar man en die predikant het solank daar aan die gesamentlike graf begin grawe. Op die vlakte self was die Engelse ook besig om dooies bymekaar te maak. Daar was baie, kon die paar Boere sien, maar die twee groepe het nie met mekaar gepraat nie, ook nie waar 'n paar lyke aan die voet van die koppie deurmekaar gelê het nie.

Daantjie was wakker toe Petrus en Soldaat hom kry.

"Dis verby, Daantjie!"

Daantjie het orent gekom.

"Kan ons gaan?"

"Nee, jy kan nie gaan nie," het Petrus dadelik gesê. "Ons het met die Engelse ooreengekom op net tien man. Hou jou slap dat ons jou kan afdra. Dan kan jy met die lyke saamry tot agter die koppie by die graf. Daar sal hulle nie meer kan tel nie."

Hulle het Daantjie afgedra en hom ten aanskoue van die naaste Kakies soos 'n lyk tussen die ander gegooi.

Nadat al die lyke en die agtergeblewe stukke van die bomslagoffers gelaai is, het Petrus vir die ander paar burgers wat met die bymekaarmaak help, gesê hulle kan maar reguit oor die koppie terugstap, hy en Soldaat sal die wa om die kop graf toe vat. Niemand wou met só 'n vrag saamry as hy dit kon verhelp nie.

Die burgers was maar te bly om van die aaklikheid af weg te kom, want daar was die stukke van bomslagoffers tussen die lyke.

Gedurende die rit om die kop, het Daantjie vir die eerste keer gewens "daardie ding" moet oor hom kom, want al die reeds verstyfde lyke waartussen hy lê, was stukkend en het die reuk van die dood aan hulle gehad. Hy't saam met hulle om die kop geskommel en hy moes wurg aan die braaksel wat in sy keel opwel wanneer hy hulle dooie oë en verstyfde ledemate en die eerste sug uit hulle wonde sien. Die vlieë en die brommers het rasend rondgezoem tussen die oordaad wat hulle aangebied word en hulle het swart om elke gat in 'n lyf saamgekoek.

Petrus en Soldaat was nou alleen op die muilwa, en voor hulle van die graf af sigbaar was en met die uitloopsel van die koppie tussen hulle en die Kakies, het hulle Daantjie laat afklim.

Hulle het die dooies begrawe, die dominee het hartroerend gebid en hulle het die graf toegegooi en klippe op die hoop gepak. Al die lyke was toe al geëien, almal se sakke is leeggemaak vir die naasbestaandes, en die dominee het hulle name op 'n lys geskryf so goed hy kon, die papier in 'n rolletjie gedraai en dit in 'n wyebekbottel gesteek. Hy het die bottel toegeskroef en op die hoop staangemaak. Sodat dié wat later verbykom, darem sal weet wie daar lê.

Net 'n paar het die drie myl na die kamp toe saam met die muilwa teruggery, want die buikplanke sou eers geskrop moes word om die doodsreuk en die smeersels van hulle af te kry. Met hulle aas begrawe, het die vlieë en brommers soos 'n wolkie met die muilwa saamgetrek. Want almal wat op hom vervoer is, was nie net dood van netjiese leemetford-koeëls nie, maar ook van bomme en hulle skerwe – en van die uitmekaarruk wat in ontploffings se geweld sit. Daar was ook flarde mens tussen hulle.

Met die terugstap het Daantjie met Petrus begin praat.

"Ek kan nie meer nie," het hy gesê.

"Dáár's die Engelse, loop en gaan gee jou oor, dan's alles verby."

"My pa sal weet . . . en Magrieta sal hoor. Daar's ander wat

121

gevang is, en gewondes, hulle sal sien as ek sommer daar aan-
gestap kom. Hulle sal praat."

"Gaan huis toe, wat maak jy in elk geval hier?"

"Ek sal sterf voor ek oorgee . . . want Magrieta gaan daarvan
hoor."

Petrus kon nie glo hoe kruiperig Daantjie met hom begin
praat nie.

"Jy moet my help, Petrus. Help my, dan sal ek sorg dat jy
Nellie kry . . ."

"Van wanneer af is Nellie joune om te probeer verkwansel?"

Hulle het voortgestap. Regs van hulle was daar 'n klipuitlo-
per met 'n lappie taaibos en een of twee doringbome.

"As ek wegloop uit die oorlog uit, sal jy vir my pa sê ek het
dapper gesneuwel . . . ?"

"Jou pa lê swaar gewond in die hospitaaltent. Ek gaan nie vir
hom lieg nie."

Vir 'n oomblik het verligting en verlies in Daantjie gedwarrel.

"Is hy ernstig?"

"Ek weet nie."

Hulle het teruggekeer na hulle eie gedagtes toe.

"Sal jy net asseblief sê jy't my nie gekry nie? Asseblief."

Petrus het gaan stilstaan.

"Ek wil nie vir jou pa lieg nie."

Maar die verwese Daantjie wat langs hom geloop het, was nie
meer Blink-Daantjie van Wyk nie, maar 'n man met kruip in sy
houding, met drie dae oue stoppels aan sy ken, en met 'n tand
wat deur sy eie pa uitgeslaan is. Petrus het iets van sy eie pa –
van Jakop Minter se boedeloorgawe en van dié se tuimeling die
onderdanigheid in – in dié nuwe Daantjie raakgesien. Die man
moet hel hê binnekant – Petrus se eie pa se hel toe sy trots ver-
nietig is.

"God weet, Petrus, ek kan nie aangaan nie. Dis beter dat my
pa maar dink ek is dood." Daantjie het gepleit. By 'n Minter ge-
pleit.

Petrus het uiteindelik voor die gesmeek, en uit 'n snaakse
soort jammerte, en sonder om behoorlik na te dink, ingegee: hy

122

sal maar vir oom Danie sê hulle het Daantjie nie gekry nie, hy's seker maar gevang. En Petrus het vir die smekende man sy woord gegee dat hy nie sal praat nie. En dat Magrieta nooit sou weet van "daardie ding" nie.

Dit was eers toe Daantjie en Soldaat al tussen die taaibosse verdwyn het dat Petrus besef het dat hy by 'n leuen ingesleep is – 'n leuen wat sal moet volgelieg word as die oorlog verby is en die erfgenaam van die plaas daag uit die dood of uit gevangeskap op.

Maar vir Danie in die hospitaaltent het hy gesê dat hy nie vir Daantjie tussen die dooies gesien het nie. Seker maar gevang.

Laat die middag het Soldaat by Danie in die hospitaaltent opgedaag met Daantjie se mes en 'n brief vir Magrieta. Daar was droë bloed aan al twee. Oortuigende bloed, al het dit van 'n snytjie in Soldaat se perd se nek gekom.

Hy het 'n ander storie gehad: Daantjie wás tussen die dooies, het hy vertel. Baie van die lyke was baie stukkend geskiet, seker dié dat Petrus nie Daantjie se klere aan die een lyk wat onherkenbaar geskiet was, herken het nie. Maar hy wat Soldaat is, het die goed wat in Daantjie se sakke was vir Danie gebring: hier's sy knipmes, en hier is 'n brief.

Die mes met die droë bloed aan het Danie herken, en die brief was vir Magrieta. Die een hoek van die koevert was donker van wat net bloed kon wees.

Sy seun was dood.

En Soldaat het vertel dat Daantjie wakker geword het nadat hulle hom daar gelos het en dat een van die laaste burgers wat daar was, hom vertel het dat Daantjie toe met 'n ander man se geweer aanhou skiet het totdat hulle op hom was. Dit was Daantjie wat almal so teëgehou het dat hulle ander so maklik kon wegkom. Hy sal môre die burger wat alles gesien het, bring. Dan kan Danie self hoor hoe dapper Daantjie gesterf het. Dit was hy, Soldaat, wat Daantjie se naam gegee het vir die man wat die name in die bottel gesit het, sodat hy dit kon opskryf. Danie kon gaan kyk.

Danie het nooit uitgevind wie die burger was wat Daantjie sy laaste skote sien skiet het nie, want die volgende oggend was Soldaat weg met sy eie en Daantjie se perde, en met Daantjie se geweer en patrone. En die dominee wat sou kon weet, was toe al besig om dooies myle van hulle af te begrawe.

Maar Daantjie se naam wás op die lys van gesneuweldes, want daardie nag het Daantjie die bottel op die graf gaan oopskroef en *Daniël Egbert van Wyk* onder aan die lys bygeskryf.

En toe Danie vir Petrus vra of hy iets van Daantjie se dood gehoor het, het Petrus gesê hy't niks gehoor nie, maar die mes was Daantjie s'n, en die brief Magrieta s'n, en daar wás lyke wat net aan hulle klere en besittings uitgeken kon word.

Soldaat is seker maar huis toe met Daantjie se perd en geweer, want met die man saam met wie hy grootgeword het nou dood, sal daar vir hom niks meer in die oorlog oorbly nie. So het Danie gedink en so het hy ook vir Petrus gesê toe dié hom oor Soldaat se skielike verdwyning kom inlig. As Soldaat tog maar net die tyding van Daantjie se dood op 'n mooi manier aan die vroue by die huis oordra.

Petrus het by die tent uitgeloop en gewonder hoekom Daantjie nie liewer gemaak het of hy gevang is nie. Om hom uit so 'n deeglik bewese dood uit terug te lieg, sal soveel moeiliker wees. Want die oorlog kon tog nie vir ewig aanhou nie, en waar kom die bloed aan die mes en die brief skielik vandaan? Uit sy duim?

⚔

Met die val van Bloemfontein het die opperbevel laat weet die burgers kan maar 'n rukkie huis toe gaan om hulle sake in orde te bring. Dan, op 'n gesette tyd, kon dié wat regtig wou veg, terugkeer na hulle kommando's toe. Die burgers het geweet hoekom die onderbreking, die vakansie, toegelaat is. Want hulle het die stroom van hulle medeburgers gesien wat sonder 'n woord, en soms met te véél woorde, hulle makkers verlaat om huis toe te gaan. Daar was baie redes vir die gedros. Daar's maar altyd dinge wat aan almal knaag wat weg is van die huis af. Dié goed het saam met hulle oorlog toe gekom: bekommernisse en ver-

124

langens soos liefde, of siekte, of boerdery, of ander vrese oor iets by die huis. Maar daar was ook ander redes: moedeloosheid, die irritasie om voorgesê te word in alles wat jy doen, en doodgewone luiheid. En baie het begin opsien teen die ontberings van oorlogmaak noudat hulle agtergekom het wat die kommandolewe regtig is. Vrees ook. Maar dié sit tog maar in almal. Hierdie stroom afvalliges het al by Belmont en Graspan begin en deur Magersfontein, Paardeberg, Poplar Grove en Driefontein geloop. Maar die grootste rede van almal was dat die besef van die oormag waarteen hulle te staan kom, by soveel van hulle gedaag het. Veral by dié wat van die begin af die nodigheid van die oorlog betwyfel en min erg gehad het aan die groot woorde oor land en volk en vryheid. Of by dié wat niks of min gehad het om te verloor.

Danie het gevoel dat die lewe uit die Boeremagte se weerstand wegbloei, soos die wond in sy heup die krag uit hom laat wegsyfer. Maar êrens in sy volk moet daar tog 'n streep weerstand teen die onreg sit. 'n Harde, sterk streep. Hy het nie sy seun verniet vir die vryheid opgeoffer nie.

Petrus het 'n perdekar en twee kargeleerde perde te lene gekry by 'n burger wat vyftien myl van hulle af bly en wat verkies het om sommer met Danie se perd deur te steek huis toe sonder die beslommernis om veilige karpaaie te moet soek. By die huis kon hulle maar terugruil.

Danie wou die graf van die gesneuweldes besoek voor hulle huis toe ry. Die Engelse was al weg Bloemfontein toe en het seker net stasie gemaak by Abrahamskraal – myle van waar die veertien man geval het.

Dit was nog nag toe Petrus hom wakker maak en help aantrek. Petrus en Jakop het hom op die kar getel en hulle het na die graf toe gery. Daar was nie 'n pad deur die donker nie en dit was die begin van 'n baie pynlike rit.

By die hoop klippe op die graf het hulle Danie afgehelp en ondersteun. Petrus het die bottel afgehaal en vir hom aangegee. Daantjie se naam moes, volgens Soldaat se storie, daar wees, maar Petrus het tog gewonder. Die naam was daar toe Danie die

125

lys ooprol en 'n vuurhoutjie trek om die vaal potloodskrif te kan lees. *Daniël Egbert van Wyk* was die laaste naam op die lys.

Danie het Jakop gevra om vir hom sy rug te gee sodat hy iets kan byskryf. Petrus moes vuurhoutjies trek sodat hy kon sien. Hy het geskryf:

Een offer voor vrijheid – rus in vrede.

Hy't hulle gevra om hom te help om te kniel, hy wil 'n gebed doen. Met sy hoed langs hom, en sy hande om die bottel name geklem, en vir daardie oomblik onbewus van die pyn in sy heup, het Danie gebid.

Petrus Minter sou alles só presies onthou: sy wysvinger wat nog brand van die vuurhoutjies wat hy vir Danie se skryf te lank probeer vashou; die woorde wat uit Danie breek in die halfnag waarin hulle staan. Ook hoe bewoë oom Danie was toe hy sy spyt oor die manier waarop hy sy seun behandel het voor die Here lê en die kortsigtigheid van sy vaderskap bely. En hoe hy die Here dank dat sy seun 'n held gesterf het – sy volk en sy naam waardig. Daar was 'n pleiting by wat Petrus toe maar net begin verstaan het: Danie het eers bely dat hulle geslagte lank dalk te ydel was oor die naam Daniël Egbert van Wyk. As dit dalk daarom is – het hy gebid – dat die Here die ry Daniël Egberts so stomp afgesny het toe Hy die draer van die naam weggevat het, vra hy die Here namens homself en sy vaders voor hom, om vergiffenis. Daantjie was die vyfde geslag waar die oudste seun na sy vader en grootvader heet, en hulle het in hulle menslike kortsigtigheid gedink dat só 'n naam wat langs die bloed af loop, vir ewig kan aangaan.

Dit was uit daardie stuk van die gebed dat Petrus Minter geleer het dat hy nooit 'n Van Wyk sou word nie.

Maar erger, baie erger, was die besef van hoe diep die leuen sny – 'n gruwel waarvan hy homself laat deel word het. Die smart in oom Danie se stem het geskree teen wat die walglike waarheid was. Hy't sy hartseer uitgestort oor 'n held se dood sonder om te weet hy treur oor niks meer as 'n bliksemse weghol-seun nie. Hy't nie geweet nie. Wat máák die Here voor soveel diepe egtheid oor wat Hy moet weet 'n leuen is? In Danie se rou woorde oor die verlies van sy seun, het Petrus gehoor hoe gek dit van hom was om toe te gee aan Daantjie se pleitinge. Vir 'n oomblik het hy dit oorweeg om maar met die hele sak patats vorendag te kom, maar daar was Nellie wat hy sou kon verloor as oom Danie die waarheid en van sy aandeel aan die leuen moes hoor. En dan was daar die mense by die huis, en Magrieta. Magrieta! Ons gaan nog in hierdie leuen versuip, het hy gedink. Hy't nie verder gedink as wat sy neus lank was toe hy toegegee het om sy bek te hou nie. Daantjie, in sy nood, seker ook nie, behalwe as Daantjie met die leedvermaak van 'n jong mens se selfmoord besig was – waar dié net dink aan almal wat om hulle graf gaan staan en spyt wees en niks verder nie.

Hulle het Danie so gemaklik as moontlik op die agterbank van die kapkar laat lê en ná vier dae – vier dae wat elkeen op sy eie manier omgevrees het oor die tuiskoms – voor die huis stilgehou.

Die vroue het die kapkar om die koppie sien kom en hulle ingewag. Eers toe hulle Petrus en Jakop op die vreemde kapkar met die halterperde en die pakmuil agteraan herken, het hulle besef dat daar iets verkeerd is en na die kar toe gestorm. Dorothea was eerste by en het Danie agter teen die kap sien lê.

"Wat het my man oorgekom, Jakop? Waar's Daantjie?"

Danie het orent gebeur: "My wond is niks, Vrou, waar is Magrieta?"

"Daantjie?" Want Dorothea het toe geweet.

"Ja, ons seun, my vrou. Ons seun . . ." het Danie gesê. "By Driefontein."

En so het hulle gehoor.

Magrieta, die mooie, het bleek geword. Sy't niks gesê nie, net weggedraai en met die plaaspad langs hek toe begin loop, drafstap, hardloop. By die hek het sy haar hande om die boonste dwarsspar geklem en die hek geskud en aanhou skud totdat sy nie meer kon nie. Sy wou nie weet hoe dit gebeur het nie, sy wou nie hoor nie. Sy het die hek heen en weer geskud sonder om te weet hoekom sy dit doen. Dit was asof sy 'n waarheid wou stilskud – 'n waarheid wat sy nie sou kon verduur om te hoor nie. Sy wou nie hoor Daantjie is dood nie. Sy wou nie.

Hulle het haar laat begaan, want Gertruida moes Dorothea die huis in ondersteun. Petrus en Jakop het Danie die stoep op, die huis in, en na 'n slaapkamer toe gehelp. Nellie het vooruit gegaan om 'n bed te gaan regmaak soos Petrus gevra het.

Sannie Minter en haar dogtertjies het aangehaas gekom om te hoor wat aangaan. Toe Fienatjie Magrieta die pad af sien struikel, het sy na haar toe begin hardloop: "Dit is nie so nie, tante Magrieta! Ek het gedroom dit is nie so nie!" het sy vir die verdwaasde vrou geskree terwyl sy nader hardloop.

Sannie het die kind ingehaal en haar aan die arm gegryp.

"Fiena, los die mense!"

"Maar oom Daantjie is nie dood nie, Ma! Ek het gedroom hy's nie dood nie! Is!"

Maar Sannie het genoeg gehad en Fienatjie omgekeer en pak gegee.

"Ek sal jou leer om gedurig jou neus in ander mense se dinge te steek met jou ewige gedroom!" Fienatjie het opgehou protesteer en begin snik, want haar ma se plat hand het haar nie gespaar nie.

Sannie het hard asem gehaal van die inspanning toe sy Fienatjie los: "Jy los daardie vrou uit, gehoor! Gaan jy nou huis toe of ek klop jou weer."

Fienatjie het huis toe gegaan, en Sannie het aangestryk na die plaashuis toe. Sy't Fienatjie nie geglo nie, maar sy't nie probeer uitlê hoekom sy lank voor sy die huis bereik het al geweet het Daantjie is dood nie.

In die slaapkamer het die twee mans Danie laat lê en Petrus het hom uitgetrek, want Dorothea was so oorstelp oor Daantjie dat sy nie kon help nie.

Nellie was daar en Petrus het haar gestuur om warm water te bring sodat hy Danie kon was en die wond kon skoonmaak – en 'n laken wat hulle kon opskeur vir nuwe verbande. Dit was hulle twee wat Danie verpleeg het – Nellie en Petrus, en albei was skaam dat hulle saamwees te midde van die smarte rondom hulle soveel redelose vreugde in hulle kon wakker maak. Net Nellie het gesien dat Petrus anders was. Nie net in sy ander klere nie, maar in die manier waarop hy raakgevat het, en hoe hy met 'n selfversekerdheid wat sy nie geken het nie, haar pa hanteer.

Magrieta het tot byna donker by die plaashek gestaan.

Fienatjie het van die bywonershuisie af gekyk, want sy het Magrieta se seerkry die vorige nag gedroom – en meer, want sy't gedroom dat die mooi vrou nog meer sal seerkry: drie keer baie en dan nog baie baie kere ampertjies so seer. Maar dit was drome wat sy nie sou vertel nie, anders klop haar ma haar weer.

Ses

Die eerste nag van Magrieta se weduweeskap het sy nie geslaap nie. Ook nie uitgetrek of gaan lê nie. Die kers, in sy blou blaker langs haar bed, het laat in die nanag begin flikker, die laaste entjie pit het in sy staanplek losgesmelt en omgeval, 'n borreltjie vet geskiet, en die vlammetjie self het skielik klein geword en in die was verdrink. Toe't sy verder in die donker gesit tot die rooidag in die gordyne begin kom het. Maar van die kers en die oggend het sy min geweet.

Vroeër die aand, nadat Sannie Minter haar by die hek gaan haal en huis toe gebring het, het almal probeer om haar te help. Die een na die ander. Gertruida, met rooigehuilde oë, se simpatiebetuiging was in die formele woorde van die tyd; klein Sussie het nie geweet wat om te sê nie en net daar gestaan tot sy weggevat is; oupa Daniël het lank en tranerig kom bid oor 'n naamsgeslag wat afgesny is, en as 'n nagedagte vir haar, die agtergeblewene; Petrus Minter, onseker in die vreemde kamer, het enige hulp waartoe hy in staat sou wees, aangebied; Dorothea – toegekokon in die windsels van haar eie verlies – het net vir haarself in haar skoondogter se arms kom snik en oor en oor vertel van haar vreugde toe die klein Daniël Egbert destyds aangekom het. Nellie het tee en iets te ete kom neersit. Almal, ook pa Danie, het gekom. Petrus Minter het hom ondersteun en tot by haar gebring. Hy wou haar Daantjie se knipmes wys, maar sy het net haar kop geskud. Sy wou dit nie sien nie. Sy het die brief met die bruin bloed aan die hoek

130

van die koevert, gevat en op die bedkassie neergesit. On-oop-gemaak. Ongelees.

Pa Danie het gepraat van 'n held, van God se wil wat 'n on-verstaanbare verborgenheid is, van 'n offer. Maar Magrieta het net na hom gekyk, ook toe hy die krag en troos van die Almag-tige Vader afbid op die jong weduwee.

En Sarah het gekniel, haar hande gevat, en oor en oor gesê: "Nonnie. Nonnie."

In die nag toe almal weg was en die kers nog gebrand het, het sy soms na die kamer om haar gekyk: die bruin hangkas, die spieëlkas, die wastafel met sy geblomde erde-waskom en lam-petbeker, die trousseaukis met sy groot hekellap oor die deksel, die swart katelstyle waarop die koperknoppe blink, die lappies-deken wat sy voor haar troue self gemaak het, die springbokvel-letjies op die plankvloer, die twee stoele, die kopkussings met haar borduurwerk aan die kante van die slope, die kassies voor die dubbelbed, die twee blomprente teen die muur, die stil, swaar gordyne. Die kers wat wegbrand donker toe. Elkeen van almal het vreemd vir mekaar en apart en alleen gestaan. Elkeen was dood-stil, soos waar verwagting pas gesterf het.

Sy't teen die kamer se onthou geveg: van Daantjie wat sy klere vinnig uittrek en onderlangs na haar loer soos sy self kaal word. En hoe sy dan haar hare stadig losmaak en laat val en haar eie uit-trekkery uitrek tot hy haar van haastigheid gryp; sy grappies oor die bed wat skuins-oor minder kraak; sy lyf se ruk en die klem van sy vashou wanneer sy haar mond teen sy skouer moet vas-druk om nie te hoorbaar in die stil huis te kreun nie; die reuk van sy saad wat sy ná die tyd meer oor haar maag vryf as afvee en skelm aan ruik – soos aan 'n stout nagedagte en 'n heilige belofte. Want Daantjie het altyd betyds uitgetrek. Hy wou haar meisieslyf waaroor hy so gaande was, nog vir 'n jaar hê, het hy altyd gesê. Net vir 'n jaar nog so skraal, met stywe borste en boude en dye, en glad, sonder rekmerke of moedersvet – dan kan die kinders maar kom en almal wat so gedurig na haar toestand verneem, kan dan maar kom kyk hoe lyk die Van Wykies. Sy pa en oupa ook. Daar sal wel 'n Daniël Egbert tussen hulle wees.

Soos sy die onthou op een plek platdruk, het dit op 'n ander plek uitgepeul.

Daantjie en Soldaat het spoggerig met die swart spaaider agter vier lig getuigde swart perde by die sendingstasie aangekom. Hulle was jong mans op pad Kaap toe om die see te sien, en, soos Daantjie glo vir Soldaat gesê het, om langs die pad soveel nooiens moontlik warm te vry. Hulle het by die sendingstasie uitspan gevra. Magrieta was toe sewentien, en haar van was Bunge. Half-Duits, want haar oorlede pa was 'n sendeling van die Genootskap en haar ma van Boere-afkoms. Maar toe Daantjie daar aankom, was haar pa al drie jaar dood. Hy was oud toe hy met haar ma getrou het – net 'n maand ná sy eerste vrou se dood. Haar ma was 'n nooie Pelser, Naomi Pelser, en sy het lank voor die eerste vrou se dood al in die huis gebly om met die versorging van die bedlêende vrou te help, die huiswerk te doen, en om om te sien na die vier opgeskote kinders in die huis.

Magrieta is in die eerste jaar van die huwelik tussen die ou man en die jong vrou gebore en sy is na haar ouma aan moederskant vernoem: Margaretha Janetta Bunge. Haar pa het net vir haar by sy tweede vrou gehad toe hy al amper sewentig was. Toe sy haar verstand kry, was haar stiefbroers en -susters al lankal grootmense.

Daantjie en Soldaat het daar aangekom toe haar jongste stiefbroer, Horst, al twee jaar lank sy pa se werk voortgesit het. Hy was lank, blond, bleek en intens en hy het van waar hy in Duitsland in die godsgeleerdheid gaan volleerd raak het, begeesterd oor sy roeping teruggekom. Streng en ywerig en deeglik was hy, maar van sy terugkeer af het hy te veel na sy mooi stiefsuster gekyk. Te veel en te skerp en te gedurig. Of hy – soos wie nou weer in die Bybel? – verlief was op sy halfsuster sou sy nooit kon sê nie. Dit was net sy kyk wat oor haar vel gekriewel en in sy oë gebrand het wanneer hy dink sy sien nie hy kyk nie. Horst het haar te veel en te streng opgepas. Hy het haar van almal af weggehou en haar lang middae en aande aan die oorkant van die tafel tussen hulle laat swoeg om haar ma se swak Duits uit haar

132

mond te oefen tot in elke presies-korrekte verbuiging en ver-
voeging van die Kanzleisprache. Hy het haar Engels laat byleer
by 'n vitterige oujongnooi; hy het haar en haar ma se taal tussen
hulle afgekeur.

Sy het agteraf by haar ma gekla oor sy oorheersing en sy ky-
kery, maar dié het gesê sy hoef haar nie daaraan te steur nie,
want soos sy lyk, gaan mans maar altyd te veel kyk en haar
probeer afkeer in hulle trop in. Maar soms het haar ma tog dinge
gesê wat haar laat wonder het, ook oor haar ma se werksjare in
die huis, die jare vóór sy met die ou sendeling getroud is. Dinge
soos: "Hoe meer godsvrug in die aangesig, hoe vinniger kom die
kruisbande los." Dit het sy die middag gesê toe hulle moes hoor
Friedrich-die-Vrome, soos haar ma haar oudste stiefseun ge-
noem het, het oor die tou getrap. En haar ma het gesê: "'n Mooi
vrou dra die kruis van gedurige versoeking." So of sy geweet het,
want sy was self aansienlik, alhoewel nie so mooi soos haar
Duits-blonde dogter nie. En ander dinge: "Dié heilige vromes
kan enige sonde uit die Bybel goedpraat, al kom die gedagtes uit
die broek en nie uit die hoed nie." Haar ma het gesorg dat sy
haar liggaam bedek hou teen die oë en haar kappie dra teen die
son, en dat Magrieta nooit onnodig of te lank met haar stiefbroer
alleen is nie; Horst het vir die res van die oppas gesorg. Daantjie
het 'n reinbewaakte, 'n dubbelbewaakte, skoonheid ontmoet.

Haar ma het Daantjie die gasvryheid van haar huis aange-
bied, want sy't gesien hy is van ordentlike herkoms, welgekleed
en goedgemanierd. Horst kon nie keer nie, want hy was besig
om Magrieta in die eetkamer af te rig toe Daantjie aan die voor-
deur klop. Toe die leersessie verby was, was die perde al op stal,
Soldaat in die hande van Kaapse vreemdelinge, Daantjie genooi
vir aandete en besig om gesig te was in die stoepkamer.

Daantjie is aan Magrieta voorgestel by die aandete – met die
lig van die hanglamp oor die eettafel in haar goue hare. Daantjie
het gesien dat alles wat aan dié meisie se vel raak, dit streel. Die
geel lig van die lamp ook.

Horst het stroef gebid en net Duits gepraat. Sy afkeer in Daan-
tjie en sy teenwoordigheid was op sy voorkop geskryf. Daantjie

het vertel van die Vrystaat waar hy vandaan kom, sy familie uit-gelê, en vir Magrieta gekyk. Magrieta het aanmekaar gebloos. Horst het in sy kos gestik. Haar ma het uitkoms gesien.

Halfpad deur die ete het Daantjie, uit die bloute en sommer voor almal, gevra of Mevrou sal beswaar hê as hy haar dogter beter leer ken voor hy verder gaan. Sy het nie beswaar gehad nie. Horst het. Hy het in Duits vir haar ma gesê sy maak van haar dogter 'n hoer vir vreemdelinge en die tafel woedend verlaat.

Daantjie het 'n week gebly, sy liefde op die tweede dag ver-klaar, sy antwoord op die vyfde dag gekry, haar ma op die sesde gevra, en begin troureëlings tref. Horst het Magrieta en haar ma om die beurt met 'n woordevloed wat allesbehalwe vroom was, getakel en heftig geredeneer oor Daantjie se vreemdheid, die Vrystaat se verre agterlikheid, die haastigheid van die hele ding – en watter ander argumente sy siedende jaloesie ook al kon be-dink. Hy het gepleit en geskreeu, en alles wat hy moontlik kon, tot getuie geroep: sy oorlede vader, God en Sy gebod, Luther se leerstellinge, Duitse bloed. In die aande wat Daantjie en Ma-grieta opgesit het, het hy soos 'n gees wat nie tot rus kon kom nie, heen en weer deur die huis geloop en in die tuin gaan dwaal. In die nagte het hy met God geworstel in gebed.

Op die sesde aand, pas nadat sy haar toestemming tot die huwelik gegee het, het Naomi Bunge kwaad geword en Horst, waar hy in die tuin op sy knieë was, bygeloop en prontuit vir hom gaan sê hy moet ophou met sy stront, want al kruip hy sy knieë deur voor sy Here kan hy die Alwetende nie 'n rat voor die oë draai nie. Tot die gewone mense op die sendingstasie – en dié skape spot al vir maande oor hulle herder se liefdesdolheid – kan sien hy't 'n bloedskandelike liefde in sy hart en hy weet nie wat om daarmee te maak nie. So dit help nie om op sy knieë voor God te boer en die Allerhoogste te probeer belieg oor sy eerbare bedoelings nie. Hy wat Horst is, kyk sy eie halfsuster aan om haar te begeer en hy moenie dink die Here sien dit nie.

Horst het opgestaan en weggeloop van haar af. Hulle het hom nie weer gesien voor hulle vertrek Vrystaat toe nie.

Haar ma het die vierhonderd myl met die spaaider saamgery

terug plaas toe, al het Daantjie aangebied dat sy en Magrieta maar met die trein kon kom. Maar Naomi het gedink die twee verliefdes het die tyd nodig om mekaar beter te leer ken en sy wou toesig hou oor die kuiery.

Op die plaas is Naomi ontvang met die respek wat 'n sendelingsvrou toekom. En Magrieta met goedkeuring. Magrieta is aangeneem in die Boere-kerk, die gebooie het behoorlik geloop, en sy en Daantjie is ná 'n maand getroud.

Die aand ná die troue het Daantjie Magrieta na dié kamer wat nou soveel stiltes om haar weduweeskap vou, gebring. Hulle was so honger gewag dat hulle daardie nag ook nooit geslaap het nie. Teen die oggend het Daantjie haar vasgehou en haar 'n besonder bereidwillige maagd genoem. Sy kon nie ophou giggel oor sy woorde nie.

Sarah het die volgende oggend die huwelikslaken teen die lig gehou en skelm vir Dorothea gaan wys voor sy die bed skoon oorgetrek en die laken gaan was het. Sy het later vir Magrieta vertel dat haar skoonmoeder amper bewoë was oor die laken, en dat Dorothea gesê het: "Sy is 'n rein vrou, en my seun is 'n man." Alles was goed. Só goed. So behóórlik.

Maar rondom haar staan haar en Daantjie se kamer nou roerloos en verwese.

Sy was negentien en 'n kinderlose weduwee. Hoe moet sy raad weet met alles in haar hart en óm haar?

Die volgende oggend het Sarah die jong weduwee se swart rourok uit die hangkas kom haal en gaan stryk en vir haar gesê dis tyd dat sy begin huil, want die sout wat 'n mens in trane proe, is die verdriet wat uitkom. Net trane haal die verdriet uit. Dis wat so sout smaak.

Magrieta kon nie huil nie. Die sout het in haar agtergebly.

※

Op die tweede dag ná die mans se terugkoms het Dorothea vir Petrus Minter gesê hy hoef nie meer met die versorging van die oom te help nie, hulle is sterk genoeg om hom self om te draai en op te help sodat hy sy besigheid op die stilletjie kon doen. Eintlik het haar stemtoon hom laat verstaan dat hy niks te verloor het in die intieme ruimte van die gesin nie. Sy het dit vir hom in die gang gesê en hy het sonder 'n woord by die voordeur uitgegaan, met die stoeptrappies af, en die pad gevat na sy pahulle se huisie toe. Buite die oorlog was hy net 'n Minter, en al sê oom Danie wát, in die tante se oë sal hy 'n Minter bly. So het hy met die terugstap gedink.

Dorothea het vir Danie gaan vertel dat sy vir Petrus gesê het sy hulp is nie meer nodig nie en dat Danie, as die vader van 'n dogter wat vinnig begin ryp word, iets moet doen aan die bywonerseun se opdringerigheid – want dié het selfs die vermetelheid gehad om vir Nellie briewe te skryf uit die oorlog uit. Dit kan tog nie, dis dié dat sy maar sy briewe teruggehou het om dit later nét so vir hom terug te gee. Dis tyd dat daardie Petrus Minter begin agterkom dat hy moet ophou met sy nonsies. Hy moenie dink hy't skielik iets geword omdat hy 'n paar perde onder die Engelse uitgesteel gekry het nie.

Die gewonde man het sy vrou lank aangekyk. Sy weet nie. Sy kan nie weet van die koeëls, van die bomslae, van die skerwe fluitende lood, staal, potyster nie – of van hoe die dood en sy vrese tweede-stem sing in die dreunkoor van 'n veldslag nie. Sy weet nie wat dit is om 'n gekweste teen die klippe van 'n skuinste op te sukkel nie – 'n skuinste wat die hoë angswysie van die wegskram-koeëls in klein, geboë gilletjies fluit. Sy ken nie die pit wat in 'n man moet sit om by tye die dood te kan verag ter wille van iemand anders nie. Maar Dorothea is nog geskok oor die verlies van haar lieflingseun. Hy sal haar vir eers die ander ding wat die oorlog in hom gebring het, spaar: die ánder kyk na mense, en hoe hy met sy eie oë gesien het hoe die mure om die kraaltjies waarin elkeen in vredestyd leef, verkrummel. Met die vrede rondom jou, trek die hokkies wat jy vir jouself en vir jou naastes om jou bou, alteveel op die waarheid. Dis net in die geweld dat jou oë daardie nuwe kyk kan aanleer. Toe sê hy maar: "Gee vir my die briewe, ek sal met Nellie praat."

Hy het vir Nellie haar briewe gegee toe sy by hom aankom

om te vra hoekom hy haar laat roep het. Toe vertel hy haar hoe besonders Petrus in die oorlog was en waar die Minters vandaan kom. Alles, sodat sy kon weet. En hy vertel haar hoe Petrus hom onder die koeëls kom uithaal het en hoe hy sy toestemming gegee het dat die seun vir haar kan kom kuier, en hoe hy daardie belofte aan Petrus sal nakom, al gebeur wat.

Halfpad deur sy woorde het Nellie begin huil van verligting en vreugde, en het sy aldeur "dankie, Pa" gesê, al weet sy nie mooi hoekom sy juis daardie woorde gebruik nie. En een keer het sy bygesê dat sy lief is vir Petrus en dat sy dit nie kan help nie. Sy is lief vir hom tot wegloop toe, het sy gesê.

"Die keuse is joune en Petrus s'n, my kind. Al wat jou pa vir jou wil sê, is dat daar van sy kant af geen beswaar sal wees nie. Jou moeder sal sukkel om te verstaan, maar jy moet haar nie verkwalik nie. Sy wil net die beste vir jou hê en sy het nie gesien en beleef wat ek gesien en beleef het nie. Gee haar eers tyd om bietjie oor Daantjie se dood te kom voor jy vir Petrus sê hy is welkom om te kom kuier."

Maar Nellie se onstuimige hart kon geen uitstel meer verduur nie. Sy het vir Petrus laat weet dat hy Saterdagaand vir haar moet kom kuier. Haar pa sê hy mag maar.

En so het Petrus Minter dan die Saterdagaand voor die voordeur gestaan toe Dorothea dit ná sy klop kom oopmaak. Vir 'n rukkie het nie een van die twee iets gesê nie. Net gekyk, en geweet wat kom. Want Petrus was op die vry uit, kon Dorothea sien. Sy Engelse broek se naat was skerp gestryk, die stewels het geblink en die baadjie en hemp was armoedig maar pas gewas en gestryk. Sy hare was weggekam van die hoed-wit voorkop bo sy bruingebrande gesig en die kuif het blinkskeef weggelê.

"Ja, Petrus?" het die wat-wil-jy-nou-weer-hê?-vraag aan bywoners uit Dorothea se mond gekom. Sy het maar liewers nie gevra wat soek hy by die voordeur nie.

"Ek kom vir Nellie kuier, Tante," het Petrus sag gesê.

Dorothea het haar bedwing: "Met wie se toestemming nogal, Petrus?"

"Oom Danie het gesê hy sal geen beswaar hê nie."

Agter Dorothea het Nellie deur toe gekom.

"Dit is waaragtig nie waar nie!" was Dorothea besig om te sê toe Nellie van agter haar tussenin praat: "Is, Ma! Pa het gesê hy mag!"

"Waar kom julle dááraan?" Met dié woorde is Dorothea die gang in met Nellie agterna. By die binnedeur kombuis toe was Gertruida aan't luister, en toe ma en dogter by haar verbystoom na die sieke se kamer toe was sy nuuskierig genoeg om te vra: "En nou, Suster?"

"Dié Petrus Minter wil by Nellie kom opsit! Bid jou aan! En dan maak die twee nog of Danie toestemming gegee het! Maar jou pa is nie só siek nie, dogtertjie!"

By die voordeur het Petrus gehoor wat hulle sê. Hy het omgedraai en die aand in geloop.

Dorothea is dadelik gang-af na die kamer waar Danie lê, maar Nellie het 'n oomblik gehuiwer tussen Petrus buite en wat in die kamer gaan gebeur. Gertruida het die geleentheid gebruik om haar eiertjie te lê: "Jy gaan nog jou arme moeder se dood kos, Nellie! Hy's 'n Minter!"

Nellie was jonk en verlief. Sy was redeloos van ontsteltenis oor wat besig was om te gebeur en haar hart het so in haar tekere gegaan dat sy hom sou kon hoor as sy geluister het. Sy was onrustig oor Petrus, en oor hy dalk vir altyd van haar af weggejaag is; sy was kwaad oor nóg 'n belediging wat die man wat sy liefhet al wéér moes opvreet. 'n Wrok teen haar ma en dié wat net altyd die Minter in Petrus wil raaksien, het in haar opgeborrel. Sy was by omgee verby, en sy het geweet sy kon haar tante, een van dié wat Petrus so minag, behoorlik seermaak. Nellie het vooroorgeleun en nadruklik-berekend, van baie naby af, die grootste seermaakding wat sy kon bedink in die beskuldigende oë van Gertruida gesis: "My naam is Nellie van Wyk, nie Gertruida van Wyk nie, tant Gertruida! En ek is nie van plan om op hoogmoed se rak te gaan sit en vergaan soos Tante nie. Ek wil Petrus Minter hê, en al maak julle wát, ek gaan hom kry. Hoekom gaan loop vind Tante nie liewer uit dat daar 'n ding is soos liefde wat hom nie laat keer nie."

138

Gertruida het vir 'n oomblik verbysterd voor dié onverwagte en nog altyd so noukeurig omseilde belediging gestaan. Enige deur om deur te verdwyn sou goed genoeg wees, maar die eetkamer s'n was die naaste, en dít was die deur wat sy agter haar toegetrek het. Die hanglamp het oor die tafel gebrand en sy weerkaatsing het in die stil klavier se weelde gegloei. Sy het na die klavier toe gegaan en haar wang teen die koel, blink vernis gedruk. Eers het sy heftig vir haarself en vir die instrument gesê: "Dit was nie hoogmoed nie. God weet, dit was nie hoogmoed nie!"

Sy het die klap oopgemaak, die viltbedekking oor die klawers met een haal weggestroop, en terwyl sy die opeenvolging van wit en swart wat sy so goed ken, te liggies vir geluid streel, het sy 'n ander twyfel uitgesê: "En dalk weet God ook dit was nie sonde nie."

Want sy het geweet dat tussen die bladmusiek, agter op 'n Bach-prelude, Miss Pearson se twyfel klein en huiwerend in potloodskrif opgeteken staan: . . . *can something as beautiful – be so sinful?* . . .

Toe het sy langs die tafel gaan sit en dofweg die geluide van haar skoonsuster se ontstelde woorde deur die toe binnedeur gehoor. Maar sy't nie geluister nie, want Nellie se woorde was in haar. Nie dié oor die hoogmoed en die oujongnooi-rak nie, want dit weet sy tog al lankal, maar dié oor 'n liefde wat hom laat keer en dan net 'n soort eindelose soutpan nalaat waarop geen vreugde ooit wil groei nie, en wat maar net jaar ná jaar aanhou strek tot daar waar 'n mens vermoed jou einde sal wees – al kan jy die aard of die tyd van daardie einde nie behoorlik uitmaak deur die opgeefsels wat oor die barheid van jou soutwit, ononderbroke, dag-na-dag-dieselfde bestaan bewe nie. Al wat jy van daardie einde weet, is dat hy gaan sloer om te kom omdat jy hom baie alleen tegemoetgaan.

In die sieke se kamer, met Nellie by die gangdeur, het Dorothea eers vir Danie vertel van Petrus Minter se voorbarigheid: "En daar staan meneer toe . . . die skoonste wat ek 'n Minter nog ooit gesien het, en ewe braaf sê hy hy het vir Nellie kom kuier, want jy het toestemming gegee . . . en Nellie lieg saam . . ."

139

"Hulle lieg nie, Vrou," het Danie met deernis gesê, want hy het geweet hierdie tweede slag moet baie swaar wees vir sy vrou.

En dinge hét te veel geword vir Dorothea. Sy't losgebars teenoor haar man soos nog nooit tevore nie. Die woorde het by mekaar probeer verbybondel soos somerskape deur 'n kraalhek: "Eers vat die oorlog my enigste seun weg en nou loop gee jy my dogter oor aan die armsalige lot van die laagstes onder die laagstes! Wat dink jy gaan gebeur, Danie van Wyk? Nellie is besete oor die vent. Jy kan net sy naam nóém dan sien jy net tepeltjies. Dink jy ek wil Minter-kleintjies vang en in hierdie huis grootmaak? Wil jy hê ek moet eendag wat van haar oorbly, loop bymekaarsoek as haar oë oopgaan en sy sien sy het in die gemors ingetrou? Ek sê nee, en ek is nog haar moeder. Wat dink jy sou Daantjie gedoen het as hy vanaand hier was? Hy sou hom onder sy bywonersgat geskop en van die plaas af geboender het, dis wat Daantjie sou gedoen het. Hoe kán jy so iets doen?"

"Ek het my woord gegee, en my woord staan. Petrus is enige vrou waardig en as sy hóm wil vat, trou sy nie sy familie nie . . . Nellie, kom weg daar van die deur af en loop sê vir Petrus hy moet maar liewers op 'n ander aand kom."

Dorothea het nog baie gepraat, en gehuil en gesoebat, maar Nellie het dit nie gehoor nie. In die kombuis kon sy die lantern nie gou genoeg aangesteek kry nie, en sy het toe maar die kers in 'n kardoes gesit teen die nagluggie. Met dié kolletjie lig oor haar angstige gesig en maar effentjies-effentjies voor haar huiwerende voete het sy deur die donker in die rigting van die bywonershuisie beweeg – verskeurd tussen haar haas om vinniger te loop en haar sorg om die kers in sy kardoes nie te laat doodwaai nie.

Van waar hy uit sy eie donker gekyk het, was dit vir Petrus asof Nellie 'n ligverskynsel is wat aan niks raak nie, asof sy net iets goddelik-moois is wat in die swart van die nag hang en verbandloos voortswewe terwyl sy sy naam roep. Want sy het sy naam die nag in geroep. Aanhoudend en dringend. Petrus sou nooit weer iets mooiers sien of hoor nie.

Maar in die kamer het haar ma vir die gewonde Danie ge-

140

skree: "Kan jy nie hóór hoe jou dogter soos 'n bronstige teef agter die bliksem aantjank nie? Het jy doof geword? Waar's my seun tog vanaand? Waar ís my seun tog!"

Toe hou sy op praat en huil oor twéé van haar kinders wat die oorlog gevat het.

Buite het Petrus by die ligkol aangekom. Nellie het die kers doodgeblaas, hom vasgegryp, en sonder skaamte het sy hom in kortasem woorde en met die aandring van haar lyf en lippe vertel van haar liefde en haar verlang.

Maar hulle kon nie vir té lank so teen mekaar staan en vry nie. Petrus het gesê sy moet liewers eers huis toe gaan, want hulle sal alles reg moet doen om so min moontlik moeilikheid te hê. Oor die troue hoef sy haar nie te bekommer nie, want Fienatjie het dit al gedroom.

Nellie moes haar van hom af wegskeur en het deur die donker huis toe gehardloop, want die goed wat nou helder en duidelik in haar lyf roep, het sy nie só hewig geken nie. Op die stoep moes sy eers 'n bietjie stilstaan sodat haar asem kon bedaar en sy haar bo-stuk kon toeknoop.

In die eetkamer het daar nog lig gebrand. Dit moet tante Gertruida wees. Nellie het die deur oopgestoot en 'n rukkie stilgestaan, want Gertruida se voorkop was, in háár kol lig onder die hanglamp oor die tafel, teen die tafelblad gedruk. Twee bondels van haar grys hare was in haar witgekneukelde hande vasgeklem. Met die nadraai van die wonder wat die nabyheid van Petrus se lyf en asem en lippe deur haar laat bruis het, nog in haar, het Nellie die ou vrou wat dié dinge nooit geken het nie, jammer gekry.

Daarom het sy nader gegaan en saggies probeer verskoning vra: "Ek is jammer, tante Gertruida. Ek het dit nie so lelik bedoel nie. Maar oor Petrus Minter vra ek geen verskoning nie."

Gertruida het haar vingers uit haar hare losgemaak, opgekyk, en haar soveel ouer hand na die jong vrou toe uitgesteek. Die blos van haar opgewondenheid van flus was nog in kolle op Nellie se wange sigbaar, haar hare was plek-plek los, en die knopies langs die bo-stuk van haar rok af was onewe vasge-

141

maak. Haar lippe was nog opgehewe soos die drif van haar en Petrus se eerste soene hulle bietjie gekneus het.

"Maak net jou knopies voor weer reg vas voor jou ma jou sien."

Nellie het afgekyk en amper trots die knopies tussen haar jong borste behoorlik vasgemaak. Sy was verbaas oor haar stywe ou tante geen afkeer toon nie; dat daar selfs ietsie van goedige spot in tante Gertruida se oë gekom het; dat die woorde wat gevolg het geen teregwysing bevat nie, net 'n soort verstaan, 'n soort aanvaarding: "Ek het nou net hier by die klavier gestaan en dink: jou lewe is jou eie, en vir die wis en die onwis wil ek vanaand vir jou iets gee. Kom."

Gertruida het die hanglamp afgetrek, sy vlam kleingedraai, en hom teen die binnekant van haar bakhand doodgeblaas. Hulle het Nellie se kers weer aangesteek en hom in die kombuis in 'n blaker gaan druk voor hulle saam na Gertruida se slaapkamer toe is.

In die kamer het Gertruida die kleedjie van haar trousseaukis afgetrek en hom oopgesluit. Die reuk van mottegif het opgewalm.

"Hierdie goed is vir my tog niks werd nie. Vat alles wat in hom is. Behalwe hierdie pakkie, dié hou ek."

Sy het die twee klavierkerse, nog in dieselfde papier waarin Miss Pearson hulle oorspronklik toegedraai het, van bo-op die goed in die kis afgehaal en in 'n spieëlkaslaai gaan bêre voor sy verder praat.

"Ek hoop die goed het nie te veel oorgekom van die jare se lê nie . . . maar ek kan onthou ek het hulle destyds rond gevou teen die deurlê. Kom ons kyk. Ek weet nie eens meer wat ek daardie tyd alles bymekaargemaak het nie."

En so het hulle tot laat die nag die kis uitgepak. Stuk vir stuk. En 'n band gesmee.

Op 'n keer het Nellie gevra: "Hoekom gee Tante skielik alles vir my?"

Gertruida het haar woorde ver en versigtig gaan soek, en 'n rukkie in Nellie se helder jong oë gekyk voordat sy antwoord:

"Oor ek gehoor het hoe jy sy naam roep – bo-oor alles in julle pad, en by al die hindernisse verby. Oor jy sy naam die nag in gesê het. Daarom."

Natuurlik kon Nellie nie verstaan nie, en natuurlik kon Gertruida nie verder verduidelik nie. Miss Pearson se briefie wat sy destyds saam met die klavierkerse gestuur het, en die naam wat Gertruida se dorre spyt-verlang soms die nag in sê, was net haar eie eie. Hulle moet die briefie maar eendag in haar Bybel kry wanneer sy die soutpan deur is, want verstaan sal hulle tog nie. Hulle sal nie verstaan nie. Glad nie.

Sy het Nellie gehelp om die geskenke stilletjies oor te dra na háár kis toe, want dié was maar aan die leë kant oor Nellie nog so jonk was. En nadat alles oorgedra is, en Nellie met haar nuutgevonde skatte en jongvrou-drome in haar kamer agtergebly het, het Gertruida, soos altyd alleen, teruggekom na haar kamer toe en die kis wat nog oopstaan lank bekyk voor sy die kerse uit die laai gaan haal en in die middel van sy boom neersit.

"Dís dan wat ek het," het sy vir haarself gesê toe sy die kis weer toesluit.

"Dít, en 'n briefie in my Bybel, en 'n aantekening oor wat sou kon wees agter op 'n pragtige prelude wat net 'n prelude gebly het. En die klavier, ja. Die klavier. En te veel jare."

⊰⊱

Nadat hy en Kimberley ontset is, het Joey Drew besluit om nog 'n rukkie daar te bly. Nie omdat hy veel daar te doene gehad het nie. Die aanvraag na foto's wat gedurende die onsekerheid van die beleg aan 'n soort verewigingswoede gegrens het, het afgeneem. Verewiging was skielik weer iets wat soos bekering voorlopig uitgestel kon word. Die huur van sy verblyf was vooruitbetaal en daar was dus 'n dak oor sy kop, en genoeg in die voering van die lang baadjie om 'n vuur in die haard aan die gang te hou en kos vir die kas te koop. Twee dinge het hom daar gehou: die eerste was die onsekerheid oor wat met 'n weerlose man op die paaie kan gebeur. Die oorlog was nog aan die gang.

143

Joey kon nie weet wat die Boere, ná al die geskiet, met 'n los Engelsman gaan aanvang as hulle hom raakloop nie. Want vrede was dit nog nie, al sit die Empire al in Bloemfontein en is sy magte op pad Johannesburg toe. Maar die tweede en eintlike rede waarom Joey nie die pad gevat het nie, was die onrus wat Elizabeth se lyf in hom losgewoel het. Dié herinnering, met al sy opruiende besonderhede, het vrouwarm en kaalgat bo-op sy hopie gedagtes kom hurksit en wou nie afklim nie.

Eers het hy vir haar gewag en later het hy na haar gaan soek deur die dorp wat nie meer gedreun het van die bomme se wispelturige noodlot nie, maar van 'n soort verligtingslawaai. Want alles wat uitmekaargeskiet is, moes weer aanmekaargetimmer word, die gate moes toe, onseker mure moes omgestoot en herbou word, die glas moes vervang word, die dakke en heinings en strate moes heelgemaak word. Die miernes is wreed versteur en al die werkers moes eers bietjie wemel voor die ware rustigheid kon terugkeer. In die dae, aande en nagte net ná die ontsetting het elkeen die nuwe veiligheid na eie aard gevier: vir die godsdienstiges was daar dienste met dankgebede en lofsange, vir die res was daar samekomste van uiteenlopende aard. Soos, onder meer, patriotiese vergaderings waarop die Kimberley Town Guard sy eie lof besing, die garnisoen vereer en die ontsetters en die Empire prys. Baie mense het sommer maar baldadig dronknes gehou, want die vyand was nou afwesig genoeg om onderlinge baklei weer smaak te gee. En dan was daar ook geheime vierings waarvan ander mense nie geweet het nie, want dit het nege maande later geblyk dat daar in die eerste dae van verligting gemiddeld meer kinders per kapita verwek is as in enige ander tydperk in menseheugenis. In enkele gevalle was dié bondeltjies toekoms seker berekende bevestigings van 'n nuwe vertroue, maar die meerderheid was produkte van die uitgelatenheid van bevryding wat selfs die suurste binnekamers ingedartel het.

Dalk was dit só 'n viering wat in Joey se lende geklop het, want sy soektog na Elizabeth het hom deur die strate gejaag, orals laat verneem, selfs na die plek van die hongeriges gedryf.

144

En dáár was die mense se mae al vol genoeg om met groot nuus-kierigheid om sy perdekar saam te drom en te wil weet wat die wit man daar kom soek. Dalk werkers vir die herbou? Maar wié Elizabeth was, kon Joey nie verduidelik nie, en wáár sy was, kon niemand hom sê nie. En tog, uiteindelik, het die waarheid uit-gekom in woorde wat Joey Drew nooit sou vergeet nie.

Hy het op sy kar gesit. Om hom was die krotte, die sinkplaat, die goiingsak-skansies teen die wind, die vuurtjies in die kook-skerms – en die mense het 'n donker, mompelende poel om hom gevorm waarop die wit van die pare oë en die rye tande soos halfmaanblare dryf. Bo hom was die lug skoon, maar 'n rioolvoortjie het tussen sy kar se wiele deur afgestink na 'n gat vyftig treë verder pad-af. Die wasems van geelseep-water en die dampe van drolle uit slop-emmers het soos 'n onsigbare mis-wolk met die troebel stroompie saamgedryf. Die skaretjie saam-gedromdes se pare oë het nuuskierig en vraend na hom opge-kyk. Daar was 'n taalprobleem, want net een of twee kon sy Engels verstaan en het vir die res van die menigte getolk wat die skeel Engelsmantjie wil hê.

Joey noem die naam Elizabeth. Die tolke beraadslaag. Nee, skud hulle hul koppe, hulle ken nie so iemand nie.

"Dis 'n vrou," probeer Joey.

Verdere konsultasie. Die hele groep praat saam.

"Hoe oud? Hoe lyk sy? Hoe groot is sy? Wat is haar kleur?"

Joey probeer beskryf so goed hy kan, en elke beskrywing gee aanleiding tot 'n nuwe bespiegeling. Uiteindelik kom die vraag: "Soek jy 'n vrou?"

Joey knik en twee vroue staan nader. Nee, dis nie wat hy wil hê nie. Nou wat dan? 'n Spesifieke vrou, dis wat hy soek.

Daar gaan 'n lig op by iemand onder hulle. Hulle lag en sê vir mekaar: "Dié arme skeel Engelsman soek Betjie-die-hoer, nooit anders nie."

"Jy soek Betjie!" sê een van die tolke.

"Wat is dit?"

Die tolk verduidelik dis nie 'n wat nie maar 'n wie. Hy's nie die eerste wit man wat só na haar kom soek nie.

Stadig en stuk-stuk daag die waarheid by Joey: dat die Elizabeth waarna hy soek, inderdaad Betjie-die-hoer moet wees. Hy stribbel bietjie teë: "Sy's nie 'n hoer nie. Sy't my nie laat betaal nie."

Sy antwoord word aan die skare deurgegee en dié skater.

"Dan ís dit Betjie," verduidelik die tolk. "Sy vra nie die eerste keer geld nie, maar sy lekker jou so lekker dat sy jou enigiets kan vra vir die tweede keer. En sy sê altyd die eerste keer dat sy net 'n vrou vir jou wil wees. So sê Betjie altyd as sy kom lag en vertel hoe sy die wittes terugkry."

Die waarheid het in elke holte en gangetjie van Joey se binnekant ingesyfer, ingesink, en in sy weefsel ingeweek. Hy het nie agtergekom dat die groep rondom die perdekar stil word voor die wyse waarop verbystering sy mond verwring nie. En toe hy die leisels wip om die perde aan die gang te kry, het 'n man, sonder 'n woord, sy perde voorgevat en hom help omdraai in die smal strook waar die pad moes wees. Joey het met die wegry nie gesien hoe die skaretjie mense hulle koppe uit medelye skud, of gehoor hoe die tonge simpatie uitklik terwyl hulle hom agternakyk nie. Iets anders was besig om met hom te gebeur. Sy netjiese snyerspak het stadig om sy lyf vervod, die baadjie en sy moue het soos 'n gewete aan hom gegroei en te groot vir hom geword, vuil strepe – plat, bruin wurms – het langs die voue van sy hempskraag en die omslae van sy moue aangekruip, daar het kreukels oor sy hele gestryktheid gekom soos in papier voor 'n vlam, ertappels het in sy nuwe kouse ingeval en growwe, veelkleurige stopsels het die gate soos swamme begin toegroei, sy skoene se glans het verdof en hulle het vaal geword soos hulle nate losgaan en die veters uitrafel. 'n Nuwe beleg het soos die goor van ou sweet aan sy lyf kom kleef en hom tot op sy vel onder die vodde beleër. En die alsiende koepel lug bo-oor hom was grysblou en bespottend soos Magrieta van Wyk se oë.

Sy ontsetter, Elizabeth, wat toe maar net Betjie-die-hoer was, het Joey Drew se binnekant onder die vodde oopgeskeur. Uit die vlak graf van sy geheue het daar vir die eerste keer ná al die maande ánder grys oë boontoe gekyk: hy het Hans Bester met

146

sy oë oop begrawe. Hy wou daardie oë vergeet en hy dag hy het. Maar nou was die beeld daar: Hans Bester in sy vlak graf, sonder sy baadjie – 'n lang, maer lyk wat Joey vroeër in die vuilste kombers probeer toerol het nadat hy hom op daardie selfde kombers graf toe gesleep het. Hans Bester het op sy rug gesterf en só verstyf – terwyl Joey uur na uur, vloekend, en mettertyd met oopgebarste blase aan sy hande – met die graaf se punt in die teësinnige sandleem ingeknaag het. Die Boer se mond en oë was wyd oopgesper van sy laaste asemnood en die kombers waarin Joey se onhandigheid hom probeer toerol het, het met die inrol in die graf in losgedraai, en half eenkant gelê. Joey wou nie weer in die graf klim nie en hy was te aardig om die oop oë en die mond vol grond te gooi. Hy het by die voete begin toegooi en uiteindelik het die gapende man – met sy gedoofde maar oopgesperde gestaar die uitspansel in – daar gelê met die hoop grond tot by sy ken. Joey het grond op die gesig moes gooi en wou nie kyk nie, en het tog gekyk, want dit het nou op die perdekar na hom toe teruggekom presies hoe die sanderige grond in die gapende keel invloei en in die oop oë ingrint. Is dit oor hy self skeel is dat hy net altyd oë sien en onthou? Het ál die verdomde, bliksemse, fokken Boere dan grys oë? Maar leë vloekvrae help nie. Van bo het die wye oog van die lug hom bekyk en uit die grond sélf was daar nou die knaende beeld van Hans Bester se dowwe kyk wat soos die reuk van mynontploffings en die stank van honger in sy keel opwel.

En terwyl hy voortskud – nou maar weer op oorlede Hans Bester se kar, getrek deur die dooie, maer Boer se perde, onder die beskuldigende uitspansel wat skielik flets oor hom hang – en hy dus maar weer voor die spottende, maar in haar geval só helder, grysblou van Magrieta se oë verskrompel, het hy geweet dat daar vir hom net twee stukkies blou is om aan vas te hou. Want niks – ook die blou koepel wat op hom neerstaar, of selfs die oë van Magrieta – kan ooit so blou wees soos Fienatjie Minter se oë nie. Nee, goddank nooit só blou nie. Nooit, nooit, só blou nie!

Joey Drew het uit die bruin leegtes van sy teleurstelling na die enigste oë wat hy ooit sou kon vertrou, begin verlang – die oë waarvan hy so seker was dat God hulle gemaak het toe Hy besig was met waarheid en onskuld, en toe so opgewonde geraak het oor mooi dat Hy nie kon ophou voor hulle nie die mooiste van alles mooi was nie.

Hy móés na haar toe gaan, hoe die gevare langs die pad nou ook al lyk. Dadelik. Môreoggend ry hy. Hy sal vanmiddag die laaste van die vergrotings wat hy dié dorp nog skuld, monteer en gaan aflewer. Maar hy weet al klaar dat wanneer hy sy naam op sy werk gaan teken, hy nie *J.F. Drew, Esq.* sal skryf nie, maar sommer net *Joey Drew*, sonder die *Esq.*

༈

Petrus Minter se kuiery by Nellie het swaar oor die huis gelê. Dorothea het haar eenkant gehou en met niemand gepraat nie. Ook nie met Gertruida nadat sy gehoor het dié het die hele inhoud van haar trousseaukis vir Nellie gegee nie. Sy moes dit in elk geval om 'n draai by Sarah hoor en sy het Gertruida daaroor aangespreek. Gertruida, gevang voor haar skoonsuster se dikgehuilde maar steeds heersende oë, en pynlik bewus van haar ewige gaste-status in die huis, het probeer om dinge te versag deur te sê dat sy lankal die goed vir Nellie wou gee.

"Maar hoekom nóú?" wou Dorothea weet. "Hoekom nou juis nóú? Jy kon tog gedink het dit sal die kind net in haar origheid sterk! Of wóú jy?"

Gertruida het skuldig gevoel en besluit om maar haar voorneme om mooi met Dorothea oor die kinders te praat, daar te laat. Enigiets van haar kant af sal nou na inmenging lyk, en dit kon sy nie bekostig nie.

Die 25ste Maart waarop die burgers weer by hulle kommando's moes wees, het nadergekom en dit het Nellie net verder aangevuur. Want Petrus sê dis sy plig om terug te gaan, en haar pa twyfel nie dat die Minters sal gaan nie. Danie het self net gewag dat hy weer gesond genoeg moet word om weer die wapen op te neem. Maar só lank wou Nellie nie wag nie en sy het

Petrus byna gedwing om ouers te vra. Sy het begin deur haar pa voor te berei: "Pa, Petrus vra wanneer hy kan kom ouers vra. Ons wil verloof raak en trou voor hy weer moet oorlog toe."

"Moet dit nou so haastig? Jy sien hoe alles jou ma ontstel. Daar's skaars 'n week oor voor hy weer moet gaan."

"Pa, laat ons liewer trou. Netnou moet ons."

"Maar my magtag, Nellie, mens praat mos nie sulke goed voor jou ouers nie!"

"Pa, ek het nou lank genoeg draaie om die waarheid geloop. Wil Pa nou hê ek moet liewers vir Pa staan en lieg? Petrus wil wag, maar ek nie. Hy sê hy besit niks, maar ek sê daar is die vyf en twintig ponde wat ek van oorle Ouma geërf het en my spaargeld. Ons kan daarmee begin."

Danie het altyd waardering gehad vir sy reguit jong dogter, want sy hét nie draaie geloop nie en hy het haar bewonder vir haar stywe rug wanneer dinge haar teengaan. Maar die dalk móét-trou-ding ontstig hom: "Is dít wat jy en Petrus aanvang as julle alleen is?"

"Pa, Petrus is nie so nie, maar ek is. Pa moet nou nie dat die versoeking vir Petrus ook te veel raak nie. Ons het mekaar maar net te lief, dis al."

Danie het geweet hulle staan voor 'n ongemaklikheid wat nie deur uitstel opgelos sou word nie. Nie met dié dogter van hom nie.

"Laat Petrus maar kom, ek sal probeer om met Ma te praat."

Maar Dorothea wou nie praat nie. As hy haar kind vir die honde wil gooi dan moet hy dit maar doen, want dis sy goeie reg as vader, maar sy wat die kind in die wêreld gebring het en aan haar toekoms dink, gaan nie aandadig wees aan 'n onreg wat 'n kind van haar aangedoen word nie.

Petrus het voor Danie se bed kom staan met Nellie té na aan hom en sy vraag probeer vra. Eers het hy verskoning gemaak: "Oom Danie weet ek besit niks . . ."

"Ek weet dit, Petrus. Maar jy besit meer as wat jy dink. Ek kan jou nie vergoed vir die manier waarop jy ons by Vendusie-drif, toe alles al verlore was, uit die nood gehelp het nie, en ek kan jou nie vergoed vir die manier waarop jy my onder die lood uitgehaal het nie. So, moenie met niks-hê by my aankom nie. Ek kon nou in gevangeskap gesit het, en wat dink jy is my vryheid vir my werd in ponde?"

"Dis nie wat ek bedoel nie, oom Danie. Ek en Nellie . . ."

"Julle wil trou, ek weet. En julle het my toestemming, maar nie die tante s'n nie, want die tante was nie saam met ons in die oorlog nie. Sy weet nie. Ek sal jou op die been help. As jy te eergevoelig is om te ontvang, sal ek vir jou genoeg leen – jy kan dit later maar inwerk."

Petrus het geleen en uiteindelik moes Dorothea tog praat. Nellie het haar gaan haal en sy het kom bysit. Maar voor sy toegee, moes dit eers van haar hart af: "Jy weet ek is teen die huwelik, Petrus, en waarvoor al die skielike haas nou is, kan ek nie verstaan nie . . . Ek hoop ek verstaan nie . . ."

Nellie het ingespring: "Moenie skimp nie, Ma. Ek gaan nie 'n vroegkind kry nie, as dit is wat Ma bedoel."

"Wat het in jou ingevaar, Nellie? Ek het jou nie so grootgemaak nie. Ek sê net vir julle: as Daantjie nog hier was, sou dié soort ding nie in die familie gebeur het nie. Waar wil julle gaan bly? In een van die hoenderhuise intrek?"

Petrus se kneukels het wit op sy gebalde vuiste uitgestaan. Daantjie! Waar's Daantjie? Moet hy haar nie maar sê en klaarkry nie? Maar wat van oom Danie? Hy het stilgebly, want Nellie was nou soos 'n tierwyfie: "As ons nie goed genoeg is vir Ma se huis nie, dan sal ons loop. Wegloop lyk in elk geval beter as dié gesukkel. En as Ma ons hoenderhok toe wil stuur, watter een kan ons kry? Die een met die meeste tampans?"

Danie het gepaai en gesê die twee moet later kom, hy wil eers met Dorothea praat. Hy het sy vrou oor en oor vertel van Paardeberg, die rivier, die karkasse en lyke en babers, en van Driefontein en sy lood, maar sy kon nie verstaan nie, want "daardie ding" wat oor Daantjie gekom het by Tweeriviere en hom toe nie wou los nie, wou hy haar spaar. Sonder om dít by te vertel sou hy nooit behoorlik kon duidelik maak wat in daardie dae in hom gewoed en sy kyk na mense so verander het nie. En dié halwe waarheid het knus langs die groot leuen kom lê, al kon Danie dit nie weet nie.

Omdat dit dan nou nie anders kon nie, het Nellie en Petrus Minter toe maar gaan trou: op kort-gebooie en in die konsistorie. Want dit was oorlog, Danie se bydraes aan die kerk het hom invloedryk gemaak, en tot die Kerk was bietjie toeskietlik in sulke ongestadigde dae waarin soveel dinge in die lewe van jong mense kon ingryp.

Die jonggetroudes sou in die agterkamer bly en van die familietafel af eet. So is gereël.

Vir Danie was dit belangrik dat Petrus hom nie verder moet skaam nie. Hy het Jakop laat roep, hom 'n klompie ponde in die hand gestop, en die hele familie Minters met die muilwa dorp toe gestuur om vir hulle te gaan klere koop vir die troue.

Daar was groot opgewondenheid in die Minter-huis. Net Fienatjie het gesê sy wil nie saamgaan nie, want sy kry in elk geval 'n nuwe blou rok. Sannie het slae geblo en sy is saam. Die rokmateriaal wat haar ma gekoop het, was groen – om by die vilt wat uit die klavier-verpakking gekom het, te pas – en nie blou soos die winkelrok waarvan sy gedroom het nie. Haar eintlike rok was tog op pad in Joey Drew se karkis.

Fienatjie het sulke belangrike dinge altyd vooraf geweet. Sy't ook geweet dat Joey 'n myl of twee van die plaas af by die spruitjie gaan uitspan, behoorlik gaan was en skeer en sy nuwe klere gaan aantrek. Oor hy nie weer vuil op die plaas wil aankom nie, en oor hy hom nie weer wil skaam voor tannie Magrieta nie, maar veral omdat hy sy nuwe goed vir haar wat Fienatjie is, wou wys.

Sy is vroeg die oggend al pad-af om Joey te gaan voorstaan by die draai agter die koppie, maar toe hy begin aankom, kon sy dit nie meer hou nie en het sy hom tegemoetgehardloop. Hy het die perde ingehou en sy het op die kar geklouter en hom om die nek geval.

Ná sy hom sy drukkie gegee het, het sy langs hom gaan sit. Almal op die plaas wat maar moontlik kon, moes haar elke dag vyf nuwe Engelse woorde leer en gelukkig was die een wat sy gesoek het tussen hulle. Sy het na Joey se oë gewys en presies gesê: "*Tears, Joey.*"

Joey Drew se oë wás vol trane. Daar was iets so skoon aan haar blydskap om hom weer te sien dat hy nie anders kon as om aangedaan te raak nie. Hy het opgekyk na die helderblou uitspansel oor hulle en haar maer lyfie, terwyl die perde begin aanstap, teen hom vasgetrek, bly anderpad kyk, en bietjie gehuil. Fienatjie het hom maar laat begaan, want van sy seerkry het sy wel gedroom, al was dit onduidelik wat dit was – met die kaal vrou en al die krotte en die honger mense en goeters. Sy't geweet dat al sou sy sy Engels genoeg kon praat om te probeer hoor van die kaal vrou in haar droom, sy liewers nie moes probeer vra nie – nie terwyl hy so nou en dan snik en sy trane aan sy nuwe baadjie se mou afvee nie.

Ná 'n ruk het hy vir haar geglimlag, na die blou van haar oë gekyk, en sý woord gesê: "Fienatjie."

By die plaashek het Fienatjie afgespring en die hek oopgemaak. Ná hy deurgery en sy die hek weer toegemaak het, het sy bietjie gehuiwer voor sy opklim. Sy was vir die eerste keer effens skaam, want sy het besluit om die Engelse woorde wat Petrus en Nellie haar vir die geleentheid moes leer, te sê: "*Where is my new dress, Joey?*"

Joey Drew se glimlag het van sy mond af tot by sy ooghoeke opgekreukel toe hy opstaan om die karkis onder hom oop te maak. Die pakkie het bo-op gelê en hy het dit uitgehaal en vir haar gegee. Sy het opgeklim en die verwagting het die wonder van haar oë vir Joey selfs groter gemaak. Haar hande het gebewe toe sy met die toutjies sukkel en Joey het Hans Bester se knipmes uitgehaal en die pakkie losgesny. Fienatjie het eers gekyk of haar hande skoon genoeg is voor sy die papier oopvou om die blou te sien. Sy het die rokkie uitgetel, en met spesiaal-geleerde woorde dankie gesê. Sy het Joey op sy mond gesoen. Hy moes weer wegkyk.

Fienatjie het die rokkie aan sy skouers gevat en bo haar uitgestrekte arms gehou sodat dit soos 'n blou vaandel agter haar aanwapper toe sy daarmee huis toe hardloop.

152

"Kyk wat het ek gekry!" het sy aanhou skree, maar by die huisie het sy eers weer omgedraai en vir Joey gewuif.

Sy hart het te groot vir sy ribbes gevoel toe hy die leisels skud en opry na die plaashuis toe. En dit was goed so, want ná die ding met Elizabeth-die-Betjie was sy borskas vol van Hans Bester se leë oë. Dit was toe vir hom of sy bors net heeltyd oorvol holte was.

⊣⊢

Die troue kon nie stil genoeg vir Dorothea nie. Maar sy is tog saam toe die twee families na die nog onbesette dorp toe is om getuies te wees van die eg wat verbind word. Tydens die seremonie het sy net gehuil waar almal in die konsistorie saamdrom. Danie het die hand wat nie sy ondersteunende kierie vasgehou het nie, na haar hand toe uitgesteek, maar sy het hare van sy aanraking af weggeruk en voor haar mond gehou.

Terug op die plaas, het Joey Drew die twee families voor sy kamera opgestel. Die Minters aan Petrus se kant, die Van Wyks aan Nellie s'n. Wynand, Martie en Drienatjie het vir die feesete oorgery, maar nie die seremonie bygewoon nie, omdat Dorothea laat weet het sy dink nie dis nodig nie. Hulle het verstaan. Wynand-hulle het agter in die middel gestaan, en waar Daantjie die holte gelaat het, was Gertruida by Magrieta.

Joey Drew sou later, terwyl hy die vergrotings maak, baie na die families kyk: na die swart rouklere aan Nellie se kant van die groep, en die ligter klere van die Minters; oupa Daniël en Danie op stoele; Magrieta, die weduwee, nou ook alleen saam met die gestyfde oujongnooi-tante. Hy het al klaar iets van die oorlog in die foto gesien – met Daantjie weg, en Danie gewond, en Dorothea treurend. Magrieta het met haar man se dood in haar soveel stiller oë gestaan. En die spot was weg toe sy hom gegroet het. Almal het hom met sy aankoms ánders gegroet, behalwe Fienatjie.

Maar, selfs met sy skerp kyk deur die kamera, was daar baie wat Joey gesien en nie begryp het nie.

Want ná die foto geneem is, en die mense teen die stoeptrap-

153

pies opbeweeg, het Jakop en Sannie Minter 'n poging aangewend om na Dorothea se smaak 'n bietjie te eie te raak. Jakop het Danie se hand gevat, sy skouer aangekyk en gebulder: "Seën!"

Danie was nog besig om die seënwense te deel, toe het Jakop al klaar vir Dorothea gesoen en dadelik eenkant gaan staan, soos iemand wat pas agtergekom het dat hy hom in vyandelike gebied te sigbaar gedra het.

Ook Sannie het kom soen en innig vir Dorothea gesê "Suster!" terwyl sy dit doen. Dorothea is vinnig die trappies op, maar voor sy die voordeur in is, moes sy by Martie verby, en dié het Sannie se "Suster!" herhaal. Glimlaggend, maar nie vriendelik nie. Woede en vernedering het Dorothea se verdriet oorspoel en sy is gebelgd die huis in. Sy het met bitterheid besef dat Martie nou gekry het wat sy altyd wou hê: 'n Dorothea wat van haar troontjie afgetuimel het. Want Danie, as naamdraer en oudste seun, het op die familieplaas geboer en in die familie-opstal gewoon. Wynand moes met die ander plaas tevrede wees en hy't hom kaal gekry. En Danie hét beter geboer as die effens verstrooide Wynand. Dis nie maklik as die ander familie soveel beter daaraan toe is nie en dié ongelykheid het maar altyddeur aan Martie geskaaf. Dorothea was nie onnosel nie, sy kon dit sien en aflei uit 'n nydige woordjie hier en daar. Sy sít nou met Petrus, maar die ander Minters moes terug na hulle plek toe. Sy sal vandag werk maak.

Die bruilofsete om die groot tafel in die eetkamer was gedemp. Oupa Daniël het lank gebid oor die verlies wat hulle gely het met die seun van die huis se dood en amper vergeet om die Here se seën oor die huweliksband af te bid. Danie het Petrus in die familie verwelkom, sy oorlogsdade as 'n soort regverdiging op almal se brood gesmeer, en bygesê dat in hierdie tye waar 'n volk deur diepe waters gaan, en daar van mense en families groot offers gevra word, die klein dingetjies waaroor almal so gaande is in vredestyd, minder saak maak. Net hy het regtig verstaan wat hy sê.

Petrus het sag dankie gesê, maar nie 'n woord oor Daantjie gerep nie.

Met die afdek ná die ete het Sannie Minter die bediendes vrymoedig help afdra aan die skottelgoed. Toe alles terug was in die kombuis wou sy met die opwas help. Dorothea het Sarah en die ander bediendes uitgestuur en vir Sannie gesê sy wil iets eens en vir altyd uitpraat.

"Daar's 'n paar goed wat ek wil hê jy moet goed begryp, Sannie. Ek sal jou Petrus nou maar moet aanvaar, of ek wil of nie. Maar die oorlog is net in Danie se kop in, nie in myne nie. Ek wil hê jy moet weet en duidelik verstaan: ek beskou jou en jou mense nie as familie nie. Hier's 'n agterdeur en julle hou by hom. En ons soengroet nie. Jy kan nou maar huis toe gaan, in dié huis is daar bediendes vir die skottelgoed."

Sannie Minter het nie huis toe gegaan nie. Sy het met haar nuwe rok, waaraan sy deurnag met soveel verwagting voor die naaimasjien gewerk het, agter by die bloekombome gaan staan en nie mooi geweet wat sy voel nie – behalwe vernedering en teleurstelling, en die wegsyfer van haar redelose hoop dat dinge weer sou kon word soos in die dae voor Jakop uitgeboer het en hulle vir die bank moes vlug – aan die dae toe hulle ook iets was. Sy't nie eens agtergekom Fienatjie is naderhand by haar nie. Eers toe die kind haar armpies om haar lyf sit, het sy gevoel Fienatjie is daar. En sy't skaars gehoor wat die kind aan't sê was: "Toemaar, Ma," het Fienatjie uit die vreemde wêrelde van haar drome probeer troos, "as die kinders eers klaar gesing het, sal alles oor wees, al sal Ma dit nie mooi weet nie."

Maar Sannie Minter het nie verstaan nie, net Fienatjie se hand gevat en gesê: "Kom, Fiena. Ons moet huis toe gaan. Na ons plek toe."

Toe het Fiénatjie weer nie begryp nie.

᚜᚛

Joey Drew kon nie mooi agterkom hoekom die plaasmense se houding teenoor hom so verander het nie. Hulle het hom almal beleefd gegroet en Engels met hom gepraat en soms ook met mekaar wanneer hy aanwesig was. Hy is gevra om aan die tafel saam met die familie te eet. Dit was asof sy uitbarsting die dag met die hanepoot iewers deur die smart oor Daantjie se dood uitgewis is, of, al dan nie vergeet nie, ten minste vergewe is. Met sy aankoms het hy gemaak of hy net die foto's bring en slaap-plek gevra vir een nag.

Dorothea, die een wat hom skaars gegroet het toe hy weg is, het hom by die voordeur al vertel van haar seun se dood. Hy's binnegenooi en kamer toe gevat om Danie te gaan groet. In die gang het hulle Magrieta raakgeloop. Sy het sy simpatiebetuiging aangehoor. Haar oë was anders, asof die lewe agter hulle wegge-gaan het, maar amper nog treffender as toe die lewenslus en spot in hulle gevonkel het; haar skoonheid was bleker, stiller, en vir Joey was dit of daar iets heiligs oor haar gekom het – of die blink van haar blonde hare amper 'n soort stralekrans is. Hy moes nog maar steeds wegkyk as hy met haar praat, want anders het sy tong om sy woorde geknoop.

Dit was Danie wat hom gevra het om te bly vir die troufoto en Dorothea wat hom die stoepkamer gaan wys het waar hy kon slaap, want die jonggetroudes sou in die agterkamer intrek. Hy't die familie se foto's op die eetkamertafel uitgestal en daar was belangstelling, maar min vreugde. Dorothea is verskeur deur elke foto met Daantjie se gesig op en die mooi Magrieta het na haar ingekleurde portret gekyk en belangeloos dankie gesê.

Daarna het Joey die Minters se foto's na hulle huisie toe gevat waar daar groot opgewondenheid was – veral by Fienatjie, oor haar eie ingekleurde gesig, al was haar sussies jaloers en het hulle gesê dis darem nie reg dat net Fiena al weer voorgetrek word nie, en vir wat is haar groen manteltjie van die klaviergoed nou skielik blou gemaak?

Joey kon bly, en hy was bly. Sommer die eerste middag al het Fienatjie hom deur die woorde wat hy moes leer, gedreun, en hom haar skatte gaan wys: veral die helm waarmee sy gebore is en wat haar dinge laat droom. Hy het nuwe goed saamgebring en dis saam gebêre.

As jy vir Joey Drew – waar hy en Fienatjie by die geheime bêreplek hulle al minder taalbelemmerde gesprek voer – sou vra hoe hy voel, sou hy gesê het: "Gelukkig, amper so gelukkig soos toe ek aan Elizabeth geglo het. Maar nou skoon-gelukkig, en dis anders." Want Elizabeth se kaal lyf het daardie middag toe sy Betjie geword het, van sy hopie gedagtes afgeklim. Daar was net nie plek vir haar lyf en Hans Bester se oë in dieselfde kop nie.

Danie het begin op die been kom. Die aand ná die troue, met die pasgetroudes bed toe, Magrieta en Gertruida in hulle een-same kamers, Dorothea êrens aan die treur en die ou man ook al kamer toe, het Danie Joey gevra om in die eetkamer agter te bly.

Hy het 'n verbaasde Joey aangesê om die buffet oop te sluit en een van die bottels brandewyn wat daar staan en twee van die glase tafel toe te bring. Joey het gaan water haal in die kombuis en Danie het vir hulle geskink.

"Nie weer nie. Nie weer dronk nie," het Joey hom voorge-neem.

Hulle het lank gepraat. En later, toe elkeen van die twee soms aan dié aand terugdink – want dit was die nag toe Wynand daar aangejaag gekom het en dus 'n aand om te onthou – was daar 'n soort waardering: "Voor wie ánders sou ek kon sê wat ek daar gewaag het om te vertel?" Voor wie ánders as voor 'n skeel Engelsman uit nêrens? Voor wie ánders as voor 'n formidabele Boer met vars leed in sy oë?

Danie het alles oor sy spyt en sy oorlede seun vertel, selfs van "daardie ding" – álles, tot by die vernederende natpis, die toon, die vuishou en die tand; Joey het van die beleg vertel, van die honger, die weemoed en die suisende noodlot, en van sy Eliza-beth wat toe net Betjie-die-hoer was, en van hoe die graaf sand-leem oor Hans Bester se oop mond en oë uit die grond uit na hom toe teruggekom het. En al twee het oor oorlog gepraat, en oor wat dit aan 'n mens doen – en aan mense.

Dit was tóé dat Joey die foto's van die grynsende hongeres gaan haal en op die tafel kom oopsprei het. Hy het begin vertel van hoe hy uitgevind het hy is 'n soort geheue wat moet onthou wat mense aan mekaar doen sodat hulle nie later kan reglieg wat hulle verbrou het nie. Hy was besig om vir Danie die onreg wat op die wange te lese staan, op die foto's uit te wys, toe hulle die perdepote hoor.

Joey het opgekyk en gesê: "Dis net een."

Maar die galop was haastig op pad huis toe en die geluid het die onmiddellikheid van die oorlog tussen hulle neergesit. Danie het die lamp vinnig doodgeblaas en mank-mank in die donker gang in verdwyn om sy geweer te gaan haal. Maar toe Wynand aan die voordeur klop en Danie vra, "Wie's dit?", het Petrus Minter van buite af geantwoord: "Dis net oom Wynand, Pa."

Danie het lig gemaak en die deur oopgesluit. Op die stoep het Petrus al geweer-in-die-hand langs Wynand gestaan en al wat hy wou weet, was of hy die perd moes versorg. Wynand het gesê dis nie nodig nie, die dier het kort gelede by die spruitjie gesuip en hy wou weer ry, Martie en die kind was alleen by die huis. Hy wil net met sy broer praat. Dié wat kom hoor het wat aangaan, is terug bed toe en Petrus het in sy Nellie se warm arms gaan terugkruip, want Wynand wou alleen met sy broer praat. Joey Drew het hom vinnig uit die voete gemaak en sy foto's op die tafel laat lê.

Wynand het by die eettafel gaan staan en Danie het die lamp opgesteek. Joey Drew se honger-foto's het Wynand aangegryns en hy het na hulle bly staar tot Danie gepraat het: "Jy't nie in die stikte van die nag hier aangekom om te kom prentjies kyk nie. Dís soos die beleg van Kimberley van binnekant af gelyk het. Wat gaan aan?"

"Ek weet nie hoe om jou te vertel nie . . ."

"Hou Martie se geloof jou weer uit haar bed uit?"

Maar Wynand se probleem was groter: "Wat sal jy maak as jou vrou sê sy gaan jou gif ingee of skiet?"

"Hoekom sê sy dít?"

"Ek wou die amnestie wat die Engelse nou aanbied, met haar uitpraat . . ."

"Jy oorweeg dit? Dan skiet ek jou self."

"Ek het geweet jy gaan weer nie verstaan nie."

Die gramskap het in Danie opgeborrel: "Ek verstaan donners goed genoeg. Jy't nie genoeg ruggraat bo-op jou bang gat om

158

teen die hemeltergende onreg wat ons aangedoen word, op te staan en te sê genoeg is nou verdomp genoeg nie. Ek sê jou nou, en jy moet liewers maar luister, ek sal nie toelaat dat 'n broer van my soos 'n teefhond begin druppeltjie en stert tussen die bene weghol en deur die eerste gat in die draad probeer wegkom nie. Net om hulle slimstreek te oorwéég maak al van jou 'n lafaard!"

Danie het aangegaan tot Wynand tussen sy stroom woorde ingeskree het: "Ek het so hard geveg soos enige man!"

"Moenie jou 'n man noem nie."

"Toe al jou heilige volkshelde by Elandsfontein weggehol het dat die baadjiepante dóér in die wind staan, wie het aanhou veg? Ek, en mense soos ek."

"En nou wil jy so sleg word soos hulle! Jy weet dit was die gemors wat gehardloop het – die bywoners, die spul wat hierdie volk soos 'n dooie donkie moet saamsleep . . . Ons is Van Wyks, nie bywoners nie!"

Die twis was tussen broers. Ou griewe, ingegrifde gesindhede en kaalvoet- en jongmansvetes waarvan die na-gif vir altyd in hulle are sal draal, het agter hulle harde woorde ingeskuif en saamgepriem in die sagte kolle in:

"Jy't altyd gedink jy's heiliger as enigiemand anders, maar laat ek jóú nou sê: as ons dan die wonderlike Van Wyks is en die bywoners skuim, vir wat het jou dogter met een getrou? En verdomp skielik ook."

"Jy kan my dogter se maande saam met jou soort loop tel, en my skoonseun het my uit die hel self kom haal. Ek is trots op hom."

"En waar was jou trotse Van Wyk-bloed toe jy gekwes onder die lood gelê het? Hoekom het jou Daniël Egbert van Wyk met die stamnaam en die erfporsies jou nie gaan uithaal nie? Hy was te besig om hom weer te beskyt van vrees, dis waar hy was! Dink jy die kommando ken nie 'n nat broek as hulle een sien nie?"

Danie het sonder 'n verdere woord omgedraai en na die buffet toe gegaan. Hy het een van die ry klein-laaitjies oopgesluit en Daantjie se mes, waaraan die droë bloed nog swart gesit het, uitgehaal en saggies voor Wynand op die tafel tussen die grynsende foto's neergesit.

"Dit is my seun se mes en my seun se bloed. As jy wat vir my heilig is en wat my grootste verlies was, wil kleineer, moet jy vannag jou perd vat en uit my lewe uit ry. Want dan's jy nie meer my broer nie. Maar vir my is hierdie die bloed van my bloed, en die bloed van 'n man wat sy vrees oorwin en vir ander gesterf het. Dit is die kosbaarste waarvan ek weet. Kry jou ry. As ek jou tussen die Engelse kry, skiet ek jou. God hoor my, my offer was al te groot om iets anders te doen."

Danie het nou sag gepraat. Toe hy ophou, en die stilte van die eerste spyt kom oor hulle, het Joey Drew se foto's van die tafelblad af bly opkyk. Tussen die weerlose oë waaruit net die weemoed opstraal, het Daantjie se mes soos 'n gebruikte offerlem gelê.

"Jy sal my moet kamer toe help, Broer, ek dink die wond het weer oopgegaan."

⚔

Die mans het na 'n versplinterde oorlog toe teruggegaan: eers die Minters, en later, toe Danie gesond genoeg was, hy en Wynand. Danie het aangedring dat Wynand vir hom wag, want hy het sy broer se gesindhede nie heeltemal vertrou nie, en Wynand sou moes help as die heup hom te veel op die perd begin pla. Hulle moes hulle pad terug na die kommando toe soek, want daar was nie meer sulke duidelike skeidings tussen die magte soos eers nie. Hulle het gou agtergekom dat hulle eintlik ver agter die opmars van die Engelse magte noorde toe was en dat die Engelse hier en daar oppas-eenhede agtergelaat het wat vermy moes word. Heelwat gewese vegters wat nie meer kans gesien het nie, was klaar terug op die plase. By hulle wou Danie nie navraag doen oor waar die kommando's dalk trek nie. 'n Nuwe wantroue het klaar tussen uiteenlopende opvattings ingekruip. Hy het hulle nie vertrou nie en hy het ook geweet dat die kommando's hulle sou vermy, maar by die vroue van dié wat

160

weer gaan veg het, het hy wel gewaag om te verneem. Ná 'n week was Danie en Wynand terug by die kommando, want al kon hulle nie die kommando kry nie, het 'n verkenningspatrollie húlle gekry.

Op die plaas het 'n ander stilte, die stilte van vervreemding, tussen die vroue kom lê. Terwyl hulle nog op die plaas was, het die mans probeer doen wat hulle kon. Die ramlammers was gepeer, die bulkalwers ge-os en in die windpomplandjie het Petrus en Jakop 'n haastige lappie koring gesaai gekry voor hulle weg is, al was dit nog heeltemal te vroeg. Ná die mans weg is, was dit vir die vrouens maar van dag tot dag. Maar die verhoudings was versteur: Sannie Minter het nie naby die opstal gekom nie, nie meer half-koppies suiker, of 'n trekseltjie koffie, of 'n dubbele hand vol meel kom leen nie. Glad nie. Sy het ook haar kinders verbied om naby die groothuis te kom. So het Fienatjie Joey Drew laat verstaan.

En in die huis was Dorothea koud teenoor Gertruida en Nellie, en Magrieta eenkant.

Magrieta het nie geweet of die posdiens nog werk nie, maar sy het later daaraan gedink dat sy darem haar ma moet laat weet van haar verlies. En omdat nie een van hulle geweet het of die dorp nou in Engelse hande is, en of 'n mens 'n brief met die Engelse pos durf stuur nie, het hulle Joey Drew gevra om te gaan kyk wat aangaan, haar brief te pos, en die noodsaaklikste negosiegoed te koop. Sannie het van die kleregeld gevat en Joey moes vir haar 'n sak mieliemeel en 'n bietjie koffie saambring.

Dit was die eerste keer dat kos sélf in die verhoudings ingekruip het. Gertruida het eers ná weke uitgevind Greeff gee nie meer melk vir Sannie en haar kinders nie, bloot omdat die kinders dit nie meer melktyd kom haal nie.

Sy het heel eerste vir Nellie bygeloop: "Wanneer laas was jy by jou skoonma?"

"Gister. Het tante Gertruida nie gesien Ma het heeldag met 'n opgesette mond geloop nie?"

"Wat eet hulle?"

Nellie het nie mooi verstaan nie.

161

"Wat eet jou skoonma en haar kinders?"

"Hoekom vra Tante?"

"Maar my liewe magtag, Vrou, jou skoonma kry nou al vir weke nie melk nie, en laas met die slag het jou ma die afval vir Greeff gegee."

"Sy't nou die dag 'n hen geslag . . ."

"Hoeveel henne het sy? Hoe lank kan vier mense van vyf of ses hoenders leef? Oor jy nog nooit in jou lewe honger loop slaap het nie en 'n uitgevrete Van Wyk grootgeword het, wéét jy nie eens van hierdie soort ding nie!"

Gertruida het Nellie goed uitgetrap en daarna, teen alle gewoonte in, haar skoonsuster bygeloop en haar skerp aangespreek: "Daar's kinders in daardie huis, Dorothea! Wat moet die bloedjies eet? Het hulle van die afval en die skaapkop gekry toe jy laas laat slag het? Nee! En die uie loop uit in die stoor . . . en die laaste ertappels vrot en die pampoen muf, maar jy gee niks! En nie eens melk nie? Wat dink jy gaan Danie daarvan sê as hy terugkom?"

Dorothea het eers opgestuif en vir Gertruida laat verstaan wie baas is op die plaas, maar toe besef dat sy te ver gaan. Sy het kos begin oorstuur: vleis met die slag, en van die groente. Sy het ook vir Nellie toegelaat om haar eie henne en van die afgemaakte mielies in die stoor vir Sannie te vat sodat sy darem weer eiers in die huis kon hê. En toe Joey Drew saam met Greeff dorp toe is, het sy 'n ekstra sak meel vir die Minters laat maal. Sannie het twee sakke van daardie tog dorp toe gekry. 'n Maalsak en 'n winkelsak.

Die volgende oggend het Sannie voor die kombuisdeur gestaan en deur die oop bo-deur vir Dorothea gesê: "Ek het net kom dankie sê vir die kos. Ek vat dit oor ek nie anders kan nie." Toe het sy omgedraai en na haar plek toe teruggeloop. Dorothea het haar agternagekyk soos sy wegstap. Die laaste bietjie trots en weerstand het in haar regop skouers gesit, maar bo-oor alles was die mantel van vernedering. Sannie het haar beste rok, die een wat sy gemaak het vir die troue, aangehad, en Dorothea het gewonder of dit nou iets sou wou beduie.

162

Een ding sou Dorothea Nellie nooit vergewe nie: dat sy eerste vir haar skoonma gaan vertel het dat haar maand wegbly en sy dalk verwag, en dat sy eerste by Gertruida gekla het toe haar borste seer word en sy begin seker raak dat daar 'n kind op koms is.

Nellie en haar ma was weer haaks oor Sannie Minter wat nou skielik so ingestop word, toe Nellie sê: "Ek sal nie Petrus se mense laat vergaan van die honger nie, Ma! My skoonma sal net so 'n ouma vir my kind wees as Ma."

"Verwag jy?"

"Ja."

"Is jy seker?

"Ja. My skoonma sê al die tekens is reg."

"Jy't met háár gaan praat . . . nie met my nie?"

"Wat verwag Ma? Ma het my weggegooi oor Petrus. Daar's net my skoonma en tante Gertruida met wie ek kan praat . . ."

"Weet jou tant Gertruida ook al?"

"Al meer as 'n week."

"En julle sê my niks?"

"Ma hoef nie self met Ma saam te leef nie. Ma kan nie maar net trap en slegsê en broei en dan vertroue terugverwag van Ma se weggooikind nie. Ek gaan 'n Mintertjie kry en ek weet Ma hou nie daarvan nie. Ek weet nie eens of Ma so 'n kleinkind sal wil hê nie. Hoekom moet ek nóú skielik maak of Ma nog my ma is?"

Dorothea het seergekry, maar wou nog verder: "Wat het Sannie Minter jou in die kop gepraat oor my?"

"Sy't net gesê sy kom nie weer naby dié huis nie oor wat Ma gesê het oor die agterdeur en die soengroet. Dis genoeg, of dink Ma nie so nie? Ma hoor by my dat Ma gaan ouma word, en kyk hoe maak Ma. Ma is nie bly nie, Ma wil net baklei. Wat moet ék nou dink?"

Nellie het haar rug op haar ma gedraai en kamer toe gegaan.

Dorothea het geweet sy't die stryd verloor. Want in haar het daar van diep af 'n blydskap opgestaan oor die kleintjie wat kom — maar sy kon dit nie wys nie, sy kon nie skielik omdraai en sonder 'n verskoning begin ouma speel nie. Sannie Minter is nou die ouma van haar kleinkind; Gertruida is nou nader aan haar eie kind as syself. Sy sal moet verander en regmaak, want sy hét dinge te ver laat gaan. Sy kon nie haar kleinkind óók nog verloor nie.

Sy's na Nellie se kamer toe en daar het sy so na aan pleit gekom as wat dit uit haar aard en haar aansien in die huis moontlik was: "Ag, Nellietjie, Ma het jou nie weggegooi nie . . . Dis net . . . daar's my verdriet oor Daantjie, en . . . en ek is skuldig, my kind . . . Maar voor die bloedjie kom, wil ek asseblief met jou regmaak . . ."

Al het die volte van vrouwees nou in Nellie gegroei, het die krenkende gebeure van haar stryd om Petrus te kry, nog verbete en tiendarjarig in haar gesit: "Ek sal met Ma regmaak die dag as my skoonma met vrymoedigheid deur Ma se voordeur kan loop."

Die volgende dag het Dorothea vir die eerste keer self afgeloop na die bywonershuisie toe, Sannie Minter gaan haal, en haar deur die voordeur laat inkom om saam met hulle om die eetkamertafel te kom koffie drink. Sannie was sku in haar verslete en stowwerige dagrok, want die hele ding het vir haar gemaak gelyk. Sy het haar vingers baie op haar skoot gefrommel, haar voete geskuif, en nie geweet wat om te sê of waar om te kyk nie. Dorothea het baie gepraat oor hoe hulle mekaar, noudat die mans weg was, almal nodig het. Maar daar't nog te veel goed tussen hulle rondgelê, en die gesprek rondom die tafel wou nie vlot nie, al het almal probeer om Sannie te laat tuis voel, veral Nellie. Dorothea het haar voorgeneem om Sannie te help om genoeg rokmateriaal vir haar en haar kinders te bekom – en genoeg seep, handewas- en blou-. Maar sy sal dit hierdie keer met Nellie as tussenganger laat geskied, en met die skuifmeul dat Sannie se hulp op die plaas nou onontbeerlik is.

Soos haar skoonseun en haar man, soos Jakop Minter, en soos haar gestorwe seun wat op daardie oomblik sonder haar wete sy terugkom-leuens êrens sit en uitdink, het Dorothea begin agtergekom dat mense eintlik net struikel en val as hulle trots weggevat word – wanneer hulle so mín raak in hulle eie oë dat hulle minagting en krenking begin aanvaar as verdiende loon en niks anders meer verwag nie. In Sannie Minter was daar seker maar net een kwynende kooltjie eiewaarde oor, maar dié gloei darem nog binne, en dis 'n kosbaarheid.

Toe Sannie by die voordeur uit is om huis toe te gaan, het sy en Dorothea op die stoep gemik om te soengroet, maar daarvoor was die onsekerheid aan weerskante nog te groot. Dorothea was dankbaar oor die manier waarop Nellie ná die tyd kom dankie sê het. Alleen bymekaar, het sy vir Gertruida gesê: "Om jou trots te moet sluk soos ek vandag, is seker goed vir die nederigheid van jou siel, Suster, maar maklik is dit nie. Dis bitter, al móét dit."

En in die bywonershuisie het 'n klein vlammetjie op Sannie se laaste kooltjie eiewaarde begin opflikker, want sy't haar dogters betig: "Julle loop slaap nie vanaand weer net so vuil nie. Dié varkerigheid van julle moet nou end kry. Vanaand nog. En môre was ons alles en maak behoorlik huis skoon. Ek het my vandag byna doodgeskaam toe die tante hier was."

⇥⇤

Die huis het uit die pad van die oorlog gelê, maar die vroue het onheilspellende dinge agter die kimme rondom hulle vermoed. Die eerste winter van die oorlog se vaal kombers was nog oor die binneland, maar die wit ryp-oggende het begin minder word soos Augustus begin volloop. Die gespartel om die plaasdiere deur die na-winterskaarste te kry met te min voer het al begin. Dit was in daardie tyd toe die vroue agtergekom het wat regtig aan die gang was.

'n Ruiter op sy rapportryerstog verder suide toe het daar kom oornag en is die volgende dag weer haastig daar weg. Hy was 'n Van der Merwe en hy het vertel dat Petrus hom aangesê het om daar te kom oornag vra, want hy sou daar veilig wees teen verraad en hy moes kom terugrapporteer hoe dit daar gaan. Hy het briewe gebring van Danie en Petrus, en hy het van Petrus as

165

Veldkornet Minter gepraat. Petrus, het hy vertel, lei nou 'n ver-kennerskorps en sy skoonpa is saam met hulle, al sukkel hy om by te bly. Die vrouens het die hele nag briewe geskryf sodat die man dit kon saamvat. Petrus Minter sou só hoor van die ko-mende baba. En in Petrus se brief aan Nellie het hy vertel van hoe hy nie gevra het dat hulle hom tot leier van sy korps moet kies nie, al het die voorstel van hoër op gekom toe die korps saamgestel is. Hy was eers teësinnig oor die eer, oor hy nog nêrens gesien het hulle maak 'n bywonerseun 'n offisier nie, tot haar pa hom eenkant toe gevat en hom hard aangespreek het oor sy inkennigheid.

Wat Danie op daardie dag toe 'n bywonerseun veldkornet geword het vir Petrus gaan sê het, was: "Jy hou nou hier en van-dag op om jouself net 'n kneg te ag. Jy sê jy't niks, maar ek sê jy't baie. En soos ons met ons eie oë gesien het, soos die Engelse nou aangaan sal almal naderhand niks hê nie. Dié oorlog maak eers almal gelyk en kies hoog en laag dan van voor af. Skei jy nou uit met jou halsstarrigheid. As jou volk jou só nodig het, doen jy dit."

Nellie het gebars van trots oor die nuus, en selfs Dorothea se hart het begin versag. Dalk het haar man tog gelyk gehad.

Maar daar was ook ontstellende nuus in die briewe:

Die Engelse het nou die laai begin uithaal om al hoe meer plase te verwoes en dit begin nou algemeen word. Hulle moes die waardevolste goed begin begrawe, het Danie gemaan. Greeff kon daarvoor gate in een van die dongas se walle gaan maak. Maar die geld en juwele moes hulle self begrawe waar niemand hulle sien nie. Hulle moes net genoeg van die goudgeld uithou vir daaglikse gebruik.

Dit sou dalk goed wees as die Engelse fotograaf maar daar aanbly, het Danie geskryf, want al is hy nie veel werd nie, dis darem 'n man in die huis en hy kan dalk tussenbei kom as die Kakies daar opdaag op hulle onheilige togte.

Joey was maar te bly, en het probeer nuttig wees so ver hy kon.

So was dit hý wat daardie Augustus vir Magrieta twee briewe

van die dorp af gebring het. Die een was geadresseer aan *Wedu-wee M.J. van Wyk*. Dit was haar stiefbroer Horst s'n. Die ander een was van haar ma.

Horst het in keurige Duits verduidelik dat Magrieta, aangesien hulle niks van 'n kind uit die huwelik verneem het nie, ná haar man se dood eintlik geen bande meer het met die mense en die plek waar sy bly nie, en dat hy haar self uit die oorlog sal kom haal so gou as sy laat weet dit is geleë. Want hy't nog altyd geglo die Here het 'n groter doel met haar as net 'n huwelikslewe in 'n nog onbeskaafde deel van die land. Gesien die uitsonderlike vermoëns waarmee haar Skepper haar begunstig het, het hy geskryf.

Haar ma was saam met haar hartseer en het gesê dat hóé sy ook al oor haar toekoms besluit, sy moet weet dat sy altyd welkom sal wees by haar moeder – so half of haar ma verwág het sy sou nou teruggaan sendingstasie toe.

Dit was die eerste keer dat Magrieta besef het dat sy inderdaad geen bloedbande meer met die Van Wyks het nie. Haar man was dood, daar was nie 'n kind om haar in die familie in te bind nie, en haar verblyf was dalk 'n soort genadebrood. Maar die gedagte aan haar stiefbroer se gloeiende oë het weer die ou weersin in haar laat opstaan. Al die moontlike myle alleen in sy geselskap het haar gegru en sy het teruggeskryf dat sy dalk sal afkom Kolonie toe as die treine weer behoorlik loop. Nie voor dit nie. Maar vir Gertruida het sy tog gaan vra: "Ek weet nie wat my bande met die Van Wyks nou is nie, tante Gertruida. Is ek nou net 'n los aanhangsel? Want my bloedband met julle is die graf in."

Gertruida het haar gerusgestel, met Dorothea gaan praat, en dié het Magrieta met groot klem verseker dat sy vir haar soos 'n eie dogter geword het, dat die huweliksband voor God duidelik sê dat sy en Daantjie een vlees geword het en dat sy daarom nooit verwerp sou word nie. Soos 'n eie dogter, só sal sy altyd in dié huis wees. Sy het Magrieta gemaan om nie sommer oorhaastige besluite in haar tyd van rou en verdriet te neem nie. Die hele wêreld rondom hulle was een groot onsekerheid, en om vrou-alleen haar pad deur soldate, rondlopers en oorlog te probeer vind, sal onsinnig wees, selfs op die treine. Wat Dorothea nié bygesê het nie, maar wel gedink het, was dat dit veral vir 'n jong vrou wat soos Magrieta lyk, sou moeilik wees, want die manier waarop selfs die Van der Merwe wat daar verbygekom het hom aan Magrieta verkyk het, en hoe Joey Drew oor sy woorde begin struikel as sy met hom praat, het by nie een van die vrouens verbygegaan nie.

Daar was 'n keuse voor Magrieta.

⁂

In daardie tye, toe die ergste pyn oor Daantjie se dood in haar begin verdof en Magrieta oor haar keuse begin tob het, het Daantjie baiekeer met die aandword naby sy skuilplek gesit met sy rug na die laatmiddagson. Dan het hy in sy niksdoen gesit en kyk hoe sy skaduwee rek soos die son sak. Hy het altyd op 'n hoë plek vir Soldaat gaan sit en wag. Die skemertes het dan in die holtes en dale begin versamel en die donker van die aand het eerste in die leegtes opgedam. Sy skaduwee het eers in die skemer opgelos en later deel van die donkerte geword.

Daantjie het geen benul gehad van hoe ver sy steeds langerwordende skaduwee al val nie, en ook nie hoe sy leuen deel sou word van 'n groot donker nie. Hy het net nooit só daaraan gedink nie, net geweet hy was uit die oorlog uit en hy moes eendag terug.

Hy't nooit gedink aan sy mooi Magrieta se keuse nie.

Maar die skraal, ontelbaar-veelvuldige satangsvingers en -vingertjies van die oorlog het, soos plantwortels wat die grond al dieper binnedring, stadigaan tot in die geringste en verste hoekies van alles en almal begin invoel, en alles aangeraak. Soos toe dit die sagste holtes van Magrieta van Wyk brutaal betas, en al haar besluite vir haar geneem het.

168

Sewe

D is die derde Nagmaal van 1944 in die kerk van die Moeder-gemeente. Oom Daantjie van Wyk sit vroom langs die so mooi behoue tante Magrieta.

Dis Daniël Egbert van Wyk wat daar sit, die trotse draer van die Van Wyks se familienaam, gewese ouderling en nou rustend – nie uit onwil nie, maar oor die rypheid van sy jare. Hy het sedert sy oorlede vader se plek op die ouderlingsbank leeg geraak het, daardie plek met groot vrug oorgeneem. Vir twintig jaar, want die dood het in 1924 dáárdie Daniël Egbert van Wyk, naamgenoot en vader, en óók 'n dapper oudstryder, aan die gemeente ontruk. Van toe af het oom Daantjie, godvresend en as 'n uitnemende voorbeeld aan ander, sy onbaatsugtige diens aan die Kerk van die Here gegee. Hy is iemand om na op te sien, 'n pilaar in die boeregemeenskap, die kerk en die politiek – 'n man met 'n warm hart en 'n ope hand vir sy volk, sy medemens en sy party. En daarby 'n man wat so prágtig en getrou bygestaan word deur sy geliefde en gewaardeerde eggenote, tannie Magrieta van Wyk. Hy verklaar dit met oortuiging, het dominee Sanders die dag met oom Daantjie en tannie Magrieta se vyf en veertigste huweliks-herdenking in die kerksaal gesê: "Watter juwele vir die gemeen-skap is hierdie twee bejaardes tog nie! Maar oom Daantjie en tan-nie Magrieta is meer as net sierade vir ons: hulle is ook juwele in daardie Opperhoogste kroon van geregtigheid en allesomvat-tende liefde. En die ander kroon, die een wat dié wat godvresend onder ons gewandel het, beskore is, dié sal hulle met gereg-

169

tigheid en onmeetlike liefde toebedeel word op daardie dag wanneer dit die Allerhoogste sal behaag om hulle op te roep na die verre huis wat reeds vir hulle toeberei is."

In die gangetjie aan die punt van die ry, vee die diaken die rand van die Nagmaalsbeker met sy kraakskoon, wit servet af. Die kelkies is al verby en Magrieta het daarvan gebruik, maar Daantjie dring aan op die beker, omdat hy dit meer skriftuurlik vind.

Hande uit kerkrok- en baadjiemoue stuur in September 1944 die beker ry-af na Daantjie toe. Hy vat die beker en sy ouderdomsbevlekte hande sluit hulle boerevingers intiem om die blinkgevryfde silwer terwyl hy sy hoof buig en sy oë sluit. Dit moet 'n gebed wees. Voor die heiligheid van die kosbare bloed wat tot ons verlossing gestort is. Daniël Egbert van Wyk kantel die beker versigtig en teug ligweg, sluk vroom, en stuur dit dan terug die ry af, want net vyf lidmate dring nog aan op die beker en in sy ry is hy die enigste. Hy sluit weer sy oë en vee uit respek nie sy mond af nie.

En niemand sien Daantjie van Wyk skree nie.

Hulle ry met die tweespoor-pad huis toe in 'n 1936 Chevrolet, want met die oorlog is daar nie nuwe motors te koop nie. By die knikke hou Daantjie byna stil voor hy die ratte knars en deurwip, en waar die middelmannetjie te hoog lyk vir die motor se onderwerk, ry hy 'n draai.

Magrieta kyk gelate voor in die pad en sê niks oor sy oumansbestuur nie. Al wat hulle op pad plaas toe vir mekaar sê, is: "Mooi diens," en "Ja". Nie een van die twee vind dit nodig om te onthou wie die leë stelling gemaak en wie dit belangeloos bevestig het nie.

Die dennebome wat pa Danie kort ná die oorlog geplant het, staan veertigjaar-hoog weerskant die oprit. By die huis klim Magrieta sonder 'n woord uit die motor, en haal haar kerkhoed sommer op die stoep al van haar witgrys hare af, asof die ding haar pla.

Maar Daantjie draai die motor om en ry die oprit af. Van die voordeur af kyk Magrieta hom agterna: "Soldaat," sê sy vir haarself en trek die deur agter haar toe.

Van sy stat af sien Soldaat Daantjie se motor oor die ongelyk veld aangestamp kom. "Bring 'n stoel en maak dat julle wegkom," beveel hy. "Hy was weer in die grootkerk." Sy mense bring die stoel en verdwyn, want hulle ken dié besoeke.

Daantjie kom sit sonder om te groet. Jy kan hom in sy kerkpak, das en blink skoene deur 'n ring trek. Soldaat sit kaalvoet in dun-geleefde klere. So langs mekaar lyk hulle witter en swarter as gewoonlik, soos die weerskantwalle van 'n kloof as die son sak en net een kant vang nog 'n paar laaste strale. Maar daar is nie 'n kloof tussen hulle nie. Hulle is net twee ou mans op stoele. Hulle voete is op 'n netjiese, misgesmeerde binneplaas tussen patroongeverfde kleihutte wat met klein, onhaakse venstertjies binnetoe kyk. Daar pik hoenders, langs 'n muur kou 'n bok 'n lap, voor hulle tussen die potklippe vrek 'n vuur witweg in sy as onder 'n amper leë pappot. Saam ruik hulle die smeermis onder hulle voete, die laaste soet rokie uit die misvuur, aangebrande pap, en die brak geur wat die middeldagson uit die aarde om hulle losbak. Hulle het te veel só saamgesit toe hulle jonk was en vir die oorlog weggekruip het.

"Ons tyd kom aan, Soldaat," sê Daantjie in die stilte in.

"Jy moet haar sê dat die ding kan uitbrand en vrek, Daantjie. As jy haar nie sê nie, gaan ons só doodgaan en ons moenie."

"Jy weet daar't te veel goed aan vasgegroei vir omdraai. Ek kán nie en ek sál haar nie sê nie. Ek probeer net uitmaak wat de hel met my aangegaan het."

"Jy was oor-jags van janloers. Almal raak so as hulle jonk is. Maar ek wil nie oorgaan anderkant toe met daardie mooi vrou se hart om my nek nie. Jy sal moet praat, ek het dié ding al te lank ingehou."

Soldaat is grys, tandeloos en geplooi. Aan sy een voet is daar nie 'n groottoon nie.

"Jy't al die jare by my gestaan, Soldaat. Moenie dat ek jou op ons oudag moet vrekmaak nie."

"Jy praat maklik van vrekmaak. Jý moet liewers praat, Daantjie. Jy't my te veel van jou bondel laat dra. Partykeer wil ek die ding ok maar van my rug af tel . . ."

171

Soldaat bly 'n oomblik stil, en die moontlikheid ontstel Daantjie.

"Jy sal dit verdómp nie doen nie!"

Dis nodig om Daantjie gerus te stel, sien Soldaat: " . . . dan kyk ek my toon. Jy't hom afgesny, anders was ek nie hier nie."

Maar daar's steeds die ander onrus in Daantjie: "Wat het ons hier kom soek, Soldaat? Wat het in my kop aangegaan?"

"Jou harsings het gevrot van Magrieta. Jy't gehoor van daardie Duitser, toe raak jy dol. Dis wat jý kom soek het, nie ek nie."

⚔

Want eerwaarde Horst Bunge het daardie Septembermaand van 1900 uit die bloute met kar en perde opgedaag met die voorneme om Magrieta te kom haal. Hy het vir twee stywe, ongemaklike en vrugtelose weke daar rondgepleit en Duits-gebid totdat Dorothea hom gevra het om liewer maar te gaan. Omdat hy Magrieta in haar bitter rou-smart so hewig ontstel.

Daantjie het daardie tyd Basoetoeland se kant toe geskuil, want hy't gevind dis makliker in die bergwêreld. Of so het Soldaat hom geleer.

Sommer van die begin van hulle skuiltog af, het Soldaat Daantjie onder hande geneem: "Julle Boere is so gewoond aan jaag, julle't vergeet om te hardloop," het hy gesê, want Daantjie het nie eens behoorlik geweet dat wanneer jy hardloop, te perd of te voet, jy dit verkieslik oor harde grond of langs kniediep water doen nie. Jy moet sorg dat jy altyd hoog sit wanneer jy sit, sodat jy ver kan sien, en jy slaap nooit op vaskeerplekke wanneer jy moet slaap nie, en nooit op deurloopplekke waar iemand onverhoeds op jou kan afkom nie. Twee kante moet jy oophou vir weghardloop as jy nie weet van watter kant af hulle dalk gaan kom nie. Nooit twee keer op dieselfde plek steel nie, behalwe as jy nie anders kan nie. Spore, vere, velle en ander goed waarmee jou spoor gevat kan word, moet nie agtergelaat word nie. Jy skop nie net jou vuurplek deurmekaar nie, jy gooi sy as toe en sleep alles plat voor jy trek. Gooi jou brandklippe in die lang

172

gras weg, strooi waaiblare en gras en skoon nuweklip en bok-drolletjies oor die askol, en pis op hom, dan lyk hy oud. Jy moet gedurig vinniger versit as wat 'n storie kan begin dik loop. En jy moenie was en skeer en jou perd roskam nie – nie as jou naam Blink-Daantjie van Wyk was voor jy begin hardloop het nie.

Soldaat het vir Daantjie die naam Koot Duvenhage gegee en gesê hy self is van nou af Alfred. Hy het Daantjie verbied om te skeer sodat sy gesig kon toegroei, sy hoed natgemaak en die ding behoorlik in die grond ingetrap om sy vorm uit hom uit te kry. Die kamas-gedeeltes van sy gebosseleerde laarse moes ste-welhoogte afgesny word en sy gekettingde spore en rybroek is langs die pad begrawe. Die spoggerige saal en toom is in die grond gevrywe tot die nerwe wit op die stulpings sit. Soldaat het gesorg dat Blink-Daantjie van Wyk in drie dae totaal verwaar-loos.

Toe het hulle verskuif en gewag, verskuif en gewag. Daantjie het geweet dat hy nie net vir vriend en vyand moet wegkruip nie, maar moet probeer om uit alle oë uit weg te bly, want onder elke paar oë sit 'n mond wat later kan praat. Soldaat moes, voor Daantjie met sy rapportryer-leuen begin het, die kos gaan soek en uitvind wat met die oorlog aangaan. Soldaat moes alleen gaan, want as hy 'n bekende raakloop, sou dit nie so erg wees nie – hy was nie dood soos Daantjie nie. Vir bekendes sou Sol-daat maar net vertel van Daantjie se dapper dood en van hoe hy wat Soldaat is, nou maar swerf oor hy g'n trek het vir Boer of Engelsman nie.

Dit was op een van sy kostogte dat Soldaat verneem het dat die Van Wyks se huis nog staan, dat Magrieta treur, en dat daar nou 'n lang Duitser uit die Kolonie aangekom het.

Soldaat het daardie aand eers donker teruggekom. Daantjie het vir die veiligheid sonder 'n vuur gewag, al was die na-winter se koue die laaste paar dae weer skerp in die aande. Hy het eers later hoewe oor die klipperige grond hoor aangestap kom en geweet dis Soldaat, want die perd se een voorpoot klik. Hulle sal 'n nuwe hoefyster en spykers in die hande moet kry en die hoef weer behoorlik beslaan.

173

"Ek het net twee hoenders kon kry, maar ek het baie gehoor."

Die vuur was aangepak en met die aansteek en brandblaas het Soldaat vertel dat die Engelse glo nou ook in hierdie wêreld begin huise afbrand en plaasdiere roof, maar dat die Van Wyks se opstal nog niks oorgekom het nie. Die vrou wat hy met haar deurstap na haar mense in Basoetoeland toe raakgeloop het, sê die Van Wyks is nog almal gesond. Sarah het haar vertel Magrieta huil nie, maar sy stil-treur baie. Die Engelsman met die kamera bly nog daar, en daar't glo nou 'n lang man met wit hare uit die Kolonie uit vir Magrieta aangekom. Die vrou het niks gesê van ander mans wat by die weduwee wil kom kuier nie.

"Praat sy van 'n wéduwee?"

"Is jy dan dom, Daantjie van Wyk? Haar man is dood, is hy nie? Sy's jou weduwee."

Daantjie het in die swerfmaande wat verby is, omtrent net aan Magrieta gedink wanneer hy nie oor "daardie ding", of sy pa se houding, of sy terugkeer-leuen getob het nie. Maar nou was dit of die woord "weduwee" van die weet 'n besef maak. Dit was of sy gedagtes teen daardie woord vasskiet en in 'n ander rigting wegkets.

Daar het 'n onhoudbare jaloesie in hom begin klop: sy hartslag het in die stilte van die aand deur sy ore gebons en die eerste beelde van jaloers-wees, die eerste stories wat jaloesie uitdink, het onkeerbaar in hom opgekom. In die nagte van sy vlug, wanneer hy in sy kombers met sy gestuite saadlosing worstel, en hy uiteindelik tog maar stilweg moes ontlading soek, het die beelde van sy Magrieta se jongmeisieslyf duidelik na hom toe gekom. Hy kon wat met Magrieta gebeur in die hitte van hulle omhelsings duidelik sien: haar lyf se ruk, die ekstase-stuipe as haar rug terugspan, haar asem wat vir die paar oomblikke van haar hoogtepunt ophou jaag, ingehou word, en in die bevryding met 'n kreun ontsnap, die wegvaag van haar blik wanneer die pupille verruim en die goddelike oë nie meer buitentoe kyk nie, maar in haarself in terugval – al dié dinge het by hom aangekom. Maar daardie nag, ná Soldaat haar weduweeskap genoem het, was dit anders, want nou was dit nie hý wat by haar is en die verrukking in haar laat vlam nie. Nie hý nie, iemand anders – 'n gesiglose vreemdeling wat sy aankleef en vir wie sy hyg.

Soms, in dié jaloerse waanbeelde, het die man op Magrieta die eerwaarde se lang, maer lyf en blonde agterkop gehad, want Magrieta het Daantjie baie vertel hoe die vroom hel agter haar lyf aan was sonder om dit te probeer wys. Soms was dit 'n vreemdeling. Die ergste swaai in Daantjie se kop het in sy lugkastele gekom. Waar hy eers gedroom het hoe hy huis toe kom en soos 'n teruggekeerde held, soos 'n geliefde uit die dood uit terug, deur 'n van vreugde oorstelpte Magrieta omhels word, was dit nou anders. Sy een droom was altyd van hoe sy aangehardloop kom na hom toe, van haar trane en woorde van verlang, van haar lyf se verwelkoming.

Nou was dit jaloerse visioene van hoe hy haar in haar ontrouheid betrap. In volle wellustige naaktheid. Van hoe sy skrik en hoe hy dan die gepynigde, die teleurgestelde, die tenagekomde is. En hoe haar spyt oor die onreg wat sy hom aandoen, haar oorweldig voor die klinkende woorde wat hy in sy droom uitdink. Agter in sy kop het hy geweet die ontstellende beelde wat hy opjaag, is redeloos, maar êrens binne wou hy die ontsteltenis wat hulle in hom bring, hê: die klop van sy onstuimige hart in sy ore, die woede, die pyn en die selfregverdiging. Dit was soos 'n vergoeliking vir wat hy geword het.

Die Duitser was op die plaas. Wat soek hy daar? Daantjie was vieruur nog wakker en hy het Soldaat gaan skud: "Ons moet opsaal, ek wil gaan kyk wat daar aangaan."

⚔

"Hier was laasnag iemand om die huis," het Gertruida in die kombuis gesê.

Hulle het almal na die spoor gaan kyk. Daar was 'n groot manspoor in die beddinkie waar Gertruida besig was om 'n rankroos se September-uitlopers terug te snoei. Sy het die grond losgewoel om die eerste vuilgoedjies uit te skoffel waar hulle in die

175

natgooikom om die rooswortels begin kopuitsteek het. Iemand het daar met 'n groot linkerstewel getrap. Asof dié iemand met die stoepmuurtjie langs gesluip het – al langs die veranda-pilare met hulle rankrose. Daar was iets ingehoue in hulle bespiegelinge oor wie se spoor dit kon wees. Dis te groot vir Greeff of Joey Drew, die sendeling is al meer as 'n week weg, en oupa Daniël se voete krimp so van die ouderdom dat hy deesjare elkers kleiner skoene moet koop. Daar was laasnag iemand vreemd om die huis.

Ons sal ons oë moet oophou, ons raak te gerus, het hulle vir mekaar gesê. Hulle sal moet fyn luister in die nag. Het niemand dan die honde hoor blaf nie? Nee, nie meer as gewoonlik nie.

Net Fienatjie het geweet wie daar was.

Toe Sannie vir haar dogters sê Nellie het kom waarsku dat daar in die nag iemand op die plaas rondloop en dat hulle hulle oë en ore moet oophou, het Fienatjie gesê: "Dis oom Daantjie, Ma. Dis oom Daantjie wat in die nag kom."

Sannie Minter het effens bevreesd na haar meisiekind gekyk, en later, toe sy Nellie van die ding vertel, was haar bekommernis duidelik: "Ek het altyd só gehoop die kind sal die helm ontgroei – veral nadat ek die ding laat begrawe het. Haar nagmerries oor die miere en die kinders wat sy so hoor sing, is al klaar 'n kruis vir die hele huisgesin, maar nou raak dit erger, want dit smaak my sy begin die dode sien!"

"Haai, Ma!"

"Weet jy waarmee kom sy nóú weer uit?"

"Ma?"

Sannie leun oor na haar skoondogter toe en fluister byna: "Sy sê sy droom oorlede Daantjie loop snags hier rond! Ek weet nie hoekom die arme kind so gestraf word nie. Maar dis nou die eerste keer dat sy die laai uithaal om die dode te sien loop. Seker maar oorle' Daantjie se gees wat nie wil tot rus kom nie. Maar kan jy jou nou voorstel wat sal gebeur as as sy met dié storie by arme Magrieta of jou moeder moet aankom! Ek't haar gesê as sy één woord oor die ding sê, klop ek haar paar boudjies vir haar vuurwarm. Ek weet ook nie aldag wat ek aan die kind het nie.

176

Ek moes daardie helm die eerste dag al laat begrawe het. Dit was sonde om die ding te pekel en te hou vir geluk. Mens moenie die Here versoek nie, dan straf Hy jou."

"Maar wát sien sy, Ma?"

"Nee, jong, sy sê hy's baie maer- en swartvergaan en hy't 'n yslike baard, en sy sê sy kop is in roudoeke toegedraai. Die graf is darem maar wreed. Hulle sê mos jou hare en naels groei nog lank ná jou dood as jou gees nie te ruste is nie. Maar moenie met Fiena praat oor die ding nie, as mens nie praat nie, vergeet sy partykeer."

Bo by hulle geselsplek het Fienatjie daardie middag vir Joey Drew vertel dat Daantjie nie dood is nie en dat hy snags op die plaas rondloop. Joey het uiteindelik genoeg verstaan om haar die woord *ghost* te leer, en haar eers maande later geglo. Want Danie het hom vertel hoe stukkendgeskiet sy seun dood is, en hom met trane in sy oë die mes met die swart droë bloed gewys. Maar al het Joey nie geglo wat Fienatjie so ernstig vertel nie, het hy onthou wat sy gesê het.

⊣⊨⊢

Daantjie staan swaar op om te loop.

"Ek stryk maar weer aan," sê hy en begin huis toe stap. Soldaat moet hom agternaroep: "Jy vergeet jou kar! Jy't met die kar gekom."

Die ou man draai om. Hy raak vergeetagtig. Soms as hy so vervaard raak oor die dinge uit daardie verre tyd, is dit al of sy gedagtes hulle nie wil laat inspan nie. Hy kom terug na Soldaat toe: "Het jy ooit ná die oorlog gaan kyk of daar nog van ons goed in die donga oor was?"

"Die water is honderd keer deur daardie sloot, wat sal nou agtergebly het?"

"Ok weer waar."

Hy ry versigtiger huis toe en gaan bêre die motor in die waenhuis. Magrieta sien hy't teruggekom en dra die Sondagkos na die gedekte tafel in die eetkamer. Hy doen die tafelgebed. Die

177

stilte hang oor die ete tussen hulle. Hulle praat nie. Net die messegoed klik.

Hy weet hy moet liewer nie praat nie. Sy weet sy moet liewers nie praat nie.

Dis altyd so dié tyd van die jaar. Dis of die koms van die nuwe seisoen die jong mense wat hulle was en wat tóé met hulle gebeur het, uit die grafte van hulle geheues opjaag. Maar Magrieta kan dit weer nie help nie, en met die spot-glimlag van ongeloof al klaar om haar mond, vra sy: "Wat sê Soldaat dié keer?"

Daantjie probeer die ding wegpraat: ". . . sommer maar gaan kyk hoe dit daar gaan. Mens het jou Christelike plig en ons hét van baie kleins af saam grootgeword."

"Ek bedoel: wat sê hy dié keer oor waar julle in die oorlog was."

Daantjie sit sy mes en vurk neer en staan op.

"Dis al amper vyftig jaar en jy neuk nóg!"

Hy los sy kos in sy bord. Magrieta hoor hoe woedend hy die voordeur in sy kosyn terugklap.

Sy begin die skottelgoed bymekaarmaak. Sy moes dit om vredeswille nie gesê het nie, maar soms dink sy sulke woorde help. Hulle is soos stukkies weerstand teen die herinnering.

Op die stoep probeer Daantjie onthou wat daardie laat-September in hom aangegaan het. Hy was nie net oor-jags van jaloesie soos Soldaat sê nie. Maar hy was nie homself nie. Hy kon nie by sy volle sinne gewees het nie. Hy probeer onthou, want elke keer wanneer hy – ná sy hart-aanmaning twee jaar gelede – aan die Nagmaalstafel 'n oordeel oor homself drink, begin hy aan die dinge dink wat hy so lank in die stiltes van 'n vergetelheid probeer terugdwing het:

Soldaat het daardie week toe hulle maar 'n paar myl van die opstal af in die vertroude dongas van hulle jeug skuil, gedurig by Daantjie gepleit dat hy nou een kant of ander kant toe moet besluit en klaarkry. Daar was orals Engelse by wie hy hom kon gaan oorgee, hy kon na Magrieta toe gaan en sê hy's moeg vir oorlog, want hulle kan tog nie wen nie – soos twee van hulle bure klaar gemaak het. Maar om daar rond te lê waar almal hom ken, is sonde soek.

Want Soldaat was daardie tyd goed ingelig. In die nag het hy na sy eie stat toe gegaan en daar vir hulle kos gekry, by al twee sy vrouens geslaap, en vir almal vertel van Daantjie se dapper dood en hoe hy wat Soldaat is, vlug omdat hy die geweer gesteel het. Maar almal moet hulle bekke hou en nie eers náby daardie dongas kom nie, want hy soek nie moeilikheid nie. En hy het aangedring daarop dat Daantjie hom so onherkenbaar moontlik maak vir ingeval hy raakgesien word.

"Smeer jou swart," het hy gesê. "Jy's al klaar so maer soos 'n riet. As jy jou swart smeer sal niemand eers dink dis dalk jy nie, en 'n swart mens loop beter in die nag."

Soldaat het sy mense gestuur om met 'n lang storie swart politoer by Sarah te gaan afbedel en die tweede dag het Daantjie alles wat by sy klere uitsteek, swart gesmeer. En nie eens 'n gek gevoel toe hy dit doen nie, want dit het hom veiliger laat voel. 'n Swart mens loop beter in die nag, veral as hy nog 'n donker doek om sy kop en gesig draai sodat omtrent net sy oë uitsteek.

Toe het hy in die nag begin loop en die honde weer aan hom gewoond gemaak. Uit die verte van die donga het hy toevallig die eerste van Magrieta se vryers sien opdaag: Thys Labuschagne, want hy sal Thys se geel beste-perd myle ver uitken. Maar dié is ná 'n halfuur, middag nog, weer daar weg. Sarah het Soldaat se mense vertel Thys het gemaak of hy wil kom meegevoel betuig met die verlies, maar eintlik wou hy kom konsente vra om weer te kom om met Magrieta te gesels. Dorothea het hom gou-gou die deur gewys oor hy gehensop en die eed van getrouheid aan die Britse Kroon geteken het. Sarah sê Dorothea het agter hom aangeskree dat Daantjie nog skaars koud is en nou wil hy wat Thys Labuschagne is, ná hy sy volk in die steek gelaat het, soos 'n aasvoël aan 'n dapper gesneuwelde se vars weduwee kom aas.

Daantjie het teen die wal van die sloot vir Soldaat gesê: "Ek sal hulle een-een vrekskiet. Een-een. Ek gaan hulle voorlê by die driffie en een vir een vrekmaak. Dis mý vrou."

Soldaat het die swartbesmeerde, verslonste wit man met die uit voortand aangekyk en maar weer probeer: "Sy weet dit nie. Loop sê haar."

Daantjie het net voor hom gekyk. Dít is die laaste ding wat hy in sy lewe sou doen. Hy sal ná die oorlog terugkeer en, al moet dit hóé, sy eer in almal se oë teruglieg. Hy kan, soos 'n swartslang, "daardie ding" nie verhelp nie, en hy ly verdomp genoeg.

❈

Laat-September se aande laat hulle nie voorspel nie, want die seisoen wik nog tussen winter en somer. Maar dit was op só 'n aand. Só 'n aand. Een van die warmes, wanneer 'n somer die oorhand begin kry.

Magrieta kyk van die leunstoel op die stoep af na waar die opstalpaadjie in die lig van die geel volmaan opdraai na die huis toe. Dit was anders, en tog dieselfde, daardie nag. Pa Danie se dennebome wat nou in die maanlig so donker langs die oprit staan, was nog nie daar nie en die onderste hek was 'n gewone hek, nie die spoggerige ysterhek met sy klippilare wat Daantjie tien jaar gelede laat bou het nie. Daar was nie 'n groot bord waarop staan *Daantjie en Magrieta van Wyk, Grotegeluk,* nie.

"Alles wat my ooit seergemaak het, het deur daardie hek gekom."

Ook seker op daardie nag van die aand wat nou so dieselfde is. Was daar minder maan? Sy weet nie meer nie. Kan die rankrose teen die pilare vyftig of meer jare oud wees? Sy kan nie onthou dat hulle ooit oorgeplant is nie, maar hulle knop nog altyd half te vroeg. Soos nou. Dis dieselfde maanlig, want die maan word nie oud nie, hy bly maar wat hy is, en elke maand tel hy net die vrouens se vrugbaarheid af en kyk hoe alles hier onder verbydraai en verbygaan.

Maar daar lê nou ander honde op die stoep. En in die slaapkamer agter haar hoor sy Daantjie se oumansgaanslaap: sy kierie wat hy al weer te skeef teen die bedkassie laat leun het en dus

180

nou kletterend op die plankvloer omfoeter, die ronkende snorke om die snot uit sy agterneus in sy pienk keel af te kry, die tjier van die bed as hy gaan sit, die val van sy skoene, en uiteindelik sy sug van gaan lê. En die bed se kraak as hy soos 'n ou hond daardie lê soek. Húlle bed se kraak. Hulle ou tweetjies se geheiligde huweliksbed se kraak. Die bitterheid kom soos 'n galstuwing boontoe.

God, hoe haat sy nie daardie bed se kraak nie. 'n Halwe leeftyd moes sy dit aanhoor as haar amptelike, gevolmagtigde, wettige, gesertifiseerde eggenoot wat bedags met sy heilige gevreet en groot stigtelike woorde rondloop, eers saans gou die pyn in haar droë, teësinnige sagtheid instamp; haar gryp en ry soos 'n dier. Op maat van die verdomde bed se gekraak – die getjietjiere wat tydhou, tydhou, tydhou van haar dor pyn en aanhou en aanhou en aanhou onder sy lyf se stote. Die tjiere het iets soos strepies onder haar walg aan sy gehyg getrek – tot hy klaarkry en afrol, en sy bly is dat sy nie geroer het nie, nie gevoel het nie en nie 'n geluid gemaak het nie. Maar die katel hou nie sy bek nie, hy tjier net: betaal, betaal, betaal – aan 'n skuld wat nie hare was nie en wat sy nooit sal afbetaal kry nie, al vrek sy.

"Vervloek is daardie oorlog wat alles kom breek het," sê Magrieta se wrewel in die só-'n-nag in.

"Kom jy nie bed toe nie, Vrou?" kom Daantjie se oumensstem deur die venster.

"Nee!"

Hy vra nie verder of hoekom nie. Hy weet.

Daar was die tyd – hoe lank terug, tien jaar of twintig? – toe Daantjie weer behoorlik met haar probeer vry het. Dit was erger, want sy't geweet hoekom hy dit doen. Die oorlog het begin afkoel in sy kop, en haar eie kilte het hom ingehaal. Toe hy begin sukkel om reg te kom, wou hy hê hulle moet weer vry soos aan die begin – sodat hy aan die gang kan raak. Hy het haar skielik met soetpraatjies probeer uitlok om met hom te speel. Maar sy't net soos altyd gelê: willoos en verbete ongeprikkeld. Tot hy oor sy onmag opvlieg uit die bed uit en begin swets en skel oor sommer alles. Veral oor haar, want hy't haar stilte, haar stywe lippe

181

onder sy mond, en haar afsydige liggaam die skuld gegee vir sy mislukking. Sy verwoede vloeke en selfbejammerende gemor het dan afgeklink in die gang, deur die kombuis en deur die agterdeur buitentoe, en van die vervloeking van sy kil vrou af uitgekring tot hulle alles insluit wat met hom gebeur het. Tot by die stank vir dank wat hy vir sy heldedom in die oorlog gekry het, sy pa se bot afsku en die fokken Engelsman wat alles kom bedonder het. En dan het hy soms in die eetkamer gaan drink, en enkele kere, soos Horst Bunge, buite loop bid. Maar anders as die eerwaarde se prewelinge het Daantjie dit hardop gedoen, met trane in sy stem – verwytend, presies voor die kamervenster, sodat sy kon hoor. Soos 'n kind wat sy verontregting wil laat aanhoor. Soos die kind wat hy dalk altyd maar agter sy groot bek was. Jammer vir hom, was Magrieta nooit. Nie 'n enkele keer nie.

Sy't nog oor hom getreur toe sy daardie aand-soos-vanaand gaan slaap het. Sy't nog gerou, na hom verlang – in die middel van haar maand kon sy voel hoe haar lyf weier om te vergeet. Sy't gaan slaap. Die mooi jong weduwee, die sommer-nog-'n-meisiekind wat sy was, het net gaan slaap, niks meer nie. Maar daar was oë in die nag rondom die huis. Natuurlik is daar gekyk uit die donker, maar sy was in die warnes van haar gedagtes vasgekoek, sy't niks agtergekom nie. Wie de hel kon dit tog wees? Wie wás dit?

Want sy het nie Daantjie se koorsige blik op haar gevoel nie. Hy het swart langs die rankroos teen die pilaar skuins teenoor Magrieta se slaapkamervenster gestaan. Die huis slaap agter donker vensters, maar in húlle kamer, sy en Magrieta se slaapkamer, brand 'n kers. Die gordyne is ondig toegetrek en waar hulle bymekaarkom, is daar 'n skreef geel lig. Sy beweeg deur die kamer. Enkele kere val haar skaduwee dof in die gordyne, maar hy kan nie haar vorm uitmaak nie, want sy's te naby aan die kers daarvoor. En deur die skreef lig flits net so nou en dan 'n strepie van haar verby.

Die spanning van so naby te wees, die geheime opgewondenheid van 'n afloerder, kruip in hom op. Die veranda strek nie tot

182

by hulle kamervenster nie en hy sluip om die stoepmuurtjie en gaan loer versigtig deur die skreef – al weet hy die maanlig vang hom daar en dat sy kop swart teen die lig in die gordyne uitstaan.

Hy't Magrieta gesien. Sy was nog in haar onderrok voor die spieëltafel. Die kers het skuins tussen haar en die spieël gestaan. Sy het die borsel deur haar goue hare getrek en die vyftig hale wat haar ma kindtyd voorgeskryf het, nog steeds stilweg afgetel. Soos sy elke aand van hulle saamwees met minder klere oor haar lyf gedoen het, en met dié terg nooit veel verder as twintig voor sy opgejaagdheid kon kom nie. Die kerslig het soos altyd die buiging van haar keel bewonder. En haar nek se sagte weerstand met teerheid belig wanneer die spiere effens span teen die borsel se hale as sy agter borsel en haar kop agteroorgooi sodat die weerloosheid van haar keel oop is soos 'n oorgawe en haar borste vorentoe druk soos 'n uitdaging. Daantjie het elke haal van die skilpaddop-borsel geken: hoe, wanneer sy 'n hand vol van haar lang hare vorentoe bring om die strook met lang hale glad te maak, sy haar kop draai, en hoe sy dan die punte bymekaarvat en hulle met kort, vinnige bewegings uitborsel. Dan neig haar nek skuins en wys die sagtheid van sy sye en hoe hy sonder golf of kreukel in haar mooi skouers invloei.

Daantjie bewe en kom nie agter hoe sy een kneukel teen die ruit rittel nie. Totdat Magrieta skielik omkyk na die venster, onseker of sy dalk 'n geluid hoor, en hy vinnig langs die muur moet afbuk, asem ophou en wag. Maar sy't nie venster toe gekom nie en hy kon haar afloer: hoe sy kaal word en te gou, te gou, haar nagrok oorgooi en haar meisieslyf bedek – haar borste, skraal middeltjie en die bossie skaamte in die skuilte tussen haar heupe en die bymekaarkom van haar dye. Voor sy die kers bedkassie toe dra en op die bed gaan sit. Sy gaan nou, soos elke aand, haar hande insmeer. Daantjie weet presies hoe soet en alles-vrou haar hande in die nag ruik as sy haar arm oor hom gooi en hom in haar slaap vashou. Hy wil dit weer ruik. Hy moet.

Die maer manslyf wat Daantjie teen die muur druk, wou nie

ophou bewe nie en sy borskas teen die sandklip-vensterbank se skerp rif het diep gedein soos sy asem deur sy keel jaag.

Magrieta het nie eers haar stukkie Bybel gelees en gekniel om te bid soos altyd nie. Ná hulle liefdespel verby en hulle loomgesels oor was, wanneer hy al begin insluimer, het sy altyd opgestaan, haar Duitse Bybel gelees, voor die bed gekniel, en met haar hande oor haar voorkop en oë gebid. Maar nie dié aand nie. Voor sy die kers doodblaas, het sy wel soos altyd, somer en winter, venster toe gekom, die raam 'n paar duim opgeskuif en die gordyne halfpad oopgemaak vir môreoggend se betyds wakker word.

Hy buk en wag. Die lig van die kers verdwyn uit die gordyne. Moontlike en onmoontlike maniere waarop hy na haar toe kan terugkom, maal in sy kop. Sou sy al slaap? Sy't altyd maklik aan die slaap geraak.

Die nuwe raamtoue wat hy nog self aan hulle teengewigte vasgemaak het, werk glad toe hy die venster opskuif. Die maan skyn op sy rug en sy sou hom kon sien, maar hy het ophou dink, hy móés net nader. Hy trek hom op en gaan sit op die vensterbank, swaai sy bene oor en sit sy voete saggies op die plankvloer. Sy maanligskaduwee val oor die slapende vrou en hy beweeg dwars om in die donker te kom. Hy's so naby haar dat hy haar ruik. Die strook maanlig deur die half-oop gordyne val oor haar arm en skouer.

Toe skrik sy skielik regop asof iets haar waarsku en Daantjie kan nie anders nie, hy moet haar mond toedruk voor sy 'n geluid kan uitkry. Sy spartel onder hom en hy voel haar lyf teen syne beweeg. Soos hy haar vasdruk, gebeur dit. Dit gebeur net. Hy druk haar met sy volle gewig teen die bed vas, sy een hand oor haar mond. Sy vry hand sukkel die beddegoed tussen hulle uit. Sy lyf skree oordonderend in sy harsings in: "Nader! Nader!" Hy sleep haar nagrok teen haar dye op. Hy dwing haar bene met sy knie van mekaar. Hy ruk sy gulp uit sy knope. Hy beur in haar in en verkrag haar. Haar nabyheid en die siedende geweld in hom word 'n waansin — asof alles wat in hom opgelaai het, net hier, in sy vrou se sagste geheimenisse, kan ontlaai. Moet ontlaai. Dis gou verby, want die maande se wegwees, pyn en ver-lang, die twee weke jaloesie, en 'n hele aand se loer, het hom 'n oorverhitte dier gemaak. Met 'n paar stote stort hy sy opge-damde saad bruusk en oorheersend in haar onwil en haar mag-teloosheid in – in die swakkerwees van haar geslag in.

Sy het nog gespartel toe hy opspring en deur die kamerven-ster die nag in spring. Haar gille het agter hom aangekom en hy het gehardloop tot by die hek.

Hy het dáár eers omgekyk en gesien hoe die vensters begin gloei. En toe het hy Soldaat van ver af uit sy stat gaan wegroep en gesê hulle moet maak dat hulle wegkom. In die donga het hulle raakgevat wat hulle in die donker kon in die hande kry en die nag in gery. Eers nadat hulle die perde die eerste keer moes laat rus, het hulle gepraat.

"Wat gaan nou weer aan? Vir wat hol ons weg?"

"Ek was by Magrieta."

"Só? So swart en vuil?" Dit kon tog nie wees nie. Nie Blink-Daantjie van Wyk nie.

Daantjie het niks verder gesê nie en Soldaat moes por: "Wat sê sy?"

"Ek het nie met haar gepraat nie."

"Net gekyk?"

"Nee, ek was in haar kamer."

"Saam met haar?"

"Ja."

"Het sy jou gesien?"

"Nee."

"Nou wat het jy gemaak?"

"Ek het haar vasgedruk en . . ."

Die wete het by Soldaat gedaag.

"Jy't haar in die donker gegryp en gesteek. Dís wat jy gedoen het!"

"Ja."

En selfs só gou na wat hy gedoen het, toe hulle die perde weer verder die nag in stoot, het Daantjie sy eerste vergoeliken-de gedagtes begin dink: 'n Man kan tog nie sy eie vrou verkrag

185

nie, het hy homself begin wysmaak, maar toe hy dit vir Soldaat probeer verduidelik, het Soldaat baie kil en berekend geantwoord: "'n Man kan. Ek sal saam met jou lieg vir ander mense, maar ek gaan nie meer saampraat as jy vir jouself lieg nie. Jy's nie 'n swartslang se gat nie, ons ry hier in die nag rond oor jy 'n oumeid is wat haar natpis van oorlog, en as jy 'n vrou teen haar sin gryp, is jy 'n vark. Loop lieg vir ander mense."

Toe het Soldaat stil aangery en nie weer daardie nag met Daantjie gepraat nie. Want Magrieta van Wyk was 'n mooi sagte vrou, nie 'n teef om sommer in die donker te gaan vasdruk en ry nie. Vir wat sê die duiwel altyd vir 'n man se ballas hy moet die mooiste goed wat hy raakloop gaan bykom en vuilbesmeer? Wat soek hy wat Soldaat is, by dié man wat so gou vark geword het? Al was hulle die meeste van hul dae saam?

"Gaan jy nou die hele nag buite sit?" vra Daantjie deur die venster vir Magrieta.

"As ek lus is, ja," antwoord sy.

Hoeveel durf sy haarself toelaat om te onthou van daardie nag? Dit was tog die nag wat op té veel maniere die bose groei in haar aan die gang gesit het. Wat kan sy onthou? Die reuk van haar verkragter sal sy altyd in haar neus saamdra: ou sweet, rookvuur, perd – en iets paraffienerig oor alles. Dis wat sy onthou. Die vuil van sy reuk en die maer sterk lyf op haar en die hand oor haar mond en neus wat haar ook vir asem laat veg. En die skerp pyn van sy droë stote. Daarna? Die kamer met al die bekende vrouegesigte verbysterd agter kerse. Hoe hulle eers die ondenkbare nie kon glo nie, en net deur die oop venster en die vuilswart strepe op haar wit lyf en teen haar nek oortuig is, én deur die saaddruppels wat uit haar uitslym en saam met 'n smeerseltjie bloed 'n opgehewe dammetjie in die middel van die pispot se boom maak. Want hulle het haar op die ding laat sit sodat die saad kon uitloop terwyl Nellie louwater maak om haar mee te was, al sou sy nooit weer skoon kom nie. En sy moes daar waar hy in is, diep was. Sy't self daar probeer inwas en vir hulle gesê hulle moenie so staan en kyk nie, dis swaar genoeg. Fienatjie het glo in haar nagkabaai aan die agterdeur kom klop

186

toe sy met die wassery besig was en tante Gertruida het gaan hoor, maar teruggekom en gesê Fienatjie het die ding gedroom en 'n oorlas van haarself kom maak.

"Dit het nie gebeur nie," het haar skoonmoeder heeltyd gesê. "Dit het nie gebeur nie."

Niemand het Magrieta vertel wat Fienatjie gedroom het nie, want dit was tog onsinnig. Sy't die nag met 'n gil wakkergeskrik en toe hulle haar vra wat nóú weer makeer, het sy nie van die miere en die kinders se gesing gepraat nie, maar gesê oom Daantjie is besig om tannie Magrieta vas te druk. Sy wou gaan help en het uit die huis uit gehardloop met haar ma agterna. Sy het vir Sannie weggehardloop en aan die agterdeur van die opstal gaan hamer. Gertruida het die bo-deur oopgemaak en Fienatjie het gesê oom Daantjie het tannie Magrieta kom seermaak.

Sy was nog besig om dit te sê toe haar ma ook uitasem daar aankom. Sannie was jammer oor die ding, want omtrent elke kers in die huis het gebrand en sy't verskoning gemaak vir die kind se gedrag en haar 'n pak slae belowe oor sy nou soos 'n satang met die dode begin heul.

Maar Sannie het tog gevra: "Het hier iets gebeur?"

"Wat op aarde sal nou hier gebeur, Sannie? Gaan slaap jy nou maar, en praat tog net mooi met die kind, moenie weer slaan nie. Sy kan dit nie help nie." Sy het die bo-deur toegemaak en Sannie het haar duiwelbesete dogtertjie die nag in gesleep.

Dit was op daardie nag dat Magrieta, terwyl Dorothea haar hand vashou en by haar waak, die aantreklikheid van haar lyf en die mooi in haar gesig begin vervloek het.

Soos nou, vyf-en-veertig jaar later, op die stoep, onder die-selfde maan.

"Al wat ek van mooi gekry het, is smarte," sê sy vir haarself.

Toe staan sy op om vir haar te gaan nagkoffie maak. Slaap sou sy tog nie en Daantjie se gesnork deur die kamervenster jaag haar in elk geval van die stoep af.

187

Agt

Major P.R. Brooks (Rtd) vul hy op die vormpie in. Die dame agter die ontvangstoonbank van die museum sê vriendelik, maar amptelik, hy moet maar na een van die leestafeltjies toe gaan, sy sal die bundels gaan haal en vir hom bring. Hy is 'n lang, waardige man van vier en sewentig en hy dra sy militêre verlede nog in sy regop rug en presiese treë. Sy leeftyd van soldaatwees sit in sy gedissiplineerde blik en in die kortgekapte, beheersde sinne wat hy praat.

Philip Brooks dra sy wond sonder selfbewustheid, verskoning of verduideliking. Eintlik is daar meer wonde, maar die meeste is binnekant sy klere en nie van buite af sigbaar nie. Net aan sy linkerhand kan mense dit sien. Dis waar die skrapnel 'n duim, wysvinger en 'n stukkie handpalm weggevat het. Die dokter wat die wond skoongemaak, die los velle en beentjies verwyder, en die agtergeblewe vleis skoongesny het, was haastig om by ernstiger gevalle uit te kom. Almal in die kermende, bloed-en-modder-morsige hospitaaltent, drie myl agter die loopgrawe in Vlaandere, was haastig, want die gewondes het daardie dag so vinnig gekom dat die draagbare voor die mediese tente opgedam het. Maar die holte waar sy vingers was, het tog uiteindelik pienk genees, en die drie oorblywende vingers het met die jare van 1916 af hulle eie kundighede aangeleer. Die ander plekke waar nog 'n paar ysterskerwe ingedring het, sit onder sy klere en pla of bekommer hom nie. Dis wonde uit Wes-Europa se modder-loopgrawe, en dit sit net in sy vleis. Die letsels aan sy binnekant is van die vroeëre oorlog, die een waaroor hy omtrent nooit met enigiemand praat nie.

Almal het hom afgeraai om weer Suid-Afrika toe te kom: hy word oud, dis oorlog, Hitler se duikbote sluip nog deur die waters, waar gaan hy plek kry op 'n skip? Maar hy't bietjie invloed oorgehad, met 'n vragskip gekom en die trein gehaal binneland toe. Nou sit hy en wag vir goed wat hy self uit 'n vuur moes skop.

Die dame sit die vyf lywige bundels voor hom neer. Hulle is duidelik gemerk van een tot vyf, en op elkeen staan in groot drukletters: *J. F. Drew Collection*. In sy eie handskrif. En op die buiteblad van *VOLUME ONE* het hy destyds geskryf:

Donated by Captain P.R. Brooks – to be held in trust for posterity. Note by the donor:

I believe that Mr J.F. Drew recorded the effects of the 1899-1902 War on the local population with diligence and honesty. I therefore regard the contents of these volumes as historically important. For the record I wish to state that I have confiscated these photographs (as well as the diary and notes that accompany them) by force, and against the express wishes of Mr Drew. The only condition Mr Drew eventually asked me to insist upon, is that the collection be kept unopened for fifty years or until the event of his death, whichever occurs first. I leave the collection in your safekeeping on condition that Mr Drew's wish be honoured. Signed P.R. Brooks (Capt.) 21st July 1904.

Net Philip Brooks weet dat Joey Drew hóm ook verbied het om deur die lêers te kyk. En dat hy sy woord daarvoor gegee en gehou het. Was dit hoekom hy Suid-Afrika toe gekom het? Om ná hoeveel in die veertig jaar 'n klomp waarheidsprentjies waarvan hy die meeste in elk geval voor die vuurmakery gesien het, te kom bekyk?

Die biblioteek, so het hulle destyds ooreengekom, sou die stukke uiteindelik vir die museum gee wat tog moes kom. Hulle het dit gedoen – maar eers toe hy van die oprigting van die museum hoor en hulle aan die ooreenkoms herinner het.

Philip Brooks haal sy pen uit en noteer onder sy oorspronklike nota – net vir die veiligheid, en 'n tweede keer – dat Joey Drew op 2 Februarie 1938 in Somerset, Engeland, oorlede is. Dis nie nodig om by te sê dat hy aan 'n longkwaal gesterf het nie. Philip skryf die 1944-datum onderaan en teken nou as 'n afgetredene, 'n majoor, want dis so ver as wat hy dit toe uiteindelik gebring het.

Dit lyk of die museum woord gehou het, want hy moet nog van die aanmekaargebrande foto-rande van mekaar af losmaak. Was niemand dan nuuskierig genoeg nie? Toe hy geskryf het om te sê Joey Drew is dood en die bundels kan nou maar oop, het hulle teruggeskryf, dankie, die materiaal sal nou geopen en ontsluit kan word. Maar dit het nog nie gebeur nie. Daar sal wel 'n rede voor wees.

Hy begin deur die foto's kyk. 'n Paar se rande het sleg gebrand. Die tranerige dag toe hy die pakke papier en foto's uit Joey Drew se vuur moes skop en die man met geweld moes keer om nie sy werk verder te verbrand nie, sal altyd by hom bly. Op 'n Junie-dag in 1902 het van sy troepe hom kom roep om te sê die fotograaf het mal geword en is besig om sy besittings te verbrand. Hy onthou die klein, skeel mannetjie se gesig by die vuur. Hy was besete van 'n verdriet wat Philip, selfs na sovele nostalgiese en soms bitter bier-sessies saam met Joey Drew in Somerset se pubs, nooit heeltemal kon begryp nie.

"Van julle almal," het Drew se verwronge mond by sy vuur gegil, "het ek die meeste verloor! Alles! Dit was al wat ek ooit gehad het!"

Die kameras was reeds onherstelbaar verbrand en Joey was besig om ook sy ander besittings en die *portfolios* waarop hy so trots was, sy *lest-we-forget-papers* soos hy hulle genoem het, in die vuur te gooi toe Philip daar aangehardloop kom. Hy't gered wat hy kon, ook van die klere, soos die lang baadjie met die kort moue wat Joey altyd in die winter soos 'n jas oor sy bo-baadjie gedra het. Die baadjie was klaar erg verbrand, maar Joey wou skielik, nadat hy begin bedaar het, die baadjie terughê – omdat hy nog goed moes doen met wat in die baadjie is, het hy gesê. Eienaardige man, want al besitting wat hy nie in die vuur wou

190

gooi nie, was die ingekleurde en gemonteerde vergroting van 'n dogtertjie se gesig – die een wat glo die waarheid kon droom en inderdaad besondere blou oë gehad het.

Binne dié lêers, êrens, sal daar ook foto's van die merkwaardige vrou wees – seker nóg 'n afdruk van die vergroting wat hy, al is hy nou oud, nog altyd met hom saampiekel. As die een in die bundels geskroei het, kan die museum ná sy dood maar syne kry, want dié het hy deur al sy jare soos 'n kleinood bewaar. Sý vergroting van die mooi vrou se gesig is dus ongeskonde en onbevlek, al kon hy die verbruining van 'n amper-halfeeu se sluipende sepia rondom die ingekleurde dele nie keer nie. Dit wil sê ás hulle dit wil hê, want vir hulle sal dit net nóg 'n gesig uit 'n oorlog wees.

Hy probeer homself nog 'n keer oortuig dat dit nie oor haar is dat hy vir oulaas teruggekeer het Suid-Afrika toe nie. En opsoek sal hy haar nie, daar's te veel jare tussenin. Hy weet nie eens of sy en haar man nog leef nie.

Op die eerste foto in *VOL.1* staan die hele vooroorlogse Van Wyk-familie. Hulle huis was die sewende wat hy moes laat afbrand. Die sewende van hoeveel? Veertig? Vyftig? In sy gedagtes is dit altyd "laat afbrand" – so asof hy nie sy direkte aandadigheid in soveel woorde wil hoor nie.

⚜

Martie van Wyk het op haar huis se dak geklim om beter te probeer sien. Agter die sagte buiging van die bult tussen haar huis en die opstal van die Prinsloo's het swart rook opgeborrel. In die stil oggendlug van die herfs het die rooksuil regop gestaan en net sy kop het in 'n bo-wind weggebuig.

Dis waar! Wat die burgers gesê het die nag toe hulle op die plaas oorgestaan het, was waar. Wat Wynand vir haar geskree het met hulle rusie toe sy hom met sy tweede hensop-probeerslag teruggejaag het kommando toe, was waar. Hulle brand. Hulle brand af. Hulle los niks, nie eens 'n kat nie. En hulle vat die mense en die diere wat hulle nie vrekmaak nie, weg. Hulle slaan niks oor nie. Behalwe as jy hensop en teken. Sê hulle. Dan kan jy darem iets oorhou van 'n verlore saak, het Wynand probeer verduidelik. As jou eie mense dan nie jou goed met goeie rede gaan afbrand nie, het Martie teruggesnou. Want dan verraai jy. En Wynand het byvertel dat die Tommies kol-kol langs die spoor draadkampe maak waar hulle die mense gaan inhok tot die oorlog verby is, en hulle wil niks buite los waarvan die vrouens en die burgers kan leef nie. En hulle gaan dit regkry, want hulle is klaar oor die hele land vervuil en met elke troepetrein word hulle net meer en meer. Dit help nie vir haar om teen die donderweer te probeer poep nie, het Wynand gesê; laat ons tog net iets oorhou, het hy gepleit. Vir wat kan Wynand nie die bliksems behoorlik haat nie? Waar's volk en vaderland nou skielik heen? Wat kom sóék hulle hier? Wie gee hulle die reg? Maar daar's nie nou tyd om oor reg en geregtigheid te pieker nie. Sy gaan hulle nie vrou-alleen probeer keer nie, want dit help nie, en sy sal haar nie soos 'n ooi met 'n draadkruipnuk in 'n Engelse hok laat sit nie. Maar as die Prinsloo's al brand, kom die Kakies.

Sy het die kar laat inspan en deur die huis gehaas om die nodigste bymekaar te vat. En soos sy van kamer tot kamer raakvat wat sy kan, en haar bevele buitentoe skree, het sy haar heeltyd herinner wat nie vergeet moet word nie: "Komberse, komberse, komberse! Paraffien, paraffien, paraffien! Die geweer, gots, die geweer . . . Siena, kry klaar en maak vir jou 'n bondel, jy gaan saam! Driena, een pop is genoeg, daar's nie plek op die kar nie . . . Brandewyn . . . moenie nog drank vir hulle los nie . . ."

En toe sy die bêrekas oopsluit om die brandewyn uit te haal, het sy die wolwegif sien staan, en tussen die medisyne van die huisapteek, die jalap. Sy het die wolwegif en jalap uit die kas gevat en kombuis toe gegaan. Op die stoof was die middagkos al opgesit en aan die kook. Sou die spul dalk die vrede genoeg vertrou om aan haar kos te wil vreet? Sy het die wolwegif en purgasie op die tafel neergesit en die rooi seepsoda-blik bo van die kombuiskas afgehaal. Laat hulle dan maar hulle bekke verbrand! Sy het in elke kospot 'n beker seepsoda gegooi, maar kon

192

nie die bitter vermakerigheid nalaat om die oop en nog halfvol blik op die kombuistafel neer te sit en die blom wat Driena dié oggend vir haar ma gebring het, daarin staan te maak nie.

Toe't sy die kar gepak. En nadat alles op was, het sy twee bottels brandewyn teen 'n klip stukkend gegooi en twee uitgehou.

"Jy raak nie aan dié twee bottels nie, Siena! Hoor jy, Driena? Jy los dié goed uit, ek vat hulle saam vir geval die vuilgoed ons agternasit en wil molesteer."

Want in die een bottel het sy wolwegif by die brandewyn gegooi en in die ander jalap. Sy het die bottels by die geweer in die karkis gepak. Naby.

"Laat die Liewenheer dan maar besluit hoe hulle gaan skyt. Heeltemal of halfpad."

Hulle het wegggery. Sy en Driena en Siena. Na Dorothea-hulle toe, want waarheen nou anders? Sy't nie omgekyk nie. Sy wou nie sien wat sy en Wynand al bymekaargewerk gekry het deur die jare nie. Sy het uitgehou teen die omkyk totdat hulle die perde ná twee uur moes laat rus. In die verte, waar haar huis was, het die rook opgeslaan soos dit daardie oggend oor Prinsloo se plek gestaan het.

Martie het magteloos op die perdekar gesit en huil, en haar haat gevoed met die herinneringe aan al haar en Wynand se sweet en geesdrif en maak-vreugde – van die fondasie af wat hy eers skeef afgepen het, tot by die bou, steen vir steen. En die grasdak wat hulle jonk-jonk en so spelerig nog, saam gedek het. En elke meubelstuk wat hulle met die plesier van nuwe besit ingedra en staangemaak het. En elke gordyn onder die naai-masjien. Elke alles. En vir Drienatjie het sy gesê: "Jy moet vandag goed kyk, my kind, die onreg van daardie vuur tussen ons mure sal vir ons wys of die Here slaap of nie. Maar vervloek is daardie addergebroedsel en elke kleintjie wat vir duisend jaar in hulle vuil neste gaan uitbroei."

Die perde was nog nie uitgerus toe hulle die twee ruiters sien aangehaas kom nie. Wegjaag sal nie help nie. Sy sal maar wag. Sy het darem die geweer onder haar in die karkis.

Die twee ruiters se perde was self al tam en hulle het op 'n drafstap by die kar aangekom. Hulle was twee, en hulle was in uniform. Martie het haar voorgeneem dat sy maar sal maak of sy hulle nie verstaan nie, maar die eerste woorde wat die een gesê het, was in Afrikaans: "Wáár dink jy gaan jy heen, Mevrou?"

Hy was 'n groot man, en daar was iets soos spot in sy oorheersende oë. So of hy 'n plesierigheid uit haar magteloosheid haal. Sy Kakie-uniform het netjies gesit.

"Wie's jy om te wil weet? Ek ry soos ek wil."

Dit was die eerste hanskakie wat Martie in die oë moes kyk. Dit was soos om 'n duiwel waarvan jy net vertel is, van aangesig tot aangesig te ontmoet. Sy moes iets sê en wat wou uitkom, het nie na genoeg geklink nie. Daar was nie woorde vir haar walging nie, toe sê sy maar sommer: "Judas het seker ook kakie gedra."

"Moenie dit vir ons moeilik maak nie, Mevrou. Jou huis brand al, en jy draai nóú hier om en gaan terug. Almal gaan kamp toe, die oorlog moet end kry."

"En jy doen dit sonder skaamte? Is al ons plaasdiere nou al vrekgemaak? Jy's 'n kneg van die hel en sy trawante en nou wil jy vir my kom voorsê!"

"Jy kan maar rondspring en beledig soos jy wil, Mevrou, maar jy het nie nou 'n sê nie. Draai om. Ons het werk om te doen. En ek is nie 'n verraaier nie, ek is 'n Kolonialer en lid van die Britse leer. Ek tolk net."

"Jy't Boere-bloed! Is dit vir jou niks nie? En is wat jy nóú aanvang tólk?"

Die troep wat saam met hom was, het half eenkant gestaan en nie 'n woord verstaan nie. Ook nie toe die woorde uit Martie losbars nie. Die haat wat al die hele oggend in haar opgebou het, het soos 'n dam deur sy keerwal gebreek.

Sy't die hanskakie alles wat sleg is genoem, maar niks was kwetsend genoeg nie. Sy kon nie genoeg verdoemende woorde kry om hom mee te beledig nie. Sy het Driena se ore nie gespaar nie. Sy het gegil en op hom geskree, en gesien hoe die skaamkwaad in hom opstaan. Hy het die "Mevrou" gelos en vir haar gesê sy draai nóú om of hy sal moet geweld gebruik.

194

"Geweld!" het sy geskree. "Dis jý wat geweld soek, helhond!"

Sy het Driena en Siena voor 'n woedende gebaar van die karkis laat afskarrel.

"Jy soek my, en jy sal my kry!"

Martie het die kis oopgemaak en die geweer begin uithaal. Die man het op die kar gespring, haar weggestamp sodat sy amper van die kar af foeter, en die geweer uit haar hande gewring.

"O, nou wil jy skiet!" was hy besig om te sê toe hy die brandewyn sien. Die twee bottels het half bo-op mekaar gelê waar sy die geweer uitgehaal het. Die Liewenheer moes besluit hoe hulle gaan skyt, maar sy het die bottel met die wolwegif, vir geval die Liewenheer dalk sou twyfel, laat bo lê.

Die Hanskakie het haar geweer vir sy Tommie-trawant aangegee, die boonste bottel uit die karkis getel, en van die kar af gespring.

"'n Bietjie oorlogsbuit," het hy vir haar gesê en effens leedvermakerig geglimlag toe hy die prop wat sy maar half ingedruk het, loswoel.

"Moenie my goed drink nie!"

Maar hy was nie van plan om die meevallertjie te laat verbygaan nie. Die Tommie saam met hom was half verleë en wou nie hê nie en die Hanskakie het die bottel voor sy mond gesit.

"Moenie daardie goed drink nie!" het sy gewaarsku.

"Ek moet darem ietsie gebruik om my te kalmeer ná jy my so met die geweer gedreig het!"

Sodat die Tommie ook presies kon verstaan wat sy sê, het Martie hard en duidelik in haar beste Engels gewaarsku: "*DO NOT DRINK THAT STUFF!*"

Die Hanskakie het gelag, só dom is hy nie. Hy het die bottel voor sy mond gesit en die bottel het geghloek-ghloek – só tot by die vierde, vyfde sluk.

Martie het hom in stilte aangekyk, want elke sluk was haar huis, haar meubels, haar huisdiere – en sý verraad. Sy het ook nog nooit wolwegif sien werk nie. Sy't hom nie jammer gekry nie, dit was soos om 'n ondier wat onder jou lammers maai, te sien vrek. So of jy half eenkant staan en die jammerte wat jou gewete vir jou sê jy darem behoort te voel, net nie in jou hart wil opkom nie.

Sy was verbaas oor hoe vinnig wolwegif is. Of dit sy slukderm begin brand het, weet sy nie, maar hy't die bottel van sy mond af weggepluk en deur 'n soort toegetrekte keel gesê: "Hier's gif in!"

Martie het ter wille van die Tommie weer Engels gepraat: "*I told you not to drink it.*"

Maar die Hanskakie was by stry verby. Die maagkrampe het byna onmiddellik toegeslaan. Hy het dubbeld gevou en bruingeel toue gebraak. Te gou, na Martie se smaak, want netnou kry hy genoeg van die goed weer uit om te oorleef. Toe hy begin rondslinger en sy geweer op die grond laat val, en sy verskrikte Tommie-trawant los die ander twee gewere teen die karwiel en kom nader om te probeer help, het sy die Hanskakie se geweer opgetel, seker gemaak dat daar patrone in die magasyn is, die veiligheidsplaat weggeskuif en die slot rustig oor die boonste patroon toegestoot, en byna onbetrokke vir die twee staan en kyk. Wat die arme Tommie gedink het, sou sy nooit kon weet nie, maar al wat dié verdwaasde man gedoen het, was om die Hanskakie te probeer regop hou soos 'n bees wat op die been moet bly om nie te smoorvrek nie. Hy't heeltyd gesê: "*Get it out, Baaijer, get it out!*" Of dis soos dit vir Martie geklink het. Sy moes langs die Tommie in die grond skiet om sy aandag te kry. Sy het langs die gewere by die karwiel gestaan en daar was vrees in die Tommie se oë toe hy "Baaijer" maar laat val om op sy eie verder tussen sy kotsels rond te krul van die maagkrampe en die stuwings van sy naarheid. Die Tommie het gehensop, want al het hy haar vroeëre woorde nie verstaan nie, was daar geen twyfel oor haar bui nie.

"Sit die gewere op die kar, Siena, en dan haak jy hulle perde agteraan. En Driena, maak toe jou bekkie en kyk anderpad, mens vergaap jou nie aan 'n vark wat vrek nie."

"Trek uit sy skoene," het sy die Tommie beveel.

Hy't gesê: " . . . *but* . . ." maar dis al wat hy kon uitkry voor Martie se tweede koeël 'n wolkie stof langs sy voete losskop en die opslag padlangs wegsing. Sy het die geweer gelig en die kil, ronde ogie van die loop het skielik na die Tommie se bors gestaar.

196

"Sy skoene . . . hy gaan dit nie nodig hê waar hý heen gaan nie."

Die Tommie het met bewende hande die Hanskakie se stewels losgeryg en van die enkels en voete aan die soms nog stuipende bene afgestroop.

"Siena, sit die skoene op die kar. Nou joune, Engelsman."

Die Tommie het nie meer geargumenteer nie. Hy het gaan sit, sy stewels uitgetrek en hulle self op die kar gegooi.

En so is Martie toe daar weg. Agter in die pad kon sy sien hoe die Tommie vir oulaas probeer om die Hanskakie op te help. Hy het naderhand maar opgegee en so ligvoets moontlik met sy kaal voete die pad af gehink en hooggetrap in die rigting van die rookkolom – in die rigting van haar kosbare, enigste huis waarvan daar nou seker net 'n swart brandmurasie oorbly; waar alles wat sy met soveel liefde vergaar en versorg het, nou seker net 'n hoop smeulende kole en as is. En die werf en kraal moet rooi besmeer wees van haar diere se bloed. Oor wat sy aangevang het, en oor die dooie verraaier dwars in die tweespoor-pad agter haar, was daar geen spyt of gewete nie.

Agter haar kar het die twee Engelse perde aan hulle tooms saamgedraf en sy het hulle eers na baie myle afgesaal en op die boude geklap die veld in. Die saals en tooms was te goed om weg te gooi vir iemand wat niks meer oorhet nie en sy het hulle saamgevat. Die stewels en gewere ook.

Dit was eers toe sy in Dorothea se kombuis tot verhaal kom en die warboel in haar gemoed begin sak, dat sy besef wat sy aangevang het. Tot daar was die hartseer van verlies, die onreg, én die genoegdoening van wraak, te deurmekaargekoek in haar kop om te dink voor sy doen.

Hulle het rondom Martie gestaan waar sy aan die koppennent van die witgeskropte kombuistafel sit en vertel. Hulle gesigte was vorentoe en gulsig vir nuus, en hulle oë wyd van wil-weet. Net Magrieta het eenkant gestaan. Dis soos verkragting het sy gedink – die geweld en die vat sonder vra, die besmetting en die nagevolge. Dis wat hulle aan ons en ons land doen. En die angstige gesigte uit die wêreld rondom ons – dié waarvan Wynand

197

altyd praat en pa Danie op hoop – kyk seker verontwaardig toe, maar dis die gesigte van dié met wie dit nie gebeur nie. Van dié wat van té ver af, oor té breë waters kyk.

"Dis moord, Martie!" het Gertruida gesê.

"Maar ek het nie gesê die vark moet dit vat en drink nie! Kan ek dit help as hy die goed sélf vat?"

"Die Kakies gaan jou spoor vat hiernatoe. Ons sal jou moet wegsteek."

Terwyl hulle gesprek heen en weer swaai oor die moontlikhede en die waar en hoe van die wegsteek van Martie, het Joey Drew nader geskuif en vir Magrieta gevra: "Wat gaan aan? Hoekom is die vrou so ontsteld?"

Magrieta se onbetrokke oë het na hom toe gedraai en sy het hom sonder 'n sweem van enige gevoel ingelig oor wat die gejaagde stemme in die skraperige taal sê: "Julle soldate het haar huis afgebrand en hulle is waarskynlik op pad hiernatoe om dit hier ook te doen."

"Hoekom?"

"Jy kan hulle self vra as hulle hier aankom."

Joey Drew het nie verstaan nie, maar hy't geweet dat hier dinge gaan gebeur wat mense sal wil vergeet en hy het sy kameras bo teen die bult agter die huis gaan opstel.

Om die kombuistafel het Dorothea Martie uiteindelik oortuig dat hulle nie die gewere wat sy gebuit het, moet gebruik om weerstand te bied nie en dat sy teen die koppie moet uit voor die Engelse kom. So is besluit, maar Fienatjie het by die agterdeur ingekom en aan Gertruida se rok kom trek.

"Die miere gaan nóú kom, Tante. Kom kyk."

Dorothea het gehoor wat sy sê en Fienatjie geglo. So dís wat die kind heeltyd droom, het dit selfs in dié krisis-oomblik by haar opgekom. Seker oor die Kakies bly aanstroom soos miere wat 'n hond se koubeen raakgeloop het. So daar's nie tyd vir Martie om koppie toe te gaan nie, die hooimied was haar enigste genade.

"En sê nou hulle brand my daar uit? Gee die gewere, ek lê hulle wragtag voor!"

Maar Dorothea het Martie nie vertrou nie, die slotte van die

198

leemetfords met 'n gesukkel uitgetrek en gehou, en die gewere vir Greeff gegee om saam met die saals, tooms en stewels in die asgat te gaan toegooi. In die hooimied het hulle gou vir Martie 'n wegkruipplek gaan uithol en sy't ingekruip.

Fienatjie het Gertruida aan haar hand voorstoep toe getrek.

"Hulle kom nóú!"

En toe die soldate 'n paar sekondes later agter die laaste bultjie uitkom, hét hulle soos miere gelyk, al was hulle nie baie nie, maar so 'n stuk of twintig. Maar hulle het in enkelgelid afgery na die plaashek toe en net hulle ronde helmets het bo die rand van die hoogtetjie uitgesteek. Kompleet nes die koppe van die ligbruin suikermiere waarmee die kinders altyd speel, al was daar nie voelhorings nie. Fienatjie se nagmerries het die koms van die miere presies só gedroom en sy het nou geweet dat haar drome heeltyd waar was.

"Ek het reg gedroom," het sy trots vir Gertruida gesê.

Gertruida het in die helder blou van die kind se oë afgekyk, en ten spyte van al die onrus wat op daardie oomblik rondom hulle woed, was dit of Fienatjie se teenwoordigheid die onsigbare gordyne van 'n stilte om hulle toetrek – 'n soort aanvaarding van die onvermydelike waarmee die arme kind op haar eentjie in haar droomnagte moet worstel. Dit was vir Gertruida of hulle in 'n soort plek van saamwees bymekaargetrek word – 'n saamwees van almal en alles, van mens tot klip.

"Gaan hulle ons huis afbrand, Fiena?"

"Ja, en dan vat hulle ons saam na die tentplek toe waar die kinders so sing . . . het ek gedroom."

Gertruida het die huis ingegaan en toe sy by die eetkamerdeur verbyloop, het sy vasgesteek en vir 'n oomblik na haar klavier gekyk.

"Dat dít nou ons lot moet wees." Die klavier het stil staan en glim – bruin en selfgenoegsaam, so al of hy weet hoe baie musiek in hom opgesluit lê. Maar soos met die liefde kan net die regte aanraking hom laat sing, het sy gedink. Haar kosbaarste besit was seker maar soos sy. Die klavier het so háár stuk musiek geword, haar enigste hegting aan die amper-geluk – aan die lied wat by haar verbygegaan het. Haar herinnering het só aan die mooi hout se binnegloed, en die klank uit die snare, en die klawers onder haar vingers kom vassit. En nou die vuur. Dit was of sy die vuur ken.

Met Martie gebêre, die goed wat sy saamgery het in die huis afgepak en versprei, en die sweet en tuiestroke van haar perde afgevryf, het Dorothea vir Greeff gesê: "Jy't niks gesien nie, Greeff! As jy praat, het ons moeilikheid."

Hulle het by die eetkamervenster gestaan en kyk hoe die Kakies op die plaas aankom. Onder by die eerste plaashek het twee groepe van vier man elk weggebreek van die patrollie af en wyd weerskant om die huis galop.

"Seker om te kyk of hulle nie dalk voorgelê word nie," het die vroue en oupa Daniël besluit. Die patrollie self het eers gewag, seker vir 'n teken van agter die huis af.

Uiteindelik het hulle nader gery. Nog versigtig en wyd uit mekaar. Agter die groep het die Prinsloos se veerwaentjie aangekom, maar die Prinsloos was nie daar nie. Op die waentjie was net die kaalvoet-Tommie, en die verraaier het op een van Martie se matrasse agterop gelê. Voor die huis het hulle van hulle perde afgespring, 'n paar is agter om die huis en 'n offisier en nog vier het voordeur toe gehardloop en sonder meer deur die oop deur die huis ingestorm. Die bevele was kortaf en elke soldaat het geweet wat om te doen.

Hulle het 'n wag gesit voor die binnedeur, waar die familie in die eetkamer staan. Die offisier het gesê die huis moet deurgesoek en almal in die eetkamer bymekaar gebring word. Toe hoor jy net deure klap soos hulle deur kamers en kaste na mense soek.

Niemand het 'n woord gesê nie – nadat die bevele gegee is, ook nie die Tommies nie. Die offisier het ingekom en voor die venster gaan staan en buitentoe kyk. Hy het opdrag gegee dat iemand moet gaan vasstel of Baaijers gesond genoeg is om te kom tolk, anders gaan dit 'n gesukkel afgee. Die man is daar uit.

En in daardie stilte het hulle die ander die eetkamer begin binnebring: eers die twee dogtertjies wat probeer wegkruip het en gewoon aangesleep is, toe die Tommie sonder skoene.

"Is dit een van hulle?" het die offisier gevra. Die Tommie het met seer kaalvoete probeer op aandag kom onder die streng oë van die offisier en gesê die gifvrou is nie tussen hulle nie, maar die een dogtertjie was by haar op die perdekar. Daarvan is hy seker. Hy weet nie of Baaijers in staat is om te kom tolk nie

"Dan is sy hier! Soek. En bring Baaijers, al voel hy hóé sleg. Iemand moet hulle laat verstaan wat aangaan."

Hulle het gewag. Van binne en rondom die huis kom die geluide van die soektog: deure en nogmaals deure. Kan hulle nie die goed maar oopmaak in plaas van oopskop en digklap nie? Buite skraap die waenhuisdeur se sleep en donder sy planke soos iemand hom te ver oopgooi. Kort-kort kom daar die klapdreun van stampe en plukke wat die stal- en buitekamerdeure met geweld tussen hulle kosyne oopdwing. Die woordlose stilte om hulle ore word net onderbreek deur die geluide van mishandelde deure wat niemand meer keer nie, maar met onnodige geweld oopgebreek word sodat vreemde oë, voete en hande die kamers en skure kan binnedring. Al hulle privaatheid moet kaal en wydsbeen lê voor die indringers se kyk en vat.

Die offisier het hande-agter-die-rug voor die venster gestaan en wag. Hulle oë was op en om hom. Hy het dit op sy rug gevoel — die gesamentlike blik van mense wat weet wat kom en al die haat van hulle verlies soos sonstrale deur 'n loep op hóm saamtrek. Hy was die brandpunt van hulle oë en van alles wat agter daardie oë lê. Tereg, seker.

⁂

Dit wás die oë. Hoeveel oë het hom aangekyk terwyl hy doen wat hy moes? Hy't altyd die tolke met hulle laat praat en probeer om sy aandag en sy kyk elders besig te hou. En die kere toe hy wel moes kyk, het hy elke stukkie menslike weerloosheid in die oë gesien van dié wat verbysterd, of woedend, of vol haat, of neergeslaan, of redeloos pleitend vir die behoud van 'n bietjie besit, na hom kyk. Tussen die oë was altyd die pare wye kykers van kinders en hulle vrees, hulle doodgewone bangwees; van vroue,

201

oud en jonk; van oumense – flets, maar met haat wat weer die as-dowwe kykers van die ouderdom laat smeul. Dié wat gelate was en maar gods water oor gods akker toegelaat het met dee-moed, of kruiperigheid, of 'n soort inskiklike leed, kan hy op die vingers van sy linkerhand tel. Op die drie kundige vingers aan die pienk, hol hand wat 'n ander, eerliker oorlog vir hom laat oorbly het. Dit was dié dat hy haar eers nie raakgesien het nie.

Majoor Brooks se agt vingers begin haastiger deur Joey Drew se versameling blaai. Drew het hom toe tog verneuk. Hy hét toe foto's geneem van hulle aankoms en vertrek. En van die brand. Hier kom hulle byvoorbeeld aan: net 'n ry helmets steek in enkelgelid bokant die rif uit – hulle koppe lyk soos wit para-booltjies. Soos wat? Soos die alleenlopers, die malmiere waarna hy soms in die aand op die kamptafeltjie se blad sit en kyk het. En op hierdie foto kom hulle die pad op met die waentjie agter-na. Die een waarop die Kaapse Boer nog gelê en probeer uit-braak het wat nie meer in hom was nie.

Sy moet tog hier êrens wees. Dit was in die eetkamer dat hy die eerste keer haar oë raakgesien het. Hier is sy! Hy trek die portret van Magrieta van Wyk versigtig uit die bundel. Aan twee van die rande het die vuur 'n oneweredige swart rourandjie ge-brand, maar verder is dit ongeskonde. Die foto is nóg 'n afdruk van die een wat hy saamdra, en net so keurig deur Joey Drew ingekleur. Hy hou die foto tussen sy heel en halwe hand op soos hy sy eie weergawe van haar gesig altyd ophou – sodat die lig beter op haar skoonheid kan val. Sodat perfeksie volledig belig kan word. Hy't te veel ure na syne gestaar, en soms gedroom daar sal tog iets van kom, maar hier, tussen die ander prentjies van die gebeure, lyk hierdie een nader aan wat sy was en seker tog nie meer is nie. Sou hulle nog op dieselfde plaas bly? Sy en haar teruggekeerde man? Of het sy tog oor daardie man se terugkeer gelieg, soos hy soms gewonder het?

Dit het so vér geword van daardie eetkamer af.

In die eetkamer het die vreemde middag en die vreemder, onge-hoorde aand begin groei:

Hulle het naderhand met die kaalvoetverraaier daar aange-kom en hom op 'n eetkamerstoel laat sitlê. Hy was kennelik nie heeltemal aanwesig nie, die reste van sy naarheid het nog teen sy uniform-tuniek afgestreep en korserig aan sy ken gesit, die dood was geel-groen in sy bleek kiewe, en kort-kort het die na-skokke van vergiftiging deur sy lyf geril. Hy is aangesê om te vra waar die vrou is wat hom probeer vergif het, en hy het moedig deur 'n gestremde fluisterkeel probeer. Maar sy woorde het flou uitgekom, soos laaste kreune, sonder krag of oortuiging. Die oë rondom hom het hom aangekyk of hy nie bestaan nie, nee, asof hy nie bestaan werd is nie.

"Waar's die vrou wat my vergewe het . . . ?" het hy uitgesuk-kel.

Dit was die verkeerde sin van die woord, dié "vergewe". Want die oë het hom net aangekyk. Die monde het geslote gebly. En Gertruida moes selfs 'n glimlag onderdruk, want sy wou vir hom sê: "As jy dalk vergiffenis bedoel, ken jy nie vir Martie van Wyk nie." Maar sy't stilgebly, soos almal om haar.

"Hulle wil nie praat nie," het hy in die rigting van die offisier gesê-fluister en gehoop sy plig is oor, sodat hy êrens elders ge-makliker kan gaan sterf as op 'n hoekige eetkamerstoel onder oë wat hom stilweg opvreet. Hy't water gevra, en 'n Tommie het in die kombuis gaan haal. Nie 'n Van Wyk het beweeg nie, net hulle oë, dié waarin Philip Brooks, selfs terwyl hy met volle reg aan sy kant 'n gifmoordenares probeer opspoor, nie kon kyk nie.

Die offisier het, in die stywe aksent van sy stand, vir sy man-skappe en die hanskakie gesê dat hy daardie vrou sal kry, al moet hulle die hele plek afbreek. Hy het teenoor sy kollegas op-gemerk dat dit 'n heel gegoede familie skyn te wees, en dat hy daarom meer weerstand as gewoonlik verwag. Toe kom die stilte weer, 'n lang stilte, met net die veraf geluide van die soektog deur die huis, die werf, die skure, buitekamers, hokke en sol-ders.

Dit het gebeur toe die stanery oupa Daniël begin vang. Hy't

203

na die kop van die tafel geskuifel, 'n stoel uitgetrek, en was besig om te gaan sit toe een van die Kakies nader storm en hom weer op sy voete pluk. Die Kakie moes die ou man se gaan sit as 'n doodsonde beskou het, en hy het in Engels geraas dat hy nie sal toelaat dat gevangenes sonder verlof in die teenwoordigheid van 'n offisier sit nie. Oupa Daniël het sy balans verloor en die Kakie moes hom hardhandig op sy voete ruk. Die ou man se kierie het op die plankvloer gekletter en die offisier het gesteurd omgekyk van sy gestaar deur die venster, die toneeltjie 'n oomblik betrag, en toe weer omgedraai na wat hom ook al buite die huis geboei het.

Oupa Daniël se benerige hande het aan die rand van die tafelblad geklou en gedreig om die swaar tafelkleed met sy val saam te sleep. Sy krom, ouderdomsmaer rug het skeefweg pro-beer regop kom met die Kakie se beurende hand in sy oksel. Magrieta kon dit nie verder aanskou nie. Sy het die Van Wyks se ooreenkoms van 'n daadlose stilte teenoor die indringers ver-breek. Die lig het in haar dooie, onttrokke oë teruggekom en sy het die Kakie eenkant toe gestoot en oupa Daniël opgehelp. Sy het die ou man weer op die stoel laat sit en haar oë het die sol-daat gedaag om haar te probeer keer. Die Kakie het sy hande laat sak en nie geprotesteer nie. Ook omdat haar stem, in die toon en aksent van sy meerderes, glashelder deur die swygende ver-trek geklink het: "As jou offisier jou jou respek vir ander mense se eiendom afgeleer het, kan jy ten minste 'n bietjie agting vir die ouderdom oorhou."

By die venster het Philip Brooks sy blik na die mense toe teruggeruk. Hier is minstens één wat kan Engels, perfekte Engels, praat. Wie is die vrou?

Aan die kop van die tafel, agter die ou man, het hy Magrieta van Wyk die eerste keer raakgesien. Sy was swart aangetrek, 'n skraal vrou, met grysblou oë wat in syne inboor. Op haar kop was haar goue hare in 'n rol gedraai en haar hande het smal en wit teen die swart van haar klere afgesteek. Haar gesig sou hy altyd onthou – en vir die res van sy lewe in sy herinnering en op 'n ingekleurde foto met hom saamdra. Die vrou het sy self-

204

versekerdheid versteur en hy het half verskonend balans gesoek: "Ek het gedink julle is Boere . . ."

Magrieta se blik het nie gehuiwer nie, en haar woorde het trots en presies uit haar sagte mond gekom: "Ons is Boere, Kaptein, maar u het nie juis moeite gedoen om u aan ons voor te stel nie."

"Ek soek 'n vrou wat 'n lid van die Britse leër probeer vergiftig het . . . Mejuffrou."

"As dít u goeie maniere laat verdamp het, Kaptein, moet u asseblief nie enige samewerking van ons verwag nie."

Soos Joey Drew, toe hy by die Van Wyks se voordeur vuil en verflenterd voor Magrieta se skoonheid te staan gekom het, het kaptein Philip Brooks dit skielik nodig gevind om verskoning te vra: "Dan is ek jammer . . ."

"U spyt stel u nog nie aan ons voor nie."

Hy was soos 'n kind voor haar, en alles wat hy so teen sy sin moes doen, het onder haar oë soos 'n swaar wolk skuld oor hom toegesak.

"Ek het my plig . . ." het hy 'n verweer uit die lug probeer gryp.

"As onmenslikheid u as plig opgelê is, dan het u opdraggewers seker swak maniere deel daarvan gemaak. Wie is u? Knoop u naam aan die dinge wat u doen, of is u skaam daaroor?"

"Ek is kaptein Brooks . . ."

"En ons?"

Net 'n onbeholpenheid het uit hom gekom: "Ons sal u name registreer . . ."

Daar was nou 'n skerper snykant aan haar woorde; 'n tikkie beskaafde sarkasme:

"U kan ons sommer nommer . . . As u nog nie agtergekom het nie, Kaptein, ons ís ook mense, ons het selfs name, soos u hond seker . . ."

In sy later jare het Philip Brooks baie oor daardie oomblik getob. Was dit dié woorde van Magrieta van Wyk, die verrassing van sy taal uit haar mond, haar treffende uiterlike, haar oë, haar smal, bleek hande teen die swart van haar rok toe hy haar die

205

eerste keer raakgesien het – was dít die waterskeiding in sy kop? Hoekom wóú hy nie hulle name weet nie? Hoekom het hy so angsvallig probeer om hulle nie te leer kén nie? Dit het hom soveel gehinder dat hy selfs baie jare later in Engeland met Joey Drew daaroor moes praat. Joey het verstaan wat hom pla, en gesê jy moet nooit 'n slagding wat jy grootmaak te veel troetel en te veel maak-liefde gee nie – ook nie 'n naam nie. Veral nie 'n naam nie, want 'n naam is die begin van ken. En voor jy slag, moet jy 'n slagding nie in die oog kyk nie, want dan is hulle oë te veel soos joune. As jy moet hard wees, of gewelddadig, is vreemdes, naamloses, altyd makliker. "Dis makliker om 'n streep deur 'n nommer te trek as deur 'n naam," was Joey se woorde. Met ken kom meegevoel, en met meegevoel jammerte, en met jammerte twyfel of jy móét doen wat jy moet doen. Philip het baie gewonder oor hoe goed die vrouens van daardie huis, en die merkwaardige Magrieta, verstaan het dat geweld teen vreemdes 'n abstraksie is, en teen dié wat jy ken 'n gewetensdaad. "Ons het name," het sy gesê, en hy het die gloed van haar oë toe sy dit sê, onthou.

Dit was wat sy besig was om te sê toe die geluide van protes en 'n dolle, botsende gang tussen meubels deur van die kombuis se kant af kom. Martie se hoë, uitasem stem het haar vooruitgeloop: "Maar los my dan, magtag! Kan jy dit nie in jou bot kop kry dat ek pote het om sélf te loop nie!"

Hulle het haar die eetkamerdeur binnegestamp en sy het vir 'n oomblik stilgestaan om haar waardigheid terug te kry. Haar bo-arm het gebloei.

"Waar't jy jou seergemaak?" het Dorothea in Afrikaans gevra.

"Een van die bliksems het met die hooivurk in die mied rondgekarring – ná daardie Greeff van julle klaar geklik het ek is in die ding. Hy wóú my raaksteek!"

Dorothea het die kaptein aangespreek: "Mag ek 'n verband vir haar wond gaan haal?"

Kaptein Brooks het geknik. Nóg Engels! Hy was verlig, want sy aandag kon uit die ban van Magrieta se blik ontsnap en hy kon dit met dankbaarheid op die gehawende Martie toespits.

206

Die tekens van haar vlug, haar huil oor haar besit wat in vlamme opgegaan het, haar klein oorwinning, en die wegkruipery in die hooimied was oral aan haar sigbaar. Daar was hooi in haar hare en aan haar klere, haar hare was los, haar rok verkreukeld, en oor die regtermou het daar bloed geloop: aan haar bo-arm was die bloedkol 'n blinkrooi skynsel teen die swart van haar rok, maar waar dit by haar wit mou-omslag kom, en langs die bokant van haar hand af, was die rooi helder en vars. Langs haar middelvinger af het bloed op die vloer gedrup.

Maar haar oë het nie meegegee nie. Hulle het onder haar frons gegloei en op haar wange het twee rooi kolle teen 'n bleek gesig uitgestaan. Hulle kan my vandag vrékmaak, het sy vir haarself gesê, maar Martie van Wyk sal sélf wragtag nie ingee nie. Sy't die hanskakie sien sit en uitdruklik op Engels gesê: "Die bleddie vark het toe nie gevrek nie."

Gertruida het haar in hulle eie taal betig: "Kragwoorde gaan jou nie help nie, Suster."

Martie het haar frons en gloeiende wange na Gertruida gedraai: "Tot hier vlak voor die dood bly jy toe wragtag nog steeds 'n preutse ongehieuwde, Gertruida van Wyk! Toegeplooi soos 'n hondshol! As die Kakies elke draad wat ek besit, verbrand, en my aan 'n paal wil ophang oor hierdie stink verraaier se walglike lewe, sal ek vloek soos ek wil! Martie van Wyk gaan nie met 'n toe bek hemel toe nie."

Daar was 'n beroering by die binnedeur agter Martie. 'n Soldaat het Greeff ingebring. Die twee slotlose leemetfords en twee paar Britse leërstewels, nog vaal van die asgat, was in hulle hande.

Kaptein Philip Brooks was 'n presiese man en hy het voorlopig alle ander bedrywighede op die plaas stopgesit. Van die soldate was reeds besig om die Minters se skamele besit uit die bywonershuisie te dra. Hy het laat weet hulle moet ophou, want hy het, dáár of hier in die groot huis, 'n ordentlike bed nodig vir die siek man. Dit word laat, hulle sal moet oorstaan. Hy sal later besluit of daardie huisie se mense hulle laaste nag op die plaas in die groot opstal sal deurbring en of die kleiner huisie geskikte onderdak is vir 'n paar van die manskappe. Sannie en haar dogtertjies is gehaal en voorlopig op die stoep van die groot huis opgepas.

Ook Martie se verhoor is presies gereël: met 'n notule in die joernaal, 'n beskrywing van die saak en behoorlike getuienis, al het die aangeklaagde reeds in soveel woorde erken dat die gif van haar af kom, en al het die vergiftigde se haglike uiterlike van die gevolge van haar daad gespreek.

Die verhoor was kort.

Brooks het begin deur die aanklag aan die beskuldigde te stel, die magte wat hy volgens militêre reg besit aan haar voorgehou, en getuies geroep.

Die hanskakie het beweer sy't hom vergiftig.

Sy kollega wat saam met hom was, het bevestig – terwyl hy 'n stukkende voet so sagkens moontlik in 'n asvaal stewel probeer druk.

Die beskuldigde het beweer dat sy nie die gif vir hom gegee het nie, hy't dit self gevat. Sy het hom gewaarsku om nie die goed te drink nie.

Dié twispuntjie waarteen die slagoffer fluisterend beswaar wou maak, is gou opgelos: sy hét gesê hy moenie die goed drink nie, het die Tommie getuig.

"Hoe weet jy?"

"Sy't dit in Engels gesê en herhaal."

Tot sover dan die klag van opsetlike en doelbewuste vergiftiging. Net nog enkele verduidelikings om sake op te klaar: "Wat maak jy met die gif in jou besit?"

"Ek kon dit tog nie by die huis los nie, netnou drink mense soos julle daaraan."

Sy wys na die hanskakie: "Dan't julle almal nou só gesit."

Redelik, maar wat van die roof van die perde, gewere en stewels?

"Hulle wou ons molesteer."

"Hét hulle?"

"Die vark het op die kar onbehoorlik aan my probeer vat. Hy't probeer raakvat waar ek nie die geweer vasgeknyp het nie.

208

En die Tommie kon nie sy oë van Siena se boude af hou nie. 'n Vrou weet sulke goed, jy kon dit met 'n stok voel."

"En die seepsoda in die kospotte?"

"Ons eet maar sulke sterk gekruide kos, of ek wou snaakse seep kook. Kies maar self. Ek gooi in my kos wat ek wil. Ek het niemand genooi om daaraan te proe nie."

"En die wegkruipery?"

"Wat sou jý gedoen het?"

Redelik. Die kaptein het Martie gewaarsku en vrygespreek met oë wat maar nie van Magrieta af kon wegbly nie.

En toe die verhoor verby was, is die plaasmense aangesê om daar te bly tot die volgende oggend, en nie te probeer wegloop nie. Daar sal wagte wees. Die luitenant wat die hofverrigtinge aangeteken het, het bly sit om al die aanwesiges se besonderhede vir die rekord te boekstaaf.

Dorothea het opgekyk van waar sy haar naam vir die notuleerder staan en uitspel: "As u 'n bed soek vir u sieke, Kaptein, moet hom nie in dié huis laat slaap nie. Hier sal u hom baie goed moet oppas as u hom môre lewend wil hê."

Hy het verstaan wat sy sê, want orals het die vrouens Baaijers selfs meer gehaat as vir hom. Maar hy't tog gevra: "Hoekom? Hy's 'n Britse soldaat."

"Ek sien hier waar dié man al die teenwoordiges se name neerskryf, die sieke is 'n Beyers. Dis 'n eerbare Boerevan. Hoe sal u optree teen 'n Engelsman wat u aan u vyande uitlewer?"

Hy het na die sterk vrou voor hom gekyk en geweet hy moet niks sê nie, want hy sou saamstem.

En hulle het inderdaad 'n Engelsman na hom toe gebring: 'n skeel, effens bevreesde mannetjie, 'n fotograaf, met die van Drew – Joey Drew, van Somerset, Engeland.

⚞⚟

Teen die agterblad van elke bundel het Joey Drew 'n soort koevertsakkie gevou en vasgeplak – met duidelike moeite en iets soos kooklym wat met die jare net halfpad verpoeier het. Dis

209

waar sy verduidelikings, aantekeninge en verklarings bymekaar-
gehou word op los velletjies papier, soms kru aanmekaargenaai
en boekgemaak met ru-gare, soms nie. Die hoekies van die pa-
pier toon ná al die jare nog hulle hangore – seker van onverskil-
lige hantering in meestal veld-omstandighede – en is bekrap en
beskryf met 'n handskrif wat nie enige toegewings aan lees-
baarheid maak nie.

Maar in *VOL.1* se notas kan Philip Brooks uitmaak dat die
geleerde man van Somerset, Engeland, oor die dag van sy aan-
koms op die plaas onder meer geskryf het: *Capt a hartles basterd.*
Name of Brooks. No simpethy. Lt better.

Philip Brooks glimlag. Hy verstaan nou die vyftigjaar-embargo –
ook vir sy eie oë.

En hy onthou hoe hulle Joey Drew en sy kameras van die
koppie af na hom toe gebring het. Die verhoor was al verby, die
mense in die huis, sy troepe het reggemaak vir die nag en hulle
vure van stronke uit die buitekamer was al onder die gebuite
vleiskos aan die brand.

Hy was besig om sake met sy luitenante te reël en wagte uit
te plaas, want die verkenningspatrollies het sy oorstaan-bood-
skap gekry en begin opdaag. Daar was dié tyd by die veertig
man onder sy bevel. Hulle het Joey op die voorstoep na hom toe
gebring – 'n klein mannetjie, netjies aangetrek, en byna onbe-
hoorlik skeel. Die aksent van suidwestelike Engeland het swaar
deur sy woorde gedraal en hy't gesê hy neem net foto's, want hy's
tydens die beleg van Kimberley aangestel as regimentsfotograaf
in burgerklere om die effek van die oorlog op die plaaslike be-
volking te dokumenteer. Hy het sy aanstellingsbrief, wat nooit
gekanselleer is nie, by hom gehad

Sy verduideliking was haastig, met te veel borduurwerk, soos
dié van 'n kind op heterdaad betrap – so effens of hy skuldig was
aan iets, of hy verwag het dat sy verblyf by die vyand dalk ver-
keerd opgeneem kan word.

"Jy neem nie hier foto's nie."

En Joey vra: "Gaan julle dié mooi ou huis afbrand?"

Dit was nie 'n gelukkige gesprek nie. Hy't gesien Joey Drew

is skadeloos en hy't skramsweg aan sy ontstelde landgenoot probeer verduidelik dat die oorlog nooit gaan end kry solank die vrouens op die plase sit en die Boere van inligting en lewensmiddele voorsien nie. Joey Drew het die wyer verbande van die oorlog net half verstaan en versigtig vir die mense van dié plaas probeer pleit. Maar hy, kaptein Brooks, was streng oor die verbod op die fotonemery, en toe Joey sagkens probeer aandring op 'n rede, het hy kort-af gesê dat as Joey nie die rede self kan uitdink nie, daar nie veel hoop is vir hom nie. Joey kon natuurlik die rede bedink: dié dade was vir die vergeetboek. Hy en sy kamera sou dit vir hulle onthou.

Later, toe die oorlog al vir seker vyftien, twintig jaar in hulle verledes lê – en al só begin vervaag het dat net die dinge wat hulle diep geraak het, oorbly – het Philip en Joey Drew 'n soort vriendskap dwarsoor hulle standeverskil aan die gang gehou. Een aand in Somerset, stipstarend van te veel drank en op die randjie van die dronkverdriet, het Joey gepraat oor die kameras wat hy verbrand het. Philip se beseerde hand uit die nuwer oorlog was vir jare – en toe nog steeds – besig om stukkies been en loopgraaf-grint uit te sweer. Hy het aan Joey beduie dat 'n wond soos syne 'n soort onthou is wat jou nooit sal los nie. Met die lig uit die pub se lamp en die kaggelvuur oor hulle, het Joey hom vertel hoe hy, in die tyd van hulle ontmoeting, geglo het dat sy kamera mense se geheue moet wees, ook oor die dinge wat hulle sal wíl vergeet. Dit was die eerste keer dat Joey hom vertel het van Kimberley se honger en die Koranna-vrou wat haar afsku in wit mans so skelm-wreed op hom uitgehaal het. Sy't 'n stuk van hom in Kimberley agtergehou, het Joey bitter gesê en gebelgd voortgegaan: "Daardie vrou het my hoop dat ek êrens tóg in 'n vrou se arms sou kon tuiskom, laat opvlam en toe behoorlik doodgepis. Sy't gemaak dat ek nooit daarna met oorgawe kon vertrou en toevertrou nie." Hoeveel van hóm, Philip Brooks, het by Magrieta van Wyk agtergebly? En Joey het op daardie dronk aand, met die verdriet wat in sy oë dam en in sy stem bewe, byvertel hoe die weemoed van 'n kontinent, soos stukkies agtergeblewe siel, in die pare donker oë voor 'n karige hut gesit het –

211

in hooplose oë, bo-op los sakke honger beendere in Kimberley se lokasie. Soos stukkies siel wat verdwaasd maar gelate, nog vir 'n wyle aan 'n vergane lyf kleef. Daar waar God en Sy genade hulle versaak het. Dís wat hy wou afneem met sy kamera. Hy sou in daardie tye nooit sy kamera verraai nie, want dan sou hy die enigste waarheid verraai, het Joey gesê. Ná daardie oorlog het hy nooit weer aan 'n kamera geraak nie. Presies onthou is net 'n vloek, want dis die lekker wat jy dink jy onthou, maar eintlik bly net die seer oor. Die stukkies lekker sit dalk nog – pienk-geskilder deur die jare – in jou kop, maar die seer slaan teen die wande van die hart neer en verhard hom. Het Joey beweer.

Philip het daardie aand in die pub al besef dat Joey se heilige belofte om die plaasverbranding nie te fotografeer nie, dalk hol was. Maar daar was te veel vertroulikheid en saamstem in hulle aand om aan sulke dinge te krap. Nou, hier in die museum, weet hy.

Daardie dag van sy aankoms op die plaas het hulle gesprek hom en Joey Drew van die plaashuis af laat wegbeweeg, omdat daar te veel ore naby was. Hulle was al 'n honderd treë weg toe Magrieta van Wyk uit die huis kom en na hulle toe aanstap. Hulle het al twee stil geraak en die jong vrou se aantog betrag. Joey het opgemerk: "Haar naam is Maghrita. Sy's 'n oorlogsweduwee, en die mooiste mens wat ek nog ooit gesien het – man, vrou of kind."

Magrieta het by hulle aangekom met die vreemde versoek.

Philip Brooks kyk weer na haar foto. Die museum-dame kom vra of hy alles gekry het waarna hy soek.

Hy wys haar Magrieta van Wyk se gesig en haal Joey Drew se waarheid aan: "Haar naam was Maghrita. Sy was toe nog 'n oorlogsweduwee, en die mooiste mens wat ek ooit gesien het – man, vrou of kind."

Dis waarom hy daardie dag aan haar versoek voldoen en die ongehoorde, die ontoelaatbare, die ondenkbare gedoen het. Terwyl die dame na Magrieta se foto kyk, dink hy daaraan hoe onbehoorlik alles was en hoe hy nie kon weier nie. Nie eens die

212

soldaat in hom was gedissiplineerd genoeg om só 'n vrou se uitnodiging te weier nie.

En toe hy daardie aanbod met beleefde dank aanvaar, sê Joey Drew net: "Gawd!" Toe loop hy weg van hulle af.

⚹

Dit was uit radeloosheid dat hulle besluit het om Magrieta na die kaptein toe te stuur met haar oënskynlik onmoontlike uitnodiging.

Want alles rondom hulle, al die groot en klein besit in die huis, het skielik begin roep om behoud. Die kleinode en waardevolle artikels wat hulle hoog bo die vloedmerke in die dongawalle begrawe het, was ook nie meer veilig nie, want Greeff moes help verpak, begrawe en toegooi, en hy het nou uit die asgat sy kleur gewys.

Hulle het, nadat die soldate die huis uit is, sommer vanself in die kombuis bymekaargekom – en radeloos vir mekaar gekyk voor hulle iets sê: Martie, Dorothea, Gertruida, Magrieta, en Nellie met Klein-Jakop Minter kroeperig aan die bors. Hulle moes iets probeer red. Martie se oomblik van verlies was al verby en sy kon die stilte verbreek: "Daar's niks wat julle kan doen nie Dit help nie om by die duiwel guns te soek as hy klaar sy kloue in jou het nie."

Die enigste genadeplan, die onmoontlike, het van Gertruida gekom.

"Ons vra hom om vanaand saam met ons te eet . . ."

Hulle het bespiegel en gestry, Martie het uitgevaar, maar Gertruida het die waarheid waaroor Philip later so sou tob, uitgesê: "G'n mens is heeltemal onmenslik nie. Al spaar hy nie alles nie, sal hy genadiger wees as hy ons ken."

Hulle kon maar net sowel probeer, want hulle kon tog niks méér verloor nie, het hulle besluit. En die man sal tog in elk geval nie kom saam eet nie, want hy't die hele dag net gif gedink.

"Hy sal kom," het Gertruida gesê. "As Magrieta hom vra, sal hy kom."

"Hoekom?"

"Omdat hy sy paar oë nie van haar kon afhou nie. Daarom."

Hulle het verbaas na haar gekyk. Sy kan tog nie veel weet van dié soort goed nie.

Net Martie het opgestuif: "Ek eet nie saam met die vuilgoed nie. As julle van julle tafelhoere wil maak en julle eer wil uitverkoop vir julle besit, doen dit dan, maar mý kry julle nie daar nie. Hy sal nie kom nie, maar dat julle kan dínk aan dié soort geheul met die vyand, gaan my verstand te bowe. Waar's julle eer? Om só voor Beëlsebul se trawant op julle knieë te wil rondkruip! Laat hý julle verneder as dit moet, maar moet dit in godsnaam nie sélf doen nie! As sy lus vir Magrieta uithang, dan is dit 'n skande vir Boere-vrouens om dit te wil misbruik. Ek het ók gesien hy's voor háár soos 'n akkedis wat pypolie ingekry het, maar nou maak julle van julle vyandstewe! Wat sou oorle Daantjie van sy moordenaars aan julle tafel gesê het, dink julle? Of Danie? Ek dink ek moet liewer saam met Pa in sy kamer loop bid. Miskien sal die Here hierdie ontering wat julle oor julleself bring, beter verstaan as ek."

Met soveel en meer woorde is Martie uit die kombuis uit. Magrieta het afgestap na waar kaptein Brooks en Joey Drew loop en praat, die uitnodiging gerig, en die aanvaarding aangehoor. Dit was tóé dat Joey Drew net kon sê "Gawd!", sy rug draai, en wegstap.

Die vroue het kos opgesit en die beste wyn uitgehaal, die tafel soos vir 'n geëerde gas gedek en deurentyd gewonder of hulle die regte ding doen. Elkeen was ook bietjie skaam, want in Martie se woorde het hulle eie bedenkinge geklink. Maar hulle het met die ongehoorde deurgedruk nadat Magrieta kom sê het die man het aanvaar en sal sewe-uur opdaag.

En so het die sonderlinge maaltyd dan gekom. Dit was 'n samesyn wat lank in almal se gedagtes sou nahuiwer. Die een wat hulle nooit heeltemal sou kon verduidelik nie. Nie aan hulleself nie, en ook nie aan ander nie – in elk geval nie sonder skaamte nie. Want vir die vroue was dit die naaste wat hulle aan verraad sou kom, en iets van hulle eer sou inboet ter wille van

die behoud van aardse besit. En vir Philip Brooks was daar altyd
'n onrus – oor die werklike rede waarom hy alle reëls, geskrewe
en ongeskrewe, só kon verbreek. Dit wás die vrou Magrieta en
niks anders nie. En, soos sy, het die hele gebeurtenis 'n soort
onwerklikheid oor hom gehad.

Die Tommie met die seer voete het by die voordeur wagdiens
gedoen. Toe Philip Brooks, netjiesgemaak vir die sosiale geleent-
heid, opdaag, het die man verlof gevra om sy wagdiens sittend
en kaalvoet te doen. Philip het sy toestemming met 'n glimlag
gegee, en dit was dalk dié ongewone glimlag wat die soldaat uit
sy beurt laat praat het toe die kaptein sy kneukel lig om aan die
voordeur te klop. Hy het toe al gehoor Brooks is genooi vir ete,
en hy kon dit nie verhelp om te probeer waarsku nie: "Kaptein,
ek weet dit het niks met my te make nie, maar dié vrouens gee
gif."

"Hou jy jou maar by jou wagbeurt. Ek sal sorg dat ek nie gif
inkry nie."

Hy het weer sy hand gelig om te klop.

"Kaptein, jy klop vanaand aan 'n deur wat jy môre gaan ver-
brand . . ."

Dit was waar.

"Doen jy jou plig. Ek ken myne," het hy streng gesê en aan
die deur geklop.

Met sy binnekoms het almal, ook hy, teruggegryp na die
streng formele. Daar was geen teken van gemoedelikheid nie,
behalwe soos die styfste etiket dit voorskryf. Soos 'n verwelko-
ming, byvoorbeeld, en die dankwoordjie dat hy die tyd kon
vind om aan hulle uitnodiging gehoor te gee. En sy waarderings-
woord. Dit was 'n aand van vorm, want die formele handelinge
het uitkoms gebied aan mense wat geen ander optrede kon be-
dink nie. Net handelinge volgens elke voorskrif in die gedrags-
kode van die tyd, het hulle aksies moontlik gemaak.

Dorothea het hulle een-een aan hom voorgestel, presies, met
korrekte gebaar en stembuiging – soos tydens 'n oefening in for-
maliteit aan 'n Victoriaanse afrondingskool. Nie 'n *Miss* of *Mrs* is
uitgelaat nie en die onderlinge verhoudings is met beskaafde

korrektheid aangedui: my skoonsuster, my skoondogter, u het *Mr* Drew reeds ontmoet.

Rondom die tafel was daar net Dorothea aan die kop, Gertruida, Magrieta, en dan die twee Engelse: kaptein Brooks en Joey Drew. Oupa Daniël het geweier om met die vyand aan tafel te gaan, want dit sou wees om voor Baäl te buig; Nellie het Klein-Jakop Minter se huilerige ongemak met sy kroepborsie voorgehou as verskoning; die dogtertjies het in die kombuis saam met Sannie Minter en haar kinders moes eet en Martie het smeulend deur die huis gedwaal.

Wat hy van die hele spel moet maak, het Joey Drew nie geweet nie. Hy het net geweet dat om dié tafel iets aan die gebeur is wat buite die begrip van sy stand is. Iets wat, sou hy dit fotografeer, net 'n beskaafde ete sou toon. Niks meer nie. Daar's goed wat sy lens nie kan sien nie en sy kamera se onthou sal bly ontwyk – soos beskaafde, voorgeskrewe aksies wat oor elke binnekant lieg. Op daardie jare-latere dronk-aand in Somerset het hy sy dilemma vir Philip Brooks probeer uitlê. Maar hý het net effens duister gesê: "Dis die diplomasie se kuns dat die uiterlike niks vertoon nie – en jou kamera sien net die buitekant."

Magrieta en Gertruida het die disse self tafel toe gebring. In die middel het die kraffie rooiwyn gestaan, die servette en tafeldoek was gestyfde damas, die eetgerei silwer, die borde Delft, die glase fyn en korrek. Die hanglamp het sag, geel en huislik neergekyk op 'n maaltyd goed genoeg vir die beste, maar die oë rondom die tafel was bevreemd, soos huiwerende vensters aan huise van vertoon. Die hande oor die tafel se bewegings was bestudeerd, asof hulle onseker is en verkeerddoen vrees. Of hulle nie wil behoort aan die lywe agter hulle of deel wil hê aan die dade van hulle vingers nie.

Ná die aansit het Dorothea 'n paar woorde gesê, Philip weer eens welkom geheet, en verduidelik dat hy niks te vrees het van vergiftiging nie, omdat hulle eie kos uit dieselfde skottels sou kom. En bygevoeg dat hulle die oorlog en die dae wat sou volg, ter wille van die samesyn, nie in die gesprek te berde sou bring nie.

216

Toe is hy gevra om die tafelgebed te doen. Die vroue het hulle koppe laat sak en hulle oë gesluit.

"*For what we are about to receive . . .*" het hy formeel geprewel, maar nie sag genoeg dat Martie by die binnedeur dit nie kon hoor nie.

In die gang voor die deur het Martie se hele liggaam begin bewe. Dit was te veel. Ná daardie dag wat oor haar gedreun het, het die vernedering, die skynheiligheid, die ontering, net te erg geword. Sy het teruggegaan na oupa Daniël se kamer en hom op sy knieë voor die bed aangetref. Hy was maer, klein en oud in sy nagkabaai en hy't in sy nood met sy gesig in die bulsak inge-beur sodat net die grys agterkop en lang nekhare sigbaar was. Sy koorsige smeekwoorde het hy deur sy platgedrukte baard tussen die donse ingeprewel. Martie het in sy kniel gesien hoe benerig, hoe geraamterig, die sitbene en vergane mosbolletjie-boudjies onderaan sy skerp rugstring teen die kabaai druk. En hoe sy bladbene soos geplukte hoendervlerke skerp elmboë teen die naghemp maak. Sy moes hom skud om sy aandag te kry. Die ou man het opgekyk met sy oumensoë en haar met 'n amper Bybelse stemtoon en woordkeuse betig: "Waarom steur jy my? Kan jy nie sien ek smeek by my Here nie?"

"Pa se seer knie sal dit nie hou nie. Klim in die bed, Pa."

"God is getrou. Ons moenie ophou met ons pleitinge nie, Martie. God sal ons aanhoor." Sy oë was ernstig; hy het geglo dat wat hy doen die enigste regte ding is. Maar haar verstomming oor wat in die eetkamer aan die gang was, het haar by sy erns laat verbykyk: "Die Here verstaan oumensknieë, Pa. Hy sal Pa net so goed aanhoor as Pa plat lê."

Sy het hom byna hardhandig opgetrek, in die bed gehelp en kwaadaardig, soos 'n oorryp pitsweer, geborrel: "Weet Pa, hulle laat die Engelsman waaragtig oor die tafel bid! En hy sê toe daar-die *for-what-we-are-about-to-receive*-rympie op. Het die man dan nie eens voor die Here enige skaamte nie! *For-what-we-are-about-to-receive* is niks anders as môreoggend se vlamme en verdelging nie. En die maaifoeidie dank die Here daarvoor! En hulle gee hom kos! Pa, hulle kuier saam met daardie Engelsman of hulle geen sout of water weet oor wat hy aan hulle gaan doen nie! Is hulle mal?"

Die ou man het niks gesê nie, net omgedraai muur toe en met oop oë gelê. Hy het na die pleister gestaar wat sy eie paar hande soveel jare gelede daar aangetroffel en gladgevryf het – maar dit nie gesien nie, net gewonder of die gretige vlamme uit die plankvloer en die meubels sy noukeurigheid sal laat bars, afdop en afspring soos dié in die brandmurasies wat hy al gesien het.

Martie het in die stoel voor die bed gaan sit soos iemand wat by 'n sterfbed waak. Maar haar gedagtes het met elke stuwing van haar woede al meer begin terugkeer na die swaar rewolwer wat onder die los plank in Daantjie-hulle se kamer versteek lê. Daar waar sy dit ná Magrieta se verkragting self help versteek het, want die verkragter het die wapen buite die venster verloor of weggegooi.

In die eetkamer het die hanglamp nog oor die mense gestraal. Die klavier het voorop geglim, terwyl die musiekie met verlaagde praal nou in die hoek moes staan en met sy spieël na die verste hoek wegkyk, soos iets wat te oud geword en verwerp is, en dus maar sy blik moet afkeer. Die witgedekte tafel met sy weelderige eetservies het onder die blink messegoed geklik. In die met kerfwerk versierde buffet se een laaitjie was Daantjie se swartbebloede mes en sý spieël het vir Dorothea se oë die kamer en almal in dié ruimte verdubbel – en nóg 'n wêreld laat bykom, 'n ander wêreld, die raaisel-wêreld van Paulus se spieël. 'n Oomblik het sy gewonder watter een van die twee wêrelde die waarheid was: hier waar sy weet sy sit of daar waar sy in versilwerde glas beweeg. Want hierdie een was nou net so onwerklik soos die ander een altyd was. Die portrette teen die mure het woordeloos en streng neergestaar op die aanwesiges asof hulle die houterige woorde kon hoor, die bestudeerde gebare kon sien. Dorothea het na die mense in die portrette opgekyk en afkeuring en afkeer in hulle stip oë gesien. Sy het nie geweet wat môre wag nie. Die koms van die offisier het hoop gegee. Die man sou nie kom eet het as hy hulle goed gaan verbrand nie. So onmens-

218

lik is niemand nie. Maar haar oë het soos met 'n afskeid oor haar besit gedwaal: die muurpapier, die prentelyste, die verniste hout-plafon en blink plankvloer, die swaar ou meubels wat Moeder Amy van die Oos-Kaap af gebring het toe sy met die Boer, Daniël Egbert van Wyk, noord van die Grootrivier getrou het. Sy hang ook teen die muur – toe al oud, maar nog sigbaar bleekstyf Engels aan Pa Daniël se sy. Nou sit een van háár mense aan die tafel met watter voorneme? Is 'n man voor 'n vrou soos Magrieta dan nou maar eenmaal eerloos en onderlyfgedrewe soos 'n hondsreun wat teef ruik? So sonder gewete? In die uur van ver-lies het Dorothea gedagtes gedink wat sy nooit vroeër sou toe-laat nie: Wat is daar aan Magrieta wat 'n man so iets kan laat doen? Daar's tog ander vrouens wat net so of amper so mooi is as sy. Het sy 'n reuk of iets aan haar?

Die ongemaklikheid van soveel verbode onderwerpe het hulle versigtig laat praat. Môre en oormôre was nie moontlik nie; die oorlog was taboe. Hulle het oor die verlede moes praat, selfs die huidige oomblik rondom hulle was onmoontlik. Soos toe die Engelsman gedurende sy relaas oor sy herkoms terloops opmerk: "Dis 'n besondere mooi eetservies . . ."

Dorothea het begin vertel dat die stel Hollands was en as erf-stuk van haar voor-grootjie van moederskant af kom. En van hoe dit met groot sorg deur die geslagte oudste dogters tot by haar met elke erflating deurgegee is. Die stel was nog volledig twaalfs – nadat die porseleinse breekbaarheid selfs die ruwe trek binneland toe oorleef het. In haar woorde het die kosbaarheid van die stukke voor hulle begin saamklink en soos hulle waarde in haar woorde groei, het die verleentheid in Philip Brooks al groter geword. Haar woorde het met dié waardebesef al minder wou word en haar sinne se eindes het in sagter, huiwerende stemtone begin wegsyfer totdat die laaste een halfpad al die stilte binnegaan het. Want wat sou van hulle word? Môre.

Almal het geweet die ete is nie net 'n onmoontlikheid nie, maar 'n fout en 'n skande. Selfs Joey Drew het dit agtergekom. Magrieta het min geëet en was dankbaar toe sy die borde en skottels kon begin kombuis toe dra. Sy het geweet die Engelsman se oë volg die bewegings van haar heupe. Gertruida het aan haar klavier gedink en gewonder hoe sy dit dalk sou kon bewimpel dat haar enigste kosbaarheid gespaar bly.

En toe vra Philip Brooks wie die klavier bespeel. Seker om sommer iets neutraals te kan sê.

Mejuffrou Van Wyk, sê hulle, en hy rig 'n beleefde versoek dat sy iets moet speel, want hy self speel ook. Maar mejuffrou Van Wyk weier, want sy sê hy sal verstaan dat sy in die omstandighede nie daarna voel nie, maar sy luister graag as hy sou wou speel.

En hy het dit gedoen, want hy't toe nog tien vingers gehad.

❧

In die museum, terwyl die eetkamer, Magrieta van Wyk en die klavier na hom toe terugkom uit geskroeide foto's, verstaan die afgetrede majoor skielik iets van die gode se teregwysings. Want hy sien dit in die pienk wondweefsel langs sy drie anderskundige vingers.

Hy kyk na sy agt vingers. Die twee afwesiges en hulle handbeentjies het seker deurmekaargeraak met die stukke en stukkies gebeente van al die afgesitte ledemate wat daardie dag, in 'n gat of iets, weg- en toegegooi is. Tussen ander afsnysels en afsaagsels. Dis nou die stukkies wat die skrapnel nie sommer summier die êrens in geskiet het nie. Dalk straf vir die sondes van sy vingers. Maar dan sou sy oë moes gevat word.

Want in hulle sit die beeld van Magrieta van Wyk by die etenstafel nog altyd.

❧

Die vuil borde en die bedieningskottels is kombuis toe gevat, maar die tafeldoek is nie afgehaal nie, en die glase met die dessertwyn en hulle kraffie, die sout- en peperpotjies, en die souspot met sy versierde deksel is op die tafel gelaat.

Magrieta se linkerhand het op die tafel gelê, haar kop was

220

vooroor, haar nek se buiging sag onder die goue hare. Haar voorkop, neus en mond, en die bleek wange het sonder steuring en presies bymekaar gepas. Soos Daantjie op daardie eerste aand by die sendingstasie toe hy gesien het hoe die lamplig haar streel, kon Philip Brooks se oë nie genoeg kry van haar nie. Die onrus was in sy bors. Terwyl hy speel, het sy oë telkens van die note af na haar opgekyk, maar haar eie blik was op haar hand voor haar – 'n smal vrouehand op 'n half-afgedekte tafel, ontspanne en wit, met skraal vingers en met die nog witter, teerder, binnepols geboë.

Toe hy opstaan en klavier toe gaan, het Gertruida gesê daar's bladmusiek in die klavierstoel. Maar hy het gebieg dat hy nie kan bladlees nie, en op gehoor speel. En toe hy begin, het Gertruida gegru van sy aanslag en die wyse waarop hy die musiek met die pedaal aanmekaar-smoor en nie eens die skeidings in die basprogressie respekteer nie. Maar hy't dit nie geweet nie.

Hulle was almal bly dat iets aan gebeur was wat die tyd kon verbykry sonder dat hulle wagte voor hulle monde en oë hoef te sit en moet soek na woorde wat neutraal genoeg is vir 'n onmoontlike gesprek.

Die note uit Gertruida se klavier het die huis in gevloei tot by Martie. Dit het gesyfer uit die skreef van die half-toe binnedeur, met die gang af gekom en deur die oop deur van oupa Daniël se kamer ingestroom. In Martie se ore het die geluid gegroei en oorverdowend geword. Die syfering deur die eetkamerdeur het in die gang af 'n stroom geword, teen die kosyn van die kamerdeur gestu, gegolf, gemaal, gekolk en geklots soos radelose waters wat – aangehaal met 'n swaar wanbalans in hulle gelykheidsoekende gewig – swaartekrag se pad soek, teen alles inbeur en deur enige opening se verligting spuit, stort en sied. In haar ore was die geluid die onhoudbare gedruis van 'n vloed wat met die redelose onstuitbaarheid van opgehewe waters deur alles breek en skeur.

Sy het die klavier gehaat – oor sy hom ligsinnig en duiwels waan, en omdat sy glimmende teenwoordigheid net méér besit in die oordadige weelde van haar skoonsuster se veel groter huis bring. Die onregverdighede van 'n ouer broer se erfporsie was al lankal in haar verbeelding opgestapel. Al was die klavier Gertruida s'n, was hy deel van die benyde huis se inhoud en het dit Gertruida se meerdere geleerdheid onderstreep. Maar die woede in haar, toe sy die vloerplank lig en die swaar ou rewolwer uitlig, was oor die selfvernedering wat hulle die Engelsman toegelaat het om uit hulle te dwing. 'n Vyand wat alles wat sy besit verbrand het, sit nou soos watter meneer op die duiwelsding en speel. Dit kon net hý wees, want Getruida speel nie so vrot nie.

Die ou rewolwer was in 'n olielap toegedraai. Sy het hom losgedraai en die silinder getol om te kyk of hy gelaai is; sy het die haan met die duim van haar regterhand oorgehaal, terwyl sy die wapen onder haar seer arm vasknyp.

Toe het sy die gang af geloop, teen die stroom geluid in, en die skreef-oop binnedeur van die eetkamer heeltemal oopgeskop.

Hulle het verskrik voor haar gesit soos kinders om 'n stoutigheid. Die klavier was stil en die Engelsman op sy voete. Maar nie een het beweeg nie, want in Martie se oë agter die rewolwer het 'n waansin gebrand.

Dorothea het opgespring en wou nader kom.

"Martie, nee!" het sy gesê. Maar die bek van die rewolwer het na haar toe geswaai: "Bly jy weg van my af, tafelhoer!"

Dorothea het gesien Martie is buite haarself en nie toerekenbaar nie. Sy het sagter probeer: "Martie, dink wat jy aanvang . . ."

"Dink jy wat jý aanvang, Dorothea van Wyk! Môre verbrand hy alles in hierdie huis! Julle sal nie 'n enkele ding uit hom losgevry kry nie! Hulle breek en brand alles! Alles! Julle hoef nie die vloek se skottelgoed te was nie, want môre is alles stukkend gegooi! Verstaan jy dit nie?"

Martie het die porselein-souspot wat nog op die tafel staan, gegryp en teen die verste muur stukkend gegooi. Donker sousdruppels het 'n oomblik in die lug gehang voor hulle val. 'n Sousstreep het oor die tafel en vloer gelê tot by die muur. Teen die muurpapier was daar 'n groot bruin spatsel. Die ou porselein het selfs met sy verplettering verfynd geklink.

222

"Martie, die pot was te óúd om só te moet breek!" was al wat uit Dorothea gekom het.

"Sê dit vir jou gas!"

En toe het Martie met die rewolwer na Philip Brooks by die klavier geloop en direk in Engels gevra: "Gaan jy dié huis afbrand, Brooks?"

"Dis nie vir my maklik nie . . . Ek is 'n soldaat."

⚜

Veertig jaar later voel die afgetrede majoor Brooks hoe die sweet van verleentheid op sy bolip en in sy oksels uitslaan. Hy moes hulle nie begin ken het nie, want nou onthou hy hulle aan hulle name, terwyl die besonderhede van die oomblik terugkom:

Hy kon die koeëls se ronde koppe in die gate van die rewolwer se silinder dofweg uitmaak. Hy kon sien dat die haan klaar oorgehaal is. Die vrou voor hom het moord in haar oë gehad en hy het, teen haar woordestroom in, probeer verduidelik dat die oorlog nooit sal end kry as die Boere inligting en rantsoene op die plase kry nie. Hy was skielik die aangeklaagde en hy kan nie onthou wat hy alles gesê het nie. Wat wel in hom agtergebly het, was die lig in die vrou Martie se oë. Alles was in haar oë: haat, walging, woede, vernedering, onmag voor die onreg, wraak – álles saam in daardie een blik.

In sy stotterende verdediging van sy onregverdigbare dade het hy bygevoeg dat dit onveilig is vir die vroue alleen op die plase; dat daar al moorde en verkragtings was.

Verbeel hy hom of was daar 'n stilte ná hy verkragting genoem het?

Want Magrieta het opgestaan en voor sy uit die kamer loop, gesê: "Julle het te laat vir my hier aangekom."

Selfs met die rewolwer in 'n besete vrou se hand en vlak voor sy gesig, het Philip Brooks se oë Magrieta van Wyk gevolg. Die gedagte dat dié mooi vrou verkrag is, het skielik alles oorheers.

Oomblikke later kon hy hoor hoe die voordeur oopgaan en die skoenlose voete van sy wag die portaal binnekom. Het die

223

wag net die kabaal gehoor, of het Magrieta hom gaan haal? Hy sal nooit weet nie.

Maar Martie van Wyk se woordevloed het skielik begin huiwer asof sy kortasem word, en dit was hý wat haar gevang en regop gehou het toe sy begin heen en weer wieg, die rewolwer op die plankvloer val en haar knieë onder haar knak. Die vroue het haar by hom oorgeneem en uitgelei.

Dorothea van Wyk het gevra: "Hoe laat môreoggend?"

"Sewe-uur."

Toe't sy gevra wat hulle kon saamvat en hy het verduidelik.

Hy het probeer om haar vir die ete te bedank, maar sy het gekeer: "Moenie, Kaptein, ons voel almal soos sy. Brand af as jy moet, maar as jy vir mý iets wil doen, sorg net dat ons weg is as dit brand en ons diere doodgemaak word."

Daarmee is sy die gang in.

Hy het die rewolwer opgetel en die haan teëgehou terwyl hy die sneller trek, sodat die hamer saggies tot rus kom. Hy't die wapen vir sy wag gegee en saam met hom uitgeloop uit die plek waar hy nooit moes gewees het nie.

Buite het hy geweet wat hy moet doen. Die verslag-tafeltjie in sy tent was opgestel. Hy sou moes gaan seker maak dat die luitenant se verslag ál die dag se gebeure noteer en niks van die ete sê nie. Maar hy't nie na sy tent toe gegaan nie. Hy het afgeloop na die plaashek toe en gemaak of hy die wagte inspekteer. Hy wou wegkom van die kamer van sy skande. By die hek het hy gehoor die klavier word bespeel met 'n presiesheid wat hy nog nooit tevore gehoor het nie. Dit was of die blink note saam met die sterre in die nag hang. Terwyl hy staan en luister, het Joey Drew by hom kom staan: "Sy's 'n oujongnooi en 'n baie-baie goeie pianis. Die klavier is al wat sy besit."

"O."

"Gee jy nie om nie? Hoor hoe speel sy haar afskeid."

"Ek is 'n soldaat," het hy gesê en geweet sy ontwyking lieg.

Joey Drew het nie verder probeer nie. Net gevra of sy kar en perde en sy eie besit behoue kon bly. Natuurlik het Philip toegestem. En toe Greeff kom sê hy wil by die Britse magte aansluit het hy ja gesê, want hy't geweet die man het die huisgesin klaar uit die asgat en die hooimied verraai. Al klaar guns-soekend, het Greeff aangebied om hulle te gaan wys waar die waardevolste goed reeds begrawe is. Die volgende dag.

Ná Greeff geloop het, het Philip Brooks nog lank gestaan en kyk hoe die vrouegedaantes se skaduwees teen die gordyne beweeg, maar hy kon nie uitmaak watter skaduwee Magrieta s'n is nie. En hy't gesien hoe die lampe en kerse van beligte venster tot beligte venster, van kamer tot kamer haas. Maar hy't nie geweet watter kers of lamp hare was nie. Hoe kies 'n mens jou kosbaarste? Die soet note van die oujongnooi se klavier het geen twyfel gelaat oor wat sý haar kosbaarste ag nie. En hoe voel verkragting as jy Magrieta van Wyk is?

Die volgende dag het hy hulle vroeg weggestuur kamp toe. Almal: die Van Wyks, die Minters en die plaaswerkers. Greeff en die verraaier moes, nadat hy die begraafplek uitgewys het, saam met die eerste groep op pad wees, sodat Philip die familie se kosbaarhede kon herbegrawe waar die verklikkers nie by is nie. Die soldate het hy verbied om hier te plunder en te stroop. Hulle sou wel onder mekaar gemor het, want daar was baie vervoerbare kosbaarhede. En nog goed uit die huis, soos die eetservies, moes begrawe word op 'n plek waar niemand van weet nie. Hy het 'n paar meubelstukke vir die familie se gebruik in die kamp laat laai, en gesê hulle moet die klavier saamvat en in sy kamptent gaan sit.

Eers daarna het hy alles volgens voorskrif laat doodmaak en afbrand. Maar die vlamme was daardie keer anders. Baie anders. Só anders dat Joey Drew se foto van die brandende huis tussen sy agt vingers begin bewe.

Die juffrou van die museum kom vra hom of sy vir hom water kan bring, want hy lyk vir haar ontsteld.

"Ek ís ontsteld," sê hy.

225

Nege

Daar het 'n godsverlatenheid oor die stoet gehang, al was laat-Maart se oggend vars en helder. Rondom hulle het die oorlog die landskap al verflenter. Die lyndrade was op plekke platgedruk of geknip. Die hekke lê oop. So hier en daar trek hulle by 'n vlaag stank verby. Vrekgemaakte diere. Nog somervet diere. Sommer voor die voet geskiet en so gelos. In die hoek van die Van Graans se binnekamp lê 'n klomp opgeblaasde koeie styf-boepens en wydsbeen. Die arme goed is daar in die hoek gedruk en doodgeskiet. En toe die waens by die opstal verby-trek, sien hulle hoe die hele trop skaap in die kalwerhok op 'n klomp gejaag en daar sommer half bo-op mekaar vrekgemaak is. Die hoop het opgeblaas en die vaal wol-kors oor die verrot-tende pastei het bo die kalwerhokmuur uitgerys – soos 'n brood wat weer afgeknie moet word.

"Hulle het die skaap met hulle geweermesse doodgesteek," het een van die plaasmense vertel toe hulle haar en haar kinders ook op die wa laai. "Dit was te veel werk vir hulle en hulle het nie almal dood-vrek gekry nie. Van die goed het gister nog on-der in die hoop gesteun. Hulle het net een speenlam geslag vir eet. Die meeste van hulle vreet hoender en eend."

Op die kaal werf het niks beweeg nie en die huis het met swartverbrande, lede oë die vlakte ingestaar. Die dak het ingeval en die brandmurasie het bly staan – dak-, deur- en vensterloos. Voor die voorstoep was die hoop meubels 'n ashoop. Net die stukke wat nie weggebrand het nie – potte, hitte-verbuigde ysterkatels en 'n paar onherkenbare metaal-oorblyfsels – het swart op die wit as rondgestaan. Die wa was op die dwarste middeldeur gebrand en die langwa en buik het tussen die pare wiele ingeknak. Van die kapkar het net 'n stuk disselboom, die ysterbande, die spatbord en die kaalgebrande ribbes van die kapstutte heel tussen die as gelê. Die vrugtebome is teen die grond afgekap en die Kakies se perde moes in die vertrapte groentetuin oorgestaan het.

Die vroue het sakdoeke voor hulle neuse gehou teen die stank en niks gesê nie, want almal het geweet dat agter hulle op die plaas dieselfde besig is om met hulle huise, vee en huisdiere te gebeur. Op plekke het die Kakies wat hulle begelei, probeer om die weiding aan die brand te steek, maar die najaarsveld was onder in die polle nog te groen, al het die geel skynsel van die komende winter in die bo-stengels en ryp saadhuisies van die steekgras gesit. Die veldvure wat die soldate probeer brandkry het, het rokerig aangesukkel en teen elke afgeweide kol of voetpaadjie in die windstilte van die oggend uitgeflikker en gevrek.

"Hulle wil alles uit- en afbrand," het Sannie Minter opgemerk en toe stilgebly, want niemand by haar het iets bygesê nie. Oor almal te goed vir woorde weet.

Hulle het gevangeskap nie geken nie, maar almal het besef dat hulle lot nie meer in hulle eie hande was nie. So dís wat vryheid toe heeltyd was. Dít was wat Danie die hele tyd bedoel het. Om nie te wees soos nou nie. Om te mag kom en gaan soos jy wil. Om nie die hiet en gebied van ander sonder protes te moet gehoorsaam nie. Om iets te besit wat nie sommer weggevat of weggebrand kan word nie. Om nie in ander se oë te moet kyk vir alles wat jy dalk durf benodig nie. Om nie gedwing te word om 'n bietjie privaatheid af te bedel om aan die dringendheid van jou lyf se geheimste behoeftes te voldoen nie.

Die begeleidingspatrollie was vyftien man sterk en het in groepe voor en agter die stoet gery. Hulle het hulle eenkant gehou, maar op die gesigseinders was daar altyd 'n ruiter of twee te sien.

"Verspieders," het oupa Daniël beduie.

227

Die vroue wou nie glo dit was oor die ete nie. Die Kakies het dalk tóg respek vir goeie rytuie en meubels, dié dat die spaaider gespaar en 'n paar stukke huisraad op die wa gelaai is. Dorothea, Gertruida en oupa Daniël was op die spaaider. Agter hulle was die muilwa waar Magrieta, Sannie Minter, Nellie met Klein-Jakop, en Martie – nou uitgewoed maar nog eenkant oor die ete – met die kinders en die meeste van die beddegoed saamry. Dan die wa met Soldaat se mense wat die vorige nag nie betyds wegge-hardloop het nie en Siena van Martie. Voorlaaste in die stoet het die verraaier alleen op die Prinsloos se veerwaentjie en Martie se matras lê en herstel, en heel laaste was daar 'n muilwa met die Kakies se bagasie en buit.

Hulle het teen 'n begrafnispas beweeg omdat die wa stadig was en die groep blykbaar bymekaar moes bly. Daar was geen haas nie, ook nie in oupa Daniël en die vroue nie. Gertruida wat die ander, die onnoembare, gevangeskap al deur soveel slepende jare leer verduur het, het die beste geweet: in gevangeskap moet jy maar net van oomblik tot oomblik aanhou bestaan, daar is geen nut in die aftel van sekondes of ure nie. Dis maar tyd. Dit gaan verby. En dis al. Net die swaar potyster-rug van haar klavier lê nou seker so onvernietigbaar soos 'n ewigheid tussen die huisraad se as. Sou hulle die swaar ding uitgedra of sommer saam met die huis verbrand het?

Teen die middag het Martie weer teen die onreg begin op-stuif. Sy't aanhou praat oor goed wat almal weet, en Magrieta het naderhand maar agter op die kantreling van die muilwa gaan sit. Om bietjie meer wind oor haar lyf te kry, het sy gesê. Toe hulle deur die skaduwees van 'n paar los wolke gaan, het sy haar kap-pie agteroor gegooi sodat haar volle gesig en goue hare oop was en uitgestaan het bo die stemmigheid van haar rouklere. Net Martie het agtergekom dat die Kakies dit raaksien en so een-een of twee-twee nader ry. Hulle het gemaak of hulle maar net die stoet inspekteer, maar by die muilwa waar Magrieta sit, het hulle onooglopend probeer draal. Martie het dit raakgesien: "Maak toe jou kop en gesig, Magrieta, jy lok die bronstige spul. Hulle wil seker kom kyk hoe lyk hulle kaptein se nooie!"

228

Magrieta het haar kappie weer oor haar kop getrek en vir 'n ruk omgedraai sodat sy binnetoe kyk. Dit het vir haar geklink of die offisier sy manskappe wegroep, maar sy was nie seker nie.

Van die oomblik dat sy weer haarself begin word het, nadat haar eer daardie nag uit haar uitgeskeur is, het Magrieta met niemand oor haar besmetting gepraat nie. "Dit het nie gebeur nie!" het haar skoonmoeder gesê en almal het hulle monde oor die ding gehou, stilgebly en aangegaan asof so iets nooit sou kon gebeur of gebeur het nie. Om die ding in die vergeetboek te probeer kry. Om die smet te probeer wegswyg. Skoonswyg. So het Dorothea en Gertruida fluisterend in die kombuis besluit en Nellie so aangesê. Maar in Magrieta het dié nag yslik en oorweldigend gesit, elke oomblik van elke dag. Die reuk van haar verkragter het sonder waarskuwing in haar neus opgekom: die reuk van ou sweet, paraffien en rook. By tye kon sy weer voel hoe die maer, sterk lyf haar vasdruk, teen haar inbeur, haar neus en mond toedruk, haar skouer byt, haar teësinnige bene oopspalk en in haar indring. Sy kon nie genoeg was nie. Sarah moes haar betig omdat sy so gedurig, hoeveel maal per dag, bo en onder was.

"Jy gaan jou nerf deurwas, Nôi," het Sarah gesê. "Skoon is goed, maar oorskoon is 'n siekte." Want Sarah het nie geweet nie, en miskien hét die wassery 'n siekte geword.

Nou op die muilwa, met die soldate wat so orig kom kyk, stu haar afkeer in haar skoonheid weer in haar op. "Dis my mooiigheid wat my dit laat oorkom het. Alles is my mooiigheid se skuld." Dit sou nie gebeur het as sy nie mooi was nie. Horst sou haar uitgelos het as sy lelik was; die dier wat haar dié nag bespring het, sou nie gekom het as sy lelik was nie. Vir die hoeveelste keer dink sy aan Jong-Abraham Carelse by die sendingstasie. Want toe sy vry-dae aanbreek, het hy kranksinnig geraak oor geen meisie hom wou aankyk nie. Hy het hom met 'n mes geskend omdat hy lelik was en sy uiterlike gehaat het. Sy sal soos Jong-Abraham 'n mes deur haar wange trek oor sy haar mooiheid haat soos hy sy afskuwelikheid gehaat het. Om haar gesig te skend, was nie 'n gedagte wat by haar opgekom het nie.

Dit was 'n drang. As Jong-Abraham kon mal word en dit doen, hoekom maak sy nie self 'n end aan haar straf nie? Sy het haar begin verbeel hoe die lem deur haar wangvleis gaan soos deur Jong-Abraham s'n, en hoe hobbelrig en skeef die toewerksels sal toegroei en onder die rowe pienk strepe maak. Soos syne. Hulle het hom die dag toe hy sy gesig vermink het, sendingstasie toe gebring sodat die diep, oordwars snye op sy wange toegewerk kon word. Hy moes daar onder toesig oorbly tot alles toegegroei en Horst die duiwel van sy skouer af gebid het. Dit het nie gehelp nie – sy volgende snit was oor sy nekslagaar. Horst het hom, nadat die snye al amper almal genees en roof-af was, skaars 'n uur in die gebedskamer alleen gelaat om op sy eie verder te bid. Jong-Abraham het toe al dae tevore 'n tafelmes gesteel en verbete teen die fondasieklippe geslyp – skelm, agter sy rug, daar waar hulle hom toegelaat het om teen die waenhuismuur in die sonnetjie te sit waar almal hom gedurig kon dophou. Hy't hom in die gebedskamer doodgebloei: op die knielbank, met die spieël van die muur af gehaal en voor hom staangemaak met 'n stapeltjie Bybels. "Jong-Abraham wou seker vir die Here iets sê met sy bloed wat hy so oor die spieël en die Bybels laat spuit het," het haar ma gereken. Horst moes liewer die spieël in die gebedskamer êrens uit die oog uit weggebêre het. Haar ma het hom betig: "Vir wat hang jy in elk geval 'n spieël in 'n plek van aanbidding. Jy moet die Here se aangesig soek, nie jou eie nie!"

Magrieta het begin glo dat die weersin en wegkyk van mense verkieslik sal wees bo die bewonderende kruiperigheid van mans soos die skeel fotograaf. Soos ander oor skoonheid lugkastele bou, het sy gedroom van skending en die bevryding van afsku.

Toe hulle die oggend weg is van die huis af het sy Daantjie se swart-bebloede knipmes in haar roksak gesit. Sy haal hom uit en probeer die kniplem oopmaak, maar dit lyk of die ou bloed die lem laat vasroes het. Sy breek haar duimnael, maar hy kom nie oop nie. Sy sál hom oopkry en sny. Dalk sal dit iets van die smet uitkerf – dié mes met die oorlede man wat sy liefgehad het se bloed.

Magrieta het skaars agtergekom dat Fienatjie Minter langs haar kom sit. Eers laatmiddag, toe die muilwa se skaduwee al lank van hom af wegrek, die muile se skaduwees op stelte loop, en die mense op die wa se skadu-koppe dobber en dein dertig treë verder oor die onewe gras, het Magrieta opgemerk daar's nog 'n skaduweetjie langs hare. Fienatjie het langs haar gesit met haar arm amper soos in 'n troosgebaar om Magrieta se lyf. Toe die drang na selfskending weer in hewigheid toeneem, het die kind die mes by haar gevat en in haar roksak teruggesit. Die kind sal weet. Soos sý weet.

"Wat het jy van my gedroom, Fienatjie?"

Die blou oë het beurtelings na Magrieta en die verte in gekyk asof sy die onsêbare oorweeg. Sy het eers ná 'n rukkie gepraat: "Ek het gedroom dit ís so, tannie Magrieta."

Nie een het verder gepraat nie, want al twee het geweet van die ánder ding, van die ding wat erger as die dood is; van die ding wat dalk die dood sélf is. Magrieta het besef dat sy nie langer sou kon stilbly nie, want sy't Fienatjie se bevestiging onmiddellik aanvaar. Ook omdat sy die tekens wat sy al vir maande probeer wegwens, móés begin glo.

Die groep het laat die middag by die spoorlyn aangekom en die Engelse het met die bleek verraaier laat weet hulle staan daar oor, want daar's water in die spruit. Die vuurmaakgoed het ongelukkig op die plaas vergete gebly. Die vrouens sal maar moet kyk wat hulle kan bymekaarskraap vir vure. Hulle moes maar onder die waens bed maak, en, nee, hulle kan nie die bokseil kry nie, dis vir die sieke. En vir hulle behoeftes moes hulle die spruit-wal aan die linkerkant gebruik. Die soldate sal daar wegbly.

Hulle het begin hout soek, vuurtjies aanmekaargeslaan, 'n kokery prakseer en bed opgemaak.

Sannie Minter kon dit skaars oor haar hart kry om haar nuwe beddegoed op die grond te gooi. Want toe hulle die vorige aand pak, het Dorothea haar 'n klomp donskomberse, kussings, lakens en slope, en ander slaapgoed present gegee: "Joune is oud en hierdie is omtrent nog nooit gebruik nie. Vat dit vir jou en jou kinders."

231

En toe Sannie protesteer, het Dorothea skerp gesê: "Nou wil jy hê ek moet dit vir die vuur los? Dis wêreldsgoed, Sannie. Die Here vryf met hierdie beproewing my neus behoorlik in my verknogtheid aan aardse besit. Alles waaroor ek my so moeg maak, is vuurmaakgoed. Vat!"

Selfs onder die wa het dit vir Sannie na té groot weelde gevoel. Want haar eie beddegoed was gehawend en het nog gekom uit die dae voor sy en Jakop vir die bank moes vlug. Dié wat Dorothea haar toe sommer present gee, se dons was nog nie knopgeslaap nie en het dik, warm en lig in die oortreksels gepof. Die komberse was ongeskif en wollerig; die lakens en slope heel, en alles het so skoon geruik. Sy't slaapgoed nie meer só geken nie. Haar kinders ook nie.

Hulle het gewag tot dit sterk skemer is voor hulle spruit toe gaan om te was. Saam, vir veiligheid. Martie het heftig gekla: "En nou moet ek soos 'n barbaar agter 'n spruitwal hurk om my behoefte te doen, en ek weet nie van waar af watter ketools Engelsman my afloer nie. Hoe ver wil hulle ons nou nóg verneder! Driena, druk dat jy behoorlik klaarkry, ek wil nie vannag met 'n maag ook nog sukkel nie."

Toe die vroue en dogters begin teruggaan wa toe om die aandete oor die buitepotte te gaan klaarmaak, het Magrieta Dorothea eenkant toe getrek: "Ek wil met Ma praat . . ."

"Wat is dit, kind?"

Magrieta het nie kans gesien vir 'n lang aanloop nie, en het dadelik en direk gesê: "Ma, ek verwag 'n kind van die verkragter."

"O, my God!"

Hulle het langs die spruit bly staan. Rondom hulle het die aand verdonker en nag geword. Magrieta het haar waarheid uiteindelik gesê en die beklemming was nou nie net meer hare alleen nie. Maar daar was te veel en te niks om iets by te sê. Hulle het net gestaan. In die donker spruitkuil onder die wal, waar die stroompie al met sy winterstilstand begin het, het 'n baber sy borrel lug vir die nag op die oppervlak kom haal en die water lui geroer; agter hulle by die waens was daar vuurtjies en potte wat kook. Daar was niks van te hoor nie, asof dié by die waens, en die

Kakies by hulle vure, gefluister het voor die vreemdheid van dié nag in die oopte – by 'n spruit, langs 'n treinspoorbruggie, waar haat en skuld moet saamslaap. Uiteindelik: "Is jy seker?"

"Ja, Ma."

"Hoe lank weet jy al? Hoekom sê jy my nou eers?"

"Ek kon dit nie glo nie, Ma . . . Ek wou nie."

"Hoeveel maande is dit?"

"Oktober, November, Desember, Januarie, Februarie en Maart is ook al amper vol. Dit was aan die end van September."

"Ses. Jy dra plat, dié dat dit nie eintlik wys nie . . ."

"Ek moes my rok al drie keer uitsit . . ."

"Maar dan skop die kleintjie mos al!"

"Ja, die ding skop al. Ek wóú dit nie glo nie, Ma! En Ma . . ."

Sy soek na haar woorde, maar dis of hulle yl geword het in dié voornag van haar onverdiende skande: "Ek was God-weet te skaam, Ma . . . en te vernederd, om te sê. . . . Ek het eers gedink dis die skok wat terugslaan toe my maand wegbly en my borste seer word . . . Ek wou dit nie glo nie. Kan mens nie iets daaraan doen nie?"

Die stilte was terug tussen hulle met sy dwarrelgedagtes: Kán 'n mens iets daaraan doen? Mag jy? Dit was tog ongevraagd, sonder toestemming, onder 'n dwang waaraan jy niks kon doen nie. Niks nie. Jy't geen deel daaraan nie, en nou groei die onverdiende skuld onkeerbaar in jóú! Wat máák jy met so 'n kind? Géé jy hom of haar weg? Góói jy die onwelkom dingetjie weg? Dit was te laat vir afbring, en hoe doen 'n mens dít? Jy't nog net van sulke goed gehóór. En . . .

"Was hy wit of swart?"

"Hy't my kop weggebeur en my mond en neus toegedruk. Dit was donker."

Dit was die eerste keer dat sy daaroor praat. Die eerste keer dat die woorde uit haar moes huiwer: "Hy't gestink na sweet en paraffien en hy was maer. Hy't 'n baard gehad . . . sy gesig was toegedraai met 'n lap of iets . . . die't half losgekom . . . het ek gevoel . . ."

"Kroes?"

233

"Ek weet nie."

"'n Witte sal mens dalk nog kan reglieg."

"Ek wil die ding nie hê nie, Ma."

"Ek weet. Jy sou dalk nog kon Kaap toe vlug voor die skande . . . Maar nou sit ons. Dis oorlog. Dalk smeer dit nog die hele ding toe. Wat moet nóg met ons gebeur voor die Here tevrede is met Sy beproewings?"

Die stilte het weer tussen hulle gekom. Tot Magrieta vra: "Waar was die honde daardie nag, Ma?"

"Het jou tannie Gertruida ook gevra. Dis al wat haar laat dink dit was 'n bekende en 'n witte."

Fienatjie Minter het uit die donker by hulle aangekom. Toe hulle maar sien, wás sy al daar by hulle. Hoekom het die kind so stil na hulle toe gekom, en hoeveel het sy gehoor? Weet sy? Maar Fienatjie het net aan Magrieta se hand gevat en amper moederlik gesê: "Dis 'n witte."

Toe hardloop sy terug waens toe, want haar ma het haar belet om ooit weer oorlede oom Daantjie se naam te noem.

Almal behalwe Magrieta het al geslaap toe die kaptein met die kapkar en die laaste groep troepe by hulle aankom. In die kolle vae lig van die bewegende lanterns het sy gesien dat sy tent al opgeslaan is, en hoe hy in die lig van twee lanterns alleen by 'n opslaantafeltjie sit en eet. Later het hy lank saam met die een luitenant sit en skryf. Hulle hou seker boek van wat hulle doen. Sou sy haar verbeel of was tante Gertruida se klavier skuins oor die kapkar vasgemaak? Die kap was duidelik afgeslaan en daar was iets vierkantigs op. En sy't gesien dat Danie se swart karperde gespaar gebly het. Joey Drew en sy kar was nie by nie.

⚔

Want Joey het die oggend al op die plaas gery – eers met die pad af en toe deur die veld agter om die agterste koppie. Hy het daar uitgespan en met sy kamera die koppie uitgeklim. Van bo af het hy gesien die kaptein laat herbegrawe die waardevolste goed in 'n nuwe gat en sit nog van die huis se ander goed ook daarin. En

234

Joey het gesien met hoeveel gesukkel hulle uiteindelik die klavier op die kapkar laai en met komberse toemaak. Hy het sit en kyk hoe die groot diere geskiet, die kleinvee met bajonette doodgesteek, die pluimvee nek omgedraai en die huisdiere die kop ingeslaan word. Uiteindelik het daar rook op die huis se dak begin uitslaan, deur die vensters en buitedeure gebreek en geborrel, en vlamme geword. Die hoop huisraad, beddegoed, gordyne, snuisterye en klere het voor die huis in hulle vuur as geword. Die miedens en die hope vuurmaakgoed het eerste uitgewoed. Die huis, die buitegeboue en hokke se sinkdakke het eers van die hitte verswart en verwring, en later, toe die stutte en balke onder hulle meegee, in skielike opstuiwings van rook en as ingetuimel. Die Minter-huisie was toe lankal 'n murasie agter die karige vuur van sy te min huisraad. Die Kakies het van die gereedskap uitgesoek en die res probeer weggooi. Voor hulle die brand begin het, het hulle die stoofplate uitgedra en met klaterende noulettendheid en die geweld van die voorhamer op 'n klip stukkend geslaan.

Joey kon tussen sy skelm foto-nemery nie ophou kyk nie, want hy kon dit nie glo nie. Die volheid van die lewe in 'n tuiste, en die leeftog-tot-hier van daardie tuiste se mense, het uitgebrand. Weggebrand. Opgebrand. Dit was harde werk, maar die kaptein het die vernietiging deeglik laat doen — tot by die groente- en vrugtetuin, die hokke en buitegeboue. Daar sou geen skuiling of lewensmiddel oorbly nie. Daar het nie.

Die troepe is eers die middag daar weg, klavier en al, en met Danie van Wyk se swart spogperde voor die kapkar.

Daar het 'n vreemde stilte oor die plaas gedaal, en Joey het deur sy lens gesien dat alles voor hom dood was: die afgebrande geboue het stil in die middel van die beeld bly smeul en die rokies het lui geword toe die vlamme se haas onder hulle uit was. Dit was of elke lewende ding vir altyd loop slaap het, want rondom die vars murasies en oor die werf en tuin en boord het die diere en bome op hulle sye rondgelê. Net die omgetrekte windpomp het met sy windwielgesig in die grond geval en op sy maag beland.

Dit was toe dat Joey nie meer 'n Engelsman van Somerset wou wees nie. Hy het afgegaan na die werf toe en vir hom twee hoenders tussen die ander op die hoop dooies gaan uitsoek. By die skape het hy vir hom 'n blad van 'n karkas afgesny. Daar het nog baie bruikbare kole gegloei, maar daar was 'n beklemming tussen die stilgeworde verwoesting. Dit het by Joey opgekom dat 'n verlore siel wat op die oordeelsdag alleen en vergete agterbly, soos hy sou voel: alleen tussen die chaos, want orde en lewe was skielik êrens elders. Net weg. Hy het liewers die koppie uitgeklim om sy skaapblad en hoenders agter die kruin, van waar hy die vernietiging nie hoef te aanskou nie, te gaan braai sodat hy gaarkos op sy reis kon saamneem.

By sy en Fienatjie se wegsteekplek van haar skatte het hy 'n bietjie gehurk. Haar paar goedjies het darem in die trommeltjie oorgebly: die naalde en knope en gespes en lintjies, 'n haarkammetjie, lappies, vreemde munte, 'n medalje – en die pekelwit, toegedraaide helm van haar geboorte. Hy het opgemerk dat die sout in die pekeldoek die trommeltjie laat roes, maar hy kon dit tog nie uithaal en weggooi nie, dit sou heiligskennis wees. Toe't hy maar 'n stuk van sy hempspant afgeskeur en die pekelrol verder toegedraai. Hy sou die roesery aan Fienatjie verduidelik as hulle weer saam daar is. Sy sou nie omgee nie, en miskien weet sy al wat hy besig is om te doen – sommer so terwyl hy dit doen. 'n Mens weet nooit met dié kind nie.

Maar toe sy hande die stuk hemp om die geheimenis van wat Fienatjie moet wees, vou, het daar 'n seer verlang in sy bors kom sit. Joey het hartseer geraak. Oor alles. Ook oor vernietiging, en die verbystering van die swakkeres voor die sterkes. En oor hoe niemand selfs sy éie dade, goed of sleg, ooit behoorlik verstaan nie. En oor Fienatjie. Veral oor Fienatjie. Want dit was vir hom of die kind se godsmooi oë lankal al die dinge wat hy dié dag aanskou het, gesien het – in die onrustige nagte van haar drome waar die kinders so sing.

Hy het begin verstaan dat 'n deel van die wonder van haar oë die hartseer wetes moet wees wat so onmededeelbaar-alleen agter al daardie blou sit.

꿸뜵

Die konsentrasiekamp het 'n halfmyl van die spoor af gelê. Op die haaie vlakte. Sonder beskutting. Sonder brandhout of water naby. Die kloktente is in presiese rye opgeslaan: naatreguit, parade-reguit. Van ver af het hulle skerp punte op die skuinsdwarste soos wit saagtande gelyk. Maar die paaie en voetpaadjies het vryer en buigsamer oor die oop vlakte by die kamp byeengekronkel. Die Kakies het die gras in en om die kamp reeds op die een of ander manier afgebrand gekry. Die wit saaglemme het in blokgelid langs mekaar in die swart van die brand gelê.

Oupa Daniël het opgelet dat dié militêre beheptheid met alles wat presies reguit is, nie rekening hou met waar die reënwater sy eie aard volg en in die brakleegtetjies gaan dam nie. "Ons moet kyk of ons nie tente op een van die hoogtetjies kan kry nie," het hy vir Gertruida langs hom gesê.

Maar haar aandag was elders: "So, dis dan ons bestemming en ons lot . . ."

Dis wat sy gedink het, want die plek het selfs in die helder lig van die middag soos 'n voorbode gelyk. Swart en wit – 'n swart spookplek waar wit voor- en naspooksels helder oordag in 'n vreemde soort nag se donker ronddryf. Dit was meer as net mistroostigheid wat oor die kamp hang; dit was asof die dood sélf hom daar tuisgemaak het. Elke tree wat hulle oor die uitgeryde pad naderstamp, het dit bevestig. Die begraafplaas se hopies was te vars; die ruimte wat die rye grafte beslaan, té onbehoorlik groot langs die aantal tente van mense wat maar 'n paar maande daar bly.

Hulle het tot dusver té eenkant, te veel uit die oorlog se pad kon lewe. Tot die woord "konsentrasiekamp" waarvan een van die min besoekers aan die plaas gepraat het, was vir hulle nog maar nuut, en in hulle binnestes het hulle nie wou glo dat dit so erg kon wees soos die verbyganger te vertelle gehad het nie. Mense vererger maar alles, het hulle binneharte gedink. Die Engelse is nou wel die vyand, en hulle sal dalk die plase afbrand om kos en skuiling van die burgers in die veld weg te hou, maar diere wat kinders doodmaak, is hulle darem nie. Dis net vuur-

blasers soos Martie wat sulke dinge van die Kakies glo, het hulle
selfs met die aanryery nog gedink, al lê die plaas nou seker al in
rokende puin en die diere in hulle bloed. Maar nou begin hulle
eie oë sien waarvan hulle net gehoor het.

Hulle het agter die touleier se gedrentel na die kamp toe aan-
gekruie. Daar was tyd om te kyk en te luister. Ook toe hulle by
die té groot begraafplaas verbyry na wat die voorhek van dié
opslaanplek moet wees. Dit wás 'n kamp. Met doringdraad om,
soos vir vee, en 'n voorhek waar daar wagte staan. Daar was die
rye tente en half eenkant 'n paar groter tente en geboutjies wat
hulle as die "service area" sou leer ken – 'n service area waar die
kos, hout en water uitgedeel word, waar die administrasie gedoen
word, waar die hoof van die kamp se kantoortent staan. Dit was
daar waar jy moes gaan pleit of protesteer, meestal nodeloos. En
langs die service area, of deel daarvan, was daar die klipgeboutjie
wat hulle as die altyd oorvol lykshuis sou leer ken, en daarnaas,
'n veilige entjie verder, die hospitaaltente, en langs dié 'n soort
houtwerkplek waar eers dorpgemaakte doodskiste onder 'n bok-
seil gestoor en verkoop is, waar kiste later op aanvraag aan-
mekaargetimmer is, en wat uiteindelik verlate sou staan toe die
timmerhout opraak. Maar toe hulle daar aankom, was dit nog die
kamp se enigste industrie. Daar het op 'n plank geskryf gestaan
dat doodskiste te koop is vir een Engelse pond en vyftien sjielings.

Al hierdie dinge sou hulle mettertyd leer ken, maar eers
moes hulle klein stoet voor die hek wag sodat die lykswa met
drie kiste, een groot, twee klein, kan verbykom. Dit was onge-
looflik, dié begrawery. Dit was onmoontlik. Soveel mense gaan
nie gelyk dood nie. Want in die begraafplaas waarlangs hulle
moes wag, was daar reeds twee begrafnisse aan die gang. Dit
kon jy sien aan die twee groepies mense wat daar staan, en hoor
in die trae klanke van "Rust mijn ziel" wat eers van die een en
toe van die ander opklink – 'n teemgeluid, versag en veryl deur
die afstand, en komende van te min onbegeleide stemme in die
verlatenheid van die ooptes rondom alle grafte.

Daar het 'n vreemde geluid oor die begraafplaas gehang –
eintlik 'n vermenging van geluide, want 'n vrou het tussen die

liedere deur hard, dringend en veraf soos 'n dier gehuil, en nie ver van die begrafnisse af nie het 'n span swart grafgrawers se pikke en grawe hulle eie ritme die grond in geklop en geskuur by die dreunsang van hulle arbeid. Die lug was vol geluid. Dit was of die herfsmiddag sélf treur oor dié wat te veel en te vroeg die kalkgrond moes in.

Die lykswa met die drie kiste op wat by hulle verbygekom het, was 'n muilkar met twee osse voor. Die kar is swart geverf deur iemand wat nie omgegee het, of nie genoeg verf gehad het nie, en wat met 'n enkele, nog deursigtige, laag moes volstaan. Die muilkar was meer besmeer as geverf, vuilswart en dof, en dit was of sy droewige vierkantigheid, soos 'n goedgemaakte voeg, presies in dié middag pas. 'n Klompie vroue het agter hom aangestap en een het styf teen die agterkant van die kar met haar hand op die kleinste kissie geloop, asof sy die laaste aanraking nie wou opgee nie. Haar snikke was naby en het met die geluide uit die begraafplaas versmelt om nóg 'n ritme by die verstrengeling te voeg. Die geoefende oor van Gertruida kon die vervlegte geledinge van die dood se eindelose fuga onderskei.

Dit was of die eerste uur van hulle aankoms hulle alles wou wys, alles wou laat begryp, van wat die woord *konsentrasiekamp* beteken.

"Dis soos die hel . . ." het Dorothea met ontsetting gefluister.

"Moord!" is wat Martie gesê het.

"God slaap nie," het die wrewel uit oupa Daniël gekom.

Nellie het Klein-Jakop stywer teen haar vasgehou en hom gesus: "Nie mý kind nie. Nie Petrus se seuntjie nie."

Fienatjie het aan haar ma se rokmou getrek en aangedring: "Hoor Ma? Hoor Ma nou?"

"Fiena, ek is nie doof nie. Bly stil! Jy moet die dode leer respekteer."

Fienatjie het teruggekrimp van die teregwysing af, en Magrieta het haar nader getrek en baie saggies gevra: "Wat is dit wat ons moet hoor, Fienatjie?"

Die kind het in haar oor gefluister: "Die kinders wat so sing, tannie Magrieta. Hulle sing net soos ek hulle gedroom het."

239

Maar Magrieta kon hulle nie hoor nie en het haar verwonder aan hoe die blou van die lug bo hulle in Fienatjie se oë sit terwyl die kind opkyk en verwonderd, byna verruk, na iets luister.

Want net Fienatjie kon dalk boontoe hoor. Die ander was nog vasgevang in die geluide uit die plat aarde rondom hulle, en dít was vir hulle al te veel.

Kaptein Brooks en die ander helfte van sy groep Kakies is die oggend by die spruitjie in 'n ander rigting vort, en hy het nie kom groet of met hulle kom praat nie. Hoe sou hy hulle in elk geval kon aankyk ná wat hy sweerlik aangevang het? Dit was dus die een luitenant wat hulle by die kamphek moes inboek en hulle papiere vir hulle regkry. Hulle het 'n hanskakie met 'n wit band om sy baadjiemou onnodig laat tolk en hulle is geregistreer, hulle het hul rantsoenkaarte ontvang en is aangesê om op die waens te bly terwyl hulle na die toegewese tente vervoer word.

Toe is hulle met 'n soort straat die kamp in.

Hulle het begin agterkom dat daar iets verkeerd is. Iets het geskeel, maar hulle het nie geweet wat dit was nie. 'n Paar soldate het weerskant van hulle gestap en die kinders weggejaag wat kom vra het of hulle nie kos by hulle het nie. Dit was kinders met die oumens-gelatenheid van wanvoeding in hulle oë, en Dorothea wou tussen die padkos krap, maar 'n Tommie het gou nadergestaan en haar belet om iets vir die kinders te gee. Hulle het van die wa af die verbygangers probeer groet, maar daar was net stil vyandige oë rondom hulle. 'n Vrou het op die grond gespoeg en haar rug op hulle gedraai. Wat sou daar aan hulle wees wat die mense só laat maak?

Die vroue en oupa Daniël het hulle tente gekry, die Kakies het hulle help aflaai en meubels indra. Vir die grootmense was daar vir elkeen 'n bed, daar was 'n tafeltjie vir elke tent en 'n paar stoele.

Hulle moes teen dié tyd die kleinhuisies soek en 'n vrou uit die tent langs hulle het hulle na die "hoenderstellasies" beduie. By eerste gebruik was dit al duidelik dat dié gemakshuis alles behalwe gemak bied en dat die hoenderstellasie-beskrywing presies was: daar was net 'n seil-afskorting met balke oor 'n lang sloot en van privaatheid was daar geen sprake nie. Wat jy moes doen, moes jy maar as een van 'n ry doen – ten aanskoue en aanhore van wie van jou medegebruikers ook al sou wou loer of luister. Toe hulle daardie middag daar aankom, was daar net 'n dogtertjie op die stellasie. Die doodsbleek kind, met groot koorsblink oë en 'n pienk borsel-uitslag oor haar nek en ken, het heeltyd "Askies" gesê, want die volgehoue stuipings in haar maer lyfie het haar nie toegelaat om van die stellasie af op te staan nie. Sy kan nie vandag eens begrafnis toe gaan nie, het sy gesê. Nie een van hulle het daaraan gedink om haar te vra wie van haar begrawe word nie. Daar was skielik soveel begrafnisse rondom hulle dat nog een meer toe al in die getalle begin verdwyn het, selfs al het hulle pas aangekom. Die konsentrasiekamp was gou met sy gesindhede. Uit die sloot onder die hoenderstellasies het die bedwelmende stank van 'n pes, van maagkoors se skittery, van verdierliking en vernedering opgewalm. Die lug wat oor die gat hang, was 'n dik, walglike stroop waarvoor jou asemtogte stuit. Hulle het geweet hulle sou daar nooit aan gewoond kon raak nie. Ook nie aan die vlieë wat heen en weer tussen gemors en mens pendel nie.

Dit was laatmiddag toe oupa Daniël by Dorothea, Gertruida, Nellie en die kleintjie se tent aankom. Die vrouens was nog besig om die tent so goed moontlik te skik toe die ou man van buite af roep, en toe Dorothea die tentflap oopmaak, het hy met sy klere en beddegoed, in 'n kombersbondel toegewoel, voor die tent gestaan.

"Wat is dit, Pa? Pa kan nie hier intrek nie!"

"Ek bly nie saam met verraaiers nie. Hulle het my in 'n tent vol Hanskakies gesit. Ek bly nie daar nie."

"Pa?"

Die ou man het gebewe van verontwaardiging: "Hulle het my by die joiners ingeboek."

Met hulle aankoms is hulle gewaarsku dat 'n oor-en-weertrekkery sonder die nodige toestemming nie toegelaat sal word nie, omdat die owerhede presiese beheer oor elke slaapplek uit-

241

oefen en nie 'n deurmekaarspul en bontslapery wil laat ontstaan nie. Maar dit was laat in die middag en Dorothea, Gertruida en Nellie het die ou man se bed tussen dié van die Hanskakies wat saam met hom in die tent was, gaan uithaal. Een van die inwoners het op 'n bed gesit en met 'n halwe glimlag gesê: "So, ons is nie goed genoeg om mee saam te slaap nie."

"Vat net eenkant en help ons die bed uitkry, asseblief," het Dorothea gevra.

Die man het sy pyp begin opsteek en by die tent uitgeloop.

"As die Antie groot dra het, dra self. Ek sê net julle dra onwettig en ek gaan nóú rapporteer wat julle aanvang."

En daarmee is hy tent-uit en daar weg.

Maar niemand het hulle gepla met die oordraery nie en hulle sou eers later hoor dat dit was omdat die woord by die kampowerhede uitgekom het dat die Van Wyk-familie om een of ander rede witbroodjies van kaptein Brooks was. Die storie dat daar iets tussen die kaptein en die mooi weduwee aan die gang is, was die enigste verklaring en het onmiddellik posgevat, veral ná die toewysing van die tente.

Magrieta was al een wat alleen in 'n tent geplaas is – op die punt van die ry naaste aan die soldate se eie kamp. Daar was 'n doringdraad en 'n waghek wat die soldate en die kamp se inwoners skei en haar tent was skaars dertig treë van die hek af.

Maar toe hulle aangehaal raak met oupa Daniël se volstrekte weiering om met die joiners saam te slaap, het hulle Gertruida se bed oorgedra na Magrieta se tent toe en vir oupa Daniël by Dorothea en Nellie plek gemaak.

Dit was die aand by die kookskerms dat die volle waarheid hulle vertel is: hulle wás tussen die Hanskakies. Hulle is ingedeel by dié waarvan die mans die eed geteken en nie meer in die veld was nie, én by dié wat nou saam met die Engelse heul en veg. Die vrou wat hulle dit vertel het, het gesê: "Julle moet julle maar tuismaak hier tussen die bokke, die skape is van die tweede ry van hier af. Dis beter om nie soontoe te gaan nie, jy kry net beledigings."

Haar man was in Engelse diens, het sy vertel, en hy meen hulle gaan ná die oorlog verby is 'n plaas kry vir sy dienste. So, die dae van hulle knegskap by ander sal saam met die oorlog verbygaan. Hulle kry beter behandeling hier, want hulle is minder in 'n tent, hulle rantsoene is beter as die ander kant s'n en al het hulle ook sterftes, dis minder as by dié wat nog mans in die veld het. Die Van Wyk- en Minter-families moet maar saam met haar op haar vuurtjie kook, het die vrou gesê, want vuurmaakgoed is skaars. Anderdag help hulle haar weer. Hulle het hulle eerste ete in die kamp op 'n joinersvuur gaargemaak.

"Dis daardie ete se skuld! Dis wat gemaak het dat jou kaptein ons hier tussen die gespuis gesit het!" het Martie Magrieta verwyt, en bygevoeg: "Môre trek ek. Wat moet die mense van hierdie familie dink?"

"Ons sal môre werk maak, laat ons nou in hemelsnaam net eers almal kosgee en gaan slaap," was al wat Dorothea kon sê.

Dit wás daardie ete se skuld. Almal het dit geweet terwyl hulle langs Dorothea se tent in 'n kring op stoele sit en op hulle skote eet. Die ete saam met 'n vyandsoffisier het soos verraad op hulle gedagtes gelê, want hulle het al klaar kon sien dat hulle bevoordeel is. Die man bedoel seker goed, as die duiwel goeie bedoelings kan hê, maar dít was waarom niemand met hulle praat nie, behalwe die vrouens in die tente rondom hulle. Dis hoekom die vrou langs die pad op die grond gespoeg het. Dis hoekom niemand teruggegroet het nie. Want die mense kon sien hoeveel meubels hulle saamgekry het en na watter tente hulle geneem is. Daarom word hulle aangesien vir joiner-mense.

Die verdeling tussen wat die vrou by die vure die skape en bokke genoem het, was opmerklik genoeg. Langs die ry tente af is die kinders duidelik nie toegelaat om oor en weer met mekaar te speel nie. Die vroue uit die twee groepe het skaars, met moeite, of glad nie met mekaar gepraat nie. Tot die begrafnisse, sou die Van Wyks en Minters later leer, was grotendeels apart. Dit was of die groepe mense met 'n mes van mekaar af losgesny en breed-verdeel is. En dié verdeling het deur ou vriendskappe en familiebande geloop. Die tweespalt het verterend gegroei soos die haat al geiler rank op sy wortels – oordadig gevoed deur die sterftes en dodes op die slagveld en in die kamp.

243

In hulle tent daardie eerste aand, het Gertruida hardop teenoor Magrieta gewonder: "Wat sou hulle met my klavier aangevang het? Het jy die kapkar sien inkom?"

"Seker net gevat."

In haar binneste, te midde van die ellende, het daar 'n hoop in Gertruida opgestaan dat die vierkantige ding wat met komberse toegemaak en op die kapkar vervoer is, dalk haar klavier kon wees. Dalk, net miskien, sal sy haar grootste kosbaarheid terugkry as die storm oor hulle eendag uitgewoed is. Maar daardie aand sou hulle nie te lank hoef te wonder oor waar haar klavier hom bevind nie.

Dit was vroeë voornag. By die kookvure het die laaste rokies nog uit die as getrek en 'n paar verdwaalde stokkies het – soos hoop in die huiwerende harte rondom die siekbeddens in die kamp – vir oulaas opgevlam voordat hulle in wit as-strepies vergaan. Met die nagword het die kloktente verander in geel-glimmende driehoeke waarteen daar mense beweeg: vae skaduwees teen die tentseil van binne, skerp-swart silhoeëtte van dié wat nog buite is. Maar die driehoeke het vroegaand al die een na die ander uitgeknip en in die swart verdwyn soos die kosbare stukkies kers en die lampe met hulle skaars lekseltjies lampolie, dood- of uitgeblaas is.

Daar was al 'n knyp in die aandluggie, maar Magrieta het nogtans 'n stoel gevat en buite voor die tent gaan sit. Om weg te kom van te moet praat af en om die maalgedagtes oor die gehate baberding wat in die kuil van haar vrugwater roer, te probeer besweer. Gaan lê sou tog nie help terwyl die radeloosheid haar uit die slaap hou nie. Die kamp het mettertyd stil geword, behalwe vir 'n baba wat êrens huil. Daar het altyd in hierdie kamp 'n baba êrens gehuil; altyd 'n klomp waakligte hulle driehoeke soos brandysters teen die nag gehou – totdat die oggendlig hulle dowwe gloed oorgroei.

Die patrollie Kakies het van die hoofhek af deurgery na hulle kamp toe. By die hek het hulle afgeklim en die teuels vir dié wat blykbaar die diere moet versorg, gegee. Uit die donker roering by die hek het Philip Brooks verskyn. Hy het Magrieta kom groet waar sy teen haar en Gertruida se driehoek afgeëts sit, en gevra of hulle alles het wat hulle nodig het.

"Ons het te veel," het sy geantwoord.

Hy het nie verstaan nie en sy het verduidelik: hulle word vir joiners aangesien, hulle is tussen die joiners geplaas, hulle het joiner-rantsoenkaarte.

"Ons sterf liewer saam met ons mense as om te lyk asof ons deel is van verraad."

Philip het nagedink en uiteindelik styf gesê: "Ek wou binne die beperkinge van my pligte my beste vir julle doen. Maar ek verstaan. Ek het die houdings in die kamp gesien."

"Dan moet jy asseblief loop. Ek wil nie stories hê oor my en 'n Engelsman nie."

"Ek verstaan dit ook. As ek hier is, moet julle net sê as ek kan help. Ek sal die wagte by die hek aansê om julle deur te laat. Nag."

Magrieta het naggesê, bly sit en gesien dat hy by die tent net anderkant die draad ingaan.

"Hy't dit so gereël."

"Wie't buite met jou gepraat?" het Gertruida gevra toe sy by die tent ingaan.

"Kaptein Brooks."

"Hy't jou nie om dowe neute hier by die hek alleen in 'n tent gesit nie. Die man het planne."

"Dis seker so . . ."

Eers later, ná hulle al gaan lê en die lamp uitgeblaas het, het hulle die klavier gehoor. Dit was Brooks, want dit was die liedjies wat hy op die plaas gespeel het. Gertruida het nie getwyfel dat dit hy of haar klavier was nie. Haar klavier se klank sou sy tussen duisend uitken, en die Engelsman speel met sy eie kenmerkende onbeholpenheid. "As die man net so nou en dan sy poot van die pedaal wil afhaal. En die een snaartjie van eerste D het bietjie geskiet met die trekkery. Hoor net. Die noot is in homself vals. En die vent speel als in D majeur . . . Seker al bas wat die arme man ken."

Hulle het lank in die donker gelê en luister na die Engelsman

245

se liedjies in D. 'n Baba het soos altyd êrens gehuil; die waakligte langs die sterwendes sou wel brand.

En terwyl kaptein Brooks se onwennige vingers sy liefdesliedjies die kampnag instuur, vertel Magrieta van Wyk, uit haar deel van die donker, vir Gertruida dat sy 'n kind verwag van die verkragter.

਼ੀ ਲੇ

Die kamp het daardie herfs voordag al geroer, want die slagtery moes vroeg begin – skaars tweehonderd treë van die kampdraad af. Hulle het die diere keel afgesny, nie geskiet nie. Die slagpale, drie stelle van twee, met dwarsbalke tussen hulle koppe en twee katrolle elk, het teen die enigste bultjie in die omgewing geplant gestaan. Soos 'n soort diere-Golgota, vir almal om van ver af te kan sien. Dis waar hulle die beeste, met rourieme om hulle nekke of horings gestrop, vasgekatrol het tot magteloosheid toe voor hulle keel afgesny is. Was hulle patrone dan te skaars vir behoorlike genadeskote? Want elke dag se lumier is ingelui deur die benoude smoorbulke van half-verwurgde diere. Wanneer die eerste sonstrale oor die landskap aankruip, was die velle al af en het die kaal karkasse blink-pienk aan een agterpoot aan die dwarspale gehang. Die binnegoed en harslag is dan uit die diere losgesny sodat dit afplop op die uitgespreide vel waar net die lewers uitgesny en eenkant gehou is. Die derms, pense, longe, galle, milte, harte en ander binnegoed, en soms 'n fetus uit die dragtiges, is in die vel na die dermkar toe gedra en op sy buik-planke omgekeer. Die dermkar se vrag was 'n veelkleurige, drillende weekdier met drie of meer koppe – tonglose koppe met dowwe, loodblou oë wat die lug in kyk van waar hulle tussen die onderpote, sterte, uiers of knaters eenkant gestapel is. Dan, terwyl die karkasse stukkend gemaak word in hanteerbare boude, blaaie, rugstring, ribbes en nek, het die dermkar met sy sagte vrag vertrek. Dit was of die veelkoppige weekdier die hardheid buite die liggaam vrees, want met elke stamp oor 'n graspol, of 'n wiel oor 'n klip, het daar 'n siddering deur hom gegaan. Die kar het uiteindelik om die bultjie verdwyn na waar 'n swart skare op húlle kaalte wag om elke eetbaarheid skoon te maak en te kleinverdeel.

Die vleis is op 'n wa gelaai en die drie stelle slagpale is alleen gelaat om maar dagdeur op hulle eie voort te stink – ongewas, en vermy oor die reuk.

Dié dae het só gepas begin.

En die gesprekke. Want almal het gevra wie op daardie dag begrawe moet word. Nie of nie. Sommer net wie.

Die kampvroue het daardie Maart-April, toe daar nog gereeld porsies vleis uitgedeel is, veral voor die slagtent gesels. Almal was vroeg daar om seker te maak dat hulle hul deeltjie kry. Want die slagters het gesny tot alles op was en dan hulle skouers vir die laatkommers opgehaal. Die vroue is klompies-klompies bin-negelaat na waar die nog slapwarm vleis op tafels in slordige porsies gesny en uitgedeel is – vuil en vinnig, en in dié laaste warm dae met 'n wolkie vlieë by. Die rantsoenkaart is beskou, aangemerk, die porsie geskat en aangegee, en eers daarna kon jy buitentoe met jou kosbare karigheid.

Hulle kon dit nie verstaan nie. Die mense wat ingebring word, vertel van goeie slagdiere wat voor die voet op die plase vrekge-maak word. Maar hulle moet die maer vleis eet van diere wat naby die kamp op halfverbrande gras moet probeer wei. Net 'n Engelsman kan so simpel wees of so min omgee. Want die een of die ander van die afbrandpatrollies het omtrent elke aand na hulle kamp toe teruggekeer met genoeg plaasrytuie om beter slaggoed te bring. Net so nou en dan was daar 'n hoop pluimvee by, maar dié is soldatekamp toe.

En wanneer jy die witdoek-hendsoppers of -joiners daarna vra, sê hulle as jy met troppe vee trek, lok jy net die komman-do's en vee trek te moeilik, want jy moet swart aanjaers kry en hulle wil nie, want hulle sê of die Boere hulle nou met Engelse of Boere-beeste kry, maak nie saak nie: hulle word vrekgeskiet. Bid jou aan!

Maar dit was voor die vleis daardie winter vir lang tye opge-hou het – en in suinige porsies met boeliebief vervang is.

247

Die Van Wyks en Minters se eerste dag in die kamp was nie een om maklik te vergeet nie.

Martie was eerste op, want haar arm was seer. Die inflammasie se swelsel het reeds rooi om die steekwond gesit en sy kon haar arm skaars optel. Sy het wakker geword van die arm, maar haar eerste gedagtes was oor wat sy gehad en toe verloor het. Sy het haar huis onthou soos hy was. Die moeites en strewes om haar en Wynand se plaas en blyplek op te bou, het hulle een vir een voor haar geestesoog kom aanmeld. Sy kon voordag al nie meer bly lê nie, en het bekonkeld en met heftige bewegings opgestaan sonder om om te gee wie sy in die proses wakkermaak. Hoekom moes sý nou juis by die Minter-vrou ingeboek word? Nog steeds straf vir daardie verraaier wat sy ampertjies vrekgekry het? Want straf was dit. Met haar opstaan het Sannie Minter nog op die ander bed in die tent gelê en swaar in haar slaap asemgehaal. Vir die Minter-dogtertjies het hulle ma 'n kermisbed op die grond gemaak — met hulle voete onder haar bed in, want ander plek was daar nie. Net Driena van Martie het kop-en-pote saam met haar ma op die ander bed geslaap. Martie moes in die halfdonker óór die ry Minter-koppe klim om by die tent uit te kom, en vir dié spul was sy al klaar dik omdat klein Fiena twee keer dié nag met 'n geskree wakker geword en half deur die slaap aangegaan het oor kinders wat sing. Die kind word mal, het Martie begin dink. Kom daarvan as jy jou met die duiwel en sy dinge inlaat. Vat nou maar die heks van Endor.

Sy is tent-uit, want sy moes eers die hoenderstellasie besoek en daar het sy selfs kwater uitgekom as wat sy ingegaan het.

Twee tente van haar en Sannie Minter s'n het daar 'n witdoek se gesin gebly. Sy't hom die tent sien ingaan en vier kinders by die tentflap sien uitpeul. Soos sy naderstap, sien sy die kinders staan sommer net buite rond en dit was vir haar duidelik wat aan die gang is: die witdoek het sy huweliksregte kom opeis. Die duiwel het in haar opgestaan: "Wat maak julle so buite?"

"My pa gesels met my ma," het een geantwoord.

"Roep hom vir my."

"Hy wil nie gepla word nie."

Martie het met haar plat hand teen die tentflap geslaan: "Kom uit! Ek wil met jou praat."

Daar was geen reaksie nie en Martie het maar aanhou klap en roep tot daar vraende koppe by ander tentflappe begin uitloer het. En toe die man uiteindelik 'n deurmekaar kop uitsteek, het Martie sonder aanloop gesê: "Julle moet kalk oor die gemors in die kleinhuisies strooi. Die goed stink ten hemele."

Die man was nie in 'n goeie bui nie.

"Kalk maak net die verteerwurms vrek. Ons het nie tyd om gedurig nuwe slote te grou nie."

En daarmee was die kop terug die tent in. So Martie moes vir 'n toe flap skree: "Oor julle heeltyd aan die grafte van julle eie mense moet grawe!"

Met haar wegdraai van die tent af het die ander nuuskierige koppe vinnig in die tente teruggetrek. Hulle het dié gesindheid geken, en baie wat hulle mans se heulery met die vyand nie goedkeur nie, was skaam.

By Dorothea-hulle se tent het oupa Daniël al buite gesit sodat die vroumense binne kan aantrek. Hy het sy Bybel by hom gehad en Martie het by sy toe oë onder sy hande verbygeglip, want sy lippe het geprewel.

"Hy sal hom nog vrekbid, of dit help of nie," het sy effens afkeurend gedink, want haar wrewel was selfs by haar heilige beloftes met Driena se geboorte verby.

Binne het Dorothea na die wond gekyk, Martie se ongedurigheid gelate aangehoor en in die huisapteek-trommeltjie rondgekrap na kook-linne en linament om 'n warm kompres te maak. Hulle moes vure toe vir warm water. Met pot en ketel in die hand is hulle eers na die watertenks toe. Die eerste rook het al oor die kamp begin sprei – laag en lui en sonder 'n luggie om dit te verdryf. Daar sal wel al 'n vuur wees vir 'n bietjie water. Maar nie weer 'n joinervuur nie.

"Kom ons loop soek vir ons 'n eerlike vuur by ons eie mense," het Martie aangedring.

Hulle het dwars deur die rye tente gestap na waar die ander ry kookplekke was. Daar was reeds drie vroue besig.

249

"Kan ons 'n bietjie water warm maak by een van julle vure?" het Dorothea gevra, al is haar oggendgroet met stilswye beantwoord.

"Nee," het die een gesê. "Julle het julle eie vure." Een van die ander.

Dorothea het Martie se opstuiwing stilgemaak en haar woorde afgemete gesê: "Ons is nie joiners nie. Ons het mans in die veld. My enigste seun het in die stryd gesneuwel."

Maar die aard van hulle aankoms het nie ongesiens verbygegaan nie.

"Almal het nou al gehoor julle is die ryk Van Wyks, maar hoekom het die Engelse julle soveel goed saamgegee? En julle tussen die joiners gesit? Sê my dit."

Die ses oë was vyandig en Dorothea het verduidelik: hulle mans was op kommando; haar seun dood. Maar om Brooks se gunstige behandeling van die Van Wyk-familie te verklaar, moes sy uiteindelik ook van die ete vertel en hoe hulle die Engelsman uit radeloosheid kosgegee het in die hoop dat hy iets sou spaar, en dat dit seker dié was dat hy gedink het hy bewys hulle 'n guns deur hulle tussen die verraaiers te sit. Sy was verskonend daaroor en haar vertelling skaam – soos by die bieg van sondes in onbesonnenheid begaan. Sy, die trotse Dorothea van Wyk, was skielik nederig voor Let Pieterse, Jacoba de Villiers en Grieta Harmse – en ook voor haar skoonsuster Martie wat daardie aand van beter geweet en die Engelsman van hulle tafel af verwilder het. Die name van die vroue het sy en Martie eers later gehoor toe hulle begin aanvaar sy praat die waarheid. Hulle vyandigheid het bedaar en hulle het begin praat en vertel. Van hulle eie verliese, van die stille geweld van die kamp, van hoe die hospitaaltente verhongering en dood beteken, van die tweedrag en die haat, en van die dood se alomteenwoordigheid.

Maar Grieta Harmse het iets bygesê: "Hier's 'n storie dat die een kaptein na die mooi witkopweduwee vry en dat dit dié is dat julle so goed behandel word."

Dorothea was geskok om te hoor dat die mense so dink. Hoe loop so 'n storie en sy stertjies? Van Tommie tot witdoek, tot wit-

250

doek-vrou – om dan maar deur die verdelingsgordyn, die muur van tweedrag, te syfer of te lek totdat dit by elke wasplek en vuur tot 'n aanvaarde waarheid geskinder word? Hulle was nog maar 'n middag en 'n oggend in die kamp en het maar twee bekendes raakgeloop, maar nou lê hulle naam, hulle voorspoed en arme Magrieta se eer klaar die hele kamp vol. Magrieta het die man skaars geken, maar almal sal teen dié tyd weet wie sy is en dat sy alleen in 'n tent naby die hek ingeboek is. Daar kon tog van Magrieta se kant af niks van waar wees nie.

"Wat hý miskien dink, is een ding, wat my skoondogter dink, is iets heel anders. Sy kan dit nie help nie. En sy ken hom skaars . . . sy was báie lief vir haar oorlede man."

Hulle oë wat haar aankyk was stil, sonder uitdrukking, en hulle het haar nie weerspreek of verder daaroor gepraat nie, want al het hulle nie geweet nie, het hulle gewonder.

Martie wou trek.

"Jy sal dit nie regkry nie. Hulle hou jou waar die boeke sê jy moet wees. Tot die joiner-mans moet apart van hulle vrouens slaap. Jy sal moet gaan toestemming vra en hulle gaan dit nie gee nie."

"Ek gaan 'n leë tent soek en oortrek. Ek wil nog sien wie my gaan keer."

"Hulle begrawe vandag vir Johannatjie. Sy was al een wat in daardie doodstent oor was."

Die doodstent?

Ja, het die vroue vertel, dis nou die tweede familie wat in daardie tent gebly en heeltemal uitgesterf het. Die mense glo daar't dalk 'n wrokgees in die tent oorgebly van die dogter van die eerste familie wat daar gebly het. Hulle was Davels, en die dogter wat so stadig en eerste daar dood is, het glo op trou gestaan en haar doodgetreur. Sy was die een wat ophou eet en omtrent net 'n geraamte gesterwe het. Almal onthou haar begrafnis, want daar was toe nog behoorlike kiste te koop. Sy was een van die eerstes wat begrawe is. Toe was die begrafnisse nog min, groot en behoorlik. Nie soos nou dat dit vir almal te veel geword het nie. Daardie Davel-meisie het die tent vervloek, word vertel. Niemand wil daar in nie en die laaste dogtertjie van die Benades wat daar moes bly, is gister begrawe – deur ander mense, uit die liefde van hulle harte en uit jammerte, en met net 'n kombers om haar.

Dis al tent waar Martie dalk sal kan in.

Martie het dieselfde oggend nog na die doodstent toe begin oortrek. Die hanskakie wat geprotesteer en met die berig van die trekkery na die owerhede toe gehardloop het, het naderhand effens druipstert teruggekom en gesê hulle het verlof gegee dat sy maar kan oortrek. Niemand anders wil tog in die bespookte ding in nie. Oor dié ongehoorde toestemming het hy bitterbek geskimp: dis oor sy een van die Van Wyks is, en waar daardie liefde van die offisiere vir húlle vandaan kom, weet almal tog, want raai net wie is ewe mooi-mooi daar langs die hek van die soldatekamp ingeboek? Maar, Van Wyk ofte nie, daar was 'n voorwaarde by die verlof. Sannie Minter en haar kinders sou moes saamtrek. Die tente is min, hulle kan nie met ruimte mors nie. En as Martie nie met haar stroom beledigings ophou nie, is haar voorland die geselskap van Mal-Netta in die hok.

Maar toe het Martie nog nie van Mal-Netta of haar hok geweet nie. Net Fienatjie het. Want Fienatjie het baie gedroom in daardie nagte. Nog altyd van die kinders wat so sing – al het sy hulle bedags ook gehoor as hulle lied saam met die begrafnisgesange uit die kerkhof syfer. Fienatjie het die kinders wat so doodgaan, gou begin ken, en sy kon elke keer die nuwe stem van 'n pasgestorwene wat bykom, duidelik tussen die ander hoor. En Fienatjie het vir Magrieta vertel dat sy droom daar's iets soos roet oor die hele kamp en daar's baie roet in die tent waar hulle nou gaan bly.

Maar nie sy of Magrieta kon uitmaak wat dié roet beduie nie.

☙❧

Die dametjie van die museum beskou die ou majoor wat nou vir die sesde dag na dieselfde gerf foto's toe terugkeer. Hy's kersregop in sy sit, loop en staan. Sy hare is yl en wit, sy nek blokkies-gebrand en gevlek van te veel son. Want die son het ook oor die Ryk se ewige kampanjes nooit behoorlik durf ondergaan nie. Soldate-helmitte is nie sambrele nie. Die majoor is selfs op sý ouderdom nog aansienlik en moes 'n mooi man gewees het toe hy jonger was. Hy het net 'n hand-en-'n-half oor. Maar dáárna sal sy hom nie uitvra nie, want hy leef eenkant en apart agter die ondeurdringbare glasmuur van sy beleefde korrektheid. Sy het die vergrootglas wat hy gister gevra het, weer by die lêers neergesit en sy sien hy gebruik dit knaend om die foto's te bestudeer. Wat sou hy aan die foto's hê? Seker oumensherinneringe of 'n soort laaste bedevaart. Hy gebruik ook die vergrootglas om die aantekeninge van die fotograaf op die halfvergane stukkies papier uit te maak, sien sy. Sy gaan na hom toe en vra of hy nie, ter wille van helderheid en om die museum se taak te vergemaklik, sal aantekeninge maak by die dokumente en fotomateriaal nie.

Oë met wit oumensringe om die irisse kyk byna dankbaar op.

"Ja," sê sy militêr-afgemete Engels, "ek sal. Mense moet verstaan. Kyk . . ."

Dis 'n kampfoto. Geneem tussen rye tente.

"Wat sien jy?" vra hy.

"Die vrou was blind. 'n Kind lei haar . . . en sy lei weer 'n bok," antwoord sy.

"Sy was nie blind nie. Maar wat gebeur het, was vreemd. Ek sal aantekeninge maak, sodat ander kan verstaan."

Sy gaan haal 'n nuwe skryfboek uit haar kas en noteer voorop: *Aantekeninge by die J.F. Drew-versameling deur majoor P.R. Brooks. Julie 1944. Aanwinsnommer: B/501/F.*

Sy sit dit voor hom neer.

"Asseblief," sê sy. "Ons sal dankbaar wees."

Sy kop knik "ja" uit 'n afwesigheid. Dit voel vir haar hy het reeds in die sepia van die ou foto opgelos en in vroeër tye verdwyn.

Hy ís daar. Maar hoe skryf hy die warreling van vergane begrippe en beelde agter mekaar neer? Moet hy al die opvattings

253

wat toe by hom en hulle geheers het, probeer by-verduidelik? Die fotograaf wat bo-oor die kloof van hulle stande-geskeidenheid 'n soort vriend sou word, maar toe nog net 'n skeel klein laspos was, was behep met die kind se oë en hy't vas geglo sy't allerhande anderwêreldse gawes. Die vrou wat sy soos 'n blinde aan die hand lei, was mal, stapelgek. Nie van die kamp nie, want sy't so daar aangekom. Hulle was aangehaal met haar. Hy sal dit eers moet neerskryf.

Hy en sy manne het haar kamp toe gebring 'n paar dae voor hy die Van Wyk-familie na naam en oog leer ken het. Hy was dus nog harder. Hy kon onnadenkend soldaat wees en die dinge wat sy plig voor sy oë en onder sy hande laat gebeur, weghou van sy binnekant af. Jou pligsdade kon jy tog nie toelaat om tot by die sagte pit van jou deernis in te dring nie. Die wegkyk terwyl jy kyk, dís wat jy moes aanleer. Maar hy was tog ontsteld omdat hulle die vrou met hande en voete vasgebind na die kamp toe moes bring.

Sy was onbeheerbaar. Die huisie waar sy saam met haar broer gewoon het – so het die tolk hulle later gesê – was karig. Twee vertrekke onder 'n gehawende strooidak. Omtrent geen meubels nie. 'n Oop es. Twee beddens in dieselfde kamer. Die tolk het geweet van hulle: twee skewe mense uit 'n ondertrouery. Maar met hulle eie grond, nie bywoners nie. Net sy was by die huis toe hulle daar aankom, want die broer het glo met die enigste perd gevlug. Die majoor onthou wat hulle moes doen: afbrand en doodmaak soos orals. Daar was nie veel nie. 'n Paar beeste, hoenders, skape en drie melkbokke.

Hulle het nie toe die tolk by hulle gehad nie en die vrou het nie verstaan of gepraat nie. Net toegekyk terwyl hulle alles verbrand en doodmaak wat lewe. Maar toe hulle die drie bok-ooie keel afsny, het daar 'n vloed van haar taal uit 'n desperate mond gekom en moes hulle haar teëhou.

Die ou man kom regop in sy stoel. Hoeveel huise het hy laat vernietig? Hy kan nie tel nie, want hulle was te veel en hy onthou nie almal nie. Maar hierdie karige stukkie huis onthou hy. Oor die kranksinnige vrou. Toe hulle haar op die verewaentjie

wat hulle by hulle gehad het, wou laai, het sy gedweë saamge-
gaan en opgeklim. Maar elke keer as hulle begin ry, het sy afge-
klim en na die bokke se karkasse gehardloop. Dan moes hulle
haar terugbring. Hulle het eers haar voete vasgemaak, maar dié
het sy gou losgewoel en die hele terughardlopery het van voor
af begin. Toe maar ook haar hande agter haar rug. Sy't op haar
sy gelê op die waentjie en telkens teen haar toue gespook soos
iemand wat wil loskom omdat sy 'n plig onthou wat dringend
afgehandel moes word.

Die majoor skud sy kop en die onseker pen in sy hand hui-
wer, want iets wat hy toe opgelet het, sypel in sy onthou terug.
Het hy hom dit net verbeel? Dis so ver terug. Hy het soveel daar-
van probeer vergeet. Tog. Dit wás so. Hulle het nie vir mekaar
gekyk in die skrynendste oomblikke van hulle vernietigings-
togte nie. *Hulle kon nie vir mekaar kyk nie!* Nie wanneer jy die
kop van 'n seun se hondjie voor hom met die geweerkolf moet
platstamp om seker te maak die dier is dood nie. Watter soort
erkenning teenoor mekaar sou hulle wou vermy? Die jammerte
wat dalk in hulle oë sou wys? En in só 'n kind, bang, huilend en
desperaat-pleitend in sy vreemde taal daar waar die met die
bajonet verwonde hondjie in 'n hoek vasgekeer is om behoorlik
dood te kry . . . in so 'n kind se oë durf niemand kyk nie. Nie
terwyl jy dit doen nie en ook nie daarna nie. Was die ontwyking
van mekaar se blikke 'n soort skaamte oor dit wat hulle besig
was om aan ander te doen? Soos wanneer jy die dier wat jy keel
afsny nie in die oog mog kyk nie. Dis Joey Drew wat dit soveel
later vir hom in een van Somerset se pubs gesê het toe hulle al
twee dronk was: dat jy nie die name moet ken van dié wat jy
moet slag nie. En nooit in hulle oë moet kyk nie. Nooit in die
oë nie, net waar jy sny. Dit maak dit draaglik. Hulle het nie na
die bondeltjie vrou in die waentjie gekyk nie, en ook nie vir
mekaar nie. Dit onthou hy.

Maar al dié dinge kan hy tog nie neerskryf nie, want dit het
niks met die geskiedenis te make nie – en tog alles, want dis wat
in die gesindhede naleef nadat die veldslae uitgewoed is.

Hy skryf dus in koue sinne, so afgemete soos sy spraak, dat

die vrou onbeheerbaar geblyk te wees het en dat daar ten einde raad vir haar 'n draadhok gebou is. Hy kyk op: hulle kon haar tog nie in die dorp se tronk stop nie, hulle kon haar tog nie gedurig oppas nie, want sy't voor elke hek gestaan vir ewighede en elke keer probeer deurloop wanneer iemand daar moes deur. Die afdak-seil oor die hok het sy in die nag, elke nag, afgehaal. Niemand kon agterkom hoekom nie. En sy wou nie eet nie, al het sy water gedrink. Die vroue het haar deur die draad probeer kosgee, maar sy het dit net neergesit en verder by die hek gewag.

Tot Joey Drew die kind gebring het.

Joey het 'n dag nadat hulle die Van Wyks kamp toe gebring het, daar opgedaag en hom langs sy perdekar in die soldatekamp tuisgemaak. Daardie selfde aand, nadat hy en sy manne van nog 'n vernietigingstog teruggekeer het, het die skeel fotograaf met die kind by sy tent aangekom. Hulle het 'n bok kom vra. 'n Melkbok. Dis wat Joey beduie het. Die kind sê so. Die kind sê hulle sal môre een kry. Die kind sê die vrou sal dan eet en rustig word. Die kind sê . . . en Joey Drew het elke woord geglo.

Hy was moeg en hy't ingestem. Die volgende dag is sy manne aangesê om 'n melkbok te bring as hulle een raakloop. Hulle het. Soos die kind gesê het.

Toe't Drew die foto geneem van die klein stoet wat elke dag deur die kamp gegaan het na waar die bok sonder verlof van die troepe se perdevoer kon vreet. Die vrou was rustig by die kind en die bok. Sy't geëet. Sy't nie meer snags die afdak-seil afgesleep nie en sy't met die kind en die bok gepraat. Met niemand anders nie. En die kind moes die vreemde woorde uit haar mond tolk, of vertolk, hoe sal hy wat nie 'n woord van haar taal verstaan het nie, nou weet? Watse kind wás dit? Joey Drew was onbehoorlik aan haar geheg en kon nie uitgepraat raak oor haar oë en haar psigiese gawes nie.

En dis maar een foto.

Maar wat Joey Drew nie kon afneem nie, en wat die majoor nie kan neerskryf nie, is die nagte wanneer sy drome oor die mooi blonde weduwee hom uit die slaap gehou het, en sy redelose hoop dat as hy aanhou om in die aande met sy liedjies na haar te roep, sy tog met hom sal kom praat. Hoe kan hy neerskryf dat haar blote aanwesigheid weer die menslikheid uit die kilte van sy militêre afsydigheid laat opstaan het? En hoe soldaatwees ná haar tussenkoms die hel van 'n bondel twyfels en medelye kom word het? Dis sý wat die spyt van aandadigheid in hom aan die bloei gesit het – terwyl hy moes voortgaan met sy werk. En deur al sy dae daarna. Soos nou.

Dit was deur haar dat hy begin verstaan het dat die kamp-epidemies woed omdat hulle die mense saamhok. Dit was nie die blinde noodlot se sterftes nie, dit was hulle eie. Dit was die Ryk s'n. Maar hy't ook geweet dat dit te laat was vir omdraai. Waarheen moes die mense, die kinders, geneem word? Hulle het nie meer huise of 'n leeftog buite die kamp oorgehad nie. Hy het dit self help vernietig.

Die museum-dametjie sien die ou man sit met sy kop tussen sy gesonde en sy halwe hand en sy weet sy moenie steur nie, want hy't al weer, soos soveel keer tevore, die foto van die mooi vrou voor hom.

⇥⇤

Daar was twee besoeke aan die Van Wyks se tente in daardie eerste paar dae van hulle kamplewe.

Op hulle eerste Sondag in die kamp was dit dominee Verhage. Hy het Nagmaal kom bedien met 'n sakkie uitgedroogde brokkies brood wat hy vir die wis en die onwis saamry, en 'n karba Nagmaalwyn waaruit hy die beker vul. Hy het 'n silwerbeker vir die bloed en 'n silwerbord vir die vlees saamgery, maar in die kamp is die Here se tafel gedek op 'n laken oor die slagterstafel. In die oopte. Daar was nie 'n groot genoeg tent beskikbaar nie. Sy woorde was vreemd oor hulle, want hulle het by die aanhoorders se ore uitgekom sonder die klein gewyde weerklankies van 'n kerkgebou en het in die ruimtes van stilte wegverdwyn pas nadat hulle gesê is. Dit was soos die oop en eggolose woorde van die begrafnisse wat hulle daagliks moes aanhoor – die trae

257

woorde wat wou troos met die hoop op 'n hiernamaals. En daardie hoop het vir hulle anders geword deur die knaende herhaling. Alles het 'n yl klakkeloosheid geword: 'n neweltjie verbete geloof oor die werklikheid van hulle smart.

Dominee Verhage het oor lyding gepreek: oor dié van die Lam van God wat geslag moes word om vir alle sondes te betaal, en oor hulle eie pyn. Oupa Daniël was ontstig, want die brokkie Nagmaalsbrood was te hard vir sy tandelose mond en dit het vir hom gevoel hy moet soos 'n baber aan die heilige vlees suig voor hy dit kon afkry. Nog omgekrap oor die ontheiliging het hy dominee Verhage ná die diens gevra hoeveel offers die Here dan nog wil hê. Die predikant het sy kop geskud en gesê dis verborgenhede, die mens moenie na die Here se weë navraag doen nie. Dis om te aanvaar en nie terug te praat nie, en in die hoop van die geloof voort te gaan. Hy het die strawwe van die kind're Israels aangehaal, maar kon nie eintlik sê watter sondes die Here se toorn hierdie keer ontsteek het nie.

Maar ná die diens het hy na die Van Wyks se tente toe gekom en oupa Daniël kom vra of hy nie die ander ouderlinge in die kamp sal help om die dooies te begrawe nie. Almal wat geskik is, sou moes begin help, want daar was toe soms byna veertig begrafnisse op 'n dag. Hy het 'n geskrewe begrafnisrede by hom gehad wat oupa Daniël as geleerde dienende ouderling kon voorlees voordat hy die begrafnisgangers troostend toespreek en hulle in die geloof sterk. Hulle het saam oor die saak gebid, oupa Daniël het aanvaar, en die predikant het met sy silwerware, sy karba en sy sakkie beskuitjies na sy volgende kamp vertrek om daar die Nagmaal te gaan bedien en die kleintjies wat in die kamp aangekom het, te gaan doop.

Oupa Daniël het sy stryd of hy ook joiner-dodes moes begrawe, biddend deurworstel en uiteindelik almal wat kom vra het, sonder aansien van politieke oortuiging of persoon, se begrafnisse waargeneem. Hy kon nie meer die ent na die begraafplaas toe saam met die stoet loop nie. Hulle moes hom maar elke keer op die vierkantige lykswa help sodat hy met die kiste kon saamry. Hy is daagliks deur die reuk van die dood wat saam met die sug uit sommige kiste gesyfer het, aan die sterflikheid herinner – en hy moes elke keer veg teen die vrae oor wat dan van sy God se genade geword het.

Die tweede besoek was die volgende aand. Dokter Blake.

Hy was nog jonk, seker skaars dertig, moeg, moedeloos, verbysterd, maer en vroeg-bles – met die hol wange en gloeiende oë van 'n profeet waarna niemand wil luister nie. Hulle kon die spanning in sy oë sien. Sy skraal vingers het so gebewe toe hy die koffiebeker vat dat hy gesukkel het om nie te stort nie. Hy't gekom omdat hy gehoor het die familie kan Engels behoorlik praat, maar hy't nie probeer kuier nie. Hy het kom hulp soek. Nie omdat hy dink hulle kan help om die stuwings van die epidemies te stuit nie, maar om hom beter verstaanbaar te maak in die omstandighede waarin hy moes werk. Of een van die Van Wyk-dames nie asseblief sal kom tolk nie? Die vroue wat op die oomblik in die hospitaal tolk, verstaan hom dalk verkeerd, want hoe hy ook al aan die moeders probeer verduidelik dat hy nie probeer om die siek kinders te verhonger nie, hoe minder verstaan hulle. Hy weet die hele kamp beskou die hospitaal as 'n plek waarheen kinders gaan om te sterf omdat hulle daar uitteer van verhongering. Maar dis nie so nie. Hy het die "dis nie so nie" telkens herhaal, asof hy homself ook probeer oortuig, en in 'n vloed mediese terme onkeerbaar aanhou verduidelik van maagkoors en buikloop se irritasie van die ingewande. Vaste kos vererger alles, oor die ingewande dit nie kan verduur nie. Hy het vars melk nodig, en vars eiers, en . . . jy moet die siekes uit die tente laat verwyder oor die aansteeklikheid van die siektes, daarom is dwang soms nodig en jy moet die dodes onmiddellik en sonder die ewige nagwake begrawe . . . en . . . . en . . .

Toe hy uiteindelik stilbly, het Gertruida opgestaan: "Ek glo jou. Ek sal gaan."

"Môre. Môre al, asseblief!"

"Nee. Nou!" het Gertruida gesê en, al was dit al laatmiddag, sonder meer begin aanstap in die rigting van die hospitaaltente. Dokter Blake het sy koffie net so laat staan en sonder om te groet met Gertruida saamgeloop.

259

Sy't eers die volgende oggend teen ligdag teruggekom. Magrieta was al wakker.

"Hoe lyk dit daar?" het sy gevra toe Gertruida deur die tent-opening inbuk.

Gertruida het op haar bed gaan sit en met moeë, afgemete oortuiging skaars hoorbaar geprewel: "Ek glo nie meer in die Here nie."

Dit was beter om nie verder te praat nie. So dit was eers later dat Magrieta Gertruida huiwerig probeer aanpraat het: "Tante Gertruida moet liewers nie weer gaan nie."

Die ouer vrou het nie geantwoord nie, net voor haar uitgestaar asof die beelde van haar hospitaalbesoek in haar naleef.

Tussen lang stiltes het Gertruida van Wyk daardie oggend net twee dinge bygesê voordat sy, sonder om iets te wou eet of drink, in haar vorige dag se klere aan die slaap geraak het.

Sy't gesê: "Laat hierdie ou gusooi dan maar só 'n laaste moeder vir hulle probeer wees . . ."

En: "Die hel stink."

Tien

Die oorlog kom selfs nou nog elke jaar helder en uit baie rigtings in hulle terug. Veral op die dag as Daantjie en Magrieta vir Martie gaan oplaai om haar na die konsentrasiekamp se begraafplaas toe te vat. Martie het steeds net 'n perdekar vir vervoer en haar jaarlikse bedevaart is die belangrikste dag van haar jaar. Op die Sondag naaste aan wat oorlede Driena se verjaardag sou wees, moet die dertig myl dus gery word.

Daantjie en Magrieta doen dit uit plig, want eintlik is nie een van die twee lus om te gaan nie. Oor hulle weet hulle gaan té helder onthou. Tussendeur, deur die lang en vaal-bitter stiltes van hulle huwelik, probeer hulle vergeet, al praat Daantjie met deesdae se politiek weer baie oor die volk se lyding onder die Empire en die hewigheid van die stryd waaraan hy so deel gehad het – en tier hy veral oor verraad: tóé, soos met sy oom Wynand wat die trotse Van Wyk-naam deur die modder gesleep het met die Peace Committees, en nóú met die rooilissies wat waaragtig vir die vyand teen die Duitsers loop veg. Hy verafsku veral die nuwe verraaiers, die waarheidsridders, wat enigiets sal doen om 'n Duitsgesinde Afrikaner soos hy, Daantjie van Wyk, geïnterneer te kry. Maar oor dié dinge praat hy net met sy partygenote en nooit voor sy vrou nie. By háár is 'n woord oor die oorlog, wat Daantjie betref, 'n kruitvat. Vanjaar was sy weerstand teen wat hy agteraf Martie se "kerkhofboerdery" en "smartvratery" noem, groter as in ander jare, want buitebande is met Smuts se verraderlike Empire-oorlog nie meer te kope nie en petrolkoepons is kosbaar. Die motor se bande is glad, die seil slaan strepies deur en Daantjie is nie lus om weer langs die pad te moet sit en lappies plak op 'n papierdun oorlogsbinneband nie. En die bandpomp se velletjie lek, hy moet twee keer langer en harder pomp as normaalweg en hy word nie jonger nie.

Maar Daantjie en Magrieta gaan tog – ter wille van Martie. Want vir Martie het haar lewe in die kamp tot stilstand gekom. Soos hulle haar gehalveerde opstal nader, sien hulle dit weer: hoe Martie, al kon sy die gang van die tyd nie tot stilstand dwing nie, vaskleef aan die oomblik toe die vaart van haar lewe gestuit is. Oor die hele plek staan geskryf: hier sal die tyd nie toegelaat word om sy gang ongestoord te gaan nie; hier word geleef asof dit nog die nou van destyds is.

Martie het net die een helfte van die afgebrande huis ná die oorlog dak opgesit en bewoonbaar gemaak. Sy het haatgedrewe, beneuk, tranerig en eiehandig 'n muur tussen die twee gedeeltes opgebou – 'n nuwe buitemuur, tot teen die nok. Die helfte wat sy nie bewoon nie, het sy vir die tyd gegee. Die roubaksteen-mure van die onherstelde gedeelte het van die jare se reën stadig van bo af verbrokkel en afgesmelt tot onegalige stukkies verwesenheid teenaan Martie se bitter skeidsmuur. Van die buitege-boue het sy die helfte bruikbaar gemaak en niks meer nie. Oor-lede Danie het ná die oorlog aangebied om vir haar die huis heeltemal te kom regmaak, maar sy het verbete volgehou dat daardie deel Wynand s'n is en dat sy dit voor haar oë wil sien vergaan. Danie het verstaan dat dit vir haar iets moet beteken en nie aangedring nie. En so het Martie die een helfte van die plaas gebruik en die res net so gelaat. Die jare moet maar op Wynand se deel loop huishou. Sy wil dit so hê; haar oë moet haar met elke aanblik van haar wakker ure herinner aan die oomblik toe haar lewensgang gestuit is. Sy kom stoksiellalleen klaar ná Siena se dood, met net die gesplete tyd vir geselskap.

Martie wag oud en krom vir hulle voor die deur – hoed op, handsak onder die arm, in kerkklere, met 'n kosmandjie, spit-graaf en kortsteelhark teen die muur agter haar. Sy hou soos elke jaar 'n bos blomme tussen albei haar hande. Dis wintersblomme wat Martie spesiaal vir dié een geleentheid in blikke koester – bedags in die sonnetjie as die wind nie koud waai nie, snags in die kombuis. By die begraafplaas sal sy een blom uit die bos trek en vir Magrieta gee om vir die engel te vat. Magrieta weet dat sy haar botteltjie in die handsak het en dat sy dit in die motor sal uithaal en soos altyd tussen haar vingers sal ronddraai. Sy sal by Blesbokpan al begin trane afvee en hulle sal voortry sonder die gewone opmerkings oor die sinkplaatpad, of die weer, of die nuwe oorlog. Daantjie sal nie eens vra wanneer hy weer van haar beeste moet kom dokter, brand of vendusie toe vat nie. Want net die stilte is gepas. 'n Gewyde stilte. Ter wille van Martie en haar Driena. Elkeen hou dus maar by sy of haar eie-eie, ongedeelde gedagtes waaraan die oorlog en die kamp soos taai teer klewe.

Wanneer hulle deur die sleephek uit die gemaakte pad af-draai na die begraafplaas toe en deur die veld moet ry, skiet Daantjie se irritasie verder die hoogte in. Hy voel aan sy boude hoe sy verslete buitebande deur elke homp en pol beproef word, en hy hoor hoe ratel die graaf en die kortsteelhark teen mekaar daar waar Martie hulle teen die agtersitplek staangemaak het. Sy skoonsuster se twee verdomde kerkhof-implemente verrinne-weer sweerlik sy motor se goedbewaarde bekleedsel. Maar sê tog op dié dag liewer niks.

Hy hou stil langs die verlatenheid. Hopies grond. Rye en rye langwerpige hopies grond, toegegroei deur hierdie jaar se gras. En tussenin, skaars en yl, 'n paar wydverspreide grafstene, op-gerig deur enkele agtergeblewenes – seker pligs- of liefdesge-drewe herinnerings van kort ná die oorlog. Hulle is te min, dié beitelbeskrewe onthouklippe, en hulle staan soos regop gewetes tussen die reëlmatigheid van verwaarlosing uit. Nog allener oor hulle skaarste. En elke jaar wanneer Magrieta tussen die oor-groeide hopies van die ononthoudes deurloop, sien sy van voor af hoe kort onthou en omgee is. Of was dié gedagtenis-versuim ook maar die gevolg van die verbystering en armoed ná die oor-log? Nuwe belange in die lewenstryd? Ander liefdes? Voorne-mens wat uitgestel en vergeet is?

263

Die drie ou mense volg die ritus van hulle jaarlikse terug-
keer: Daantjie klim uit en loop om die kar om te sien of al die
bande nog styf is, maak die voordeur weer oop, gaan sit dwars
in die deur, skink vir hom 'n beker koffie uit die warmfles en
laat die vroue begaan. Hy sal sy beleefdheidsbesoek aan die ter
sake grafte later maak, oor drie uur, wanneer hy Martie sal moet
gaan aanpraat oor die terugry.

Martie, oorlaai met blomme en gereedskap, gaan reguit na
Driena se graf met die gepoleerde granietsteen. Haar kind se
naam en datums is daarop uitgebeitel, met onderaan: *MOEDERS
ZEER BETREURDE LIEVELINGSKIND.*

Vader se naam is nie by nie. Ook die grafskrif is gehalveer.

Magrieta stap met haar blom in die hand deur die begraaf-
plaas na waar die kamp was. Daantjie se oë volg haar wandeling
en hy raak soos elke jaar tevore weer die bliksem in, want hy
weet sy gaan die Engelsman onthou. Maar sy gaan eers aan die
engel loop vat. Dit weet Daantjie ook.

En, soos elke jaar, loop Magrieta eers na die marmerengel
toe, sit die enkele blom wat sy by haar het, versigtig op die graf
neer en staan 'n rukkie daar. Dis die laaste graf in die ry, want
dis waar die begrawery destyds opgehou het. En jaarliks gedenk
Magrieta die kind wat daar lê met deernis en dankbaarheid, en
besef sy weer dat dit 'n graf is waarin ook klein kosbaarhede en
die helm van te veel weet saam weggelê is. En dat die engel daar
opgerig is uit die skoonste liefde wat sy ooit gesien het. Daarom
groet sy die engel by name en streel oor die beeld se kop voor
sy deurstap na waar die kamptente gestaan het.

Daantjie sien dit nie net nie, hy dink hy weet wat hy sien.

Magrieta soek na die plek waar die hek was. Die een waar-
deur sy nooit moes gegaan het nie. Die eerste paar jaar ná die
oorlog was die plek maklik te eien, want die gate waar hulle die
hekpale uitgetrek het, was nog daar. Maar met die jare het die
gate holtes geword, toe duikies, toe gelyktetjies en toe was hulle
weg. Dis net in haar kop dat die hekpale nog staan. Hoekom het
sy dit gedoen? Sy kan wat in haar omgegaan het, nie terugroep
nie, want dis nie nag nie, haar man is nie meer dood nie, daar

264

roer nie 'n groeiende baber in haar vrugwater nie. Sy staan net in helder sonlig en dekades later by die plek waar die hekpale tussen die soldatekamp en die vrouetente dalk wás, en nie meer is nie. Tot die grond onthou soveel kórter as sy:

Sy't buite gesit soos altyd. Byna nagdeur. Elke nag, al was dit koud, want slaap kon sy nie. Dalk het hy gedink sy wag vir hom, maar dit was nie heeltemal so nie. Tante Gertruida was in daardie nagte van sononder tot die volgende ligdag by die kinders in die hospitaaltente. Magrieta was alleen met die onverdiende gewas wat redeloos in haar buik gedy en haar gedagtes was deurtrek van verbystering. Van radeloosheid.

Hy het op die aande, of laatnag soms, wanneer hy sporadies van sy vernietigingstogte af teruggekeer het kamp toe, elke keer vlugtig kom groet, en bietjie later sy wysies in D wat tante Gertruida se ore so gegrief het, die stiltes van die kampnag ingestuur – deur die verligte spleet van die tentflappe wat hy oopgelaat het soos 'n uitnodiging.

En elke keer, ná die groet, het hy gesê: "As julle my nodig het . . . ek sal die wagte by die hek aansê om julle deur te laat."

Sy't daardie nag opgestaan van die stoel waarop sy snags buite sit en deur die hek geloop na sy tent toe. Die wagte het nie 'n geluid gemaak nie, nie eens geskuifel nie, asof dié langverwagte ongehoordheid hulle versteen het. Sy het by die tent ingekyk: lanterns het op die klavier en op die groot offisierstrommel gebrand. Daar was 'n tafeltjie, twee opslaanstoele, 'n smal bed. Die klavier het groot en onvanpas in die tent gestaan. Hy moes haar blik op hom gevoel het, of miskien het sy 'n geluid gemaak, want hy het skielik omgekyk.

"Jy't gekom," het hy gesê, ophou speel en opgestaan.

"As jy ophou speel, kan ek nie inkom nie."

Hy't gaan sit en voortgespeel.

"Kom asseblief in. Ek sal aanhou speel. Sit asseblief."

Daar was iets onbehoorliks aan die wyse waarop die klaviergeluide die onskuld van hulle samesyn moes aanhou bevestig. Maar sy het op die voetenent van die bedjie gaan sit en hy het voortgespeel.

"Ek hoop nie jy't net gekom omdat daar 'n probleem is nie."

"Daar is 'n probleem. Maar daarmee sal 'n Britse offisier nie kan help nie."

"Ek kan altyd probeer."

". . . net God sal dalk kan help."

Hy moes oor sy skouer omkyk na haar toe terwyl hy speel, en daar het 'n ligte frons tussen sy wenkbroue saamgetrek toe hy sien sy's ernstig.

"Dood. . . .?"

"Erger."

"Mag ek weet?"

"Ek verwag 'n kind van die verkragter."

Nou, by waar die hek was, onthou sy hoe die mededeling sy oë ontsteld laat rek het, sy skraal vingers wat van die klawers af lig, sy opstaan en sy omdraai na haar toe. Die woordeloosheid van sy verbaasde oop mond.

Sy't opgestaan.

"Speel!"

Hy't onsteld gaan sit en die klawers aangeraak.

"Speel tot ek terug is . . ." het sy so saaklik moontlik gesê voor sy deur die tentspleet terug is die nag in.

Magrieta het haar by die versteende wagte verbygehaas, in haar tent ingebuk en in die donker gaan sit tot die oggend toe. En hy't gespeel tot die oggend. Seker 'n misverstand het sy gedink, want sy't bedoel hy moes speel tot sy in haar tent terug is. Dalk het hy gedink sy't gesê sy sou terugkom. Sy't gesit en luister, want daar was nie slaap in haar nie en sy't probeer uitmaak waarom sy haar lot sommer teenoor 'n vreemdeling uitgeblaker het. 'n Vreemde man. Maar hy móés weet. Al was alle toenadering tog onmoontlik. Haar lyf se tekens was in elk geval teen daardie tyd onmiskenbaar. Wou sy hom laat verstaan die ding in haar lyf is nie van haar man nie? Dat die ding wat in haar groei, onverbonde is aan 'n gestorwene? En dat sy nie skuld het aan haar toestand nie? Dat sy dalk besmeer is, maar eintlik na aandadigheid skoon? Wat wou sy sê met die sê? Wat wás dit in haar wat so skielik wou terugbeur na 'n lewe toe? Sy was 'n verkragte en swanger, en tog het haar hart geruk oor 'n vreemde man voor 'n klavier se nek en skouers. En sy wou weer mooi wees. Dit wat sy so vervloek het, was weer 'n begeerte. Op daardie nag was dit terug in haar soos op die aand toe sy Daantjie ontmoet het, en sy so bly was dat sy kon weet sy's net so mooi onder die hanglamp in die eetkamer as in haar ydel jonkvrou-spieël agter 'n kers. Net, van mooiigheid kon daar dié keer niks kom nie. Vir die besmettes bly daar niks skoons oor nie. Sy's mal, het sy besluit, want sy weet van die kaptein niks. Absoluut niks. Behalwe dat hy Boerehuise en werwe vernietig.

Haar verwarring was volkome en sy het haarself belowe dat sy nie weer sal toegee aan die klavier se roep nie.

En tog het sy geweet sy sou.

⚜

Wat Daantjie die meeste verpes van die jaarlikse droewe uitstappie, is dat dit hom uit sy geloof aan sy leuen dwing. Al probeer hy hoe hard om dié onaangenaaamheid te vermy, die oorlog, "daardie ding" wat hy binne-in hom ondek het, die geswerf en wegkruipery saam met Soldaat, en die vernedering van sy terugkeer, kom stuk-stuk terug. In die daaglikse gang van sy lewe en in sy geheime binnekant is daar baie verontregtings waarmee hy kan martelaar speel terwyl hy in sy lugkastele nuwe geloofwaardige besonderhede byborduur. Magrieta se ontrou gedurende haar weduweeskap kan hy op haar brood smeer; oor sy oorlogsdade kan hy beskeie maar trots, voor enige liggelowige hoog opgee; die verwerping deur sy pa, kan hy homself lydend wysmaak, is die grootste van onregte. Hy kan sy leuen so helder beleef dat hy dit glo. Behalwe met Nagmaal, wanneer hy weet hy drink 'n oordeel oor homself. Of as Soldaat by is. Dan weet hy hy lieg. Soldaat se oë op hom weet altyd. Altyd. En hier, waar die waarheid in lang rye dwarshopies begrawe lê in die plat, bakenlose vlakte tussen twee rye rantjies weerskant in die verte, kan hy nie vir homself lieg nie. Nie wanneer hy moet toekyk hoe sy vrou, Magrieta, agter 'n klomp sweerlik smerige herinneringe aandraf nie.

267

Miskien sou alles anders gewees het as hy nie die verdomde skeel fotograaf raakgeloop het nie.

⚜

Joey Drew was in daardie deel van die oorlog kort-kort op pad. Dit was ook die tyd toe Petrus Minter en Danie die briewe deurgekry het na die vroue in die kamp. Die eerste ontmoeting tussen Petrus, Danie en Joey was toevallig. Petrus was dié winter besig om treine op te blaas en inligting in te win in die omgewing van die kamp. Hulle het in die rante gesit en met Petrus se Engelse offisiersteleskoop die kom en gaan uit die kamp van baie ver af dopgehou. Wat by die kamp aangegaan het, kon hulle net vaagweg uitmaak, maar hulle kon tog darem genoeg onderskei om die vernietigingskolonne te sien kom en gaan, en op te let hoe daar steeds meer mense na die kamp toe aangery word. Danie kon al dié bewegings vir sy rapporte aanteken en sommer die ritme van die treine wat heen en weer verbykom en soms by die kamp stilhou en aflaai, probeer bepaal, sodat Petrus kan uitreken wanneer daar weer een van sy slagoffers sal verbykom.

Die een pad van die kamp af het skaars vyfhonderd treë van hulle skuilplek af tussen die rante deurgegaan. Op hom kon hulle behoorlik sien wat aangaan.

Een van die hartseerste gesigte in Danie se lewe het reeds drie keer op daardie pad verbygegaan: sy broer Wynand en die twee Tommies in uniform wat hom begelei. In sy eerste ontsteltenis wou hy met alle geweld afgaan en Wynand gaan skiet, maar Petrus het hom verbied: hy sou niks bereik nie, net hulle skuilplek in gevaar stel. Op een van sy maandelikse besoeke aan die Boere-owerhede om te gaan rapporteer en dinamiet haal, het Petrus uitgevind wat aan die gang is met Wynand: hy het nie aktief aan die Engelse kant geveg nie, maar hy was deel van die Peace Committees wat probeer om burgers en owerhede te oortuig dat daar oor vrede onderhandel moes word. Dis soos Petrus dit verstaan het. Maar vir Danie was dit verraad en niks anders

268

nie. In Wynand se ryery het hulle tog iets vreemds opgemerk: hy het nooit na die kamp toe gery nie, maar elke keer afgedraai in die dorp se rigting.

Die plek waarvandaan hulle verken het, was gevaarlik naby aan die Engelse, en om die noodlot nie te veel te tart nie, het Petrus nooit die hele korps saamgebring nie, net vir Danie. Hulle het nooit langer as 'n dag of twee oorgebly nie, want die Kakies het die laai uitgehaal om so nou en dan hulle eie verspieders die rantjies in te stuur om seker te maak alles is veilig. Maar dié patrollies was van ver af al sigbaar, het meestal by die paadjies gehou, en was tot dusver maklik om te vermy. Petrus het gesorg dat hy sy treinvernietiging ver langs die spoorlyn op gaan doen, sodat daar geen vermoedens oor hulle skuilplek kon ontstaan nie.

"Dis daardie skeel fotograaf," het Petrus vir Danie gesê, in die rigting van die pad beduie en die teleskoop vir hom aangegee.

Danie het gekyk.

"Dit lyk na sy kar en perde, maar ek kan nie uitmaak wie op die kar sit nie. Hy's alleen, dit kan ek sien."

"Dis sweerlik hy, Pa. En as hy hier rondry, is die vroumense nie meer op die plaas nie. Ons moet by hom gaan uitvind wat aan die gang is."

"Hoe? Hulle kan op ons afkom as ons hom gaan voorstaan."

"Hy kan in daardie rigting nie deursteek êrens heen en voor donker daar uitkom nie. Hy sal langs die pad moet slaap, daar's daardie kant toe nie meer huise oor nie. Donker haal ons hom in."

Toe dit aand word het hulle die pad agter Joey aan gevat en op hom afgekom waar sy vuur in 'n murasie, nie ver van die pad af nie, brand.

Joey was al onder die komberse met sy voete gevaarlik naby aan die vuur. Hy het vervaard opgevlieg toe Petrus hom wakker skud, maar verlig gaan sit toe hy hulle herken.

En waarheen is hy op pad?

Joey het beduie, vertel en verswyg soos hy dit nodig ag.

Hy het die bottel whiskey waarvan die klankie sterk in sy

269

asem gesit het, te voorskyn gehaal en vir hulle daarvan aange-
bied "met die komplimente van kaptein Brooks". Joey het net
twee bekers besit waarvan een gangbaar skoon was. Petrus het die
gawe om sindelikheidsredes geweier, maar Danie het die skone-
rige beker aanvaar, denkende aan die aand toe hy en Joey me-
kaar met hulle geheime lewens vertrou het. Joey self het die bot-
tel direk aangespreek en met groot klem beduie dat hy daardie
einste kaptein Brooks oortuig het van die hoëre roeping van
hom as fotograaf, naamlik dat hy sy professie beoefen – nie as
gewete nie, want dis 'n persoonlike saak – maar as 'n getroue
geheue van wat in die oorlog aangaan. Kaptein Brooks het hom
toe, teen 'n behoorlike loongeld moet hy bysê, gevra om die ver-
woestings wat die Engelse aanvang te gaan dokumenteer. *Doku-
mentasie* was 'n nuwe woord vir Joey, dit het uit die kaptein se
eie mond gekom en Joey het dit met smaak gebruik, effens ver-
baas oor die feit dat hy skynbaar sonder meer verstaan word.

Nou's hy op pad om amptelike oorlogsdokumentasie te gaan
doen, het hy hulle gewigtig meegedeel.

Maar die waarheid was anders:

Die storie het by Joey Drew uitgekom dat die mooi Van Wyk-
weduwee in die nagte as haar oujongnooi-tante in die hospitaal
doenig is, by kaptein Brooks in sy tent gaan kuier wanneer hy
so knaend klavier speel. Dit was vir Joey ondenkbaar dat die
vrou wat hy so bewonder tot sulke dieptes kan daal en hy het
geweier om die storie te glo. Maar hy sou ondersoek instel. Daar
is nooit 'n tent aan hom as ongenooide besoeker aan die kamp
toegeken nie, en Joey het onder sy perdekar geslaap. Dit was dus
maklik om sy slaapplek nader aan die offisiersdeel van die kamp
te verskuif sodat hy uit 'n gemakliker posisie die hek kon dop-
hou. Van onder sy komberse uit, want dit was winter.

Die volgende dag het die kaptein hom gekonfronteer: Watse
rondtrekkery is dit dié, Drew? Hy word uit genade in die kamp
gedoog, en nou wil hy tussen die offisiere intrek! Hoekom? Die
musiek, het Joey gelieg. Dis oor die musiek. Die kaptein se
klavierspel is vir hom 'n wonderlike salwing in sy alleen nagte.
Brooks het nie eens geglimlag nie, hom net vererg: Joey word

toegelaat om daar te bly oor hy blykbaar gedurende die beleg van Kimberley as 'n soort regimentsfotograaf aangestel is. Maar watter soort fotograaf ís hy? Het hy al één skermutseling afgeneem? Hy lê net sy gat en uitslaap in die kamp en loop agter daardie sienersdogtertjie met die blou oë en die vrou met die bok aan.

En hoe word hý behandel? het Joey teruggekap. Kry 'n regimentsfotograaf nie eens 'n behoorlike slaapplek nie? Hy sal die kaptein dan maar sê: dis uit protes oor die behandeling wat hom toegemeet word dat hy verskuif het.

Kaptein Brooks het lank vir hom gekyk. Joey het sy bekende staar vreesloos opgestuur na die kaptein se regteroor toe, want hy't geweet: die kaptein kan eintlik nie roer nie, oor hy, Joey Drew, alles weet van daardie ete saam met die vyand. En die kaptein kan nie regtig aan hom erken hoekom hy hom so opgeruk het oor Joey se onskuldige skuif hek se kant toe nie. Dus het die kaptein sy regteroor onopsigtelik gevryf en ferm beslis: Joey sal daardie selfde dag nog 'n deeltent tussen die troepe kry, maar hy sal moet ry en die verwoesting van die oorlog, die oprigting van blokhuise en die "sweeps" dokumenteer en aan die kaptein op weeklikse grondslag kom verslag doen. Maar 'n begeleidingspatrollie kan hy nie kry nie, hy sal maar op sy eie moet deurdruk. Hy's nie onder die wapen nie en as die Boere hom vang, sal hulle hom hoogstens uitskud en los. Toe versag die kaptein se houding aanmerklik: die kampowerhede het hom as regimentsfotograaf — al is hy nie in uniform nie — inderdaad nie na wense behandel nie. As teken van die leër se spyt oor die behandeling, kan hy 'n drankbewys by die kaptein kom afhaal. En later nóg as hy weet om hom goed te gedra, want die kaptein is so te sê 'n geheelonthouer, hy gebruik nie eintlik sy drankrantsoen nie. Joey het presies verstaan waar die kaptein se skielike toeskietlikheid vandaan kom, en wat die man met "goeie gedrag" bedoel, was helder en duidelik. Hou jou bek oor my en Magrieta van Wyk.

Hy het sy tent ver van die hek af gekry, sy drank by die magasyntent gaan opeis en begin om die oorlogstoestande op vele reise te dokumenteer.

Met die skynsels van die vuur oor Joey se eerlike gesig en terwyl sy skaduwee teen die murasiemuur agter hom dans, kon Danie-hulle hoor: van die huis wat nie meer bestaan nie, van die toestande in die kamp en dat hulle naasbestaandes nog in lewe is. Hulle het elkeen haastig 'n brief geskryf en vir Joey gegee om kamp toe te vat. Daarna het hulle met Joey ooreengekom op afspraakplekke en tye vir die vroue se antwoorde en latere kommunikasie, soos waar Joey vir hulle noodboodskappe kon neersit – met tekens dat daar 'n boodskap is op gesette plekke. Danie en Petrus het gesit en verneem tot die donker begin opraak en hulle voor daglig moes ry.

Joey kon hulle baie vertel, maar van Magrieta se swangerskap en die stories wat oor haar en kaptein Brooks die hele kamp vol lê, het hy niks gemeld nie. Nie net oor die kaptein se lonende "goeie gedrag"-versoek nie, maar oor ander dinge, soos bewondering wat hy nie kans sien om met 'n los mond te besmet nie.

Hulle het al deur die nag se laaste skemerte gery toe Danie wonder: "Dink jy ons kan hom vertrou? Gaan hy nie die Engelse na ons toe lei nie?"

"Nee, Pa, ek het die plekke só gekies dat ons hulle lank genoeg sal kan dophou voor hy kom. Ek vertrou hom."

"Hoekom?"

"Hy wys as hy lieg."

"Lieg hy oor daardie ete?"

"Ek dink nie so nie, die hele ding is te onmoontlik vir iemand soos hy om uit sy duim te suig. Hy wil in elk geval die Van Wyks se goedgesindheid behou en hy sal nie lieg oor goed wat ná die oorlog maklik opgeklaar kan word nie. Ons sal seker later hoor."

Maar net Danie sou dit baie-baie later hoor.

⛉

Soldaat het gesê hulle moet skuif, en gou ook, die wêreld word warm. Daar's deesdae kort-kort Kakie-patrollies en by sy steelplekke het die mense lankal agtergekom iets is verkeerd. Dis

272

nou twee keer dat hulle hom by die hoenderneste probeer voorstaan het, en iemand het sy wippe weggevat. Twee keer, so daardie iemand het agtergekom van hulle. As Daantjie nie wil saamkom nie, moet hy maar sien kom klaar. Maar skuif sou nie maklik wees nie, want aan die bergkant was daar al meer Kakies en al minder te stele of te kope, en aan die ander kant, vlakte toe, kon jy te maklik van ver af gesien word, al raak die Kakies daardie kant toe al gerus. Die kos was op, en die huis waar Soldaat laas ingebreek het, is afgebrand. Hulle raak honger en skiet kan hulle nie meer nie, daar's te veel mense naby. Tot die wippe bly leeg en Soldaat dink hulle word skelm leeggemaak. Hulle weet nie meer van koffie en twak nie. Die mielies vir die kaboe is op. Hulle moet skuif.

Hulle is toe 'n onbekende wêreld in en daar moes hulle hulle telkens baie vinnig skaars maak voor die georganiseerde Engelse en die onvoorspelbaar-versprede Boere. Kos was nêrens meer te kry nie en die honger het gegroei. Die nood het hulle teruggedwing na die gevaarliker wêreld wat hulle ken, want daar sou Soldaat meer hulp van bekendes en familie kon monster.

Dit was op 'n laatmiddag toe hulle net begin ry het om elders wegkruipplek te gaan soek. Hulle het op Joey afgekom en van ver af gesien hoe hy uitspan en kamp maak. Toe hulle uitmaak wie dit is, het Soldaat voorgestel dat hulle wag vir donker en hom dan gaan besteel, maar Daantjie het 'n ander moontlikheid gesien – hy het vas begin glo dat hy in sy nuwe gedaante nie herken sou word deur iemand wat hom maar skraps ken nie. Soldaat was daaroor nie so seker nie, tot hy Daantjie weer 'n slag ordentlik bekyk.

Van die netjiese, spoggerige Daantjie van Wyk het daar inderdaad min oorgebly: sy baard en snor het sy gesig ruig begroei, sy olierige hare het op sy skouers gehang, die gaping in sy voortande was prominent. Sy oë het hol in hulle kasse gesit en na die lyf het hy vermaer tot 'n riem, sodat wat van sy klere oor was, sakkerig oor sy benerigheid hang. Alles aan hom was in elk geval vodde. Hy't voldoende gestink, en die spoggerige perd waarmee hy die oorlog begin het, was ongeroskam en oorgroei

273

van winterhaar. Die dier se oogknoppe het uitgestaan van die steiermaerheid. Daar was niks van Blink-Daantjie van Wyk oor nie.

Soldaat het uiteindelik toegestem dat hulle dit maar moet waag om nader te gaan. Hulle het nie daaraan getwyfel dat hulle kos uit die skeel fotograaf sou kon intimideer nie. 'n Man wat alleen in dié landskap sit, gee gewapende besoekers maklik kos. Soldaat self sou vir die wis en die onwis die tandpyndoek dra waarmee hy hom meestal op sy steeltogte vermom, en geen Engels verstaan nie.

En so het Koot Duvenhage, die brawe rapportryer, en sy agterryer, Alfred, dan by Joey se uitspanplek aangekom.

Vir Joey was alle besoekers aan sy stanings onwelkom. Jy kon nie voor hulle kosmaak en eet sonder dat hulle begerige oë jou die kos uit die bek en die drank uit die sluk kyk nie. En waag jy dit om hulle kos te gee, bly hulle soos rondloperkatte in jou omgewing tot alles op is, al ry jy ook watter kant toe. Hy't een-keer vir byna 'n week gery met dieselfde mense wat elke aand toevallig by sy vuur opdaag. Jy móét eenvoudig saam met jou besoekers honger bly en dors ly tot hulle eendag besluit daar's niks om te aas nie en hulle loop kry. Om in tye van skaarste te deel, het Joey besluit, is skade. Dit het 'n beleg hom geleer. Wat jy in die bottel en die kosmandjie het, steek jy weg. En buiten-dien is alle vreemdelinge se bedoelings duister. Oorlogsomstan-dighede is pasgemaak vir moorde en rowe waaroor die hane ná die oorlog nooit eens 'n kik-kraaitjie sal gee nie.

Dus groet julle maar en kyk mekaar deur.

Daar's iets bekends aan die man wat hom voorstel as Koot Duvenhage en heel gawe Engels praat. Sy agterryer Alfred bly eenkant by die perde. Joey let op dat Duvenhage stip na die ketel op die vuurtjie kyk wanneer hy met die Duitse geweer oor sy maer knie op sy hurke gaan sit. So dis waarom hy hier is. Koffie. Kos. Sý kos en koffie. Met 'n geweer oor die knie. Dan moet jy maar die vrede hou.

Maar hy kén die man, het Joey gedink. Dalk een van die klomp Boere wat hy op sy eerste tog Kimberley toe afgeneem het. Dalk het hy net agteruitgegaan. Maar daar's iets herkenbaar aan die stem ook. Gee hom koffie, daar's 'n geweer oor sy knie.

"Ek maak nou net koffie," sê Joey dus maar. Duvenhage aanvaar graag en sê in die skraperige taal iets vir sy agterryer. So dié moet ook koffie kry, dink Joey toe die man met die tandpyndoek twee bekers bring. Hier moet hy vrede hou, anders vat hulle ál sy voorrade. kaptein Brooks se nuwe rantsoen ook.

Maar hy kén die man! Van waar af?

Die aanloop van die gesprekke is altyd dieselfde: wie is julle en wat maak julle daar?

Joey vertel dus dat hy eintlik 'n totaal onafhanklike fotograaf is wat deur die oorlog ry as fotojoernalis. Hy's in niemand se diens nie, en skeer Boer en Brit oor dieselfde kam. Daarom duld albei partye hom wanneer hy hulle raakloop. Hy kan môreoggend 'n foto van meneer Duvenhage neem as hy wil.

Maar daarvoor is Duvenhage allermins te vinde. Want, vertel hy, 'n baie gesiene Boerespioen soos hy, wat in vodde vermom sy inligting kry – en 'n Engelsman kan dit maar vir sy owerhede loop vertel, want hy's môreoggend baie ver van hier af – sal nie foto's van sy gesig aan die Britse leër se most-wanted-borde wil laat speld nie. Al was daar al afbeeldinge van hom in die koerante van Engeland oor die knap manier waarop hy die Boeremagte lei.

Dit was toe die spog in die stem deurslaan, dat Joey Drew vir homself sê: Maar is dit nie . . .? Kan dit wees?

Toe vra Joey maar of hulle nie al voorheen ontmoet het nie.

Nee, sê Duvenhage, dit is onmoontlik, want hy sou die fotograaf onthou het, en buitendien, hy opereer meestal Kaap se kant toe en kom oorspronklik uit die verre Karoo. Weet meneer Drew waar's dit?

Nee, meneer Drew weet nie, so hy maak seker maar 'n fout. Meneer Drew sê nie dat hy opgelet het dat die agterryer, toe hy die bekers bring, net een groottoon in sy stukkende skoene dra nie, of dat meneer Duvenhage se uit voortand skielik 'n bevestiging uit sy onthou word nie

Dit ís hy! Wat gaan aan? Hoekom? Dié man voor hom se pa

275

het Joey met trane in sy oë die mes gewys met sy laaste bloed aan. Dié man se pa het daardie nag – voor sy broer daar aangejaag gekom het – toe Joey en Danie van Wyk brandewyn gedrink en die sleutels van die diepste kelders van hulle harte vir mekaar aangegee het, vertel van sy ideale wat hy vir sy seun en die familienaam gekoester het. En van dié man se hartseer floutes voor die koeëls. En van 'n vader se spyt oor sy misplaaste woede voor die gebrek wat die oorlog in sy seun ontdek het. *En hoe hy in die drif van sy teleurstelling sy seun se voortand uitgeslaan het oor 'n swart man se toon wat hy nie wou afsny nie.* En van sy diepe dankbaarheid dat sy seun tog uiteindelik 'n heldedood kon sterf! . . . en Joey het ook gesien hoe die verslae weduweesmart in die oë van die godsmooi vrou sit; hoe dié man se ma, sy tante, sy susters, oor hom in stukke breek en rou. Joey het onthou hoe Daantjie van Wyk hom op die plaas geminag en getreiter het, maar dit was die minste. Dit was Danie en Dorothea van Wyk se hartseer en Magrieta se oë wat by hom opkom terwyl hy die man voor hom herken. En Fienatjie Minter. Want Fienatjie het gedroom Daantjie van Wyk is nie dood nie. In sy ongeloof het hy haar nog die woord *ghost* geleer.

In Joey Drew het daar iets opgestaan wat hy nie ken nie en wat hy later nooit sou kon verklaar nie. Iets soos haat. Venyn. Duiwel. Iets van die plesier van foltering. So iets. So iets boos.

Hy het na sy kar toe geloop en die whiskeybottel uit die karkis gaan haal, teruggekom vuur toe en vir hom en Duvenhage elkeen 'n dop geskink. Hy het die bottel na Alfred toe uitgehou, maar dié het sy kop geskud.

Alfred het gesien Duvenhage drink te gretig: "Moenie so suip nie, Koot Duvenhage, jou pens is al twee dae leeg."

"Los my, Alfred, ek het jare laas 'n dop gedrink."

Toe hy die beker neersit, het Joey weer geskink: "Met die komplimente van kaptein Brooks."

"Op kaptein Brooks, mag hy lank lewe en die oorlog verloor."

Joey het nie getel hoeveel keer hy skink nie, Alfred het driekeer probeer waarsku, maar Duvenhage het kaptein Brooks se gesondheid aanhou drink. Tot Joey besluit het dis tyd om toe te slaan: "Jy weet, meneer Duvenhage, jy lyk baie soos iemand wat ek geken het. 'n Van Wyk."

"Seker maar familie . . . Ek het baie verlangse familie met die familietrekke. Ook Van Wyks."

"Die Van Wyk waarvan ek praat, sit in 'n ryk boerefamilie. Hy't die mooiste vrou gehad wat ek ooit in my lewe gesien het. Magrieta van Wyk."

"Ken hulle nie."

"Jy sou Magrieta van Wyk onthou as jy haar ooit gesien het. Beeldskoon. Onvergeetlik beeldskoon."

"Jammer, nooit gesien nie."

"Wag, laat ek jou wys."

Joey het sy portfolio gaan uithaal en vuur toe gebring, die gemonteerde foto van Magrieta wat hy so noukeurig ingekleur het, uitgehaal en vir Duvenhage gewys.

"Pragtig, nè!"

"Ek sal die foto by jou koop," was Duvenhage se reaksie. Joey sien dat sy hande begin bewe.

"Nee, hy's nie te koop nie. Almal wat dit sien, wil dit hê. Die laaste een het ek vir vyf pond – vyf pond! kan jy dit glo? – ver-koop aan die kaptein Brooks wie se gesondheid jy so sit en drink. Hy wou die ding net nie teruggee nie en ek dink as ek hom vyftig pond gevra het, het hy nog gekoop . . . Maar natuur-lik, hy't ander redes ook gehad om die ding te wil hê."

Joey het gewag vir Duvenhage se reaksie. Die hol oë het skie-lik en skerp opgekyk: "Watse redes?"

Nie dadelik antwoord nie, Joey! Laat die bliksem bietjie sweet. "Sy's nou 'n weduwee, dié Magrieta van Wyk. Die man op wie jy so trek het in die oorlog gesneuwel. Nog 'n drankie?"

Die beker wat Duvenhage na Joey toe uithou, skud.

"'n Weduwee?"

"Weduwee . . ."

Daar het 'n dringendheid in Duvenhage se vrae gekom: "Wat's die kaptein se ander redes . . . om so baie vir 'n portret te wil betaal?"

277

Maar Joey gesels sommer: "Ek skinder nie graag nie. Die man is goed vir my, hy gee my sy drankrantsoen. Dit sal nie reg wees van my om sy geheime uit te lap nie."

Duvenhage praat al dringender: "Sê my net watse redes hy het om die ding te wil hê."

"Mense praat."

"Wat praat hulle?

Duvenhage se aandrang word sterker. Joey kom die hewigheid blykbaar nie agter nie: "Sommer maar soos mense praat."

"Oor Magrieta van Wyk en dié kaptein Brooks?"

"Wel, ja, eintlik . . ."

"Nou wat?"

"Nee, sommer niks . . ."

Duvenhage se frustrasie slaan oor in gramskap. Hy vlieg op.

"Magtag, Engelsman, vir wat vertel jy my halwe stories. Wat sê hulle van Magrieta van Wyk en die bleddie kaptein?"

"Stadig, stadig, meneer Duvenhage, dit gaan jou mos nie so ernstig aan nie."

"Natuurlik gaan dit my aan!"

Van die perde se kant af, keer Alfred: "Koot, hou jou in. Jy gaan alles beneuk!"

Duvenhage ruk hom reg: "Dit gaan my as vegter vir die volk aan as ons vroue met die vyand heul! Dis 'n kwessie van sekuriteit. Daarom gaan dit my aan! So vertel my voor jy seerkry. Vry hy na haar?"

"Sy's 'n weduwee . . . en 'n man is maar 'n man . . ."

"Vry hy na haar?"

"Dis eintlik al bietjie erger . . ."

Daar's nou 'n huiwering in Duvenhage se angstige vraag: "Wat?"

"Almal weet dit . . ."

"Wat? Wat weet almal?"

Joey het gesien dat Duvenhage tussen drank en jaloesie ontoerekenbaar raak, want hy het amper bo-oor Joey geleun, sy oë het gegloei, sy kneukels het wit op sy gebalde vuiste gesit en die woorde het hard en driftig uit hom gekom: "Wat? Van wat weet almal?"

278

"Van die klavierspelery . . ."

"Klavierspelery? Maar jy sê dan . . .?"

Joey het sy storie stadig opgeskep. Lepel-vir-lepel. Van hoe die hele kamp weet dat die mooi Magrieta van Wyk in die laatnagte as die kaptein terug is en uit sy tent op 'n gebuite klavier met allerhande liedjies na haar roep, na hom toe gaan; van hoe hy aanhou speel sodat niemand kan sê daar gaan onbehoorlike dinge tussen die twee aan nie. Die wagte by die hek daar naby sê hulle weet nie hoe die twee die klavier aan die gang hou terwyl hulle hulle dinge doen nie, maar die kaptein verloor elke keer so nou en dan bietjie die wysie.

"Wat doen hulle?"

"Die man-en-vrou-ding . . . Wat anders?" het Joey gesê en gesien hoe die vloed jaloesie Duvenhage se gesig vertrek; hoe die gejaag van sy asem sigbaar word in sy baard en snor. Toe kon Joey aankondig: "Die ding moet al ver kom. Almal kan al sien sy is baie ver heen met haar verwagting."

"Sy verwag 'n kind? Van hom?"

"Ja."

Duvenhage was weg. Dit was Daantjie van Wyk wat skielik van die vuur af wegstrompel en oor 'n gewelddadige braking wat deur hom ruk, gaan buk.

Dis nie die brandewyn se naarheid daardie nie, bliksem, het Joey Drew met genoegdoening geweet.

Soldaat wou Daantjie perd toe help, maar die skok en die skielike drank, ná dae sonder kos, het toegeslaan. Daantjie het slap geword. Amper soos met die swartslang wat hulle onder die koeëls leer ken het, het Soldaat gedink. Daar was niks aan te doen nie.

Soldaat het gekyk hoe die Engelsman kosmaak en geweier om saam te eet. Uiteindelik het hy maar vir Daantjie met sy kombers toegegooi en die perde behoorlik afgesaal en gekniehalter. Toe het hy in sy eie kombers langs Daantjie aan die slaap geraak en eers die volgende oggend wakker geword van die oggendson in sy gesig. Die Engelsman was al reg om te ry, maar was gou besig om in die eerste sonlig 'n foto van die slapende

279

Daantjie te neem. Soldaat het opgespring en terwyl hy sy kop hewig skud het hy voor die kamera ingestorm.

Joey het dadelik ingegee, sy skouers opgehaal en die kamera op die kar teruggesit. Hy was nie lus vir 'n stoeiery rondom sy kosbare apparaat nie, en buitendien, hy het al die eerste foto geneem gehad voor Soldaat wakker geword het.

Dit was toe nie 'n goeie foto nie. Die son was net op en die lig het uit 'n plat hoek oor die landskap geval. Joey wou Daantjie se gesig duidelik hê en hy het rondgeskuif totdat die lang-lang oggendskaduwee van fotograaf en driepoot net oor Daantjie se lyf val en nie oor sy gesig nie. Maar op die uiteindelike foto was baie nie behoorlik te onderskei nie – byvoorbeeld, die smeersels en klonte na-kots wat nog aan Daantjie se baard gekleef het, was net dowwe kolletjies wit. Die gapende mond met die uit voortand was uitermate groot tussen die baard. Die oë was ongelukkig toe. Dit was nie 'n goeie weergawe van Daantjie van Wyk nie.

Wat wel op die foto te lese staan, het by Joey verbygegaan: van hoe lank en ver die skaduwee van Joey Drew, fotograaf, in Daantjie van Wyk se lewe sou instrek. Die verpletterende oomblik van die aand voor dit geneem is, toe die suur braaksel van 'n vermeende waarheid onstuitbaar deur sy groeiende leuen se pasgekraakte kors gepeul het, was net vae kolle in die verslonste man se baard, en kon vir iets anders aangesien word. Maar Joey en sy driepoot se lang, skerp oggendskaduwee sou mettertyd ook slang-slap word – en ineengestrengel en wriemelend met die swartslang van "daardie ding" paar, soos slange paar. En altyd naby Daantjie bly. En swart, soos stoofpolitoer wat na paraffien ruik, sy huweliksbed besmeer. Dit sou met duiwelse gedaanteverwisselings orals wees, en ook die donker nasmaak van vernedering word wat tot in dié verre begraafplaas van herinnering in sy agterkeel sit.

Waar hy skuins op die voorsitplek van sy motor sit, bons die jaloesie waarmee hy al die jare saamleef, weer deur Daantjie. Want op 'n afstand kan hy haar sien: 'n vrou wat oud moes wees en oud moes lyk. Haar hare is wel witgrys, maar sy's nog skraal van lyf, nog regop, en sy loop op haar ouderdom wragtag nog steeds soos 'n wilgerlat – soos 'n bokkie, het hy altyd vir haar gesê voor die oorlog alles kom bedonner het. En sy bly verdomp so mooi dat almal nou nog gedurig aanmerkings daaroor maak.

"Hoer!" is sy aanklag en verweer. Hy sê dit hardop sodat hy dit self kan hoor en probeer die onthou van die dae ná die skeel fotograaf haar verraad uitgeblaker het, stilkry. Maar hy kan nie:

Toe Soldaat hom daardie oggend wakker kry, het hy eers nie mooi geweet waar hy is nie, maar dit was al dag en Soldaat het hom haastig op sy reeds opgesaalde perd gekry. Hulle was op die gelyktes en moes dringend skuiling in 'n donga gaan soek. Daantjie se vlug was baie anders as op ander dae. Hy het sy eie en Soldaat se water wat hulle in die bar wêreld gerantsoeneerd moes saamry, opgedrink sonder dat Soldaat iets daaroor te sê gehad het, en hy het skielik nie meer omgegee of iemand hulle sien nie. Bo-oor alles het die bevestigende "ja" van die skeel fotograaf gehang. Sy verwag 'n kind van die Engelsman. Die beelde wat die agterdog van jaloesie in hom opgetower het nadat hy begin besef het Magrieta sal haarself 'n weduwee ag, het in al hulle gedaantes verskyn en hom gefolter. Hy het 'n duisend keer gesien hoe die ekstase deur haar kaal lyf ruk terwyl sy en die Engelsman kleintjies maak. Dit was onhoudbaar, want dit was nie meer verbeelding nie. Hoopvolle ontkenning was nie meer moontlik nie. Lugkastele wat dit ánders sou kon maak, was buite bereik van selfs die onwaarskynlikste droom. Die hele eerste dag in die son tussen die kleiwalle van die donga, het hy niks gesê nie. Hy't nie agtergekom hy's nie meer honger nie; hy't nie besef dat hy op daardie oomblik nie meer omgee wat word nie. Daar was net die leegheid van weet. Dit was nog te vroeg vir die hol troos van selfbejammering, die salwing van beskuldiging, of die koestering wat wraakgedagtes bring.

Soldaat het Daantjie laat begaan en toe dit aand word, het hy hom teruggelei op die pad wat hulle gekom het, want hy't geweet waar daar spruitwater is. By 'n kuiltjie tussen diep walle het hulle nog 'n byna woordelose nag omgesit. Soldaat het saam met Daantjie wakker gebly. Hy was bang vir die waansin in die man se oë. Al wat die nag vir Soldaat gebring het, was 'n baber aan die lyn. Daantjie wou nie saam eet nie en Soldaat sou altyd sy skielike kreet onthou. Sy stem was tussen trane en dreig:

"Ek sal daardie Engelsman uit haar uit rý! Hoer!"

Toe begin hy huil. Hy't soos 'n magteloos-gevange, gepynig-de slagysterdier gekerm en getjank tot sy stem hees geword en opgeraak het. Net die holtes van snikke het nog uit hom gekom toe hy inmekaargetrek, soos wanneer die koeëls oor hom fluit, aan die slaap raak.

Eers twee dae later het Daantjie gevra: "Het daardie skeel drol iets agtergekom?"

"Hy wou 'n foto van jou in jou slaap neem."

"Het hy?"

"Ek het gekeer."

"O!"

"Ek weet nie of hy iets agtergekom het nie. Jy't in jou be-sopenheid te erg oor die portret aangegaan. Hy móés iets agter-kom. Dalk het hy, want ek het gesien hy's op sy spore terug."

"As hy het, moet hy maar loop nuusdra dat Magrieta kan hoor wat sy aanvang."

Dat Magrieta weet hy lewe, was nie meer die ergste nie, en dit sou, met geringe aanpassings, sy leuen met sy terugkeer onderskraag.

Daantjie klim uit die motor en stap weg van die begraafplaas af. Hy kan Magrieta se verraad nie langer aanskou nie, want sy staan nog steeds in gedagtes versonke op 'n plek waar daar net 'n paar bossies staan. Maar hy kan nie keer dat Bella Steenkamp haar in sy herinnering kom aanmeld nie.

Hy en Soldaat is ná die ontstellende ontmoeting met Joey Drew terug na Bella toe. Déúr die Engelse wat tussen hulle en die berge wemel. Dit was Daantjie wat gesê het hulle moet terug. Hy's moeg vir die honger-ryery en die ewige gekoes. Hy sal gaan vrede maak.

"Hoe?" het Soldaat gevra.

"So."

"Met haar?"

"Ja."

"Sal jy dié keer kan regkom?"

"Ek sal oë toemaak en dink sy's Magrieta."

Dit was toe al amper 'n maand nadat Bella hulle weggejaag het. As sy nog nie afgekoel het nie, kan hulle haar in elk geval besteel. Hulle ken die plek en sy's ongewapen.

Hulle het die vorige keer amper drie weke by Bella oorgestaan. Toe hulle die eerste keer by haar aankom, het Daantjie sy Koot Duvenhage-storie vertel. Hy is ingenooi, hulle het kos gekry.

Sy moet seker al lankal êrens dood wees, dink Daantjie. Sy was al in die vyftig in die oorlog.

Wat van Bella Steenkamp dring nou in tussen sy ander ongevraagde herinneringe? Haar lyf onthou hy. Sy was alles wat Magrieta nie was nie – kort, vet en harig. Lang swart beenhare, ooghare swaar en aan mekaar, kloste onder die arms, 'n streep teen haar maag op – van die oorgroeide bos af tot in haar diep naeltjie – 'n ring lang hare om die tepels van haar swaar borste, 'n donker skynsel op die bolip wat stekelrig raak as jy haar soen. Grys tussenin. Dis hoekom hy nie kon nie. Dis hoekom sy hulle weggejaag het.

Haar toenadering het oor dae gestrek. Eers met die aandrang dat hulle moes oorstaan en rus. Dit het Daantjie gepas, want sy Duvenhage-leuen was dat hy daar moes wag vir 'n boodskapper. Daarna het Bella aandkuiers met hom gereël wat al later die nag in end gekry het. Toe kom sy met lang, hartseer stories oor 'n man wat haar nie na wense behandel het nie en al jare soek is. Uiteindelik dring sy daarop aan dat Daantjie maar op 'n bed in die huis kan kom slaap, want al is die buiteslapery by die perde seker veiliger, kan Soldaat dit net sowel alleen doen. En sy het honde wat sal blaf. Die tweede aand wat Daantjie in die huis slaap, het sy badwater op die es warm gemaak en 'n badkom ingesleep. Hy sou bad, maar hy was skaars uit sy klere uit toe staan sy byna kaal voor hom en maak haar voorstel reguit en kru, soos iemand wat nog nooit die kronkelpaadjies van toenadering bewandel het nie. Hulle het op die bed gaan probeer, maar hy kon nie. Dis 'n onmag wat hy nie geken het nie, en hy't

283

haar verseker dis nie oor haar nie, seker maar die lang tye van honger. Maar Bella het redeloos vuurgevat: 'n stroom venyn het uit haar teleurgestelde mond gestroom oor die os wat hy is. Sy kan met 'n stok voel hoe hy lieg oor sy kamtige verkennerskap en rapportryery, het sy gesis. Sy ding bly slap oor sy lelik is. Oor sy oud is. Sy't hom uit die huis uit verskree en gesê hy moet sy ry kry, anders verkla sy hom by watter Engelse of Boere ook al onder in die pad verbykom.

Hy het by die perde gaan slaap en hulle het die volgende oggend voor sonop weggery.

Daantjie en Soldaat het ná die ontmoeting met Joey, terwyl hulle terugry na Bella toe, gewonder hoekom haar huis nog staan. Seker oor dit so diep kloof-op was en die paadjie wat afdraai van onbruik oorgroei geraak het. Hulle het in die aand by haar opstal aangekom. Daantjie het aan haar deur geklop en van buite af gesê hy't teruggekom omdat hy haar nie kan vergeet nie. Sy't oopgemaak en hom laat verstaan dat hy ook in haar gedagtes agtergebly het.

In hulle worstelinge op haar bed, omtrent elke keer in die donker, het Daantjie hom verbeel dis Magrieta wat hy beet het, want hy't sy wraak met woede in haar ingestamp. Sy't sy klere gewas en reggemaak en hom en Soldaat sonder verduideliking kos gegee.

Dis Bella wat hulle uiteindelik vertel het die oorlog is oor. Dit was nadat sy weer êrens gaan negosiegoed haal het op 'n plek waarvan sy nooit wou sê waar dit is nie. Al wat hulle van haar opslagplek geweet het, is dat hulle nie mog saamgaan nie en dat sy elke keer met 'n pakperd berg-op is, nie in die kloof af pad se kant toe nie. Toe hy en Soldaat groet om te ry, het Bella by Daantjie se perd sag, bewoë en eerlik dankie gesê "vir 'n strook geluk". Sy het bygesê dat sy hom tot haar dood toe sal onthou en gebieg dat sy gelieg het, daar was nooit 'n man nie. Sy glo nie wat hy haar vertel nie, want anders sou hy al lankal weer die pad moes vat. Maar dit maak nie saak nie. Sy wens net sy was jonger, want dan sou sy 'n kind by hom afgebedel het. Die kloof is 'n alleen plek.

Vir die laaste maande van die oorlog het Daantjie vir hom en Soldaat omtrent elke nag 'n heenkome verdien en iemand gelukkig gemaak.

Daantjie draai om en loop terug motor toe. Magrieta het teruggekom en sit al en wag.

Al groet wat hy vir Magrieta het, voor hy deurstap om Martie te gaan aansê om klaar te kry sodat hulle kan ry, is 'n snedigheid: "Het jy nou klaar na die Engelsman verlang?"

Haar antwoord kom, soos altyd, uit die ding wat al veertig jaar tussen hulle lê: "Waar was jý in die oorlog, Daantjie van Wyk?"

Elf

"Ek verwag 'n kind van die verkragter."

Hy was blind. Hoe kon hy die duidelike tekens van haar swangerskap eers raaksien toe sy dit sê? Seker maar oor hy haar altyd in die donker moes gaan groet – 'n silhoeët teen die tent se geel driehoek. Sy't altyd gesit. Seker daarom.

Sy't weer gekom. Hy probeer onthou hoeveel hulle gepraat gekry het met die klavierspelery waarop sy so aangedring het.

Waar die majoor by die hotelkamer se skryftafeltjie oor die museum se loep buig, week sy gedagtes in die geskroeide foto's en die onbeholpe waarhede van Joey Drew se aantekeningboekies in – tot die hede rondom hom oplos in die sepia van vervagende beelde en in die onewe bladsytjies wat die vlamme met rou-randjies omraam het. Hy versink in die tydverbruinde afskynsels en 'n handskriffie wat in papiervesel begin vervloei, en in ander, veraf omstandighede vuil- en dofgevat is.

Die majoor tob oor oorlog, aandadigheid, skuld; oor al die kon-gewesenhede van sy lewe wat sy dae en nagte soos 'n steeds terugkerende droom beset. Dus dink hy gedurig oor haar. En oor die ongehoordheid van hulle samesyne. Al hulle samesyne. Die ete. Die klavierspelery. Die afskeid. Alles was ongewoon en absurd. Selfs vir die onstuimige tye waarin hulle mekaar net in klein brokkies tyd kon ervaar, was alles, toe en nou, deel van 'n onwerklikheid neffens die onmoontlike. Wat sou die gode in die oog gehad het toe hulle dié agtergrondsdoek vir 'n té kortstondige bymekaarbring van twee mense geskilder het? Hy verbeel

286

hom daardie gode het 'n onbekende, vae, ánder soort wêreld gekies waarin hulle die onvervulde, die stompgesnyde en wrede spel tussen hom en haar kon laat afspeel. 'n Agtergrond só vreemd dat dit dalk net in versinde stories 'n oomblik lank geglo sou kon word. Die kaptein wonder of sy ook, soos hy, later amper begin vermoed het dat alles dalk net 'n waanbeeld was. 'n Denkbeeld van êrens af. Maar die kamp was werklik, en vaag-weg wéét 'n mens tog soms tydens soet drome of nagmerries dat jy droom en netnou gaan wakker word.

Nee, wat gebeur het, was werklik, want álmal het geweet. Daarvoor het die waakure langs die sterfbeddens genoeg oë deur die nagte oopgehou; die wagte oop-oog hulle wag gestaan en hulle monde saamgevat tente toe. Ná die eerste besoek al het die storie van die ongehoordheid wat by die soldatekamp se hek aangaan, die kamp vol gelê.

Sy't daaroor omgegee en tog weer gekom. Sy't eenkeer gesê as almal van 'n besmetting soos hare weet en dit elke dag onder haar klere sien groei, niks erger oor haar gesê kan word nie. So almal het seker maar geweet, gegiggel, geraai, gewalg, geskinder, geoordeel – al het die ononderbroke klaviergeluide enige lyflike bedenkinge beswaar. Hy het net gehoor van die gepraat wanneer sý vir hom iets daarvan sê. Niemand sou dit waag om met hom daaroor te praat nie. Selfs toe Drew sy slaapplek nader skuif om hulle beter te kan dophou en hy hom oor die skuiwery konfron-teer, het nie hy of die fotograaf enige direkte woord daaroor gesê nie. Maar Drew het in sy boekies aangeteken: "*Capt lovesic.*" En op 'n ander bladsytjie: "*Capt must lern mor songs. He bo . . .*" Daar het die aantekening onleesbaar geword. Dalk maar 'n genade dat Joey se oordeel deur die vuur se swart uitgeklad is. Want groot was sy repertoire bepaald nie, en die nagte was lank. Wanneer hy uitgespeel was, het hy maar voor begin. Joey se afgekapte "*bo . . .*" moes iets met *boring* te doen gehad het en hy kon hoor sy wysies draai al in almal se koppe en word soms in die sol-datekamp gefluit – dalk as spotliedjies. Joey het hom eers baie later in een van Somerset se pubs vertel dat baie van sy mede-offisiere en die soldate onder mekaar gekla het oor sy redelose spelery in die mees ontydige ure van die nag. Maar dit het nie by hom uitgekom nie – nie nadat hulle agtergekom het hoekom hy so speel nie, het Joey vertel. Hy is geduld uit die simpatie van eensame mans wat elkeen met die hol kol sit – met daardie holte wat elke kampanje in elkeen aanhou skryn omdat net vrou-warmte dit kan volmaak, het Joey gesê, en weer vertel van wat Betjie-die-hoer hom aangedoen het en hoekom hy 'n dogtertjie kon aanbid – goddank skoon, sonder dat daar lyf by is, net oor haar oë, en haar wéét, en hoe sy *Joey* kon sê, en oor sy elke keer so bly was om hom te sien. Alles oor die hol kol, het Joey be-weer. En die kampvroue het sy klavierspelery glo gepes – dié musikale gevry na 'n boereweduwee en die skuifmeul dat die stroom geluid hulle samesyne rein bewys. Daar is geskinder dat iemand anders die klavier by tye oorneem, want net mal mense kon aangaan soos hy en Magrieta. En dit ten aanhore van almal. Die majoor weet dit was 'n gek ding om te doen, maar hy hét dit gedoen. Dit kan hy tog nie ontken nie. Sy volle wêreld was op daardie oomblik toegevou in die enkelvoudigheid van een vrou en sy gesonde verstand het voor die obsessie moes wyk. Eers is hy deur haar skoonheid oordonder, maar mettertyd het haar desperate verwondheid oorgeneem, en, so glo hy, alles verdiep tot ver anderkant die gewone wil-hê van verliefdheid. Die kla-vier was al manier waarop hy by haar kon uitkom.

Hulle het tog gepraat. Sy't mettertyd na die koppenent van sy bedjie geskuif en hy kon haar oë sien sonder om sy nek te krink. Hy't haar radeloosheid in haar oë sien verbykom, haar woede sien flits oor die onregverdigheid en sy het haar vingers inme-kaargestrengel wanneer sy daaroor praat. Hy het later begin ver-moed dat sy net met hóm oor die ding in haar praat, want sy't gesê die vroue in die kamp het 'n stilswye oor hulle. Asof hulle haar vreemd respekteer – dalk oor sy op 'n manier hulle eie magteloosheid voor die geweld verteenwoordig. Hulle maak of so iets nie kan gebeur nie; of gebeur het nie. Maar raad was daar nie. Niks kon wat gebeur het, uitwis nie.

Niks kan verkragting ongedaan maak nie, dink die majoor. Selfs die soms gewaande versoenings wat daarna aan die wêreld voorgehou word, is niks meer as 'n spel met leuens nie. Of dit nou 'n mens, of 'n groep mense, of 'n land is, of sommer Betjie se gramskap wat sy op die arme Joey Drew uitgehaal het. Verkragting het baie gedaantes. Dié wat Betjie se wraaksug êrens opgejaag het, seker ook.

Magrieta het hoeveel keer gesê sy wil die *ding* in haar nie hê nie. Sy't nooit na iets anders as die ding verwys nie. En hy het, al was dit seker naïef van hom, allerhande voorstelle probeer maak van hoe hy haar dalk kon help: hy kon met haar trou en die kind 'n naam gee; hy sou haar kon help om in die Kaap te kom voor die geboorte; hy sou aanneming kon reël; hy sou . . .

En was die komende baba swart of wit? Want die onmiskenbaarheid van kleur sou sake verander. Maar sy't nie geweet nie.

Hy onthou die nag toe sy hom van haar voorneme vertel het.

Dit was duidelik dat die geboorte nader kom. Hy kon dit sien in die ánder skoonheid wat oor die gelaat van vroue kom in hulle laat-swangerskap: die sagte mooi van uitsien-en-huiwer, en van vervulling. Sy kon daardie skoonheid óók nie help nie. 'n Paar nagte voor daardie een het sy uitgevaar teen wat mooi haar aangedoen het. Sy sou nie 'n verkragter se baber-ding in haar vrugwater gedra het as sy lelik was nie, was haar woorde. Sy het haar skoonheid gehaat en daar was tye wanneer 'n drang na selfskending in haar opgekom het, net om die mooi en wat dit aan haar gedoen het, te probeer uitwis. Dit onthou hy; dis wat sy gesê het. En sy het vir die eerste keer, sonder huiwering, 'n toegeneëntheid teenoor hom erken: dat sy, vandat sy hom ken, weer mooi sou wou wees. Maar sonder haar smet. Hy het gesien dat sy iets diep binne-in haar vir hom oopmaak en hy het daardie stukkie bieg deur al die jare getroetel. Maar die volgende keer toe hulle praat, het sy hom met nóg meer vertrou.

Sy't gesê hy kan maar ophou om haar te probeer help, want die baba sal doodgebore wees. *Stillborn.* Dit was die woord wat sy gekies het.

Dit was die een keer dat sy van 'n baba gepraat het en nie van die ding nie.

Sy het nog 'n paar oomblikke gesit nadat sy dit gesê het.

289

Toe dit tot hom deurdring wat sy sê, het hy opgespring: "Dit kan nie! Nie jý nie!"

Sy is haastig daar uit – asof sy vlug voor wat uit haar mond gekom het.

En elke keer wanneer die majoor in daardie stukkie herinnering probeer indelf, ruk dieselfde gevoelens en gedagtes deur hom. 'n Soort verwondering voor die feit dat sy hom met haar diepste geheim vertrou het, en daarmee saam die teisterende gedagtes wat hulle samesyn in hom aan die brand gesteek het: die onuitwisbaarheid van aandadigheid aan geweld, vernietiging, leed; die maak van onmoontlike keuses waarvan die skuldgevolge nooit weer sal gaan lê of goedgemaak kan word nie, al het die aandrif tot die besluit ook hóé geregverdig voorgekom. Soos met die vernietiging en die kampe.

Helder, soos nou, sien hy haar oë toe sy dit sê. Die pyn van die onomkeerbare lot wat haar vrouwees aan haar toegemeet het, was in hulle.

Sy het so presies geweet.

⊰⊱

Die nag buite lê swaar op die huis en bedruk hom soos 'n neerslagtigheid. Magrieta sien hoe haar kombuislamp se klein verweer teen die donker hom vasloop in die vertroude voorwerpe rondom haar. Die geel lig kaats net 'n stoof, tafelblad, koppies, panne, vloer, mure en gordynversluierde vensters terug vir haar oë. Elke ding se vlak sigbaarheid is net 'n skilletjie aan sy buitekant, dink sy. Om gesien te kan word, is soos mooiwees – net 'n papierdun vliesie vals getuienis voor die donker binne-in. En om binne-in te probeer ligmaak moet jy eers sny, saag, kap, stukkend maak, vernietig. 'n Heel ding hou sy donker binnekant geheim. Die ingeperktheid van dié lampie wat sy vir haar oë brandgemaak het, maak net die nag se duisternis buite groter – 'n donker wat in alle rigtings die oneindige in strek. Waar haar ligkol nie kan sien nie, en sy nie kan weet nie, is net donkerte. Die dood is seker so. Jou lampie se lig vrek en jou sien val terug in jou oë.

290

Die lamp kan nie die stilte keer nie. Dit dring die kamer binne en huiwer daar asof dit wag vir iets wat dit sal verbreek – vir 'n muis wat in 'n kas roer, of 'n hond se veraf blaf om haar te herinner dat daar iets buite die huis bestaan, of 'n kug van Daantjie uit die slaapkamer om die langdurige stiltes tussen hulle te bevestig.

Dis wat sy onthou van haar kampswangerskap. Die stiltes. Die stiltes wat 'n stroom klaviergeluide nie kon besweer nie.

Die nagte wanneer sy in die kombuis sit, luister sy soms na die stilte. Maar hier is die afwesigheid van geluid doods, eenvoudig – uiteindelik 'n gesuis wat uit haar eie ore voortkom. In daardie laaste weke van haar verwagting in die kamp was dit lewend, want dit het deur alle geluid heen stilte gebly. Dit was die stiltes van skreeuende verswygings, van mense wat oor ander goed probeer praat. Dit was oë wat stil geword het om nie die meewarigheid van hulle blikke oor haar toestand te laat blyk nie. Nadat almal van haar besoeke aan 'n vyandsoffisier begin weet het, was dit vir haar of dié wete al die versweë woorde begin omraam: ons sal maar niks sê oor jou verdagte besoeke in die nagte nie, want ons weet van jou ondraaglike smet.

Selfs haar eie familiekring het haar met 'n soort onnatuurlike deernis behandel. Ma Dorothea het enkele kere gesê sy moet liewer nie na kaptein Brooks toe gaan nie; tant Gertruida het gesê sy maak dinge vir haar net swaarder, maar niks verder nie. Tot Martie het haar skerp tong beheer en net haar afkeer in Magrieta se optrede uitgespreek en in die rigting van skade aan die familienaam geskimp. Nie een het haar skerp aangespreek oor haar vreemde optrede nie. Magrieta het vir haarself bitter woorde gevind vir dié vreemde gedrag: respek vir besmetting; agting vir 'n pesgeval; eerbied vir vuilsiekte.

Sy het baie gewonder hoe die kamp te wete gekom het dat haar swangerskap die gevolg is van gewelddadige ontering. Haar eie huismense sou nie praat nie. Het Joey Drew iets agtergekom? Het Martie iets laat val gedurende 'n opstuiwing, of haar mond verbygepraat tydens 'n vertroulike oomblik? 'n Woord van tante Gertruida aan haar aangenome dokter? Tog seker nie Philip nie.

291

Maar daar het êrens 'n onbewaakte woord geval. Hulle het geweet en stil geraak teenoor haar, nie meer gevra wanneer nie, nie meer hulp aangebied nie.

Sy't buite gesit soos elke nag toe die vrou na haar toe kom. Uit die donker. Sy het nie dadelik haar naam gesê nie, net: "Ek hoor jy verwag 'n kind van ontering, is dit so?"

Magrieta onthou die "kind van ontering" duidelik, maar nie veel van die verdere gesprek nie, behalwe die brokkies wat na haar toe deurgedring het. Haar naam was Hester Strydom en sy was 'n vroedvrou. *Ouvrou* was die woord wat sy gebruik het. Sy het gesê sy weet bitter goed wat in Magrieta omgaan, want sy is self oor dae herhaaldelik onteer deur meer as een man. Sy het verwag. Die kind is dood gebore. Sy't dit self moes doen. Sy het daarna ander wat deur dieselfde hel is, gehelp.

Nou, in haar kombuis, nadat die jare al soveel van haar herinnering weggekalwe het, weet Magrieta nog steeds dat sy nooit iets anders as die ouvrou Hester Strydom se aanbod oorweeg het nie. Sy het later wel gewonder oor die argumente wat sy nié oordink het nie. Soos dat die dingetjie net so onskuldig was aan sy onwelkome koms as sy; dat daar bloed aan haar hande sou wees; dat sy voor God sou moes gaan verantwoording doen; dat lewe heilig is – en al die ander goed waaraan sy so vas geglo het tot op die nag toe 'n onbekende duiwel haar liggaam oorweldig en binnegedring het.

Sy het toe al só deur al die moontlikhede gedink van wat sou kom mét en ná die geboorte, en die haat en verbystering het so diep gelê, dat geen ander oortuigings voor haar smagting om van die ding ontslae te raak, sou standhou nie. Sy het nie eens gevra hóé nie. Sy't nooit gevra hóé nie, en sy's bly sy het nie.

Dit was nie 'n keuse nie, dit was 'n voldonge uitkoms. Daarom het sy vir die enigste mens met wie sy regtig gepraat het, gaan sê: die kind sal doodgebore wees.

Vir niemand anders nie. Dorothea en Gertruida sou van voor af wroeg en bid soos hulle reeds oor haar wroeg en bid en vrees. Al wat sy toe nog kon hoop, al kon sy tog nie meer daarvoor bid nie, was dat die kraambed asseblief in die nag moes kom, en nie nog 'n swerm dag-oë ook agter hom moes aansleep nie.

Op die een of ander manier hét die sterftes rondom hulle dalk toe al gemaak dat die dood se vlym vlakker in hulle insny. Want dit het alledaags geword om te sterf. Te veel en te dikwels maak tot vrees en verdriet minder. En oordaad maak die gewete stomp.

⊰⊱

Dit was eers net ander mense wat knaend rondom hulle dood-gegaan het, maar toe kom dit na hulle toe en Driena van Martie word siek.

Selfs in die tyd vóór Driena se siekte het Martie geen rus of duurte wou ken nie. Die wrok oor haar huis en huisdiere, oor die toestande in die kamp, oor die sterftes, oor die onreg, het steeds gegroei. Dit was moord, nie siektes nie. Hulle sterf nie sommer vir niks nie, hulle word stelselmatig vermoor. Soveel siekte kom nie van nêrens af nie. Soveel dood wýs mos vir jou daar is agter-af dinge aan die gang. Die Engelse en hulle handlangers wil ons uitmoor en doen dit op soveel maniere as wat hulle kan bedink. Kýk wat is in hierdie botteltjie! Elke ding hierin het ek uit die kos gehaal wat die Kakies vir ons in hulle voerkampie uitdeel: die kristalle blouvitrioel uit die suiker en die meel; die skerp yster-krulle uit die boeliebief. Die geel klonte in die meel wat daardie tyd uitgedeel is, was g'n rotpis soos die hanskakie beweer het nie, dit was gif. Rotpis ruik nie na swawel nie. En wat is dié? En dié? Dis gif, dis wat dit is. Moenie vir Martie van Wyk kom vra wat aangaan nie, gaan tel die vars grafte voor jy stry.

Martie se verbittering het van haar besit geneem. En dit was nie net van haar nie, dit was van amper elke vrou in die kamp. Want hoe dink jy ánders as jy dag vir dag moet toekyk hoe kinders oumens-oë kry, traag word, vermaer; hoe hulle die een na die ander sterf en streep-streep met die swart oskar kerkhof en ewigheid toe gekarwei moet word? Jy kyk in elke lewende kind – God! en in jou eie kind, jou éie kind! – se oë met be-

293

klemming, want jy vrees en jy weet. En dié wat klaar stukke van hulleself moes gaan begrawe se trane het opgehuil geraak en net die droë haat het in hulle agtergebly. Gerugte, vermoedens en beskuldigings het soos die kampvlieë van die afgelope somer in wolke rondgeswerm en klewerig op almal gaan sit. Die haat was aansteekliker as die epidemies, want die hartweefsel waarop dit kon teer, was só deeglik voorberei, só vrugbaar – so ontvanklik soos die malsheid van kindervlees vir maagkoors of masels.

Wat Martie van die hospitaal gedink het, het almal gedink: Kyk die kastige hospitaal! Die hospitaal is die dood self. Waar kom die storie van die kampowerhede vandaan dat elke sieke moet hospitaal toe? Om wat te gaan maak? Ek sal jou sê: om te gaan sterf. Want daar kan hulle hulle moordplanne van naby af uitvoer en van enige olike kind 'n lyk maak. Loop kyk hoe word die siek kinders in die hospitaal tot geraamtes verhonger tot hulle móét sterf. Of dit nou van siekte of van honger is.

En om te dink haar eie skoonsuster dink sy help in daardie hospitaal! Skaam Gertruida haar waaragtig nie dat sy aandadig kan wees aan die dood van kinders, aan die trane van moeders, aan die moord op haar volk nie? Is dit wat sy in die Kolonie loop leer het waar sy die satansintrument opgetel het? Die een wat nou omtrent elke nag sy duiwelse geroep van verleiding na die vermorselde Magrieta uitstuur en haar soos 'n slaapwandelaar agter 'n Engelsman laat aandrel.

Dorothea het Martie soms probeer kalmeer, maar enige sweem van verduideliking is afgemaak as net nóg verraad – soos daardie ete verraad was en soos Magrieta se kuiery verraad is. Maar Magrieta is verpletter en nie toerekenbaar nie. Gertruida is. Op 'n keer het Gertruida 'n poging aangewend om te verduidelik wat die dokters in die hospitaal oor die epidemies sê. Dit het 'n woordevloed van beskuldigings in Martie ontketen. Sy sou Gertruida nooit weer groet nie, het sy getier.

Toe het Driena siek geword.

Eers gekla van kopseer, wou nie eet nie. Sy het koorsig geraak en haar maag het begin werk. Daar was 'n borsel-uitslag oor haar buik.

In Martie het die ontkenning mettertyd oorgeslaan na angs.

Sy't alles gedoen wat sy kon en omdat sy bang was die kind kry 'n trek, het sy die tent diggemaak. Die Minter-kinders het sy uitgedeel na waar daar slaapplek was in tente waar daar hoegenaamd nog 'n kind kon in. Martie het die siekte stil gehou uit vrees vir die hospitaal. Sy het sonder slaap gewaak met 'n klam doekie vir Driena se voorkop en Sannie Minter vir wie daar nie elders plek was nie, haar aanwesigheid verwens. Maar Driena se oë het in haar oogholtes teruggesak en sy het agteruitgegaan. Haar stoelgange in die kamerpot wat Martie by Dorothea gaan afbedel het, was maagkoors se ertjiesop en mettertyd bloed. Martie het elke medikament waarop sy haar hande kon lê, probeer. Sy het gebid soos toe sy Driena verwag het en die Here, soos toe, alles, tot die onmoontlike, belowe. Maar Driena het nie beter geword nie.

Martie het begin besef dat haar kind gaan sterf, want maagkoors se onmiskenbare, en in die kamp só oorbekende, reuk het swaar in die toe tent gehang.

Magrieta het op die ding afgekom.

Dorothea het gevra sy moet van die sop wat sy warm gemaak het, oorvat na Martie toe om te kyk of Driena nie daarvan sal inhou nie. Sy sou later kom.

Soos sy die tent nader, het Magrieta agtergekom daar's iets verkeerd. Mal-Netta en die bok het stil voor die tent gestaan en wag.

Binne-in die tent was daar iets hewigs aan die gang. Een of ander ding het kort-kort teen die tentseil geklap en Martie het uitasem geskree: "Jou verdomde klein merrie, ek sal jou vrekmaak! Jy met jou ewige gesingery! Vir wat kom jy my kind ontstel met jou duiwelstories. Klein vloek!"

Magrieta het by die tent ingegaan. Alles was deurmekaar en half vertrap, behalwe die bed waarop Driena lê. Martie was buite haarself besig om met die rouriem waarmee sy een van haar bondels bymekaargebind het vir die kamptoekommery, na Fienatjie te slaan. Die kind het heen weer gehardloop, gekoes en rondgespring om die slae te ontwyk. Martie het gegil: "Ek sal jou vrekmaak met jou gesingery! Driena sal nie sing nie! My Drienatjie sal nie sing nie! Wie is jy om haar te kom voorsê, Satangskind!"

Fienatjie het agter Magrieta se swanger lyf ingespring en gesê: "Dit is so, tannie Magrieta! Dit is so! Ek het dit gedroom."

"Jy hét nie! Jy lieg! Loop hier uit en jy kom nie weer hier nie . . . Loop! Loop! Wyk, Satang!"

Soos iemand in wie 'n vreesaanjaende en onderdrukte wete in 'n oomblik van insig deurslaan, het Martie skielik stilgebly, die rouriem laat sak en gestaar na die kind wat agter Magrieta se swanger lyf uitkyk. Sy wou nog redeloos probeer stry teen die ondenkbare, maar daar was skielik nie meer oortuiging nie. Die ingehoue angs het haar woorde ademloos en sag gemaak: "Is nie so nie . . . Jy lieg . . ."

Die kind se stem was selfs sagter: "Driena sing al, tannie Martie. Hoor . . ."

Martie het die riem laat val en na haar kind toe omgedraai. Want sy't geweet Fienatjie het die waarheid gehoor: haar enigste Driena sing al.

Sy het by die lyk gaan kniel en gebid. En so het die ander familie haar aangetref: Dorothea, Gertruida, oupa Daniël, Nellie. Hulle het stil staan en toekyk hoe sy prewel en snik en hoe die trane tussen haar diggeknepe ooglede in pêrels uitpers, op die laken van die sterfbed drup en daarin wegweek; hoe sy soms haar kop skud soos iemand wat weier om te verstaan of te aanvaar. Hulle het haar gebed en haar smart gerespekteer en wou haar nie steur nie. Watter verwyte sy die Here toegeslinger het en die wraak wat sy op die vyand afgebid het, was onhoorbaar. Maar dit was duidelik dat baie dinge uit haar uitsyfer. Martie het in die meer as 'n uur wat sy op haar knieë was, leeggeloop en weer volgeloop, want die wrok het elke ruimte gevul wat haar verlies uit haar geledig het.

Daar was nie meer kiste in die kamp nie, ook nie planke om kiste te maak nie. Die gestorwenes is toe al dae lank in komberse toegedraai om dan maar só toegegooi te word. Dorothea het gaan uitvind en dit teen die aand vir Martie kom sê: sy sal haar Driena maar in 'n kombers moet begrawe. Martie se ontsteltenis het uitgebars: "Ek sal dit waaragtig nie toelaat nie! Ek sal dit nie toelaat nie! Ek sal nie my kind so in haar graf in stuur nie."

"Hulle sê daar sal eers weer oor weke hout aankom as die trein kan deurkom. Die kisplek het nie 'n krieseltjie nie."

"Driena sál 'n kis hê!"

". . . maar, Suster . . ."

Martie het geskree: "Sy sál 'n kis hê! Die grond is te swaar! Ek sal nie toelaat dat al daardie swaar grond op my kind druk nie! Nie op my kind nie!"

En daarby het sy gehou. Driena sou 'n kis hê.

Martie het by die kampowerhede gaan pleit, maar die Hanskakies het net hulle koppe geskud en gesê timmerhout val nie uit die lug uit nie en hulle kan nie hout máák nie, en wat is haar kind beter as die ander? Almal moet maar so begrawe, die ryk Van Wyks ook. Daar's nie 'n ander genade nie. En sy kon nie die lyk te lank hou nie, dis teen die kampreëls. Twee dae, nie 'n dag langer nie. En in die lykhuis, nie die tent nie. As sy haar wil steeks hou, sal hulle die lyk sélf met geweld kom haal en gaan begrawe. Sy moet weet hulle het hulle eie moeilikheid, want hulle moet met 'n klomp halfverhongerde pikslaners probeer voorbly. Die troepe pes wat hulle die graweparades noem en help omtrent niks. En dit help Martie ook nie om op hulle te staan en skree nie, hulle doen net hulle werk, dis nie hulle wat die mense siek maak nie, en buitendien, die kind is dood, sy weet van die hele spul niks. Doodgaan gebeur met almal. Loop huil op jou eie. Jy's nie so besonders soos jy dink nie. Vat 'n kombers.

Die dood het vir die owerhede versaaklik tot 'n aantekening in die boeke en die beslommernis van nog 'n graf. Hulle het seker opgesien teen die teenstand wat hulle van 'n vrou soos Martie verwag, of hulle was te besig, maar niemand het kom aandring dat die lyk lykshuis toe moes gaan soos die kampreëls voorskryf nie. Driena het in die tent gebly.

Martie het drie keer radeloos van die service area af teruggeloop na Driena toe. Sy was lighoofdig van die min slaap, huil en bid. Dorothea het haar gehelp om die lyk te was en uit te lê. Daar was so min van Driena oor waar sy naak en wit en benerig

297

op die laken lê. Hulle het die doodskleed wat Dorothea vir haar uit 'n laken gemaak het, vir haar aangetrek en haar hande gevou. Sy's mooi reguit uitgelê, soos vir 'n kis.

᛭

Dorothea het die oggend al vir Danie 'n brief geskryf met die berig van Driena se dood. Wynand moes weet. Sy het Fienatjie gestuur om Joey Drew te gaan roep, die omstandighede aan hom verduidelik en gevra dat hy die brief so gou moontlik by Danie-hulle kry.

Joey het dieselfde dag nog gery.

Van waar Danie en Petrus sit, het hulle Joey sien aangery kom en hom sien stilhou by die plek waar hulle ooreengekom het dat hy die noodbriewe moes laat. Joey het omgedraai en deur die nek in die koppe teruggery kamp toe. Daar was iets verkeerd. Hy het spesiaal gekom. Teen donker het hulle die brief tussen die klippe gaan uithaal. Danie het gelees.

"Jou oom Wynand se Driena is, lyk my vandag, oorlede. Jou skoonmoeder vra dat ons jou oom Wyand moet laat weet."

Danie het opgekyk na Petrus toe. Daar was onsekerheid in sy oë.

"As oom Wynand maak soos die afgelope drie weke sal hy môre verbykom, Pa. Hy't nog elke Donderdag hier deurgery voor hy dorp toe afdraai. Ek sal hom gaan sê as hy kom."

"Ek sal."

"Ek dink nie Pa moet nie."

Danie het voor hom op die grond gekyk terwyl Petrus met hom praat: "Ek weet hoe Pa oor oom Wynand voel. Dit gaan nie goeie werk afgee nie. Dis al klaar gevaarlik om hom te gaan voorstaan, want dan weet die Kakies hoe naby ons aan hulle staanplekke kom."

"Ons moet hom op die een of ander manier laat weet, maar jy kan nie alleen gaan nie, hy't altyd 'n geleide. Ek gaan saam. Ek wil daardie verraaier in die oë kyk."

"Goed, Pa. Ons sal maar kyk of hy kom."

᛭

Gertruida het daardie middag na Martie se tent toe gegaan om haar medelye te betuig, maar Martie het haar stil aangekyk en gevra: "Is jy en jou Engelse trawante nou tevrede? Nou het julle nog een."

Gertruida het niks teruggesê nie, net omgedraai en weggeloop.

In die laatnag van daardie dag het Martie die lyk by die slapende Sannie Minter gelaat en in haar desperaatheid na die hospitaaltente toe geloop om Gertruida te gaan soek. Sy het met die deurstap niks van die kamp en sy waakligte opgemerk nie. Die winterluggie het deur haar klere gesny, maar sy het dit nie agtergekom nie. Net toe sy die klavier hoor, het sy vir 'n oomblik gaan stilstaan voor sy weer aanstryk.

By die tweede hospitaaltent het sy Gertruida by 'n siek kind sien sit. Martie het die rye siekes skaars raakgesien. Die swaar walms wat van die siekbeddens af opdamp, het sy so goed uit haar eie tent geken dat dit haar nie opgeval het nie. Sy het reguit na Gertruida toe geloop: "Kom uit, ek wil met jou praat!"

"Die kind het my nodig, Martie . . ."

"Vrek hy nie vinnig genoeg na jou Kakies se smaak nie?"

"Skaam jou, Martie . . . dis 'n onskuldige kind . . ."

"Dink jy ek kan dit nie sien nie? Almal wat julle doodmaak, is onskuldige kinders! Los hom, julle het hom tog klaar halfpad dood. Of hou julle toesig oor julle handewerk?"

Die seuntjie se oë het oopgegaan: "Gaan ek dan doodgaan, Tannie?" het die kind gevra.

Gertruida het gesien Martie is buite haarself. Sy moes haar van die kind probeer wegkry: "Wag vir my buite, ek kom nou." Sy het die lamp langs die bed neergesit en die kind probeer gerusstel voor sy Martie volg: "Nee! Jy moenie sulke dinge dink nie, jy moet moed hou! Tannie is nou terug."

Buite het Martie vir haar gewag: "Is dit wat jy in dié doodsnes doen? Vir sterwende kinders sit en lieg."

"Ek probeer dit vir hulle makliker maak . . ."

"Ek wil 'n kis vir my kind hê."

"Waar moet ek dit kry, Martie? As daar nie kiste is nie, is daar nie kiste nie."

In Martie het seer en wrok inmekaargestrengel in onsamehangendheid. Sy't uitgevaar, gehuil, gedreig en gesmeek: "Die grond gaan my kind inmekaardruk, Gertruida! Jy moet by jou Kakie-base vir my 'n kis kry. Driena kan nie help dat julle vinniger moor as wat julle kan hout aanry nie . . . my kind het nie gevra om hier te wees nie . . . En nou is jy so in hulle ingekruip dat jy jou eie familie nie wil help nie . . . dis jou eie bloed wat jy in 'n kombers wil laat toerol, Gertruida van Wyk . . . jou eie bloed! Maar al wat jy wil doen, is om my kind tot in haar dood in te verneder en te laat platdruk deur jou Engelse se grafgrond. Vra hulle net 'n paar planke . . . en hóór net hoe gaan daardie trawant van jou wat jy op die plaas so gevoer het, met Magrieta te kere . . . en daaraan doen jy ook niks. Hóór jy nie hoe verneder jou satangsinstrument Magrieta nie? Maar vir jou is dit seker niks . . . Ag Here, asseblief, Gertruida, help my . . . ek kan mos nie . . . ag, Gertruida, sy's my kind, man! Sy's my enigste, dis my enigste wat julle gevat het . . . ek het net die een . . . ek kan mos nie . . . Asseblief! Asseblief, ek smeek jou . . . sy's my enigste . . . my enigste . . . Hóór net hoe gaan daardie klavier te kere of daar geen dood in die kamp is nie. Hy bespót ons smarte met daardie jollie liedjies, Gertruida . . . Gertruida, en sy was my enigste . . . Asseblief . . ."

Martie se oë was glasig in die lig wat deur die hospitaaltent se spleet op haar val. Sy't hewig gebewe. Gertruida het gesien dat sy nie meer lank sou kon aanhou nie, en dat geen antwoord tot haar sou deurdring nie. Maar toe Martie van haar enigste praat en van die jollie liedjies wat 'n bespotting maak van al die leed in die kamp, het daar 'n besluit by haar opgekom.

"Jy moet slaap kry, Martie. Ek sal sorg dat daar môre planke is. Kom."

"Sal jy? Sal jy, asseblief?"

Dit was al wat Martie nog gesê het. Sy het sonder 'n woord of 'n traan saamgestap toe Gertruida haar aan die arm vat en teruglei na haar tent toe. By die tent het Gertruida Sannie Minter wakker gemaak waar sy op haar eie bed langs dié waarop die lyk is, lê en slaap. Sy het Sannie aangesê om saam te kom en Martie op die bed laat lê. Voor Martie in die slaap wegsink, het sy gevra: "Sal jy, asseblief, Gertruida . . . planke . . . die grond is so swaar . . ."

"Ek sal. Slaap."

Martie het meer ingegee as wat sy aan die slaap raak. Gertruida het dankbaar gesien hoe sy in die bewusteloosheid se genade wegsak, haar skoene uitgetrek en Sannie se komberse oor haar gegooi.

Sy het vir Sannie gesê sy moet kom help, sy gaan die klavier stilmaak.

Dit was nie moeilik om genoeg vroue bymekaar te kry nie. By omtrent elke tent waar Gertruida gevra het, het die vroue byna gretig ingestem. En twintig was al genoeg. Gertruida het die handbyl uit die tent gaan haal en saamgevat.

Drie-uur die oggend het hulle stil, met net die geruis van hulle rokke, na die wagte by die hek tussen die vroue- en soldatekamp gestap. Toe die groep naby kom, wou die wagte weet wat hulle daardie tyd van die nag by hulle kom soek.

"Ons kom onderhandel."

"Oor wat? Staan terug!"

Maar die vroue het nie teruggestaan nie, net digter om hulle saamgedrom en op 'n woord almal gelyk gegryp: die voete, bene, arms, lywe, gewere. Hande het oor die wagte se monde gesluit. Die oormag was te onverwags vir veel teenstand en die wagte was op die grond voor hulle mooi kon agterkom wat aangaan.

"Sit hulle plat!" het iemand gefluister.

"Hou hulle bekke toe!"

Die wagte het magteloos, platgesit en hulpeloos onder die gewig van te veel lywe gelê.

"Die gewere . . . gee een."

Behalwe vir die geluid van die klavier was dit stil. Die kamp het niks agtergekom nie.

Gertruida het drie vroue saamgevat na die verligte tentopening. Sy het eerste ingegaan.

"Dis my klavier," het sy gesê.

301

Magrieta en Philip Brooks het opgespring. Die laaste noot wat ooit uit die klavier sou kom, het stil geword.

"Hensop!" het die vrou met die geweer gesê en die loop in die rigting van Philip gedruk.

"Wat maak tant Gertruida?"

"Dis my klavier! En loop jy! Jy't niks by die Engelsman verloor nie, Magrieta van Wyk. Dis mý klavier!"

"Tant Gertruida . . ."

"Loop! Jy't hel genoeg om nie nog skande ook by te sit nie!"

Dit was 'n ander Gertruida. Magrieta het gehoorsaam en uitgegaan om 'n paadjie te loop wat sy altyd sou onthou: by die tent uit die donker in, by die klomp mense in die hek verby waar 'n dowwe gespartel onder 'n veelheid van rokmateriaal effens hoorbaar was. Maar wat sy beste sou onthou, was 'n enkele gefluisterde blaffie uit die mond van een van die vroue by die hek: "Ga!"

Dit was al, en vir Magrieta alles.

Sy het na haar tent toe gegaan en in die donker gaan sit. Buite was dit stil. Die vernedering het selfs die knellende wete van die baberding binne-in haar tydelik verdring. Magrieta het begin besef hoe haar nagte in 'n Engelse offisier se tent vir die kamp-oë moes gelyk het. "Ga!" het een gesê. Sy was skielik spyt dat sy teen haar beterwete met die ding voortgegaan het. Maar sy het ook geweet dat dit die enigste tydjies van haar verwagting is wat draagbaar was. Nou was daar niemand oor om mee te praat nie. Sy't besef die klavier sou nooit weer roep nie, maar haar ore wou nie na haar luister nie, hulle het bly wag.

In sy tent het kaptein Philip Brooks met sy rug teen die tentseil gestaan met die loop van 'n leemetford teen sy maag gedruk. Hy is aangesê om nie 'n geluid te maak nie en die twee keer dat hy probeer het om "Dames, dames . . ." te sê, het so sielig geklink dat hy daarmee opgehou het.

"Dis mý klavier," het Gertruida seker tien keer herhaal.

Sy het die klavier geken. Eers het sy die onderste paneel uitgehaal. Hulle het nog 'n vrou nadergeroep en twee het die paneel uitgedra. Daarna het Gertruida die bo-klap opgelig, oorgegooi, die gesigspaneel uitgelig en vir die wagtende hande gegee. Sy het die bo-klap met haar gewig uit sy klavierskarnier kon wegbreek, maar die klawerklap se skarnier was te sterk. Sy het die byl gevat en die skarnier losgekap van die dwarsbalk af.

Die klavier se kaal klawers het soos 'n doodsgryns gesit. Die snare het nog geblink, maar die geheimenisse van hulle trillings was ontbloot en verleë teen die swaar potyster-rug. Die hamertjies met die viltstrokies oor hulle gesigte het nog steeds met skuins koppe in gehoorsame gelid gewag vir die meganisme van die klawers af om hulle snare toe te por. Die klavier se siel was naak noudat die blink hout se skyn en verfynde na-trillings van hom afgestroop is. Hy was nou net hout, metaal en ivoor soos toe hy, vóór sy musiek, nog halfgebore was.

Gertruida het geweet dat haar enigste klavier verby is en die woede van geweld het deur haar gespoel. Sy het aanhoudend en verbete herhaal "Dit is mý klavier! Dit is mý klavier! Dit is mý klavier!" toe sy die byl swaai tot in die broos binnekant waar die musiek van háár klavier sit. Die byl se dwarshoue het die hamertjies laat wegspat in alle rigtings, die byl het in die klawers inge-byt en 'n tandgehawende doodskop agtergelaat, die byl se snykant het van die swaar rug se snare af weggebons, maar party het krullend en singend af- en weggebreek.

Hulle het nie die troepe hoor nader kom nie, maar die geluid het toe al die miernes versteur en skielik was daar swerms halfgeklede Kakies.

In die tent het hulle die geweer afgevat en vir die kaptein gewag om te sê wat hulle moet doen.

Gertruida het met die byl in haar hand gestaan.

"Laat almal gaan," het Philip Brooks beveel. "Dit was haar klavier."

En vir Gertruida: "Hoekom? Dit was so 'n mooi instrument wat ek vir jou tot ná die oorlog wou hou."

"Vroue en kinders sterf in die kamp – gedurig en swaar. Jou liefdesliedjies klink soos 'n bespotting en jy kan nie 'n requiem speel nie. Ek weet buitendien nie van een in D nie."

"Ek het nie besef nie . . ."

303

"Ek wil my planke hê vir 'n doodskis vir my skoonsuster se dogtertjie. Ek sal die maakgeld betaal."

"Ek sal die kis laat maak."

Die skrynwerkers het die volgende dag die planke kom haal, gevra hoe lank die lyk is en vir Driena van Martie 'n kis gemaak.

Maar daardie nag, toe Gertruida die byl gaan terugsit in haar en Magrieta se tent, het sy die kers moes opsteek omdat sy wou was voor sy weer hospitaal toe gaan. Sy het Magrieta gesien waar sy swaar-swanger op die bed sit met haar hande tussen haar knieë. Magrieta het nie opgekyk nie en hulle het nie een 'n woord gesê nie, al het Gertruida gewonder of sy nie dalk die enigste aanspraak wat Magrieta in die allenigheid van haar hel gehad het, weggevat het nie.

Buite, met die terugloop hospitaaltent toe, het Gertruida 'n naam die nag in gesê.

Oor en oor.

Die kind het vir haar gewag. Hy't homself weer vuilgemaak en Gertruida moes hom afvee, die besmeerde en bebloede skytseiltjie onder hom vervang en die bevuilde een balie toe dra. Toe sy by hom terugkom en hy haar weer vra of hy nou gaan doodgaan, het sy gesê hy moet moed hou.

Hoe kon sy vir hom sê dat dit sý was wat daardie nag méér gesterf het as wat selfs 'n kind sou kon?

Hulle het in spanning vir Wynand gewag op daardie Donderdag. Danie was onseker oor hoe hy teenoor sy broer sou optree. Sy walging aan wat Wynand besig was om te doen, moes nie die oorhand kry nie. So het Petrus hom ook gemaan, want Petrus het sy skoonpa se gevoelens en geaardheid begin ken. Hy was 'n sagte, verstandige man, maar opvlieënd wanneer sy heilighede aangetas word. Danie van Wyk se geloof dat die stryd met alle mag voortgesit moes word tot aan die einde, het sedert daardie oggend toe hy by Driefontein se massagraf sy seun se naam onder dié van die gesneuweldes gesien het, steeds sterker geword.

Petrus was dus bekommerd. Om sy broer in Engelse geselskap te ontmoet, sal skree teen alles wat sy skoonvader glo. Maar as oom Wynand deur Tommies begelei word, soos op die vorige Donderdae, sal hulle twee moet wees om met hom te kan praat. En sy skoonpa het aangedring.

Die voorstaan sou maklik wees, want die Kakies dink skynbaar dat daar teen hierdie tyd geen Boere meer in die omgewing oor is nie. Dit kan jy sien aan hoe gerus hulle al meer en meer in ligte troppies en selfs alleen rondry. Maar dit was jammer dat Petrus en Danie hulle gerieflike skuiling waaruit hulle soveel dinge kon sien en dan die inligting kon deurstuur, sou moes verlaat. As die Kakies agterkom daar's nog Boere in die omtrek, sou hulle hulle gou-gou kom uitswerm. Maar hulle het ook vars perde nodig. Twee van Petrus se korps het perde verloor omdat die arme diere een nag in die Kakies se voetangels getrap het. Jy kan nie beweeg as twee moet dubbel ry nie.

Die nek tussen die koppies waar die pad deur loop, was nou. Om iemand wat houtgerus daar deurgaan, te hensop was die minste, maar om helder oordag weg te kom, was gevaarlik, want agter die ry rantjies was daar weer net die oop vlakte.

Twee Kakies het Wynand begelei. Anders as die vorige kere toe Wynand daar deur is, was hy te perd, nie op 'n kar nie. Petrus het op hulle uitkykpunt aan die ander kant met die teleskoop gesit en kom sê Wynand kom. Hy en Danie het in stilte gepak, opgesaal en die perde so naby moontlik aan die nek se deurgang buite sig gaan vasmaak. Terwyl hulle wag, het Petrus Danie vir oulaas gemaan: "Pa, hou tog net asseblief Pa se geweer op Pa se rug."

Danie het geknik en toe hy afstap pad toe, was die geweer se draband oor sy bors en die geweer op sy rug. Wynand en sy twee begeleiers was al bý hom toe hy in die middel van die pad gaan staan.

Wynand was bleek toe hy sy perd inhou. Sy twee begeleiers het soos geoefende soldate onmiddellik hulle gewere afgepluk, op Danie gerig en uitmekaargegaan na die kante van die pad toe.

"Sê vir jou bobbejane hulle moet hulle wapens neersit. Hulle is onder skoot."

Wynand het niks gesê nie en Danie het die soldate in Engels aangespreek. Hulle het om hulle gekyk en gehuiwer tot Petrus se skoot van baie naby af tussen hulle in die grond vasslaan en "hens-op" van êrens af klink. Hulle het gehoorsaam. Petrus het hulle gewere kom optel en hulle aangehou. Niemand het gegroet nie.

"Is dít waar ek my broer moet kry?"

Wynand het stilgebly.

"Waar's jou geweer?"

"Ek is nie meer onder die wapen nie."

"Het jy gejoin?"

"Nee."

"Nou wat de hel doen jy tussen die Engelse?"

"Die oorlog moet ophou. Die vrouens en kinders sterf in die kampe. Ons moet oor vrede onderhandel."

"So, jy laat jou afpers deur hulle onmenslikheid?"

"Ons moet voortleef ná die oorlog, Broer . . . Die mense sterf. Ons moet red wat daar te redde is."

"Moenie my jou broer noem nie!"

Danie het sy geweer van sy rug af gehaal en oorgehaal. Petrus het gesien dinge loop verkeerd: "Stadig, Pa . . ."

Danie se woorde was presies en afgemete: "Nou sê ek vir jou, Wynand van Wyk, jy los nou jou Engelse boeties net hier, jy draai om, en jy kom terug kommando toe of ek skiet jou vrek. Jy ken my, jy weet ek sal dit doen."

"Dan het ek seker nie 'n ander keuse nie. Laat die bloed van vroue en kinders dan op jou hoof kom."

"Nou vat een van die Engelse gewere en kom saam. As ek jou dan moet oppas sodat jy jou plig doen, dan doen ek dit."

Wynand het na die leemetfords wat Petrus teen 'n rots langs hom staangemaak het, gestap en een gevat. Petrus het hom die een Tommie se ammunisie gegee, maar met Danie gepraat: "Pa, Pa het vir oom Wynand tyding gebring."

"Watse tyding?" het Wynand gevra.

Danie se bui het versag: "Ek het nie goeie nuus vir jou nie, Wynand. . . ."

"Man, ek sal saam met jou gaan veg! Wat wil jy my sê?"

306

"Ons het gisteraand berig gekry jou Driena is in die kamp oorlede, Broer. Gister. Ek is jammer."

Wynand het die geweer in sy hand op die grond neergesmyt en stil gaan staan. Daar was trane in sy skielike heftigheid: ". . . maar julle wil aanhou, en aanhou en aanhou! God, julle wil net aanhou en aanhou!"

Wynand het na sy perd toe gestap en opgeklim.

"Waar de hel dink jy gaan jy heen, Wynand van Wyk?"

"Na my kind toe."

Wynand het die perd omgepluk en begin wegry.

"Jy kom saam met my, of ek skiet jou vandag!" het Danie hom agterna geskree.

"Skiet my dan, en kry klaar! Ek ry!"

Danie het die geweer gelig en weer laat sak.

"Skiet hom voor hy wegkom, Petrus! Ek kan nie, hy's my broer."

Petrus het die loop van Danie se geweer verder afgedruk.

"Moenie onnodig doodmaak nie, Pa. Driena was sy enigste. Om oom Wynand dood te skiet sal niks aan die oorlog verander nie."

"Ons moenie sag word nie, Petrus."

"Dis nie sagword nie, Pa. Dis later se spyt. Die oorlog gaan nie vir ewig aanhou nie."

Hulle het die twee Kakies wat Wynand vergesel het, se skoene, gewere en perde saamgevat en in stilte oor die vlakte agter die rantjies weggery.

Ná amper 'n uur se ry het Danie opgemerk: "Ons durf nie sag word met verraaiers nie, Petrus."

"Oom Wynand het nie gejoin nie, Pa. En oom Wynand het vandag gevoel wat Pa gevoel het toe Pa oorle' Daantjie se naam op die lys gesien het. Laat ons liewer vir hom jammer wees."

En 'n paar minute later, asof hy daaroor nagedink het: ". . . ek weet nie wat van my sal word as Nellie of my seuntjie iets in daardie kamp moet oorkom nie . . ."

※

307

Oupa Daniël was baie bewus van sy ongeordende staat. Met sy begrafnisredes het hy die dominee se begrafnisprekie getrou woord-vir-woord voorgelees. Soos 'n formulier. Hy het die voorgeskrewe psalms en gesange self met 'n bewende oumensstem ingesit en die teem van sy voorsang het die toon vir die yl geluid rondom die grafte aangegee. Sy oë was nie meer goed nie. Dorothea het vir hom die dominee se woorde in drukskrif oorgeskryf en hom haar hekelloep geleen om oor sy nek te haak sodat hy die vergrote woorde van die geordende voor die glas kon verbyskuif. Net soms, as die papier aan die loep haak, of sy oumensbewings vang hom, het hy die plek verloor en iets van die waardigheid van sy voorlesing ingeboet. Maar met die gebed was hy vry om die smart van sy volk voor God te lê, die onregverdigheid van alles woorde te gee, en te smeek vir verlossing. In die troostende slotwoord het hy gesê dat hulle nie in hulle pyn hulle God moet versaak nie, want Hy sal húlle nooit versaak nie; dat al die smart 'n smeltkroes is waar hulle moes deur; dat God se wil moet geskied en dat daar uitkoms sou kom op die Here se eie tyd. Want Sy weë is ondeurgrondelik en 'n verborgenheid. Hy het so dikwels deur dié ritus moes gaan dat, as sy kop jonger was, hy dit van buite sou geken het. Maar hy was oud, hy moes die woorde wat die gesalfde voorgeskryf het, maar voorlees, en waar hy vrygelaat is om sy eie woorde te kies, was hy al te kort van gedagte om agter te kom hoe presies eenders sy gebede en trooswoorde geword het.

Maar die begrafnisse het te veel geword vir oupa Daniël. Waar hy eers by elke graf en met 'n paar toepaslike woorde oor die oorledene, die rede kon lewer, het die gedurige begrawery hom begin vang. Hy kon, wanneer die oskar hom ná 'n reeks sulke begrafnisredes by sy tent aflaai, skaars orent bly, want sy bene kon die lang staan nie meer verduur nie. Gelukkig was die begrafnisse in pasgegrawe grafte langs mekaar en so kon hy mettertyd sommer sy rede oor 'n paar lyke gelyktydig uitspreek. Behalwe waar hulle aan die end van 'n ry kom, dan moes hy maar sy preek verdubbel en op elke punt een gaan lewer.

Saam met Driena moes hy dié dag nog drie mense begrawe.

Net Driena het 'n kis gehad, die ander was in komberse toegerol: twee vrouelyke, met saklyn oorhands toegewerk in hulle komberse; die kind soos 'n pospakket net oorkruis toegebind. Driena se kis kon hulle waardig met rourieme laat afsak. Vir dié in komberse moes twee van die grafgrawers in die graf klim, sodat die lyk aangegee kon word. Ingooi, of skeefweg laat sak, was te aardig.

Elke familie het by die graf gestaan waarin hulle verwant lê, terwyl oupa Daniël sy rede oor almal gelyk lewer. Veel buitestanders was daar nie meer nie. Daar was vier lyke en maar sewentien mense. Nie soos eers, toe dood en begrafnis nog iets buitengewoons was en baie dit hulle plig geag het om te gaan bystaan nie.

Oupa Daniël was besig om deur sy loep die gesalfde se voorgeskrewe woorde te lees.

Twee het in Driena se graf ingestaar: Martie na haar enigste kind se kis wat moet keer dat die swaar grond nie op die tenger liggaam druk nie; Gertruida na die oorblyfsels van haar enigste besit, van die musiek in haar, van haar herinnering aan 'n enkele volkome oomblik.

Magrieta het Wynand sien aankom. Hy het sy natgeswete perd los by die hek van die begraafplaas gelaat en tussen die grafte deur aangehaas gekom.

"Oupa Daniël, wag 'n bietjie . . ."

Die ou man het gesteurd opgekyk: "Wat's dit nou, Magrieta?"

"Wag net bietjie, oupa Daniël, hier kom oom Wynand."

Martie het skerp gekyk. Haar gevolgtrekking was duidelik: "Hoe kom hy hier? Hy't gejoin!"

Sy het op Wynand afgestorm. Sy't 'n brandpunt vir haar wrok gevind: "Wat soek jy hier, Wynand van Wyk?! Hoekom veg jy nie teen die bliksems wat jou kind vermoor het nie?"

Wynand het probeer om 'n woord in te kry. Tussendeur het hy verduidelik en gepleit. Hy't dinge gesê soos: "Ek verraai nie. Laat my net asseblief in vrede van my kind afskeid neem. Sy was my enigste ook. Ek probeer net die sterftes stopsit . . ."

Maar sy woorde het voor Martie se woordevloed ongehoor gebly. Sy het geskree: "Kry jy jou stink verraaiersgat weg van my dogtertjie af, Wynand van Wyk! Gaan na jou Kakies toe. Dit is my kind se graf hierdie en julle, júlle het haar doodgemaak! Jy't nooit so 'n dogter verdien nie, verraaier! Gaan na die helhonde toe wat 'n fees maak van ons kinders se lyke. Gaan na jou ou groot teef Victoria toe wat kinders verslind om haar grypsug te voer of na daardie telg van haar toe wat net aanhou aas noudat sy gevrek het. Jy's laer as 'n hond wat toekyk hoe die ou teef se bloeddorstige werpsel ons kinders soos 'n feesmaal opvreet. Hierdie moordenaars verdien net die dood, vir wat probeer jy nie soos 'n man soveel van hulle vrek kry as moontlik nie? Hoekom help jy nie om die vloeke in die see te jaag nie? Is jy te veel van 'n lafaard om hulle behoorlik te haat? Loop! Kom weg van my kind se graf af! Jy't haar nie verdien nie. Jy't my Drienatjie nooit verdien nie . . . En jy kom nie weer hier naby nie, want dis jy en jou Kakies wat my kind vandag in haar graf het."

Wynand het eers, pleitend, verduidelikend, probeer om teen die stroom woorde in nader aan die graf te kom, maar Martie het 'n klip van 'n grondhoop af opgetel en hom teen die bors gegooi. Terwyl sy aanhou skel, het sy nog klippe bymekaargemaak en na hom gegooi. Hy het omgedraai en waardig probeer wegloop, maar haar woorde en haar klippe het hom agtervolg.

'n Tweede vrou het nader gehardloop en 'n klip gegooi, en toe 'n derde, 'n vierde, 'n vyfde. Dit was asof iets uit hulle gedeelde pyn losbreek; asof die ou wellus van steniging in hulle opborrel. Wat hulle nie kon waag om aan die Hanskakies van die kamp te doen nie, het hulle nou gedoen. Hulle het hom agtervolg, hulle klippe agter hom aangegooi en woorde soos "verraaier!" en "hond!" agter hom aangeslinger.

Wynand het eers gemaak asof hy die klippe wat van sy rug af bons en hom soms teen sy bene en agterkop tref, nie voel nie. Maar om waardig weg te stap was nie meer moontlik nie, die steniging se klippe het te veel geword. Hy het begin drafstap. Sy vrou se stem en die ononderbroke stroom klippe het hom soos 'n dier aangejaag.

Naby die hek het die vrouens ophou gooi en gaan stilstaan.

"Jy sit nie weer jou verraaierspote naby my nie, Wynand van Wyk! Loop!" was Martie se laaste woorde toe hy op sy moeë perd klim en wegry van die kamp af. Hy was al goed 'n honderd treë van die kamp af weg voor hy agterkom dat hy sy hoed wat hy met die afklim uit respek afgehaal het, nog steeds in sy hand het.

Martie-hulle het omgedraai en teruggeloop na die grafte van hulle geliefdes toe.

"Pa moet asseblief voor begin. My Driena moet met ordentlikheid begrawe word," het sy vir oupa Daniël gesê.

Die ou man het voor begin en hulle het die ritus voltooi tot by die hande vol afskeidsgrond. Die klavierhout van Driena se blink kis het vir oulaas hol trillings na die ore rondom die graf opgestuur. Die kombers-omhulsels van die ander was stil; die plof van die grond daarop byna onhoorbaar. Die mense rondom die grafte het die stof-tot-stof-woorde aangehoor en hulle afskeidswoorde geprewel.

"Vervloek is hulle wat dit aan jou gedoen het, Drienatjie! Vervloek tot in die hel in met al hulle trawante," was Martie se woorde toe die straaltjie grond deur haar vingers sag op die blink kis afstroom.

Wat Gertruida gesê het toe háár hand vol grond op die hout wat sy so liefgehad het, val, kon niemand hoor nie. Dit sou in elk geval nie saak maak nie, want hulle sou nie kon verstaan nie. Dit was 'n naam wat hulle nie geken het nie.

Magrieta en Dorothea het uit simpatie by Martie gebly terwyl sy staan en toekyk hoe die graf toegegooi en netjies gemaak word. By die kamp was nêrens blomme nie en toe alles klaar was, kon Martie net die lapblom wat sy die oggend uitgeknip en gesoom het, op die graf sit. Eers toe het sy toegelaat dat hulle haar terugvat tente toe.

⧁⧂

Ná die eerste myl weg van die kamp af, het Wynand al geweet hy sou nie die dorp daardie aand haal nie. Hy het die perd vroeër die dag te flou gejaag in sy haas om by sy kind te kom. Mettertyd moes hy maar afklim en die dier lei. Uiteindelik het die merrie net hangkop gaan staan en kort-kort hewig geril. Sy kon nie verder nie.

311

Wynand het afgesaal, langs die pad in sy kombers teen die saal gaan sit en eers vir die nag gewag, daarna vir die volgende dag. Hy het nie probeer vuurmaak nie en hy was nie bewus van die lang wintersnag wat oor hom gaan, of die bloed uit sy agterkop wat by sy hals ingeloop en teen sy rug gestol het nie.

Alles het stilgestaan.

⊰⊱

Die plaas lê toe onder laas nag se kapok. Alles onewe is witweg gelyk gemaak en daar hang 'n swye oor die oggend. Geluide kom nie terug nie. "Toegesnerp en toegedemper onder 'n reine donskombers," het oorle' tante Gertruida altyd gesê as dit so kapok. Dis nog nie klaar nie – die vlokkies is vet, die wolke hang laag, die wind roer nie. Voor die huis dra pa Danie se dennebome in die oprit swaar aan die hopies wit op hulle buitetakke. Soos op die naamlose krismiskaartjie wat Magrieta eenkeer uit Europa gekry het. Van die agterdeur af lê daar oggendspore kraal toe. Daantjie. As die lammerooie net nie weer onder die afdak uit gaan bondel het nie, want dan's daar skade onder die winterlammers. Hy sal netnou terugkom met wit op sy hoed en skouers, en sy voete voor die agterdeur stamp. Dan, as daar skade is, sal hy sê: "'n Skaap-ooi is 'n verdomde ding . . ." en wat daarop volg, of hy sal sê: "Gelukkig het die ooie kopgehou . . ." en wat dáárop volg. Alles word oor veertig jaar voorspelbaar.

Magrieta kyk uit oor die wit oggend wat elke jaar of drie-vier verbykom. Dankie tog dit kom so min, dink sy.

Want op die nag van die 10de Junie 1901 was die kamp al wit gekapok toe sy voel die pyne kom al korter op mekaar. Die ding in haar wou uit. Sy't nie geweet hoe lank sy moes wag nie en daar was niemand om te vra nie, want haar skoonma-hulle moes – *Bitte, Vater . . . hilf noch ein einziges Mal!* – nie weet nie, en tante Gertruida was soos altyd by die hospitaal. Later het sy maar die lantern opgesteek en deur die vars, nog spoorlose kapok na Hester Strydom se tent toe gegaan.

312

Sy het buite geroep en die vroedvrou het gevra wie's daar voor sy haar kop deur die tentspleet steek.

"Dis ek, Magrieta van Wyk. Dit kom."

"Wag, ek kom dadelik."

'n Lig is in die tent aangesteek. 'n Lantern, want dis wat aan Hester se hand geswaai het toe hulle uitkom. Hulle was twee, en hulle het 'n emmer en 'n rol wat soos lappe lyk, by hulle gehad. Hester het haar metgesel teruggestuur die tent in om die skoorsteenroet te gaan haal "as die nageboorte nie wil los nie". Magrieta het nie sulke goed geken nie.

"Is jou tent leeg?" was al wat Hester met die loop van haar wou weet.

"Ja, ek is alleen. Die ander weet nie."

"Dis beter so."

Voor die kombuisvenster vee Magrieta die wasem van die ruit af en kyk hoe die vlokkies val. Nou dryf hulle af in 'n plaasoggend in; toe, net so, maar anders, het hulle deur die ligkolle van twee bewegende lanterns gekom: geel van die skielike vreemde lig op hulle. Hulle het sommer van nêrens af uit die donker verskyn wanneer hulle die flou lig binnedryf om tydsaam op die ander te gaan lê. Wat sy gesien het, sit nog altyd agter in haar oë: die kol lanternlig waarin sy loop, die kom en gaan van haar voete onder haar roksoom uit met elke tree. Sy onthou ook die verskyn en verdwyn van die twee wat saam met haar was, se skoene onder húlle some uit. In húlle kol verligte vlokkies, drie-vier woordlose treë eenkant — bo, swart figure deur die dwarrelende wit; onder, waar die roksome roer en die versteurde kapok stuif, lanternvergeeld. Die twee kolle lig was los van mekaar. Apart soos afstand. Oor vars sneeu. Sag, sonder geluid. Soos sluip.

Een van die kramp-pyne het deur haar gegaan terwyl hulle terugloop na haar tent toe. Sy het gaan staan. Die pyn het bedaar, maar haar vrugwater het uit haar uitgebreek. Toe sy wegstaan van die nattigheid langs haar bene af, het sy gesien hoe die warmer kol vir 'n oomblik stoom tussen haar laaste wydsbeen spore in die vars sneeu.

"Sê as dit verby is, ons moet by jou tent kom."

313

In die tent het hulle haar laat uittrek, die seil oor die matras oopgegooi en die laken daaroor getrek. Hoeveel keer het hulle dit al moes doen? Hulle het geweet wat hulle doen; sonder praat gewerk. Hulle het haar gereed gemaak. Hester was blykbaar besig om haar handlanger op te lei en het tussendeur vreemde los woorde gepraat: "Sy't al diep-gesak by ons aangekom, voel . . ."

"Voel my nie verkeerdgedraai nie. . . ."

"Voel, die beendere het al geskiet . . ."

"Voel my al die kop wil beginne deursak . . ."

Alles was "voel", terwyl hulle aan Magrieta se onderlyf druk. Toe't Hester saaklik gesê: "Kyk of jy die sagte grond wat ek jou gewys het, onder die kapok kan kry. Moenie die ander wakker maak as jy die graaf vat nie. So diep as moontlik. Maak net vir San wakker en sê sy moet 'n vuur gaan aan die gang kry vir water. Dalk is ons gelukkig, maar as sy nie voor daglig klaarkry nie, moet die gat maar wag."

"Wat maak ons dan met . . .?"

"Deur die dag wegsteek, dis al."

"Waar?"

"Hier."

Magrieta het regop gesit toe sy agterkom wat sy hoor. Hier? Waar? In dié tent? Die hele dag? Asseblief, God!

Haar metgesel is die nag in en Hester het lank woordeloos aan die voetenent gaan sit en wag. Magrieta het gelê en weet. Die graaf en die grond het die besef van wat sy toelaat om te gebeur tot haar laat deurdring.

Soos 'n vergoeliking, of 'n poging om haar te sterk vir wat sy gaan doen, het Hester in die wagstilte in gesê: "Ek was alleen op die plaas toe hulle my kom vat het. Vyf. Almal het dit gedoen. Oor en oor. Vir dae. Hulle het heeltyd almal gekyk en gelag."

Buite dryf die vlokkies oor die werf. Die ruit se wasem groei terug en Magrieta vee weer: "Ek kon dit toe gekeer het . . . Ek het dit nooit oorweeg nie. Hoe kon ek weet wat sou gebeur as ek die kind laat lewe het? 'n Donker kind in my wit arms . . . of 'n witte met 'n man wat al soveel langer as nege maande dood is? My vernedering loop en wegsmous of grootmaak? Van dag

314

tot dag verduidelik tot alles en ek, ék en wat ék is, tot op vel en siel oopgeskinder is? Vir 'n ding boet waarmee ek waaragtig niks te doen het nie? Watter ander lydings moes ek nou aanhou en aanhou deurmaak? God, daar was mos nie 'n keuse nie! Dit was mos nie my skuld nie."

Soos die ander kere wanneer dit op die plaas kapok en daardie 10de Junie in die kamp soos 'n konsensie terugkeer, kan Magrieta van die geboorte min onthou.

Hulle het die lanterns op die grond langs die bed neergesit asof hulle haar in 'n skemerte wou hou, en in dié halfdonker gesê "druk!" met elke pyn. Die lig het van onder af gekom en hulle gesigte soms vol vreemde skaduwees gemaak – oranje-geel lanterngesigte, vol diep kepe onder hulle swart kappies. Dit het gelyk asof demone oor haar onderlyf buig – bose gedaantes in gekappiede pye, soos in die ou prente van Horst se duiwelsboeke. Maar hulle was haar weldoeners! Het sy dan tóé al die twee goed wat sy nooit bymekaar kon kry nie, daar saam-saam voor haar oë gesien? – die swart en die wit wat binne-in haar so deurmekaargeraak het?

En van die kleintjie se uitbreek die wêreld in, kan Magrieta nie die pyn terugroep nie, want Hester se dringende woorde aan haar handlanger druk alles anders dood: "Doen dit op gevoel. As jy kyk, kan jy nie. Doen dit voor dit 'n geluid kan maak!"

Hulle moes dit gedoen het, maar Magrieta het nie geweet wat hulle doen nie. Dit het die Here haar gespaar, dink sy nou voor die kombuisruit. Sy't nie gekyk nie. Sy het haar verbeel sy hoor 'n skaapskêr toe hulle die naelstring se toe al nodelose verband van haar af losknip. Dit was seker 'n toegedraaide, stil-slap bondeltjie wat haastig en skelm by die tent uitgedra is. Net, toe Hester die nageboorte bymekaarvat en dit dreilend tussen haar hande deur die lanternlig emmer toe vat, het Magrieta die vlesigheid uit haar lyf deur die oop vingers sien hang. Pienk, bebloed en slymerig soos skaapbinnegoed. Sy't dit in die emmer hoor plop. Sy kan nie die pyn onthou nie. Net die slym.

"Hy's gelukkig los. Loop begrawe dit by die ander," het Hester gesê toe sy die emmer vir haar pas-teruggekeerde handlanger aangee.

Hester het haar met lou water afgewas, gesê sy's gelukkig, want dit was 'n gladde geboorte vir 'n eersteling. Daar's nie 'n skeur of onnodige bloed nie. Die seil is onder haar uitgetrek, die beddegoed omgeruil, die opsuigdoeke vir die laat bloed is dik gevou en onder haar ingeskuif. Sy moes nou maar eers rus, is sy aangesê.

"Ek sal die beddegoed was en uithang." Hester het die bondel gevat en begin loop. Haar afskeidswoorde het sy soos 'n rympie opgesê: "Hier't niks gebeur nie. Ek sal die laken terugbring so gou ek dit in dié koue kan droog kry. Jy kom nie dankie sê of my probeer vergoed nie . . . en ook nie verneem nie. Ek ken jou nie. En melk jou vir 'n paar dae uit as die melk inkom . . . maar net as dit seer word."

Magrieta het eers later agtergekom wat sy met "verneem" bedoel.

Met die uitbuk uit die tent uit het Hester omgedraai met raad as 'n nagedagte: "Praat so min as moontlik en lieg as jy moet."

Magrieta sien Daantjie van die kraal af terugkom. Die kapok val al digter. Op 'n afstand is hy 'n donker vaagte in die wit warreling. Sy weet dat as hy nou met haar praat, sy op hom gaan skree. Sy sal nie anders kan nie. Nie met die terugkeer van die 10de Junie 1901 in haar nie. Sy gaan haastig die gang af, gaan haal haar jas en kappie, en vlug met haar gedagtes deur die voordeur buitentoe, onder die stoepdak uit, die kapok in, met die pad af tussen die Krismiskaart-bome deur na die buitehek toe. Sy sien haar winterstewels onder haar jas in die wit kom en gaan soos op daardie nag.

Sy't nog geslaap toe Gertruida daardie oggend ligdag by hulle tent terugkom. Sy't Magrieta wakker gemaak en toe dié regopsit gevra: "Wat's dié?

Magrieta het oorgeleun en gekyk. Die hele nageboorte is nie die emmer in nie. Daar't 'n stuk vlies op die grond gelê.

"Die ding het gekom," het sy gesê.

Daar was eers vrae: "Wanneer?" "Wie't jou gehelp?" "Waar's die kind?"

Magrieta kan elke leuen onthou. Die eerste een was amper woordeloos. Sy't gesê sy's moeg, sy sal later verduidelik.

"Maar waar's die kind?"

"Dood," het sy gesê. En omgedraai.

Gertruida is tent-uit en het met 'n ontstelde Dorothea terug-gekom.

"Waar's die kind?" het haar skoonma gevra.

"Doodgebore en begrawe."

"Dis 'n bestiering. Hoekom roep jy my toe nie? Wie't jou ge-help?"

"Dit was net ek."

"Jy alleen? Waar't jy dit begrawe?"

"Buitekant, onder die kapok."

Haar skoonma en tante Gertruida het weer oor haar gebuig soos die nag toe sy op die pispot moes sit om die verkragter se saad te laat uitslym. Net so. Met vrae. Seker daarom dat sy, teen die stroom vrae in, haar leuen geskree het: "My God, Ma! Die ding het gekom. Hy was vrek toe hy aankom. Ek het hom uit my uitgesleep en saam met die nageboorte loop begrawe. Diep genoeg! Los my nou! Ek het nie nog 'n ondervraging ook nodig nie. Los my net!"

Dorothea het verbysterd teruggestaan en Magrieta se laaste woorde aangehoor: "Ek praat nooit weer hieroor nie, Ma! Nóóit nie! Dis verby! Dit het nie gebeur nie! Los my, ek het verdomp swaar genoeg!"

Dorothea het stil na haar gekyk en sag gevra: "Kan ek iets vir jou bring om te drink? Mens word dors na . . . na so iets."

"Asseblief . . . Ek is dors."

Dorothea het vir haar suikerwater gegee, haar hand 'n oom-blik op haar voorkop gesit en soos Hester Strydom gesê: "Probeer slaap, ek sal later weer kom."

Magrieta kom agter dat sy gaan staan het. Skuins voor haar kan sy wat van die Minters se bywonerhuisie oorgebly het, in die sneeu uitmaak. Ná die afbrandery het niemand die huisie reggemaak of bewoon nie. Hy't maar net stadig van bo af steeds minder geword; in al groter beskeidenheid laer gekrimp tot net sy klipfondasie se vierkant oor was om verbygangers te herinner daaraan dat daar op 'n keer mense gewoon het. Magrieta dink

317

nie aan die Minters of aan Sannie Minter wat nou op Daantjie-genade in die stoepkamer haar laaste dae sit en omkwyl en kênspraat nie. Sy dink aan die genadekind, Fienatjie Minter, die kind wat geweet het.

Sy was leeg na siel en liggaam ná die kleintjie daardie nag uit haar uit was en Hester en haar handlanger die kapoknag in verdwyn het. Vir hoe lank? Sy't daar gelê met net die flikkerlose lantern op tante Gertruida se trousseaukis om sy onseker lig te gooi oor 'n troostelose konsentrasiekamp-tent waarin nóg 'n kindermoord gepleeg is. Hester het die lantern opgedraai voor sy loop. Te hoog. Die lang vlam het 'n paar oomblikke die tent helder verlig, maar die roet van die vlam se oordaad het swart op die glas gepak en hy het gou-gou net binne-in, in sy eie geslote roetkamertjie, vir homself geskyn en min na die buitekant deurgegee.

Soos sy was, dink Magrieta. Sy was vasgekeer in die swart van 'n roetkerker nadat sy lig gevrek het; sy is vasgedruk deur die gewig van die grafgrond wat Martie so gevrees het; sy't gevoel hoe die skuld soos iets walgliks orals aan haar suig en slakslymerig met sagte bloedsuierlippe elke stukkie van haar vel betas. Dit was asof 'n niks haar omklem, want daar was nie 'n man, of 'n minnaar, of 'n naby vriendin, of familie wat sal verstaan, of 'n kind vir haar nie. Daar was nie meer 'n God na wie sy kon gryp met haar Duitse gebede nie. Daar was niemand om voor te skree "help my!" of "hoor my in godsnaam!" nie. Niemand om vergiffenis by af te smeek nie, want dit was of haar daad die Here in Sy ewigheid in laat terugkrimp het. Sy was soos die land: teen haar sin en wil in verkrag. Alles wat goed en sag en mooi in haar was, is soos 'n vliesige, bloederige nageboorte saam met die kleintjie uit haar geskeur toe sy in haat die lewe geskenk en weer die lewe uit haar baarmoeder laat stilmaak het "voor dit 'n geluid kan maak".

Toe was Fienatjie Minter daar. Haar stem het deur die skemerdonkerte gevra: "Tannie Magrieta?"

Fienatjie het op die bed geklouter en met 'n koue lyfie en kaal voete langs haar onder die winterkomberse ingeklim. Die kind het teenaan haar gaan lê en haar vasgehou. Fienatjie se aanraking was 'n koel vlokkie genade op die koors van haar skuld. Haar nabyheid was 'n druppel God.

"Hoor, die kinders sing . . ." het Fienatjie in hulle nabyheid in gefluister.

En toe het sy dit gehoor. In die stiltes van die swaar donker oor die wit nag buite die tent, het daar die lied van kinders gedryf – die swewende, yl koor van duisende dooie kampkinders. Sy hét dit gehoor. Onmiskenbaar en duidelik. En tussen al daardie stemme deur het sy, soos 'n skaap-ooi in 'n trop, die stemmetjie herken van die een wat sy gehaat het toe dit in haar gegroei het. Die een wat hulle vir haar doodgemaak het. Sy het geweet dit is haar kind se stem.

Dit wás haar kind se stem, en dit was helder. En onbeskryflik soet.

Twaalf

"Joey Drew," sê die majoor so hardop dat hy vir sy eie stem skrik.

"Majoor?" vra die museumdametjie wat drie leestafels van hom af met haar sortering besig is.

"Net 'n naam, net 'n naam . . ." verseker hy haar effens verleë voor hy aangaan met sy werk. Want Joey Drew spook heeltyd in sy gedagtes vandat hy vanoggend die foto ontdek het. Dis sweerlik die een waaroor Joey die gewete gehad het.

Soos die hele gister, moes hy vanoggend ook sit en sukkel om te kyk hoeveel hy van die een bondel aanmekaargebrande fotomateriaal met die mes van mekaar af kan loskry. Die dametjie van die museum sê dis die enigste genade. Hulle het al ander maniere probeer met foto's wat aanmekaargebrand by hulle aankom, maar selfs om hulle met allerhande vloeistowwe van mekaar af te probeer losweek, doen meer skade as goed. Dus werk hy maar met die loep, die fyn haartangetjie en die ontleedmes, en dit met een en 'n halwe hand en ou oë. Jongmense soos sy verstaan nie die gesukkel nie.

Maar dit móét die foto wees waaroor Joey Drew se gewete hom gepla het. Raar, want Joey het hom normaalweg nie eintlik laat aanpraat deur wat hy aan gewete oorgehad het nie.

Joey Drew. Eienaardige mannetjie. Majoor Brooks onthou hoe hy Joey weer die eerste keer raakgeloop het jare nadat hulle paaie ná die oorlog uitmekaargegaan het. Die dokters het daardie tyd gesê hy moet 'n plek soek waar hy kan gaan aansterk nadat nóg

320

'n bomskerf uit sy rug verwyder is. Dit was die derde operasie ná sy verwonding in die groot Europese oorlog. Die hand het al herstel, in elk geval nie meer so dikwels sporadies begin sweer nie. Maar vir die rug moes hy uiteindelik gaan hulp vra. Daar was skielik 'n pynlike rooi swelsel rondom een van die ou littekens op sy rug. Die seer en die ongemak was verduurbaar, maar mettertyd het hy begin bekommerd raak oor 'n lamheid in sy bene. Die verswering was op 'n gevaarlike plek, het die dokters gesê, hulle moet liewers opereer voordat die kwaad naderhand die rugstring in is en die murg begin aantas. Hulle het gesny, hom versorg en gestuur om te rus. Daar was plekke wat spesiale tariewe en hulpdienste vir oudgediendes se herstel buite vakansieseisoene aanbied, het hulle beduie, en vir hom verblyf gereël.

Hy en Joey Drew het by dieselfde een in Somerset beland — hy, as verwonde oudgediende wettig, Joey seker halfwettig, want, soos Philip Brooks later verneem het, het die regimentsfotograaf uit Kimberley se dae sy halfvergane aanstellingsbrief getoon, aangedring op militêre behandeling, betoog dat hy tussen die offisiere hoort, en beweer sy longkwaal kom nie in die eerste plek uit die myn waar hy gewerk het nie, maar uit die beleg van destyds en die menigte veldslae wat hy as regimentsfotograaf die een na die ander moes dokumenteer. Dis tóé dat hy te veel gasse uit die Boere se ontploffende kanonkoeëls ingeasem het — tydens "moeisame ópoffering, en terwyl hy méér as sy plig doen!" In die voorste linies, "die vóórste linies, in die aangesig van die dood", het hy, Joey Drew, die Ryk se magtige dade vir die nageslag gedokumenteer. Dis waar sy hoes vandaan kom, nie van die swartlong uit Wallis se steenkoolmyne waar die noodlot hom later laat swoeg het nie. Die ou majoor glimlag. Joey Drew kon lieg dat jy hom glo, al weet jy hy praat nie die waarheid nie. Selfs die botongelowige owerhede moes genoeg van sy storie geglo het om hom soos 'n oudgediende te behandel.

Maar oor die foto het Joey se gewete hom gery en die oorlog wou hóm ook nie los nie. Majoor Brooks het op die oggend van hulle herontmoeting buite gesit. Skeef, anders was die pyn ondraaglik. Hy het Joey herken toe dié na hom toe aangeskuifel kom. Hy was nog kleiner van die tering-maerte. Die kamerjas wat hulle verblyfplek seker voorsien het, se ondersoom was rofweg opgeryg om nie te veel te sleep nie en sy hande het by teruggevoude moue uitgesteek. Die streeppajamas se broekspype en moue was opgerol. Die pantoffels is met iets opgestop – aan die toon- en hak-kante, om hulle darem aan die té klein voetjies te laat bly – maar Joey kon net met hulle beweeg as hy sy tone ondertoe krul, op sy hakke loop, en sy voete effens sleep. Majoor Brooks het dié vreemde figuurtjie met sy skuifelgang oor die rooi stoep sien nader kom. Hy het opgemerk hoe Joey se dun, wit, blou-beaarde enkels 'n onseker verband tussen die pajamabroekrol en die knoetse pantoffel vorm, amper asof hy skuifelend sweef, as so iets sou moontlik wees. Joey se lot was seker maar altyd om té groot klere te moet dra. Soos daardie lang baadjie met die verkorte moue wat hy altyd somer en winter aangehad het. Al wat ooit aan hom gepas het, het Joey eenkeer bitter vertel, was die uniform wat hy in een nag, één nag! in Kimberley vir een oggend, één oggend! se aantrek moes kleiner maak, en die snyerspak waarmee hy Magrieta van Wyk wou beïndruk en Fienatjie Minter mee wou trots maak. Joey het selfs soms in sy dronkverdriet gehuil oor die tyd toe hy gedink het hy's *Joey Drew Esq.* – 'n man met 'n welpassende snyerspak; wandelende gewete van die Empire. Maar dit was voor Betjie-die-Hoer en voor die Boer Hans Bester se graf-oë uit die grond uit begin terugkyk het.

Op die oggend toe hy en die majoor mekaar ná al die jare weer raakloop, was sy hare reeds merkbaar minder, die baard yler, sy skelte teruggesak in die oogkasse. Tering se dun vel het oor sy gesigsbene en neusbrug gespan, en die fyn plooitjies van uitteer se meedoënlose verskraling was om sy mond en in sy ooghoeke. Joey het agteruitgegaan sedert die majoor hom laas gesien het. Hy was uitasem van die bietjie loop en hy't gehoes. Onmiskenbaar tering.

"Kaptein Brooks!"

"Majóór Brooks . . . eervol as ongeskikte uitgetree . . ."

Joey was verleë oor hy weer een van sy sosiale glipsies voor die hoëre stand begaan het en 'n oomblik kon hy byna die stand-

322

verskil tussen hom en die majoor proe – op sy tong, in sy aksent waarvan hy andersins nooit bewus was nie, behalwe wanneer hy die gentry se ladida voor die owerhede moes aansit om tussen die offisiere gereken te word. Brooks was honger vir geselskap oor die ander oorlog en het onmiddellik 'n gesprek begin. Eintlik baie gesprekke begin, want daar was 'n band tussen hom en die skeel fotograaf: die Suid-Afrikaanse oorlog het in hulle albei bly sit; die Van Wyk-familie het hulle albei bygebly, en soos Magrieta van Wyk helder in die majoor se gedagtes aanhou leef het, het Fienatjie Minter se oë en hoe sy "Joey" kon sê, nog kort-kort by Joey opgekom en hom aangedaan gelaat.

Hulle het albei in dieselfde rigting bly verlang, dink die majoor by sy museumtafeltjie. Dié dat hy nie genoeg van die mannetjie kon kry nie. En oor die man die Van Wyks so goed geken het. Daaroor. Omdat Joey Drew oor Magrieta van Wyk kon praat. Hoe het hulle geselskap by die foto uitgekom? Hy moet dit onthou en aanteken, al is dit net vir homself, voor hy die geskiedenis vir die museum by die foto skryf.

Halfpad deur hulle eerste gesprek het Joey skielik geheimsinnig aangekondig: "Daar's 'n pub hier agter!"

Hulle verblyf het aan die een of ander goeddoen-organisasie behoort wat nie die drankduiwel 'n vastrapplek wou gun nie. Dit is duidelik aan elkeen gestel wat aankom: geen drank in die kamers of op die perseel nie, en geen kamerbesoeke aan lede van die teenoorgestelde geslag nie – want 'n verdwaalde dame of twee het soms in 'n onbesette kamer oornag. Getroude pare moes voldoende huweliksbewyse verskaf voor hulle 'n kamer mog deel. Kinders en honde is nie tussen die herstellendes toegelaat nie. Vir die oorblywende swakhede was daar 'n rookkamer waar daar yslike asbakke vir die rokers op elke tafel en stoelleuning was – en ruim spoegbakke vir die pruimers het orals op dié vertrek se matlose vloer rondgestaan. Die inrigting was elders kuis, die matte onbesoedel deur kind, hond, sigaaras, pypolie – of die bruin spoegstrepe waarmee die mindere skerpskutters van die tyd die matpatrone gewysig het. Die beddens was daar vir die pyn van herstel, nie vir sondige plesier nie.

Die matrasse het jare gehou van herstel-smart en onthouding se stillê.

En oor al dié sedegebooie het dagmatrone Williams met 'n skerp en agterdogtige oog gewaak. Dis seker hoekom Joey die aanwesigheid van die pub so fluisterend aangekondig het.

Die majoor grinnik tot die museumdametjie se stille verbasing, want hy dink aan watter vreemde paartjie hy en Joey Drew moes uitgemaak het op hulle togte pub toe: Joey in sy gewaad, skuifelend op sy pantoffelhakke; hy, sonder militêre waardigheid, skeef teen die steekpyne – twee gebrokenes op 'n kort pelgrimstog deur die halfdonker stegie tussen twee amper rug-aan-rug geboue. Dit was die skelm oorsteek van die skynheiligheidsgrens tussen vrome onthouding en die baldadige plesier van die sonde, dink die majoor. Hulle kon net in die aand oorglip, ná die aanbreek van na-agt se stilte waarop die bestuur aangedring het. Joey het die pad op die eerste aand al geken: eers skelm deur die reeds opgeruimde en kraakskoon kombuis, by die agterdeur uit, stegie-langs en dan by die agterdeur van die pub in. Kombuisdeursleutel in die sak.

Dalk moes hy van beter geweet het, dink die majoor. Want by die pub is Joey soos 'n bekende verwelkom en onmiddellik gemaan dat verdere krediet nie moontlik is nie. Joey het sonder vooraf verlof aangedui dat die majoor vir hom sou instaan, want sy geld van die myn af sal nou enige dag kom. Was daar ooit sulke geld? Die majoor twyfel, maar neem nie kwalik nie, want waarvoor sal hy hom in Bloemfontein oor so iets sit en kwel soveel jaar ná Joey se dood? Joey was goed vir hom. Dit weet die ou man. Joey se kamera was nie die enigste geheue nie, Joey sélf was deel van onthou. Vir hom in elk geval.

Die gestrenge dagmatrone Williams was in haar nag-gedaante op haar sitplek in die pub: luid, hoog van hare en laag van hals, nog witter gepoeier as bedags, maar nou ook swaar gegrimeer en omwaas van parfuumdampe. Halfpad-genade-toe dronk.

"En sý?" het hy Joey daardie eerste aand gevra.

"Suip soos 'n vis. En as sy weet jy weet, dan gaan jy maar aan. Die heilige gesig is net vir die Bestuur, die Biskop en die Donateurs. Hulle soort kom nie hier nie."

Brooks het dus geweet hy sou vir twee moet betaal. Maar duur was dit nie. Hy het self soos altyd maar min gedrink, en Joey se longe en lewer kon nie meer te veel verwerk nie. Hy was by die genadige stadium waar beskonke raak goedkoop en gou kom. Dit het die majoor gepas, want dronkenskap dien die eerlik- en openheid, al het dit die terugtog ná toemaaktyd bemoeilik, selfs wanneer dagmatrone Williams aan Joey se ander arm saam-slinger.

Wat sal hy sy nagte saam met Joey Drew noem? Pelgrimstogte die verlede in? Bedevaarte terug Suid-Afrika toe? Hulle het skaars oor iets anders gepraat. Dit was weer by hulle: die oorlog, spyt, Magrieta van Wyk, Fienatjie Minter, Betjie-die-Hoer, die mense van toe. En gewete. As die aande laat word en die dronkverdriet begin in sy skeel ogies opdam, het selfs Joey Drew tussen sy relase oor die onregte hom aangedoen deur medemens en noodlot, soms tekens getoon van gewete. Soos oor sy aandadigheid aan alles wat op dié foto te siene staan. Hulle het natuurlik nie die foto by hulle gehad nie, maar Joey het dit goed beskryf, só goed dat die majoor wéét dis die een waarvan hy gepraat het.

Die foto voor hom is van die Van Wyk-familie in die kamp. Hy herken hulle weer: Magrieta, vanselfsprekend, die ou grootvader, die oujongnooi van die klavier, die moeder en die vrou wat die verraaier vergiftig het. Die jonger vrou wat die baba vashou, eien hy ook. En dit is die meisietjie waarna Joey so gek was. Joey het almal se name geken. Hy nie.

Hy trek die museumdametjie se aandag, wys haar die foto en vra: "Wat sien u wat vreemd is aan hierdie foto?"

Sy kyk en sien niks ongewoons nie, maar vra of hy haar nie tog asseblief maar op haar naam wil noem nie.

"En dit is?" vra die majoor.

"Joey," sê sy. "Joey Wessels.

"Vreemd," sê hy. "Vreemd."

"Majoor?"

"Die fotograaf het ook Joey geheet."

"O! Is dit 'n mansnaam ook?"

"Soms. Wat is eienaardig aan dié foto, Joey?"

325

"Ek sien niks, Majoor . . ."

Sy vinger se ouderdomsgeboë nael skuif oor die foto tot by die gesig van die seuntjie op Nellie se skoot: "Daardie kind is dood," sê hy.

"Dis darem al lank terug . . . Hoe oud het hy geword?"

"Nee, hy was toe al dood . . . toe die foto geneem is al."

Sy kyk vir hom en hy is dankbaar vir die belangstelling in haar jong oë.

"Wil jy hoor hoe ek dit weet?" vra hy.

"Asseblief, ek sal dit aanteken, Majoor . . . as u nie omgee nie."

Sy draai die foto om: "Die name is agterop geskryf."

Die majoor kyk. Dis nie Joey se gekrabbel nie.

"Dis haar handskrif. Magrieta van Wyk se handskrif."

Dit moet die vrou wees na wie hy so dikwels sit en staar, weet sy, en sy kan nie help om bietjie te vis nie: "Herken u nog haar handskrif, ná al die jare? Het u gekorrespondeer?"

"Nee, sy het vir my net een brief geskryf. Dis 'n lang geskiedenis waaroor ek nie eintlik praat nie."

Hy kan tog nie vir haar sê hy't daardie brief 'n duisend keer gelees nie. Nou nog soms.

Dis etenstyd en hy begin haar van die dooie kind op die foto vertel – buite, op een van die banke van die museum se grasperk, en met 'n koppie tee wat koud word in sy gesonde hand. Hy kan nie ophou vertel nie, sien sy, en sy hoor sy stroom oumens-detail aan. Hoekom het die onthou so in hom opgedam? Watter wal het in hom gebreek? Eers dae later, ná baie gesprekke en nuut-onthoude besonderhede, bieg hy: "Niemand stel meer belang nie. Jy verveel hulle net. Toe't ek ophou praat. Jy's die eerste een wat wil luister."

Hy vertel haar van Joey, die skeel fotograaf, en van hoe goed Joey die Van Wyk-familie geken het. Van die dae ná Magrieta se bevalling toe Joey dae by haar voor haar tent omgesit en alles oor dié mense uitgehoor het.

Ná die beválling?

"Het sy 'n kind in die kamp gehad? U het gesê sy was 'n weduwee . . ."

326

"Doodgebore."

Die majoor kyk eenkant toe, skielik afwesig. Hy staar nou die verlede in, dink Joey Wessels. En daar's meer as wat hy wil sê. Was dit sý kind? Sy sal uitvind.

Hulle gaan in stilte terug na hulle werktafels in die museum en die majoor hervat sy verhaal eers weer daar. Maar hy vertel effens vinniger, asof hy nog steeds die doodgebore kind wil weg-praat. Hy vertel van die jong moeder Nellie wat pas vir hom 'n naam gekry het, en van die kind, Klein-Jakop – ook nou met 'n naam. Joey Drew het gesê die Van Wyk-familie het hom laat roep om 'n dringende familiefoto te kom neem.

Soos in 'n militêre kommunikasie, vertel die majoor met beheersde, kortgekapte presiesheid:

Die fotograaf het gegaan. Die jong moeder was self baie siek. Hulle het die lykie vir die foto aangetrek en sy oë oopgemaak. Drew het later vir Magrieta van Wyk gevra hoekom. Sy het gesê Nellie het daarop aangedring. Haar man moes sien hoe sy seun-tjie gelyk het. Hulle het Drew 'n paar uur vroeër kom vra om die kind saam met hulle te kom afneem. Die seuntjie was toe nog net sterwend. Nog nie dood nie. Die kind op die foto was dus pas oorlede. Nog slap. Kyk, die moeder moet die koppie regop hou. Die jong moeder het geweet die kind is sterwend toe sy vir die foto laat reël het. Sy is self drie dae later dood. Sy en haar kind is langs mekaar begrawe. Sy was te siek om die begrafnis by te woon. In die ry grafte het hulle die gat langs die kind s'n drie dae lank vir haar oopgehou. Die Van Wyks het in die kamp genoeg invloed gehad om so 'n vergunning te bekom.

Die majoor meld nie dat daardie invloed via hom gekom het nie, sê liewer: "Die sonderlinge graf is nog daar."

"Sonderling?"

"Ek sal daarby uitkom as jou geduld hou," sê hy. "Want dáár was ek aandadig."

Joey Wessels sien hoe die majoor se militêre beheersing die eerste keer vandat sy hom ken, meegee, en sy onverwagse woorde klink hard deur die museumkamer se ruimte: "Maar dis alles so kóúd! Alles so verdomp koud!"

Brooks staan so heftig op dat sy stoel agteroorslaan. Hy tel dit met sy gesonde hand weer regop en stamp dit op die vloer neer.

"Majoor!"

"Alles word koud! Soos 'n lyk! Alles vergaan en vrek terug in die stiltes van vergeet! Alles, alles, alles . . . alles waaroor ons ons so moeg maak, alles wat ons glo en hoop en voor omgee! Alles verdwyn in die vergetelheid in. Ons wéét nie wat daardie jong moeder Nellie gevoel het nie. Ons weet nie, en dus gee ons nie om nie, of ons probeer onsself wysmaak ons verstaan. En soos die tyd aanstap, kwyn onthou en medelye tot niks . . . die afstande word te lank. Wie de hel gee om oor wat in die enkele stuk vleis met die brein bo-op en die hart binne-in aangegaan het nadat net die droë beendere se holtes agterbly? Met die Egiptiese veldtog het ons treine gestook met mummie-vure! En kos gekook op daardie reste van mense wat geleef, gestreef en gevoel het. Weet jy wat? Ek het huise afgebrand, vee laat vrekmaak, vernietig so ver as wat ek gaan en mense na hulle dood toe aangekarwei, want êrens het die owerhede om 'n verdomde tafel besluit ek moet. Húlle het niks gevoel nie – húlle het nie een oomblik gedink aan wat hulle slagoffers moet voel nie, want hulle het voor kaarte gesit en koue rapporte gelees. Maar ons . . . ons moes hulle in die oë kyk en ons het gou afgeleer om dit te doen, anders was ons werk ondraaglik en het ons vrot soldate geword. Ek vertel jou nou van 'n jong moeder wat 'n dooie kind voor 'n kamera regop hou sodat haar man eendag kan sien hoe hy gelyk het. Maar ons kan ons nie in die diepte van wat in haar omgegaan het, eers begín inverbeel nie. Ons kán nie. Alles het kóúd geword. . . . En ek kan jou maar sê: dis Magrieta van Wyk wat my oë vir ander mense se leed oopgemaak het . . . Sý!"

Hy haal met die trefsekerheid van iemand wat dit dikwels doen, die foto van Magrieta uit die pak.

"Sy!"

"Was dit háár argumente wat u oortuig het?"

"Nee, haar oë . . ."

Hy bly stil, want hy't te veel erken, maar hy kan nie help om by te voeg nie: "En haar pyn . . ."

328

Die ou man kom verskonend tot verhaal: "Vergewe asseblief my uitbarsting . . . maar miskien sal jy my aandadigheid aan wat van nóg 'n lid van die familie geword het, beter verstaan as ek jou maar sê wat met my gebeur het nadat ek tussen my vyande skielik die Van Wyks se beskawing en Magrieta van Wyk se skoonheid ontdek het."

"Was daar 'n verhouding . . .?" vra sy versigtig.

"Nie eintlik nie . . ."

Dis wat Joey Drew ook gedurig wou weet. Die majoor se ou oë kyk nou elders. Joey Wessels gaan uit sy swye uit terug na haar tafel toe – sonder om verder uit te vra, want, al sê hy dit nie, die majoor is nou by Joey Drew in die pub. Hulle praat oor die sterftes uit daardie oorlog en Joey vertel hom van die foto, die siek jong vrou en haar dooie kind voor sy kamera, en van die ander Minters. En Joey sê die noodlot wat in oorloë so besig raak met menselewens, het sy tande dieper in die Minter-familie ingeslaan as in ander waarvan hy weet. Dit was of die noodlot op die Minters pik. Hoekom, weet hy nie, maar die hele gesin het omtrent in die oorlog omgekom. Daar was Nellie, die jong skoondogter, die seuntjie op die foto, die dogtertjies, die ou pa – en nog ander van die familie, soos die een aan wie se dood hy, Philip Brooks, aandadig was. Die majoor onthou skielik helder wat Joey Drew hom vertel het. Magrieta het met Joey se laaste besoek aan die plaas ná die oorlog vir Joey gesê haar skoonpa het haar vertel die Minterman is dood aan 'n woord. 'n Woord? Hy onthou nou dis wat Joey gesê het. Oor 'n woord. Hoekom het hy nie verder uitgevra nie? Hy was seker weer te vol Magrieta. 'n Woord?

Hy sal nooit weet nie.

⚎

Op die dag toe 'n enkele woord so noodlottig tussen hulle ingegryp het, was hulle genoodsaak om die Engelse soldate se gewerskaf van ver af dop te hou. Petrus Minter het die geelkoper uitskuifteleskoop wat hy by 'n Tommie-offisier afgeneem het, laat dooierus lê oor 'n rots en gekyk wat aangaan. Die Kakies span draad.

329

"Hulle maak net meer en meer kampe," sê hy vir Danie langs hom. "Ons sal nog 'n draadtang of twee in die hande moet kry. Hier's nou twee blokhuise waar ons altyd deurgegaan het. Binne sig van mekaar."

"Ons sit vandag aan die verkeerde kant van die drade. Die linie kom van agter af."

"Dan moet ons maar terug tussen hulle deur as dit donker word. Hulle sal wel hopies maak om te slaap. Hierdie spul, voor en agter, is lyk my omtrent almal te voet. Ek dag ons sal dalk 'n vars perd of twee kon afneem. Die diere raak klaar, dis goed dat hulle bietjie rus en wei. Maar dié klomp het omtrent net karwei-muile."

Danie bekyk sy skoonseun. Hulle is almal gehawend, gelap en vuil. Maer van skraps eet en baie ry. Soos die perde. Van 'n winkel weet hulle al maande lank nie meer nie, want die dorpe is beset en die Engelse beman elke moontlike plek waar hulle dalk voorrade sou kon kry. Hulle ry deesdae deur 'n verwoeste wêreld waar daar nie meer 'n plaashuis of 'n stroois staan nie. Hulle drink wortelkoffie en rook blare sommer vir die gewoonte. Net Petrus weet waar die opslagplek vir die dinamiet is en hy gaan haal gereeld voorraad as syne opraak of as hy die kommandant moet gaan soek om te hoor wat aangaan en wat hulle te doen staan. Hy dra die dinamiet net in sy eie saalsak, want hy sê dis te gevaarlik vir die ander. Hy het die vorige dag teruggekom van waar hy met die kommandant gaan vergadering hou het.

"Die Kommandant het baie bevele gehad, maar nie kos of twak nie. Hulle bars maar self, hulle perde is meer gedaan as ons s'n, en hulle skiet ook nou maar almal met Engelse gewere," het Petrus met die terugkom vertel. Hy is die vorige nag deur die lang streep Kakies wat soos 'n spul wild-opjaers op pad is na hulle toe, maar hoe hy dit regkry, vra jy nie eintlik vir Petrus Minter nie.

Hulle is net sewe man bymekaar, want 'n groter korps wil Petrus nie hê nie. Te veel is te sigbaar, sê hy, en Danie, al is hy en Jakop Minter saam met 'n groep wat jongmanswerk doen, hou by. Verbete. Want al loop Danie effens mank van die wond in die heup, kan hy nog saam met die beste uithou as dit by ry en skiet kom. En dis sý plig om die rapporte van hulle verkenning te skryf, en dié word maar so goed as wat hulle kan en wanneer hulle kan, na die owerstes oor hoeveel-dan-nou-ook deurgegee. Maar nou is hulle al weer behoorlik toegetrek: voor hulle span die Kakies nog 'n goedbewaakte draad van blokhuis tot blokhuis en agter hulle kom die streep aan. Die "drive" noem hulle dit glo. Dis wat die spioene tussen die Engelse weet te vertel. So het Petrus op die laaste offisiersvergadering gehoor. Om hulle teen die drade vas te druk en te vang, is glo die plan.

Hulle wag vir donker. Die rantjie waar hulle sit, is deel van 'n streep oor die vlaktelandskap en Petrus het goed gekies. Niemand sal van ver af kan sien dat daar 'n duik bo-in die rantjie is nie. Daar kan die perde ongesiens wei. Maar hulle sal die nag moet versit, want daar's nie water vir die diere nie en hulle sal eers moet spruit toe om die perde water te gee. Die spruit lê tussen hulle en die treinspoor wat Petrus in die oog het. As hy die dinamiet gaan stel, gaan hy meestal alleen, of hy vat een van die jong burgers saam, want om die spoor te bekruip, is 'n skelm affêre van insluip, stel en uitsluip – nadat die kom en gaan van die spoorbewakers en die gang van die treine so noukeurig moontlik bereken is. Die ander sal maar by die spruit vir hom moet wag.

Verstaan Petrus dan nie gevaar nie? wonder Danie. Want agter hulle kom die drive aan en voor hulle word die draadspanners bewaak deur, sover hulle kan tel, byna twintig man. Maar Petrus is rustig besig om sy opblaasmasjien agtermekaar te kry: 'n ou martini-henry wat voor en agter kortgesaag is sodat omtrent net die slotgedeelte en 'n kort stukkie loop oorbly. Die trein moet die meganisme aftrap wat die sneller trek, sodat die slag die dinamiet aan die brand kan skiet.

"Wat maak jy met die lyn?" vra Danie.

"By die vergadering gekry. Hulle sê die Kakies haal nou die laai uit om 'n trok met Boere-gevangenes voor die enjin te laat ry, Pa. Blaas jy die trein op, maak jy Boere dood."

"Bliksems!"

"As hy hom aftrap, moet die skoot so by die tweede, derde wa afgaan. Maar my moeilikheid is, so 'n lang lyn rek. Die aftrap moet lank wees en ek is bang die lyn gaan net rek en nie die sneller trek

331

nie. Met styftrek gaan jy net die skoot laat afgaan daar waar jy stel, want jy gaan nie weet hóé styf jy die spul moet trek nie."

"Draad?"

"Die't weer allerhande kinkels wat gaan wys en dalk net reguittrek. Dié ou martini is maar stram."

Danie haal die stukkie geweer oor en toets hom.

"Hy's baie stram. Seker ouderdom, en olie het ons nie. Wat van 'n kort lont?"

"Ek het 'n paar stukkies saam met die slagdoppies gekry, maar ek weet nie hoe ek die ding moet brandkry as die trein hom aftrap nie . . . Ek het nêrens 'n vererige ding om 'n bondeltjie vuurhoutjies by 'n trekplaatjie te laat verbyskuur nie. Daar's deesdae net dagtreine, so die vuurhoutjie-koppe sal seker ná die dou al weer hard genoeg wees."

Hulle sit ingedagte en probeer iets ontwerp wat vuurhoutjies aan 'n lont sal laat opbrand as die trein die meganisme aftrap. Eenkant sit Jakop Minter en stamp vir hulle 'n springbok se witgedroogde pekelbiltong fyn vir middagete. Hy sal dit nou-nou vir hulle bring. Dit, en spruitwater uit hulle Engelse waterbottels, is al wat daar is. Tot wortelkoffie mag nie, want 'n vuurtjie maak rook. Hulle is dus maar dankbaar vir die spruitwater waarmee hulle die biltong se nadors moet stilkry. Die mieliemeel is op en die tienpond-sakkie boermeel waarmee hulle wil brood bak, ry hulle al meer as 'n week saam, maar die drive laat hulle nie genoeg tyd om vir 'n bakkery tot stilstand te kom nie, behalwe vir 'n paar haastige askoeke op stokkies-as. Die Engelse sukkel om die wild ook dood te kry, en al is dié al ylgeskiet, sit dit nie in hulle broeke om die verwilderde spul almal te kan bykom nie – al druk hulle al meer en meer die wild teen hulle drade vas om die arme goed daar uit te skiet. Maar daar's darem nog so hier en daar iets vir die pot as jy nog 'n plek kan kry waar 'n geweerskoot nie die hele Britse Ryk op jou sal laat afstorm nie. Petrus het twee spense in murasies aangehou vir biltong maak, maar dit is die laaste hierdie, want iemand het een van sy plekke ontdek en al die biltong en die sakkie sout gesteel.

Hulle was alleen by mekaar toe die noodlottige woord tussen

hulle val, want die ander vier lede van die korps het op die rant-kante brandwag gesit. Petrus en Danie het gesit en praat rondom die opblaas-meganisme, en, eenkant op sy eie, Jakop Minter. Jakop was maar altyd eenkant en niemand het geweet wat regtig in hom omgaan nie. Niemand het daaraan gedink dat enigiets ooit in sy binneste kón aangaan nie. Hy het sonder 'n woord gedoen wat hom aangesê is om te doen. Deur sy seun. Maar dit was Danie met wie Petrus gepraat het in die lang nagte wanneer hulle ry om uit die Kakies se hande te bly. Niemand het meer getwyfel oor Petrus se gesag nie. Sy sagte woorde wat hy net van naby praat, is nie bevraagteken nie. Ook nie deur Jakop Minter nie.

Ná Jakop hulle een nag in die moeilikheid gehad het met sy harde stem, vat Petrus hom nie meer saam as hulle iets skelms moet gaan doen nie. Hulle het Jakop die nag toe hulle deur die doring-draad wou sluip naby 'n patrollie Kakies se staanplek, gevra om asseblief tog saggies te fluister. Hulle het die draad tussen die blok-huise altyd in 'n lang ry bekruip – met die perde eers 'n ent agter. Om te probeer uitvind of die Kakies besig is om die draad te patrol-leer. Die een wat dan eerste agterkom waar die wagte sit of waar hulle patrollie loop, het langs die ry af gefluister: "links!" of "regs!"

"Pa moet saggies sê," het Petrus Jakop gemaan, maar wat deur die nag gedonder het, was "links!" Toe klap die skote.

Hulle moes eers terug, maar dit was die eerste keer dat Danie vir Petrus onbedaarlik hoor lag het. Dwarsdeur die nag se vlug het Petrus kort-kort aan die giggel gegaan – oor wat die Engelse moes gedink het van dié vreemde woord wat uit die holte van die stil nag knal.

Of Jakop daarna nóg stiller geraak het, het niemand agter-gekom nie. Dat hy met die draadbekruipery nou die perde op 'n afstand moes vashou soos 'n penkop of agterryer, en of hy daar-die taak dalk vernederend vind – daaraan het niemand gedink nie. Hy het niks gesê nie, dit net gedoen. So het hulle hom maar geken: die ruwe, ruig-bebaarde man met die wilde hare onder die breërandhoed wat hy uit rou springbokvel en spoegriempies geprakseer het. Daar was nie genoeg voorraad om die vel be-hoorlik te sout nie en die hoed moes met alles wat ter hand

333

kom, ingesmeer word om minder te stink. Met elke reënbui, as die rou vel water trek, het die hoed verlep en slap oor Jakop se kop gehang. Maar niemand het gewaag om 'n aanmerking te maak nie. Oor Petrus. Want almal het onthou van Petrus en Pollie Sevenster by Magersfontein. Sterk Jakop Minter met sy breë hande en swaar skouers, die man wat soos sy seun skynbaar niks vrees nie en net 'n enkele woord op 'n keer bulder, het sy gang tussen hulle gegaan. En Jakop het niemand, selfs nie die jongste penkop nie, ooit in die oë gekyk nie.

Danie het later probeer onthou hoe hy en Petrus se gesprek die dag by Jakop uitgekom het, maar kon dit ná die ontsteltenis nooit presies regkry nie. Hy kon onthou hy het Petrus gevra of hy dan nooit bang is nie. En dat Petrus gesê het: "Nee, Pa, ek is nie eintlik bang nie, maar ek vrees deesdae ek gaan een of ander tyd begin bang word."

"Jy?"

"Pa verstaan nie wat met my gebeur het nie."

"Oor Nellie?"

"Ja . . . en my kind. Ek wil Klein-Jakop sien en vashou. Hy en Nellie is alles wat ek is."

"Ek het baie gewonder . . ." het Danie gevra, want hy hét baie daaroor gewonder, " . . . of jy al die jare op die plaas 'n oog op Nellie gehad het."

"Van kleins af. Maar Pa weet tog ek kon nie daaraan dink nie. Ek was 'n Minter, en 'n Minter kon tog nie oor 'n Van Wyk soos Nellie begin droom nie. Pa dink ek was kamma so dapper as ons onder die lood is, maar ek was g'n so kloek nie, dit was sommer uit roekeloosheid oor ek 'n Minter was. Ek het niks gehad om te verloor nie. Niks! Net smaad. Ek wou baiekeer van die plaas af wegloop, maar ek kon nie my Pa-hulle sommer so los nie."

Petrus kon hom nie daartoe bring om Daantjie se aandeel in sy vernedering te noem nie.

"Is jy bitter daaroor?"

Petrus het 'n oomblik nagedink en toe nie direk geantwoord nie: "Ek het nou die kosbaarste ding in die wêreld. Ek wil dit nie verloor nie. As ek hulle twee moet verloor, verloor ek myself weer van voor af. Dis nie maklik om iemand lief te kry en te weet sy's jou nie beskore nie. Al kan jy sien sy kyk jou ook aan . . ."

Dit was Danie se beurt om uit sy skuldgevoel die onderwerp bietjie te verskuif: "Wou jy regtig doodgeskiet word?"

"Ek wóú nie val nie, maar ek het seker minder as die ander omgegee om te sneuwel. Dis swaar as mense op jou neerkyk, Pa. As die pyn erg genoeg is, is die dood eintlik niks. Dis swaar om te sien hulle behandel jou ma soos 'n werfbediende en stuur haar agterdeur toe en nooi haar nie in nie. Dis sleg om jou vir jou ma te moet skaam."

Die klip waarmee Jakop Minter besig was om die biltong te stamp, het elmboog-hoog bo die vleis tot stilstand gekom en daar bly hang.

"Sy was voor die agterdeur altyd so koponderstebo en honds-gediensig en bakhand vir alles wat sy verniet kon kry, en sy't dae gepraat oor elke goeie woordjie wat haar dalk toegeval het. Ek wou 'n voordeur-ma hê en deur daardie voordeur na Nellie gaan vry, maar ek het nie geweet hoe nie. Ek was glad nie so dapper soos Pa dink nie."

Daar het skielik 'n ongewone heftigheid in Petrus se woorde gekom: "Ek was nie bang vir die dood nie, Pa, want ek het honderde kere soos 'n dier gevrek as mense my ma soos 'n bediende behandel en vir my pa lag oor hy net een woord op 'n slag kan uitkry en mense nie in die oog kan kyk nie. Soos 'n hond."

Jakop Minter se woord het deur die middag geskeur: "HOND!"

Jakop het met sy opstaan die gekapte biltong van die plat klip waarop hy gestamp het, afgestoot, sodat dit pienk op die grond val.

Petrus het na hom toe gegaan en probeer sê: "Dis nie wat ek bedoel nie, Pa!"

Maar Jakop Minter het sy oë boontoe gedwing en sy seun in die oë gekyk, terwyl die woord 'n tweede keer uit hom breek: "HOND!"

Hy het die pleitende Petrus uit sy pad gestamp en na Danie toe gestap. By Danie het Jakop sy kyk weer waterpas gedwing: reguit en skerp in Danie se oë in. En hy het vir sy ryk swaer met vyf woorde iets van sy opgekropte binnekant gesê: "JY STEEL MY KIND OK!"

Jakop het omgedraai en sy waterbottels opgeraap. Soos met 'n bygedagte, het hy sy horlosie uit sy onderbaadjiesak gehaal en op sy bondel met die kombers en ander noodsaaklikhede gegooi. Hy het alles net so laat lê, net die waterbottels, saal en toom onder sy arm gevat en perd toe gestap. Petrus het saamgeloop en probeer mooipraat, maar Jakop het aangestap, sy perd eers opgesaal en toe die knelterriem losgemaak. Voordat hy toom aansit en opklim, het hy eers sy twee waterbottels in sy rouvelhoed leeggemaak en die teug water vir die perd gehou om te suip. Toe vryf hy, amper soos met 'n afskeid, oor die perd se kop, gooi die waterbottels eenkant, sit sy nat hoed op, klim op en ry.

Danie het verslae en skuldig staan en toekyk, want hy't geweet hy is nou 'n buitestander. Dit was jare se vernedering wat nou deur die seun se gesoebat en die vader se stil gebelgdheid woed. Petrus het aanhoudend met sy pa probeer praat, maar dit was soos altyd sagte woorde, en hulle klanke het in die afstand tussen die Minters en die Van Wyk weggesyfer. Net een keer, toe hy al sy regterbeen oor die perd geswaai gehad het, het Jakop Minter weer vyf woorde van bo af gebulder. Vir Danie het dié woorde 'n verborgenheid gedawer, want hy het nie geweet met watter woorde Petrus probeer pleit nie.

"HAAR PRAM HET JOU GESOOG!"

Met Jakop se wegry het Petrus aan die stiebeuel probeer saamhardloop om sy pa vir oulaas te probeer kalmeer, maar Jakop het net die perd met die knieë op 'n galop gedruk en 'n entjie verder eers oor die rantjie se kantrif gery.

Hulle het almal na die bo-rif gehardloop om te gaan kyk wat hy doen, want die Kakies was voor en agter hulle.

Jakop het eers in volle sig van die Engelse dwars langs die rif af gery soos die klipperigheid kort-galoppies en draffies toelaat, maar toe is hy gly-gly met die perd die steilte af, reguit na die Engelse toe. Op die vlaktetjie, waar die gelykte nie die perd se gang kon belemmer nie, het hy op die Engelse afgejaag.

Die Kakies het nie geweet wat om van die vreemde verskyning te maak nie: die ruiter was duidelik alleen. Sou hy 'n boodskap bring? Kom oorgee? Vir iets vlug? Tog seker nie storm nie, behalwe as hy mal is. Hulle het Jakop sien aankom oor die parate lope van hulle leemetfords.

Bo van die rantjie af het Danie-hulle gekyk en nie gepraat nie.

En op die vlaktetjie het Jakop Minter nie geweet hoe die wind van die jaaggalop sy ruie baard verdeel en hoe sy woeste hare in die wind staan bo die springbokvelhoed wat aan sy halsriempie teen sy agterkop sit nie. Die gedreun van die hoewe onder hom het by sy ore verbygegaan en van sy perd se nek en platgetrekte ore voor hom was hy nie bewus nie. Op driehonderd treë het hy in die jaag die swaar, houtbedekte loop van die Engelse geweer met sy een sterk hand opgelig en sy eerste skoot geskiet. Soos met 'n pistool. Hy het die geweer in die jaag oorgehaal en 'n tweede skoot afgetrek. Die opslag het tussen die Kakies stof opgeskop en hulle het gelyk teruggeskiet. Die eerste sarsie het sy perd onder hom laat neerslaan, maar Jakop het ongedeerd opgestaan en na die Engelse begin aanstap, terwyl hy nog twee skote op hulle skiet. Hy het nie gaan lê nie; hy het nie probeer skuil nie; hy het nie gedraf of gestorm nie – hy het na die dood toe aangestap en hom vierkant in die oë gekyk. Want die dood is nie 'n mens nie.

Tussen die geweerskote deur het hy sy enkele beskuldiging laat donder: "MOERSKONTE!"

Te veel koeëls het hom gelyk getref. Hy het getol, swaar neergeslaan, opgesukkel en met sy regterarm wat nog heel was 'n laaste skoot afgetrek. Toe het 'n kopskoot stukkies van sy harsings en kopbeen in die bol van sy springbokvelhoed teen sy agterkop ingeskiet en het Jakop Minter opgehou om vir die bank te vlug.

Danie kon dit eers nie oor sy hart kry om met Petrus te gaan praat waar hy agter 'n rots soos 'n kind sit en huil nie, want hy't geglo skuld het net leë verskonings, en skuldbelydenisse is g'n troos nie. Tog het hy uiteindelik móés nader gaan. Petrus, die man wat vir niks bang was nie, het nog gesnik.

Hy moes Danie se voetstappe hoor nader kom het, want hy het vir die harde rantjiegrond voor sy neergeslane oë en vir Danie gesê: "Hy't alles betaal. My pa sal God in die oë kan kyk."

Niks verder nie. Hy het net opgestaan en die horlosie wat Jakop op sy bondel gegooi het, gaan optel en lank daarna gekyk voor hy die ketting aan 'n knoopsgat heg en die horlosie in sy sak steek.

Met donker is hulle spruit toe om die perde te laat suip. Petrus is alleen daar weg om sy dinamiet vir die volgende dag se trein te gaan stel en het eers in die nanag teruggekom om hulle deur die Engelse drive te lei.

Eers toe hulle al baie myle weg was en die son begin kopuitsteek, het Danie gesien Petrus het Jakop se springbokvelhoed op. Daar was net een gat in, so die hoed moes op Jakop se agterkop gewees het. Die koeël moes presies van voor af deurgegaan het. Hy wou nie uitvra nie, maar Petrus het uit sy eie verduidelik: "Ek het gaan kyk of hulle my pa behoorlik begrawe het. Hulle het. Hulle het vir hom 'n ordentlike grafhopie en 'n houtkruis gemaak en sy hoed oor die regop-stok gehang. Ek het vir hulle op my eie hoed my pa se naam en "dankie" uitgekerf. Ek moes weet waar hy lê en of hy behoorlik lê. En mense moet weet wie daar lê."

Vroeg daardie oggend kon hulle deur die veldstilte van baie ver af 'n ontploffing hoor.

"Hoe het jy die skoot laat afgaan?" het Danie gevra.

"My horlosieveer. Ek het só probeer stel dat die dou nie die vuurhoutjiekoppe pla nie."

Petrus het Jakop se horlosie uit sy sak gehaal en daarna gekyk sonder om dit oop te knip. Dit was 'n mooi horlosie met 'n goue klap, want hy't nog gekom uit die dae voor Jakop se bankrotskap. Petrus het voor hulle aankoms by die Van Wyks, die tyd toe hulle so moes rondtrek, baie gewonder hoekom sy pa die horlosie hou terwyl hy heeltyd van hulle besittings moes afverkoop om aan die lewe te bly. Dit het hom só gepla dat hy sy ma daarna gevra het. Sy was amper aangedaan toe sy hom antwoord: "Miskien wil jou pa iets hou om hom te herinner aan die man wat hy was voor ons vir die bank moes beginne vlug."

Vir Danie het Petrus gesê: "Ek sal elke keer as ek hom oopknip, dink aan wat ek aan my pa gedoen het. Hierdie kos-

338

baarheid van my pa moet my spyt vir my aftel, soos dit sy
vernedering vir hom afgetel het."

Eers twee dae later het Fienatjie vir Gertruida gesê sy't ge-
droom haar pa is dood. Gertruida het nie die ander daarvan gesê
nie, al het sy, soos almal, geweet Fienatjie droom nooit verkeerd
nie.

⚞⚟

Die majoor soek in Joey Drew se halfverbrande notas na die
woord en besluit om maar te berus. Die woord is nie aangeteken
nie. Dis weg, want Joey het ná die vuur nie meer aantekeninge
gemaak nie en hy het eers daarná van die noodlottige woord by
Magrieta gehoor.

"Ek moet maar die ander dinge so noukeurig moontlik ont-
hou. Joey se gewete oor die foto, byvoorbeeld."

Joey het sonder skaamte of verskoning vertel dat hy ge-
durende die stryd met Danie van Wyk en sy skoonseun kontak
gehad het en dat hy, wanneer die vroue in die kamp met die
mans wou kommunikeer, briewe na 'n afgesproke plek geneem
en onder 'n klip versteek het. Ook die brief oor Nellie en haar
seuntjie se dood. Maar die brief het nie by hulle uitgekom nie.
Joey het 'n paar keer gaan kyk of daar 'n antwoord van die mans
te velde af gekom het, maar al wat onder die klip was, was die
brief soos hy hom daar neergesit het. Die mans veg elders en
was nie meer naby die kamp nie, het hy afgelei.

In daardie tyd het van die foto's wat Joey laat ontwikkel het,
teruggekom. Onder hulle was die een van die kind met die bok
en die mal vrou, die effens onduidelike een wat hy dié oggend
van die slapende Daantjie van Wyk geneem het, en dan die fa-
miliefoto met die dooie kind op.

Dit was Magrieta se versoek dat hy van die familiefoto vir die
familie meer as een afdruk moes laat maak. Die majoor weet nou
van twee. Die een het Joey saamgery vir geval hy die mans in sy
omswerwinge raakloop en op die ander een, ontdek hy nou, het
Magrieta die name agterop geskryf.

339

Die een van die afgetakelde Daantjie moet ook in dié bondel wees. Dalk is dit een van die sleg-verbrandes aan die onderkant. Maak ook nie soveel saak nie. Joey Drew het vertel dat toe hy die foto van Daantjie van Wyk vir haar wys, Magrieta onmiddellik gesê het hy vergis hom, dis nie haar man nie. Dis te onduidelik, en buitendien, sy ken haar man, hy sou liewer tien dode sterf as om so verslons en vuil rond te loop. Sy't skaars na die man op die foto gekyk en haar mooi oë was skerp toe sy opkyk. So skerp soos op die eerste dag toe hy haar ontmoet het. Beskuldigend: haar man was dood! Die bebaarde man wat so oopbek daar lê, is half vergaan van die maerte. Haar man was vol van lyf, sy het sy bloed aan sy mes in haar hand gehou en sy bloed was aan sy laaste brief aan haar wat hulle by sy lyk gekry het. Hoekom kom maak Joey haar nou onrustig met hierdie soort ding? Hy't toe maar sy foto teruggevat en haar nie probeer oortuig nie, al was hy seker. Doodseker. Die aand in die pub toe hy van daardie foto vertel, het hy nie 'n mooi prentjie van Magrieta se man geskilder nie. Arrogant, het Joey gesê. 'n Blinkgatleuenaar wat nie omgee om ander mense te laat ly nie. En hy het met leedvermaak uitgewei oor hoe hy daardie selfde verwaande bliksem met 'n paar skimpe van jaloesie laat kots het. Maar hy het botweg geweier om te sê presies wat daardie skimpe was.

Daar het dus tog dinge tussen hom en Joey ongesê gebly. Ten spyte van die drank en die vertroulikheid. Hyself het byvoorbeeld nooit Magrieta se verkragting of swangerskap opgehaal nie. Nou dat hy daaraan dink, Joey ook nie. Sou hy van die verkragting geweet het? Seker nie. Sy eie rede vir die verswyging van Magrieta se swangerskap verstaan hy, maar wat Joey s'n was, kon hy nog nooit uitmaak nie. Maar natuurlik, Joey het altyd met die grootste respek van Magrieta gepraat.

In sy nota teken die majoor aan dat die fotograaf 'n paar maande (*ongeveer Feb. tot Mei 1902*) met die familiefoto rondgery het voordat hy die mans raakgeloop het. By die wapen-neerlegging. (*Sien asseblief Drew se fotografiese dokumentering van die geleentheid in bundel F17/2 en afskrifte van sy geskrewe notas in N5/3.*) Die foto van die seuntjie is daar aan die vader oorhandig.

340

"Alles het so koud geword," sê hy weer hardop vir Joey Wessels.

Sy kom kyk.

"Die fotograaf het 'n afdruk van dié foto met die oorgawe aan die jong vader oorhandig. Die fotograaf se gewete het hom oor die foto gepla."

" . . . oor hy 'n dooie kind afgeneem het?"

"Gedeeltelik, ja. Maar dit was eintlik oor wat hy nagelaat het om te doen toe hy die jong vader ontmoet."

Dertien

Dit was die end wat gekom het. Die einde van die oorlog self. Van die amptelike vyandighede, nie van die menslike nadreilinge wat in die jare wat sou kom agter alles aangesleep het nie. Maar op daardie oomblik het hulle gedink dis die einde. Van alles.

Berig van die vredesonderhandelinge het Petrus Minter se korps bereik toe hulle teruggeroep is na die hoofkommando toe.

"Dis verby, Pa," het Petrus vir Danie gesê toe hy van sy besoek aan die kommandant af terugkeer. "Ons moet môre terug na die kommando toe. Die kommandant sê ons kan maar openlik ry en draadkruip. Dit lyk my hulle het ooreengekom om die gewere stil te hou tot hulle klaar gepraat het."

"Dis ons eie mense se verraad en die dierlikheid waarmee hulle die land verwoes en die vrouens en kinders laat sterf het, wat ons het waar ons is. Hulle het in grypsug begin en in onmenslikheid oorwin. Slaap God dan?"

Daar was 'n bewoëndheid in Danie se oë en hy het sy kop weggedraai en weggekyk toe hy vra: "Was Wynand dan reg, Petrus?"

"Ek weet nie meer van reg of verkeerd nie, Pa, maar bitterheid en broederhaat gaan ons onderkry as ons hulle vet voer met verwyte. Ons sal maar moet vergewe as ons vorentoe êrens wil kom. Mens is maar mens. Ons is maar so gemaak en so laat staan. Judas ok."

" . . . ek het 'n seun gegee, en dis wat ek kry!"

Danie het weggeloop en Petrus kon sien dat hy nie soos

342

gewoonlik probeer om die kruppel van die heupwond in sy stap weg te steek nie. Hy was jammer vir sy skoonpa. En skuldig. Was dit reg om 'n goeie man soos Danie van Wyk oor 'n kamtige verlies te laat ly, terwyl hy wat Petrus Minter is, voor sy siel weet dis alles verniet? Maar Nellie! Nellie! Nellie en Klein-Jakop! Daar moenie 'n wig kom nie. Ter wille van hulle. En dis amper verby, Daantjie se wederopstanding kom nader. Maar hy moes nooit toegelaat het dat Daantjie se leuen hom ook insluk nie. Daarvan is sy gewete seker.

Dit was eers by die plek van samekoms dat Danie gesien het hoe haglik die ander bittereinders se omstandighede is: as Petrus se korps verslons en versukkel daar uitgesien het, was die ander burgers in 'n nog erger toestand – baie geklee in goiingsak en enige ander bedekking waarop hulle hul hande kon lê. Selfs in hierdie vroegwinter, nadat hulle pas deur 'n goeie somer is, was die perde hangkop van maerte en uitputting. Hoekom het Petrus hom dit nooit behoorlik vertel wanneer hy van die kommandant af teruggekom nie? Of wou hy nie luister nie? Miskien wou sy skoonseun hom die onafwendbaarheid van die uiteindelike uitkoms van die stryd spaar.

Die generaal het kom praat en die toestande geskets, gesê hulle kan nie anders nie, want vlees en bloed kan nie verder nie, die volk is besig om te sterf. Hy het die verraad en die vrot kol in die volk ook genoem en die bitter het by sy woorde inge-kruip. Die sterk man was bewoë toe hy oor die verlies van hulle vryheid en die onreg hulle aangedaan, praat. Danie het hom van die rand van die versamelde burgers aangehoor en aan sy eie trane gesluk. Hy't 'n seun vir die vryheid gegee! Verniet. En hy het die voorwaardes van die oorgawe aangehoor en geweet hulle lê môre die wapen neer. Die stryd is verby.

Daar was 'n wa kos by die samekoms. Broodmeel, sout, suiker, Engelse klinkers, blikke tee, koffie, blikkiesvis, boeliebief en 'n klomp rolle pruimtwak wat hulle kon opkerf vir wat hulle nog aan pype oorgehad het. Met die komplimente van die vyand? Ge-nadebrood? Niemand gee om as hy honger genoeg is nie.

Hulle is die volgende oggend met vol mae na die plek van

oorgawe. Hulle het hulle gewere op 'n hoop voor die Kakies ge-
gooi en by 'n tafeltjie gaan teken. Wat? Die meeste het nie gelees
nie. Was dit 'n eed van getrouheid aan ou Victoria se telg Eduard?
Wie gee om? Alles is verlore.

Hulle het min gepraat, want hulle woorde was ook op, en
elkeen het na sy aard sy geluide gemaak: stilweg gevloek en ver-
vloek, so hier en daar neustrane teruggesnuif, soms met wrewel
uitgebars of gekla in woorde wat by niemand anders se ore in is
nie. Oor dié paar geluide het daar 'n stilte gehang – 'n swye wat
alle ander klanke versmoor, want dit was die dowwe gedoofd-
heid van verbystering se sprakeloosheid; van die weemoed van
verlies; van mislukking se vernedering. Hulle was verslaan en
hulle het dit begin weet. Daar het 'n besef in hulle ingesink: so
dis wat dit beteken om verslae te moet staan.

Toe het hulle een-een of twee-twee, en so hier en daar op 'n
bondel weggery en die vlaktes in versprei, elkeen nou weer op sy
eie: kaal en weerloos sonder hulle wapens. Hulle het hulle weer-
stand wat hulle so getrou oor hulle skouers of in die geweersak
aan die saal saamgedra het, op 'n hoop voor die Kakies se voete
moes gooi. Dit was hulle laaste weerbaarheid wat die Kakies soos
brandhout gebondel en op 'n wa gesmyt het. Die voortuitsig van
'n tuiskoms en die vrees vir wat daar aangetref sou word, het
hulle vergesel. En elkeen se besluite was skielik weer sy eie. Die
laaste bevele van bo af het versoeke geword.

Daar is vrywilligers gevra om te help met die laaste opruim-
ing van wat onafgehandel is en om bietjie organisasie in die oor-
gang na vrede te kry. Daar moes vir die onmiddellike toekoms
beplan word, soos om hulp te gee waar dit die nodigste is.
Mense moes gehelp word om weer by hulle woonplekke te kom,
want vervoermiddele was skaars. Die hulp wat die Kakies aan-
gebied het, moes benut word. Daar moes omgesien word na die
vrouens in die kampe, die weduwees en wese, en na dié waar-
van die mans nog êrens in die wêreld in krygsgevangenekampe
vasgekeer sit. Die nodigste moes uitgekry word by dié wat niks
oorgehad het nie. Hulle moes probeer om bietjie orde in die ver-
splintering te skep.

Die versoek het grotendeels op dowe ore geval, want almal wou huis toe. Hulle het nou al maande gebrand om te sien wat dáár aangaan en wat oorgebly het van hulle besit en hulle stukkende lewens. Hulle moes wat oor was, gaan bymekaarsoek en van voor af aanmekaarflans. Daar was nie veel vrywilligers nie, behalwe 'n paar wat al per gerug en brief gehoor het dat hulle niks en niemand het om na terug te keer nie. Hulle wou nie terugkeer nie.

"Dis my laaste oorlogsplig, Pa," het Petrus vir Danie gesê toe hulle groet. "Ek brand ook om te gaan, maar ek het nou net geluister na die nood. Ek sal 'n paar dae help en agternakom. Gaan Pa maar solank kamp toe. Sê vir Nellie ek kom en gee haar my brief. Sy sal verstaan."

Danie was aangedaan oor Petrus se moeilike besluit: "Die oorlog het my seun gevat en een teruggegee. Petrus, doen jou plig en kom huis toe, my seun, jy en Nellie het 'n mooi lewe voor julle."

Joey Drew het gesien hoe die twee groet voor Danie saam met 'n groep wegry. Seker na die kamp toe, want Danie was een van dié wat geweet het waar sy mense was.

⚜

Die majoor onthou die nag toe Joey hom van die wapen-neerlegging en die foto vertel het. En van die fotograaf se selfverwyt. Hy onthou tot die tyd toe dit gebeur het: laatnag, met die pub se deure toe en die regulars al lankal huis toe. Die pub-eienaar en dagmatrone Williams het na mekaar toe geleun oor die toonbank, hou-vir-hou saam gesuip en ou, bedenklike grappe uitgeruil. Op sulke aande het die eienaar altyd gehelp om haar tot by die kombuisdeur te kry. Van daar af was dit maar genade na haar kamer toe, want nie hy of Joey kon van veel hulp wees nie.

Joey het vertel van die fotonemery en eers gelieg oor hoe die offisiere hom so aan die gang gehou het dat hy nie tyd gehad het om te gaan groet nadat hy Danie van Wyk en Petrus Minter tussen die Boere opgemerk het nie. Eintlik, erken Joey dan tog maar, kon hy, maar hy was verleë, want waar hý gehawend en vuil by hulle aangekom het, was dit nou húlle wat gelap en vuil in winkelhake

345

en vodde was. Hy het geweet hoe trots Danie van Wyk was. Na die meeste Boere koers gekry het, sodat net 'n klompie agterbly, het hy die foto by sy kar gaan haal en na Petrus Minter toe gegaan. Hy was 'n mooi jong man, een van die min Boere wat gladgeskeer was. Hy het met 'n sagte stem gepraat.

Majoor Brooks onthou die sagte stem – hy sal dit nooit vergeet nie.

Joey het vertel hoe hy gehuiwer het om met die foto en die treurige boodskap na die jong vader toe te gaan, maar uiteindelik het hy tog. Hulle het gegroet en Joey het die foto vir Petrus Minter gegee sonder om vooraf te sê dat sy vrou en seuntjie op die foto al twee dood is.

Dit was oor die jong man se vreugde. Dit was oor die wyse waarop sy oë verhelder het. Dit was oor hoe hy die foto vir die ander gewys en in die skraperige taal gejuig het. Soveel trots en vreugde en liefde en vooruitsig! – vooruitsig, dêmmit! – het uit die jong man opgeborrel! Al kon hy nie 'n woord verstaan wat Petrus Minter vir sy makkers sê nie, kon hy dit sien. Sien! Daaroor. Hoe kon hy dit oor sy hart kry om hom te sê? Hy moes, hy moes, hy moes, dan sou die ander ding dalk nie gebeur het nie, maar hy kon nie. Hy's 'n lafaard, het Joey Drew erken. Hy kon nie. Hy het nie die moed gehad om soveel blydskap en trots dood te maak nie. Sy gewete sê hy kon. Sy verstand sê hy kon die treurige boodskap gegee het vóór die foto. Hy kon tyd gemaak het tussen die afnemery en vir Danie van Wyk eerste daarvan gaan sê het, sodat hý vir Petrus Minter die hel-boodskap kon gee. Maar hy het getalm oor 'n bietjie verleentheid en oor hy bang was om 'n vader van sy dogter en kleinkind se kamp-dood te moet vertel. Hy wou uitstel tot weggaantyd, maar toe is Danie van Wyk skielik alleen weg en hy was bang Magrieta sal hom kwalik neem as hy nie die foto aflewer nie. Vir daardie vrou was dit nie maklik om te lieg of met vals verskonings te kom nie, en hy hét belowe.

"Die waarheid is 'n bliksem. En as foto's lieg, lieg hulle liederlik, want hulle lýk altyd so wáár! Dis hoekom ek 'n kamera haat. Petrus Minter was 'n skoon jong man, ek het van hom gehou. Van sy vroutjie ook."

Majoor Brooks se hand-en-'n-half soek deur die stapel foto's. In sy aantekeningboek het hy reeds, toe hy sy aantekeninge beplan het, 'n reeks opskrifte neergeskryf waaronder hy die aantekeninge by die foto's kon sorteer terwyl hy daardeur werk, want hy het self op daardie dag die spul deurmekaargeskop.

Camp – May – June 1902.

Hy kon nog net een foto uit dié tyd kry, maar die grootste deel van die kamp was nog onafgetakel toe Drew dit gedokumenteer het, en al wat te sien is, is 'n paar tente uit die gelid en die een hospitaaltent wat al plat lê. Met die aankondiging van die vrede was Drew nie daar nie, hy was by die wapenneerlegging. En hy het hom gemis, want die fotograaf was al een wat vir hom die mense – en veral die Van Wyks – se doen en late kon interpreteer.

Maar die beroerings, en selfs soms die stiltes, toe die aankondiging van die vrede deur die kamp versprei, kon selfs hy raaksien, al was dit oor 'n gapende kloof vyandigheid.

⚌⚎

Soos in ander jare wanneer 'n kapokdag die 10de Junie 1901 in Magrieta van Wyk terugbring, begin die wit bedekking die volgende dag in die grond wegsmelt, totdat daar later net hopies agterbly in die hoekies waar die winterson nie kan bykom nie. En aan die skadukant van geboue en mure.

Dit sal altyd in my skaduwee-kant lê. Dit sal nooit wegsmelt nie, dink sy.

Wie't haar nou weer gevra of hulle bly was toe die oorlog oor is? 'n Kleinkind? En wás hulle?

Magrieta weet sy weet nie meer nie, maar die dag nadat die gerugte van vrede eers waar geblyk te gewees het, en daarna amptelik geword het, kom terug. Dit sal, want dit was die laaste keer dat sy 'n paar woorde met die vroedvrou Hester Strydom sou praat. Oor die kapok wat nie wil smelt nie, waaroor anders?

Sy kan nie onthou hoe hulle byeengeroep is nie, maar omtrent die hele kamp was in die service area bymekaar. Die hoof van die kamp het van 'n stoel af op een van die slagterstafels

347

geklim wat hulle vir hom uitgedra het, sodat hy oor die hele skaretjie vroue kon kyk.

"So 'n bloedbesoedelde pas op 'n slagtafel," het iemand naby haar gesê.

Die man was skielik die ene vriendelikheid en innemendheid. Sy snorpunte het kort-kort gelig soos hy probeer glimlag. Sy Hanskakie-tolk het op die stoel waarmee sy baas opgeklim het, gaan staan met 'n soort versigtige toenadering op sy bakkies – en met die kruiperigheid van 'n skynheilige wat hardop voor ander bid, in sy stem. Dit was nou vrede, het die man deur sy tolk gesê. Hy het 'n bietjie oor versoening uitgewei en aangegaan oor die voordele wat die Britse Ryk vir die mense in sy kolonies inhou. Toe het hy, asof hy die hemelryk aankondig, bygevoeg: die hekke was oop, elkeen was vry om te kom en gaan soos hulle wou. Die owerhede sou alles in hulle vermoë doen om hulle te help om weer by hulle huise te kom.

Iemand het geskree: "Watter huise?"

Die skare vroue het gelag! Gelag? Hoe ver heen wás hulle dan al toe dat hulle 'n grap in hulle verliese kon sien? Was hulle só verlig?

Die offisier het vir sy tolk gevra waaroor hulle lag. Die tolk het verduidelik en die offisier het bloedrooi geword. Hy het nie verder probeer preek oor versoening soos aan die begin nie, net gesê dis amptelik en die dokument sal op die kennisgewingbord kom. Hy het die proklamasie – of wat dit ook al genoem is – vir sy hanskakie-adjudant gegee en na sy kantoortent toe gestap.

Die hanskakie, hamer en spykertjies in die hand, was op pad na die kennisgewingsplank toe Martie hom byloop.

"Gee hier daardie papier!"

Sy het die dokument uit sy hand gegryp en hy wou dit terughê.

"Los die ding, ek moet hom opsit!"

Martie het haar rug op hom gedraai en die vel papier vir die naaste vrou aangegee. Die dokument is die skare in.

"Gee terug die ding. Hy moet opgaan!"

Martie het hard gepraat sodat almal om haar kon hoor.

"Die oorlog is oor, vark! Dink jy jou Engelse base gaan jou

nou nog help? Hulle verag jou soos óns jou verag! Roep die Kakies! Toe, roep! Daar staan hulle! Sê hulle moet jou help om die vod papier waarvoor julle so saam gemoor het, tussen ons uit te haal."

'n Verwardheid het oor die man gekom, asof hy iets begin agterkom.

"Sit daardie verdomde proklamasie op waar hy hoort! Op die lykhuis se deur. Gee, ek sal dit self gaan opsit!"

Martie het die hamer uit 'n byna willose hand gevat.

"Waar's die spykers?"

Hy het sonder teëstribbeling die platkopspykertjies vir haar gegee en weggeloop na die hoof van die kamp se kantoortent toe. Wat sou hy daar te vertelle gehad het? Magrieta herinner haar nou dat sy hom nie weer sien uitkom het nie. Sy was een van die klompie vroue wat nie met die groep saam lykhuis toe is nie. Die meerderheid het saamgegaan, want hulle wou seker deel hê aan dié laaste stukkie protes, dié gebaar wat iets moes sê van wat hulle aangedoen is. Maar nie almal nie. Die vroue van die verraaiers en die witband-helpers van die Engelse het eers beteuterd bly staan en toe weggedrentel tente toe. Magrieta kon die verdeling wat vir soveel jare tussen die mense sou bly, voor haar oë sien oopgaan. Van waar sy bly staan het, het sy die paar hamerslae gehoor toe hulle die vredesaankondiging op die lykhuis se deur vasspyker. Snaaks, die kampowerhede het dit laat bly waar Martie dit, moedswillig onderstebo, opgesit het. Nie die soldate of die Hanskakies het dit afgehaal, reggedraai, of verskuif nie. Wou seker maar nie die vrede weer versteur nie, want hoe sou hulle sonder geweld 'n oproer kon keer? Maar die kampmense wat met die Engelse geheul het, se monde was skielik stil, die wit bande vinnig af. Hulle het nie soos deel van die oorwinnaars gelyk nie.

Hester Strydom het ook nie met een van die groepe saamgeloop nie. Sy het, nie ver van Magrieta af nie, ook bly staan en toekyk.

Vir Magrieta was die versoeking te groot. Die stemmetjie wat sy daardie nag soos 'n skaap-ooi tussen die ander in die trop geëien het, het in haar ore agtergebly, haar in die nag wakker gemaak en deur haar dae gedraal soos 'n soet, teisterende verwyt

en 'n verlange uit haar lyf. Dit het, die tyd toe haar melk inge-
kom het, 'n vreemde hartseer in haar laat klop toe sy kaal-bolyf
oor die dun straaltjies buk wat sy uit haar seer borste op die
grond uitmelk – soos Hester Strydom gesê het sy moet. En al het
sy haarself probeer oortuig daardie kinderstemme in die nag was
maar haar verbeelding, omdat sy nie by haar volle positiewe was
ná die verskrikking nie, wou sy weet. Net weet, al het die vroed-
vrou haar verbied.

Toe hulle skielik alleen was, kon sy nie keer nie. Sy't nader
gestaan aan die vrou en haar gegroet.

"Ek moet jou bedank."

"Ek het jou gesê, jy moenie. Daar't niks gebeur nie."

Dit was asof Magrieta die vrou die eerste keer raaksien. Hes-
ter Strydom se gesig was stil. Sy was nie lelik nie, haar lippe was
vol, haar hare geil en haar bruin oë het gekyk met iets soos 'n
wete van ander werklikhede. Sy was nie die reddende demoon
uit Horst se ou boeke wat oor Magrieta se onderlyf buk nie; sy
was nie die donker voorbode van 'n afgryslike daad wat in die
nag in geel lanternkolle saam met haar deur die sneeu loop en
saam met haar gaan staan toe haar water breek nie. Die kil saak-
likheid was nie meer in haar stem en bewegings nie. Sy was 'n
vrou wat sou kon liefhê en liefgehê word. Net die dwars keep
tussen haar wenkbroue het verraai dat die stil masker van haar
gesig soms verwring – seker in die nag, wanneer sy alleen is met
die herbelewing van haar ontering en van die daad wat haar toe-
stand op haar afgedwing het. Soos sy, Magrieta.

Dit was of Hester Strydom geweet het wat Magrieta wou vra.
Ander het seker ook al probeer.

"Ek het jou gevra om nie te kom verneem nie," het sy sonder
aanleiding gesê.

"Wat wás dit?"

"Ek kyk nie. Ek weet nie."

"Ek wil die kleur weet."

"Ek kan nie kleur voel nie."

"Asseblief."

"Dis beter om te lieg en te vergeet. Kom ons gaan nou maar

350

deur vredestyd toe. Wat ons noodsaak was, is nou moord, ver-
staan jy nie? Probeer vergeet, al sal jy nie kan nie."

Hester Strydom het 'n oomblik stilgebly met oë wat elders
kyk, asof sy nadink. Haar woorde het half verbandloos uit ander
gedagtes gekom, skuins uit die bloute. Sy moes baie gebroei en
getob het oor die eie-reg, die geregtigheid, van "noodsaak". Deer-
nis en bitterheid was in haar stem vermeng; gelatenheid en op-
stand was saam in elke woord: "Jy's jammerlik te mooi . . . Moenie
toelaat dat noodsaak jou vasmaak soos 'n perdemerrie wanneer
hulle die donkiehings bring om muile te teel nie. Of dalk is jy
gelukkig . . . dalk kan jy in liefde weggee wat noodsaak in elk
geval teen jou sin en sonder jou verlof, van jou af gaan wegvat."

Hester Strydom het begin wegloop van haar af en sy wou volg.

"Los my nou. Ons wil mekaar nie ken nie, want ons gaan
altyd alles in mekaar se oë sien."

"Asseblief, wat wás dit?"

Hester het haar 'n paar oomblikke aangekyk asof sy weeg aan
wat sy durf sê. Daar was 'n band van afgryse wat hulle bind. Die
altaar van wellus waarop hulle albei oopgespalk was, en hulle
medeaandadigheid aan 'n gruwel, het hulle naby aan mekaar
getrek, soos net donker geheime en gedeelde leed kan. Sy het
sag en met medelye gesê: "Al wat ek kon voel, was 'n seuntjie.
Dis al wat ek weet van wat nie gebeur het nie."

Magrieta het bly staan tot sy sien hoe Hester se rug en geil
hare inbuk by die tent waar sy haar op daardie kapoknag gaan
roep het.

'n Seuntjie. Dis wat dit was.

Dit was eers later, in die lang, slepende jare ná die oorlog dat
sy Hester se eienaardige woorde oor noodsaak, die vasgemaakte
perdemerrie en die donkiehings, sou verstaan.

Sy het teruggeloop na haar en Gertruida se tent toe. Oupa
Daniël het buite Dorothea-hulle s'n op sy opvoustoel gesit. Sy
het die lang-lang ure wat hy omgebid het — "geworstel het met
my God" soos hy dit gestel het — geken. Oor vryheid. Oor reg
en onreg. Oor God se ondeurgrondelike weë. Oor die dood van
kinders. Hy het ononderbroke en verbete in die geloof volhard

dat God die onreg nie sou toelaat nadat daar soveel brandoffers gebring is nie. Hoe sou hy dié vrede hanteer? Magrieta het opgelet sy oë is oop, maar dat hulle nie haar verbyloop volg nie. Dit was asof niemand voor hom beweeg nie, en sy't gesien hy bid nie, en hy het nie sy Bybel by hom nie.

"Het Oupa gehoor dis vrede?"

Hy't haar nie geantwoord nie, en sy het nader gegaan omdat hy in sy hardhorendheid haar dalk nie gehoor het nie.

"Het Oupa gehoor dis vrede?"

Dit was asof sy nie daar was toe hy sy teenvraag vra nie: "Waar's God?"

⚜

Magrieta probeer die warboel ontrafel. Sy loop deesdae baie en terugdink aan die oorlog, want Daantjie loop al weer dikbek rond en is die ene verontregting. Hy kla en verwyt oor alles: vandag, gister, eergister, en so al met die jare af terug tot by die oorlog en sy terugkeer uit die dood uit ná sy heldedom. En oor hoe sy pa hom behandel het – en natuurlik ook oor haar en die Engelsman. As sy gekerm vir haar te erg word, vra sy hom net: "Waar wás jy in die oorlog?" Dan skree hy op haar, maar hou sy bitter bek vir dae. Dit help, maar hy sit altyd haar herinneringe aan die gang. Dié dat sy nou weer die warboel in die dae ná die vredesluiting nie uit haar kop kan kry nie.

Alles was in daardie eerste dae van vrede so deurmekaar in die kamp. Niemand het meer die orde afgedwing en gesê maak só en nie só nie, of elkeen se kom en gaan voorgeskryf nie. Dit lyk vir haar die begin van klein-vryheid is altyd 'n deurmekaar-spul. Hulle was verslaan en dus nie meer vry nie, maar elkeen het nou die beweegruimte wat hulle wel gegun is, opgeëis. Daar was hewige struwelinge, veral oor vervoer.

Daar het, in wat hulle die wa-kamp genoem het, 'n klomp vervoermiddele gestaan. Dit was dié wat die Kakies nie vernietig het nie en soms self gebruik het. Daar was herkenbare perde en osse tussen die diere wat die troepe kamp toe gebring het. Die voor-

352

oorlogse eienaars het nou aanspraak gemaak. Maar, wie nou ook al eienaars was, en wie dit ook al reggekry het om die Kakies te oortuig dis húlle besit, daar was te min. Die een het dalk 'n os of twee kon eis, die ander 'n wa sonder osse. "Noodsaak" soos Hester Strydom dit genoem het, het die gevoelens opgejaag. Dieselfde noodsaak het tot vele onderhandelings gelei: "As ons jóú os en sý os vat en kyk of hulle mý waentjie kan wegkry, kan ons eers gou my goedjies gaan aflaai en dan by jóú langs ry en dan . . ." Hoeveel daarvan het Magrieta nie aangehoor nie.

En van die dorp af het daar Kerneels Davidson opgedaag met sy gewraakte wa te verhure. Dis die Kerneels wat ná die oorlog sewe keer pakgekry het en dit nooit kon waag om sy aanranders by die owerhede te verkla nie. Die meeste kere is hy sommer met die vuis of plat hand bygedam, maar drie keer behoorlik met die sambok – oor hy in die oorlog die laai uitgehaal het om, ná 'n ooreenkoms met 'n hanskakie, of 'n Kakie-offisier, of 'n wie-ook-al, een van die Kakies se vernietigingspatrollies te volg. Die mense is eers van die plaas af verwyder en daarna het hy die beste meubels vir 'n appel en 'n ei op sy wa gelaai voor die res verbrand is. Maar tot in oorlogstyd sien iemand jou altyd, en toe sy dinge kort ná die vrede rugbaar word, het baie mense hulle goed in sy stoor op die dorp gaan eien. Dit het byna 'n gewoonte geword dat hy daarna opgefoeter word. Hy het naderhand nie meer gestry en probeer terugbaklei nie, net die meubels teruggegee. Hy was baie gesteurd oor die sensuur wat die Kerkraad hom opgelê het, want sy uiteindelike verweer was dat hy net die mense se goed van die vuur wou red. Hy's nie geglo nie en hy's onder sensuur, bedroë en arm van die dorp af weg.

Die kamp het gou soos 'n weggooiplek gelyk: tente het in die streng rye spitse begin inmekaarsak en soos flarde weggooipapier rondgelê. Dit was die tente van dié wat gou kon wegkom, en hulle was nie baie nie. Vir die Hanskakies se vroue was dit meestal makliker, want die soldate het hulle so ver moontlik eerste aan vervoer gehelp en vir dié wat wel hulle huise verloor het, tente geleen. Hulle was verlig om weg te kom onder die beskuldigende oë rondom hulle. Van die ander het die meeste vir mansmense gewag. Dit was dié wat nog mans gehad het en dié wat gehoop het hulle het nog mans. Die vroue wat al gehoor het hulle mans is êrens anderkant die water in krygsgevangenekampe, het geweet die wag sal te lank wees, hulle sal self moet plan maak. Baie wagtendes was dus steeds uitgelewer aan Kakie-genade. Hulle kon nie wegkom nie. En hier en daar, verbete, het 'n paar bondel gemaak en die pad uit die hel uit huis toe te voet aangepak saam met wat hulle aan kinders oorgehad het. Die kinders wat wees gelaat is, het hulle verleë by familielede moes aansluit. Nog 'n mond om te voed; nie altyd welkom nie. Daar was weeskinders wat niemand bloed-naby oorgehad het nie. Hulle moes maar net agtergebly, en hulle het seker agtergekom hoe hulle al allener word soos die mense vertrek. Al hoop was 'n reddende hand wat dalk van êrens af na hulle toe sal uitgesteek word.

Alles was te stukkend om dit nou te probeer agtermekaar kry, dink Magrieta. Haar en Daantjie se eie familie was ook stukkend en die Minters byna uitgewis. Nellie en Klein-Jakop het in die begraafplaas gelê saam met twee van Sannie Minter se dogtertjies. Sy onthou hoe sy dié tyd self weduwee was. En dan natuurlik, Martie. Sonder haar enigste Drienatjie en haar haat vir Wynand.

Die dag ná die aankondiging het Wynand van Wyk by die kamphek kom kamp opslaan. Hy het met 'n kapkar en twee baie gangbare perde opgedaag om Martie te probeer oplaai huis toe. Op die kar was daar, tot Martie se verdere gramskap, twee lewende skape, hoenders en 'n klomp negosieware – alles, volgens Martie, verradersbuit. Magrieta het nie gesien toe Martie hom wegjaag nie, net gehoor van die ding, maar dat hy behoorlik weggejaag is, daarvan kon elkeen binne skree-afstand getuig. Wynand het hom toe maar voor die kamphek tuisgemaak en daar gewag vir sy vrou om tot haar sinne te kom. Martie het nie toegegee nie, net by die owerhede gaan kla dat die man lastig is en dat sy nie verantwoordelikheid aanvaar vir wat met hom gaan gebeur as hy aanhou om met sy pleitery met haar te neuk nie. Sy het hulle gedwing om hom te gaan waarsku. Hy het gewag.

"Laat hom in sy malle verstand met sy Engelse skape en

pluimvee op sy geroofde kar en perde sit en wag," was al wat Dorothea uit Martie kon kry toe sy gaan mooipraat.

Op die derde dag het Danie opgedaag en geweier om sy broer te groet toe hý hom herken en probeer voorstaan, en op die vierde dag het Martie bondel gemaak en begin huis toe loop.

Martie het later baie te vertelle gehad oor haar tog huis toe. Wynand nie. Moes 'n prentjie gewees het, dink Magrieta nog altyd: Martie stywe-rug die pad af, bondel op die kop; Wynand met sy kar vol lewende hawe wat die perde agter haar laat aandrentel. Martie vertel dat wanneer sy die ewige gepleitery nie meer kon verduur nie, sy net vir hom geskree het: "Waar's my kind?" Dan was sy bek weer vir 'n myl of twee toe. Magrieta weet dis nie die volle waarheid nie, Martie sou wel meer teruggeskreeu het. Báie meer. Waar daar 'n rantjierigheid naby was waar die kar nie kon oor nie, het sy kortpad gevat en moes Wynand maar die ompad ry. Sy moes twee keer slaap, en sy't dit elke keer in 'n koppie loop doen. Maar as sy in die oggend wakker word, dan sit meneer daar op 'n afstand en waak met sy lewende hawe bietjie los vasgemaak sodat die arme diere darem hulle bene kon rek. Nie nat of droog oor haar paar lippe in daardie laaste twee loopdae nie. Want al was haar water al ná 'n dag op, vat sy nie lafenis van 'n verraaier nie.

Van wanneer af het Wynand haar begin los? Ná amper 'n maand op die plaas met haar in die murasie wat hulle huis was en Wynand so tweehonderd treë van daar af? Die wit van Martie se oë was toe al geel van die pampoen-etery, want dis al wat daardie somer wild agter die kraal gegroei en nog daar rondgelê het. Maar sy't gesorg dat Wynand lig slaap met dreigemente van 'n slaapmoord en sy't gedurig vir hom pampoen gevat en gesê: "Toe, vreet! Ek het al amper een verraaier vrekgemaak, 'n tweede sal nie saak maak nie." Dan eet hy nie.

Ná 'n maand het hy die negosiegoed, die meel en die diere net so by haar gelos en is hy daar weg – om vir hom sy kaia by die fonteintjie op die ander hoek van die plaas te gaan opslaan. Wat hy vir haar afgelaai het, het sy net daar op 'n hoop laat oproes en vrot, en die diere het sy eers later uit jammerte ver-

sorg, want die arme goed kon tog nie help dat hulle in 'n ver-
raaier se hande geval het nie. Van hulle geld wat sy dwarsdeur
haar kampdae in haar onderklere saamgedra het, het sy al op die
tweede dag terug op die plaas voor hom gaan neergooi waar hy
gesit en wag het. Presies die helfte.

"Dè!" het sy gesê. "Dis al van jou wat nie die bloed van vroue
en kinders aan hulle het nie."

Hy't die geld byna 'n dag laat lê, maar dit tog uiteindelik op-
getel, en toe sy, ná weke, die dag se loop na Danie-hulle toe aan-
pak om geleentheid dorp toe te kry, sodat sy die noodsaaklikste
kon gaan koop, het hy haar soos 'n brak gevolg en van ver af
opgepas. 'n Myl van Danie-hulle se opstal, waar daar toe twee
tente voor die brandmurasie gestaan het, het sy moed hom be-
gewe en het hy weer gaan sit en wag. Amper 'n week lank. Danie
het haar uiteindelik met sy spaaider teruggebring huis toe. Hy't
van haar bed in die kamp vergeet en dit vir haar gaan haal, haar
gehelp om die noodsaaklikste te gaan koop en dit vir haar huis toe
gebring. Van by Danie-hulle gaan bly, wou Martie niks weet nie.
Wynand het agter hulle aangery na wat sy huis was. Ongegroet.

Martie van Wyk se lewe was middeldeur en sy sou hom nie
toelaat om weer te heg of aan mekaar te groei nie.

Van pa Danie se aankoms by die kamp onthou Magrieta net
een ding. Hy het gegroet en gehoor van Nellie en Klein-Jakop se
dood. Hy het net gesê: "Petrus . . . God, Petrus."

Sy was in die tent saam met die ander toe Philip Brooks met
pa Danie kom praat het.

⛌

Daar was 'n waardigheid oor die Boer. Kaptein Brooks het ver-
neem en gehoor Van Wyk het by die kamp opgedaag. Joey Drew
was nog elders besig om die oorgawe te dokumenteer, so daar
was nie 'n tussenganger beskikbaar nie. Dit sou nie deug om een
van die vroue of een van die oorlopers te vra nie.

Hy't dit eers oorweeg om die man te laat roep, maar daarteen
besluit. Hy wou nie die kennismaking soos die aanmatiging van

356

'n oorwinnaar, wanneer die oorwonnene in die verleentheid is, laat lyk nie. Oor Magrieta. Veral oor die pragtige jong weduwee Magrieta van Wyk. Want in die ongedurigheid van sy verliefdheid het hy dikwels gedroom hoe hy vir haar op die plaas gaan kuier. En soos by die ete ontvang word. En haar liefde wen. Hoe gek is liefdesdromery tog nie, want toe hy hom by die Van Wyks se tent gaan aanmeld en Danie van Wyk uitkom, het die waardige, maer bittereinder nie die hand gevat wat hy na hom toe uitsteek nie.

"Kaptein Brooks," het hy hom voorgestel en verleë soos 'n skoolseun wat verbrou het, voor die man gestaan. Al wat hy kon doen, was om onbeholpe te sê dat Danie van Wyk se spaaider gespaar gebly het. Die twee swart perde is tussen die troepe s'n versorg en ook die wit tuie is in een van die magasynmeester se stoortente. Die wa en kapkar het ongelukkig in die slag gebly.

Die Boer het met die presiesheid en aksent van aangeleerde Engels gevra: "Hoekom is ons hiervoor uitgesonder?"

Wat moes hy sê? Die ongehoorde ete uitblaker? Tog seker nie Magrieta noem nie.

"U kan die tente waarin u familie is, leen tot die huis herstel is."

"U antwoord my nie."

"Ek kan nie."

"Hoekom nie?"

"Aan die begin van die oorlog sou ek baie antwoorde gehad het. Nou het ek nie meer nie."

"Moet dan liewers nie antwoord nie. Dankie."

Dis al wat tussen hulle gesê is, want Van Wyk het omgedraai en die tent binnegegaan.

❧❧

Nadat hulle die kaptein hoor wegloop het, het hulle sonder woorde in die tent vir mekaar sit en kyk.

Pa Danie het, toe hy terugkom, dadelik die vraag gevra wat hulle gesit en vrees het.

"Hoekom het julle so baie wat die ander nie het nie? Hoekom is my spaaider en perde gespaar?"

357

Hy het dit gevra al het hy die antwoord geken, want Joey Drew het hom op die nag van hulle ontmoeting in die murasie vertel van die ete saam met die vyandsoffisier. Hy wou dit uit hulle monde hoor.

Hulle het skuldig voor sy streng oë gesit terwyl ma Dorothea bieg: van die ete, van die hoekoms vir die uitnodiging, van hoe hulle haar, Magrieta, se skoonheid misbruik het, van Greeff se verraad, van Martie se opstand, van hulle skaamte en spyt dat hulle so laag voor die vyand gedaal het. Alles het uitgekom. Toe sy klaar was, het pa Danie opgestaan.

"En toe brand hy tog maar alles af."

Daarmee is hy daar uit en 'n uur later het hy met die spaaider voor die tent stilgehou.

Alles kon nie op nie en Danie het maar opgestapel en vasgemaak tot op waggelhoogte. Hy, Dorothea, Gertruida en Sussie moes gebukkend onder die stapel sit met die tentpaal soos 'n skuins mas oor hulle. Hy sou drie keer moes ry: stadig, met hooggelaaide pakkasies wat op die spaaider se vere wieg, agter twee perde wat swaar trek.

Voor hulle vertrek, ná die pakkery klaar was en die ander al op die spaaider, het pa Danie haar eenkant toe gevat: "Magrieta, jy moet help, my kind. Ek ken Petrus. Oorlede Nellie en die seuntjie was sy hele lewe. As hy die doodstyding kry, weet ek nie wat hy gaan maak nie. Sê hom tog saggies en help hom waar jy kan . . ."

"Hoe, Pa?"

"Net God sal weet. Maar probeer asseblief, en bring hom plaas toe. Hy't my seun geword, soos jy my dogter geword het."

"Dankie, Pa. Ek sal doen wat ek kan."

Hulle is weg en sy, oupa Daniël en Sannie Minter het agtergebly. En Fienatjie, maar Fienatjie was toe siek.

Dit het die laaste paar maande van die oorlog beter gegaan in die kamp. Dinge was toe makliker, die kos was beter en die tente nie meer so oorvol nie. "Yl-gesterf," het hulle die nuwe ruimte genoem. Die siektes was grotendeels uitgewoed; die begrafnisse baie minder. Maar daar het, asof die dood nog 'n hou wou inkry, in die laaste oorlogs- en eerste vredesdae weer 'n masel-epidemie deur die kamp getrek. Van die kinders wat die eerste twee vlae vrygespring en nie gesout was teen die siekte nie, het masels gekry.

Magrieta was by toe tante Gertruida se aangenome dokter Fienatjie in die een hospitaaltent besoek. Die beddens in die hospitaaltente was so te sê leeg en die dokter kon die masel-kinders, en hulle was maar sewe, eenkant hou. Die familielede is toegelaat om hulle vrylik te besoek, so Sannie Minter en Magrieta het nie verlof nodig gehad om by die siek Fienatjie te waak nie.

"*Malignant measles*," het die man gesê. Sy oë was nog steeds half verbysterd soos op die eerste dag toe hy by hulle kom hulp vra het met die tolkery. Dit was dus die bloumasels waarvan sy al in die kamp gehoor het – die een wat nie buitentoe uitslaan nie, net blou kolle op die lyf maak. Fienatjie se lyf het gekneus gelyk en die koors, koud en warm, het beurtelings deur haar lyf gebewe.

Sannie was stil. Soos langs die sterfbeddens van haar ander twee dogters het sy net bygesit. Net gesit en toekyk. Die twee is enkele dae ná mekaar aan maagkoors dood. Gou. Maar iets stadigs en kruipend het in daardie paar dae soos suurdeeg deur Sannie Minter getrek. Magrieta het haar sien afwesig raak; gesien hoe die onbetrokkenheid in haar groei. En 'n skewe glimlag was nou permanent om haar mond. Met die dood van haar eerste kind het sy nog soos 'n bedroefde moeder gehuil, met die tweede nie, en toe Danie haar sê dat Jakop Minter gesneuwel het, het sy net met daardie glimlag gesê: "Dan is dit seker maar so. Vir wat dan nou nie hy nie?"

Danie kon sy oë en ore nie glo nie. Verstaan die vrou dan nie wat hy sê nie?

"Jakop is dood, Sannie. Gesneuwel. Jou man is oorlede."

Sannie het gegrinnik: "Jakop is maar net nóg een van die bloed-en-kak-strepe waarmee die Here sy oorlogsprentjies verwe."

Só 'n woord uit 'n vrou se mond, en só 'n lasterlike gedagte was te veel vir Danie en hy het Dorothea by die eerste geleentheid en waar sy, Magrieta, toevallig by was, daarna gevra: "Het Sannie haar sinne verloor, is sy van haar kop af?"

"Ja," het Dorothea geantwoord, "genadiglik. Ek het al baie gewens ons was liewer almal."

359

Fienatjie het destyds al gedroom dat haar ma uiteindelik nie sou weet nie, maar Magrieta onthou dat sy en Gertruida nie kon uitmaak wat die droom sou kon beteken toe Gertruida haar, op die plaas nog, daarvan vertel het nie. Maar dit het toe waar geword. By Sannie Minter was daar nie meer 'n traan nie, nie 'n teken van hartseer of spyt nie. Dit was asof wat rondom haar gebeur, en wat sy hoor, êrens op 'n plek in haar beland wat haar nie aangaan nie; 'n plek waar weggooigedagtes moet gaan stil raak voor hulle steur. En sy't kort-kort sommer uit die bloute van dié onsinnige sinnighede begin kwytraak. Toe Dorothea met haar simpatiseer oor haar tweede dogter wat so kort ná die ander een gesterf het, het Sannie se glimlag soos 'n soort gryns om haar mond gebly: "As jy voor jou onskuld sterwe, word jy glo 'n lied."

Wat wát sou beteken? Nou, ná al die jare, verstaan sy dit nog nie, en Magrieta wonder hoekom sy tóé gedink het sy begryp dit. Want sy't by haarself gedink: Dis te laat vir my om 'n lied te word. Maar dit was in die tyd van haar eie verwardheid. As jy self nie normaal is nie, verstaan jy dalk abnormale goed beter. Miskien was daar al klaar meer van ma Dorothea se wens dat hulle almal liewer van hulle sinne beroof moes wees, binne-in hulle – sonder dat hulle dit agterkom. Dalk het iets van Fienatjie se streep wat sy sweerlik by haar ma geërf het, tog in almal ingesyfer. Dis dalk iets wat jy begin insien – van hoe die skyn soos 'n gordyn voor die waarheid hang, of van die sinloosheid van wat jy dink jy weet. Of so iets half-verstaanbaar.

Hulle het in die stiltes van die hospitaaltent by die koorsige kind gewaak. In die ander beddens het die kinders geslaap, en 'n moeder langs 'n bed in die verste hoek het mettertyd halflyf vorentoe gaan lê en aan die slaap geraak. Fienatjie was onrustig, soms effens stuipend, maar tussenin stil. Die skerp geure van ontsmettingsmiddels en medikamente was oordadig; die stomp na-reuke van vorige epidemies het nog uit die tentseil gedamp. En die maselkoors kon jy ruik. Magrieta was in daardie nagwaak oor so baie dinge tegelyk ontstig. Wat moet sy vir Petrus Minter sê as hy aankom? Wat moet sy vir Philip Brooks sê oor wat, noudat die oorlog oor is, tussen hulle mag gebeur sonder om vir haar, of vir hom, 'n verleentheid te skep? Wat van Fienatjie hier voor haar in die koorsgloed van bloumasels, die malignant measles wat soveel kinderlewens geëis het? Sy was so diep geheg aan die kind, want dis Fienatjie wat haar altyd met amper moederlike deernis behandel het, asof sy heeltyd vooraf geweet het van die donkertes wat sy, Magrieta van Wyk, sou moes deur. En Fienatjie was die druppel lafenis in die nag van haar diepste ontreddering. Fienatjie moes nie doodgaan nie.

En dan was daar die duiwel wat vroeg daardie aand in oupa Daniël ingevaar het. Dis sý wat die ou man gaan haal het. Om vir Fienatjie te kom bid, want sy kon ná haar daad tog nie meer gunste by die Here vra nie, en Sannie was te buite weste om met so iets te vertrou.

Toe sy hom gaan vra om te kom, het hy nie soos gewoonlik dadelik gegaan asof dit sy onontkombare plig is om vir iemand by sy Here te gaan intree nie. Hy was anders, want hy't gevra: "God is mos orals, hoekom moet ek soontoe gaan om te bid? Hy kan my mos maar hier aanhoor as Hy wil, en Hy weet mos goed genoeg waar Hy die bloedjie neergetrek het."

"Asseblief, oupa Daniël, sy's baie sleg . . ."

"Nou kom ons gaan kyk dan maar of die naderganery help."

Die ou man se optrede was so anders as dié wat sy geken het. Daar was geen teken van sy – so dikwels belyde – oorgawe aan God en sy ondeurgrondelike weë nie. Was daar dan tot in hóm ook tekens van die oorlogsdolheid waarvan die mense praat? Sy't die woord so baie gehoor: oorlogsdolheid – as verskoning vir onaanvaarbare optrede; as verduideliking vir 'n gepleegde daad. En as iemand vreemd optree, het hulle gesê: "Sus of so het die oorlogsdolheid onder lede." Dit was so. Hulle almal het verander, hulle oordeel verloor, dol geword. Sannie Minter was seker heeltemal oorlogsdol, en nou dalk selfs oupa Daniël, "'n rots van die geloof" soos 'n predikant hom op 'n keer genoem het. En Magrieta dink sy verstaan dit: jy kan nie dag vir dag die dood rondom jou sien, en tot teenaan jou vel voel, en inmekaartrek van vernedering se binnekrampe, en nie die een of ander skeet optel nie. Of dink jy gaan jouself bly nie. Sy moes self die dolheid gedra het –

361

hoe anders sou sy haar kon bring om te doen wat sy gedoen het? Sy't haar dikwels betrap dat sy dinge probeer regpraat – wanneer sy haarself wysmaak dat ongewone, pynlike omstandighede jou swakhede soos bloumasels laat binnetoe uitslaan en net so hier en daar 'n sondekol soos 'n blou kneusplek op jou buite-vel laat verskyn. Oorlogsdolheid was dalk die laaste verskoning waaragter sy kon probeer skuil.

"As die lewe jou hard genoeg druk, peul daar snaakse goed uit," het Ma Dorothea altyd gesê. Niks druk soos oorlog nie.

Sy sal die gebed nooit vergeet nie. Oupa Daniël het teen daardie tyd al baie swaar gekniel. Hy moes gehelp word om langs Fienatjie se bed op sy knieë te kom en hy het aanvanklik sy oë toegemaak. Maar van sy byna oordadige nederigheid wanneer hy sy God nader, was daar niks, en van sy gewone lofprysinge en dankwoorde was daar geen sprake nie: "Here, hierdie is die sewe-en-tagtigste kind wat ek môre sal begrawe en ek vra nou soos ek elke keer vantevore gevra het: wees haar tog nou genadig en spaar haar lewe. Wys ons tog met hierdie kind dat U lewe. Maar ek weet voor my siel daar sal van hierdie gepleit niks kom nie, soos daar van al my ander smekinge niks gekom het nie . . . ."

Oupa Daniël se oë het oopgegaan en hy het opgekyk in die hospitaaltent se seil-nok in: "Ek het my al blou gepleit vir hierdie kinders . . . en partykeer het ek probeer glo U sal help, en partykeer nie. Maar ek moes in ses-en-taggentag kindergrafte inkyk. Ek het uit my hart uit gepleit en U het nie één keer geluister nie. . . . oor ek geglo het U is 'n God van liefde en genade. U het nie één gered nie. U het hulle gevat en die vryheid waarvoor ons hulle geoffer het, het U weggevat en vir die Kakies gegee . . . soos die naam Daniël Egbert uit my nageslag en van my af weggevat is. Ons het verniet geglo en gesmeek. Ons het met kinderlewens betaal en niks daarvoor gekry nie."

Die ou man wou skielik op sy voete kom en Magrieta moes hom help.

"Ek was 'n donderse verneukte gek! Jy's nie daar nie, en as jy daar is, is jy 'n sielevreter wat nie dik gevreet kan kom nie. Vir wat máák jy hulle dan? Net om van hulle slággoed te maak? Vir wat?"

"Oupa moenie sulke dinge sê nie!"

"Nou loop bid jý dan en kyk wat gebeur. Loop bid by die krankes, en teen die droogte, en vir jou kosbare vryheid, en kyk wat jy kry. 'n God wat Kakies oor die wêreld laat tier en toelaat dat daar gebeur wat in hierdie kampe gebeur het, weet van liefde en genade niks. Jy moet die kind maar môre self begrawe."

"Sy's nie dood nie, Oupa!"

"Sy sal wees, soos ek God se genade ken. Ek sê net: ek begrawe haar nie. Ek is moeg om kinders in hulle offergate te laat toegooi terwyl ek die Here se wreedheid staan en goedpraat soos 'n verdomde sot . . . en dan nog met lofprysing en dank . . . vir krummels. Waarvoor? Vir die dood van kinders?"

Toe hy op sy kierie leun om te begin loop, het Sannie Minter steeds geglimlag: "Die dood van kinders is God se grappie. Hy't hom hier te veel oor en oor vertel."

Oupa Daniël het gaan staan en Sannie aangekyk. Amper met goedkeuring. Toe loop hy.

Was dit waartoe hulle gekom het? Só ver? So diep?

Vir Magrieta was dit of hulle binnegoed, hulle derms, harte, longe, buitetoe uitgedop is, en of al die onaangename goed wat altyd in die donker onder die vel bymekaargedruk en weggesteek sit, nou los en stink aan die buitekant hang. Horst het altyd vertel dat dit is soos dit lyk wanneer Satan die oorhand kry. Oorlogsdolheid gee 'n mens seker maar sulke verbelenthede.

Maar oupa Daniël het gelyk gehad. Fienatjie is, soos die ander, nie begenadig nie. Teen die oggend, met haar laaste opflikkering, het Magrieta gesien die kind se lippe begin praat. Sannie het teen daardie tyd op een van die leë beddens lê en slaap en dit was baie stil in die tent.

Magrieta het oor Fienatjie se mond geleun, met die kind se koorsasem warm en hortend teen haar oor. Daar het woorde uitgekom. Flarde sinne. Stukke droom. Dit was asof Fienatjie se laaste drome – dalk saam met die oorblywende brokkies van die helm wat nog in haar oorgebly het – deur die koors uit haar gespoel word.

Deur al die jare het Magrieta probeer om agtermekaar te sit wat Fienatjie gesê het. Sy kon nie, want sy was onseker of sy

363

altyd reg gehoor het. Die woorde was te sag, te onderbroke. Fienatjie se sterfasem was te min. Te kort. En wat Magrieta kon uitmaak, het soms verbandloos geklink. Dit was soos om deur die spieël in die raaisel te kyk waaroor daar so gepreek word. Maar wat die kind gepraat het, het by haar gebly.

Magrieta weet Fienatjie het gepraat oor goed wat kom, soos dikwieletjie-waens sonder perde wat oor die aarde wemel, en oor kassies waarin mense rondloop, en van hoe mense van ver af met mekaar praat. Maar dit was tussenin, want Fienatjie het eintlik van die tye gedroom wat sy nie sou belewe nie. Fienatjie Minter het veral haarself gedroom. Seker maar haarself as sy sou gelewe het. Magrieta is nie seker nie, maar sy dink sy't uitgemaak van liefdes wat Fienatjie nooit sou liefhê nie, en kinders uit haar wat ongebore sou bly.

Dit was haar verlies van grootword en lewe wat deur haar koorsdroom gewoed het. Sy hét haarself gedroom. Dit weet Magrieta.

En toe, terwyl Fienatjie stil word en die laaste stuipe-rilling in haar verslap, het sy begin sing soos sy lank tevore al gedroom het sy saam met die kinders sou sing: byna onhoorbaar, byna ademloos en vir net 'n paar oomblikke. Maar die lied wat haar dooie lippe so gou ophou sing het, was skielik die tent vol.

Dit wás nie Magrieta se verbeelding nie. Sy het die laken oor Fienatjie se gesig getrek en buitetoe gegaan. Voor die tentspleet het 'n vrou en 'n bok steeds vergeefs gewag. Die lied van die kinders was oor die hele kamp, oor die tente en die strate en die drade; dit het gehuiwer in die oggendmis wat laag oor die kamp hang; dit was die lug vol. Magrieta het toe geweet wat die lied was. Dit was die klaaglied van dooie kinders oor lewens wat hulle nooit sou lewe nie.

En toe sy na haar tent toe stap, het sy gesien hoe van die ander vrouens uit hulle tente kom en buite gaan staan en luister. Een het gevra: "Wie sing so?"

"Die dooie kampkinders," het sy geantwoord, " en Fienatjie. Fienatjie Minter."

"Sy oë het gesterf."

"Sy oë? Net sy oë?"

"Dis wat sy gesê het. En toe hy my die guns vra, kon ek sien wat sy daarmee bedoel. Hulle was dood . . . sy oë bedoel ek."

Die majoor vertel vir Joey Wessels van die enigste gesprekke wat hy ooit met Magrieta van Wyk gehad het. En van Petrus Minter. In die museum moes hulle Petrus se voornaam by sy van en gesig kry met 'n bietjie navorsing, want al het Magrieta dalk destyds Petrus se naam vir Philip Brooks genoem, sou hy dit in elk geval nie vandag meer kan onthou nie.

"Ouderdom is snaaks," sê hy soos alle oumense, "hoe meer die beelde uit die verlede helder na jou toe terugkom, hoe meer vergeet jy name. Maar die gesig van die jong man sal ek nooit kan vergeet nie. Nie ná wat gebeur het nie."

Petrus was nie op die familiefoto van die Minters nie, maar op sy troufoto was sy gesig daar. Die majoor het hom onmiddellik herken. En sy naam was agterop. In Magrieta se handskrif.

Op die troufoto trek iets skielik die majoor se aandag.

"Kyk!"

"Wat, Majoor?"

"My stewel! Kyk goed na die foto. Daar sit my hak se merk soos ek daarop getrap het om die vuur dood te kry! Sien jy?"

Die ou vinger tas oor die beeld. Daar is inderdaad die half-maan van 'n stewel se hak.

"Ek sien, maar regtig, Majoor, daar is een ding waaroor u altyd sê: later, of ons sal daarby kom."

"Doen ek dit?"

"U stel nog steeds uit om my te vertel waarom hierdie klomp foto's so verbrand is. U praat net altyd van die vuur. Watter vuur?"

"Die fotograaf se vuur. Dis hý wat alles wou verbrand. Ek raak so kort van gedagte. Ek dag ek het jou gesê. Van my manne het my kom roep en gesê die fotograaf het besete geraak en is besig om al sy kameras en foto's te verbrand. Ek het gehardloop en die vuur uitmekaar geskop. Doodgetrap so goed ek kon."

"Hoekom het hy dit gedoen?"

Die majoor lig sy gesonde hand: "Laat ek jou wys. Van voor af."

365

Uit 'n aparte stapel haal hy 'n geraamde foto en hou dit voor haar: "Oor haar."

Daar is nie brandmerke aan die foto nie, dis ingekleur en agter glas. Opgepas.

"Dis nie verbrand nie."

"Nee, dis die een wat hy uit sy vuur uit weggehou en altyd by hom gehad het tot sy dood. Ná sy dood het hulle dit saam met sy paar ander besittinkies aan my gestuur. Hy't eintlik niks meer oorgehad nie, maar dit was glo sy wens. Die tehuis vir haweloses waar hy dood is, het nog 'n nota wat hy blykbaar 'n paar dae voor sy dood geskryf het, saamgestuur. Hy't geskryf daar's nie meer genoeg asem in sy versteende longe om te kan aangaan nie en hy kan nie die drankgeld wat hy my skuld, terugbetaal nie, ek moet maar vat wat hy van sy leeftog oor het. Dit het my nogal geroer, want hy was nie 'n oormatig eerlike man met geld nie."

Joey Wessels verstaan nie, maar is bang vir nog 'n syspoor in die gesprek. Sy vra nie en die majoor gaan voort: "Toe ek Suid-Afrika toe kom, het ek maar die foto vir julle museum saamgebring."

"Is sý die dogtertjie waarvan u al vertel het?"

"Ja, maar jy sal maar die naam moet uitspreek, ek sal dit nooit baasraak nie. Die fotograaf het gedink hy kon."

"Dis Fie-na-tjie. Sy't mooi oë, maar kon hulle so blou wees as wat hulle ingekleur is?"

Die sepia het reeds die foto verkleur op die plekke waar Joey Drew se inkleurwerk nie bygekom het nie.

"Hulle was glo buitengewoon blou. Joey Drew kon nie oor hulle uitgepraat raak nie. Sy moes merkwaardig gewees het, want Magrieta van Wyk het ook gesê sy was liewer vir die kind as vir enigiemand anders. Die kind se drome het glo altyd waar geword . . . Die fotograaf het kort-kort prysliedere oor haar en haar oë aangehef . . . goed gesê wat ek nooit van hom verwag het nie."

"Majoor?"

"Hy was nie juis iemand van wie jy sou verwag om . . . Ag, hy't byvoorbeeld gesê dat toe God die kind se oë gemaak het, Hy nog baie mooi oorgehad het en alles in haar oë gesit het om dit die mooiste mooi van alle mooi te maak. Dis wat hy gesê het.

366

Haar Skepper kon glo nie ophou mooimaak aan haar oë nie. Ek onthou dit omdat dit so ongewoon was om so iets uit sy mond te hoor – hy was bepaald nie romanties van aard nie."

"Dit klink soos 'n verliefde."

Die majoor kyk vir haar, asof hy wil sien of daar die moontlikheid van agterdog oor Joey Drew se bedoelings sit.

"Nee," sê hy byna streng, "juis nié. Sy was maar sewe . . . agt, dalk nege. Ek het hom geglo toe hy sê hy kon haar liefhê soos sy eie kind . . . sonder enige lelike bybedoelings. Dis wat dit vir hom so besonders gemaak het. Dit, en haar deernis. Hy't eenkeer gesê net sý het nie omgegee dat hy klein, skeel en lelik is nie. Net sy het die waarheid gedroom van hoe alleen hy is. Dis soos hy dit gestel het, want hy't aan haar drome geglo."

Joey Wessels is jammer dat die ou man haar dalk verkeerd verstaan het, en sy weet weer dat Victoria, en haar tyd met sy taboes, nooit uit die majoor se geslag sal wegsterf nie. Sy's dankbaar toe die ou man verder begin vertel oor wat Magrieta hóm vertel het op daardie enkele dae toe hulle kon praat:

Dit was Magrieta wat vir Joey Drew – met een van die soldate wat op pad was na die wapenneerleggings toe – laat weet het Fienatjie is siek. Joey Drew het hom teruggehaas, maar was te laat. Hy het laat die oggend van haar dood opgedaag, net ná Danie van Wyk met sy tweede spaaider-vrag weg is plaas toe.

Magrieta het toe reeds die lykie met bed en al uit die hospitaal laat haal en uitgelê in een van die leë tente. Sy't gesê sy't nog nooit iemand so sien inmekaarstort soos die fotograaf toe sy vir hom sê Fienatjie is vroeg daardie oggend dood nie. Hy was ontroosbaar en hy't lank sonder 'n woord net langs die bed staan en bewe soos iemand wat te oorweldig is om te beweeg of te praat. Ná 'n rukkie is hy skielik die tent uit na sy kar toe waar die perde nog in die tuig gestaan het. Hy't met sy kamera en 'n driepoot teruggekom om die kind af te neem. Hy wou seker nog iets van haar saamvat, of hy wou ook haar dood met sy kamera onthou. Maar haar oë moes oop wees. Magrieta sê sy het hom gehelp om die oë oop te maak en hulle het oop gebly. Maar hulle was dood. Soos Petrus Minter se oë dood was. En wat die fotograaf besiel het, het Magrieta nie kon verduidelik nie, maar hy het uitgehardloop kar toe en met 'n blou kasteroliebottel teruggekom. Hy wou seker die oë laat blink, of na lewe laat lyk vir sy kamera, want hy het van die kasterolie in hulle gedrup. Maar hulle wou nie lewend lyk nie, en uit een het 'n kasterolie-traan langs die lykie se slaap afgeloop. Of hy iets in die kasterolie-traan gesien het, en of hy toe geweet het die oë sou nooit weer lewe nie, kon Magrieta nie uitmaak nie, maar dit was op daardie oomblik dat daar 'n soort gesmoorde kreet uit die man uit gekom en hy uitgehardloop het. Magrieta is agterna en sy't hom sien wegry, maar sy's terug die tent in om weer die kind se oë te gaan toedruk. Sy't nie geweet hy's met sy goed op pad na die kookvure toe nie.

"Hy was besete! Heeltemal buite homself. Hy het hom teengesit toe ek die verbrandery wou keer. Ek moes hom laat vashou sodat ek kon red wat daar nog te redde was. Die kameras is blykbaar eerste die vuur in en was reeds onherstelbaar verbrand, maar die fotomateriaal en sy aantekeningboekies kon ek uit die vuur skop en blus voor alles in vlamme opgaan. Jy sien mos hoe lyk die goed. Ek het die materiaal gekonfiskeer, want hy't gedurig loop en vertel hy's 'n regimentsfotograaf. Die goed het dus volgens sy storie – en dié was seker nie heeltemal waar nie – aan die Kroon behoort.

"Ek het al baie daaroor nagedink, maar ek het hom selfs tydens ons mees vertroulike oomblikke nooit daarna gevra nie: hoekom het hy van al sy klere net die lang baadjie met die kort moue wat hy tydig en ontydig gedra het, op die vuur gegooi? Dit het mos niks met die fotografie waarteen hy skielik so in opstand was, te doen gehad nie. En toe dié baadjie begin smeul, het hy hom blykbaar bedink en wou hy dit skielik terughê. So tussen sy deurmekaarpratery en vloekery deur. Dis eers later, toe alles kalmer was en ek geweier het om die goed vir hom terug te gee – want ek dink nog steeds dis waardevolle materiaal – dat hy gevra het daar moet 'n embargo tot ná sy dood op die vrystelling van die materiaal geplaas word. Hy't gesê hy wil nooit weer, terwyl hy lewe, iets van die goed hoor of daarvan sien nie. Ek het woord gehou met hom en met julle. En wat nog onontwikkel was, het ek destyds laat ontwikkel. Jy't seker gesien die foto's van die wapenneerleggings het nie brandmerke aan hulle nie."

"Het hy ooit gesê hoekom hy alles wou verbrand?"

"Ek het te oud geword om alles van mense te probeer verstaan. Daar's te veel goed in ons wat ons nie eens aan onsself kan verduidelik nie."

"Maar wat dink Majoor?"

"Ek kan maar net afleidings maak uit die dinge wat ek uit sy mond gehoor het. Met die verbrandery het hy soos 'n gefrustreerde kleuter sy voete gestamp. Die manskap wat hom vasgehou het, moes hom van die grond af optel. Toe't hy baie dinge geskree, soos dat hy alles verloor het, dat die kind die enigste stukkie eerlikheid is wat hy ooit sou ken, dat hy weer alleen is . . . sulke goed. En tussenin het hy die kamera vervloek wat hom laat dink het hy's iets. Dis 'n deel wat ek tot vandag toe nie mooi kan begryp nie. Sy geskree en gekerm was in elk geval te onsamehangend om veel uit wys te word. En later, toe hy dronk was in 'n pub waar ons gesels het, het hy gesê hy wou eers sy kamera laat onthou, maar die ding lieg saam met alles . . . en ons moet liewer alles wat ons is en aangevang het, vergeet. Ons verdien nie onthou nie. Ek weet nie wat alles in hom aan die gang was nie, Joey. Ek weet nie. Maar noudat jy vra . . . hy't een aand nog iets in sy dronkenskap gesê wat my bygebly het. Hy't gesê hy't alles van ons en van homself gesien, want hy't gesien hoe bitter 'n kasterolie-traan uit iets wat eers godsmooi was en toe vernietig is, drup. Maar moenie my vra om dit vir jou uit te lê nie, miskien was hy maar net dronk.

"Die dag van die kind se begrafnis was Joey Drew by. Hy het spesiaal vir haar 'n goeie kis in die dorp gaan haal. Van Wyk was toe al met sy tweede vrag op pad plaas toe en hy het die ou man wat altyd die begrafnisredes gelewer het en die kind se moeder saamgeneem. Magrieta het gesê hulle het maar besluit dat dit nie nodig is dat die moeder die begrafnis bywoon nie, omdat sy nie meer mooi weet wat om haar aangaan nie. Magrieta het die begrafnis self waargeneem. In hulle taal. Die fotograaf wou glo ook iets sê, maar hy het net 'n "dankie" uitgekry voor hy nie kon verder nie. Die kind was die laaste, nee, die voorlaaste, wat in

369

die kamp begrawe is. Haar graf is laaste in die laaste ry. Ek sal jou die engel gaan wys wanneer ons daar kom."

"En Petrus Minter?"

"Magrieta het gesê haar skoonpa was baie bekommerd oor hom . . . oor wat hy sou aanvang as hy die doodstyding van sy vrou en kind kry. Petrus Minter het onverwags by haar tent opgedaag en gevra waar hulle is. Magrieta sê hy was so opgewonde soos 'n kind. Toe sy hom sê dat hulle dood is, het hy niks gesê nie. Net sy oë het gesterf. Sy het hom gaan wys waar hulle lê en hy het daar by die grafte gaan sit. Hy't net gevra dat sy hom moet los, hy wil alleen wees. Sy het sy perd vir die soldate gebring om te versorg, want sy't gesê hy kon nie."

⛉

Hoe het dinge nou weer inmekaargesteek? Sy't Fienatjie begrawe. Dit was eerste. Sy het saam met Joey Drew van die begraafplaas af teruggery, want hy't aangedring om die kis self te vervoer, sodat dit nie met die swart skotskar hoef gekarwei te word nie. Dit was terug by haar tent dat hy Fienatjie se besonderhede by haar gevra het, want hy wou vir haar 'n grafsteen laat maak. Hy het die geskroeide lang baadjie met die kort moue uit sy karkis gaan haal, in die voering rondgegrawe en uiteindelik met 'n hand vol Engelse ponde en 'n paar Krugerponde te voorskyn gekom. Hy het die geld na haar toe uitgehou en gevra of dit genoeg sal wees vir 'n behoorlike grafsteen, en wat dit kos om 'n letter in die klip te laat beitel. Hulle het maar geraai dat daar genoeg geld was vir Fienatjie se name en datums:

STEFIENA JOHANNA MINTER
Geb. 18 Aug. 1894 – Gest. 6 Junie 1902

Maar Joey het aangedring op nog iets: woorde wat op Fienatjie se gedenkklip moes staan wat sal sê wat sy vir hom was. Magrieta het teruggedink aan wat Fienatjie vir háár beteken het, veral op die nag van haar diepste beproewing en toe het sy gesê wat daardie nag in haar opgekom het toe die kind so 'n koel druppel lafenis op die koors van haar skuld was: "Ek sal vir die letters betaal. Ons laat onderaan skryf: *EEN DRUPPEL GOD.*"

Joey het saamgestem dat dit is wat Fienatjie vir hom ook was. En, het hy gevra, Magrieta moet dit in Fienatjie se eie taal skryf, nie in syne wat hy haar geleer het nie.

Magrieta het gaan sit en noukeurig en presies vir Joey elke letter in drukskrif neergeskryf. Sy het hom na goeddunke haar deel van die geld gegee en hy is daar weg om die grafsteen te laat maak.

Toe pa Danie die tweede vrag kom haal, net voor Joey Drew daar aangekom het, het hy en Magrieta saam besluit dat Sannie Minter en oupa Daniël sou saamry. Magrieta moes bly om vir Petrus te wag en Fienatjie te begrawe. Pa Danie was steeds baie bekommerd oor Petrus, maar Sannie het haar aan die dooie kind nie gesteur nie, net geglimlag. Magrieta het hom liewer nie gesê van oupa Daniël se godsdiensstryd en sy weiering om die kind te begrawe nie. So is pa Danie die tweede keer met 'n tent en 'n pakkaas daar weg. Hy was haastig, want hulle was nie meer gewapen nie en die vroumense was alleen op die plaas. En hy moes dringend nog 'n paar goed op die plaas gaan regkry om met hul nuwe lewe te kan begin, maar hy het belowe om haar te kom haal, so gou hy kon, want hy moor die perde.

"Maar, asseblief my kind, belowe jy sal mooi werk met Petrus."

Sy't belowe.

Petrus het die volgende dag gekom, so, op daardie dag was sy al een van die familie in die kamp.

Sy het met Philip Brooks gepraat. Sy kon haar nie daartoe bring om die paadjie van haar skande uit sy tent uit weer te loop nie, en sy het vir 'n Tommie 'n nota gegee waarin sy kaptein Brooks vra of hy haar kan kom opsoek. Hy het byna onmiddellik by haar tent opgedaag.

Daar was omtrent niks in die tent nie, behalwe haar bed, 'n stoel en 'n kassie vir haar kook- en toiletware, maar sy het hom binnegenooi. Dit was 'n amper uitdagende ding om te doen, want die oë was nog maar orals, maar sy het dit gedoen – en die tentklap wyd oopgelaat. Want sy wóú met hom praat.

Sedert die nag toe sy in skande uit sy tent geboender is en

tante Gertruida haar geliefde klavier vir altyd stilgemaak het vir doodskisplanke, het sy en Philip Brooks nie 'n enkele onnodige woord met mekaar gepraat nie, nie vir mekaar gekyk nie, styf en van ver af gegroet, en enige samesyne vermy – asof hulle dit afgespreek het. Maar al twee het geweet daar's dinge wat tussen hulle opgeklaar moes word.

Om die ys te breek het hulle lank oor die fotograaf gepraat en sy het hom van Fienatjie se dood en Joey Drew vertel. Hulle gesprek het al óm die ding wat albei geweet het tussen hulle gesê moes word, gedwaal.

Uiteindelik, ná lang geselse oor oorlog, politiek, skuld, lyding, aandadigheid, meegevoel, haar familie se doen en late, sy ervarings in die oorlog en wat hulle ook al kon bedink, het hulle tog moes praat. Dalk was daar meer as net huiwering voor die nog ongesegde aan hulle uitstellery. Miskien wou hulle die praat rek om langer by mekaar te kon wees; of dalk het die een gevrees wat die noem van die waarheid aan die ander se toegeneëntheid sou doen. Dit het later begin aand word. Sy't gesê hulle moet liewer buite gaan sit, want daar's nie meer 'n klavier nie. Buite het Philip 'n verbygaande soldaat nader geroep en hom aangesê om nog 'n stoel en twee bekers koffie te bring. Eers toe kon hy hom daartoe bring om te vra: "Ek wil jou nie ontstel nie, maar wat het van die baba geword?"

Magrieta sou nooit haar oomblik van huiwering vergeet nie. Hester Strydom het gesê: lieg. Maar sy't gesê: "Ek sou vir jou kon lieg en alles sal makliker wees, maar ek gaan nie. Die kind is doodgebore, maar die vroedvrou het daarvoor gesorg. Ek is skuldig, want ek het dit geweet en toegelaat. Ek dra 'n dubbele smet: aan die een deel is ek onskuldig, aan die ander deel nie. Ek móét jou dit sê, en ek sal jou nie verkwalik as jy my verwerp nie. Jy weet dit nou en jy moet maar besluit of jy my nog wil ken. Maar ás jy my nog wil ken, moet jy dit waarmee ek jou vertrou het, nooit weer ophaal nie."

"Ek wil jou ken. Van die oomblik dat ek jou gesien het, wou ek . . ."

'n Groot verligting het deur haar gespoel. Dit was asof die bieg iets in haar begin reinig; asof die knaende getob oor haar besmetting tog dalk 'n einde gaan hê; asof die teisteringe van haar skuld uiteindelik in haar sal bedaar; asof 'n sprankie hoop op 'n lewe in haar begin wakker word.

En toe was hulle prakties, soos by 'n sameswering: gemoedere sou eers moes afkoel voor hulle weer sou kon ontmoet; sy sou moet besluit of sy teruggaan Kaap toe, want ná haar man se dood het sy nie meer 'n bloedverband met die Van Wyk-familie nie; hy sou, sodat hulle mettertyd meer van mekaar kon sien, sorg dat hy nie teruggaan Engeland toe nie, maar in Suid-Afrika bly. Hulle sou vir mekaar skryf, maar uit vrees dat briewe in die verkeerde hande sal val, kom hulle ooreen dat sy 'n maand of twee met die eerste brief sou wag en eerste sou skryf. Hulle het adresse uitgeruil: syne was 'n leër-adres waarmee hy bereik sou kon word waar hy hom ook al bevind; hare voorlopig 'n veilige poste restante.

Hy is laat eers na sy tent toe en Magrieta het haar lamp vir die eerste keer sedert Daantjie se dood met 'n bietjie vreugde aangesteek en gewonder wat Fienatjie van haar en Philip Brooks sou gedroom het.

Die volgende oggend het Petrus Minter gekom en daardie middag pa Danie om haar en die laaste vrag te kom haal.

Pa Danie is dadelik na Petrus toe en hy het meer as 'n uur daar gebly, maar alleen teruggekom. Hy het kaptein Brooks gaan soek en saam met hom teruggekom na die tent toe. Philip het gehelp om die tent af te slaan en die laaste goed op te laai. Toe hulle 'n oomblik alleen was, het sy hom gesê van die dood in Petrus Minter se oë en hom gevra om asseblief om te sien. Pa Danie het sy hand uitgesteek toe hy en Philip Brooks groet. Dit was toe dat Philip weer verduidelik het waar hy die kosbaarhede op die plaas herbegrawe het sodat Greeff se verraad dit nie kon bykom nie.

Hulle het plaas toe gery. Sy het haar skoonvader nie gevra wat Petrus gesê of wat hy van die kaptein wou hê nie, want daar was 'n trek om sy mond wat sy nie geken het nie. Sy't begin agterkom hoeveel hy vir Petrus omgee. Pa Danie het nooit sy seerkry gewys nie. Toe hét hy, en sy't geweet dit was nie toe tyd vir woorde nie.

Baie myle verder het pa Danie gesê: "Die Minters is nie bang vir die dood nie."

En nog later het hy haar vertel hoe Jakop Minter aan 'n woord dood is.

"En Petrus?" het sy gevra.

"Wat hy besluit om te doen, sal hy doen. Hy is so. Ek het hom gesê hy's die enigste seun wat ek nog het, hy moet my nie los nie. Ek weet nie wat hy bedoel het nie, maar hy het my moed gegee dat hy nie met homself sal wegmaak nie . . . Want toe ek loop, het hy gesê: 'Pa het 'n seun'."

"En jy, my dogter?" het hy ná nog 'n lang stilte gevra.

"Ek is sat vir dood, Pa. Sat. Daar moet êrens 'n stukkie lewe oor wees."

"Of daar is of nie, ons sal dit maar moet lewe, my kind. Ek sal maar bid dat jy daardie stukkie lewe nie te ver van ons af sal gaan soek nie. Wat God besig is om met ons aan te vang, verstaan ek in elk geval nie meer nie."

Dit was toe dat sy hom van oupa Daniël se opstand kon vertel.

— ※ —

"Hy't my 'n guns kom vra. Die man wat tussen die grafte sit, het diep seergekry, het Van Wyk gesê. Sy jong vrou en kind wat hy in die kamp verloor het, was al waarvoor hy geleef het. En hy't bygevoeg dat die jong man die mees onverskrokke krygsman is wat hy ooit teengekom het. Hy't gevra of ek asseblief sal omsien na kos en water en net sal sorg dat die man alleen gelaat word, sodat die dinge wat in sy binneste woed, tot ruste kan kom.

"Ek het belowe en die woord die kamp ingestuur dat die man met rus gelaat moet word. Laat daardie middag het ek vir hom kos en water gevat. Sy sagte stem toe hy my bedank, het my opgeval, maar dis sy oë, die gestorwe oë waarvan Magrieta my gesê het, wat ek onthou. Hy wou nie praat nie en ek het die kos en water neergesit en geloop.

"Vroeg die volgende oggend het een van die troepe my kom wakker maak en gesê die man tussen die grafte het êrens 'n pik en graaf in die hande gekry en is besig om te grawe. Hulle wou saam met my na hom toe, want hulle het gedink hy't dalk mal geword en was besig om sy vrou op te grawe. Ek het hulle gesê hulle moet wegbly, ek sal alleen gaan.

"Hy't reeds amper skouerdiep in die graf gestaan wat hy besig was om te grawe – tussen dié van sy vrou en kind. Die kos en water wat ek die vorige middag vir hom gebring het, het hy nie aan geraak nie, en toe ek hom vra wat hy besig was om te doen, het hy die graaf eenkant gesit, tot by die rand van die gat nader gekom en in sy sagte stem gesê: 'Alles wat ek ooit wás, lê hier. Ek wil by hulle lê, want sonder hulle is daar vir my niks oor nie.' Soms het sy gesig 'n oomblik verwring, maar met wat 'n ysere wil moes wees, het hy homself beheer en logies met my gepraat: 'Kaptein, leen my jou rewolwer, dis vinniger as 'n mes.' Daar was iets in hom wat my laat besef het dat ek nie kan weier nie. Hy wou niks wys nie, maar sy smart en die sekerheid oor wat hy gaan doen, het soos 'n mantel om hom gehang: 'Ek sal diep genoeg grawe. Ek vra net een patroon en die moeite om my toe te gooi.' Ek het, onder die dwang van sy dooie oë . . . en die pyn wat oor hom was . . . en die wil van 'n sterk man wat so duidelik in hom gesit het . . . Daarom . . . Ek het my diensrewolwer uit sy holster gehaal en langs die gat neergesit. Toe het hy my die mooi horlosie gegee en my gevra of ek nie asseblief die moeite sal doen om dit by Danie van Wyk te laat uitkom nie.

"Ek het amper 'n uur staan en wag vir die skoot om te klap. Die troepe het die skoot gehoor en wou by my weet wat aangaan. Ek het hulle gesê die man in die graf het selfmoord gepleeg, vier van hulle moet 'n kombers en grawe vat en hom gaan toegooi. Hulle het gegaan en dit gedoen, maar, vir soldate, in 'n vreemde stilte teruggekeer om te rapporteer dat hulle die bevel uitgevoer het.

"Hulle het met iets soos 'n diep agting vertel van wat hulle gaan toegooi het. Een het seker my leë holster gesien en wou verduidelik hoekom hulle nie kans gesien het om die diensrewolwer wat langs die lyk gelê het, eers uit die graf te haal nie. Dit het sleg geruik by die graf, het hy gesê, want die man het onder in ook skuins gegrawe en een kis se kant oopgebreek voor hy homself geskiet het. Hy het die een lyk se half ontbinde hand in syne gehou toe hy dit doen."

Veertien

Op die plaas was daar net die vernietiging. Alles was stukkend, verbrand of weg. Daar was omtrent niks bruikbaar oor nie – behalwe die goed wat hulle besig was om op te grawe. Die huis was 'n daklose brandmurasie. Hulle moes heel voor begin asof daar nooit 'n opstal, leeftog, of boerdery was nie. Daar was nie eens water nie. Die windpomp het gelê, hulle het die put se water nie vertrou nie en daar was nie 'n hond om mee te toets of die water vergiftig is nie. Danie moes die ou fontein met 'n ysterpaal gaan oopgrawe vir water en hulle moes dit aandra in die een heel emmer wat hulle oorgehad het. Hulle het genoeg kos saamgebring om 'n week te oorleef en in daardie week moes Danie ook nog die mense en vragte uit die kamp aanry en hy moes dorp toe om gereedskap en ander noodsaaklikhede te koop. Gelukkig het hulle geld gehad – dié wat hulle deur die kamp aan hulle lywe gedra en dié wat Dorothea self saam met die juwele begrawe het sonder dat Greeff daarvan weet. Wat van die mense moes word wat nie geld vir die vrede oorgehad het nie, was 'n raaisel.

Hulle het in die Engelse tente geslaap terwyl Danie tydelike afdakke binne die nog staande klipmure opslaan met rou bloekompale en sinkplate wat nie te erg deur die hitte verwring is nie. Die winter het in die aande begin byt en hulle het styf by mekaar, en meestal met uitgestrekte hande, om die kookvuur gesit wat Dorothea in die stoof aan die gang gehou het. Die stoof se plate het buite aan stukke gelê, en potte en ou yster moes die gate bedek sodat die stoof kon trek deur die skoorsteen wat deur die genade staande gebly het. Maar bo hulle was nie meer 'n dak nie; die nag was oop oor hulle; die kil wintersterre het sonder genade deur die nagkoue op hulle afgekyk. Behalwe vir die kombuis wat 'n sementvloer gehad het, was die res van die huis omtrent onbegaanbaar, want onder die plankvloer is daar, toe die huis gebou is, diep uitgegrawe teen die houtvrot. By elke deur moes hulle uit die vlak van die uitgrawing oor die fondasie klim. Oupa Daniël kon nie, en vir Danie was dit moeilik met sy verwonde heup.

In die agterkamer het 'n stuk van die plankvloer op die een of ander wyse behoue gebly. Danie kon met dié planke die eerste deure en vensterbedekkings aanmekaartimmer. Die gewese huis moes net eers weer tot 'n skuiling gemaak word. Magrieta en Gertruida het die goed wat Brooks laat herbegrawe het, bedags uitgehaal en begin skoonmaak. Almal het van ligdag tot donker geswoeg.

Danie was vir die manswerk op sy eie kragte aangewese. Daar was geen hulp nie. Soldaat se mense is, die dag met die aankoms in die kamp, van hulle geskei. As een van sy twee vroue en van die kinders húlle skuilinglose kamp oorleef het, is hulle nou iewers in die wie-weet-waar. Of Soldaat, ná sy diefstal van die perd en geweer, sal waag om weer daar op te daag, was te betwyfel, en Greeff sou nie gesig wys nie, dis seker. Die werk wat krag nodig het, moes maar wag tot Petrus Minter opdaag.

Maar Petrus het nie opgedaag nie. 'n Engelse soldaat wel. Hy het vir Danie Petrus Minter se horlosie gebring en 'n nota van kaptein Brooks: die man wat hy gevra is om nie te steur nie, het selfmoord gepleeg en lê tussen sy vrou en kind begrawe.

Die tyding van haar oudste en laaste kind se dood het Sannie Minter nie minder laat glimlag nie: "Nou-ja, dan hý nou maar ook. Nou's die hele spul daar."

Danie wou vir Sannie die horlosie gee, maar sy het haar kop geskud: "Dis voor-die-bank se goed."

Joey Drew het baie gesê die noodlot het op die Minters ge-pik, dié dat hulle so uitgewis is. Dit was seker so, want net

Sannie was oor, en sonder dat daar ooit 'n bespreking was, sonder enige besluit, het sy maar net aangebly, haar deel met skoonmaak, bed opmaak, kook en skottelgoed was gedoen, en by hulle gebly vir 'n soort dienstige genadebrood.

Magrieta kon, in die jare van haar twyfels wat sou kom, nooit Pa Danie se woorde vergeet nie. Toe hy die nuus van Petrus se selfmoord aan die vroue oordra, het hy, asof hy Petrus kwalik neem vir sy daad, byna bitter gesê: "En Petrus het my nog verseker ek hét 'n seun."

Wat sou in Pa Danie se kop aangegaan het oor wat Petrus gesê het? Want dis dieselfde woorde wat hy op die spaaider plaas toe ook vir haar aangehaal het. Pa Danie het in daardie eerste dae net gewerk, gery om alles agtermekaar te kry en nie gepraat nie. Almal het geweet dat die dood van sy twee seuns diep in hom sit. Hy moes baie gedink en dalk getwyfel het, want hoe anders kan Magrieta sy optrede met Daantjie se herverskyning verklaar?

Bella Steenkamp het eers 'n week nadat die oorlog al verby was, van die oorgawe verneem en vir Daantjie-hulle daarvan gesê. Daantjie, Soldaat en hulle perde het onder Bella se sorg al teen daardie tyd weer lyf gekry. Die aand voor hulle vertrek, het sy badwater warm gemaak en Daantjie voor die stoof gebad. Hy't amper met die lyf waarmee hy die oorlog begin het, in die badkom gesit en sy't hom met die ingeseepte waslap gestreel terwyl sy deur die innigheid van órals-was draal om die samesyn uit te rek en van die baddery 'n liefkosing te maak. Bella had toe al, terwyl die badwater warm word, sy lang hare afgesny en die spieël en lamp vir hom gehou sodat hy sy baard kan versorg en sy snor kan kort gelykknip. Eenkant, oor die rugkante van haar kombuisstoele, was die klere vir sy huistoegaan uitgehang – skoon en gestryk. Bella het haar lyf met groot oorgawe aan haar "strook geluk" onderwerp toe hy haar ná die bad nog half nat, en sonder enige verdere voorspel, bespring. Mans is maar net hingste, het sy gedink, en dit is dalk die laaste keer hierdie. Bella kon tog nie weet dat sy eintlik 'n plaasvervanger is en dat wat sy dink liefde is, net die hings se jaloerse wraak op sy hoer-merrie is nie. Koot Duvenhage het haar nooit vertel van die mooi vrou vir wie se sondes sy so geredelik instaan nie

Daantjie en Soldaat se terugtog was haastig en huiwerend tegelyk. Hulle het nie geweet wat met die plaas en sy mense aangaan nie. Van die kampe het hulle net skrams by Joey Drew gehoor en soms by Bella, wanneer sy van een van haar negosie-togte af terugkeer. Die plaasvernietiging het hulle met hulle laaste omswerwinge self gesien. Oor hoe die oorlog hulle eie mense getref het, kon hulle maar net raai. En bo-oor alles het daar hulle vrees gehang oor die leuen van Daantjie se dapper dood. Hulle was te deeglik met daardie leuen. Daar was perdebloed aan die mes en die brief. Soldaat en die geweer het voete gekry. Hoe praat jy dít weg?

Hulle moes saam aan die verdere leuen beplan: Soldaat het 'n fout gemaak; dit was iemand anders wat so stukkend geskiet was; die baadjie met die brief en die mes het daar eenkant gelê en Soldaat het die bebloede kledingstuk opgetel en aangeneem Daantjie is dood; hy was verkeerd toe hy vir die predikant Daantjie se naam vir die bottel gegee het en vir Danie gaan vertel het dat Daantjie gesneuwel het; dit was die kommandant wat Soldaat gestuur het om Daantjie se perd en geweer te gaan haal, want hy het Daantjie se dapperheid gesien en het hom daardie dieselfde nag nog op 'n geheime sending gestuur.

Hulle het voor hulle siele geweet die leuen is te lank en te onwaarskynlik.

"As jy te lang stringe stront aanmekaar lieg, glo niemand jou nie," was Soldaat se mening. "Danie van Wyk gaan nie hierdie goed vir soetkoek opvreet nie."

Goed dan, verbeter die leuen: Daantjie is daardie selfde nag nog Kaapkolonie toe gestuur met 'n rapport en daar het hulle hom gehou vir spioenasiewerk. Soldaat het daardie nag eers agtergekom van sy fout en dat Daantjie lewe, maar alles was dringend en Soldaat is gestuur om die perd en geweer te gaan haal omdat Daantjie daardie nag by 'n noodvergadering was. Danie was gewond en Soldaat wou hom nie steur nie! *Dit* help 'n bietjie! Dit was alles oor 'n opdrag waaroor hy nie mog praat nie en Daantjie het eers halfpad Kaapkolonie toe agtergekom sy pa dink hy's dood. En hy't tóg 'n hele paar boodskappe na sy familie toe probeer deurkry. Oorlog laat baie boodskappe verlore gaan.

Natuurlik was dit te dik vir 'n daalder, maar dit was beter as niks. Kon Daantjie dalk gevang gewees het? Nee, nee, waar kom die perd en die geweer en Soldaat se eie skielike verdwyning dan in? Hy wat Soldaat is, gaan wragtag nie weer die hele pakaas sonde alleen dra nie.

Miskien, net miskien, sal sy pa só bly wees om hom te sien dat hy hom enigiets sal kan vertel. Hy kan min en geheimsinnig praat oor dinge wat te smartvol is om te noem, en as sy pa begin ongelowig lyk, kan hy hom opruk en geaffronteerd speel omdat sy eie pa nooit iets goeds van sy enigste seun wil glo nie. Sy ma sal glo oor sy wil glo. Hy kan vir haar die dinge voer wat hy by sy pa se ore wil uitkry.

Vir die wis en die onwis het hy Soldaat gedril oor waar hulle orals was, hoe hulle die stryd gevoer het, tussen watter generaals hy rapport gery het. Met dag en datum. As sy pa begin uitvra, sal hulle storie klop. Soldaat het getwyfel: "As jy lieg en nie self glo wat jy lieg nie, lieg jy verniet. En hierdie een glo ek nie."

"As my pa, of my ma, of Magrieta, jou uitvra, vertel jy hulle net dié goed en hou daarby. My pa sal nie oor 'daardie ding' met hulle praat nie. En as Petrus Minter sy bek oopmaak, dan maak ons hom saam tot leuenaar en sorg dat die hele gespuis Minters van die plaas af gejaag word."

"Behandel jy Petrus Minter net reg, dan sal hy nie praat nie."

"Maar hy hou sy pote van my suster af!"

"Jý sal jou bek van hóm moet afhou. Hy't jou pa uitgedra en ek is getuie van jou pa se toestemming dat hy na Nellie kan gaan vry."

"Nou's jý ook aan sy kant . . ."

Een keer het Danie sy perd ingehou voor hy vir die hoeveelste keer vra: "Hoe érnstig was my pa se wond, Soldaat? Het dit gelýk of hy dit gaan oorleef?" Soldaat het sy perd aangespoor en Daantjie met duidelike minagting betig: "Mens wens nie jou eie pa dood nie."

Dit was drie dae se terugry en hulle het drie dae heen en weer gepraat. Al was hy bang, het Daantjie aangestoot, want hy wou sien of Magrieta nie dalk saam met die Engelsman en hulle kind weg is nie. En sy's 'n getroude vrou, die teef!

Die huise waarby hulle verbyry, was so te sê almal afgebrand. By een wat ongeskonde staan, was daar mense. En diere. Daantjie was weer Daantjie van Wyk en die vrou van die huis het hulle kos gegee en meer van die kampe en die wapenneerlegging vertel. Toe hulle ry, het die man gesê as die Engelse daardie geweer by Daantjie kry, hulle hom gaan skiet, want almal moes hulle wapens afgee, dis nou wet.

"Bleddie verraaiers," het Daantjie met die wegry gesê.

"Hoe weet jy?"

"Hulle huis staan, en kyk hoeveel goed het hulle! En hulle praat nie oor wat hulle in die oorlog gedoen het nie."

Soldaat het 'n manier gehad om vir hom te kyk as hy so iets kwytraak. Soldaat se kyk het gesê: "En waar was jý in die oorlog, Daantjie van Wyk?"

"Vlieg in jou moer, man! Ek het 'n donnerse rede gehad!"

Met die geweer by hulle, het hulle dus maar weer moes skelm ry. Maar daaraan was hulle gewoond.

❧

Magrieta het baie gewonder wat tussen pa Danie en Soldaat gebeur het op daardie dag van Daantjie se terugkeer uit die dood, maar sy kon nog nooit iets uit een van die twee, of uit Daantjie, kry nie.

Die twee ruiters het om die koppie gekom. Sy't hulle eerste gesien van waar sy die half-reggeslaande maar nog gekreukelde badkom vir pa Danie langs die soldeervuurtjie vashou, sodat hy die losgetrekte nate met die nuwe soldeerbout en pasgekoopte soldeersel kon toesoldeer. Sy't vir pa Danie gesê daar kom mense, en hy't opgekyk: "Ek ken daardie perde."

Hy't regop gekom: "Ek kén daardie perde!"

Dit kon nie wees nie. Sy't ook die perde herken, maar dit kon tog nie húlle wees nie. Maar soos hulle nader ry, het die sekerheid gekom: dit wás hulle.

Ma Dorothea het om die huis gekom en begin hardloop: "Dis my seun, God, dis my kind!"

Wat moes sy maak? Sy was versteen. Haar doodgewaande man het uit die dood uit opgestaan! Sy het na pa Danie gekyk. Die vel het skerp oor sy kakebeen gespan en daar was 'n dreiging in sy hinkstap toe hy begin nadergaan.

Sou dit daardie stap van hom wees wat gemaak het dat Soldaat sy perd ompluk en begin wegry? Dit wás Daantjie se stem wat Soldaat agternaskree: "Waar gaan jy heen? Kom hier!"

Ma Dorothea was toe al by Daantjie. Hy het van die perd af gespring en sy ma omhels. Tante Gertruida was gou by en het saam met ma Dorothea aan Daantjie geklou en saam gehuil van blydskap. Sy wat Magrieta is, het bly staan en alles op 'n afstand gesien. Dit was asof alles vir haar oë en ore stadig geword het.

Ma Dorothea was buite haarself van blydskap: "Ag, my kind! My kind! Dankie, Here, my kind!"

Magrieta onthou duidelik dat sy gesien het hoe Soldaat na sy stat toe galop. En pa Danie het Daantjie nie gegroet nie, net die toom uit sy hand gepluk, op die perd geklim en Soldaat agternagesit.

Sy moes nader gaan. Daantjie se oë het sy pa 'n oomblik agternagekyk, maar hulle het onmiddellik weer oor sy ma se skouer in haar rigting gebrand. Sy't gehoor hoe sy ma die heeltyd vir Daantjie vra: "Waar was jy? Waar wás jy?"

En sy dramatiese antwoord, sterk en gerond, asof hy dit vooraf geoefen het: "Geveg vir my volk! Gely vir my volk, Ma! Dis waar ek was!"

En toe't hy gesê: "En hier's my vrou wat lyk of sy my nie wil groet nie."

Ma Dorothea het teruggestaan uit haar omhelsing uit om vir

Magrieta die geleentheid te gee om te groet. Sy't nader gegaan en hom droog gesoen. Daar was nie woorde in haar nie, sy't nie eens gesê sy's bly om hom te sien, of gevra waar hy heeltyd was nie. Het sy hom tóé al so uit haar uitgetreur gehad? Of het haar smet haar verander? Of het sy te veel na die klavier geluister? Hoe't dit dan gekom dat daar geen blydskap in haar was om hom weer in lewende lywe te sien nie? Wat wás dit wat haar so vréémd teenoor hom laat voel het? Was dit oor hy haar en hulle almal so nodeloos oor hom laat ly het, sonder om te laat weet hy lewe? Dis vrae wat sy nooit volledig sou kon beantwoord nie, maar die sluimerende woede wat soms in die jare wat sou kom, uit haar sou bars, het uit die besef van daardie oomblik gekom: al die pyn, die vertwyfeling, die reddeloosheid, die hel-nagte van haar lyf se verlang – alles was net 'n gekkespul. Al daardie seer dinge diep in haar was belaglik. Haar weduweeskap was 'n swart duiwelsgrap. Haar rou het haar bespot. Dis wat pa Danie ook moes gepla het toe hy Soldaat agternasit. Net sy en pa Danie het dwarsdeur die gevoelsopwelling van die onverwagte weder-siens geweet hoe Daantjie 'n gek van hulle diepste gevoelens ge-maak het – met 'n hartelosheid wat nóóit, geen enkele óómblik, aan húlle gedink het nie.

"Is dit hoe ek ná al my opoffering begroet word deur my eie vrou?"

"Sy's maar net verskrik soos ons almal, my seun. Kom, kom vertel vir my . . ."

"En waar's my vader in hierdie oomblik van hereniging?"

Daar wás weer 'n klankie van voorbereiding in sy hoë woor-de. Magrieta kon die onegtheid met 'n stok voel. Sy het agter die twee jubelende vroue en Daantjie aangeloop huis toe en gesien hoe oupa Daniël Daantjie se hande soen en prewel: "Daniël Eg-bert van Wyk . . . Daniël Egbert van Wyk . . . die Here het tóg ons naam gespaar."

Pa Danie was lank by Soldaat se stat. Hy't eers ná 'n uur teruggekom.

᭡᭡ *

383

Soldaat het by sy stat maar liewer vir Danie gewag. Vlug sou nie help nie, Daantjie se perd was baie beter as syne en Danie van Wyk kan die beste uit enige perd haal. Sy stat rondom hom was 'n verlatenheid, die kleimure halfpad wegverweer deur wind en reën. Die kookplek was lankal leeggewaai en dofgereën. Daar was nie eens blyplek vir 'n rot nie.

Danie het van Daantjie se natgeswete perd afgeklim en op Soldaat afgestap. Daar was moord in sy oë en hy het sy knipmes oopgemaak toe hy nader kom.

Hy't sag gepraat, soos iemand wat weet wat hy gaan doen: "Begin by die mes."

"Dit was die swartslang . . ."

"Swartslang se moer, man! As jy en Daantjie dink julle gaan 'n vrag kak in my ore kom aflaai, maak julle 'n fout. Lieg vir my, en ek sny jou vandag keel-af. Waar was julle? Lieg een woord, één woord en ek knater die waarheid uit jou uit. Begin by die mes."

Soldaat het gebewe toe hy by die bebloede mes begin, by die perdebloed, en hy't deurvertel: weer van "daardie ding" in Daantjie wat die natpissery en flouwordery afgee, en oor hoe Daantjie die swartslang wat in hom bly, nie kan verhelp nie . . . en van Daantjie se tog tussen die lyke en die brommers by Driefontein, van die wegloop en die vlug, en die perd- en geweerstelery. Hy was jammer vir Daantjie. Dis hoekom. Hy't vertel van Daantjie wat half mal geword het oor Magrieta en die Engelsman, en van Bella Steenkamp by wie hulle maande geskuil het.

Danie het geweet dis die waarheid wat hy aanhoor. Hy't nie gevra wie die Engelsman was waarvan hy nou eers hoor nie. Ook nie of Daantjie ooit aan Magrieta se weduweeskap of aan húlle smarte oor die verlies aan 'n man, seun, broer gedink het nie. Hy't geweet Daantjie sou nie.

Ná Soldaat klaar was, het Danie lank sonder 'n woord op een van die kookklippe gaan sit.

Op die ou end was dit Soldaat wat die stilte van die middag verbreek: "Waar's my mense?"

Soldaat het na wat van sy huise oorgebly het, sit en staar en

384

Danie kon sien daar was baie meer in hom as net sy vrees oor die leuen wat hy vir Daantjie gelieg het. Soldaat se eerlike oomblik het nie nét uit die mes in sy hand gekom nie. Dit was ook die man hierdie wat ingestaan het vir Daantjie in die veldslae. Dís die man wat nou geantwoord moes word, nie die man van die perdebloedleuen, die geweer- en perdstelery of die wegkruipery nie. Dalk wás dit jammerte oor wat hy die swartslang in Daantjie noem. Dalk hét hy hom uit meegevoel laat misbruik. Danie het Soldaat se bekommernis oor sy eie mense gesien en sy knipmes toegevou: "Ek weet nie, Soldaat. Ek het probeer uitvind wat van hulle geword het. Ek weet hulle was in hulle kamp, maar die Engelse het nie van die swart mense boekgehou nie. Ons weet nie wat van hulle geword het nie. Ons weet nie eens wat van onsself geword het nie. Jy sal maar eers moet wag en as niks gebeur nie, sal ek jou help om hulle te gaan soek. Bring jou goed en kom saam huis toe, daar's kos."

Hulle het met te veel goed binne-in hulle saam teruggery na die brandmurasie wat voor die oorlog 'n opstal was.

"Dis beter dat die mense nie weet van 'daardie ding' of van julle wegkruipery nie. Dis beter dat Magrieta nie weet nie . . ."

"Dis beter."

Toe het Danie vir Soldaat vertel wie almal nie meer op die plaas sou wees nie.

⚞⚟

Die eerste nag saam met Daantjie ná sy terugkeer uit die dood, het 'n middag voor hom gehad – 'n soort hellepoort vir wat sou kom.

Van daardie middag weet Magrieta min, daarvoor is die eerste nag te groot oor alles. Sannie Minter het, soos dit haar gewoonte begin word het, vir almal koffie aangedra na waar hulle in een van die Engelse tente sit. Ma Dorothea het die klomp doodstydings vir Daantjie gegee en van sy suster se huwelik met Petrus Minter en die dood van hulle al twee en van die kind vertel. Hy het alles aangehoor en die regte geluide gemaak voor hy vir sy

385

ma, tante Gertruida en oupa Daniël begin vertel het waar hy was en hoe hy sy oorlog vir sy volk gevoer het. Hy wou seker dat sý ook van sy dade hoor, maar sy't skaars geluister, net gesit en kyk na die man waaroor sy so verniet getreur het, die man oor wie sy in die dae ná sy doodstyding wou gek word van verlange. Daar was 'n weersin in haar.

Buite het hulle pa Danie en Soldaat hoor terugkom, en toe was pa Danie in die tentopening. Hy het Daantjie weer nie aangekyk of gegroet nie, net vir ma Dorothea gesê: "Gee van ons kos vir Soldaat. Hy wil by sy stat gaan slaap."

"Wat gaan aan met jou, my man? Ons seun het uit die dood uit teruggekeer!"

"Ek sien so, en jy kan vir hom sê hy moet sy perd loop versorg, ek gaan dit nie vir hom doen nie en ek het Soldaat verbied om dit te doen. En sê sommer vir hom hy moet daardie geweer in die put loop gooi, ons soek nie nóg moeilikheid nie."

Toe het pa Danie geloop.

"Is dit wat ek van my eie vader kry vir al my opoffering?" het Daantjie gegrief gevra, opgevlieg en sy perd gaan versorg. Magrieta het uitgegaan en gesien hoe Daantjie by die perde blykbaar met Soldaat woorde het. Sy kon nie veel uitmaak van wat gesê word nie, maar albei was woedend. Voor hulle haar gesien en skielik stilgebly het, was 'n paar van Soldaat se woorde hoorbaar: "Jy's te vrot om my iets te maak, Daantjie van Wyk, jou donnerse geweer is in die put. Hou aan met my neuk en ek sê haar!"

Wat? En wie was die een wat gesê sou word? Sy? Magrieta kon nooit uitvind nie. Iets was nie pluis nie en word vir haar weggesteek. Die jare wat kom se geknaag aan haar het begin.

En toe kom daardie nag.

Hulle het pa Danie die middag en aand nie weer gesien nie. Hy't êrens heen geloop, nie kom eet nie, net weggebly. Toe sy, laatnag, skigtig soos 'n benoude teefhond, die murasie uitsluip om te gaan water soek by die balie langs een van die Engelse tente, het die lamp in ma Dorothea en pa Danie se tent nog gebrand – geel in die nag, soos die tentdriehoeke van die sterwenswake in die kamp.

Ma Dorothea het haar by die balie hoor roer en haar kop by die tent uitgesteek: "Danie, wat gaan aan met jou? Kom slaap."

"Dis net ek, Ma. Magrieta."

"Waar sou jou pa wees? Weet jý wat met hom aangaan? Hy kon iets oorgekom het."

Maar sy't nie geweet nie en teruggegaan na waar Daantjie lê en slaap.

Dis eers later dat hulle gehoor het pa Danie het die nanag by Soldaat en dié se nagvuur gaan omsit. Waar hy die voornag was, het hulle hom nooit durf vra nie.

Toe sy gaan water soek, was die eerste ure van haar hel al verby.

Sy't die middag die katel-stukke help indra die murasie in. In hulle ou kamer, op die boom van die uitgrawing onder die weggebrande plankvloer, het Daantjie, sonder om 'n woord met haar te praat, die katel opgeslaan en die matras gaan haal.

"Maak op die ding," het hy gesê voor hy oor die fondasie by die deuropening klim.

Hy het teruggekom met sinkplate om in die deur te sit. Daarna het hy een van pa Danie se aanmekaargetimmerde plankvensters in die vensteropening staangemaak en geloop. Seker na sy ma toe.

Die katel met sy koperknoppe op die ysterstyle het uiteindelik opgemaak en onder die blote hemel met sy koppenent teen die een murasiemuur gestaan. Rondom hom was net die al halfpad afgeskilferde swart van gebrande binnemure en die bed het vierkantig, netjies, en uit sy plek, in die uitgrawing gestaan waar daar nog stukke halfverbrande vloerplanke en dakbalke rondlê tussen die vuilgoed wat die somer daar gegroei het. Teen die een muur was daar waaragtig nog 'n stuk koperdraad aan 'n spyker. Dit was waar hulle troufoto en sy raam weggebrand het. 'n Paar druppels gesmelte glas het laag af aan die muur gekleef. Sy't twee goiingsakke weerskant van die bed gegooi om op te trap wanneer hulle uittrek en 'n stoel gaan haal om hulle klere oor te gooi. Daar was net 'n kers vir haar en Daantjie en sy't 'n paar roustene by die hoenderhok gaan haal om 'n staander te stapel en 'n stuk stoofplaat om die kers op vas te smelt. Dit was al, en dit was gepas, het sy later baie gedink. Want dit was die voorportaal van die res van haar lewe.

Daardie nag kom altyd in flarde na haar toe terug. Swart flarde, verbeel sy haar.

Dit begin altyd waar sy op die bed sit en Daantjie maak met die grillige skraapgeluide van los sinkplaat die deuropening toe en stut die plate met 'n groen bloekompaal. Twee brandverroeste sinkplate uit die netjiese dak wat eens oor hulle was, 'n krom bloekompaal, geskilferde mure en 'n vloerplankvenster sluit om hulle en die kers. Die oop nag maak bo hulle toe.

Dan draai hy om en sy sien sy haat. Hy kom staan op die goiingsak aan haar kant van die bed voor haar en om nie van buite af gehoor te word nie, sis hy al sy woorde: "Waar's die kind?"

Sy antwoord. Wat, onthou sy nie. Sy onthou net die vraag. Sy onthou dat sy bang word vir hom; dat sy sien hy's besete met 'n drif wat sy nie ken nie. Sy staan beskuldig voor sy waansin. Sy pleit. God, sy pleit asof sy skuldig is! Vir wat? Sy sê hom van haar verkragting. Hy smaal daaroor, sê sy soek 'n verskoning vir haar en die Engelsman se hoerkind. Sy lieg, sis hy kort-kort in haar gesig in deur die gat tussen sy voortande. Hy noem haar 'n vyandshoer. Oor en oor. Hy hou aan oor die Engelsman en sy kind. Waar's die kind? Hy's besete oor die kind. Sy sê sy's verkrag. Sy pleit aanmekaar sy's verkrag, sy kon dit nie help nie. Sy sê sy's verkrag, verkrag, verkrag, maar hy hoor nie. Sy sê dis 'n verkragtingskind wat dood gebore is. Hy hoor nie. Hy sal haar wys wat hy met hoere maak. Hy laat haar uittrek. Sy's bang en doen dit. Sy staan kaal voor hom. Hy sê met minagting haar pramme en haar gat hang van al haar gehoer. Hy maak sy broek los en druk haar op die bed was. Hy spalk haar oop en klim op haar. Hy hou aan en aan vloek terwyl hy besig is, asof hy sy vervloekings in haar wil instamp.

En toe? Daar's stukke wat haar kop nie wil onthou nie. Hy't seker sy klere uitgetrek en in die bed geklim. Hy't geweier dat sy iets aantrek, slette slaap kaal. Maar deur alles het hy gepraat en aanhou praat. Ook sy woorde is nou flarde, stukkies, splinters,

388

in haar onthou, maar daardie nag was dit 'n siedende stroom selfbejammering, beskuldiging, woede en 'n opgekropte dam kwetsing wat uit hom breek. Sy opoffering en dapper stryd was een van die dinge waaroor hy aangegaan het. Sy ontberings. Haar eerloosheid. Die stank vir dank van sy pa. Die bewys van haar ontrou in die manier waarop sy hom gegroet het. Sy vriendskap met die generaals. Dis húlle wat hom van haar hoerery met die Engelsman vertel het, en van die hoerkind wat sy verwag. Want hulle spioene het alles geweet wat in die kampe aangaan. Dit help nie om haar te lê en heilig hou nie.

Sy ken nie hierdie man nie. Hy's 'n mal vreemdeling wat deur iets opgevreet word waarvan sy nie mag weet nie. Hy haat haar. Hy haal iets op haar uit. Hy haal op haar uit wat hy van sy pa af kry, en hoekom pa Danie so optree, verstaan sy ook nie, maar dis oor daardie ding wat sy nie mag weet nie. Wát dit is wat in hom ingevaar het, begryp sy nie. Maar dit is haat se geweld waarmee hy haar martel. Sy sien sy bloei soos 'n maagd, want daar's bloed aan sy voël toe hy die tweede keer van haar afklim. Dis wraak vir iets waarvan sy nie die naam ken nie. Hy't nie gehoor wat sy probeer sê nie, want hy't net na iets boos binne-in hom geluister. Hy't nie omgegee nie. Hy't nie eens sy stewels uitgetrek nie.

Later het Daantjie uitgewoed en begin snork. Sy't opgestaan en haar nagkabaai oorgegooi, weer ingeklim en met oop oë uit die donker gat wat hulle kamer was, na die traanverwronge nagwolke se gang in die maanlig lê en kyk tot die dors haar laat uitsluip het om te gaan water soek.

Sy't kom terugklim in die bed. Dit was toe, op daardie oomblik, dat sy voor die God wat haar seker nie meer wil ken nie, gesweer het. Sy't voor Hom en voor alles wat sy was, gesweer dat sy nooit weer sou toelaat dat die vrees vir hierdie ander Daantjie van Wyk haar oormeester nie. Daantjie van Wyk sou haar nooit weer só verneder nie. Hester Strydom het dit gesê en Hester was 'n vrou, nie 'n demoon nie, net soos sy 'n vrou is en nie 'n slet nie. Sy sal haar nie soos 'n perdemerrie laat vasmaak nie.

Eers later, jare later, toe sy tog maar aan die halter van noodsaak vasgeriem staan, het sy dit agtermekaar gekry: dat die ergste pyn soos 'n kanker kan begin groei en gedy uit iets wat jy nie kon verhelp nie. Dis dan 'n besonderse hel, omdat jy weet jy's onskuldig aan die bron waaruit alles voortgekom het.

Hulle was baie ouer toe sy in een van hulle rusies vir Daantjie skree: "As jy die *begin* van 'n ding nie kon verhelp nie, as jy nie skuldig is aan die *wortel* van die kwaad nie, hoe de hel kan jy skuldig wees aan al die dade en swaarkry en seerkry en smarte wat daardie éérste ding, waaraan jy verdomp onskúldig was, in die wêreld gebring het?"

Hy het skielik stilgebly, ophou baklei, voor hom gekyk en, sy kon haar oë nie glo nie, waaragtig met trane in sy oë gesê: "Ja . . . ja . . . ja . . . dis god-weet so."

⊰⊱

Joey Drew het daar verbygekom op pad terug na die kamp toe. Hy't kom groet en kom dankie sê, want hy's op pad Engeland toe. Terug huis toe. Daar's niks meer hier vir hom oor nie. Maar voor hy gaan, wil hy eers Fienatjie Minter se graf gaan versorg.

Met die werkery het hulle nie baie tyd vir hom gehad nie. Ma Dorothea het darem vir hom koffie gegee. Hulle het hom nie gevra om uit te span nie, Soldaat het net sy perde afgehaak, gaan water gee, en weer by die huis kom inspan. Daantjie wou hom nie groet nie, want hy't gesê hy groet in sy lewe nooit weer 'n Engelsman nie, die donner moet sy ry kry, sê vir hom hier's nie drank nie. Maar die ander, tot oupa Daniël, het gaan kyk wat hy op die kar het. Dit was 'n marmer grafsteenengel en op die voetstuk was daar uitgebeitel Fienatjie se naam en datums, en *EEN DRUPPEL GOD.*

"Hy was baie lief vir daardie kind," het pa Danie gesê toe Magrieta hom vra of sy die werk bietjie kan los om saam met Joey te gaan kyk wat daar van Fienatjie se skatte oorgebly het. Hy wil die paar goedjies en die helm aan die koppenent van haar graf gaan begrawe.

390

"Hy sê sy's al een wat nie van hom 'n vreemdeling gemaak het nie, Pa."

"Ons maak almal van mekaar vreemdelinge, my kind."

Sy't gewonder of hy oor Daantjie of oor ma Dorothea praat, want dit het nie goed gegaan tussen haar skoonouers nie. Oor Daantjie.

Sy en Joey Drew het die koppie uitgeklim na sy en Fienatjie se wegsteekplek toe. Hulle het nie baie gepraat nie, maar Magrieta het hom tog vertel van Jakop Minter wat volgens haar skoonpa aan 'n woord dood is. En van Petrus Minter, en van Sannie wat mal geword het van alles.

"Die noodlot het op die Minters gepik," was Joey se opsomming.

By die wegsteekplek het Joey die klip oor die skat weggeskuif. Die trommeltjie was so te sê weggeroes, en net die drade van sy nate het soos 'n bruin, stekelrige skelet oorgebly. Die knope en medaljes en al die ander goed wat Fienatjie en Joey vergaar het, was die grond in en moes met hulle vingers uitgesif word. Net die helm was ongeskonde, al het die stuk van sy hemp waarin Joey dit weer toegedraai het, al begin verweer. Joey het gedurig sy kop eenkant toe gedraai sodat Magrieta nie sy trane moet sien nie.

"Dis die helm se pekel wat dit gedoen het. Sout maak so. Ek moet vir die graf 'n houtkissie kry."

Magrieta het haar voorskoot hol gehou en Joey het die skatte en die helm in die holte gesit. So is hulle af huis toe na waar sy perdekar ingespan staan. Met die terugstap was dit vir Magrieta asof Joey Drew se verdriet oor Fienatjie sy gesonde verstand begin oorwoeker, want hy't baie oor die kasterolie-traan aangegaan. So asof dit vir hom baie meer as net kasterolie was wat uit 'n dooie kind se oog oor haar linkerslaap gekruip het. Hy't gesê die kasterolie-traan was die bitter van mooi wat vernietig is; wat net weggevat is deur die fokken oorlog se noodlot. So iets. Hy't die vloekwoord wat die Kakies saam met kakiebos deur die land laat vervuil het, sommer voor 'n vrou gesê, terwyl sy skeel ogies brand van woede oor die noodlot waaraan hy

391

altyd alles toeskryf. Eenkeer het hy gepraat van sy engeltjie wat nou 'n klip geword het. En oor hoe die noodlot hom na dié land toe gestuur het net om te kom leer sien. Deur sy vervloekte kameras, maar ook deur Fienatjie se oë. Dit was vir Magrieta duidelik dat hy nie meer helder dink nie en sy't hom maar laat begaan.

Die helm en die skatte is in die juwelekissie van hout wat Daantjie nog vir Magrieta in hulle liefdesdae gegee het, en waarvan sy met die kamptoegaan nie kon afskeid neem nie, weg om begrawe te word.

Joey het gegroet om op sy laaste Suid-Afrikaanse bedevaart te vertrek.

By die kar, toe die ander al terug is na hulle take toe, het hy Magrieta vir oulaas amper toegespreek oor wat in sy hart is: "Jy's die mooiste vrou wat ek nog ooit gesien het, maar jy't die kakste man wat ek ken. Net Fienatjie se oë was mooier as jy, en hulle was net so hartseer soos joune nou is. Ek sal die brief vir die kaptein gee."

Hy't die leisels geskud en gery. Magrieta het die kar met die engel, die gewese fotograaf en die brief agternagekyk. Joey Drew het smal en baie alleen langs sy klip-engel gesit.

Sy was aangedaan oor wat Joey Drew vir Fienatjie doen, maar haar hart was by die brief wat sy met soveel moeite en so skelm moes skryf.

⚶

Die majoor oorweeg. Hy was vanoggend by die skryfbehoefte-winkel en hy't 'n stewige koevert en lak gekoop waarmee mens iets kan verseël. Vir die embargo. Nou wonder hy. Voor hom is die brief waarvan hy nie wil afskeid neem nie. Drew het die dag met die engelgrafsteen opgedaag en die brief gebring. Hy, die jong kaptein met die droom oor die mooi vrou binne-in hom, het dit in sy tent gaan lees en sy lugkastele het inmekaargevou. Hy ken elke woord: haar man het uit sy gewaande dood uit teruggekom, hy leef, sy was nooit 'n weduwee nie. Dis waarmee sy die brief begin, en eintlik sou dit genoeg wees, want dit het enige hoop op iets verders kortgeknip. Maar daar was meer:

Sy skryf skelm en in die nag, verduidelik sy. Sy noem dit waarvan net sy en hy en twee vroedvrouens weet, "die ondenkbare". Sy is jammer as dit waarmee sy hom vertrou het, dalk alles wat tussen hulle sou kon word, vernietig het. Hy moet haar nie kwalik neem nie. Nie oor wat sy gedoen het, of omdat sy hom daarmee belas het nie. Hy moet asseblief probeer verstaan hoe groot die alleen was waaruit sy op daardie kosbare nagte na hom en die klavier toe gekruip het. Sy sê sy sal hom altyd dankbaar bly dat hy en die klavier vir haar iets so ondraagliks draaglik gemaak het, al het dit haar in die oë van haar mense goedkoop gemaak en verneder. En dan skryf sy vir hom 'n sprankie hoop: sy ken nie meer haar man nie. Hy't besete van agterdog en jaloesie uit die oorlog uit teruggekom. Sy kan nie by hom bly soos hy nou met haar aangaan nie, want hy weier om te glo sy is onskuldig aan haar smet. Sy soek 'n uitvlug, maar dis moeilik. Sy't sy militêre adres vir veiligheid gememoriseer en sal hom laat weet wat van haar word. Miskien uit die Kaap uit, want dis waarheen sy hoop om te gaan.

Sy's dankbaar dat sy hom geken het, skryf sy, want hy't gemaak dat sy 'n rukkie weer mooi wou wees, maar sonder die smet. Sy onderstreep die *dankie* bo haar naam.

En onderaan, los, skryf sy in drukletters die naam van die oujongnooi van die klavier en 'n nota: sy onthou hy het vir haar die naam gevra, maar met hulle pratery het sy nagelaat om dit vir hom neer te skryf.

Dit was al.

Die ou man twyfel lank oor Joey Wessels, maar uiteindelik, wanneer sy weer by hom kom staan om te kyk hoe hy vorder, begin hy: "Daar's goed in ou mense wat seker maar saam moet graf toe, Joey . . . en wat ek jou gaan vertel, het geen historiese waarde nie. Wil jy hoor?"

"Natuurlik! Asseblief!" Want sy sien hy't die foto van die mooi vrou waarna hy kort-kort sit en staar, halfpad uit die pak uit en daar's 'n brief voor hom met die handskrif wat sy nou al kan eien.

"Ek gaan die brief vir julle gee. Onder embargo tot my dood. Maar wat jou ore gaan hoor, is ook onder embargo tot dan. Is dit teen jou beginsels om te sweer?"

Dit is nie. Sy sweer.

"Ek het nog nooit in my lewe met enigiemand, selfs nie eens met die fotograaf, hieroor gepraat nie, maar noudat die oorlog so in my terugkom, dink ek dit sal goed wees om iemand darem daarvan te sê. Al is dit net om te wys dat ons, die Britse soldate wat soveel kom vernietig het, nie altyd onaangeraak gebly het nie."

Hy trek die foto van Magrieta van Wyk heeltemal uit die pak uit en hou haar voor hulle op. Die mooi vrou tussen sy een-en-'n-halwe hande kyk vir hulle uit Joey Drew se noukeurige inkleurwerk.

"Ek moet jou vertel van al die gesegde en ongesegde dinge tussen my en haar. Dan sal jy beter verstaan hoekom dit nie net die dooies is wat verslind word op oorloë se vernietigingsfeeste nie . . . Baie keer is hulle die gelukkiges, want daar's 'n einde vir hulle. 'n Oorlog sleep in dié wat agterbly op ontelbare maniere voort . . ."

⚔

Magrieta se weerstand het op haar tweede nag saam met Daantjie begin.

Deur die dag het sy haar eenkant gehou. Hy ook. Pa Danie het teruggekom en die werk by die windpomp kon nou met Soldaat en Daantjie se hulp aangaan. Maar hy het nie met Daantjie gepraat nie en sy opdragte deur enigiemand binne hoorafstand na Daantjie toe deurgegee. Sy was by toe hy ma Dorothea stilmaak. Sy wou hom toe al die hoeveelste keer oor sy houding teenoor sy seun aanspreek: "My magtag, Vrou, hou nou op! Ek sal met hom praat as ek moet, maar hy het sy ma en sy vrou en vir my onnodig soos gekke laat ly. As dit vir julle niks is nie, gaan aan. Maar ek is klaar met hom."

"Jy kan nie jou eie kind wegjaag nie . . ."

394

"Ek jaag hom nie weg nie, maar wat hy ons aangedoen het, gaan ek hom nie vergewe nie. Sy moeder en sy vrou se harte – en mý hart – is nie daar vir hom om te vertrap nie."

Magrieta het geweet dis net deel van 'n rede. Daar was op slot van sake die bloed aan die mes. Daar was 'n leuen êrens. Daar was die naam in die bottel waarvan haar skoonpa haar vertel het. Pa Danie se weersin in sy seun wat hy altyd so op die hande gedra en soms goedgepraat het, was net te sterk. Iets moes in die oorlog gebeur het.

Tante Gertruida en oupa Daniël het ook met hom probeer praat, maar hy het albei afgeskud en voortgewerk. Dinge moes skoon en reg kom, want hy wou die huis dié winter klaar herstel sodat hy diere vir 'n boerdery kon gaan soek. Die windpomp moet reg as hulle winterkos wil inkry. Hy het die huis opgemeet met haar en Daantjie aan weerskante van die maatband. In daardie middag se laaste lig het hy begin om lyste te maak van wat benodig word.

Die twee swart perde en hulle almal saam, het die windpomp daardie oggend al met gelaste rourieme wat hulle orals uit die puin moes gaan bymekaar soek, en stukke van die perde se kartuie regop getrek. Die gebuigde staaf is met die nuwe vierpondhamer reguit geslaan teen 'n stuk treinspoor en met 'n bloekompaal verleng tot die regte lengte. Daantjie is met die ompad wat sou deel word van hulle lewe, beveel om op te klim en die halfherstelde wiel te draai. Daar het water uitgekom en hulle kon die windpomp haaks kry en weer vassit.

Daantjie wou vroeg al gaan slaap, maar sy't in die kombuis by ma Dorothea en tant Gertruida gedraal. Hy's openlik beneuk daar uit en toe sy by hulle bed kom, was hy al onder die komberse.

"Sit daardie sinkplate reg, trek uit en klim in."

Sy het nie aan die plate geraak nie, net uitgetrek en haar nagkabaai oorgegooi. Hy het opgespring en die plate voor die deur gaan sit. Sonder klere.

"Kaal!" het hy haar beveel.

Sy het na hom toe gedraai: "As jy dink jy gaan weer aan my

doen wat jy gisteraand gedoen het, skree ek. As jy aan my raak, roep ek jou pa."

Wat tussen hulle aangegaan het, het later vir haar amper kinderagtig geklink, maar sy't geveg vir die enigste stukkie trots wat ná die vernedering van daardie eerste nag in haar oorgebly het. Daantjie het haar weer gegryp en sy het geskree: "Pa!" Hy het haar mond toegedruk en gewag.

Van buite, van die tent af, het pa Danie se stem gesê: "Ja?"

"Dankie, Pa, ons het dit gekry."

Hy kan so vinnig en glad lieg!

"Ek maak jou nog vrek," het hy gesê terwyl hy nog haar mond toedruk. "Nou hou jy jou bek of ek neuk hom vir jou toe voor my pa hier is!"

Maar hy't opgehou en weggerol.

Sy't aan die slaap geraak terwyl hy aanmekaar mor, beskuldig en raas. Hulle huweliksbed het sy beslag gekry vir daardie eerste paar weke. Daantjie se aandrang het vele vorme aangeneem en haar baie uit die slaap gehou: 'n hand wat sy kon wegklap soms, toenadering in haar slaap, of sommer 'n skielike bekloutering met uitasem soene. Sy't alles weerstaan. En dan het die selfbejammering, of die woede, of wat ook al gevolg. In 'n woordevloed. Dit was altyd dieselfde paar dinge waaroor hy tekere gegaan het: sy opofferings vir sy volk in die oorlog, sy pa, die Engelsman en sy hoerkind. Die onregverdigheid van alles was die draad van sy storie. Nag vir nag. Maar sy het hom van haar lyf af weggehou, want vir sy pa was Daantjie bang. Dit was elke dag duidelik wanneer hy soos 'n slaaf aangaan net om bietjie genade, as dit dan nou nie goedkeuring is nie, in sy pa se oë te verdien. Hy het nie. Soldaat was haar skoonpa se vertroueling.

Ná al die jare saam met Daantjie, wanneer sy terugdink aan daardie eerste dae ná die oorlog, wonder sy hoe sy dit reggekry het om by Daantjie te bly. In haar hart weet sy dat om weg te loop onmoontlik was. Noodsaak het klaar die perdemerrie se halter aangesit.

Sy't toe en later baie gedroom van wegloop, en as sy een van vandag se vrouens was, sou sy, sonder om twee keer te dink. Sy moet haar soms daaraan herinner dat dit toe anders was. Net om tot by die stasie te kom, was al 'n probleem. 'n Geskeide vrou was 'n uitgeworpene; die huweliksbelofte bindend tot die dood – God se instelling, niks minder nie. Jy sou jou man onderdanig wees, al lyk die hel wat hy jou gee hoe. Wat was daar vir haar elders? Sy't niks besit nie. Dalk 'n Engelse offisier wat te veel van haar weet?

Maar sy't tog beplan. Eers 'n brief vir Philip terwyl sy maak of sy vir haar ma skryf. Toe regtig 'n brief Kolonie toe om te hoor wat daar aangaan. Sy't geskimp dat sy vir haar ma wou gaan kuier noudat die oorlog oor is. Daantjie het byna gek geword oor die gedagte en gesê as sy gaan, dan sal hý haar vat, hy sal nie toelaat dat sy vrou alleen afpiekel Kolonie toe agter haar familie aan nie. Daardie nag, in wat nog hulle slaapkamer was, het hy van die Engelsman afgeklim en moes Horst dit ontgeld. 'n Rit Kolonie toe saam met 'n besete Daantjie en met pa Danie nie naby nie, was ondenkbaar. Jaloesie verstaan geen rede nie, het sy agtergekom.

Soos die dag toe die klavier en pa Danie se wa daar aangekom het. Philip het blykbaar die wa opgespoor en, om 'n rede wat Magrieta gehoop het sy verstaan, 'n klavier saamgestuur. Maar die nota oor die klavier was aan tante Gertruida gerig.

Tante Gertruida was nie bly oor die klavier nie.

"Dit kan nooit dieselfde wees nie," het sy gesê toe hulle die klavier aflaai. Pa Danie was dankbaar oor die wa en die vier osse wat met hom daar aangekom het. Die twee swartmans wat die wa gebring het, het nie veel geweet nie, net gesê kaptein Brooks het gesê hulle kan die osse ook maar hou. Hulle is betaal.

Daantjie het die naam Brooks op die een of ander wyse herken en Magrieta se volgende paar nagte was hel voor sy stroom afleidings en beskuldigings.

Maar na buite toe was Daantjie gou-gou 'n godsman, 'n volksman, 'n stoere partyman. Sy stem was swaar van geykte uitdrukkings wanneer hy lank by die biduur bid, wanneer hy van die verhoog af 'n volksleier voorstel, wanneer hy sy partygenote warm praat, of later Sappe van die plaas af jaag. Hy't orals begin voorsitter word en op alles gedien: partybesture, kerkraad, skoolraad. Dis seker maar waar hy eintlik geleef het, want daarbuite is hy geglo, hierbinne nie.

Die eerste demonstrasie van sy onkreukbare patriotisme het hy met die wyksbiduur gelewer. Hoe lank was dit ná die vredesluiting? Seker maande, want die huis het toe al 'n dak gehad – vinnig opgesit deur dankbare mans uit die omtrek wat enigiets sou doen vir 'n bietjie kontant.

Hulle was daardie middag maar 'n klein klompie bymekaar in die half-herstelde skooltjie op die Prinsloos se bult. Boodskappe en vervoer was nog maar moeilik en die mense wat wel gehoor het van die biduur, kon nie almal kom nie. Oupa Daniël was, ten spyte van die gespaarde familienaam, nog met sy stryd besig en het geweier om kerk toe te gaan of die dominee te ontmoet wat wou probeer vrede maak tussen hom en God. Hoe kan hy vrede maak oor sewe en tagtig kindergrafte heen? het hy Danie gevra toe hý probeer salf aan sy opstand. Die kerkraad het maar liewer die godsweerbarstigheid van die eens so godvrugtige broeder aan die kênsheid en hoë ouderdom gewyt toe hulle oupa Daniël se bedanking uit die kerk en ouderlingsbank aanvaar. Pa Danie het toe wyksouderling in sy afvallige vader se plek geword en hy sou die biduur lei.

Almal het al gesit toe oom Wynand van Wyk inkom en agter teen die muur gaan staan. Tant Martie het opgestaan en uitgeloop. Daantjie ook, maar nie sonder woorde nie: "Meneer die voorsitter," het hy vir sy pa gesê en Magrieta kon hoor hoe tante Gertruida langs haar proes oor die aanspreekvorm. "Meneer die voorsitter, ná al die lyding, onreg en opoffering kan ek nie met 'n ope hart die troon van my Skepper nader in die aanwesigheid van een wat alles wat heilig is vir my en my volk verraai het nie."

Hy het tant Martie gevolg, en van die ander is ook agterna. Net 'n paar het gebly. Die twee broers het vir mekaar gekyk. Oom Wynand met vrees vir die verwerping wat kom. Magrieta was van daardie oomblik af seker dat dit Daantjie se uitlopery was wat iets in pa Danie laat verander het. Dit was of hy besin. Hy het gesê wat sy nie van hom verwag het nie.

"Jy is welkom om deel te hê, my broer, en hier waar ons in God se naam byeen is, sê ek voor almal: jy is welkom in my huis en my hart. Wie van ons kon weet waar ons heil lê? Laat ons bid."

Voor sy haar oë toemaak, het Magrieta gesien hoe bly oom Wynand word.

Dit was Daantjie se begin, en van daar af was stoere Boerskap byna 'n nering vir die dapper bittereinder. Hy en sy tant Martie het dáe omgekuier oor smart en onreg. Hy het sy kinders, toe hulle kom, op sy oorlogstories grootgemaak en hulle Britse onreg en konsentrasiekamp gevoer tot hulle almal warm Afrikaners was.

Sy word seker maar oud, dink Magrieta. Met die kinders uit die huis uit en Daantjie gedurig op pad na een van sy vergaderings toe, is sy in elk geval te dikwels alleen. Dié dat sy so terugdink. Snaaks, die oorlog is helderder as die jare tussenin. Sou dit wees omdat sy jonger was? In elk geval lyk dit vir haar of haar herinneringe 'n storie is van een dood na die ander: Tante Gertruida het gevra dat haar Bybel en die notas in die Bybel saam met haar begrawe moet word en het met 'n vreemde naam op die lippe gesterf; ma Dorothea het op haar sterfbed in die dorpshospitaal gelê met twee onversoende mans weerskant die bed. Selfs tóe het sy nog aanhou pleit vir vrede tussen pa en seun. Pa Danie is skielik en buite aan sy hart dood. Daantjie kon nie wag om Petrus Minter se horlosie van die lyk af te haal en in die put te gaan gooi nie. Oupa Daniël was die eerste wat ná die oorlog dood is. Hy het op sy sterfbed gesê hy mis sy God, want doodgaan is makliker mét as sonder Hom. Dis met sý dood dat sy en pa Danie die aand in die kombuis gepraat het.

Al die ander het geslaap, net hulle twee het opgebly om kortkort te gaan kyk wat met die sterwende aangaan.

Die huis was doodstil. Sy het vir hulle koffie gemaak en hulle het by die kombuistafel gesit. Toe vra hy: "Wat gaan aan met jou en Daantjie?"

"Wat bedoel Pa?"

"Ek kan sien jy's ongelukkig."

"Daantjie wil nie glo wat met my gebeur het nie, Pa."

"Wat het met jou gebeur?"

Toe besef sy dat pa Danie nie weet nie. Hulle het hom nie ge-sê nie. Hy weet nie van die ding wat nie gebeur het nie!

"Ek is in die oorlog verkrag, Pa. En daar was 'n kind."

Sy het die vrae uit sy geskokte mond beantwoord. Die een na die ander. Waar? In die huis, in my en Daantjie se kamer. Wanneer? September 1900. Wie? Ek weet nie. Was hy wit of swart? Dit was donker, sy gesig was toegedraai, hy't gevlug. En die kind? Doodgebore. Self, of met hulp? Met hulp; Ma-hulle weet nie van die hulp nie. Joune? Nee, maar ek het geweet. Swart of wit? Hulle sê as hulle kyk, kan hulle dit nie doen nie. Wat was dit? Hulle het gesê hulle het 'n seuntjie gevoel.

Dit was 'n vreemde oomblik, daardie nag. Soos die keer toe sy en pa Danie oor die bloed aan oorlede Daantjie se knipmes saam bewoë was, het hy na haar toe gekom en haar vasgehou, iets wat hy nooit anders sou doen nie. Hulle was naby mekaar.

"Ek wens ek kan weggaan, Pa. Daantjie wil my nie glo nie. Hy sê dit was 'n Engelsman se hoerkind. Die generaals het hom gesê, sê hy."

Pa Danie het weer op sy stoel gaan sit.

"Hy't in sy hele lewe 'n generaal net op 'n afstand gesien."

"Wát het in die oorlog met Daantjie gebeur, Pa?"

Die kombuishorlosie het lank getik voor hy antwoord. Miskien het die skok van wat sy hom vertel het, nog in hom ge-broei; dalk het hy oorweeg of hy haar moet sê van die wat-ook-al wat so aan haar knaag. Die ding wat dalk Daantjie se waansin sou verklaar. Maar sy antwoord was sag en ontwykend: "Jy't baie swaar gehad, my kind, en jy't die hart gehad om my daarvan te sê. Pa wil nie vir jou lieg nie."

"So daar het."

"Ja. Maar ek dink dis beter dat ek jou nie sê nie. Dis 'n ding waarvan net ek en Soldaat en Daantjie weet. Dis soveel as wat ek jou kan sê. Maar, asseblief, moenie weggaan nie, jy sal my hart net nog 'n slag breek. Ek kan nie jou ook verloor nie. Jy's my kind. Bly, asseblief."

"Ek dink ek verwag nog 'n verkragtingskind, Pa."

Hy het opgekyk: "Wéér?"

Sy't nie geweet hoe om daardie goed waaroor niemand praat voor haar skoonpa te noem nie, maar dit was hý wat begin verstaan het: "Daantjie?"

"Dis wat dit is, niks anders nie . . . oor hy my nie wil glo nie."

"Gereeld?"

"Nee, Pa. Nog net een keer. Ek dreig ek sal Pa roep as hy my weer bespring."

Hy't begryp wat sy sê oor haar en Daantjie. Daar was liefde in sy stem: "As jy dit nie meer kan verduur nie, sal ek jou waaragtig help om weg te kom, al vat jy my nageslag saam."

Dit het uit haar gebreek, sy kon nie anders nie: "Pa, dis God se straf, Pa."

"Daantjie?"

"Nee, die kind. Hierdie tweede. Die een wat ek nou verwag. Ek dink dis God se straf vir die eerste dat my tweede kind ook só verwek moes word. Dit móét my straf wees, want 'n vrou vat mos nie elke keer sommer so maklik van een keer nie. Dis mos onmoontlik dat dit twee keer van net een keer kan gebeur. Dit móét God se straf wees. Dis seker moontlik, maar twéé keer van net één keer lyk so onmóóntlik! Dit móét God se straf wees. Ek kan nie meer weg nie, Pa. Ek kan nie die tweede sonder 'n pa gaan grootmaak ná wat ek aan die eerste een gedoen het nie. God het nie soveel vergiffenis in hom nie. Ek wil weg, ja. Ek kan dit skaars uithou, maar dalk is dit wat ek moet betaal vir wat ek gedoen het . . . aan die ander kind. Ek kan nie hierdie een sonder 'n pa die wêreld insleep nie. As God my dan wil laat betaal, sal ek betaal."

Want dis wat sy toe geglo het: Daantjie was haar straf, en dis al manier om weer te probeer goedmaak. Was dit so? Sy weet nie, maar dis wat sy gedink het en dis waarom sy gebly het.

Dis seker ook waarom sy Daantjie tog maar uiteindelik toegelaat het om sy sin met haar lyf te kry. Maar sy't hom laat begaan sonder om iets terug te doen – net reg gelê en wag dat hy klaarkry sodat sy kon slaap. Haar willose lyf het hom elke keer laat weet dat sy niks voel nie. Of hy nou daaroor omgee, het nie meer saak gemaak nie. Sy sou nie vir hom die hoer wees waarvoor hy haar gedurig uitmaak nie. Maar die reglêery het ten minste sy gedurige verwyte en aanklagte minder gemaak, sy't meer slaap gekry, en elke keer het sy gevoel sy betaal 'n stukkie skuld af. Dalk was dit gek. Hoe sal sy tog weet? Haar huwelikslewe was 'n reeks afbetalings, nooit iets meer nie. Maar deur die genade het haar kilheid uiteindelik Daantjie se magteloosheid in die bed aangebring. Dis in elk geval wat hý geglo het. Sy het nie hierdie of daardie kant toe omgegee nie en sy dwaalnagte van frustrasie oor sy onvermoë, het haar nie aangegaan nie. Sy was al die jare in elk geval nie deel van die spul nie. Maar dit was baie jare later.

Met die geboorte van haar eerste huwelikskind nege maande ná Daantjie se terugkeer, het pa Danie na die baba kom kyk waar sy pas gewas met die kind lê. Daantjie was by en of hy gedink het dat sy pa uiteindelik tog meer toeskietlik sou raak met die geboorte van sy kleinseun, weet sy nie, maar Daantjie het trots gesê: "Daniël Egbert van Wyk is gebore, Pa."

Pa Danie het hierdie keer nie deur iemand anders met Daantjie gepraat nie: "Die laaste Daniël Egbert van Wyk het by Driefontein gesneuwel. Ek verduur jou, maar as jy dié kind Daniël Egbert doop, jaag ek jou van die plaas af en onterf jou. Verstaan my goed."

Daar was 'n doodse stilte oor die familie toe pa Danie uitloop.

Hulle het die kind sommer Gideon gedoop na ma Dorothea se pa. Die ander twee was dogters en het hulle familiename in die regte volgorde gekry. Met pa Danie se hartaanval het Daantjie baie mooi by die graf gepraat. Hy't alles geërf, behalwe van die kontant wat na Sussie toe is.

En deur al daardie jare het daar, ná haar gesprek met pa Danie, een ding aan haar geknaag: Soldaat weet en hy wil niks sê nie. Sy't hom honderde kere gevra, gesmeek en gepleit tot verleentheid toe, maar daar het elke keer 'n klomp stories oor Daantjie se heldedom uitgekom waarvan sy nie 'n woord geglo het nie. Sy't aangehou en Soldaat het volgehou. Selfs op die dag toe hy so geskok was.

Sy het hom weer bygeloop oor die ding en hy het uiteindelik begin kwaad word: "Hou op om so oor Daantjie en die oorlog aan te gaan. Ek sê mos! Sien jy hierdie toon? As Daantjie hom nie afgesny het nie, het ek opgevrot en gevrek."

"My oorlede skoonpa het my vertel dis hý wat die toon afgesit het, nie Daantjie nie."

Haar woorde het Soldaat ontstel, want hy't sommer in die middel van die werksdag na sy stat toe geloop. Maar hy wou nóg niks sê nie. En sy het tog altyd geweet dat hy baie van haar dink. Veral ná die ligte kind.

Soldaat se hoofvrou en haar twee kinders is in hulle kamp dood. Sy jong, by hom nog kinderlose, tweede vrou het oorleef, maar het ná die oorlog êrens gaan wegkruip met 'n ligte Tommiekind. Soldaat wou niks meer van haar weet toe hy hoor wat met haar aangaan nie, en dit was sý, Magrieta, wat hom gepak en 'n lang les oor noodsaak en oorlewing gegee het. Soldaat het ná die tyd gesê sy't die eerste verstaan wat die arme vrou móés, anders was sy dood, maar Magrieta se trane en gesmeek oor die vrou en die kind en die manier waarop sy aanhou aandring het, kon hy nooit heeltemal kleinkry nie. Dit was of dit sý was. Uiteindelik was hy bly dat hy die vrou teruggevat het. Sy was goed. En hy het die kind wat dit tog nie kon verhelp nie, soos Magrieta hom oor en oor gesê het, grootgemaak of dit sy eie was.

Hy kon nie weet hoe naby Magrieta aan daardie vrou gevoel en hoe jaloers sy die dogtertjie voor haar oë sien opgroei het nie. Of hoe trots sy was toe die kind so goed leer nie. Daardie vrou het die keuse van haar bloed gemaak, sy nie. Sy het haar beny.

Nee, daar het niks aan Soldaat se toegeneentheid teenoor haar geskeel nie, maar praat wou hy nie praat nie. Sy kon sien die ding pla hom al meer en dat hy en Daantjie sweerlik daaroor moet praat, want Daantjie het begin vertel hoe Soldaat deesdae lieg en dinge versin. Ná al die jare het sy al geweet wanneer haar man begin skanse opwerp teen moontlike gebeurlikhede. Hy't haar al meer van Soldaat af weggekeer en enigiets gedoen om haar nie alleen op die plaas te laat nie. Veral die laaste tyd met Soldaat se siekte. Daantjie moes altyd saam as sy Soldaat gaan dokter en hy't gesê vir wat wil sy vir elke bakatel na die statte toe neuk. Hy sal nie toelaat dat 'n vrou van hom alleen gaan nie. Sy't niks daar verloor nie. Maar dit was nie elke bakatel nie, Soldaat het vinnig begin agteruitgaan.

⧏⧐

"Ek het die Van Wyks se wa opgespoor en daar was 'n klomp osse wat in elk geval tussen die kompensasie-vee sou beland. Toe stuur ek Van Wyk se wa vir hom terug met vier van die osse. En met my opgehoopte soldy koop ek 'n klavier en stuur dit saam. Oënskynlik vir die oujongnooi, maar ek het geweet Magrieta sou weet dat die klavier vir haar onthou is. 'n Mens is maar sentimenteel in sulke omstandighede."

Die ander mense van die museum is al weg, die voordeur gesluit, die blok son deur die venster het saam met die ou man se verhaal oor die vloer gekruip, teen die oorkantste muur opgeklim, klein geword en verdwyn. Sy sit met die sleutel van die sydeur in haar hand. Die ou man lyk leeg. Hy kyk weer na die foto van die mooi vrou en sit haar terug in die pak.

"Het u nooit weer daarheen teruggegaan nie, Majoor? Haar nooit weer gesien nie?"

"Eenkeer, net voor ek terug is, het ek tot by die bult op die plaas gery. Die huis was herbou en die plaas het weer gelewe. Ek het haar en wat haar man moet wees, op die stoep gesien. Sy't 'n baba by haar gehad. Toe draai ek om en ry."

"En nou dat u terug is in die land? Dis soveel jare, die ou gevoelens is tog seker nou . . . minder . . . Dalk is haar man al lankal dood. Weet u nog waar hulle bly?"

Hy sien waarheen sy mik.

"Ja, natuurlik weet ek, maar nee, ons is nou oud en ek is stukkend geskiet. Miskien moet ek maar die onthou hou soos toe ons tóé was. Maar jou aanbod om die konsentrasiekamp te besoek, aanvaar ek graag."

Hulle staan op en stap deur die stiltes van die aand-museum buite toe. Dis vir Joey Wessels of al die getuienis van 'n verlede rondom haar al dringender vra om verstaan te word soos hulle was: lewend en werklik. Dis net die tyd wat alles vergeet, soos die majoor sê. Dis goed dat hy haar vertel het. Dit het die ander dinge wat so stilgeswyg is ná die oorlog vir haar laat wakker word. Sy begin begryp hoe magteloos vroue deur alle eeue heen was wanneer geweld om en deur en oor hulle spoel. En elke kind uit daardie geweld is 'n keuse. Sy's een van hulle as dinge maar effens anders was, en sy weet nie wat sy sou kies nie.

Sy voel skuldig dat sy die majoor bedrieg. Sy weet presies wie die bekende oom Daantjie van Wyk is. Dis hý wat drie keer die nominasie as partykandidaat geweier het omdat hy nie kans sien om sy vrou alleen op die plaas te laat nie. Dis wat die koerant sê. Sal sy hom die foto van die egpaar Van Wyk op die middelblad wys? Sodat hy kan sien hoe mooi die tannie nog is? Of moet sy droom maar duur?

Dalk, as hy wil, sal sy hom ná die kerkhofbesoek plaas toe neem en kyk of hy wil afklim.

※

Die klop aan die agterdeur is sag en huiwerig. Die muurhorlosie van die kombuis staan op kwart voor drie. Sy staan op en gaan hoor wie dit is. Dit is soos sy verwag het: Soldaat se tweede oudste, Lea.

Sy moet kom, Soldaat wil met haar praat. Hy sê hy gaan nie die oggendson weer sien nie. Sy gaan haal die flits en 'n warm baadjie. Sy en Lea loop agter die ligkol aan na Soldaat se stat toe. Sy weet sy gaan vanoggend hoor.

Die deurtjie is laag en sy moet buk. Lea verdwyn of sy aangesê is om dit te doen.

Soldaat lê op sy hoë bed in die lig van die lampie. Die plek ruik na oumens en sterwe.

"Dis ek, Soldaat. Magrieta."

"Dis jy, Magrieta . . . ek moet jou sê voor ek weggaan."

Dis sy woorde. Hulle kom swak, maar sy kop is helder.

Hy vertel haar. Van die swartslang in Daantjie wat onder koeëls uitkom, van hulle vlug en hulle perdebloedleuen en hoe Daantjie enigiets sou lieg sodat sý net nie moet weet nie. Hy vertel hoe Daantjie wou mal word toe die skeel mannetjie hom sê van haar en die Engelsman se kind. Van hoe hulle by 'n vrou in die berg gebly het. Hy vertel ook van die September-nag toe hulle terug was op die plaas en Daantjie hom swart gesmeer en haar in die donker gaan ry het. Dis wat hy haar moes sê voor hy doodgaan: dit was Daantjie wat haar in die donker gery het.

Soldaat was lankal by sy voorvaders toe sit sy nog voor sy bed.

Daantjie het Soldaat se deur ligdag kom oopskop terwyl sy nog daar sit.

"Wat het die bliksem jou vertel? Ek sal hom vrekmaak."

"Jy kan nie meer nie . . ."

Sy druk die lyk se oë toe.

"Wat het hy jou vertel?"

"Alles van swartslange, perdebloed en hoekom verkragting na paraffien ruik."

Sy skuif by hom verby en gaan uit. Sy gaan nie huis toe nie, maar draai in die paadjie na die begraafplaas toe op. Die hekkie is netjies toegemaak teen die beeste. Sy maak hom oop en stap deur die familiegrafte na waar die ry Daniël Egbert van Wyks lê: Groot-Oupa, oupa Daniël, pa Danie. Die res van die ry is oopgelaat vir Daantjie en sy nageslag.

Sy gaan sê vir pa Danie se grafsteen: "Pa, ek het Daniël Egbert van Wyk doodgemaak."

Daantjie staan van ver af en kyk. Hy begin huis toe loop. Voor haar. Hy wag nie. Hy's uitgepraat en oud.

Sy weet nou. Maar alles is te laat. Jy kan nie 'n leeftyd se lieg terugbaklei en deurverwyt tot dit niks word nie. Of opnuut wil begin lewe nie, want die rêrigheid van wat toe die heeltyd die waarheid was, draai enige hoop vorentoe nek om voor dit 'n geluid kan maak.

Sy sien die ou man voor haar se bene, rug, hoed, kierie, huis toe loop. Hy's seker nou uiteindelik leeggelieg, dink sy. Sy probeer iets verstaan van die halter waaraan hy 'n leeftyd lank gespartel het. Dis eie-ek en trots en eiewaarde se noodsaak waarvan die halterriem soveel jare gelede in 'n loopgraaf vasgehaak en nooit skietgegee het nie. Sy wonder hoekom sy hom nie haat nie. Daar's rede genoeg, maar dis asof alles in haar klip geword het. Haar binnekant is stil, soos die versteende innerlike van 'n grafsteen met haar naam op.

Daantjie staan krom en verslae op die stoep wanneer sy met die trappies opklim.

"Here, Magrieta . . ." sê hy.

"Ja, Here, Daantjie van Wyk!"

Sy sien hoe bang hy is om te praat, maar hy vra tog, asof hy vir oulaas wil probeer om die skuld te verplaas: "Wie sou ons gewees het as die oorlog nie oor ons gekom het nie, Magrieta?"

Sy stap voordeur toe: "Ons sou onsself gewees het, ons ongetoetste selwe . . ."

Sy maak die voordeur oop en herhaal: "Ons onbeproefde selwers . . . dis wie ons sou gewees het."

In die huis gaan sy na die onthouklavier toe en maak die klap oop. Sy sit haar vinger op die D langs middel-C en soek met haar voet na die pedaal waaroor tante Gertruida so gekla het. Sy trap die pedaal diep in en druk die noot. Sy luister hoe langsaam die trillings deur die huis klink, vervaag en sterf.

'n Mens kry 'n oor vir wegsterf, dink sy toe sy die klap toemaak en buitentoe gaan, want sy hoor 'n motor.

"Daar's 'n kar by die hek," sê Daantjie.

Magrieta sien 'n ou man uitklim en tot by die hek loop. Hy maak nie oop nie, staan net daar. Vir lank. Bekyk hy die huis? Sien hy hulle? Hulle is te beleefd om hom nader te wink, en te moeg van wat tussen hulle gebeur het om hom te gaan innooi. Uiteindelik draai hy om en gaan klim terug by die ander twee mense in die motor.

Die motor ry weer en sleep sy stofstreep en sy geluid agter hom aan.

In die motor vat die majoor se gesonde hand oor sy geskende – soos iemand wat homself groet. Met sy ou hande styf in mekaar sê hy vir Joey Wessels op die agtersitplek: "Het jy geweet dat wanneer jy 'n ledemaat verloor, 'n stuk van jou kop aanhou glo dat hy nog daar is? . . . en dat jou brein daarop aandring dat die leë plek soms iets moet voel?"

Die landskap skuif verby, die wiele skud oor die grondpad en deur die ondigtheid van die deure stuif 'n bietjie stof die motor in en gaan lê op hulle.

"En die skerfies skrapnel wat in ou verwonde soldate agterbly, probeer maar kort-kort buitentoe uitsweer."

Die twee ou mense op die plaasstoep kyk die motor agterna totdat dit met die vertes van die landskap versmelt. Die ontkennings is dood; om te probeer stry, het verbygegaan. Die waarheid oor die geliegde lê woordeloos oor hulle. Dit trek sy dor stilte om hulle en hulle laaste jare toe.

Die skrywer bedank die volgende persone:

⊰⊱

Kolonel Frik Jacobs van die Oorlogsmuseum van die Boere-republieke, Bloemfontein, vir die lees van die manuskrip; Leandré Hanekom wat met 'n ou handgeskrewe dokument weer die legende van die lied van die gestorwe kampkinders onder my aandag gebring het; my begeleiers oor slagvelde en die reste van kampe. Ook: Nic van Rensburg vir die vrag ongepubliseerde materiaal; Jeanette Ferreira vir die seldsame kampfoto. Ek is dankbaar dat ek na die nou reeds vergange storievertellers van my jeug kon luister toe alles vir hulle nog so eerstehandsvars was. My enigste verskoning gaan aan Louis Bothma omdat ek sy noukeurige historiese begeleiding verontagsaam het oor Driefontein en Abrahamskraal se begrawery en omdat ek, ter wille van mý storie, die feite wat vir hom so kosbaar is, effens geweld aangedoen het.

Ek moet ook weer my waardering uitspreek teenoor M-Net vir die draaiboek-opdrag en die uiteindelike verfilming van Feast of the Uninvited.

Maar bowenal is ek dankbaar dat 'n ou vroedvrou 'n jong student tydens 'n Nagmaaldiens wat ons om uiteenlopende redes nie bygewoon het nie, in haar vertroue geneem het oor die versweë. Hiermee kom ek my voortvarende jeugbelofte na.